KB125036

별의 계승자

내부우주

ENTO VERSE

별의 계승자

내부우주

제임스 P. 호건 지음 최세진 옮김

아작

일러두기

모든 주석은 옮긴이의 것입니다.

차례

프롤로그

 2030년대가 되자 인류는 함께 힘을 모으고, 서로의 차이를 해소하거나 그 차이와 더불어 살아가는 방법을 배웠다. 그리고 하나의 종으로서 별들을 향해 나아가기 시작했다. 그 과정에서 오랫동안 불화의 원인이 되었던 많은 편견과 부조리가 마침내 영향력을 잃거나 사라졌다. 살아남은 핵심적인 신념들은 끊임없이 확장되는 인류의 지식을 위해 확고한 토대를 형성하게 될 것으로 여겨졌다. 현대의 풍부한 관찰 자료와 세련된 실험 방법 덕분에, 우주에는 인류가 진지하게 도전할 만한 문제가 별로 남지 않은 듯했다.

 아니, 잠깐은 그런 듯했다. 그리고 그동안은 만족스러웠다.

 그런데 그때 전에는 생각해보지 못했던, 전례 없는 사건들이 연이어 일어나 태양계의 역사에 새로운 차원을 더했을 뿐만 아니라, 인류의 기원에 대한 역사를 완전히 새로 쓰게 되었다.

 소련 제국이 쇠퇴한 후 방위 산업이 방향을 틀면서 발생한 활기찬 국제 우주계획으로 인류가 마침내 외행성의 영역에 닿았을 때, 인류보다 이전에 존재했고, 인류가 이뤄온 성과를 능가하는 다른 존재를 발견했다. 2천5백만 년 전 신장 2.5미터의 친절한 거인의 문명이 화성과 목성 사이에 존재하던 미네르바라는 행성에서 번성했었다. 목성에서 가장 큰 위성 '가니메데'에서 처음 그들의 흔적이 발견된 탓에 인류는 그들을 가니메데인이라 불렀다.

그리고 더욱 놀라운 사실이 드러났다. 많은 세대를 거치면서 인류학지와 유전학자, 비교 해부학자들은 호모 사피엔스를 등장시킨 갑작스러운 돌연변이가 초기 원시 인류 사이에서 진행된 경쟁에서 비롯되었다고 추론했는데(당시 상황으로 볼 때 그렇게 추론한 것도 이해가 된다), 그 돌연변이가 전혀 다른 장소에서 일어난 사건이었던 것으로 밝혀졌다. 현대 인류는 지구에서 진화한 게 아니었다!

미네르바는 태양에서 상당히 떨어진 거리에 있었지만, 온실효과의 영향으로 대체로 온도가 낮기는 해도 지구와 비슷한 환경을 유지했다. 그러나 가니메데인의 문명이 발전된 단계에 도달했을 때, 그들이 체질적으로 견디기 힘든 방향으로 기후가 변하기 시작했다. 예상할 수 있듯이, 초기 태양계의 곳곳을 탐사하기 위해 항해했던 그들은 지구에도 방문했다. 그리고 당시의 기후 문제를 해결하기 위해 생명공학 연구를 대규모로 진행하느라 지구의 후기 올리고세와 전기 마이오세를 대표하는 식물과 동물들을 대량으로 미네르바에 가져갔다. 하지만 그런 노력은 허사가 되었고, 가니메데인들은 황소자리 방향으로 지구에서 약 20광년 떨어진 항성계로 이주했다. 나중에 그 항성은 '거인의 별'로 불렸다.

이후 수백만 년이 흐르는 동안 지구에서 수입한 동물들이 미네르바 토종 동물을 압도하고 그 자리를 차지했다. 미네르바에서는 초기 생태계의 특성 때문에 육지에 사는 육식동물이 나타나지 못했다. 그

8

래서 토종 동물들은 육식동물에 적응하며 진화하지 않아 지구 동물들보다 경쟁력이 없었다. 이 동물들 중에는 당시 지구에 존재하던 어떤 동물보다 발달한, 유전적으로 변형된 영장류도 포함되어 있었다. 약 2천5백만 년 후, 그러니까 현재부터 5만 년 전, 지구에서 발달한 다양한 원시 인류가 겨우 조악한 석기 문명을 막 시작했을 즈음에, 미네르바에서 두 번째로 발전한 종족은 이미 우주로 나갈 정도로 진화한 상태였다. 미네르바인들은 현대 인류의 원형으로서, 21세기 초 지구의 달 탐사 과정에서 그들이 존재했다는 흔적이 처음 발견되어 월인(月人)이라 불렸다.

미네르바에 월인이 등장하던 당시는 태양계가 빙하기로 들어가던 시점이었다. 미네르바의 환경이 악화되자, 월인은 훨씬 따뜻하고 살기 좋은 행성인 지구로 그들의 문명을 이주하기 위해 장기적인 전략의 일부분으로 과학과 산업기술을 빠르게 발전시켰다.

하지만 계획대로 되지 않았다.

월인이 여러 세대 동안 적극적으로 추진해왔던 목표에 도달할 즈음, 그들은 파괴적인 군사 대결을 시작했다. 이 대결은 세리오스와 람비아라는 두 초강대국 사이의 파멸적인 전쟁으로 정점을 찍는데, 그 과정에서 미네르바 행성이 파괴되었다.

이 무렵 가니메데인은 거인의 별 항성계의 투리엔이라는 행성을 중심으로 번성해서 항성계 너머까지 문명을 이룩했다. 하지만 그들은 자신들이 버린 유전공학적 돌연변이 때문에 마음이 편하지 않다. 가니메데인은 그 돌연변이가 결코 살아남을 수 없을 거라 예상했기 때문에, 이후 진행된 월인의 발전 과정을 죄책감과 경외감이 뒤섞인 감정으로 지켜봤다. 그러나 그 모든 게 대참사로 끝나는 모습을 보게 되었을 때, 가니메데인은 앞서 결정했던 불개입 정책을 무시하고,

이윽고 자신들의 모습을 드러내며 전쟁에서 마지막으로 살아남은 소수의 생존자를 구출했다. 하지만 가니메데인 구조대를 긴급하게 수송하는 과정에 중력 대변동이 발생해서 미네르바의 남은 잔해는 궤도를 벗어나 태양계 외부로 날아가서 명왕성이 되고, 작은 파편들은 목성의 기조력에 의해 흩어져 소행성대가 되었다. 미네르바에서 떨어져 나온 달은 태양계 안쪽으로 떨어지다가 나중에 지구에 사로잡혔다.

그런 사태를 겪은 뒤에도 살아남은 월인들은 서로 직대적 상태를 유지하며 화합하지 않았다. 가니메데인과 함께 돌아간 람비아인은 제블렌이라는 행성에 자리를 잡고, 차츰 투리엔 문명 안에서 구성원으로 완벽하게 통합되었다. 세리오스인은 자신들의 요구에 따라 원래 그들이 기원했던 지구로 돌아갔다. 그러나 그들은 미네르바의 달이 지구에 도착한 직후 일어난 기후와 조수의 대변동으로 거의 전멸되었다. 그 뒤 수천 년 동안 세리오스인은 멸종의 위기에 맞서 힘겹게 싸우며 야만의 상태로 퇴화하고, 기원에 대한 지식을 잃어버렸다. 그들은 현대가 되어 마침내 다시 한 번 별들을 향해 나아가 예전에 사라졌던 자취를 발견한 후에야 자신의 이야기를 다시 하나로 맞출 수 있었다.

한편, 람비아인은 제블렌인이 된 후에도 지구인을 세리오스인으로 간주했다. 오랜 경쟁자에 대한 원한을 갚을 계획의 일부로, 그들은 지구인이 과학을 재발견하고 발전된 문명으로 나아가는 진보를 지체시키기 위해 조직적인 활동을 시작했다. 그리고 그동안 그들은 투리엔의 기술을 흡수하고, 자신의 문제를 스스로 처리할 수 있는 자치권을 획득했다. 그리고 인간과 외양이 완벽하게 똑같은 요원들을 침투시켜 지구의 역사를 바꿔놓았다. 마법과 미신에 대한 신앙을 퍼트리고 비이성적인 대중 운동을 창설해서, 진짜 지식을 얻을 수 없도록 에너지를 딴 데로 돌려 지구를 계속 무력하게 만들었다.

그런데 제블렌인 지도자들의 자신감과 오만이 커지면서, 그들의 야망을 옥죄는 투리엔인의 제약에 대해 분개하기 시작했다. 투리엔인의 비폭력적인 방식은 그들의 경멸을 불러일으킬 뿐이었다. 투리엔인이 선천적으로 타인의 동기를 의심할 줄 모른다는 사실을 이용해서, 제블렌인은 지구의 발전 상황을 지켜볼 수 있는 감시 활동에 대한 통제권을 얻었다. 제블렌인은 겉으로는 투리엔인의 모범적인 추종자로 행세하면서, 군사화한 지구가 곧 태양계 밖으로 뛰쳐나올 거라고 정보를 조작해서 투리엔인에게 보고했다. 그리고 이를 핑계 삼아 대응 수단을 준비하도록 투리엔인을 설득했다. 제블렌인이 계획한 일은, 그 대응 수단에 대한 통제권을 강탈해서 지구인 경쟁자를 제거하고 태양계를 되찾은 뒤, 저항할 상대가 사라진 은하계를 막힘없이 가로지르며 정복하고 장악하는 것이었다.

그러나 미네르바의 고대 가니메데인 문명에서 출발했던 길 잃은 우주선 샤피에론호가 다시 나타나면서 모든 게 바뀌었다.

가니메데인 과학 원정대 샤피에론호는 시공간을 왜곡시키는 추진 방식의 오류 때문에 발생한 시간 팽창으로 2천5백만 년 만에야 돌아왔다. 태양계로 돌아온 샤피에론호는 미네르바가 사라지고, 새로운 지구 종족이 행성 사이를 여행하는 상황을 목격했다. 그 '거인들'은 6개월 동안 지구에 머물며 지구인들과 잘 어울렸다. 하지만 지구인의 음모가적 기질과 외계인의 기술 역량을 융합해서 만들어낸 가장 중요한 성과는, 수천 년 동안 유지된 감시 체계와 제블렌인을 우회해서 지구와 투리엔 사이에 처음으로 직통 통신망을 설치한 것이었다. 이 관계는 제블렌인의 속임수와 음모를 밝혀내며 대결로 이어졌고, 기술적인 발전을 막아왔던 제블렌인의 시도가 실패한 후 현재의 지구를 파멸시키기 위해 그들이 침투시켰던 요원들의 네트워크를 밝혀냈다.

이 대결은 나중에 '가짜 전쟁'으로 불렸다. 그 전쟁에서 그들은 제블렌 행성들의 통신과 정보 처리, 그리고 그 외 다른 중요한 기능을 모두 관리하는 슈퍼컴퓨터 제벡스를 뚫고 들어가, 순전히 컴퓨터로 생성한 이미지로 이루어진 허위의 항성 간 공격 부대로 승리를 이뤘다. 제블렌인들이 자신들의 계획을 달성하기 위해 선포했던 제블렌 연방은 무너졌고, 제벡스는 폐쇄되었으며, 제블렌은 보호 관찰을 받게 되었다. 자신들의 고향과 시간을 잃어버리고, 새로운 환경에 적응할 수 있는 시간이 필요했던 샤피에론호의 가니메데인들이 제블렌에 배치되어 재건을 지휘하게 되었다. 격동의 역사에서 일어났던 추잡한 면에 대해 실질적으로 책임이 있는 적폐를 제거한 지구는 이제 항성 간 공동체에 잘 어울리는 곳이 되기를 고대했다.

그래서 다시 한 번 더 많은 오랜 신념이 무너졌다. 그 후 살아남은 신념들은 더욱 굳건해진 토대 위에 확실한 사실로 남게 되었다. 미래는 자신감을 가지고 맞닥뜨릴 수 있을 것이다.

더 이상 잘못될 가능성은 없어 보였다. 아직은 그랬다.

1부

1

어둠의 신 니에루가 밤새 하늘을 지배한 후 서쪽으로 내려갔다. 니에루의 망토가 빛나는 자주색 소용돌이로 남은 하늘을 감쌌다. 날씨를 주관하는 여신 카소나가 머리 위에 새벽별로 모습을 드러냈다. 여신의 세 딸이 그 주변에서 깜빡거렸다. 바람의 정령 페리아, 비의 정령 이두시스, 구름의 정령 도메테르였다. 셋은 아주 가까이 모여 있어서 거의 일직선을 이뤘다. 이는 초여름이라는 의미였다. 예전의 화려한 밤하늘과 달리 몇 개 남지 않은 별빛이 희미했다.

카소나는 변덕스럽고 사나워서 충동적으로 산을 번갯불로 쪼개거나 폭풍을 보내 일대 촌락을 황폐하게 한 적도 있었다. 하지만 오늘은 여신이 평온했다. 아침은 맑았다. 여명의 빛이 처음 비칠 때, 밤사이 보통 때와 달리 멀어졌던 오레나쉬 외곽의 계곡 끝에 있는 봉우리들이 모습을 드러냈다. 도시 성벽 안에 있는 지붕들과 눈에 띄게 길어 보이는 비탈 위의 띄엄띄엄 있는 삼림지대도 눈에 들어왔다. 세상을 밀가루 반죽처럼 주무르는 신의 제빵사 그랄드가 밤사이 동서의 방향으로 모든 길이를 늘였다. 낮 시간이 흘러가는 동안 그랄드는 그 길이를 다시 아주 작게 압축해놓을 것이다. 그러나 새벽에 그 길이가 확장된 모습이 너무도 잘 보이는 것은 평온한 하루가 될 징조였다.

조스 성전이 세워진 바위 아래에 있는 이모부 집의 2층 창문에서 바깥을 내다보며 드락스는 생각에 잠겼다. 드락스는 어른으로 성장해 가면서 세상이 무너져 내리고 있다는 젊은이 특유의 당혹감과, 이제 그 상황을 깨달았다는 생각 때문에 두렵고 혼란스러웠다.

요즘에는 모든 사람이 두려워하고 혼란스러워했다. 옛 방식은 더 이상 작동하지 않았고, 오래된 지혜는 해답을 찾아주지 못했다. 사제들이 기도하고, 선각자들이 탄원하고, 사람들이 제물을 두 배로 바쳤다. 그러나 힘의 흐름은 약해지고, 생명력이 서서히 사그라졌다. 어떤 징후도 나타나지 않았고, 신탁이 입을 닫았다. 신들이 죽어가자, 그들의 별들도 꺼져갔다.

어떤 사람들은 하늘에서 거대한 전쟁이 벌어져, 새로운 신들이 오래된 신들을 이겨서 다른 법칙이 세상을 지배하려는 거라고 생각했다. 신비주의자들은 존재의 일상적인 수준을 넘어선 높은 왕국을 봤다고 이야기했다. '히페리아'라는 이름의 그 왕국에서는 영원히 평화가 지배하고, 불가능한 일들이 흔히 일어난다고 했다.

좀 더 희망적인 소수의 사람이 추측하듯이, 어쩌면 오랜 법칙의 붕괴가 그들이 저 너머의 왕국에서 얼핏 봤던 새로운 법칙에 의해 세상이 통치될 거라는 징조일지도 몰랐다. 그들은 기묘한 관념과 낯선 개념을 이해하려 노력하고 준비하기 위해 기상천외한 방법을 시도했다.

✳

"기다려, 드락스. 이쪽을 좀 더 만져야 할 것 같아." 드락스의 이모부 달그렌이 지하실에 있는 작업장에서 석판 위에 세워놓은 이상한 장치 안을 쿡쿡 찌르고 죔쇠를 조정했다. "아마 이 반대쪽도 만져줘야 할 거야."

그 장치는 기본적으로 두 쌍의 다리로 이루어졌는데, 각 쌍의 다리는 수직 활주대에 달려서 다른 쌍보다 아래로 내밀 수 있었다. 추가로 어느 쌍이든 수평 지지대를 따라 가로로 움직여서 다양한 높이에 맞춰 이동이 가능했다. 각 다리의 발 부분은 한쪽에 미끄럼대가 달렸고 끝에 '가동석'이 있어서 대부분의 바위에 '냉담'해 쉽게 미끄러졌고, 다른 쪽에는 '마찰석'이 있어서 닿으면 착 붙었다. 자연의 섭리에 따라 모든 물질은 서로 친화성이 크거나 작아서, 얼마나 강하게 끌릴지 또는 배척될지 정해졌다. 그러므로 각 다리는 발판의 위치에 따라 표면을 붙잡거나 밀어내게 설계되었다. 전체적으로 이 장치는 '미끄러지듯 움직이고, 자리를 잡고, 들어 올리고, 미끄러지는' 드로드즈 같은 동물의 다리 움직임을 인공적으로 흉내 내보려는 시도였다.

전에는 아무도 그런 생각을 해내지 못했다. 수레를 비롯한 이동수단들은 항상 가동석으로 된 미끄럼대 같은 것을 아래에 달아서 끌었다. 히페리아를 봤던 신비주의자들은 상상하기 힘들 정도로 복잡한 움직임을 보이는, 마법적이고 형언할 수 없는 장치에 대해 말했다. 그들은 심지어 회전하는 구조물에 대해서도 말했다.

"됐다. 이제 해봐, 드락스." 달그렌이 말하며 뒤로 물러났다.

드락스가 그 장치에서 튀어나온 조종 막대 중 하나를 밀었다. 다리 한 쌍이 작업대 위에 단단하게 자리를 잡는 동안, 다른 다리 쌍이 들리더니 반 보 앞으로 가서 새로운 자리에 내려앉았다. 그러자 미끄럼대가 작동해서 앞쪽에 있는 다리들이 고정되고, 움직이지 않고 있던 다리 쌍이 움직였다. 드락스가 조종 막대를 다시 뒤로 당기자, 뒤에 있던 다리 쌍이 앞의 다리들을 지나쳐서 움직이고, 다시 자리를 잡으며 한 주기가 끝났다.

"그래, 드디어 해냈어!" 달그렌이 소리쳤다. "계속해!"

드락스가 막대를 앞뒤로 서서히 몇 차례 당기자, 그 장치가 뒤뚱거리며 석판 위를 걸어갔다. 하지만 기계가 석판의 가장자리에 가까워지자 움직임이 뻣뻣해지며 느려졌다. 장치를 계속 움직이려면 드락스가 막대를 더 세게 밀어야 했다. "이모부, 이게 고장이 나려나 봐요." 드락스가 말했다. "손에 느껴져요."

"흠." 달그렌이 수평 지지대를 응시하며 말했다. "아하, 그래. 왜 그런 건지 알 것 같아. 주 지지대가 늘어나서 막히기 시작한 거야." 그가 한숨을 뱉으며 의자에 앉았다. "그 문제를 어떻게 해결해야 할지 모르겠구나. 추가로 보정용 안감을 덧대야 하려나."

문제를 하나씩 해결할 때마다 더 복잡하고 새로운 문제가 나타나는 것 같았다. 그들은 이른 아침에 오류를 수정하려고 장비를 조정했었다. 하지만 그랄드 신의 반죽 때문에 세상이 동쪽에서 서쪽으로 줄어드는 동안 그 장치의 크기가 변해버렸다. 드락스는 무심코 마음속으로 그랄드 신에게 기도했다. 그러다 기도를 스스로 멈췄다. 새로운 방식을 이해하려면 옛날 방식을 단호하게 쳐내야 한다는 말이 기억났기 때문이다. 그러면서도 드락스는 오랜 기간 익숙해진 방식들을 그렇게 무시하는 게 내심 편치 않았다.

드락스의 근심이 메아리친 듯, 문간에서 비난하는 목소리가 들려왔다. "무당들 같으니! 이건 신성모독이에요! 이런 건 여기가 아니라 더 높은 왕국에 속하는 것들이잖아요. 이런 것들은 여기 와로스의 세계에 관여하면 안 돼요. 이런 짓을 하니까 권능이 약해지는 거라고요. 이렇게 믿음을 버리니까, 신들이 우리를 버리죠."

드락스의 이모 요넬과 이모부 달그렌 부부의 양아들인 케얄로였다. 케얄로는 드락스보다 두 살 많았다. 혈관에 빛의 강이 흐르는 지하의 신 반드로스가 불바다로 다섯 마을을 태워버리며 데르텔리인들을 벌했을 때 가족을 잃은 드락스가 이 가족으로 오자, 케얄로는 그를 침입자로 여기며 싫어했다.

"케얄로, 그건 아무도 모르는 거야." 달그렌이 퉁명스레 대답했다. 달그렌이 케얄로를 양아들로 받아줬지만, 케얄로는 고마움을 표한 적이 없었다. 그리고 둘 사이에는 공통적인 취미도 거의 없었다. 케얄로가 지하실로 내려온 것은 고의로 문제를 일으키려는 의도였다.

"사제들은 알고 있어요!" 케얄로가 쏘아붙였다. "신들은 우리를 시험하고 있는 거예요. 그리고 우리는 당신들처럼 신을 부정하는 사람들의 잘못 때문에 심판받을 거라고요."

"신을 달래고, 신을 화나게 만들고…." 달그렌이 고개를 저었다. "나는 그런 게 모두 우리의 마음속에서 일어나는 일이 아닌가 하는 의심이 들기 시작했어. 세상은 자기 법칙에 따라 굴러가고, 우리가 생각하는 신들의 영향은 모두 우리의 상상인 거지. 누구라도…."

케얄로가 예고도 없이 앞으로 불쑥 걸어오더니, 불덩이를 발사하는 대인들처럼 한쪽 팔을 앞으로 쑥 내밀어 석판 위에 있는 장치를 겨눴다. 그의 손가락 끝이 잠깐 부풀어 오르며 살짝 빛이 났다. 그 정도는 대부분의 사람이 할 수 있는 일이었다. 하지만 불덩이가 발사되지 않고 원래의 모습으로 돌아갔다. 케얄로는 화난 눈초리로 자기 손가락을 노려보더니 실망한 표정을 지었다.

케얄로는 믿음과 의지를 집중하면 신이 자기를 도와줄 거라고 생각했던 모양이다.

케얄로의 문제는 게으름뱅이라는 것이었다. 그는 신도와 대인들 주변을 어슬렁거리고, 가끔 의례에 참석하고, 어쩌다 한 번씩 수업에 몇 번 들어갔다. 하지만 녀석은 성직에 들어갈 수 있을 정도로 정신을 집중하거나 수련을 받지 않았고, 숙련자가 될 수 있는 교육을 받지도 않았다. 아마도 그래서 케얄로가 드락스를 그렇게 질시하는 것인지도 몰랐다. 드락스에게 잠재력이 있다는 사실을 케얄로는 알았다. 하지만 그는 드락스가 자신의 능력을 남용할 뿐만 아니라, 그 능력을 이단을 위해 사용하기 때문에 문제라고 생각했다.

"우린 바쁘다." 달그렌이 단호하게 말했다. "여기서 네 말은 아무짝에도 쓸데없는 소리일 뿐이야, 케얄로. 우리를 귀찮게 하지 마라."

"바로 당신 같은 사람들이 우리 모두를 파멸로 몰아넣을 거예요." 케얄로가 씩씩대며 말했다. 그리고 분노로 하얗게 뜬 얼굴을 돌려 작업실에서 나갔다.

달그렌이 말없이 조종 막대를 잡고, 장치를 석판 위에서 걷게 했다. 그러는 사이 분위기가 가라앉았다. "사람들 말로는 히페리아에는 스스로 앞으로 가는 장치가 있다더라." 그가 멍하니 중얼거렸다. "상상해봐, 드락스. 드로드즈가 끌지 않는 마차를 말이야. 그건 어떤 형태의 추진력으로 움직이는 걸까?"

"날아다니는 장치에 관한 이야기도 들었어요." 드락스가 지적했다. 그의 목소리는 그런 개념이 절대로 불가능하다는 말투였다. "아마 이야기가 전달되고, 또 전달되는 사이에 부풀려졌을 거예요."

그러나 달그렌의 표정은 여전히 진지했다. "그렇지만 그러면 왜 안 되는 거지?" 그가 질문을 던졌다. "그저 사물을 바라보는 방법의 문제일 뿐이야. 이런 이유로 안 된다는 투로 결론으로 비약하지 말고, 이러면 될 수 있다는 식으로 말하려 노력해봐. 눈을 뜨고 보기만 해도 알 수 있잖아. 세상은 스스로 움직이고 하늘을 나는 피조물로 가득해.

우리가 동물들처럼 움직이는 물건을 만든다면, 그 물체가 동일한 방식으로 행동하지 못할 이유가 없잖아?"

드락스가 고개를 끄덕였다. 하지만 여전히 이해되지 않는 표정이었다. "드로드즈가 끌지 않는 마차를 보면 그 말을 믿을 수도 있을 것 같아요. 있잖아요, 이모부, 전 이제 이모부가 회전하는 물체에 관해 이야기하셔도 놀라지 않을 것 같아요."

달그렌이 조종 막대를 놓고 허리를 폈다. "회전하는 물체라니?" 그가 되물었다. "이제 네 녀석이 기발한 공상을 하는구나. 어떻게 그런 생각을 할 수 있는 건지 난 상상조차 안 돼."

드락스가 지하실 유리창의 윗부분을 통해 보이는 한 뼘의 하늘을 응시하며 지적했다. "스스로 움직이는 장치에 대해 말해줬던 선각자가 그랬어요."

"아, 그렇지. 하지만 그 말이 설령 사실이라고 해도, 그런 건 히페리아에나 존재할 수 있을 거야. 스스로 움직이는 물체나 날아다니는 물체는 최소한 개념으로라도 와로스에서 가능하다는 사실은 우리 동물들을 보면 알 수 있지. 선례가 존재하잖아. 하지만 네가 말하는 회전하는 물체 같은 것은 전례가 없어. 우리가 알고 있는 이 세계와 다른 공간에서는 어쩌면 가능할지도 모르지. 내 능력으로는 상상조차 힘들구나."

드락스가 계속 창문을 뚫어지게 쳐다보며 말했다. "우리의 터무니없는 상상력을 뛰어넘는 다른 우주 말이죠."

"매일 일어나는 수축을 어떻게 보정해야 할지 이제 알겠군." 달그렌이 그 장치에 다시 정신을 집중하며 중얼거렸다.

"회전하는 물체가 있는 곳…." 드락스가 몽롱한 목소리로 계속 혼잣말을 했다.

"이제 우리는 이 장치를 모퉁이에서 돌게 만들 생각을 해야 해."

"거기는 이상한 존재들이 살고 있겠죠."

"우리는 이 위에 미끄럼대를 두 개 더 설치해야 돼."

"그들은 어떤 존재들일까요?"

2

빅터 헌트 박사가 시동을 걸었다. 차고 바깥의 진입로에 정차된 지상차 GM 허스키의 터빈 엔진이 부르릉거리며 살아났다. 드라이버로 조절 밸브를 열자 엔진 소리가 더 올라가더니 매끄럽고 만족스러운 윙윙 소리로 바뀌었다. 헌트는 그 자세를 그대로 유지한 채 궁금한 눈빛으로 이웃인 제리 샌텔로를 쳐다봤다. 제리는 열어놓은 보닛의 반대편에서 차량의 구동장치 프로세서에 연결된 휴대용 테스트기의 버튼을 두드리며 화면을 쳐다보고 있었다.

"훨씬 낫네요, 헌트. 속도를 조금만 더 올려보세요…. 이제 액셀러레이터를 몇 번 밟아보세요. 좋아요. 우리가 해결한 것 같군요."

"느리게 연소할 때는 어때요?" 제리가 계기판을 살펴보는 동안 헌트가 터빈 엔진의 속도를 툴툴거리는 수준으로 떨어트렸다. 그러다 다시 속도를 살짝 올리기를 반복했다.

"됐어요." 제리가 말했다. "그게 문제일 줄 알았어요. 역시 균압선이 문제였어요. 이제 시동 끄고 맥주나 한잔합시다."

"오늘 내가 들은 이야기 중에서 가장 마음에 드는 소리네요." 헌트가 밸브를 끝까지 되돌려서 잠그고 시동을 끄자 엔진이 죽었다.

제리는 테스트 선을 뽑아서 케이스에 둘둘 감았다. 그는 테스트기의 덮개를 닫고, 사용하던 공구들을 모아 공구함에 집어넣었다. "영국사람들은 맥주를 어떻게 마셔요? 따뜻하게 해서 마시는 거 맞죠? 레인지 같은 거로 데워줄까요?"

"아, 제리, 소문을 너무 믿지 마세요."

제리가 안심한 표정으로 말했다. "그러면 그냥 평범하게 준비하면 되나요?"

"물론이죠."

"잠시만 기다려요. 안에 들어가서 두어 캔 가져올게요. 여기에 앉아서 햇볕을 쬐면서 마시면 되겠네요."

"좋지요."

콧수염을 기르고 까무잡잡한 제리는 해변용 반바지와 감청색 운동복 상의를 입고, 한쪽에 돌을 쌓아서 만든 정원을 돌아가는 얕은 계단을 슬리퍼 신은 발로 경쾌하게 올라갔다. 헌트는 GM 허스키의 앞쪽으로 가서 공구 몇 개를 공구함에 던져 넣었다. 그리고 자기 집의 진입로와 제리네 진입로를 가르는 담장 아래 풀로 덮인 둔덕에 앉아 셔츠 주머니에서 담뱃갑을 꺼냈다.

헌트의 집 주변으로는 중앙 계곡 위쪽의 가파른 협곡에 만들어진 계단식 비탈 위에 쾌적하고 녹음이 우거진 호젓한 공간에 오밀조밀하게 모여 있는 레드펀 협곡의 주택들이 있었다. 중앙 계곡에는 암반과 돌출된 바위 주변으로 개울이 흐르다 드문드문 넓어지며 그늘진 웅덩이를 만들었는데, 그 개울을 따라 마을로 올라오는 진입로가 있었다. 레드펀 협곡이라는 지명은 워싱턴 D.C.에서 15킬로미터가량 떨어진 메릴랜드의 한가운데에서 사용하기에는 조금 가식적이었다. 캘리포니아 분위기를 내려고 비슷하게 만든 이름인 게 틀림없었지만, 지내기에는 그럭저럭 괜찮았다. 게다가 헌트는 UN 우주군의 원거리 파견대 비행선의 비좁고 갑갑한 금속 도시와 메탄 안개가 깔린 가니메데의 빙원에서 몇 달을 보낸 뒤라 불만이 없었다.

헌트는 담배에 불을 붙이고 연기를 내뿜으며 혼자 슬그머니 미소를 지었다. 레드펀 협곡의 풍경을 보고 있으니 며칠 전에 찾아왔던 이탈리아 도시개발업체의 두 중역이 떠올랐다. 그들은 투리엔인의 중력공학 기술을 산악지형에 적용할 수 있을지 알고 싶어 했다. 투리엔인의 중력공학은 중력장을 마치 전자기장처럼 쉽게 마음대로 생성하고, 조종하고, 켜고 껐다. 건설업자들은 그런 방법을 이용해서 산악 지대를 중력 차원에서 평지처럼 제공할 수 있을지 물었다. 알프스처럼 경치가 좋은 곳에 고소득 계층을 위한 주택이나 마을을 통째로 만들어서 워싱턴의 링컨 기념관 앞에 펼쳐진 '컨스티튜션 가든'처럼 쉽게 걸어 다닐 수 있도록 하려는 발상이었다. 헌트도 독창적인 발상이라고 인정해줄 수밖에 없었다.

전형적인 인간의 적응력이었다.

인류가 지적인 외계인을 처음으로 만나 지구로 데려온 지 1년 정도밖에 지나지 않았다. 그런데 마치 그것만으로는 부족하다는 듯, 반년도 채 지나기 전에 항성 너머의 외계 문명을 발견하고, 지구로서는 처음으로 외계 문명과 영구적인 관계를 맺게 되었다. 이는 인류의 지식을 상상하기 힘든 수준으로 발전시킬 것이고, 인류의 역사에서 일어난 가장 큰 대격변이 될 것이다. 과학 체계 전체가 붕괴되고, 새롭게 재건되어야 했다. 그리고 철학적인 통찰은 근본부터 무너져 내릴지도 몰랐다. 그렇지만 사람들은 오직 돈을 한두 푼 만들 방법이 보일 때만 정말로 영향을 받았다. 헌트는 인간들이 다시 아무 일도 없던 것처럼 재빨리 일상으로 돌아가는 모습이 항상 놀라웠다. 가니메데인들도 종종 지구인의 그런 모습에 감탄했다.

제리가 쿠어스 맥주 캔 여섯 개들이 한 팩과 커다란 포테이토 칩 봉투, 그리고 양파 맛이 나는 딥소스를 들고 느긋한 걸음으로 돌아왔다. 그리고 헌트가 앉아 있는 둔덕 아래에 늘어선 바위에 앉으며 맥주 캔을 건넸다. "난 영국인들이 맥주를 따듯하게 데워서 먹는 줄 알았어요." 제리가 다시 말했다.

"영국 맥주는 좀 더 진해요." 헌트가 말했다. "그래서 너무 차갑게 하면 맛이 없죠. 실온으로 두는 게 더 나아요. 술집에서는 지하 저장고 온도로 두는데, 대개 실내보다 살짝 낮은 온도예요. 그게 다죠. 맥주를 실제로 데워서 먹는 사람은 없어요."

"아하."

"그리고 미국 맥주에 가까운 가벼운 라거 종류는 여러분과 마찬가지로 시원하게 마시는 걸 더 좋아해요. 영국인이 외계인은 아니에요."

"아무튼 알게 되어서 좋네요. 안 그래도 요즘은 주변에 외계인들이 너무 많으니까요." 제리가 맥주 캔을 따서 고개를 뒤로 젖히며 꿀떡꿀떡 마시더니, 손등으로 수염을 털어냈다. "젠장, 내가 당신한테 무슨 이야길 하는 거죠? 헌트, 당신은 외계인에 관해 묻는 사람들한테 완전히 질렸을 텐데 말이에요."

"가끔은 그렇죠, 제리. 사람들에 따라 달라요."

"실버스프링에 오래된 친구 부부가 있는데, 그 집에 다섯 살짜리 꼬마가 있어요. 최근에 그 친구네 집에 갔을 때, 그 아이가 호주인은 어느 행성에서 온 거냐고 묻더라고요."

"어느 행성이냐고요?"

제리가 고개를 끄덕였다. "그래요. 그 아이는 '호주인'을 '우주인'과 비슷하게 들은 거죠. 그래서 호주인은 다른 행성에서 온 게 틀림없다고 생각했나 봐요."

"아, 무슨 말인지 알겠어요." 헌트가 활짝 웃었다. "재미있는 꼬마네요."

"난 30년이 넘도록 그런 식으로는 한 번도 생각 못 해봤어요."

"아이들에게는 어른들의 정신에 새겨진 편견이 없잖아요. 사람은 논리적으로 태어나죠. 왜곡된 사고방식은 나중에 배운 거예요."

"당신이 일하는 분야에서는 그렇지 않죠? 과학 말이에요. 그렇죠?" 제리가 물었다.

"아, 그런 신화는 믿지 마세요. 오히려 더 극악합니다. 뭔가 새로운 일이 일어나려면, 깊게 뿌리박힌 권위를 가진 세대가 죽을 날을 기다려야 하는 곳이 과학계죠. 당신이 일하는 분야에서 일어나는 혁명과는 달라요. 적어도 정치 분야에서는 여러분이 스스로 방해물을 제거하고, 앞으로 나아갈 수 있잖아요."

"그렇지만 적어도 당신들은 일거리가 사라지는 일은 없잖아요." 제리가 지적했다.

"그래요, 그런 측면도 있죠." 헌트가 동의했다.

제리는 아직 공식적으로는 랭글리에 있는 CIA 본부에 고용된 상태였지만, 3개월 장기 휴가를 내고 쉬는 상황이었다. 가니메데인을 만나기 이전부터 세계는 소련과 서방의 대결이 경제적 대결로 바뀌고, 원자력공학의 개발에 따라 선진국들이 석유 부자인 중세 전제 왕국과 시크교도에 의존하지 않게 되면서 정치적으로 부조리한 20세기의 유물을 처리해가던 중이었다. 겨우 시간을 헤매던 외계인의 우주선 한 척일 뿐이었지만, 세상을 흔들어놓는 데에는 충분했다. 하지만 그

직후 투리엔인과 만난 뒤로는, 앞으로 10년 후 세상이 어떻게 바뀔지 예상할 수 있는 사람이 아무도 없었다. 하지만 인간의 모든 분야에서 그 영향을 받지 않고 버틸 수 있는 게 별로 없으리라는 사실을 의심하는 사람은 거의 없었다.

"그래도, 음, 난 모르겠군요. 저 밖의 새로운 세계에서 우리가 뭘 발견하게 될지는 아무도 몰라요. 당신이 일하는 분야는 투리엔인이 경쟁하기 힘든 분야죠. 과학 분야는 그렇지 않아요. 내가 당신이라면 결코 직업을 바꾸지 않을 겁니다." 헌트가 말했다.

제리는 이해가 되지 않는 표정으로 맥주를 한 모금 들이켰다. 하지만 굳이 논쟁할 생각은 없는 듯했다. "당신 말이 맞기를 바랍시다." 그가 대답했다. 그리고 잠시 침묵하다, 다시 말을 이었다. "그러고 보니, 요즘 고다드 센터에서 한창 바빴죠? 당신이 밤낮없이 드나드는 소리가 들리더군요."

"해야 할 일이 턱까지 차있는 상태거든요." 헌트가 인정했다. 그러더니 큰 소리로 웃었다. "20세기 초에 과학자들이 더 이상 연구할 게 없다고 말하고 다녔던 걸 생각하면 참 재밌어요. 당시 과학자 중 절반은 과학을 그만두려고 했거든요. 더 발견할 게 남아있지 않다고 생각했던 탓이었죠. 어쩌면 당신에게는 용기를 줄 수 있는 이야기일 수도 있겠군요."

"지난 몇 주 동안 저기 궤도에 떠 있는 우주선과 관련된 일을 했던 건가요?" 제리가 물었다. "뉴스에서 보니까 거기서 외계인들이 고다드 센터로 잔뜩 내려갔다더군요." 지구인들은 우주를 성큼성큼 걸어서 건너다니는 힌두교 여신의 이름을 따라서 최근에 지구를 방문한 투리엔인의 거대한 우주선을 '비슈누'라 불렀다. 투리엔인은 두 문화 사이의 관계를 돈독하게 하려고 사절단을 보내 다양한 국가의 대표들과 기관, 기업, 단체와 만났다.

"네, 몇몇 외계인들과 이야기를 나눴습니다." 헌트가 고개를 끄덕이며 말했다.

"당신이 거기서 하는 일이 정확히 어떤 건가요?" 제리가 궁금한 눈빛으로 물었다.

헌트는 담배를 쭉 빨아 당기고, 녹색의 계단식 비탈 사이에 있는 중앙 계곡을 멍하니 바라봤다. 청동 빛깔이 반짝거리는 모습이 얼핏 눈에 들어왔다. 자동차 한 대가 아래쪽으로 얼마 떨어지지 않은 길을 따라 굽이굽이 올라오고 있었다. "본래 나는 휴스턴에 있는 UN 우주군 항해통신본부에서 일했어요. 그 덕분에 목성 5차 파견대에 가게 되었던 거죠. 그래서 목성의 위성 가니메데에 머물다가 가니메데인과 초창기부터 관계를 맺게 됐어요."

"그렇군요." 제리가 고개를 끄덕였다.

"뭐, 이제 투리엔인과의 일은 순조롭게 진행되고 있어요. 우리가 알아내야 하는 일은 그들의 과학을 이해할 방법을 찾고, 우리가 필수품이라 여기는 것 중에서 얼마나 많은 것들을 쓰레기통으로 버려야 할지 파악하는 겁니다. UN 우주군에서 날 고다드 센터로 보내 그런 문제들을 조사하는 팀을 이끌도록 했죠."

"그 외계인들은 별들 사이를 여행하고, 행성을 통째로 개조하고 그런다면서요?" 제리는 잠시 생각에 잠겼다. "정말 무시무시하네요."

헌트가 고개를 끄덕였다. "투리엔인은 하루에 달의 질량 여덟 배에 해당하는 물질을 에너지로 전환할 수 있는 발전소를 우주에 갖고 있어요. 그리고 수 광년 너머에서 그 에너지를 필요로 하는 곳이면 어디든 즉시 전송하죠. 가끔 IBM의 컴퓨터 내부가 어떻게 돌아가는지 이해하려고 노력하는 옛날 수도원의 필경사가 된 듯한 느낌이 들기도 해요."

"당신이 처음 여기로 이사했을 때 가끔 방문하던 여성분이 있지 않았나요? 붉은 머리에…."

헌트가 고개를 끄덕였다. "맞아요. 린이에요."

"저도 한두 번 이야기를 나눈 적이 있어요. 그 여성분도 휴스턴에서 왔다고 하더군요. 혹시 UN 우주군에서 함께 일하나요?"

"맞아요."

"그런데 최근에는 통 안 보이네요."

헌트가 손에 들고 있던 맥주 캔을 살짝 흔들었다. 그리고 공구함에서 발견한 통조림 뚜껑에 담배를 비벼 껐다. "린에게 예전 대학 시절의 불꽃이 느닷없이 다시 피어났는데, 나는 나중에서야 그 상황이 심각하다는 걸 깨달았고, 얼마 안 있어서 둘이 결혼했죠. 지금은 부부가 함께 독일로 갔어요. 린은 여전히 UN 우주군 소속으로 유럽에서 몇 가지 프로그램을 조율하는 일을 맡고 있죠."

"그냥 그렇게 되어버린 거예요?"

"아, 어쩌면 오히려 다행인지도 몰라요. 한동안 린이 나한테 정착하자는 신호를 보냈었어요. 당신도 그게 어떤 건지 알 거예요."

"그런데 당신은 그럴 생각이 없었던 것이고."

"네…. 결혼이란 게 멋진 제도이긴 하지만, 난 아직 그 제도를 받아들일 준비가 안 된 것 같아요."

제리는 자신이 이해할 수 있는 이야기로 화제가 바뀌자 좀 더 편안해 보였다. 그가 맥주 캔을 들어 올렸다. "그 말에 건배하죠."

"결혼해본 적 없나요?" 헌트가 물었다.

"한 번이오. 그걸로 충분해요."

"별로 행복한 경험은 아니었나 보군요?"

제리가 얼굴을 찌푸렸다. "아, 아니요. 불행한 결혼이라는 건 없어요. 다들 행복하잖아요. 결혼식 사진들을 한번 보세요. 그다음에 함께 사는 게 힘든 거죠." 제리는 빈 캔을 우그러뜨려 팩 안으로 던지더니, 다른 캔을 꺼내서 땄다. 그리고 바위 뒤에 있는 나무에 반쯤 기대며 편안하게 자리를 잡았다.

헌트는 풀이 덮인 둔덕에 드러누우며 손으로 깍지를 껴서 머리를 받쳤다. "아무튼 지금 당장 생활은 부족한 게 없고 흥미진진해요. 복잡한 일을 괜히 만들고 싶지 않아요. 안 그래도 외계 문명 전체나 과학 혁명처럼… 집중해야 할 전문적인 문제들이 많으니까요."

"24시간으로도 부족하겠네요." 제리가 진지하게 동의했다. "다른 데 신경 쓸 여력이 없을 것 같아요."

"사실대로 말하자면, 사는 게 이렇게 단순하면서도 즐거웠던 적이 없었어요."

"그렇다니 다행이네요."

헌트는 누워서 햇볕을 받으며 눈을 감았다. "아, 걱정하지 마세요. 이제 복잡한 일은 5천 킬로미터 떨어진 독일에 있어요. 그리고 난 그 부부로부터 떨어져 있으려고 노력 중이에요."

차 소리가 가까워지더니 멈춰 서자, 헌트가 눈을 뜨고 다시 몸을 일으켜 앉았다. 몇 분 전에 접근로를 따라 올라오던 청동색 차였다. 헌트와 제리네 진입로가 만나는 출입구 바깥에 차가 서 있었다. 갓 수입한 푸조의 신형 모델인지 외형이 매끈했지만, 짙은 갈색의 내부 장식은 자제하는 느낌이 강해서 잘난 체와는 거리가 멀었다.

그 차를 운전하고 있는 여성도 비슷한 느낌이었다. 30대 초중반으로 보이는 그녀는 앞으로 살짝 내민 보기 좋은 입술과 세련되고 뾰족한 턱, 장난기가 살짝 비치는 정도로만 위로 약간 들린 곧은 코, 도드라진 광대뼈를 칠흑처럼 짙은 검은색 머릿결로 감싸고 있었다. 깔끔하게 파인 민소매 감청색 원피스를 입은 그녀가 열린 창문틀에 걸친 팔에는 소박한 은팔찌가 반짝거렸다.

"안녕하세요." 여자의 목소리는 편안하고 자연스러웠다. 그녀가 아직 열려 있는 제리의 GM 허스키 보닛 쪽으로 살짝 고갯짓하며 말했다. "여러분이 쉬고 있는 모습을 보니 아마도 다 고치신 모양이네요."

나무에 기대고 있던 제리가 몸을 일으켰다. "네. 지금은 수리를 마쳤습니다. 어…, 뭘 도와드릴까요?"

그녀의 밝고 생기가 넘치는 눈은 첫눈에 슬쩍 보고도 전체 상황을 파악한 듯한 인상을 줘서 깊고 지적인 사람이라고 느껴졌다. 그녀는 두 남자를 거리낌 없이 호기심 어린 눈길로 바라봤지만, 유혹하려는 눈빛은 전혀 아니었다. 그녀의 태도는 과하게 독단적이거나 방어적이지 않았고, 관심을 끌려고 계산적인 자세를 보이지도 않았다. 그저 어디에서나 낯선 사람이 다른 사람에게 할 수 있는 수준의 단순하고 선선한 태도를 유지할 뿐이었다.

"제 생각엔 맞게 찾아온 것 같아요. 아래에서 표지판을 보니 여기에는 이 두 집밖에 없는 것 같더군요. 저는 빅터 헌트 박사를 찾고 있습니다." 여자가 말했다.

3

제블렌의 바다에는 염화물과 염소산염이 풍부했다. 이 분자들이 순환하는 바람과 기류를 타고 하늘 높이 올라가 지구보다 푸르고 뜨거운, 그래서 자외선이 더 강렬한 제블렌의 태양에 의해 쉽게 해리(解離)되었다. 이런 기제가 대기 상층부에 염소 원자들을 유지시켰고, 이로 인해 제블렌에서는 옅은 연두색 하늘에 황록색 태양이 빛났다. 대기에도 네온의 함유량이 많았기 때문에 방전 전압이 상대적으로 낮아서 주황색 번개나 오로라 같은 형태의 방전이 거의 끊임없이 일어났다.

여기가 5만 년 전 미네르바가 파괴된 이후 투리엔의 가니메데인들이 원시 인류의 한 분파인 람비안 생존자들을 정착시킨 곳이었다. 세리오스인 분파는 지구로 돌아갔다. 그 후 제블렌인은 투리엔인의 기술로부터 온갖 혜택을 입었고, 투리엔인이 과학을 통해 얻은 지식을 나눠 받을 수 있었다. 투리엔인은 그들에게 동등한 권리와 위상을 기꺼이 부여해줬으며, 이윽고 제블렌은 제블렌인이 관리하는 행성들로 이루어진 준자치체제의 중심이 되었다.

투리엔인은 육식동물에서 기원해서 잘못 인도된 월인의 세계관이 미네르바에서 대참사를 일으킨 장애의 원인이라고 생각했다. 지구에서의 일반적인 통념과 달리, 그들은 인간들이 한정된 자원 때문에 싸우는 게 아니라고 판단했다. 오히려 싸우려는 본능 그 자체가 원인이며, 이 때문에 인간은 자신들이 뭔가 가치 있는 것, 다시 말해 희귀한 물품 때문에 싸운다는 결론을 이끌어낸 것이라고 보았다.

하지만 우주의 자원이 무한하다는 가니메데인의 지식을 월인들이 받아들인 후에는 모든 게 바뀔 것이라고 투리엔인들은 믿었다. 투리엔의 문화 속으로 무제한적으로 동화되어 온갖 관대함을 만나게 되면, 공격성이 완화되고 불안감과 공포가 해소되며 지배와 정복에 대한 충동이 억제되고, 호의에 기반을 둔 온화하고 균일한 사회를 건설할 것이라고. 제블렌인이 투리엔인들처럼 욕망과 의심, 고역에서 해방되면 씨앗 안에서 발현되기를 기다리는 잠재력처럼 자신들 속에 잠자고 있던 특성을 드러낼 것이라고 말이다. 더 이상 시간이나 공간의 속박도 받지 않고, 하나의 행성에서 자원을 구해야 하는 제한도 사라지면, 그들은 수많은 세계에 퍼져있는 수천 가지의 생활양식으로 뻗어 나가며, 오래전에 지구의 원시 바다에서 시작된 위로 상승하기 위한 투쟁을 끝내고, 그들의 능력을 마음껏 발휘할 수 있게 되리라 생각했다.

적어도 투리엔인들은 제블렌인이 그렇게 될 것이라고 믿었다. 그러나 인간과 지낸 수천 년 동안 투리엔인들은 그들의 뒤틀린 특성에 대해, 고대 미네르바의 가니메데인 과학원정대 샤피에론호의 전임 원정대장으로서 고작 6개월을 지구에서 지낸 가루스 총독보다도 몰랐다.

자존감은 타인이 주는 게 아니라, 오로지 자기 힘으로 얻는 것이기 때문이다. 의존은 부족감과 분노를 키우기 마련이었다. 그리고 그 결과는 냉담과 질시, 무례, 증오였다.

제블렌인 중에서 권력을 잡은 더욱 야심 찬 소수는 거짓말을 하고 음모를 꾸며서, 투리엔인이 지구의 발전 상황을 지켜보기 위해 설치해둔 감시 활동에 대한 통제권을 확보했다. 그들은 암암리에 지구를 후진적인 상태로 유지하면서, 비밀스러운 군사력을 키웠다. 그리고 투리엔을 끌어내리려던 그들의 계획은 거의 성공할 뻔했다. 제블렌인의 음모를 좌절시키는 데에는 투리엔인의 기술이 결정적인 역할을 했지만, 실제로는 지구와 직접 개통하기로 한 투리엔인의 결정이 그 상황을 구했다고 할 수 있다. 지구인에게 들은 샤피에론호의 이야기는 제블렌인의 보고와 달랐다. 그리하여 제블렌인과 속임수 능력을 엇비슷하게 펼칠 수 있는 지구인들이 개입하게 되었다.

그러나 제블렌인 대다수의 상황은 권좌에 올랐던 소수와 매우 달랐다. 그들에게는 투리엔인의 안내를 받으며 성장한 그 사회가 무덤까지 그들을 감싸고 보호해주는 인큐베이터였다. 그들이 뭔가를 하든 아무것도 하지 않든, 그들의 삶에 아무런 차이가 없을 정도로 아낌없는 배려를 받게 되자, 제블렌인들은 자신들의 일상의 통제를 익명의 관리자나 컴퓨터의 보이지 않는 영역에 맡겨버리고, 무기력이나 일탈에 빠졌다. 혹은 더 이상 의미가 없어진 역할을 연기하듯 공허한 사회적 의례를 수행하거나, 망상을 탐닉했다.

제블렌인이 관할한 행성들의 시스템을 전체적으로 관리하는 처리 과정과 네트워크 전체를 제벡스라고 하는데, 이 제벡스의 관리 아래 컴퓨터들이 공장과 농장, 광업과 가공, 생산, 분배, 수송, 통신을 운용했으며, 진행되는 일들을 파악하기 위해 모든 상황을 지켜봤다. 제벡스는 꾸준히 기록하고, 창고에 비축하고, 수리 일정을 짰으며, 로봇을 지휘해서 공장을 세우고, 기계를 정비하고, 식료품을 배달하고, 쓰레기를 회수했다. 그리고 사람의 역할을 더 이상 요구하지 않는 체제에서 탈출하는 꿈을 사람들에게 심어주었다.

자칭 제블렌 연방을 끝장내버린 사흘간의 가짜 전쟁이 끝난 후, 투리엔과 지구의 지도자들은 '제벡스가 문제였다'고 결론을 내렸다. 제벡스는 투리엔의 더 크고 강력한 복합 컴퓨터 네트워크인 비자르를 모델로 만들어졌다. 그래서 제벡스는 가니메데인의 기질과 요구에 맞춰 서비스를 제공하도록 훌륭하게 만들어졌지만, 도전과 경쟁을 추구하는 인류의 강박은 전혀 만족시키지 못했다.

그리하여 상황을 교정하기 위해 우선 제벡스의 핵심 서비스를 제외하고 당분간 모두 중지시키자고 결정했다. 제블렌인에게 자신들이 저지른 일에 대한 책임을 지도록 하고, 동시에 그들이 문제를 일으킬 기회를 줄임으로써, 다시 인류가 되는 법을 배우도록 자극하려는 것이었다. 그리고 샤피에론호의 가니메데인들은 제벡스가 제거된 보호 관찰 기간 동안 제블렌의 재건 계획을 감독하고 관리하는 역할을 맡는 데에 과감히 동의했다.

가루스 총독은 자신들이 어떤 일을 떠맡은 것인지 이제야 실감하기 시작했다.

제블렌 항성계의 임시 총독으로 임명된 그는 제블렌의 행성행정본부에 있는 자신의 집무실에서 원정대의 수석 과학자였던 가니메데인 여성 쉴로힌과 함께 앉아 있었다. 그곳은 본래 '쉬반'이라는 도시의 시청으로 사용되던 건물이었다. 그들 앞에는 영상이 허공에 매달린 듯 떠 있었다. 행정본부에서 수천 킬로미터 떨어진 '바루시'에서 전송된 영상이었는데, 바루시는 제블렌 남반구 대륙의 해변에 있는 도시로

서, 도시 중앙에 있는 세 채의 고층건물이 연녹색의 하늘을 향해 1.5 킬로미터 이상 솟아있었다. 하지만 가루스 총독과 쉴로힌이 보고 있는 영상에는 칙칙한 배경에 초라한 건물들과 대부분의 기계가 멈춰져 있는 장면이 비쳤다. 많은 사람이 도시 외곽을 둘러싼 판자촌으로 이사했는데, 그들이 어쩔 수 없이 되돌아가야 했던 단순한 일상생활을 그곳에서는 좀 더 쉽게 조직할 수 있었기 때문이다. 모든 게 자동화되고 자율적으로 조종되던 환경이 사라지자, 제블렌 사람들은 음식을 모으고 준비하는 것 같은 활동조차 예상외로 복잡하다는 사실을 깨닫게 되었다.

가니메데인이 머무르고 있는 시청에서 찍힌 영상은 완벽했다. 그리고 바루시 지방을 맡은 가루스 총독의 오랜 동료 승무원들이 층층으로 펼쳐진 사메트 광장을 내려다보고 있었다. 수천 명에 이르는 제블렌인 행렬이 바루시 외곽 동쪽에서 시내로 몰려들며, 오후 내내 광장에 모여있던 수천 명과 합류했다. 그들은 다들 자주색 옷을 입기로 한 모양이었다. 붉은 바탕의 검은 원 안에 자주색 소용돌이가 그려진 깃발들 뒤로 사람들이 모여들 때 중간중간에서 흩어져있던 관악대가 앞으로 나왔다.

모든 활동은 계단 위의 연단에 서 있는 한 사람을 향해 집중되었는데, 그의 등 뒤로 자주색 소용돌이가 그려진 거대한 걸개그림이 걸렸다. 관악대가 연주를 멈추자 연설자가 열변을 토해내기 시작했다. 연설자의 이름은 아율타였다. 아율타는 짙은 파란색 튜닉을 입고 자주색 망토를 걸쳤다. 그의 험악하고 강렬한 얼굴은 두툼하고 짙은 눈썹과 짧은 수염 때문에 더욱 두드러졌는데, 그건 아율타가 의도한 느낌이었다. 그리고 그는 말할 때 머리를 화려하게 움직이고, 갑작스럽게 호소하는 몸짓과 더불어 종종 주먹으로 손바닥을 치면서 자기 말을 강조했다. 증폭된 그의 목소리가 끊임없이 함성을 지르며 지지하는 사람들의 열광적인 얼굴의 바다를 가로지르며 울려 퍼졌다.

"우리가 가니메데인들을 믿지 않았습니까? 우리는 가니메데인들을 신뢰했기 때문에, 기꺼이 그들의 문화에 합류했고, 그들의 풍습을 배우기 위해 수 광년의 우주를 가로질러 그들과 함께 여기로 온 거 아닙니까? 가니메데인의 제안을 거절하고 자기네 마음대로 떠났던 것은 지구인들이었습니다." 그는 잠시 말을 멈추고 호소하는 표정으로 좌우를 돌아보더니, 중요한 시점에서 목소리를 극적으로 낮췄다. "어쩌면 세리오스인들은 우리가 생각하고 있는 것보다 훨씬 일찍 그 옛날에 우리보다 더 잘 알고 있었을지도 모릅니다." 갑자기 목소리가 치켜 올라갔다. "배신을 당한 건 그들이 아닙니다!"

분노의 외침이 터져 나왔고, 사람들이 주먹을 흔들었다. 연설자는 날카로운 눈빛으로 소음이 가라앉을 때까지 기다렸다.

"그렇습니다. 배신당한 건 우리였습니다! 협정이 있었습니다. 우리가 명예롭고 엄숙하게 지켜왔던 서약이었습니다. 수십 년도 아니고, 수백 년도 아니고, 수천 년이나!" 지구의 상황을 살펴보기 위해 진행했던 감시를 말하는 것인데, 투리엔인이 제블렌인에게 위임했었다. "우리는 임무를 충실하게 실행했습니다. 우리는 의무를 다했습니다." 다시 말을 멎었다. 사람들의 기대감이, 쌓여가는 긴장감과 더불어 거의 소리로 들리는 듯했다. 그때 아율타가 폭발적으로 내뱉었다. "가니메데인이 서약을 깨트린 겁니다!"

우레 같은 박수 소리와 펄럭이는 깃발, 위로 치켜든 손들.

바루시 시청 안에서 바라보고 있는 영상의 한쪽 앞에 가니메데인들이 몇 명 서 있었다. 그들은 지구인의 두개골에 비해 길고 좁다란 머리에 아래턱이 길게 돌출된 2.5미터 신장의 회색 외계인들이었다. 가장 가까이에 서 있던 몬카르가 고개를 돌려 쉬반에서 영상을 보고 있는 두 가니메데인을 바라봤다. 몬카르는 가루스 총독이 이끌었던 샤피에론 원정대의 부관이었다.

"저 사람은 일어났던 일을 왜곡하고 있습니다!" 몬카르가 따지듯 말했다. "물론 마지막에 투리엔인이 지구인과 직통 무전을 개통하긴 했지만, 그건 제블렌인이 그들에게 보고했던 내용과 상반되는 사실을 알게 된 이후였습니다. 제블렌인은 수백 년 동안 거짓말을 했어요. 제블렌인은 조직적으로 보고서를 조작했습니다!"

"투리엔인은 오랜 기간 배신을 당한 후에야 의문을 갖기 시작했습니다." 다른 가니메데인이 말했다.

몬카르가 팔을 들어 밖에 있는 군중을 가리켰다. "아래에 있는 저 사람들도 그 사실을 모두 알고 있습니다. 그들은 진실을 알고 있어요. 그런데 저 사람이 하는 말에 어떻게 저런 반응을 할 수가 있죠? 저들에게는 비판 능력이란 게 아예 없는 건가요?"

"인간들은 자신이 원하는 대로 보고 듣는 능력을 지녔다는 걸 우리가 아직 이해하지 못한 것 같습니다." 다른 가니메데인이 대답했다. "인간들에게 진실은 전혀 효력이 없습니다."

아래에서 아율타가 천둥 같은 소리로 외쳤다. "그런데 투리엔인들에게는 배신만으로 부족했던 모양입니다. 그들은 우리를 속이고 샤피에론호가 지구를 떠난 후 몰래 가로채서 투리엔으로 가져갔습니다. 그러고는 속임수로 우리를 짓눌렀습니다."

"그러지 않았다면 자기들이 샤피에론호를 파괴했겠지!" 몬카르가 아연실색한 얼굴로 소리쳤다. "투리엔인이 없었더라면 우리는 모두 죽임을 당했을 겁니다." 그가 고개를 돌려 영상 너머로 가루스 총독을 다시 쳐다봤다. "어떻게 하면 좋을까요? 저들은 자기들이 생각하고 싶은 대로 과거를 바꾸고, 그게 실제로 일어났던 것처럼 기억을 조작하고 있습니다. 저들은 자신들이 지어낸 이야기와 현실을 구분하지 못합니다."

가루스 총독 옆에 있던 쉴로힌이 고개를 절레절레 흔들었다. 저들을 만난 지 1년이 넘었지만, 그녀는 아직도 이 이상하고, 공격적인 성향이 있는 분홍색, 갈색, 노란색, 검은색의 외계인 난쟁이들이 펼치는 정치가 당황스러웠다. "그렇지만 저들도 인간이잖아요. 우리는 지구에 머무는 동안 많은 인간을 만났습니다. 그들이 쉽게 흥분한다는 점은 저도 인정하지만, 저렇게 비이성적이지는 않았습니다. 우리 모두 그 사실을 알잖아요."

"저들은 자신에게 맞는 거라면 이성적인 생각이든 아니든 뭐든지 받아들일 수 있어요." 몬카르가 말했다.

광장에서 아율타가 소리쳤다. "그리고 이제 투리엔인들은 자신들의 속임수로 제블레이 붕괴된 상태를 이용해서 우리에게 외계인의 지배를 받도록 하고, 우리의 가장 기본적인 인권을 침해하기 위한 평계로 사용하고 있습니다. 누구든 자기 일을 스스로 결정할 수 있어야 하는 권리 말입니다. 저들은 우리에게 자기들이 없다면 우리 사회가 제대로 굴러갈 수 없을 거라고 말합니다. 그렇지만 우리 사회는 제벡스가 차단되기 이전까지 충분히 잘 굴러갔습니다. 그리고 누가 제벡스를 차단했습니까? 저들이 한 짓입니다! 그러므로 이 상황 전체는 지구인들과 함께 계획해서 꾸며낸 겁니다. 그들이… 그들이 서약을 깼기 때문입니다. 거짓말을 하고 배신한 자는 그들입니다. 속임수를 써서 부당하게 개입한 건 그들입니다. 투리엔인들은 제블렌 연방을 위협으로 여겼습니다. 우리가 무슨 위협이라도 했습니까? 아니요! 우리가 무슨 짓을 했나요? 아닙니다! 우리는 그저 존재하는 이상의 어떤 짓도 하지 않았습니다!"

그 순간, 군중의 한쪽에 있던 집단이 갑자기 입고 있던 자주색 옷가지를 찢고, 감추고 있던 녹색 띠를 꺼내더니, 구호를 외치며 띠를 흔들기 시작했다. 그들과 가까이 있던 자주색 옷을 입은 사람 중 일부가 그들과 승강이를 벌이면서 녹색 띠를 잡아챘다. 광장에 줄지어서 있던 바루시 경찰이 문제가 발생한 곳을 향해 뛰어들자 사방에서 몸싸움이 벌어졌다.

쉬반에 있는 가루스 총독이 그 장면을 보며 경악했다. 그는 샤피에 론호가 지구에 머물던 당시 지구인의 과거 뉴스에서 이런 장면을 봤었다. 그것이 제블렌에 발생하는 상황을 다루는 방법에 대한 약간의 길잡이가 될 수 있을지 어렴풋이 기대했었지만, 현재의 임무를 맡은 뒤 최근에 들어와 이런 일이 수없이 일어났다. 가루스 총독은 어찌할 줄 모르고 갈팡질팡했다. 제블렌인 경찰과 당국이 이 상황을 잘 다뤄 주길 기대했지만 무용지물이었다. 제블렌인들도 인류인지는 모르겠지만, 업무에 충실하지 않다는 사실은 이미 명확해졌다. 어쨌든 그들은 진취성과는 거리가 멀었다.

"저기 보세요." 몬카르가 말했다. "저기요, 시작됐습니다. 저는 이해가 되질 않아요. 어떻게 저렇게 비이성적일 수가 있죠? 저런 짓이 대체 누구한테 좋을까요?"

폭동이 커지는 모습을 지켜보던 가루스 총독이 고개를 돌려 쉴로힌을 바라봤다. "이런 일이 제블렌 행성 전체에서 일어나기 시작하면 사람들이 다칠 겁니다." 그가 낮은 소리로 말했다. "죽는 사람들도 나오겠죠. 우리는 이런 일을 감당할 수 없어요. 다른 방식의 대응이 필요합니다."

그는 무력을 말한 것이었다. 아니면 필요한 경우 무력을 사용할 수 있다는 확실한 위협이라도. 그것은 지구인 점령군이 가니메데인을 대체한다는 의미였다. 가니메데인은 심리적으로 그런 해결책에 어울리지 않았다. 게다가 가루스 총독은 다른 가니메데인들보다 이런 식의 해결을 더욱 원하지 않았다. 하지만 일단 인류가 정신 착란에 빠지기 시작하는 경우 무력만이 그들을 억제할 수 있다는 사실은 역사가 충분히 보여주고 있었다.

쉴로힌은 한동안 말없이 생각에 잠겨있었다. "이게 그냥 불합리한 행동이라고 생각하지는 않으시죠?" 그녀가 마침내 입을 열었다. "누군가가 저런 일이 일어나길 바란 건 아닐까요?"

"누구 말이죠? 이게 제블렌인에게 무슨 이익이 되나요?" 가루스 총독이 대답했다.

"제블렌인 중 절반은 어떤 게 자기들에게 이익인지 모르는 것 같아요." 쉴로힌이 말했다.

"우리가 그런 정책을 제안했을 때 공동정책위원회가 거부했죠." 가루스 총독이 지적했다.

"하지만 이제 지구인들이 설득해서 공동정책위원회의 마음을 바꿀 수 있지 않을까요?"

공동정책위원회는 가짜 전쟁과 제블렌 연방의 붕괴 이후 가루스 총독이 실행할 계획을 마련하기 위해 투리엔인과 지구인이 구성한 회의체였다. 당시 지구인 대표 중 일부는 지금 나타나고 있는 이런 문제를 예상하고, 제블렌에 가루스 총독이 운용할 수 있는 지구인 치안대를 설치해야 한다고 제안했다. 하지만 승리감에 도취되고 투리엔인의 이상에 영향을 받고 있던 공동정책위원회는 그 제안을 기각했다. 가루스 총독은 이제 막 터져 나오기 시작한 이런 시위가 통제권을 훌쩍 벗어날 경우, 공동정책위원회가 처음 제안처럼 가니메데인의 영향력을 보완해주기 위해 지원 부대만 배치하는 정도가 아니라, 아예 군대가 가니메데인들을 대체하도록 지시할까 봐 걱정되기 시작했다.

그런 일이 일어난다면, 제블렌인들의 문제를 이해하려던 가루스 총독의 노력은 헛수고가 되어버릴 것이다. 그는 이제 막 뭔가 중요한 부분에 접근하기 시작한 상황이었다. 제블렌인의 상태에는 제벡스에 과잉 의존하던 상황 때문에 발생한 금단증상과 무관심 이상의 뭔가 다른 게 더 있다고 가루스 총독은 확신했다. 뭔가 심각한 일이 일어나고 있었다. 그건 오래전부터 진행되던 문제였다. 제벡스와 관련된 뭔가가 제블렌인을 미치게 만들고 있었다.

가루스 총독이 피곤한 얼굴로 의자에 털썩 앉았다. "다행히 우리에게는 지구의 정치계에 친한 사람들이 몇 명 있어요. 아마 그들에게서 무슨 일이 일어나고 있는지 알아낼 수 있을 겁니다."

"저는 우리가 그 정치인들과 접촉하는 게 좋을지 확신이 들지 않습니다." 쉴로힌이 차가운 목소리로 말했다.

"그런가요?"

쉴로힌이 고개를 끄덕였다. "인간들의 정치는 너무 복잡해서 우리가 전혀 이해할 수 없습니다. 정치인보다는 우리가 아는 사람 중에 소통할 수 있고 믿을 만한 사람이 괜찮을 것 같아요. 실은 우리가 처음으로 만났던 지구인이 어떨까 합니다."

가루스 총독이 생각에 잠긴 표정으로 의자의 등받이에 기대앉았다. 자신은 왜 진작 그런 생각을 해내지 못했는지 의아하다는 듯 갑자기 그의 눈이 반짝거렸다. "직통으로 이야기를 해보자는 거죠? 공식적인 업무처리와 '공식 채널' 같은 건 잊어버리고?"

쉴로힌이 어깨를 으쓱했다. "그러면 왜 안 되나요? 그 사람도 그렇게 할 거예요."

"흠, 그리고 그 사람은 이들을 더 잘 이해하겠죠⋯." 가루스 총독이 잠시 생각한 후 쉴로힌을 향해 활짝 웃었다. 쉴로힌은 오늘 가루스 총독이 웃는 모습을 처음 봤다.

"총독님 말씀대로, 우리가 아무것도 하지 않는다면 사람들이 죽기 시작할 겁니다. 그런 위험한 상황을 만들면 안 됩니다." 쉴로힌이 말했다.

"당연히 안 되죠." 가루스 총독이 목소리를 실짝 높여 샤삐에론호에 구축된 인공지능 컴퓨터에게 말했다. "조락."

"네, 총독님."

제벡스가 중지된 후 조락이 행성 네트워크에 연결되어 운영 상황을 감독하고, 투리엔의 비자르 시스템과 연결해주었다.

"즉시 어스넷(Earthnet)에 통신망을 연결해줘."

4

그녀의 이름은 지나 매린이었다. 시애틀에서 왔으며 작가라고 했다.

"어떤 책을 썼나요?" 헌트가 물었다. "제가 읽어본 책이 있을까요?"

매린이 인상을 찌푸렸다. "작가들이 그 질문을 얼마나 지겹게 듣는지 아셨더라면 좋았을 텐데."

헌트가 미안한 기색 없이 어깨를 으쓱했다. "당연한 질문이잖아요. 그게 아니라면 우리가 무슨 이야기를 하면 좋을까요?"

"누구나 알 정도로 흥행에 성공한 책은 없어요." 매린이 솔직하게 말했다. 그리고 한숨을 내쉬었다. "저는 어떤 입장을 취하더라도 사람들을 화나게 만들 게 뻔한 논쟁적인 문제에 뛰어드는 습관이 있는 것 같아요." 그녀의 목소리에 그다지 후회하는 기미는 없었다. "인기를 얻고 싶다면 그런 문제에서 한쪽을 편드는 게 썩 영리한 생각은 아닐 텐데 말이에요." 그녀가 어깨를 으쓱했다. "그렇지만 그렇게 하면 삶이 흥미진진해지죠."

헌트가 어렴풋이 미소를 지었다. "독일 속담에 사람들은 인기 없는 진실보다 인기 높은 거짓말을 더 좋아한다는 말이 있지 않나요?”

“맞아요. 바로 그거예요.”

두 사람은 헌트 집의 거실에 앉아 커피를 마셨다. 매린은 전망이 보이는 창가 소파에 앉고, 헌트는 벽난로 옆에 있는 가죽 안락의자에 편한 자세로 앉았다. 그가 앉은 안락의자 옆에는 물건들이 어수선하게 널린 책상이 있고, 그 옆에는 책장과 식탁, 그리고 부분적으로 분해된 특이하게 생긴 장치와 조립품이 놓인 작업대가 있다. 헌트는 그 장치가 가니메데인 중력 통신 조절장치의 내부에서 떼어낸 것이라고 설명해주었다. 거실의 다른 부분은 이론물리학자의 연구 분위기와 느긋한 독신 생활의 일용품이 뒤섞인 모양새였다. 샤피에론호를 배경으로 헌트가 활짝 웃는 동료들, 가니메데인들과 함께 찍은 사진 액자가 벽면 모니터 위에 걸렸다. 48인치 벽면 모니터에는 일종의 3차원 파동 함수 그래프가 떠 있었다. 이미 넘치기 시작한 책장의 한쪽 끝에 달린 수납장에는 트위드 재킷과 넥타이, 목욕 가운이 함께 뒤엉켜서 걸렸다. 미국물리학회저널 더미 위에는 프로그램 목록이 진열되어 있고, 거기서 몇 발자국 옆에 있는 벽에는 베토벤의 교향곡 악보 복제판이 붙어 있었다.

“그렇다면 당신은 인기가 없는 이성(理性)의 편을 계속 들었겠군요.” 헌트가 말했다. “군중 심리에 좌우되는 사람은 아니겠네요.”

매린이 미리 오해를 차단하려는 듯 고개를 살짝 저었다. “오해하지는 마세요. 그저 다르게 보이고 싶다거나, 뭐 그런 것을 위해서 일부러 그러는 건 아니에요. 저는 그냥 중요하게 생각되는 문제에 관심을 가진 것뿐이에요.” 그녀가 잠깐 말을 멈췄다가 다시 이어서 말했다. “문제들에 대해 깊게 파고 들어가기 시작하면, ‘모든 사람이 아는’ 사실과 전혀 다르게 밝혀지는 일이 얼마나 자주 일어나는지 놀라울 지경이에요. 하지만 일단 그 정도로 깊게 들어가면, 자신이 본 진실을 받아들일 수밖에 없어요."

헌트는 잠시 입을 오므리고 생각에 잠긴 표정을 짓더니 말했다. "왜 그런 애를 쓰세요? 사람들은 어차피 자신들이 원하는 이야기를 계속 믿을 겁니다. 사람들은 진실을 원하지 않아요. 확신을 원할 뿐이죠. 당신이 그 사실을 바꿀 수는 없어요. 왜 그런 일에 자신의 삶을 불태우시죠?"

매린이 그 말을 인정하듯 고개를 살짝 끄덕였다. "알아요. 다른 사람을 바꾸려는 건 아니에요. 실은 오히려 저 자신을 위한 거죠. 나 자신에게는 진실해야 하니까요. 전 그저 세상이 정말로 어떤지 궁금할 뿐이에요. 많은 사람이 생각하는 사실과 다르다는 게 드러나면 아주 안타깝기는 하죠. 잘못된 이야기를 믿는 사람들도 현실을 바꿀 수는 없잖아요."

헌트가 커피가 담긴 머그잔을 들고 잔 너머로 매린을 바라봤다. 아무튼 그녀는 세상과 불화하는 상황을 합리화하는 사람들이 너무 자주 읊어대는 흔한 이야기들로 시작하지는 않았다. 그녀가 사회 부적응자일지는 몰라도, 그녀는 그 사실을 그대로 받아들이고 편하게 생각하는 듯했다. 그녀가 여기까지 어떤 문제 때문에 왔든, 헌트에게는 시간이 있고 그녀의 이야기를 들어볼 의향도 있었다.

잠시 후 헌트가 말했다. "어쩌면 당신은 직업을 잘못 택했는지 모르겠는데요. 당신은 과학자가 되어야 했던 게 아닐까 하는 생각이 들기 시작했어요."

"객관적인 진실이 실제로 어떤 건지 찾아보는 일 말인가요? 그게 과학자들이 하는 일이죠, 그렇죠?" 매린이 장난스럽게 한쪽 눈썹을 슬쩍 올리고 혀로 볼을 살짝 내민 모습은 의심의 여지가 없이 그를 놀리는 것이었다.

"그렇죠…. 뭐, 아무튼 과학자는 그렇게 해야 하죠."

매린은 장난스럽게 놀란 표정을 지으며 눈을 동그랗게 떴다. "아, 그렇죠. 과학자들이 그렇게 하죠. 그 사실은 교과서만 읽어도 알 수 있어요."

헌트가 활짝 웃었다. 그는 이런 만남이 즐거웠다. "우리가 현실에 관해 이야기하기로 하지 않았던가요?" 그가 말했다.

"하지만 그게 여러분이 하는 일이잖아요?" 매린이 여전히 장난스러운 투로 물었다. "현실을 밝혀내는 거?"

"물론 저는 그렇죠. 모든 과학자가 자신은 다르다고 생각할 겁니다."

"그러면 당신은 저 밖이 실제로 어떤지 알고 있겠네요."

"당연하죠."

매린이 다리를 움직이더니, 앞으로 몸을 기울이며 손으로 턱을 바치고 흥미로운 표정으로 헌트를 응시했다. "계속 말해보세요. 저 밖에는 뭐가 있나요?"

"광자(光子)가 있죠."

"그게 다예요?"

헌트가 손을 내밀며 말했다. "물리학에서 이야기해줄 수 있는 건 그게 다예요. 우리의 몸 밖에 있는 모든 것은 신경 말단에 있는 원자와 상호작용하는 광자로 환원시킬 수 있어요. 그게 전부죠. 그 외에는 아무것도 없어요. 그냥 양자수를 꼬리표로 달고 있는 일련의 파동일 뿐이에요."

"그다지 흥미롭지는 않네요." 매린이 말했다.

"당신이 물었잖아요."

"그렇다면 제가 봤던 이 재미있는 세상의 다른 부분들은요?"

"당신이 봤다는 다른 부분이 어떤 건가요?"

매린이 어깨를 으쓱하더니 어정쩡하게 손짓을 했다. "온갖 사건들, 바다와 산, 색과 형태, 사람들이 가득한 장소들, 뭔가 의미 있는 행동들. 이 모든 것들은 어디에서 온 건가요?"

"복잡도가 점진적으로 높은 단계로 올라갈 때 저절로 나타나는 관계의 창발적 특성이죠." 헌트가 그녀에게 설명했지만, 그녀는 그다지 흥미로워하지 않는 듯했다.

"신경계 구조 때문이라는 거죠?" 매린이 그렇게 그의 설명을 받아넘겼다. "제 머리가 그걸 만들어냈다는 말이네요."

헌트가 놀란 표정을 짓더니 고개를 끄덕이며 동의했다. "머리가 아니면 어디겠어요? 우리 몸 밖에 뭐가 있는지는 이미 알고 있잖아요."

"모든 책은 똑같이 스물여섯 자의 알파벳으로 쓰였죠. 우리가 인지한다고 생각하는 특성들은 그 기호들 속에 존재하지 않아요. 그 기호들은 그저 우리의 신경계에 기록된 평생의 삶을 자극하는 부호 체계에 불과하죠."

"제대로 이해하셨네요. 때때로 저는 두 사람이 어떤 걸 비슷하게 인식할 수 있다는 사실이 너무 놀라워요."

"저는 우리가 비슷하게 인식하는지 늘 확신이 안 돼요." 매린이 대답했다.

"당신의 관점에서는 그것도 괜찮을 것 같네요. 우리가 모두 세상을 똑같이 본다면, 당신이 쓸 만한 논쟁거리가 남아나지 않을 거예요." 헌트가 잠깐 멈췄다가 말을 이었다. "저는 이 모든 대화가 처음 같지 않고, 어쩐지 조금 익숙한 느낌이 드는데요."

"아까 말했듯이, 저는 세상에 호기심이 많아요. 그리고 여하튼 작가들은 많이 읽는 편이죠. 강박적인 습관이에요. 작가들이 글을 쓰는 진짜 이유는 자신들이 하는 조사 작업에 대한 핑계가 필요하기 때문이죠."

헌트는 겨루기가 이 정도면 충분하다는 생각이 들었다. 매린이 방어적인 자세를 취하지 않고 자신의 자리를 지키면서 상황이 겨루기로 바뀌었다. 헌트는 머그잔과 아침 식사를 했던 접시를 손에 들고 일어나 부엌으로 향했다. "그렇게 해서 당신이 쓴 책들이 난데없이 소리 지르며 달려드는 폭도들을 불러들이게 된 건가요?" 그가 식기세척기에 접시와 컵을 넣으며 어깨너머로 말했다.

매린은 거실 소파에서 일어나 창문 밖의 풍경을 바라봤다. 평균적인 키보다 살짝 크고 날씬하며 안정된 자세의 그녀는 감청색 원피스와 잘 어울렸다.

"음, 예전에 '지구 지킴이'라는 단체와 '성장 반대 운동'에 대해 조사했던 적이 있었어요." 매린이 고개를 돌리지 않고 말했다. "혹시 박사님은 그들과 관련이 있나요?"

"별로 관련 없습니다. 그들은 몇 년 전에 사라지지 않았나요? 아무튼 투리엔인들이 그들을 완전히 납작하게 눌러버리지 않았을까요?"

"제가 그들에 관해 책을 썼던 때는 투리엔인이 나타나기 전이었어요."

"그렇군요. 그 당시 그 최후의 날을 부르짖는 단체의 주장은 뭐였죠?"

"아, 우리가 태양계로 뻗어 나가고 있는 사실이 문제랬어요. 그 숫자가 너무 빨리 늘어나서 자원이 고갈될 거라고 했죠. 제한 없이 우주로 나가는 인구를 지구가 먹여 살릴 수도 없고, 지구를 떠나는 대안도 적절하지 않다거나 비현실적이라거나, 기타 등등, 기타 등등…."

헌트가 새로운 머그잔 두 개에 커피를 따랐다. "만일 우리가 그런 생각에 너무 많이 집착했더라면, 지금도 손자가 도끼를 만들 수 있게 단단한 돌을 아껴 써야 했을 겁니다. 저는 그거 말고도 할 일이 많아요."

"그런 문제를 중요하게 생각하는 사람이 아주 많다는 게 문제죠. 그리고 그들이 다른 이들의 생각에 영향을 미친다는 사실도요."

"음, 당신도 그 모든 게 바뀌고 있다는 것을 알게 될 겁니다."

"그렇지만 그 주장이 무슨 짓을 했었는지 생각해보세요." 매린이 말했다. "네, 이제야 마침내 세상은 그런 주장이 전혀 의미도 없다는 사실을 깨닫기 시작했죠. 인구 증가는 상황이 나아지고 있다는 징후라는 사실을 말이에요." 헌트가 머그잔을 들고 거실로 돌아오자 그녀가 고개를 돌리며 말했다. "사람들에게는 손 두 개와 입 하나가 있잖아요, 그렇죠? 사람들은 소비하는 것보다 더 많이 생산하기 마련이에요."

"요크셔에 계신 할머니가 비슷한 말씀을 종종 하셨죠. '말하는 것보다 두 배 더 많이 들어야 해. 그래서 하느님이 귀 두 개와 입 하나를 주신 거란다, 얘야.'"

매린이 얼굴을 찌푸리며 의아한 눈빛으로 그를 쳐다봤다. "혹시 저한테 하는 말씀인가요?"

"아, 아니요. 당신 이야기를 듣고 떠오른 생각이었어요. 그게…." 헌트가 말을 멈추더니, 갑자기 머그잔을 내려놓고 고개를 들어 그녀를 바라봤다. "잠깐만요. 혹시 그 책을 쓴 사람이 당신인가요? 고귀한 사람들이던가요?"

"《사람들, 귀중한 사람들》이었죠." 매린이 고개를 끄덕이며 인정했다. "읽어보셨어요?"

"전부 읽지는 못했어요. 함께 일하는 사람들이 보여줬었거든요. 그 책에서… 지난 2백 년 동안 모든 천연자원의 실질 생산비가 얼마나 하락했는지 이야기했죠?"

"상품이 희소해지는 게 아니라, 점점 더 풍부해지고 있다는 사실을 보여주는 징후죠."

"그리고 더욱 길어진 기대수명과 유아사망률 하락 같은 일들은 환경이 나빠지고 있는 게 아니라 좋아지고 있다는 의미라고 했죠. 그래요, 기억이 나네요." 헌트가 고개를 끄덕이더니, 그녀를 몹시 흥미로운 눈빛으로 바라봤다. "당신이 주장한 이단적인 생각은 또 어떤 게 있나요?"

"아, 20세기의 핵무기가 1945년부터 마지막 군축이 일어나기 전까지 최소한 네 번은 일어날 뻔했던 3차 세계대전을 막은 주요한 원인이었다고 했죠. 다시 말해, 폭탄과 펜타곤이 어쩌면 페니실린보다 더 많은 생명을 구했을지도 몰라요."

"러시아는 어느 정도 그런 사실을 인정했어요." 헌트가 덧붙였다. "핵폭탄 때문에 대규모 전쟁을 선택할 수 없었다고요. 그건 그들도 모두 알고 있는 사실이에요."

"하지만 그들이 그걸 인정한다는 사실을 대중들은 얼마나 알까요? 대부분의 사람은 여전히 전쟁을 막은 건 평화 시위대라고 생각하고 있어요."

헌트가 고개를 끄덕였다. "그 주장은 좌파 쪽에 파도를 약간 일으켰겠군요. 우파 쪽에는 어떻게 했나요? 당신은 그쪽에도 폭풍을 일으켰나요?"

"아, 그럼요. 십대에게는 종교보다 섹스가 낫고, 대마 정도의 마약은 아무런 문제가 없다고 주장했거든요. 그것도 가족들이 가장 많이 시청하는 시간대의 프로그램에서 그 말을 했죠."

"제대로 한 방 날렸겠네요. 당신은 아주 바빠졌겠군요." 헌트는 그녀가 말하는 모든 이야기가 기분 좋게 느껴졌다. 그는 안락의자에 앉아 깍지를 낀 양손으로 머리를 받치며 기댔다. "그렇지만 그런 주장으로 백만장자가 되긴 힘들겠군요."

"제가 알기로도 그런 것 같아요."

헌트가 고갯짓으로 푸조가 주차되어있는 바깥쪽을 가리키며 말했다. "그래도 보아하니 그다지 나쁘지는 않았던 모양이네요."

"대여한 차예요."

"아."

"공항에서요."

"그렇다면 당신은 다른 데서 여기로 방문한 거군요."

"맞아요."

"어디에 머물고 있나요?"

"매독스에 있어요. 시내의 동쪽에 있는 작은 호텔이죠."

"아하." 헌트는 잠시 조용히 그녀를 바라보며, 앞서 나눴던 대화의 기운이 가라앉기를 기다렸다. "그렇다면," 그가 마침내 입을 열었다. "이제 여기로 오셨으니, 제가 뭘 도와드리면 좋을까요?"

"제가 쓰려는 새 책을 도와주시면 좋겠어요." 매린이 창가에서 뒤로 물러나더니, 소파에 앉지 않고 거실을 가로질러 갔다. 그리고 몸을 돌려 통신 단말기를 올려놓은 탁자에 기대고 서서 팔짱을 꼈다. "제블렌인에 대해서요. 당신은 극소수밖에 없는 정보의 원출처잖아요. 그리고 제가 자료들을 봤더니 당신은 아주 개방적이고 사교성이 좋은 분 같더군요. 그래서 제가 왔죠."

헌트는 그런 일 때문일 거라고 이미 짐작했었다. 매린의 직설적인 태도가 신선한 느낌을 주었다. 대체로 간접적인 정보와 터무니없는 추측에 불과하고, 자신이 무슨 말을 하고 있는지도 모르는 사람들이 돈을 벌기 위해 대량으로 찍어내는 대중매체에 대중들은 압도당했다. 대중매체에서는 자기들이 싫어하거나 동의하지 않는 역사적 인물을 제블렌 요원이라고, 그럴듯하긴 하지만 입증되지 않은 이유를 꾸며내는 게 일종의 게임이 되었다.

"그 문제에 관해 터무니없는 주장들을 하는 사람들이 있죠." 힌트는 매린의 취지를 이해하고 동의했다. "사람들이 온갖 종류의 말도 안 되는 이야기들을 하고 있어요. 그래서 당신은 그 일이 처음 시작되었을 때 바로 그곳에 있었던 사람을 만나보기로 한 거겠죠." 헌트는 그에 대해 반박할 말이 없다는 듯 고개를 끄덕이며 말했다.

그러나 매린은 고개를 저었다. 그녀는 앞서 앉았던 의자로 다시 돌아갔다. "아니요, 그것만은 아니에요. 저는 사람들이 말하지 않은 사실들에 오히려 관심이 있어요."

헌트가 손가락으로 한쪽 콧등을 긁으며 의아한 눈으로 그녀를 바라봤다. "그래요?"

"저의 배경 지식이 정확한지 확인해주세요."

"좋습니다."

"제블렌인과 우리는 둘 다 동일한 인간종이고 공통적인 조상의 후손입니다. 맞나요?"

헌트가 끄덕였다. "월인이죠. 맞습니다."

"하지만 제블렌의 문명은 훨씬 발전했는데, 그들의 문명은 투리엔인의 보호를 받으며 성장했으므로 당연한 일이죠. 지구의 초기 개척지는 거의 파괴되어 야만으로 돌아갔고요."

"네." 헌트가 다시 끄덕이며 말했다.

매린이 앞으로 몸을 기울이며 말을 이었다. "그런데 그 모든 일이 일어나기 전에, 미네르바에 있던 월인 문명도 과학을 빠르게 발전시켰어요. 그리고 가니메데인의 도움이 없었어도 우리보다 훨씬 빠르게 발전된 단계에 도달했어요. 우리가 그렇게 하지 못한 것은, 제블렌인이 요원들을 침투시켜서 비이성적인 신앙 체계를 퍼트리고 미신과 불합리를 바탕으로 한 사교(邪敎)를 조직했기 때문이죠. 우리가 유클리드부터 뉴턴까지 2천 년이나 걸린 것도 그 때문이에요."

"월인들은 거의 2백 년 만에 그걸 해냈어요." 헌트가 덧붙였다.

매린의 목소리가 호기심이 담긴 더욱 모호한 말투로 변했다. "그냥 생각인데요, 전에는 아무도 호메로스를 과학적인 저술가로 생각하지 않았잖아요. 《일리아드》는 어쩌면 모두 진짜 사실일지도 몰라요. 인류와 외계 종족 간의 실제로 일어났던 접촉 말이죠. 우주의 기원에 대한 시인 헤시오도스의 설명을 보세요. 처음에는 어둡고 텅 빈 공간인 '카오스'가 있었어요. 그리고 모든 것들을 하나로 모으는 매력을 가진 '에로스'에서 대지와 생명이 융합된 '가이아'와 별이 가득한 하늘인 '우라노스'가 태어났어요. 그 안에 묘사된 사실들은 흥미롭게도 실제와 거의 흡사하잖아요, 그렇지 않나요?"

"미리 공부를 좀 하셨나 보네요." 헌트가 낮게 중얼거렸다.

"끊임없이 내려와서 트로이 전쟁에 개입했던 신들은 실제로 존재했을지도 몰라요. 어쩌면 성경에 나오는 기적들이 실제로 일어났을 수도 있어요. 결국 러시아 출신 학자 임마누엘 벨리코프스키의 주장이 맞았을지도 모르는 거죠. 지구에 마법적이고 초자연적인 생각이 이렇게 깊이 뿌리 박혀있다는 사실이 놀랍지 않나요? 언젠가는 그런 마법이 실제로 작동했을 거예요."

헌트는 그녀의 이야기가 어디로 흘러갈지 궁금했다. 매린의 이야기들은 대중들이 알고 있는 사실과는 다소 거리가 있었다.

매린은 잠시 기다렸다가 한 손을 가볍게 털며 말을 이었다. "역사적인 인물들에 대해 제블렌인 요원이 아니었는지 추측하는 일은 최근에 아주 대중적인 오락거리가 됐어요. 그렇지만 제가 알고 싶은 것은 사람들이 이야기하고 있지 않은 소수의 두드러진 후보자들에 대한 사실이에요."

헌트는 자신이 그녀의 이야기를 제대로 이해한 건지 확인하기 위해 그녀를 잠시 응시했다. 그가 한 번도 안 해봤던 생각은 아니었다. "그리스도." 그가 낮은 소리로 말했다.

"그럴 수도 있죠. 하지만 아닐 거예요. 예수는 아마 이쪽 편이었을 것 같아요." 매린이 고개를 저으며 말했다.

헌트는 매린의 암시적인 질문에 대한 대답으로 한 말이 아니었다. 그건 수천 년 동안 유지되며 문화의 토대를 형성하고, 온 세상이 소중하게 생각하는 신앙 체계에 그녀가 던질 고통이 예상되어 반사적으로 나온 소리였다. 간단히 말해, 그녀의 추론은 사실상 그 종교를 바탕으로 하는 권위 체계와 모든 전통주의를 파괴할 위험이 있었다. 헌트는 그 주장이 일으킬 분노와 불쾌한 위계질서의 붕괴를 짐작조차 하기 싫었다. 아마도 그는 무의식적으로 그 함의를 어렴풋이 알아채고 있었기 때문에 지금껏 그 생각을 피해왔을 것이다.

"아, 음, 항상 누군가를 화나게 하는 논쟁적인 주제에 뛰어든다는 당신의 말이 무슨 뜻인지 이제 알겠어요." 헌트가 무뚝뚝하게 말했다.

"하지만 당신도 이게 흥미롭다는 사실에는 동의할걸요. 유클리드에서 뉴턴까지 2백 년이 걸렸다고 상상해보세요. 제블렌인들이 우리를 간섭하지 않았다면 어떤 일이 일어났을 것 같으세요? 어쩌면 뉴턴이 상대성 이론을 만들어냈을지도 몰라요. 제임스 와트는 원자로를 발명했을 수도 있죠. 라이트 형제가 최초의 우주선을 날렸을 수도 있고요. 그렇지만 그 대신 우리는 곧장 암흑시대로 들어가버렸죠."

헌트가 그녀를 흥미진진한 표정으로 응시했다. 헌트는 종종 그런 가능성에 대해 동료들과 이야기를 나눴지만, 그 동료들은 전문가들이자 과학계 내부 사람들이었다. 그런데 매린은 혼자서 그런 결론을 끌어냈다.

매린이 계속 말을 하려고 입을 뗐을 때, 그녀 옆에 있던 통신 단말기의 호출음이 끼어들었다. "잠깐만요." 헌트가 안락의자에서 일어나 거실을 가로질러 단말기를 받았다. 매린은 일어나서 옆으로 비켜섰다. 모니터가 켜지자 진한 푸른색 눈동자와 커다란 동공, 어깨까지 내려오는 검은 머릿결을 가진 긴 회색 얼굴 두 사람의 상반신이 비쳤다. 저들이 가니메데인이라는 사실을 알아보지 못하는 이는 최근 몇 년간 혼수상태였거나 은둔생활을 한 사람들뿐일 것이다.

"안녕하세요, 헌트 박사님." 남자가 말했다. 목소리는 그 남자의 입모양과 일치하지 않았지만, 인간의 자연스러운 억양이었다. 가니메데인은 깊은 후두음으로 말하기 때문에 인간의 발음을 충실히 재현할 수 없었다. 헌트에게 그 목소리는 조락이 통역사로서 합성한 소리라 익숙했다.

"가루스 총독님, 안녕하세요. 쉴로힌도요." 헌트가 대답했다.

"오랜만이네요." 여성이 인사했다.

흥미가 돋은 매린이 헌트에게 가까이 다가오다가 렌즈의 화각 안으로 들어갔다. "아, 일행이 있는 줄은 몰랐습니다. 먼저 물어봤어야 하는 건데⋯." 가루스 총독이 말했다.

"걱정하지 마세요. 이쪽은 매린이고, 제 친구입니다. 책을 쓰는 작가예요. 매린, 이쪽은 가루스 총독과 쉴로힌이에요."

매린은 잠깐 어리둥절한 표정이었지만, 금세 회복되었다. "안녕하세요, 저는, 어…, 저한테는 자주 일어나는 일이 아니거든요." 두 가니메데인이 그들의 관습대로 고개를 숙여 인사했다.

요즘에는 많은 가니메데인들이 지구의 이곳저곳에 다양한 이유로 머물고 있었다. 헌트는 매린이 모니터에 비친 두 사람을 그런 가니메데인들로 추측할 거라 짐작했다. 비자르가 운영하는 투리엔의 통신망을 지구까지 확장해서 고다드 센터 같은 극소수의 선택된 장소에 연결했다는 사실이 비밀은 아니었다. 하지만 헌트가 그 통신망을 자택에까지 연결했으리라는 생각을 매린이 떠올렸을 가능성은 거의 없었다. 헌트는 그 사실에 대해 말하지 않고 평소처럼 물었다. "요즘 제블렌은 어떤가요?"

가루스 총독의 얼굴 앞으로 잠깐 손이 비쳤다. "사실대로 말하자면 별로 좋지 않아요. 그래서 연락을 한 겁니다. 여기서 진행되고 있는 문제들에 대해 도움이 좀 필요합니다."

"아, 그래요?" 헌트가 말했다. "어떤 도움이…." 갑자기 매린이 자신의 이마로 손을 올리자 헌트가 눈길을 돌렸다.

"잠깐만요." 매린이 속삭였다.

"잠시만 실례해도 될까요?" 헌트가 가루스 총독에게 말했다.

"그럼요, 우리가 끼어들었는걸요."

헌트가 왜 그런지 모르겠다는 듯, 전혀 모른 척하며 매린을 바라봤다. 매린이 생각을 정리하려는 듯 고개를 흔들었다.

"방금 제블렌이라고 하셨나요?" 매린이 물었다.

"네. 가루스 총독은 샤피에론호의 원정대장이었고, 쉴로힌은 수석 과학자죠."

"그 사람들이 제블렌에 있나요? 바로 지금?"

"그렇죠." 헌트는 계속 태연한 표정을 지으며 말했다. "지금 샤피에 론호가 거기에 있거든요."

매린이 당혹스러운 표정으로 고개를 저으며 소파의 팔걸이에 앉았다. "이건 사실이 아닐 거예요. 당신을 겨우 1시간 전에 알았는데, 전화벨이 울리더니 다른 항성계에서 외계인이 전화했어요. 다음엔 무슨 일이 일어나는 건가요?"

"아, 좀 더 계셔 보세요. 다음에 무슨 일이 일어날지 함께 알아보죠." 헌트가 유쾌하게 말했다. "누가 알겠어요? 그사이에 당신이 화형을 당하거나 명왕성 같은 곳으로 도망치지 않는다면, 새 책을 시작할 수 있을지도 모르죠."

5

투리엔인들은 매우 이성적이고 싸우기 싫어하는 종족으로, 상호협력을 바탕으로 한 사회가 이익이 된다는 사실은 이들에게 너무도 명백해서 논쟁의 여지가 없었다. 그 결과로 투리엔인의 정부 기구는 많은 것을 바라지 않으며, 주로 분쟁과 의견 불일치를 해결하는 일과 관련된 봉사 위주의 사업을 하고, 공공기관에 위탁하는 게 상대적으로 더 낫겠다고 판단되는 비교적 적은 업무만 다뤘다. 개인에게 권력을 행사하거나, 다른 사람들과 상관없는 정책을 강요하거나, 다수의 생활 방식을 결정할 권리를 소수에게 부여하는 따위의 일들과는 거리가 멀었다.

그들은 다른 대안을 생각해내지 못했기 때문에, 미네르바의 파괴 이후 제블렌에도 동일한 체제를 세웠다. 많은 지구인의 의견으로는 하나가 부족했다. 지구의 사회 발전에서 특징적인 잔인한 권력투쟁과 이념의 충돌을 낳을 수밖에 없었던 권위적인 체제와 달리, 제블렌인 사회는 무한한 재화와 생산품을 영구히 보장받고, 위협이 완전히 사라진 일종의 온정적인 무정부 사회로 발전했다. 따라서 개인이나 집단이 무엇을 하든 생존 문제에 거의 영향을 미치지 않았다. 그러므로 인간이 생존을 위해 궁극적으로 의지하게 마련인 합리성을 꽃피울 기회가 거의 없었다.

세월이 지나는 동안, 제블렌에는 대중 정치적이고 유사 종교와 흡사한 광신적 교단이 무수히 번창했다. 이 교단들은 위험이 사라지고 체계적으로 조직되지 않은 사회 안에서, 자신들의 정체성을 확인하고 뭔가 목적을 찾으려는 개인들의 욕구를 채워줬으며, 괴상한 믿음에 대해 무비판적인 사람들을 매혹시켰다. 그중에서 가장 크고 전투적인 교단이 '빛의 축'이었으며, 이 교단의 상징은 녹색 초승달이었다. 단명했던 제블렌 연방을 책임졌던 전 정권과 연줄이 많았던 교주의 이름은 유벨레우스였지만, 대중들에게는 '구원자'라는 호칭으로 알려졌다.

구원자의 추종자는 수백만 명에 이르렀다. 그들의 신앙은 잠재적이고 신비한 인류의 힘을 열 열쇠가 슈퍼컴퓨터 제벡스 안에 놓여있다는 사실을 믿는 것이었다. 그러므로 투리엔인이 제벡스를 정지시킨 것에 대한 그들의 분노는, 단순히 종속을 부추기는 정치적 수단에 대한 두려움이나 물질적 결핍에서 비롯된 것이 아니라, 자신들의 신앙이 박해받고 있다고 여겼기 때문이다.

투리엔인의 네트워크 시스템 제벡스와 비자르에 접속하기 위해 가장 흔히 사용되는 방법은 이용자의 정상적인 감각기관을 우회해서 신경중추에 직접 연결하는 것이다. 그리고 구원자가 가르치는 중심 교리는, 인간 정신의 내부적인 과정과 복잡한 슈퍼컴퓨터의 더 깊은 곳이 상호작용하면 마음의 문을 열고 새로운 차원의 현실에 다다를 수 있다는 것이었다. 그리하여 고양된 신자들은 시공간의 궁극적인 범위까지 정복할 수 있게 된다. 신자는 존재의 모든 차원에서 완전한 자아를 깨닫게 되어, 자신을 둘러싼 힘을 이용할 수 있게 되는 것이다.

아주 멋진 이야기였다. 추종자들은 당연히 감명을 받았다. 구원자 유벨레우스가 광신에 가까울 정도로 제벡스의 능력을 확고하게 믿으며, 특별한 공경과 경외심을 가지고 제벡스를 바라보는 건 확실했다. 그런 정도의 애정은 실제로 예상할 수 있는 수준이다. 그러나 유벨레우스는 그런 수준을 넘어 자신을 제벡스가 육화한 화신으로 믿었다.

✳

가루스 총독이 헌트에게 연락한 다음 날, 유벨레우스는 쉬반에서 멀지 않은 구릉지에 있는, 숲이 우거진 세르베란 계곡 안에 성벽으로 둘러싸인 저택에서 그레베츠라는 남자를 만났다. 그레베츠는 제블렌 갱단의 그 지역 우두머리였는데, 제벡스가 정지되어 필수품에 대한 수요가 급격히 올라가면서 새롭게 형성된 암시장을 대부분 장악했다. 쉬반 지역을 맡은 부두목 씨리오도 그 모임에 참석했다.

유벨레우스는 그를 추종하는 사람들의 규모 덕분에 상당한 현금 수입과 강력한 정치적 영향력을 확보할 수 있으며, 필요한 경우에는 거리에서 웅변과 설득을 통해 실질적으로 압박하며 영향력을 행사했다. 그러나 그가 그레베츠의 범죄조직에 제공해줄 수 있는 가장 큰 이익은 제벡스 그 자체의 서비스에 대한 수요로 인해 일어난 결과였다. 제벡스의 주요한 운영 기능은 멈췄지만, 핵심적인 시스템은 여전히 특정한 기능과 관리 업무를 유지하고, 오류를 조사하고 시스템의 무결성을 유지하기 위해 계속 작동했다. 또한 제블렌인의 계획을 정확히 밝혀내기 위해 투리엔인 분석가들이 수백 년 넘게 쌓인 자료들을 조사하고 있었다. 유벨레우스는 제블렌의 통신망 어딘가에 존재하는 링크를 통해 제벡스의 핵심 시스템에 접근하게 해줄 수 있었다. 그는 누구에게도 어떻게 그럴 수 있는지 말해주지 않았다.

"나는 선견지명이 있는 사람입니다." 유벨레우스가 저택 뒤편 관목으로 둘러싸인 잎이 무성한 안뜰에서 두 사람에게 말했다. "내 정신은 제벡스의 영혼 깊숙한 곳과 닿아있지요. 나는 일이 어떻게 진행될지 압니다. 제벡스가 준비하고 있는 계획을 내게 알려주기 때문입니다. 그러니 당신이 현재 알고 있는 범위 밖에 존재하는 권력의 앞잡이가 바로 이 사람이라고 내가 말해주면, 당신도 내 말에 좀 더 귀를 기울여야 하는 겁니다. 진행 경로에서…." 유벨레우스가 자기 앞에서 가상의 돌을 집어 들어 옆으로 휙 던지는 몸짓을 하며 말했다. "반드시 제거되어야 하는 장애물이지요."

유벨레우스는 말랐지만 골격이 장대하고 키가 컸으며, 곱슬곱슬한 금발 머릿결이 뒷목까지 내려오고 파란 눈동자는 꿰뚫어볼 듯 이글거렸다. 신자들 사이에서 유벨레우스의 말은 그를 통해 작용하는 형이상학적인 힘의 현시로 여겨졌다. 유벨레우스는 깔끔하게 면도를 했는데, 이는 다른 제블렌인 교주들에게서는 좀처럼 볼 수 없는 모습이었다. 하지만 그렇게 얼굴을 드러낸 모습이 오히려 더 시선을 끌었다. 각진 광대뼈와 움푹 들어간 뺨은 그의 굴하지 않는 검소함을 객관적으로 보여줬다. 그는 곧게 뻗은 코를 따라 저급한 피조물들을 흔들림 없이 내려다봤다. 표정이 풍부하고 호소력 있는 입과 단단하고 뾰족한 턱, 그리고 완고한 턱선은 신념의 상실로 인한 고통을 느끼거나 의문을 제기할 필요를 느껴보지 않은 듯했다. 유벨레우스는 헐렁한 주황색 투피스 튜닉을 입었는데, 옷깃에 녹색 초승달이 새겨져 있었다. 그리고 그 위에 녹색 맛토를 걸쳤다. 말을 할 때의 자세는 당당하고 위엄이 있었으며, 사적인 자리에서조차 연설하듯 말했다. 낭랑하게 노래하듯 울려 퍼지는 그의 목소리는 극적인 몸짓과 화려한 손짓으로 더욱 두드러졌다.

그렇지만 자신이 슈퍼컴퓨터의 걸어 다니는 확장판이라는 이 남자에 익숙한 그레베츠와 씨리오는 무덤덤하게 반응했다.

유벨레우스를 분노케 만든 서류가 그레베츠와 씨리오가 앉은 탁자 위에 놓였다. 그 서류는 쉬반 경찰서의 부서장 오베인이 행정본부의 가니메데인 총독 가루스에게 올린 보고서로서, 제블렌과 다른 지역에서 제벡스를 불법적으로 이용하는 시설들에 관한 내용이 담겨 있었다. 보고서는 그 상황을 가감 없이 그대로 서술했다. 만일 당국이 진지하게 행동을 취하기 시작한다면, 지나치게 열성적인 경찰들 때문에 '빛의 축'이 신자들을 많이 잃게 될 것이다. 그레베츠도 암시장에서 고객들로부터 얻었던 많은 수익을 잃게 되리라는 사실은 말할 필요도 없었다. 아무짝에도 쓸모없는 그 부서장은 그런 사실을 분명 알고 있었다. 유벨레우스에게는 아직 발표하지 않은 훨씬 더 중요한 장기 계획이 있었는데, 큰 피해를 볼 게 틀림없었다. 그 피해는 도저히 용납할 수 없었다.

"그러면 우리가 그자를 없앤 후에는 어떻게 되죠? 혹시 그 자리에 특별히 마음에 둔 인계자가 있나요?" 그레베츠가 물었다.

"준비된 사람이 있습니까?" 유벨레우스가 되물었다.

그레베츠가 씨리오에게 물었다. "요즘 우리가 랑게리프에게 얼마나 주고 있지?"

"충분히 주고 있습니다. 그럴 수밖에 없었습니다. 아무튼 2차로 삭감한 상태입니다."

"우리는 랑게리프가 좋겠습니다." 그레베츠가 유벨레우스에게 말했다.

구원자가 고개를 끄덕였다. "우리 쪽의 정보 출처를 통해서 그 사람의 기록을 살펴보지요. 만족스러운 결과가 나오면 적당한 말로 그 사람의 임명을 보장하겠습니다." 그가 악마를 물리치듯 망토 아래에 있던 팔을 휘두르며 몇 걸음 뒤로 물러났다. "그러면 더 급한 일도 당신에게 맡겨도 되겠지요?" 그가 고개를 돌려 그레베츠를 응시했다.

그레베츠가 탁자 너머에 있는 씨리오를 쳐다보며 말했다. "그 부서장이 네 구역에 살잖아. 부서장이 적당한 사고 같은 걸 당하게 해줄 수 있겠지?"

"시간이 조금 필요합니다. 그놈은 조심스럽거든요."

"내가 시내에서 그 사고와 어울리는 소동을 일으켜줄 수 있습니다." 유벨레우스가 제안했다. "난폭하고 무질서한 상황이 발생하면 예상치 못했던 온갖 사건들이 일어나고 그러지 않습니까?"

"그런 일이라면 부서장을 밖으로 끌어낼 수 있겠군요." 그레베츠가 동의했다.

씨리오가 턱을 문지르더니 고개를 주억거렸다. "제가 말씀드렸듯이 몇 가지 측면으로 고민할 시간을 주시면 좋겠습니다. 뭔가 좋은 생각이 떠오를 것 같습니다."

6

책상 뒤의 창문 너머로 구릿빛 유리로 덮인 사무실 건물과 콘크리트 실험실 건물들, UN 우주군 고다드 우주센터의 가로숫길이 보였다. 뻣뻣한 흰 머리를 짧게 깎고 듬직한 덩치에 우락부락한 얼굴의 남자가 책상 위의 가죽 덮개를 손가락으로 두드렸다. "그들이 원하는 게 뭡니까?" 최근 UN 우주군이 구성한 첨단과학국의 초대국장 그렉 콜드웰이 거친 바리톤 목소리로 물었다.

전 인류의 단합된 노력으로 우주계획이 마침내 모양을 갖추기 시작했을 때 투리엔인을 만나게 되면서 우주로 뛰어들려던 인류의 모든 계획이 무의미해져버렸다. 관료들조차 UN 우주군을 기존의 형태로 유지할 만한 가치가 없다는 사실을 부정할 수 없게 되자, 새로운 도전 과제를 위해 기존의 조직구조를 대폭 정리했다. 그중에는 콜드웰이 본부장을 맡고 있던 항해통신본부도 포함되었는데, 통신 환경이 바뀌는 바람에 목성 파견대의 비행선에 고대 그리스의 천체 관측기 아스트롤라베를 달고 다니는 거나 마찬가지인 상황이 되어버렸기 때문이다. 콜드웰은 워싱턴으로 옮겨와서, 외계인의 기술을 지구의 우주계획에 실용적이고 바람직하게 받아들이는 일을 책임지는 새로운 부서를 설립했다. 헌트도 그와 함께 따라와 부국장이 되었다.

헌트가 가죽을 덧댄 안락의자에 앉아 대답했다. 그의 반대편에 있는 벽에는 모니터가 줄지어 달렸다. 콜드웰은 늘 커다란 창문과 줄지어 늘어선 모니터를 좋아해서 휴스턴의 항해통신본부에 있던 본부장실과 똑같이 사무실을 꾸몄다.

"가루스 총독이 제블렌에 대한 책임을 지는 데에는 동의했지만, 지금은 자신의 능력을 넘어선 일이라고 인식하고 있습니다. 솔직히 이야기할게요, 국장님. 이건 애초에 어리석은 생각이었어요. 가니메데인은 행성을 지배하는 일에 전혀 적합하지가 않습니다. 칼라자르 의장과 투리엔인들이 그런 생각을 했을 때 우리가 단호하게 반대를 해야 했습니다. 당시 우리는 아무도 그 생각에 동의하지 않았잖아요."

콜드웰이 어깨를 으쓱했다. 당시에는 모두 들떠 있어서 판단력이 흐려진 상태였다. 지금으로써는 어쩔 수 없었다. "시도해보지 않으면 실패도 없는 거죠." 콜드웰이 대답했다. "제블렌에 어떤 문제가 있다고 합니까?"

"저희가 봐서는 특별한 문제가 아닌 것 같았습니다. 민간인 소요 사태와 시위예요. 그런데 가니메데인의 머리로는 전혀 이해가 안 되는 모양입니다. 그들은 그런 불합리한 상황을 어떻게 다뤄야 할지 몰라요."

"가니메데인은 아직도 사람들을 정상적으로 행동하도록 다루는 방법을 모른다는 거죠?"

"앞으로도 가니메데인이 그럴 수 있을 거라고는 생각되지 않습니다. 아마도 영원히요."

"어떤 불합리한 상황이 벌어지고 있다는 겁니까? 구체적으로요."

헌트가 양손을 펼치며 말했다. "아, 제벡스를 정지시켜 놓으면 제블렌인들은 가니메데인의 도움 없이 아무것도 할 수 없습니다. 적어도, 그렇게 말하는 사람들이 있어요. 그래서 지금의 상황이 그들에게 복종을 강요하고, 자주적 결정권을 침해한다는 거죠. 그러고는 곧장 표준적인 테러리스트 길을 따라갔습니다. '우리가 이 상황을 좋아하지 않기 때문에 서로를 죽이게 된다면, 그건 너희의 책임이 될 것이다.' 이거죠."

"가니메데인이 그렇게 받아들이고 있다는 거죠?"

"가니메데인들은 그렇게 믿긴 하지만, 이해는 못 하고 있습니다."

"뭔가 잘못된 방향으로 일이 꼬였나 보군요. 그래요…." 콜드웰이 동의했다.

"네. 그렇지만 사람들을 제벡스에서 떼어내면서 발생한 금단현상이 더욱 상황을 나쁘게 만들고 있습니다. 다들 그 문제를 과소평가했던 것 같아요. 가루스 총독 말로는 환각세계 중독자가 엄청나게 많답니다. 국장님도 이게 현실도피의 끝판인 상황이라고 인정할 수밖에 없을 거예요. 사람들은 큰 문제를 일으킬 수 있어요. 투리엔인들조차 때때로 그런 문제가 있었다는 사실을 인정했습니다. 그런데 제블렌인의 경우, 전체 주민 중 절반이 어떻게 대처해야 할지 모르는 상황입니다. 그들은 완전히 무비판적으로 정보를 받아들이는 상황이기 때문에, 누군가가 그들의 머릿속에 메시지를 집어넣기만 하면 마음대로 부려먹을 수 있습니다."

"흠." 콜드웰이 다시 손가락으로 책상을 두드렸다. "UN이 바로 그런 일을 다룰 사회학자와 정신과 의사들을 잔뜩 보내지 않았나요? 그들은 그 문제를 왜 다루지 않고 있답니까?"

헌트가 '뻔하잖아요'라는 투의 몸짓을 했다. "그들은, 정부가 모든 것을 해주리라 기대하지 않고도 사람들이 살아갈 수 있다는 자신들의 이론을 적용해볼 수 있는 새로운 장소를 찾고 있던 사회 공학자들입니다. 당연히 그 전문가들은 수많은 보고서와 통계 자료는 만들어내겠지만, 뭔가 심각한 일이 터지면 꽁지가 빠지라 숨어서 폭동 진압경찰에게 맡겨버릴 거예요."

"그렇다면 가루스 총독은 왜 우리에게 연락한 거죠? 우리의 일은 투리엔인의 물리학에 관한 거지 제블렌인의 심리학이 아니잖아요." 콜드웰은 이미 그 이유를 잘 알고 있었지만, 그에 대한 헌트의 견해를 듣고 싶었다.

"가루스 총독은 상황이 나빠져 공동정책위원회가 허둥대기 시작하면 자신이 쫓겨나고 지구인의 군정(軍政)이 펼쳐질까 봐 걱정하고 있습니다. 총독은 지금까지 제블렌에서 많은 일을 진행하고 있었거든요."

콜드웰 국장이 고개를 끄덕였다. "그 노력이 헛수고가 되는 꼴을 보고 싶지는 않겠죠." 국장은 헌트가 굳이 그 사실까지 말하는 수고를 덜어줬다. "이제 그 노력의 결과를 좀 보기 시작하는 참인가요?"

"그게…, 더 있어요." 헌트가 살짝 손짓하며 말했다. "가루스 총독은 어떤 문제가 제블렌인들을 망가트리고 있는지에 관해 중요한 부분을 밝혀내기 직전이라고 생각하는 듯했습니다. 그저 제벡스 금단증상 문제가 아니라는 거죠. 그렇지만 호전적이고 오만하고 성미 급한 공동정책위원회를 거기에 집어넣으면, 그 문제를 바닥까지 조사할 기회를 날려버릴 겁니다." 콜드웰이 질문을 던지기 전에 헌트가 고개를 저으며 말을 이었다. "가루스 총독이 그 이상 자세히 말하지는 않았습니다."

콜드웰 국장은 부자연스러울 정도로 길게 침묵을 유지하다가 입을 열었다. 그 침묵에는 내뱉은 질문보다 더 많은 내용이 담겨 있었다. "헌트 박사님, 우리가 어떻게 하는 게 좋을까요?"

사실 물어볼 필요도 없는 문제였다. 온갖 공식적인 규범과 업무 분할 때문에 그건 첨단과학국의 업무가 전혀 아니었다. 헌트도 그 사실을 알고 있고, 콜드웰 국장도 알았다. 가루스 총독 역시 그 상황을 알고 있다는 사실도 두 사람은 알고 있었다. 그렇지만 첨단과학국은 두 행성의 정치 분야에서 영향력이 있는 많은 인물과 긴밀한 협력 관계를 유지해왔으므로, 가루스는 이 상황에서 정치인들에게 이 문제에 관해 자신의 입장을 지지하는 말이 필요했을 것이다.

하지만 헌트가 굳이 말로 하지 않더라도 콜드웰도 알고 있듯이, 현실 문제는 그것만이 아니었다. 오랜 친구들이 도움을 요청하고 있으니 그냥 그렇게 놔둘 수는 없었다. 목성에서 가루스 총독과 가니메데인을 처음으로 접촉했던 일도 엄격히 말하자면 '정치적' 문제였다. 당시 목성에 있던 UN 우주군은 큰 문제 없이 잘해냈지만, 지구의 외교관들은 계속 외교적 관례에 대해 떠들어댔고 주도권 다툼을 했다. 그래서 헌트가 그 문제를 이렇게 제기했던 것이다. 콜드웰 국장은 자신이 가진 권한을 창조적으로 해석하는 능력이 탁월했다. 솔직히 말해, 가니메데인이 나타나기 전에도 월인 수수께끼가 처음 드러났을 때 항해통신본부가 관여했었지만, 그 일도 부서의 업무와는 전혀 상관이 없었다.

헌트가 턱을 문지르며 몹시 진지한 표정으로 말했다. "아시다시피, 여기에 아주 많은 게 달렸을 수도 있어요, 국장님. 우리의 미래 전체가 그 이상하고 변덕스러워 보이는 외계 문명과 관계되어 있다고 생각해보세요. 아무리 좋은 의도를 가졌다 해도, 잘못된 사람들은 언젠가 큰 문제를 일으키기 마련입니다."

"나도 그렇게 생각합니다." 콜드웰이 진지하게 고개를 끄덕이며 동의했다.

헌트가 자세를 바꾸며 다리를 반대로 꼬았다. "시도해보지 않았던 절차를 밟으면서 위험을 감수할 시간이 없습니다. 해봤던 방식이 더 안전할 겁니다. 조금… 비정상적이긴 해도."

"안전하게 처리해야죠." 콜드웰이 동의했다.

"선례를 깨는 일은 없을 겁니다. 사실 우리가 만든 유일한 선례와 완전히 일치하는 일입니다."

"그렇죠."

헌트는 콜드웰이 워싱턴으로 승진해서 헌신적인 관리자의 역할로 서서히 굳어가기 시작하면서 태양계를 가로질러 인류가 나아가도록 힘을 줬던 활력이 약해진 게 아닐까 하는 의심을 종종 했었다. 하지만 헌트가 책상 너머로 봤을 때, 콜드웰은 덥수룩한 눈썹 밑으로 새로운 도전을 기대하는 예전의 눈빛이 여전히 반짝거렸다. 헌트는 불필요한 가식을 그만뒀다. "자, 제가 뭘 하면 좋을까요?"

콜드웰 국장이 사무적인 자세로 돌아갔다. "가루스 총독은 도움이 필요하다고 했죠. 박사가 어떤 도움을 줄 수 있는지 봅시다. 박사의 직업은 가니메데인의 과학을 조사하는 일입니다. 그런데 가루스 총독이 바로 그 과학을 기반으로 한 문명의 한복판에 있잖아요. 박사가 그곳으로 가면, 여기서 잡동사니 자료들을 살펴보는 것보다 훨씬 많은 사실을 알 수 있을 겁니다."

"거기라뇨?" 헌트가 눈을 껌뻑거리며 말했다. "저보고 거기로 가라는 말씀인가요? 제블렌에?"

콜드웰이 어깨를 으쓱했다. "거기에서 문제가 발생했잖아요. 설마 가루스 총독이 그 행성을 여기로 가져올 거라고 기대하는 건 아니겠죠? 곧 있으면 비슈누호가 투리엔으로 돌아가면서 제블렌에도 들를 겁니다. 탑승할 자리를 마련해보겠습니다."

콜드웰 국장이 결정을 내리자마자, 곧 헌트는 평소처럼 자신이 벌써 뒤처져있다는 느낌을 받았다. "국장님은 워싱턴에서도 거의 바뀌지 않으셨군요." 헌트가 순순히 인정했다.

"박사가 궁금해할 줄 알았어요. 난 박사의 직감을 믿습니다. 박사는 항상 우리의 예상을 훌쩍 뛰어넘는 것들을 가지고 돌아왔잖아요. 사라진 외계인의 유적을 조사하라고 가니메데에 보냈더니 살아있는 외계인을 우주선 가득 태워서 돌아왔고, 우주선을 마중하라고 알래스카에 보냈더니 항성 너머의 문명을 찾아냈죠." 콜드웰이 손짓하며 말을 이었다. "좋습니다. 이번에도 박사를 믿어보죠. 나도 궁금하거든요."

헌트가 보기에 콜드웰 국장은 기교를 전혀 잃지 않았다. 그는 새롭게 움트는 자기 제국의 성장 잠재력을 개척하기 위해 더듬이를 뻗을 영토를 찍어둔 것이다. 언제나처럼 기회를 놓치지 않는 예전의 콜드웰 그대로였다. 그리고 헌트는 또다시 불확실하게 정의되고 범위가 불명확한 임무를 받게 되었다.

"박사는 이제 거기에 데려갈 만한 다른 사람이 있는지 생각해두는 게 좋을 겁니다." 국장은 헌트가 꾸무럭거리며 주저할 거라는 듯이 말했다.

"글쎄요, 먼저 단체커 교수가 좋겠죠. 특히 외계인 심리를 다뤄야 할 상황이 생긴다면 말이에요."

"나도 그럴 거라 짐작했습니다."

"그리고 던컨도 틈만 나면 지구를 벗어나게 해달라고 난리였어요. 그 친구도 같이 가면 좋을 것 같습니다. 지금까지 일을 아주 잘 처리해줬거든요." 헌트가 자신과 함께 휴스턴에서 옮겨온 조수 던컨 와트를 언급했다. 던컨은 헌트가 떠날 때마다 그를 대신해서 업무를 처리했다.

"좋아요."

"단체커도 필요한 사람을 데려가려 할지 모릅니다."

"그건 박사가 알아서 처리해줘요." 콜드웰이 말했다.

헌트는 의자에 기대앉아 손등으로 아랫입술을 문지르며 주저하는 표정으로 콜드웰을 바라봤다. "저기, 음… 사소한 일이 한 가지 더 있습니다." 마침내 헌트가 입을 열었다.

"아, 그래요?" 콜드웰이 전혀 놀라지 않은 말투로 되물었지만, 헌트는 자기 생각에 빠져서 그런 기미를 놓쳤다.

"방금 생각이 떠올라서…. 얼마 전에 어쩌다 알게 된 작가가 있는데, 사람들이 아직 말하지 않은 역사 속의 제블렌인 요원에 대한 글을 쓰고 싶어 하더군요."

"방금 그 생각이 떠올랐단 말이죠?" 콜드웰이 되물었다.

"네, 뭐, 그렇다고 할 수 있죠." 헌트가 어정쩡한 표정으로 대답했다. "아무튼 이번에 제블렌에 가면, 지구에서 일어난 일들에 대한 쓸모 있는 배경 자료를 많이 구할 수 있을 겁니다. 우리가 제블렌인들의 상황에 개입하게 될 것 같으니까요, 그래서…."

"이 기회에 그 작가를 조금 도와주면 어떨까 하는 거죠?" 콜드웰이 헌트의 말을 맺었다.

"뭐, 그렇죠. 그런 생각이 들어서…," 헌트의 목소리가 잦아들었다. 그는 콜드웰이 자신의 이야기를 이미 다 알고 있었다는 듯한 표정으로 듣고 있다는 사실을 그제야 알아차렸다. 새로운 이야기를 듣는 기미가 전혀 없었다. 헌트는 예전의 익숙한 느낌이 강해지면서 콜드웰의 태도가 의심스러워졌다. "국장님, 뭔가 또 일을 꾸미고 계시는 거죠. 냄새가 나요. 무슨 일이죠? 털어놓아보세요."

"독특한 작가였죠, 그렇지 않습니까?" 콜드웰이 무덤덤하게 물었다. "시애틀에서 오지 않았나요? 관점도 흥미롭고. 요즘 흔히 만날 수 있는 대다수 사람처럼 틀에 박힌 사람은 아니죠. 내 기억이 맞는다면, 아주 매력적인 사람이기도 하고." 콜드웰이 헌트를 바라보며 씩 웃었다. 그러더니 다시 사무적인 표정으로 돌아가 고개를 끄덕였다. "얼마 전에 그 작가가 나한테 연락을 했던 적이 있습니다. 그리고 며칠 전에 여기로 찾아왔었죠."

헌트는 놀란 표정을 억누르고, 찌푸린 얼굴로 콜드웰을 살펴봤다. 헌트도 알고 있듯 단도직입적이고 거침없는 매린은 꼭대기 층까지 곧장 올라와 콜드웰을 만나고 UN 우주군이 자신의 저술에 도움을 줄 수 있는지 물었을 것이다. 헌트가 다시 생각해보니, 그 방식에는 문제가 있었다. 얼마나 많은 유명 출판사와 TV 언론사, 일류 작가 같은 사람들이 '내부'에서 제블렌 이야기를 얻어내려고 UN 우주군의 고위 간부들을 접대하고 알랑거리며 애걸하는지는 헌트도 경험상 잘 알고 있었다. 그런 분위기에서 UN 우주군이 상대적으로 유명도가 낮은 프리랜서 작가를 공식적으로 후원하면 한없이 복잡한 문제들과 소동이 일어나게 될 것이다. 그리고 콜드웰 국장은 그런 문제를 일으킬 정도로 정치적 감각이 모자란 사람이 아니었다. 하지만 그는 마음먹기에 따라, 헌트가 사적으로 관련된 개인적인 일들은 모른 척해줘도 상관이 없었다.

그러나 매린은 헌트에게 아무런 이야기도 하지 않았었다. 매린이 콜드웰 국장을 언급하지 않은 것은, 그 이름을 말하면 헌트에게 위에서 압력을 받는 느낌을 주게 될 테니까, 그 문제에 대해 스스로 자유롭게 결정을 내리게 하려는 의도였을 것이다. 매린은 강요할 바에는 차라리 그 프로젝트를 포기했을 것이다. 그럴 수 있는 사람은 그리 많지 않다. 헌트는 그 일을 감추지 않고 콜드웰 국장에게 말한 게 다행이라는 느낌이 들었다.

"그 출판사가 유명한 곳은 아니지 않나요?" 헌트는 모든 게 분명해지자 고개를 끄덕이며 말했다. "그렇더라도 국장님은 그녀가 그런 기회를 누릴 자격이 있다고 생각하시는 거죠?"

"TV에 나와서 1시간에 1천 달러씩 받는 천재들보다 그녀가 훨씬 더 논리적으로 이야기하더군요." 콜드웰이 대답하며 책상 서랍을 열어 시가를 꺼냈다. "그런데 다른 측면도 있습니다. 이런 식으로 한번 생각해보죠. 가루스 총독이 말한 역할을 하기 위해서는 뭐랄까…, '자유로운 결정권' 같은 게 상당히 많이 필요할 겁니다. 박사가 거기에 가면 어떤 반칙은 용인되고 어떤 반칙은 용인되지 않는 상황이 펼쳐질 가능성이 매우 큽니다. 달리 말하자면, 독립적인 프리랜서이면서, 특히 그녀가 구축해왔던 그런 평판을 가진 사람이 처리해야만 하는 일들이 있을 겁니다. 하지만 UN 우주군의 부국장으로서는…." 콜드웰이 시가로 헌트를 가리키더니 입에 물었다. "그런 일을 할 수 없죠."

달리 말해서, 헌트의 팀은 UN 우주군의 공식적인 행위가 불가능한, 정치적으로 민감한 상황에서 비공식적인 지원의 도움을 받을 수 있게 된다. 헌트도 그런 도움이 무척 유용할 것이라고 인정할 수밖에 없었다. 헌트는 콜드웰 국장이 그를 제블렌에 보내기로 하자마자 그 짧은 시간에 그런 사실까지 유추해냈다는 사실에 더 깊은 인상을 받았다.

헌트가 보기에 콜드웰 국장은 체스 선수 같다는 생각이 들었다. 그는 처음에는 별로 특별하게 보이지 않고 당시에는 이게 나중에 어떻게 쓰일지 전혀 알 수 없던 수없이 많은 작은 이점들을 쌓아서 승리를 구축했다. 매린의 경우, 국장은 그녀에게 자신이 해줄 수 있는 게 없다며 그냥 돌려보내버릴 수도 있었다. 그런데 콜드웰은 전혀 비용이 들지 않는 작은 호의를 그녀에게 베풀었다. 그리고 일이 잘 풀리자, 누구도 짐작하지 못했던 속도로 빠르게 대가가 돌아왔다.

콜드웰은 헌트가 모든 사항을 정확히 추론했다는 사실을 알아채고는 만족스럽게 고개를 끄덕이며 물었다. "그녀와 어떻게 하기로 했죠?"

"제가 연락할 거라고 이야기해뒀어요. 아직 매독스 호텔에 머물고 있습니다. 먼저 국장님과 이 문제를 논의하고 싶었거든요."

"그러면 그녀에게 우리가 제블렌으로 보내주겠다고 하십시오. 대중매체 용으로 위장할 수 있는 상황을 만들어보겠습니다." 콜드웰이 바깥 사무실을 손짓으로 가리켰다. "내 비서 밋치가 비슈누호에 연락이 가능합니다. 자세한 사항은 그녀가 처리해줄 겁니다. 혹시 다른 사항이 더 없다면, 지금은 그 정도로 하죠."

헌트가 자리에서 일어나다가 고개를 들었다. "국장님, 이번에는 제가 뭘 가지고 돌아오길 기대하시나요?"

"내가 어떻게 알겠습니까." 콜드웰이 양손을 펼치며 얼굴을 찌푸렸다. "잃어버린 행성과 우주선, 성간 너머의 문명. 이제 뭐가 더 남았죠? 이제 남은 건 우주밖에 없겠군요."

"그래요? 어쩌면 국장님 말이 맞을지도 모르죠." 헌트가 미소를 지으며 말했다. "남은 게 별로 없네요. 어디에서 다른 우주를 찾으면 좋을까요?"

콜드웰이 무표정하게 헌트를 응시했다. "그리고, 박사가 어떤 걸 가져오든 난 놀라지 않을 겁니다."

7

신들이 와로스의 세계를 외면하자 별들이 사라졌다. 하늘이 텅 비자 땅 위의 변화도 사라졌다. 태풍을 부르고 대지를 자극하는 생명의 흐름이 스러져갔다. 나날이 시간이 지나도 모든 곳이 마비된 듯 변함없는 상태가 유지되었다. 농작물이 쓰러지고 과수목이 시들어갔다. 선박을 집어삼키는 바다 괴물들이 해안으로 가까이 다가와 어부들이 항구를 떠나길 두려워했다. 사방에 약탈자들이 몰려다니며 강탈하고 불태웠다. 질병과 역병이 왔다.

오레나쉬 시내에서 왕과 통치위원회가 사제들의 고등법원을 소집했다. 이 사제들은 징후를 읽어서, 사람들이 신에게서 고개를 돌리고 무당들에게 이 세상에 허락되지 않은 지식을 만지작거리도록 허용했기 때문에 신들이 사람들을 버린 것이라는 사실을 알아냈다. 사제들은 사람들이 속죄하고, 그런 기술을 포기함으로써 정화하며, 그런 짓을 저질렀던 사람들을 신에게 제물로 바치면 흐름과 별들이 돌아오리라 주장했다. 이에 따라, 대회당 앞에 쇠사슬로 묶인 무당들이 끌려

나와 섰다. 드락스의 이모부 달그렌도 그들 안에 있었다.

"이들은 선각자가 아닙니다. 이들은 히페리아를 본 적도 없습니다."신성 검찰관이 재판정이 쩌렁쩌렁 울리게 말했다. "그런데도 이들은 와로스 세계 이후의 삶이 올 때까지 공개되어서는 안 된다고 신들이 결정한 지식을 지금 여기에서 추구했습니다. 그리하여 이들은 우쭐해졌고, 자신들이 신보다 높다고 생각하게 되었습니다."

검찰관이 인상을 찌푸리며 말을 이었다. "저들은 법칙을 운운하고 있습니다. 우리의 이해를 넘어서는 기묘한 힘 때문에 예측 가능한 법칙 말입니다. 다시 말씀드리지만, 저들은 선각자가 아닙니다. 그런데 이들은 히페리아를 통치하는 법칙에 대해 우리에게 이야기할 수 있다고 생각합니다. 그건 히페리아를 보았던 선각자들이 보지 못했던 법칙이었습니다. 그렇다면 이 무당들은 신이 아니라 자신들에게 히페리아에 어떤 게 있을 거라 말할 권리가 있다는 식으로 생각한다고 결론 내릴 수 있지 않겠습니까?

이들은 자신의 야심 때문에 신처럼 되려 했던 겁니다. 그러나 세상을 떠받치고 있는 혼돈의 복잡함을 포용할 수 있을 정도로 힘을 확장할 수는 없었던 이 무당들은 자신들이 이해할 수 있도록 세상을 단순하게 만들 수밖에 없었습니다. 이들은 우주 전체를 가로지르는 일관성, 그리고 시간 흐름과 상관없는 예측 가능성을 추구했습니다. 그들은 시간과 공간에 상관없이 관찰할 때마다 모든 사물이 똑같고 변하지 않는 법칙을 찾으려 했습니다.

신들은 저들이 추구하는 것들을 주었습니다. 그리고 이제 신들은 우리에게 그 결과를 보여주고 있습니다. 혼돈을 떠받치는 흐름이 죽어갑니다. 법칙성이 대지를 뒤덮자, 대지도 같은 상태로 머물며 짓눌리고, 죽어가고, 질식하고 있습니다. 변화를 불러일으키는 게 혼돈이며, 변화가 생명이기 때문입니다. 변화는 생명의 기운입니다. 변화는 선으로 하여금 악에 맞서 싸우게 하고, 행동에 의미를 부여하고, 신들의 심판이 승리하도록 해주는 불확실성입니다."

검찰관이 손가락으로 피고인들을 가리키며 빛덩이를 발사하자, 곧 빛이 부풀어 오르더니 사라졌다. "신들이 우리의 어리석음을 보여줬습니다. 이제 저들은 신들이 요구하는 속죄를 해야 합니다."

판결을 위해 밧줄로 묶인 한 살짜리 우스킬로이를 대회당 앞에 있는 봉헌대에 묶고, 세 번 축복을 내렸다. 일곱 대인들이 동시에 기도하자 번갯불이 나타나 봉헌대를 때렸다. 성전 앞에 있는 재판정 위로 밤과 빛의 소용돌이가 모여들더니 불꽃이 다가와 우스킬로이를 태워버렸다. 그리하여 판결이 내려졌다. '유죄.'

달그렌의 양아들 케얄로는 그 판결이 처음부터 자신이 유지해왔던 비타협적인 태도가 옳았다는 사실을 입증해준다고 생각했다. 당국의 환심을 사는 동시에 자신의 분노와 질시를 처리할 기회라는 생각이 들었던 케얄로가 검찰관 서기에게 다가가 말했다. "저의 양아버지 달그렌의 가족은 아직 정화되지 않아 오염된 상태입니다. 가르침을 모독하는 녀석이 또 있어요. 저주받은 기술의 견습생이 있습니다."

"누구를 말하는 거냐?" 검찰관 서기가 물었다.

"달그렌의 조카예요. 이름은 드락스입니다. 드락스가 이상한 장치의 조립이나 부정한 의식을 연출하는 걸 도와주는 모습을 여러 번 봤습니다. 그리고 드락스는 히페리아의 법칙을 훔쳐서 와로스로 가져올 거라는 이야기도 했었어요."

"그렇다면 그놈도 재판을 받게 될 거야." 서기가 대답했다.

그러나 드락스는 도시 밖 선각자와 상의하기 위해 이미 떠난 상태였다. 선각자는 달그렌이 검찰관의 지하 감옥에서 쇠사슬에 묶여 있을 때도 그의 마음과 닿았다. "달그렌이 너한테 전해주라던 메시지가 있다, 드락스." 선각자가 알려줬다. "달그렌은 대지를 가로지르는 징후를 보고는 자신의 방식을 후회하고 있어. 사실 히페리아에 맞는 히페리아의 방식이 있고, 와로스에 맞는 와로스의 방식이 있단다. 무당들은 그 가르침을 거부해왔어. 그들의 무례함과 자만심이 세계에 고통을 안겨줬지."

"이모부가 법칙성의 탐구를 포기했나요?" 이야기를 듣는 동안 당황한 표정으로 있던 드락스가 물었다.

"그렇단다." 선각자가 대답했다. "그리고 인내와 겸손의 운명을 받아들였어. 신들의 의지와 생명의 길은 혼돈의 변덕을 통해 이뤄지는 거야. 드락스, 너한테는 능력이 있어. 참된 지혜를 배우기 위해 그 능력을 이용하거라."

"이모부가 저에게 뭘 하라고 했나요?"

"다시 시작하라고 했어. 그러니 도시와 평야를 떠나거라. 가르쳐줄 대인을 찾아서 진정한 길을 배워. 히페리아 너머를 탐구하거라. 와로스에서는 절대로 이루어질 수 없을 거야."

드락스는 말을 제대로 잇지 못했다. "그 대인이 저를 대인으로 만들어줄까요?"

"달그렌의 마음은 그렇게 말하더구나."

후회와 새로운 결심에 사로잡힌 드락스가 도시를 등졌다. 그리고 자신이 갈아입을 옷가지들만 챙겨 황야를 향해 나아갔다. 그 자신에게도 잘된 일이었다. 드락스가 멀리 떨어진 산을 응시하고 있던 그때 대회당에서 발부한 드락스 체포영장을 든 사법집행관이 호위병들과 함께 달그렌의 집에 도착했다.

8

UN 우주군에 참여하기 전, 헌트는 미국 오리건주 포틀랜드에 본사를 둔 IDCC(Intercontinental Data and Control Corporation)의 영국 자회사 메타다인 핵공학장비사의 이론물리학자였다. 당시 IDCC의 선임 물리학자는 헝가리 출신의 어윈 로이텐니게르였다. 그는 여든을 훌쩍 넘긴 나이였지만, 정신적으로는 스무 살 젊은이들보다 훨씬 날카롭고 민첩했다.

헌트는 어윈 박사가 인생을 되돌아보며, 그가 느끼는 후회를 이야기하는 모습을 본 적이 있었다. 어윈 박사의 후회는 자신이 핵공학에 기여한 공로에 대해 노벨상을 받지 못했다거나, 주요 교육기관에 자신의 이름을 딴 강좌가 개설되지 않았다거나, 후손이 기릴 수 있도록 명예 훈장을 받거나 명예의 전당에 자신의 이름을 새기지 못한 게 아니었다. 그가 후회하는 것은 젊은 시절 소르본 대학에서 만났던 프랑스철학과 대학원생 여성을 놓친 일이었다. 어윈 박사는 1968년 파리에 머물 때 그녀를 만났다. 당시 진행되는 상황에 대해 자신이 좀 더 잘 판단했더라면 다르게 전개되었을 거라고 박사는 확신했다. "기회를 잃어버린 서글픈 늙은이는 되지 말게." 어원 박사는 조언했다. "나중에 키득대며 웃을 수 있는 추억을 많이 만들어. 설령 자네가 바라는 대로 되지 않을지라도 말일세."

부분적으로는 헌트 자신의 본성 때문이고, 부분적으로는 그가 항상 추구하는 비전통적인 삶의 태도 때문일 것이다. 헌트가 이웃 제리에게 말했듯이, 1년 가까이 목성으로 여행해야 하는 사람은 안정된 가정생활과 어울리지 않았다. 헌트에게는 그렇게 사는 게 삶에 대한 자신의 철학적인 경향과 잘 맞았다. 그리고 그의 일에서는 창조적인 기회가 쏟아질 수 있는 시간이 그리 많지 않기 때문에, 어쩌다 삶에 찾아와 우연히 끼어드는 행운을 더욱 비웃을 수 없었다.

헌트에게는 항상 상대의 지성에서 가장 강력한 매혹을 느꼈다. 매린은 '억제'와는 거리가 먼 사람이었으므로, 헌트는 그 사실을 숨기느라 구태여 애쓸 필요가 없었다. 헌트는 매린이 질문하는 방법이 흥미로웠고, 그녀가 여기저기 기웃거리는 관심사에 따라 어디까지 탐구하게 될지 궁금했다. 매린으로서는 태양계를 가로지르고, 다른 항성계에 있는 외계인이 집으로 전화하는 사람에게 매력을 느낀다는 사실을 감출 이유가 없었다. 원하기만 한다면 그다음에는 저절로 진행되기 마련이다. 그 상황에서 성급함은 최악의 방책일 뿐 아니라 아주 고상한 취향이라고 말하기도 힘들다. 그렇지만 헌트는 마음을 굳히는 동안 조금 도움을 받는 것은 성급함과는 다른 거라는 생각이 들었다.

콜드웰 국장은 제블렌 임무에 매린이 참여하는 것은 표면상으로 개인적인 일이며 UN 우주군과는 무관하게 보여야 한다고 강조했다. 그래서 헌트는 매린을 고다드 센터로 불러서 상황을 설명하긴 힘들겠다고 판단했다. 이에 따라 헌트는 콜드웰과 대화를 마친 후, 저녁에 매독스 호텔에 있는 그녀에게 전화해서 알려줄 소식이 있다고 했다. 그리고 어디에서 만나 그 이야기를 하면 좋을지 물었다.

"여기에서 만나 한잔하는 건 어때요?" 매린이 제안했다. "조금 작기는 해도 바는 좋아요."

"식사했어요?"

"아직 안 먹었어요."

"잘됐네요. 그러면 저녁에 만나서 식사하면서 그 이야기를 하면 어떨까요? 그 동네 한쪽에 괜찮고 조용한 장소를 하나 알거든요."

"어…, 네."

"제가 데리러 갈게요. 술집은 아니에요."

매린은 헌트가 즐거워하는 기미를 알아채고 잠시 멈칫하다가 대답했다.

"그러죠. 저는 상관없어요."

＊

1시간 30분 후, 둘은 워싱턴의 야경이 빛나는 창문을 내다보며 꼭대기 층에서 촛불을 밝힌 탁자를 사이에 두고 이야기를 나누었다. 매린은 어떻게 콜드웰을 찾아가게 됐는지, 그리고 콜드웰에게서 어떻게 대답을 이끌어냈는지 말했고, 헌트는 어떻게 제블렌에 가게 되었는지 이야기했다.

"사실대로 말하자면, 당신은 딱 좋은 때에 나타났어요." 헌트가 최상급 소갈비가 놓인 접시 위에서 포도주를 홀짝거리며 말했다. 매린은 궁금한 표정으로 그의 얼굴을 바라보며 기다렸다. 헌트가 목소리를 살짝 낮췄다. "내가 당신에게 비밀 이야기를 조금 해줄게요. 가니메데인 과학의 가능성을 평가하기 위해 거기에 간다는 이야기는 대체로 평소의 내 업무에 맞추기 위한 위장막에 불과해요. 거기에 가는 진짜 목적은 제블렌과 가루스 총독의 문제를 직접 파악하고, 우리가 도와줄 수 있는 일을 알아보는 거죠. 문제가 일어난 곳은 제블렌이지 여기가 아니니까요."

매린이 아리송한 표정을 지으며 눈살을 찌푸렸다. "그 콜드웰 국장이라는 분은 UN 우주군의 과학 부서를 담당하는 건가요, 보안기관을 담당하는 건가요?"

"우리는 샤피에론호를 타고 왔던 가니메데인들과 친구가 됐는데, 그 사람들이 곤란한 상황에 빠진 거죠. 콜드웰 국장이 지금 가장 걱정하는 건 그 문제입니다."

"아, 콜드웰 국장이 그런 식으로 생각하는 줄은 몰랐네요. 방금 했던 말은 취소할게요."

"아니요, 당신 말이 맞아요. 사실 그건 기본적으로 정치적 문제예요. 그러니 국장이 그 문제를 넘겨줬어야 해요. 하지만 국장은 늘 제국주의자처럼 영토를 확장하는 버릇이 좀 있거든요. 콜드웰 국장은 지금 당면한 이 상황이 아니었더라도, 제블렌에서 진행되는 상황에 손대고 싶은 유혹을 참기 힘들었을 거예요."

"콜드웰 국장은 휴스턴에서 워싱턴으로 옮겨와도 거의 영향을 받지 않은 모양이네요."

"콜드웰 국장은 괜찮아요. 국장은 일이 되도록 만들고, 절대로 빈둥대는 법이 없으니까."

"알았어요. 그러면 박사님은 언제 떠나시나요?"

"사흘 안에… 비슈누호를 타고 갈 거예요."

매린이 눈살을 찌푸리며 포도주잔을 들었다. "그렇군요. 뭐랄까, 근사한 임무처럼 들리네요. 그렇지만 그 말은 당신이 한동안 내가 쓰려는 책을 도와주지 못한다는 뜻이잖아요. 그런데 왜 나한테 딱 좋은 때에 나타났다고 이야기한 거예요? 나로서는 가장 안 좋을 때 온 것 같은데요?"

헌트가 입에 가득한 음식을 삼킨 후 대답했다. "제블렌에는 이런 저런 이유로 지구인들이 이미 많이 가 있어요. 그곳의 상황은 정치적으로 민감한 상태일 겁니다. 어떤 일이 일어날지 지금으로선 정확하게 알 수 없어요."

"그렇군요…." 매린은 천천히 고개를 끄덕이며 대답했지만, 헌트가 무슨 말을 하려는 건지 짐작이 되지 않는 표정이었다.

"특히, 그 일을 하기 위해서는 여기저기 기웃거리고 돌아다니면서 사람들하고 이야기를 나눠야 할지도 모르는데, 과학적인 임무를 띤 과학자에게는 어울리지 않는 모습으로 보일 수도 있죠. 그런 일은 달갑지 않은 질문을 받게 될 수도 있어요." 헌트가 매린의 눈을 똑바로 바라보며 말을 이었다. "하지만 작가라면, 특히 독불장군으로 유명한 작가라면… 사람들이 의아하게 생각하지 않을 겁니다. 으레 그러려니 할 테니까요."

"네, 무슨 이야긴지 알겠어요."

"그래서 당신은 공식적으로는 거기에서 책을 위해 자료를 수집하는 프리랜서 작가로 지내게 될 겁니다. 하지만 비공식적으로는 내가 너무 눈에 띄게 개입하기 힘든 일들을 도와주는 거죠."

매린이 헌트의 말을 소화하는 데에는 잠시 시간이 필요했다. 그녀는 포크를 접시에 내려놓고 믿기지 않는다는 듯 헌트를 뚫어지게 쳐다봤다. 매린이 당황한 모습을 보고 헌트가 능글맞은 미소를 지었다.

"잠깐만요." 매린이 나지막이 말했다. "내가 당신 말을 제대로 들은 건가요? 나도 제블렌에 갈 거라는 이야기를 하는 거 맞죠? 사흘 내에? 지금 그 이야긴가요?"

헌트가 레스토랑과 주변의 풍경을 가리켰다. "내가 당신에게 전화했을 때 새로운 소식이 있다고 했잖아요. '미안해요. 나는 떠날 테고, 당신의 책을 도와줄 수 없어요.'라는 말을 하려고 이런 곳에서 만나자고 한 것은 아니었어요."

매린이 다시 잔을 들더니 한숨에 벌컥벌컥 마셨다. 그리고 한 손으로 이마를 쓸어 올리며 멍한 표정으로 고개를 절레절레 흔들었다. 매린이 입을 열었을 때는 그녀의 목소리가 갈라진 상태였다. "당신은… 정말로 놀라운 사람이네요. 아니면 지금까지 내가 세상모르고 온실 속의 화초처럼 살았던 건가요? 믿으실지 모르겠지만, 저녁 식사 데이트에서 이런 이야기를 듣는 게 저한테는 그리 자주 있는 일이 아니거든요."

"모두 콜드웰 국장의 잘못이에요. 국장은 절대로 빈둥대는 법이 없다고 이야기했잖아요."

"무슨 말인지 알겠어요." 매린이 잠시 멈췄다가 말했다. "지금 정말 진심으로 하는 이야기죠?"

"물론이에요. 내 이야기가 진심이 아니라면, 정말 역겨운 농담이겠죠." 헌트가 매린을 잠시 살펴봤다. "자, 괜찮죠? 아무 문제 없죠?"

"네…, 그런 거 같아요." 매린이 잠시 생각에 잠긴 표정을 짓더니, 금세 들뜬 얼굴이 되어 의자에 기대며 웃음을 터뜨렸다. 헌트의 제안이 진심이라고 받아들인 것이다. "난 아직도 이 상황이 믿어지지가 않아요."

헌트가 잔을 들었다. "좋군요."

매린이 말없이 잔을 들어 헌트와 건배했다. 그리고 잔을 내려놓더니 다시 진지한 얼굴로 말했다. "그렇다면 내가 뭘 해야 하는 거죠? 무슨 말이냐면, UN 우주군이 내 비용을 지원해주는 게 아닌 것처럼 꾸며야 한다면, 내가 당신과 함께 여행할 수 없다는 뜻이잖아요."

헌트가 고개를 끄덕였다. "맞아요. 그렇지만 우리가 나중에 우연히 만난 거로 하면 문제없어요."

"그렇지만 어떻게 내가 사흘 안에 떠나는 외계인 우주선에 자리를 구하죠? 여행사에 전화해서 표를 예약해야 하나요?"

"서해안에서 오는 사람들과 함께 반덴버그 공군기지에서 TWA 왕복선을 타면 됩니다. 시애틀로 돌아가 가져갈 세면도구를 챙기고 자료 같은 것들을 정리할 시간은 충분할 거예요. 우리는 비슈누호에서 우연히 만나게 될 겁니다."

"그럼 나는 왕복선 예약만 하면 되는 건가요?"

"그렇죠."

매린은 여전히 난처한 얼굴이었다. "그렇지만… 투리엔 우주선에는 어떻게 타죠? 권한을 가진 사람을 찾아봐야 하나요? 내가 어떻게 해야 우주선 표를 구할 수 있죠?"

헌트가 활짝 웃었다. "아직 가니메데인을 잘 모르는군요, 그렇죠? 대부분의 사람이 잘 모르죠. 가니메데인들은 격식에 거의 얽매이지 않는 존재입니다. 어쩌면 전체 은하계에서 가장 격식을 따지지 않는 존재들일 거예요. 그들은 허가나 탑승권, 이용권, 신분증 확인처럼 법률가들이 생각해낸 온갖 번거로운 것들, 즉 우리의 삶을 스스로 힘겹게 만들고 있는 온갖 것들에 대한 개념이 전혀 없고, 우리가 필요하다고 생각하는 그런 것들이 왜 필요한지 이해를 못 합니다."

"아, 그렇게 살면 정말 편하겠네요." 매린이 부러운 표정을 지으며 한숨을 내쉬었다.

헌트가 주머니에 손을 넣더니 봉투를 꺼냈다. "여기에 있는 UN 우주군 번호로 연락하면 비슈누호 담당 사무소와 연결해줄 거예요. 거기에 물어보면 됩니다. 당신이 책을 준비하고 있는 프리랜서 작가인데, 제블렌까지 우주선에 얹어 탈 수 있겠는지 물어보세요. 아무 문제없이 해결될 겁니다. 그래도 잘 풀리지 않거든 나한테 전화해 주세요."

"물어보라고요?" 매린이 어리둥절한 얼굴로 물었다. "그게 다예요? 그들이 당신도 데리고 가나요?"

"여유 공간이 있으면 그렇게 할 겁니다. 하지만 공간이 모자랄 리가 없어요. 비슈누호는 전장이 30킬로미터가 넘거든요."

"그러면 왜 모든 사람이 탑승 시도를 하지 않는 거죠?"

"사람들은 이 사실을 모르니까요. 모두 당신과 마찬가지로 그렇게 간단할 리가 없다고 추측하는 거죠."

"사람들이 이 사실을 알게 되면 어떻게 될까요? 그때가 되면 투리엔인들도 뭔가 규칙을 만들 수밖에 없지 않을까요?"

"그거야 모르죠. 기다려보면 알게 될 겁니다. 투리엔인들은 비이성적인 사람들을 다뤄본 경험이 많지 않거든요."

"그렇지만 그들도 거기에 가고 싶어 하는 사람들을 아무나 무작정 데려다줄 수는 없을 거예요. 안 그러면 수습 불가능한 상황이 펼쳐질걸요."

"아, 그렇게 생각하는군요." 헌트가 동의하지 않는 말투로 말했다. "당신도 사람들을 통제하는 게 당연하다고 믿는 지구인들처럼 사고하는 거예요. 가니메데인은 사람들을 통제해야 한다는 당신의 생각을 이해하지 못할 겁니다."

둘은 한동안 말없이 저녁을 먹었다. 헌트는 만족스럽게 음식을 즐기며 매린에게 생각할 시간을 주었다. 이윽고 매린이 고개를 다시 들더니 물었다. "다른 사람은 누가 또 가나요?"

"글쎄요. 너무 급하게 결정되었기 때문에 그리 많이는 가지 않을 거예요. 우리는 생물학자도 한 명 함께 가길 바라고 있는데, 예전에 나와 함께 일했던 사람입니다. 크리스천 단체커 교수죠."

"그 교수에 대해서 읽었던 적이 있어요. 당신하고 목성에 함께 갔었죠?"

"네, 그 사람입니다. 교수는 가니메데인의 심리상태에 대해 누구보다 잘 이해할 겁니다. 하지만 사실 아직은 교수에게 말하지 않았어요. 내일 얘기할 예정입니다."

"재미있는 분인 거 같더라고요. 교수를 만나고 싶어요."

"아, 그럼요. 꼭 만나보세요."

"교수가 갈까요?"

"그러길 바랍니다. 교수는 최근에 제블렌 생물학에 푹 빠져있기 때문에, 거기에 갈 기회가 생겼다는 이야길 들으면 아마 펄쩍 뛰며 좋아할 거예요. 그렇게 되면 이 일이 과학적인 임무라고 완벽하게 위장할 수 있겠죠. 그리고 고다드 센터에 있는 제 조수도 갑니다. 던컨 와트라는 친구죠. 단체커도 부서 사람을 한 명 데리고 올 겁니다."

둘이 커피와 브랜디를 마실 시간이 되자, 헌트는 업무 문제를 다 잊어버리고, 매런의 얼굴 한쪽을 감싸고 있는 검은 머릿결을 넘을 읽고 바라보며, 안경 너머에서 수수께끼처럼 반짝거리며 응시하는 그녀의 눈동자를 읽어내려 애썼다. 그녀는 보는 사람마다 원하는 것을 읽어낼 수 있을 듯한 눈을 가졌다. 하지만 의식적으로 그렇게 보이는 건지는 헌트로서도 알 수 없었다.

헌트의 이 상황 덕분에 분위기가 무르익었다고 판단했지만, 아직 좀 더 생각해보고 싶었다. 이런 상황에 있는 가니메데인이라면 그냥 간단히 물어볼지도 궁금했다.

9

제블렌에는 몇 개의 커다란 섬으로 이루어진 열대성 기후의 열도가 있는데, 갈리테네스로 불렸다. 그 섬들의 내지는 대체로 산악지형이지만, 넓은 골짜기들과 해안 평야에는 어스름한 빛만 간신히 닿을 정도로 무성한 열대 우림이 펼쳐졌다. 그 열도의 최북단 두 섬에는 한낮에도 어둑한 우림에 안퀼로크라는 특이한 날짐승이 살았다.

안퀼로크는 비둘기 정도의 크기였다. 근육이 잘 발달한 뒷다리와 움켜쥐는 힘이 약하고 발톱이 달린 평범한 앞다리를 가졌는데, 쉴 때 나무줄기 같은 수직 표면에 달라붙는 용도로 앞다리를 이용했다. 그리고 검은색 비늘로 덮인 날개는 물에 젖은 아스팔트처럼 번들거렸다. 지구의 척추동물들이 대체로 비슷한 구조를 가지고 있듯, 안퀼로크의 기본적인 구조는 제블렌의 동물들에 일반적인 3쌍의 팔다리가 대칭적으로 형성된 형태였다.

안퀼로크의 머리에는 가느다란 검은색 주둥이가 달렸는데, 귀상어처럼 끝부분이 양쪽으로 돌출되어 적외선을 쏘는 기관이 안에 있었다. 눈 아래에는 전방을 향해 오목 들어간 부분이 크게 두 개 있었다. 이 기관은 반사와 흡수하는 조직이 혼합되어 있는데, 가변적인 초점 조종 기능을 해서 고개를 돌려 방향을 맞출 수 있는 조잡한 지향성 적외선을 생성하거나, 반사된 적외선을 수신하는 기능을 수행했다. 그렇게 해서 안퀼로크는 자체적인 열 감지 레이더 시스템을 이용해 비행하고 사냥했다.

안퀼로크의 주요한 먹이는 작은 말벌처럼 생기고 다리가 여덟 개 달린 치프프였다. 치프프는 안퀼로크의 탐색 주파수와 대체로 일치하는 범위에서 작동하도록 진화한 적외선 탐지 안테나를 가졌다. 이 때문에 두 종 사이에는 끊임없이 바뀌는 전략과 대응전략이 부딪치는 독특한 경쟁이 펼쳐졌다. 치프프가 안퀼로크의 탐색 신호를 감지한 후 처음에는 간단히 날개를 접고 적외선을 벗어나 바닥을 향해 추락하는 방식으로 반응했다. 그러자 안퀼로크는 치프프가 감지되면 움직임을 예상해서 적외선을 아래로 내리는 방식으로 대응했다. 이에 대해 치프프는 왼쪽으로 빗겨나며 도망치는 방식으로 반응했는데, 안퀼로크가 그쪽으로 따라오면 치프프는 오른쪽으로 방향을 바꿨다. 안퀼로크가 양쪽 방향을 동시에 확인할 수 있을 정도로 노련해지자, 치프프는 아래쪽으로 추락하거나, 왼쪽으로 혹은 오른쪽으로도 가지 않고 적외선을 벗어나 위로 올라가는 식으로 반응했다. 어떤 방식을 채택하든 이런저런 순서로 온갖 가능한 변칙들이 연이어 전개되었으며, 때로는 앞서 했던 형식을 뒤집기도 하면서 새로운 행동이 끊임없이 나타나고 유형을 바꾸며 효과가 지속할 때까지 하나의 형태를 유지하다가 실패하면 곧 다른 형태로 바꿨다.

그러나 안퀼로크가 그저 특별한 생물 이상으로 생각되는 이유는, 치프프가 공격을 피하고자 펼치는 다양한 레퍼토리 중에서 가장 최근에 보여준 형태를 다루는 적절한 기술을 사전에 프로그램하는 방식 때문이었다. 새로 태어난 안퀼로크는 이전 세대에 나타났던 다양한 행동을 이전 세대와 똑같이 익힌 상태였으며, 자신이 태어나기 직전까지 살아남은 '적절한' 기술만 갖고 있었는데, 그건 단순히 우연이 아니었다.

새로 태어난 안퀼로크는 그 부모가 새끼를 배고 있던 시기에 익힌 유형과 똑같은 최신 반응 유형을 보였다. 부모의 행동 유형은 최근 치프프의 행동 형태에 따라 바뀌었으므로, 유전 계통으로 전달된 게 아니라 부모가 살아가며 습득한 특성을 물려받는 메커니즘을 보여준 명백한 사례였다. 이는 지구의 연구자들이 여러 세대에 걸쳐 확립한 유전 법칙에 전적으로 위배되었다. 제블렌과 가니메데 과학자들도 안퀼로크를 특정한 환경 속에서 훈련시킨 뒤 탄생한 새끼들을 분리해 능력을 시험해본 후 그 사실을 받아들이는 데까지는 오랜 시간이 걸렸다. 논란의 여지가 없었다. 또한 은하계의 가까운 지역들을 탐사하면서 만난 유일한 사례도 아니었다.

그러나 지구의 생물학자들에게 이 사례는 모든 법칙을 깨는 대발견이었으며, 이전에 물리학자가 감당해야만 했던 만큼의 혼란을 생물학자들이 가장 소중하게 여기는 교리에 던진 것이었다.

✳

크리스천 단체커 교수는 분자 화상 촬영기의 제어판 트랙볼을 작동시키며 눈앞에서 빙빙 돌고 있는 영상 공간의 홀로그램을 응시했다. 교수는 자판을 두드려 체리 정도 크기의 희미한 빛의 흐릿한 구를 만들어냈다. 그리고 트랙볼을 다시 움직여서 그 구가 영상의 특정한 부분을 차지할 때까지 키웠다. 그때 교수가 살짝 높은 목소리로 모니터의 한쪽에 있는 스피커에 대고 말했다.

"목소리 켬. 열 배 확대." 영상에서 구 내부에 있는 부분이 영상을 꽉 채울 정도로 확대되자 세세한 부분까지 구별되었다. "다섯 배로 축소…." 단체커는 영상을 조금 더 회전시키고, 구의 위치를 살짝 옮겼다. "열 배 확대…, 대비효과 10퍼센트 향상…. 목소리 끝."

단체커 교수는 잠시 의자에 기대어 앉아 놀라움을 굳이 감추지 않은 채 만족스러운 표정으로 그 결과를 보며 생각에 잠겼다. 교수는 키가 크고 빼빼 마른 대머리였는데, 볼이 움푹 들어가 잇몸이 돌출된 얼굴에 구식 금테 안경을 썼다. 다른 자리에 앉아 있던 조수는 기다리는 사이에 보조 모니터에 갖가지 기호로 주석이 붙은 일련의 신경망 지도들을 불러냈다.

"샌디, 바로 이거야." 단체커가 낮게 말했다. "유전자 염기 서열이 바뀌었어. 저 유전자에 델타-시그마를 실시해서 도표에 대조해봐. 하지만 난 지금이라도 자네가 거기서 삽입된 특성을 발견하게 될 거라고 주저 없이 예측할 수 있어. 안퀼로크가 기억을 전달하는 방법이 바로 그거야."

샌디가 앞으로 몸을 기울이며 지금 영상으로 떠 있는 분자 구조의 확대된 부분을 살펴봤다. "우리가 앞서 확인했을 때보다 누적된 과정이 보이네요."

단체커가 고개를 끄덕였다. "예상했던 대로군. 신경계에 학습한 과정이 기록되듯이, 유전정보 전달 물질에 새겨진 부호화된 표상이 증가했을 거야. 우리는 지금 전달 가능한 기억이 작동하는 모습을 보고 있는 거라고."

그들은 치프프의 회피 반응을 흉내 내 적외선 신호를 반사하는 인공적인 패턴을 만들어서 제블렌에서 가져온 안퀼로크 몇 마리를 이에 적응하도록 훈련시켰다. 학습된 행동이 두뇌 안의 신경회로 구조 속에 영구적으로 새겨놓은 변화는 이미 수립된 신경정신지형학 기술로 식별하고 도표로 나타낼 수 있었다.

하지만 그들이 연구하고 있는 분자는 지구에서 익숙한 생물들과 완전히 달랐다. 이 분자는 안퀼로크 신경계의 특수한 세포에서 만들어졌는데, 일반 기억에 기록된 변화를 화학적으로 부호화해서 실어 날랐다. 그리고 유전지 전달 물질처럼 작동하면서 유전정보를 생식세포에 전달했고, 생식세포가 복제될 때 그 동물의 유전 제어 분자 안으로 옮겨졌다. 따라서 프로그램이 가능한 DNA와 동일한 역할을 하게 되었다.

단체커 교수가 계속 이어서 말했다. "저런 능력이 있다면 진화의 과정이 더욱 개선될 가능성이 커질 거야. 흥미롭군. 예를 들어, 이런 걸 상상…." 반대편 벽에 있는 탁자 위의 단말기에서 울리는 벨 소리가 그의 말을 가로막았다. "젠장. 저 염병할 전화를 받아주겠어, 샌디?" 교수가 말했다.

샌디가 일어나 연구실을 가로질러 걸어가서 호출을 받는 버튼을 눌렀다. 모니터에 40대 여성의 얼굴이 나타났는데, 나이 든 부인들처럼 뒤로 단정하게 묶은 머릿결 때문에 더욱 나이가 들어 보였다. 침울하고 근엄한 얼굴에 반짝거리는 검은 눈동자와 높은 광대뼈, 커다란 코를 가진 그녀가 위엄 있고 엄격한 눈으로 이쪽을 응시했다.

"샌디 씨, 혹시 단체커 교수님 거기 계신가요?" 그녀의 목소리는 날카로우면서도 단호했으며 빈틈이 없었다. "교수님께 몹시 긴급하게 전달해야 할 이야기가 있어요."

"아, 제기랄." 단체커가 모니터 너머에서 앓는 소리를 냈다. 그 여성은 멀링 부인으로, 단체커가 외계생명과학부의 부장으로 임명될 때 배치된 개인 비서였다. 멀링 부인은 꼭대기 층에 있는 단체커 사무실에 딸린 비서실에서 전화한 것이었다. 거기서 그녀가 이 건물을 다스렸다. 단체커는 고개를 젓고, 미친 듯이 앞뒤로 손을 흔들며 자신이 지구에서 증발해버렸다는 시늉을 했다.

그렇지만 샌디의 어깨너머로 살짝 보인 그 움직임을 멀링 부인이 알아챘다. "아! 교수님, 거기 계셨군요. 30분 내로 M-6에서 예산 평가회의가 열릴 예정입니다. 교수님에게 그 사실을 다시 알려드리면 좋을 것 같더군요." 멀링 부인은 또박또박 발음에 힘을 주면서 엄격한 개인 비서로서의 불만을 슬쩍 나타냈다.

단체커가 자리에서 일어나 단말기 앞으로 갔다. 하지만 그저 영상일 뿐이었는데도 너무 가까이 다가가지 않기 위해 조심하는 듯 중간쯤에 멈춰 섰다. 샌디가 조심스럽게 화면 밖으로 물러났다. "야무마츠가 처리하면 안 되나요?" 단체커가 짜증스러운 표정으로 물었다. "야무마츠가 전환 자산과 감가상각률, 그 외 이런저런 골치 아픈 것들을 잘 알고 있을 겁니다. 난 일개 과학자일 뿐이에요. 오늘 아침에 야무마츠한테 이야기해놨어요. 기꺼이 대리로 참석하겠다고 하더군요."

"분기마다 진행하는 평가회의에는 부서장이 참석하는 게 관례입니다." 멀링 부인은 전함의 철갑이 포탄의 충격을 받아내듯 단호하게 대답했다.

"어떻게 그게 관례가 될 수 있죠?" 단체커가 따졌다. "이 부서는 새로 생겼잖아요. 부서 자체가 생긴 지 6개월밖에 안 됐어요."

"새로운 조직구조가 설립되기 전에 만들어진 이후 한 번도 바뀐 적이 없는 UN 우주국 산하 부서들의 표준 절차입니다." 멀링 부인의 눈동자가 위아래로 오르내리며 단체커의 전신을 훑었다. "그렇게 차려입고 대체 뭘 하고 계신 건가요?" 단체커가 뭐라 말을 꺼내기 전에 부인이 따졌다. 단체커도 그녀의 시선을 따라 자신의 발아래를 내려다봤다. 교수는 오늘 저녁에 정장 차림으로 참석해야 하는 만찬을 위해 준비할 시간을 절약하려고 연구실 가운 아래로 야회복을 미리 챙겨 입었지만, 신발만 예외였다. 그는 하얀 운동화를 신었다.

"언제 보여요?" 단체커가 재빨리 말했다. "이 신발은 일반적으로 운동화라고 부르는 겁니다."

"알아요. 그렇지만 왜 야회복에 운동화를 신고 계세요?"

"당연히 편하니까 신었죠."

"교수님, 그런 차림으로 공화주의 협회의 만찬에 참석하시기는 힘들 겁니다."

단체커가 안경테의 빛을 반짝이며 활짝 웃었다. "멀링 부인, 난 그럴 생각이 전혀 없어요. 여기서 출발하기 전에 갈아 신을 겁니다. 내가 옷장에서 에나멜 구두를 꺼내서 증거로 보여주면 될까요?"

"고맙지만 그러실 필요는 없습니다. 그런데 유감스럽게도 그런 옷차림은 평가회의에는 적절하지 않습니다. 아무튼 총무부 부장과 기획부 실장이 참석할 예정이니까요."

단체커 교수는 빼빼 마른 새가 쭈그리고 앉아서 모이를 바라보는 자세로 모니터 앞에 서 있었다. 구부정한 어깨 위에 걸친 연구실 가운은 독수리의 날개가 되고 그의 손가락은 날카로운 발톱이 되었다. 마치 단말기에 달려들어 갈가리 찢어버릴 것 같았다.

"아주 좋군요." 단체커가 마침내 인정하며 받아들였다. "내가 알고 있어야 할 사항들과 회의 안건을 정리해줄래요? 내가 가지러 갈게요."

"그럴 줄 알고 이미 준비해뒀습니다." 멀링 부인이 대답했다.

＊

10분 후, 단체커가 연구 단지 반대편에 있는 건물 최상층의 콜드웰 국장 사무실 문을 박차고 들어갔다. "국장님이 어떻게 좀 하세요!" 단체커가 따졌다. "멀링 부인은 사람이 아닙니다. 그녀를 화성 기지나 심우주 탐사 같은 곳으로 보내줄 수는 없나요? 난 이런 상태에서는 일을 계속할 수가 없어요."

"글쎄요, 이제 그건 더 이상 문제가 되지 않을 겁니다." 콜드웰이 깍지를 낀 손 너머로 말했다. "뭔가 다른 일이⋯."

"문제가 되지 않는다니요!" 단체커가 버럭 소리쳤다. "완전히 정신 나간 북새통 한복판이라 온전한 정신을 잠시도 유지할 수가 없단 말입니다!"

"어제 오후에 헌트 박사와 이야길 나눴어요. 박사가 곧 교수님을 찾아갈 겁니다. 그러면⋯."

"터무니가 없는 상황이에요. 이제는 심지어 옷차림까지 사찰을 받고 있다고요, 젠장. 난 더 이상 물러설 생각이 없습니다. 그녀를 다른 곳으로 보내세요."

콜드웰 국장이 한숨을 뱉었다. "이거 보세요, 교수님. 그녀를 전출시키는 건 그렇게 간단한 문제가 아닙니다. 멀링 부인은 웰랜드와 13년 동안 함께 일했고, 그의 추천서를 받아서 왔어요. 웰랜드가 은퇴했더라도 옛날 친구들이 있어서 여전히 영향력이 상당히 많아요. 복잡한 문제를 일으킬지도 모릅니다. 특히 너도나도 출세하거나 한몫 잡을 기회를 찾는 지금과 같은 시기에는 말입니다."

"난 사람들의 관심을 끌려고 장난치는 애들이나 권모술수적인 멍청이들한테는 관심이 없어요. 이 여자가 만일⋯."

문이 열리더니 홍보부의 솔로몬 캐일이 들어왔다. "아, 실례했습니다, 콜드웰 국장님. 비서가 혼자 계신다고 해서⋯."

"제가 몇 분 동안 자리를 비웠어요." 비서 밋치의 목소리가 밖에서 들려왔다.

"케일, 괜찮아요." 콜드웰이 말했다. "단체커 교수는 잠깐 들른 거예요. 급한 일인가요?"

"사실 제가 이야기를 하려던 사람이 바로 단체커 교수입니다." 케일이 답했다.

"저요?" 단체커가 의아한 눈으로 바라봤다. "왜요?"

"그릴링 상원의원 사모님이 다시 연락하셨어요. 사모님이 운영하는 여성 토론모임 때문이랍니다. 외계 생물 연구실을 구경할 수 있도록 배려해달라는 건데요. 사모님은 교수님이 개인적으로 안내해달라고 합니다. 제 짐작에는 친구들에게 좋은 인상을 주기 위해서 그런 것같습니다." 케일이 양손을 펼치며 어깨를 으쓱했다. "교수님, 저도 이게 지겨운 일이라는 건 압니다. 하지만 그릴링 상원의원은 저희를 위해 많은 일을 해줬고, 대학 후원프로그램도 이끌고 있습니다. 저희로서는 되도록 그런 분을 화나게 하고 싶지 않습니다. 사모님은 다음 달 오후쯤이 좋다고 하시네요."

"신이여, 저희를 가엾게 여기소서." 단체커가 절망적으로 웅얼거렸다.

바깥 사무실에서 전화 호출음이 들려왔다. 비서가 전화를 받았다. 그리고 잠시 후 멀링 부인의 목소리가 쩌렁쩌렁 울렸다. "혹시 단체커 교수님이 거기에 계신가요? 지금 당장 참여하셔야 하는 회의가 있어서, 반드시 교수님을 찾아야 합니다."

그때 비서 자리의 반대편에 있는 문으로 문서 다발과 커피잔을 든 헌트가 들어왔다. "안녕하세요, 무슨 일이죠? 아하, 단체커! 마침 있었네."

"케일, 잠깐만 기다려줄래요?" 콜드웰 국장은 그렇게 말하며 자리에서 일어나더니 책상을 돌아가 캐일에게 말할 틈도 주지 않고 바깥 사무실로 밀어냈다. 그리고 헌트에게 들어오라고 손짓을 해서 헌트가 들어오자 문을 닫고, 단체커가 다시 입을 열기 전에 잠시 기다리라는 손짓을 했다. "그래요. 나도 오래전부터 문제를 알고 있었어요, 단체커 교수님. 그렇지만 성가신 일을 만들지 않으면서 그 문제를 처리할 적절한 해결책이 필요했죠."

단체커가 고개를 가로저으며 조급하게 손을 흔들어댔다. "제가 동호회 회계담당자가 되어가고 있다고요. 이런 일을 처리할 수 있는 회계사무원과 재정담당자들이 충분히 있잖아요. 저는 이 기관이 과학의 진보에 전념해야 한다고 생각합니다. 그런데 제가 보기엔 오히려 그보다…."

"나도 압니다, 알아요." 콜드웰이 고개를 끄덕이고 손을 들며 말했다. "그렇지만 곧 진행될…."

"이제 저들은 나한테 부인들의 다과회 소풍까지 안내해달랍니다. 이건 말도 안 돼요. 도대체…."

"단체커, 그만해." 헌트가 조용히 단체커의 말을 막았다. "그 업무를 위임해. 부장이란 게 그런 일 넘겨주는 사람이잖아. 아무튼 자네는 지금 그 일을 할 시간도 없을 거야. 국장님이 우리한테 지구를 떠나는 임무를 맡겼거든."

"그것만이 아니…." 단체커가 말을 뚝 멈추더니 의아한 눈길로 헌트를 바라봤다. "지구를 떠난다고? 우리가?"

콜드웰 국장이 툴툴거리더니 헌트 쪽을 향해 계속 말하라고 고갯짓을 했다.

헌트가 말을 이었다. "제블렌으로 갈 거야. 곧 제블렌으로 돌아가는 투리엔의 우주선이 궤도에 있어. 이걸 생각해봐. 외계 생물이 가

99

득한 행성이 말 그대로 몇 광년 너머에 있는 거야. 외계생물학 부장이라면 그 분야의 새로운 지평을 열어야 하는 거 아니야?" 그렇지만 단체커를 더 설득할 필요가 없다는 건 이미 명확했다. 단체커는 이미 구름 사이로 비치는 빛을 보며 황홀경에 젖은 부흥 전도사 같은 표정이었다.

그들은 잠시 후 콜드웰 국장의 사무실에서 함께 나왔다. "내 생각에는 계획을 새로 짜야 할 것 같네요." 아직 기다리고 있던 솔로몬 캐일에게 콜드웰이 말했다. "단체커 교수는 중요한 계획 때문에 바빠질 겁니다." 그리고 자신의 사무실을 고갯짓으로 가리키며 캐일과 함께 안으로 들어갔다.

단체커가 멀링 부인의 모습을 아직 비추고 있는 비서의 단말기로 성큼성큼 걸어갔다. "아, 거기 계셨군요, 교수님." 모니터의 영상에서 목소리가 들려왔다. "평가회의는…."

"야무마츠를 찾아서 거기로 보내세요." 단체커가 말했다. 그의 목소리에는 새롭게 살아난 자신감이 가득했다. "그리고, 공화주의 협회 간사에게 연락해서 내 사과를 대신 전해주세요. 아무래도 참석하기 힘들 것 같습니다. 거기도 야무마츠가 나 대신 참여하고 싶을지도 모르겠네요."

멀링 부인은 너무 놀라 잠깐 대꾸조차 하지 못했다. 그녀는 입을 쩍 벌린 채로 모니터 너머의 단체커를 노려봤다. 마치 방금 무신론자가 되어 탈교한다고 선언하는 교황의 담화를 들은 수녀원장의 표정 같았다. 서서히 회복된 멀링 부인이 머뭇머뭇 말을 더듬었다. "저는… 이해가 안 되네요. 대체 무슨 일인가요? 혹시 뭔가 잘못됐나요?"

"잘못되다니요." 단체커가 가벼운 말투로 응수했다. "그런 건 전혀 없습니다. 사실 오히려 그 반대죠. 지금부터 나는 다른 일을 맡을 예정입니다. 브래디를 제 사무실로 보내주세요. 모든 계획과 도표, 예산, 그리고 거기 벽에 붙여놓은 다른 쓰레기들을 다 치우고, 브래디에게 내일 아침부터 내 대리를 맡게 될 거라고 말해놓으세요. 나는….” 단체커는 개의치 않는다는 표정으로 양손을 활짝 펴며 말했다. “날아갈 겁니다.”

멀링 부인은 혼란스러운 표정이었다. “단체커 교수님, 대체 무슨 이야기세요? 시급히 참석하셔야 할 회의가 있다니까요.”

“난 시급한 일을 할 시간이 없어요. 그 대신 중요하게 처리해야 일이 너무 많아요.”

“그렇지만… 어디 가세요?”

“제블렌에 갑니다. 거기가 아니라면 어디에서 외계생물학자가 실습을 해보겠어요?” 단체커가 다리를 들더니 운동화를 신은 발을 모니터 앞에 도발적으로 달랑달랑 흔들었다. “멀리, 아주 아주 멀리 떨어진 곳이죠, 멀링 부인. 공화주의 협회의 상상력의 지평 너머, 상원의원 사모님들이 꽥꽥거리는 수다가 닿지 않는…. 당신이 상상할 수 있을지 모르겠지만, 그 신성한 UN 우주군 산하 기관들의 절차 규정도 닿을 수 없는 곳이죠.”

“제블렌이요? 왜요? 거기서 뭘 하실 건데요?”

그렇지만 단체커는 이미 듣고 있지 않았다. 헌트와 콜드웰의 비서는 열린 문 너머로 복도를 느릿느릿 걸어가며 단조롭게 흥얼거리는 단체커의 노랫소리를 들을 수 있었다.

“멀리, 아주 멀리. 멀리, 아주 머얼리….”

10

지구의 물리학자들은 가니메데인이 가져다준 새로운 사실들에 적응하기 위해 수없이 다시 생각을 거듭해야 했다. 가장 광범위하고 경이로운 이론은 물질의 본질 그 자체와 관련된 것이었다.

절대적이고 보편적인 시간이나 고전적인 예측 가능성 같은 개념들과 마찬가지로, 물질의 영속성도 과장된 환상이었다는 사실이 드러났다. 20세기 후반부터 지구의 일부 과학자들도 그렇게 의심했으나, 뚜렷한 결과를 만들지 못하고 연구를 마쳤던 문제였다. 1그램의 물이 완전히 사라지는 데에는 백억 년은 걸릴 정도로, 지구의 기술로 측정하기에는 그 비율은 너무도 낮았지만, 모든 물질은 끊임없이 붕괴되어 무로 돌아간다.

물질을 구성한 기본입자들은 자연적으로 소멸되어, 우리에게 익숙한 우주에서 작동하는 법칙과는 다른 종류의 법칙의 지배를 받는 초영역으로 돌아간다. 지극히 적은 양의 물질이라도 사라지는 그 순간 질량의 중력 효과를 일으킨다. 모든 소멸은 작은 중력파를 일으키는

데, 이 중력파가 시시각각 수없이 많이 쌓여서 일으킨 누적 효과가 외관상 안정적인 중력장을 형성해서 거시적으로 인지된다.

그리하여 중력은 물리학에서 질량과 수동적으로 관련된 정적인 효과로 예외적인 취급을 받았던 존재에서 벗어나 다른 장(場) 현상들과 마찬가지로 어떤 값의 변화율에 의해 생성되는 벡터양을 의미하게 되었다. 이 경우는 질량의 변화율이었다. 이 원리는 인위적으로 그 과정을 유도하고 제어하는 방법과 함께 가니메데인의 초기 중력공학의 기초를 형성했다. 샤피에론호에서 사용된 동력 체계도 중력공학이 적용된 사례였다.

얼핏 들으면 작을 것 같지만, 우주적인 시간 규모로 보면 물질의 소멸률은 절대 사소하지 않다. 그런데도 우주의 많은 부분이 여전히 남아있는 것은 우주 공간 전체에 걸쳐 입자가 끊임없이 자연적으로 생성되기 때문이다. 입자 소멸이 중력을 만들 때와는 반대로 입자 생성은 '반중력'을 만든다. 입자는 이미 존재하던 곳에서만 사라질 수 있으므로, 소멸은 주로 물질 덩어리 내부에서 일어나고, 그 주변의 시공간에 국부적으로 인력 곡률을 형성한다. 하지만 은하계 사이의 광대하게 텅 빈 공간에서는 소멸보다 생성이 훨씬 압도적이다. 그 결과로 인해 발생한 현상이 '우주 척력*'이다. 이로써 모든 이론이 좀 더 깔끔하고 균형 잡히고 만족스럽게 느껴졌다.

그러므로 기본입자는 알려진 우주의 관측 가능한 차원 안에 생성되어서 부여된 기간 동안 존재하다 사라진다. 기본입자들이 어디에서 오고 어디로 돌아가는지는 지구의 과학자들이 한 번도 생각해볼

---

* 아인슈타인이 상대성이론 방정식을 만들 때 우주가 수축되거나 팽창하지 않고 정적으로 유지된다는 생각 때문에 제안했던 개념. 당시에는 곧 잘못된 개념으로 판명되었지만, 최근 암흑 에너지가 발견되면서 새롭게 재조명되고 있다.

기회가 없었던 의문이었다. 가니메데인조차도 샤피에론호가 미네르바에서 출발하던 즈음 그 문제를 탐구하기 시작했었다. 그 뒤에 진행한 이 연구로 이룩한 기술 덕분에 투리엔인은 항성 간 문명을 형성할 수 있었다.

입자들이 일시적으로 나타나는 초영역은 입자가 블랙홀 속으로 사라질 때 물질-에너지가 들어가는 영역과 동일하다. 지구의 물리학자들도 블랙홀에 들어긴 물체가 본래 있던 공간에 그대로 존재하지 않는다는 사실은 얼마 전부터 이론적으로 알고 있었다. 그런 경우 입자는 '알려진 우주'나 '다른 우주', 혹은 어쩌면 '다른 시간대' 중 한 곳으로 갈 수밖에 없다. 놀랍게도 그 세 곳이 모두 가능할 수 있다고 밝혀졌다. 투리엔인은 그 사실을 깨닫고 '알려진 우주'와 '다른 우주'를 활용했다. 그리고 '다른 시간대'에 대해 연구를 진행하고 있었지만, 여전히 의문투성이였다.

전기로 대전되고 빠르게 회전하는 블랙홀은 얇은 디스크처럼 납작해지고, 나중에는 질량이 테두리에 집중된 도넛 형태가 된다. 이렇게 되면, 특이점은 파악이 불가능하게 가려진 지점으로 존재하지 않고, 도넛 형태 블랙홀 중앙부의 구멍으로 존재한다. 따라서 파멸적인 기조력을 겪지 않고도 축을 따라 접근할 수 있다. 또한 대칭 효과에 의해, 이런 '입구 포트'를 만들면 일반 우주 어딘가에 연결된 또 다른 블랙홀을 투사하게 된다. 입구 포트의 구멍으로 물체가 들어가면 곧 '초공간'으로 알려진 곳을 가로지른다. '출구 포트'의 위치는 입구 포트의 크기와 회전, 방향, 그 외 다른 매개 변수들에 의해 결정되며, 수십 광년 떨어진 거리까지 제어할 수 있다. 투리엔인은 그 방법을 이용해 항성 사이를 비행했다.

우주에서 다 타버린 별의 핵을 소비해서 에너지를 생성하는 거대한 시스템이 초공간을 통해 블랙홀을 만들 수 있는 에너지를 보내준다. 그렇지만 행성 궤도를 혼란스럽게 만들고 붕괴시키는 사태를 피하기 위해 포트는 절대로 항성계 내에 만들지 않으며 멀리 떨어진 주변의 빈 공간에 만들었다. 행성의 지표면에서 초공간 포트 사이의 여행은 미네르바의 조상들이 앞서 개발했던 전통적인 중력공학 동력을 더욱 발전시킨 형태를 이용했다. 그렇더라도 항성 간 여행은 일반적으로 며칠이면 가능했다.

투리엔 우주선은 수송 포트를 만들어서 에너지를 공급하는 시스템과 동일한 초공간 분배 그리드에서 에너지를 끌어오기 때문에 크기를 아주 아담하게 만들 수 있었다. 물론 커다란 우주선도 있었다. 직경이 30킬로미터가 넘는 구형의 비슈누호조차 중간급 규모에 불과했다.

✳

헌트와 단체커가 콜드웰 국장과 이야기를 나누고 사흘 뒤, 그들은 메릴랜드 앤드루 공군기지에서 비슈누호 소속 연락선에 다양한 사람들과 함께 승선했다. 헌트의 조수 던컨도 바라던 대로 이 일행에 참여했고, 단체커 연구실에서 함께 일하는 샌디 홈즈도 합류했다.

헌트가 예상했던 대로 모든 과정은 단순하고 격식 없이 진행되었다. 투리엔인 승무원이 그들에게 음료수나 커피를 제공하고 좌석을 안내해주었다. 각 탑승객에게 10센트 동전 크기의 자그맣고 신축성이 있는, 상처에 붙이는 밴드처럼 생긴 통신 장치를 나눠줬는데, 그 자체만으로도 귀 뒤에 잘 붙었다. 통신 장치는 3만2천 킬로미터 상공에서 궤도를 돌고 있는 모선의 중계를 받아 비자르에 연결되었으며, 착용자의 감각 신경 영역에 직접 연결되어서 듣거나 말하는 내용이 비자르에게 전달되었다. 반대로 비자르가 전달하는 정보는 착용자가 청각과 시각으로 경험했다. 그리하여 우주선의 시스템에 즉시 접속할 수 있을 뿐만 아니라, 다른 지구인과는 개인 대 개인 통신이 가능하고, 가니메데인과는 비자르의 통역을 통해 연결할 수 있었다.

"다시 뵙게 되어 반갑습니다." 컴퓨터의 익숙한 목소리가 헌트의 귀에 들려왔다. "다시 바빠지신 모양이네요."

"안녕, 비자르. 음, 네 서비스가 더 멋있게 바뀌었구나." 투리엔인들이 처음으로 지구인과 접촉하기 위해 알래스카에 있는 폐기된 공군기지에 보냈던 첫 우주선은 제블렌인의 감시를 피하려고 지구의 평범한 비행기와 비슷하게 제작했었다.

"저희는 그저 승객들에게 행복한 여행이 될 수 있도록 노력하고 있습니다." 비자르가 대답했다.

잠시 후 연락선이 이륙했다. 10분이 겨우 지났을 즈음에 연락선은 하늘에 떠 있는 우주선의 거대한 구조물 안으로 들어갔다. 모든 방향으로 수 킬로미터에 걸쳐 매끈한 곡선의 금속 표면이 비슈누호의 외부를 이루고 있었다. 연락선은 마치 맨해튼의 초고층건물들이 옆으로 서 있는 것처럼 불쑥 튀어나온 착륙장의 환한 불빛 속으로 들어갔다. 그리고 온갖 크기와 형태, 등급의 비행선들이 늘어선 옆으로 가서 정박했다.

일행은 투리엔 승무원들의 안내를 받아 입구 경사로와 대기실을 지났다. 천장이 높고 너른 복도가 양쪽에 있었으며 위쪽으로 난간이 달린 통로들이 여러 층으로 보였다. 더 많은 투리엔인들이 여기저기에서 기다리고 있었다. 이곳은 우주선의 다른 구역으로 연결된 일종의 터미널인 모양이었지만, 다른 구역으로 가기 위해서는 뭘 어떻게 해야 하는 건지 전혀 알 수 없었다.

우주선은 자체적으로 내부 중력을 제작해서 '위'와 '아래'를 만들었다. 그리고 한 장소에서 다른 장소로 갈 수 있도록 여러 방향으로 운송로를 만들었다. 그 결과 마치 화가 에서의 그림처럼 복도와 통로가 혼란스러웠고, 평면과 공간이 교차했다. 여기서는 벽이었던 면이 저기에서는 바닥이 되고, 다른 곳에서 굽어지며 다른 면이 되었다. 그전에 아래에 있던 게 전혀 회전하는 느낌이 없었는데 불쑥 머리 위로 나타나기도 했다. 방향이 지정된 중력장 위에 개방된 운반 장치를 따라 가니메데인들이 줄지어 실려 갔다. 우주선의 모든 방향으로 가로지르며 움직이는, 눈에 보이지 않는 엘리베이터 같았다. 헌트와 단체커는 예전에 이런 장치를 봤었지만, 주변의 다른 이들은 멈춰 서서 멍하게 그 모습을 바라봤다.

"이봐, 단체커, 우리가 또 이렇게 떠나게 됐네." 헌트가 주변을 둘러보며 말했다. "그렇지만 이번에는 지난번보다 훨씬 빨리 갈 거야."

"그리고 우리가 거기에 도착하면 지난번보다 좀 더 편하겠죠." 샌디가 주변 상황을 소화하느라 애쓰며 약간 얼떨떨한 목소리로 중얼거렸다. 샌디는 UN 우주군 목성 5차 파견대에 그들과 함께 있었다. 당시 그들이 탔던 비행선은 달의 궤도에서 출발한 후 6개월을 날아가야 했다. 그리고 목성에 도착했을 때, 가니메데의 얼음층 위에 자리 잡은 과학 기지의 지하 숙소는 비좁고 답답했다. 끊임없이 기계의 진동이 느껴졌고, 고온의 기름 냄새가 사라지지 않았다.

"그렇겠지." 단체커가 동의했다. "예전에 이런 장치에서 빠져나오면서 다시는 발을 들여놓지 않겠다고 단호하게 결심했던 때가 떠오르네." 그가 한숨을 뱉었다. "그렇지만 이 우주선을 만든 설계자들은 지구의 설계자들과는 다르게 교육받은 거 같아. 지구 설계자들의 상상력은 잠수함과 탱크에서 벗어나질 못하잖아."

"게다가 이 우주선은 훨씬 멀리까지, 훨씬 빠르게 날아갈 거야."

헌트가 그에게 상기시켜주었다.

"흠, 그러게 말이야."

던컨이 빠르게 암산을 했다. "약 7천만 배 빠르게 날아갈 겁니다." 서른두 살의 던컨은 짙은 검은색 머릿결에 혈색이 좋고 건강했다. 워낙 덩치가 큰 까닭에, 헌트는 던컨이 수리물리학 연구소보다는 미식축구나 권투 쪽에 더 잘 어울리는 게 아닐까 하는 생각을 하곤 했다.

던컨 옆에서는 한 남자와 여자가 경외감에 꼼짝도 못 하고 서 있는 십대들과 함께 서 있었다. "지금이 우주의 역사에서 가장 특별한 순간일 겁니다." 남자가 낮은 소리로 중얼거리며 자신이 맡은 십대 아이들을 고갯짓으로 가리켰다. "이 녀석들이 동시에 이렇게 조용한 건 처음이거든요."

"저 아이들은 누구인가요?" 던컨이 씩 웃음을 지으며 물었다.

"제블렌으로 수학 여행을 가는 열여섯 살짜리 아이들이에요. 전 어떻게 이런 일이 일어난 건지 도저히 믿을 수가 없어요. 학교에서 누군가가 장난으로 한 생각이었는데, 가니메데인들이 아무 문제 없다고 받아들였대요. 제가 이제껏 들어봤던 일 중에 제일 황당한 사건이죠."

그때 비자르가 헌트에게 말했다. "환영단이 여러분을 기다리고 있습니다." 단체커의 표정이 바뀌는 걸 보고, 헌트는 비자르가 단체커에게도 말했다는 사실을 알아챘다.

"어디로 가야 하는데?" 헌트가 물었다.

"약간 왼쪽을 돌아보시면 승무원 두 명이 서 있을 겁니다."

헌트가 고개를 돌려보자 비자르가 말한 투리엔인들이 그를 향해 다가왔다. 수백만 년이 흐르는 동안 투리엔인은 샤피에론호의 선원들로 대표되는 미네르바의 가니메데인과 외양적으로 조금 달라졌다. 전반적인 형태는 유사했지만, 투리엔인의 피부색은 검은색에 가까울 정도로 좀 더 짙고, 좀 더 말랐으며, 평균적으로 살짝 키가 작았다. 그들을 기다리고 있던 두 투리엔인은 헐거운 녹색 튜닉을 걸치고, 목에서 허리까지 양쪽으로 정교하게 짠 금속성 실로 만든 장식띠를 달고 있었다.

"헌트 박사님? 단체커 교수님?" 그중 한 명이 물었다.

"저희가 맞습니다." 헌트가 확인시켜 주었다.

"저는 칼로르이고, 이쪽은 메르글리스입니다. 저희는 파이톰 선장을 대신해서 여러분의 비슈누호 승선을 환영하러 왔습니다."

"뵙게 되어 반갑습니다." 다른 투리엔인이 말했다.

그들이 악수를 했다. 투리엔인들은 지구인의 관습을 대체로 받아들였다. 헌트가 샌디와 던컨을 소개했다.

"선장님이 인사를 전해달라고 하셨습니다." 칼로르가 그들에게 말했다. "선장님은 여러분이 가니메데인의 과학을 연구하기 위해 제블렌에 간다는 사실을 알고 계십니다. 우리의 짧은 비행 기간 중에 여러분이 원하실 때는 언제라도 비슈누호에 승선한 전문가들이 도움을 줄 수 있도록 조치해놓았습니다."

"선장님의 배려에 감사드립니다." 단체커가 대답했다. "우리의 감사를 전해주시기 바랍니다. 선장님의 제안은 마음에 새겨두겠습니다."

"그리고 기회가 되면 사령실에 들러달라고 하셨습니다. 하지만 지금은 여러분도 예상하시겠지만, 사령실이 몹시 바쁜 상태입니다." 칼로르가 말했다.

"저희는 언제라도 좋습니다. 초대해주셔서 몹시 감사드립니다." 헌트가 대답했다.

"저희도 초대받은 건가요?" 샌디가 희망 섞인 목소리로 물었다.

"당연히 그렇습니다." 칼로르가 그녀에게 말했다.

"우리가 함께 여행할 사람을 제대로 잡은 모양이네요." 던컨이 말했다.

"지금은 지구인 숙소로 할당된 구역으로 안내해드리겠습니다. 앞으로 이 구간의 비행에는 지구인들이 정규 승객이 될 것 같으니, 지구인 숙소를 영구적인 시설로 만들 예정입니다." 칼로르가 말했다.

칼로르는 넓고 긴 공간으로 돌출된 승강장으로 일행을 이끌었는데. 방금 그들이 지났던 구역보다 낮았으며, 호박색 내부 조명이 밝게 비치는 칸막이벽 구간마다 아치가 걸쳐져 있고, 왼쪽, 오른쪽, 위쪽, 아래쪽으로 나뉜 더 작은 터널과 통로가 사방으로 뻗어갔다.

칼로르가 손짓하자 샌디가 어찌할 줄 모르는 눈빛으로 승강장을 바라보며 물었다. "뭘 어떻게 해야 하는 건가요?"

"아무 튜브나 타세요. 그냥 타기만 하면 됩니다." 메르글리스가 말했다. "비자르가 여러분이 선택한 목적지로 데려다줄 겁니다." 그가 그렇게 말한 후 승강장에서 뛰어올라 눈에 보이지 않는 에너지의 쿠션 위에 둥둥 떴다.

"정말로 쉬워요." 칼로르가 다시 손짓했다.

"뉴욕에도 이런 게 있으면 좋겠네요." 헌트가 칼로르에게 말했다.

샌디는 깊은숨을 들이쉰 후 단념하듯 어깨를 으쓱하더니 메르글리스를 따라 튜브로 들어갔다. 메르글리스는 승강장 몇 미터 위에 둥둥 떠서 그들을 기다렸다. 한 명씩 올라탄 뒤 칼로르가 마지막으로 올랐다. 잠시 후 일행은 편하게 서로 이야기를 나눌 수 있을 정도로 가까이 무리를 이룬 상태로 미로를 따라 실려 갔다. 중력장이 그들의 몸을 편안하게 감쌌다. 일행은 층층의 회랑으로 둘러싸인 넓은 수직 통로로 들어갔다. 곧 밝은 벽으로 둘러싸인 대로와 다양한 가게들의 커다란 진열창과 오락 시설, 사무실, 식당들이 보였다. 마치 도시의 거리에 지붕을 덮어놓은 듯했다. 헌트는 우주선 안의 통로가 이런 모습이 될 수 있으리라고는 상상조차 해본 적이 없었다. 그들은 더 크고 광장처럼 열린 공간으로 나왔는데, 광장들과 바닥면이 3차원의 온갖 각도로 펼쳐져 있었다. 헌트는 간신히 유지하고 있던 방향 감각을 완전히 잃어버렸다. 현대 도시에서 버둥거리는 원시인이 된 기분이었다. 그에게는 이런 기하학을 이해할 수 있는 개념적 틀이 없었다.

일행이 지구인 구역에 도착했다. 그 구역의 구조는 '위'와 '아래'가 뒤섞이지 않고 쉽게 알아볼 수 있는 상태로 쭉 유지되었으며, 모든 사람이 걸어 다녔다. 그곳은 다행히 UN 우주군 파견대 비행선의 시설과 같은 방식으로 만들어져서 익숙한 숙소와 카페가 있었고, 식당과 하얀 재킷을 입은 바텐더가 일하는 바가 보였다. 그리고 의자와 탁자, 다른 도구들도 가니메데인이 아니라 인간의 비율에 맞춰져 있었다.

각 승객에게는 식당에서 가까운 복도를 따라 배치된 개인 숙소가 있었는데, 침실과 자동요리기계가 달린 거실, 화장실로 이루어졌다. "여기서 이틀 동안 편하게 지내실 수 있기를 바랍니다." 칼로르가 헌트에게 숙소를 보여주며 말했다.

"몇 달이라도 편안하게 지낼 수 있을 것 같아요." 헌트가 그를 안심시켰다.

"아주 다행이네요. 곧 여러분이 파이톰 선장과 참모들을 만나실 수 있게 연락드리겠습니다. 그때까지 저희가 도와드릴 일이 또 있을까요?"

"없는 것 같습니다. 단체커, 자네?" 헌트가 단체커를 쳐다봤다.

"저도 괜찮습니다. 아, 우리가 가져갈 장비들이 좀 있는데, 아직 다 도착하지 않았다면, 지금으로선 별로 할 게 없네요."

"필요한 게 있으시면 언제든지 비자르에게 알려주세요." 칼로르가 대답했다. 그리고 고개를 돌려 단체커에게 말했다. "교수님의 숙소는 이쪽입니다."

문이 닫히자 헌트는 혼자 남아 수화물에서 물건들을 꺼내며 숙소를 둘러봤다. 숙소는 널찍하고 편안했다. 목욕 가운과 슬리퍼도 갖춰졌다. 탁자 위에는 과일이 담긴 접시가 있었는데, 그중에는 지구의 과일이 아닌 것도 있었다. 그 외에 사탕 같은 군것질거리들과 헌트가 즐겨 피우는 담배 제품도 있었다.

"비자르, 마실 건 없어?" 헌트가 담배 한 개비를 집어 들며 툴툴거렸다. "쯧쯧, 서비스가 조금 부실하네. 쿠어스 맥주 팩과 조니 워커 블랙 라벨 한 병 정도는 있을 줄 알았는데 말이야."

"자동요리기계 아래에 있는 냉장고에 들었습니다." 비자르가 대답했다.

헌트가 탄식을 뱉었다. 언제나처럼 가니메데인은 빈틈이 없었다.

11

헌트는 1시간 넘게 숙소에 머물며, 가니메데인이 초공간의 특성에 관해 서술한 개론서의 영어 번역본을 꼼꼼히 읽었다. '입구 포트의 구멍으로 묘사되는 전이(轉移)의 경계 너머 영역에서는 시간과 공간의 일반적인 관계가 역전된다. 3차원의 공간과 단일한 방향의 시간 차원이 아니라, 자유롭게 움직일 수 있는 3차원의 시간과 한 방향으로만 움직일 수 있는 단일한 차원의 공간이 있다.' 헌트가 그 의미를 머릿속에 그려보려 애쓰고 있을 때, 서해안에서 출발한 TWA 왕복선이 도착했다는 사실을 비자르가 알려줬다. 잠시 후, 매린이 전화를 걸어 비슈누호에 승선했다고 알려왔다. 비자르가 숙소의 벽에 있는 헌트의 영상 시스템에 매린의 상반신을 띄워주었다.

"어서 오세요." 헌트가 인사했다. "투리엔 통신기를 착용한 모양이네요."

"놀라워요. AT&T 통신사가 새로운 기술을 좀 배워야겠어요."

"당신으로부터 별다른 소식이 없길래, 다 잘 진행되고 있을 거라고 짐작했어요." 헌트가 말했다. 사실은 콜드웰의 비서가 매린이 비행기에 예약했다는 사실을 조심스럽게 확인해주었다.

"지난 이틀간 무척 바빴어요. 그래도 당신 말대로 진행되더라고요. 만화경 같은 곳으로 걸어 들어갈 거라는 경고도 해주지 그랬어요."

"투리엔인과 함께 있으면 그런 일에 익숙해질 겁니다."

"당신과 함께 갈 사람은 결국 누구로 결정됐나요?"

"바라던 대로 크리스천 단체커 교수가 함께 갑니다. 그 외에 두 명이 더 있는데, 예전에 말했던 내 조수 던컨 와트와 단체커 연구실에서 일하는 샌디 홈즈예요. 예전에 우리와 가니메데에 갔던 연구원이죠."

"그러면 그리 나쁘지 않은 거죠?"

"우리에게 주어졌던 시간을 고려하면 전혀 나쁘지 않죠. 아무튼 당신이 여기로 오면 전부 이야기해줄게요."

"그럼 어디서 만나면 좋을까요?"

"지구인 숙소 구역으로 오면 바가 있는 휴게실이 있어요. 그쪽 일이 정리되면 휴게실에서 만나죠."

"거기는 어떻게 가나요?"

"비자르가 도와줄 겁니다."

"알았어요." 매린의 얼굴이 사라졌다.

헌트는 차원성에 대한 가니메데인의 개념을 이해하려 몇 분 더 씨름하다 숙소를 나와 식당 쪽으로 갔다. 그가 일행들과 함께 그 구역을 지났을 때보다 늘어난 사람들로 북적댔다. 헌트는 바까지 곧장 걸어가서 스카치를 주문했다. 바텐더의 이름표를 보니 이 시설은 베스트 웨스턴 호텔 그룹에서 운영하는 모양이었다.

"뭐 좀 물어봐도 될까요? 당신네 회사는 어떻게 이 외계인 우주선에 바를 열게 된 건가요?" 바텐더가 술을 따르는 모습을 보며 헌트가 물었다.

"아, 회사에서는 꽤 정규적으로 왕래가 이루어질 거라고 판단한 모양이에요. 당장은 손님이 그리 많지 않더라도 홍보에는 아주 좋겠죠."

"회사는 어떻게 지점 계약을 따냈다던가요?"

"제가 알기로는, 그냥 물어봤답니다."

가니메데인에 대해 나름 잘 알고 있다고 생각했던 헌트도 놀랐다. "그렇게 쉽게요? 경쟁이 엄청 심하지 않았나요?"

"별로 안 그랬답니다. 다른 사람들은 여기에 지점을 낸다는 생각조차 안 해봤을 거 같아요."

헌트는 고개를 절레절레 흔들며 자리에서 물러났다. 그가 술잔을 들고 사람들 사이를 지나가는 동안 그들이 주고받는 대화 소리가 들려왔다.

"지금부터 1년 동안 지구에서 얼마나 많은 사람이 거기로 갈지 생각해봐. 이건 완전히 노다지라고 했잖아…."

"맞아. 관광객들도 많이 갈 거야. 계획이 있어…."

"저들에게 예수님에 관해 이야기해줘야 해."

"저쪽 좀 봐. 젠장, 차라리 클리블랜드가 더 낫겠다…."

헌트는 구석에 가까운 빈 탁자로 가서 앉아 느긋하게 사람들을 구경했다. 얼마나 많은 사람이 더 높은 권력의 혜택이나 특혜를 받지 않고 그저 묻는 것만으로 여기에 왔을지 궁금했다. 지금 여기에서 일어나고 있는 이런 일이 앞으로 지구에서 전개된다면, 세상의 사람들 절반에게 어떻게 살아야 하는지 승인하고, 규제하고, 허락하고, 통제하는 일을 하는 나머지 절반이 운영하는 규율과 규제의 간섭 체계 대부분이 엉망진창으로 무너져 내리거나 우스갯거리가 되어버릴 거라는 생각이 들었다.

재미있었다. 헌트는 사람들을 지켜보면서, 저 사람들 중 얼마나 많은 사람이 여기서 처음 경험한 사실들 때문에 일어난 커다란 흥분을 억누르고 정상적으로 행동하기 위해 애쓰며 짐짓 유창한 말을 늘어놓고 있을지 궁금했다. 지구인에게는 겉모습이 너무도 중요했다. 가니메데인은 체면을 차리는 방어적 강박감이 없으므로, 자신들이 어떻게 느끼는지 기꺼이 말했다. 가니메데인이 진화한 방식 덕분에 그들에게는 겉모습에 의한 우위의 개념이나 위협하는 본능이 없었다.

한쪽 벽에 있는 커다란 스크린에 비슈누호 주변의 우주에 떠 있는 왕복선과 수송선, 관측선의 모습이 비쳤다. 그 뒤로 지구의 일부분이 초승달 모양으로 빛났다. 비행선들이 비슈누호에서 멀어지는 것 같았다. 이는 투리엔 우주선이 곧 출발한다는 의미일 것이다.

"비자르, 언제 출발할 예정이야?" 헌트가 질문을 던졌다.

"이제 2시간이 채 안 남았습니다."

잠시 후 매린이 입구에 나타났다. 약간 어리석고 멜로드라마 같긴 했지만, 헌트는 그녀가 오랜 친구인데 어쩌다 여기에서 우연히 만난 척 연기해주길 바랐다. 이 바에서 이미 그를 알아본 사람들이, UN 우주군이 그녀를 부추겨 여기로 오게 했다고 생각하도록 만들고 싶지 않았다. 매린이 헌트가 있는 방향으로 고개를 돌려 그를 얼핏 본 것 같았지만, 반대편에 있는 바를 향해 가서 음료를 주문하는 모습을 보고 헌트가 안심했다.

헌트는 옆에 있는 의자 등받이에 팔을 걸치고 벽의 스크린을 쳐다봤다. TWA 왕복선이 보조 추진엔진을 간헐적으로 발사하면서 조금씩 멀어져갔다. 아마도 매린이 타고 온 비행선 같았다. 칠흑 같은 우주를 배경으로 왕복선의 붉고 하얀 도색이 두드러졌다.

그때 검은색 양복을 입고 양손에 잔을 든 남자가 헌트의 탁자를 지나다가 발걸음을 멈췄다. 헌트가 고개를 들어 의아한 표정으로 남자를 쳐다봤다.

"실례합니다. 혹시 가니메데에 가셨던 헌트 박사님 아니신가요?" 그가 동유럽 억양으로 물었다.

"맞습니다." 헌트가 말했다.

"박사님이 UN 우주군의 임무를 띠고 제블렌에 가신다는 이야기를 소문으로 들었습니다. 사진으로 봤던 적이 있어서 박사님을 바로 알아봤네요."

"소문이란 게 참 빠르죠." 헌트가 대답했다.

그 낯선 사람이 살짝 고개를 숙여 인사했다. "제 소개를 드리겠습니다. 저는 러시아의 볼고그라드 연구소에서 일하고 있는 심리학자 알렉시스 그로뱌닌입니다." 알렉시스가 반대편 벽에 뒤섞여 있는 일행을 고갯짓으로 가리켰다. "저희는 가니메데인에게 제블렌인을 관리하는 문제에 대해 조언하기 위해 UN에서 파견되었습니다. 러시아인이 분쟁을 다루는 일에는 경험이 많으니까요."

"가짜 전쟁 당시 러시아인을 몇 명 만났던 적이 있습니다. 미콜라이 소브로스킨도 그때 만났죠. 혹시 그분을 아시나요?"

"아, 물론이죠. 현재 외교부 장관이십니다."

"네, 그 사람 맞아요."

"혹시 행정본부에 머물 예정이신 건가요?" 알렉시스가 물었다.

"네, 맞습니다."

"저희도 그렇습니다. 나중에 거기서 뵐지도 모르겠네요. 지금은 실례할게요. 제 동료들이 기다려서요."

"또 봅시다." 헌트가 고개를 끄덕이며 인사했다. 러시아인이 물러가자 헌트는 다시 의자에 기대앉았다. 그리고 그가 러시아에서 태어났더라면 절대로 성공하지 못했을 거라는 소브로스킨의 이야기가 떠올라서 살며시 미소를 지었다. "당신은 좋은 아이디어가 너무 많아요." 소브로스킨이 말했었다. "예전에는 좋은 아이디어가 있으면 어떻게 됐는지 알아요? 적어도 5년은 감방에서 썩었을 거예요."

갑자기 근처에서 다른 목소리가 들려와서 헌트가 고개를 돌렸다. "헌트!" 매린이었다. "세상에나, 여기서 뭐 해요?" 헌트는 간신히 무표정한 얼굴을 유지하며 고개를 들어 그쪽을 쳐다봤다.

"그건 오히려 내가 할 말이네…. '세상'이 지구를 이야기하는 거라면 딱 맞는 상황은 아니지만."

"생각지도 못한 곳에서 만났네요."

"누구랑 왔어요?" 헌트가 큰 소리로 물어보는 동안 매린이 그의 탁자로 다가왔다.

"혼자 왔어요." 매린이 좀 더 자연스러운 정도로 목소리를 낮추며 대답했다. "프리랜서 일이 있거든요. 여기서 박사를 만날 줄은 생각도 못 했네요. 그간 어떻게 지냈어요?"

"아, 여기저기 돌아다닐 짬이 없이 바빴어요. UN 우주군의 업무 때문에…." 헌트가 손을 뻗어서 탁자 반대편을 가리키며 말했다. "앉아서 이야기나 해줘요. 언제 승선했어요?"

"30분도 채 안 돼요. 반덴버그에서 왕복선을 탔어요." 매린이 반대편 의자에 앉으며 오래된 친구처럼 따뜻한 미소를 지었다. "여기에 아주 재밌는 무리가 있더군요." 매린이 손을 흔들며 말했다.

"무슨 뜻이에요?" 헌트가 물었다.

"플로리다에 있는 학교에서 수학 여행을 가는 아이들이 승선한 거 알아요?"

"그 아이들이 플로리다에서 온 줄은 몰랐어요."

"디즈니월드에서 온 영업부 사람들도 있어요. 관광 사업의 가능성을 점검하러 간다더군요. 제블렌을 정리하는 일을 도와주러 가는 러시아인들도 있고요.

"러시아인은 한 명 만났어요."

"티베트인지 어딘지, 아무튼 그런 비슷한 데서 온 성자도 있어요. 제블렌 신비주의의 부름을 들었다더군요. 오늘 아침에 제자까지 몇 명 데리고 승선했대요."

"세금 문제 때문일까요?"

"누가 알겠어요?" 매린이 어깨를 으쓱했다. "그리고 덴버에 있는 회사의 중역들도 내년에 열릴 영업회의 준비를 위해 제블렌을 보러 간다더군요. 온갖 학자들도 있고, 영화 제작자들도 있어요. 제블렌에서 은퇴 생활을 보내려는 남미의 부동산 갑부도 승선했대요."

헌트가 잔을 내려놓고 궁금한 눈길로 그녀를 바라봤다. "조금 전에 승선했다면서, 어떻게 그 많은 걸 알아낸 거예요?"

"당신의 조언에 따라 물어봤죠."

"누구한테요?"

"비자르한테요. 그렇게 물어보는 지구인들이 별로 없나 봐요. 비자르는 우리가 어디서든 사생활이 은폐되는 게 당연하다고 가정하기 때문일 거예요."

헌트는 미소를 지을 수밖에 없었다. 그녀가 콜드웰 국장에게 전화해서 책을 쓰는 데 도움을 달라고 했던 것처럼, 매린에게는 이런 게 너무도 자연스러운 일이라는 사실을 헌트가 짐작했어야 했다.

매린이 음료를 다 마셨다. "내 연기 어땠어요?" 그녀가 목소리를 낮춰 물었다.

"끝내줬어요. 책 쓰는 일이 질리더라도 일자리를 걱정할 필요는 없겠더군요."

"박사님 생각엔 어떠세요, 아직도 우리한테 관심을 가진 사람들이 있을까요?"

헌트가 고개를 저었다. "이제 자연스럽게 해도 될 것 같아요. 당신이 어떻게 UN 우주군 사람들과 어울리게 되었는지 나중에 궁금해하는 사람이 있더라도 증언해줄 사람은 충분할 겁니다. 그러니까 이제 '마타 하리' 흉내는 그만 내도 돼요. 점심 했어요?"

"이 모든 일이 너무 흥미진진해서 아직은 식욕이 그다지 당기지 않아요. 정말 환상적인 우주선이에요! 우리가 이 우주선에서 지내는 동안 더 살펴볼 기회가 있을까요?" 매린이 말했다.

"아, 그럼요. 내가 그 생각을 못 했네요." 헌트가 목소리를 살짝 높여서 말했다. "비자르, 비슈누호 구경 좀 시켜줄래?"

"언제든지 환영입니다." 기계가 대답했다.

✳

그들은 번쩍거리는 금속으로 이루어진 엄청난 구조물과 빛을 뿜는 벽들 사이에 서 있었다. 건물처럼 크고 내부가 크리스털처럼 빛나는 구조물들은 깔끔하게 잘린 단층 지괴 같았다. 헌트로서는 이게 뭔지 짐작조차 되지 않아서 비자르에게 어디서부터 차근차근 물어야 할지 감이 잡히지 않았다.

"박사님은… 감동을 한 모양이네요." 매린이 헌트의 얼굴에 뜬 표정을 묘사할 어휘를 재빨리 찾았다.

난감한 표정을 짓고 있던 헌트의 얼굴에 어렴풋이 미소가 떠올랐다. "그냥 평범한 오후에 아무 생각 없이 보기에는 조금 과도하네요. 그렇지 않나요? 비슈누호는 우리가 가니메데에서 발견했던 미네르바의 우주선보다 훨씬 나중에 만들어졌어요. 당시의 그 우주선은 샤피에론호와 같은 시대에 만들어진 거죠. 우리는 그 우주선이 정말로 장관이라고 생각했어요. 그런데 이 우주선에 비교하면 그건 증기 화물선의 보일러실 정도로밖에 안 보여요."

"이게 일종의 '압력파' 같은 걸 만드는 거죠?" 매런이 물었다. "우주선 주변의 시공간을 구부린 거품 말이에요. 그게 우주를 가로질러 우주선을 끌고 가는 거잖아요. 이 우주선이 그 거품 안에서 상대적으로 안정된 상태를 유지하기 때문에 일반적인 속도 한계의 적용을 받지 않는다면서요."

"맞아요. 우주에 펼쳐진 공간에 대한 규칙이 달라요." 헌트가 감탄하며 고개를 절레절레 흔들었다. "당신이 관심을 두지 않는 분야가 대체 뭐예요?"

"내가 말했잖아요. 작가들은 호기심이 많아요. 과학자들처럼요."

헌트가 고개를 끄덕였다. "샤피에론호는 초고밀도의 질량을 제어하는 시스템을 이용해서 폐쇄된 경로를 따라 상대론적 속도로 이동했어요. 높은 비율로 중력 변화를 일으키고, 물질 소멸 구역을 만들어 압력장을 형성했죠. 그 장비도 거대했지만, 여기 이거에 비하면 아무것도 아니에요. 제블렌으로 수송할 입구 포트가 투사되는 명왕성 너머까지 우리를 태우고 가려면 이런 게 필요할 겁니다. 비자르, 이게 어떻게 바뀐 거야?"

"이제 전부 원거리에서 처리됩니다." 비자르가 대답했다. "압력파는 우주선의 끝부분에 있는 소형 변환기에서 생성되어 투리엔의 초공간 그리드와 연결됩니다. 우주선 자체는 아주 소형으로 만들 수도 있습니다. 알래스카에 착륙했던 비행선 기억나시죠?"

"당신이 고다드 센터에서 연구하는 일이 이런 거죠?" 매런이 헌트에게 물었다.

"뭐, 시도는 하고 있죠. 할 일이 너무 많아요. 문제의 절반은 그 정보들을 어떻게 정리하느냐는 거죠."

"혹시 밝혀진 사실 중에 엄청 놀라운 것들도 있나요? 우리가 이미 알고 있는 사실은 빼고요. 이런 거 있잖아요. '우주는 우리 생각보다 크다', 혹은 '우리 생각보다 작다', '평행 우주가 실제로 존재한다', '아인슈타인이 틀렸다', 뭐 이런 거는 없나요?"

헌트가 기대고 있던 난간 주변을 둘러봤다. "글쎄요, 아인슈타인 이야기를 꺼내다니 재미있네요." 그가 말했다.

"아인슈타인이 틀렸다는 뜻인가요?"

"꼭 틀렸다는 이야기는 아니에요. 그렇지만 아인슈타인의 이론은 프톨레마이오스의 행성 궤도 모형*처럼 불필요하게 복잡하죠. 관찰자의 관점이 아니라 중력장의 관점으로 속도를 보면, 이론이 훨씬 단순해지면서도 동일한 실험 결과와 일치합니다. 아인슈타인이 가정할 수밖에 없었던 공간의 왜곡은 유한한 중력의 전파속도 때문에 고속에서 발생하는 역제곱 법칙**의 붕괴에 대한 단순한 보정으로 밝혀졌어요. 그런 사항을 고려한다면, 사실상 상대성이론의 모든 내용은 고전 물리학적인 방식으로 연역할 수 있습니다."

매린은 헌트가 농담하는 건지, 진지하게 이야기하는 건지 짐작이 안 되는 표정으로 그를 쳐다봤다. "모든 사람이 그 사실을 놓쳤다는 말인가요?"

---

* 천동설을 설명하기 위해 프톨레마이오스가 만들었던 모형. 천체의 움직임을 대체로 정확하게 예측했지만, 몹시 복잡했다.
** 에너지의 크기가 거리의 제곱에 반비례한다는 법칙. 중력, 전자기력, 소리 등은 거리의 제곱에 반비례해서 약해진다.

"그렇죠." 헌트가 고개를 끄덕이며 대답했다. "수성의 근일점 문제를 예로 들어보죠. 그게 뭔지 아시나요?"

"아인슈타인이 밝혀낸 문제 아닌가요? 뉴턴은 하지 못했고요."

"대부분의 사람이 그렇게 생각하죠." 헌트가 말했다. 그가 고개를 돌려 먼 곳을 쳐다보며 코웃음을 웃었다. "하지만 지난 세기 동안 사실상 대부분의 명성과 부는 물리학의 기초에 관한 연구가 아니라 더 화려한 기구를 만드는 일에 주어졌어요. 비자르가 유럽의 옛날 기록들을 살펴보다가 뭘 발견했는지 아세요?"

"뭔데요?"

"아인슈타인이 리만 기하학과 중력 텐서를 통해 구한 공식을 1889년에 '파울 게버'라는 독일인이 이미 고전적인 방식으로 구했어요. 아인슈타인이 아홉 살 때였죠. 해답은 항상 거기에 있었는데, 모든 사람이 놓쳐버린 거예요."

            ✳

비슈누호에는 수십만 명의 투리엔인들이 단기적으로 혹은 영구적으로 정착해서 생활했다. 그들은 투리엔의 미로 같은 도시를 닮은 복잡한 도시형 복합단지에서 살았는데, 주변에는 인공 하늘 아래 가상의 외부 풍경이 펼쳐져 있고, 인위적으로 다양한 풍경의 특색을 모방해서 즐길 수 있는 장소들이 있었다. 우주선에서는 사회적이고 전문적인 시설의 기능을 완벽하게 누릴 수 있었다. 헌트는 이 우주선이 지구에서 흔히 생각하는 전통적인 교통수단이라기보다는 오히려 잘 만들어진 이동용 우주 거주시설이라는 생각이 들기 시작했다.

"이 우주선은 주로 은하계의 지역들을 탐사하는 용도로 만든 것입니다. 새롭게 발견된 항성계에서 몇 년씩 보낼 수도 있거든요." 비자르가 설명했다.

투리엔인들은 자신들의 편의시설을 가지고 다니는 것을 좋아하는 게 확실했다.

✳

헌트와 매린은 눈에 띄게 표면이 굽은 호수가 내려다보이는 잔디 경사로 위의 바위에 걸터앉았다. 몇 개의 섬 사이로 보드들이 여러 척 떠 있었다. 반대편 호숫가에는 복잡하게 생긴 계단식 건축 구조물이 '하늘'까지 닿았다. 하늘은 투리엔처럼 연한 파란색이었다. 그들이 앉아 있는 주변의 관목에는 부채처럼 활짝 펼쳐진 넓은 쐐기 모양의 자주색 잎들이 달렸다. 비자르에 따르면, 이 관목들은 토양이 너무 건조해지면 뿌리를 버리고 볼록한 가짜 다리를 이용해 아래쪽으로 옮겨갈 수 있다고 했다.

"저런 건 어떻게 분류해야 하죠?" 매린이 생각에 잠긴 표정으로 말했다. "동물은 이동하지만 식물은 하지 않는다면, 저 관목은 뭐죠?"

"뭐라 부르든 그게 무슨 상관이겠어요." 헌트가 말했다. "사람들이 그런 질문 때문에 곤란해지는 경우는 대체로 현실을 자신들의 기준에 끼워 맞추려 하기 때문이죠. 차라리 그 기준을 다시 쓸 생각을 하는 게 나아요."

그들은 잠시 생각에 잠긴 채 조용히 풍경을 바라봤다.

"진화가 작동하는 방식은 참 재미있어요." 매린이 말했다. "순전히 무작위적인 요인 때문에 완전히 새로운 방향으로 벗어나기도 하잖아요. 유전자 수준의 돌연변이만이 아니라, 높은 수준까지 말이에요. 약 2억 년 전에 일어난 대량 멸종으로 모든 종의 약 95퍼센트가 멸종된 것으로 여겨지잖아요. 대멸종은 어떤 동물도 비껴갈 수 없었어요. 크든 작든, 수중이든 육상이든, 복잡하든 단순하든 가리지 않고 멸종했죠. 그런 대규모의 재앙에 적응할 수 있는 생물은 없으니까요. 살아남은 동물은 운이 좋은 5퍼센트뿐이었어요. 특별한 이유 없이 전체 종이 사라지기도 했죠. 그렇게 살아남은 나머지 소수의 종들이 그 이후 생물의 전체 유형을 결정한 거죠."

"난 그 분야에 대해서는 잘 몰라서요." 헌트가 말했다. "단체커와 이야기해보세요." 그가 자리에서 일어나 매런에게 손을 내밀었다. "그 말이 나와서 말인데, 돌아갈 때가 된 거 같아요. 당신이 승무원들을 만나볼 시간이 거의 되었거든요."

두 사람은 호수로 걸어 내려갔다. 호숫가에 수송 컨베이어로 이어지는 산책로가 있었다. 그들은 순식간에 에셔의 미로를 통해 지구인 구역에 도착했다. 식당가를 지날 때 헌트가 보니 바깥 모습을 비추던 벽의 스크린이 텅 비어 있었다. 헌트는 가니메데인 우주선이 중력 추진력을 최대한 올리면, 우주선을 둘러싼 압력파가 빛을 포함한 전자파 신호를 차단한다는 사실이 떠올랐다.

"비자르." 헌트의 목소리가 커서 매런에게도 그 소리가 들렸다. "우주선이 벌써 출발했어?"

"약 15분 전에 출발했습니다." 기계가 확인해줬다. 가니메데인이 일을 처리하는 전형적인 방식이었다. 떠들썩한 행사도 없고, 의례도 없었다. 그리고 공식적인 발표도 없었다.

"지금 여기가 어디야?" 헌트가 물었다.

"막 화성의 궤도를 지나고 있습니다."

헌트는 UN 우주군이 앞으로 50년간 만들려던 비행선 설계를 모두 폐기해야 할 것 같다는 생각이 들었다.

12

드락스는 린주신 황무지의 산봉우리들 사이 으슥한 고지에 있는 평평하고 널찍한 바위로 다가갔다. 거기에서 길이 갈라졌다. 그 바위 위에는 명상에 잠긴 수도자가 공중에 떠 있었다. 수도자의 장식띠에 밤의 신 니에루의 망토를 상징하는 자주색 소용돌이 문장이 있었다. 드락스는 흐름을 끌어와서 올라타는 가르침을 수련한 숙련자들이 기도로 만들어낸 흐름 위에 뜰 수 있다는 이야기를 들은 적이 있었다. 드락스는 수도자가 다시 바위로 내려와 자신을 쳐다볼 때까지 몇 시간 동안 기다렸다.

"무엇을 보고 계십니까?" 드락스가 수도자에게 물었다.

"나는 세상을 응시했다." 수도자가 대답했다.

드락스가 고개를 돌려 자신이 올라온 계곡과 황량한 경사면, 흩어진 바위, 황무지를 돌아봤다. "여기서 바라볼 수 있는 세상은 별로 많지 않은데요." 드락스가 지적했다. "그렇다면 마음속의 세상을 보고 계셨던 건가요?"

"마음의 내부와 외부의 세상을 봤지. 히페리아의 환영을 불러오는 흐름은 마음속에 말을 하지만, 와로스 너머에서도 흘러온단다. 그리하여 히페리아는 마음의 내부와 외부에서 동시에 존재하지."

"저도 히페리아를 찾고 있습니다." 드락스가 말했다.

"너는 거기를 왜 찾느냐?" 수도자가 물었다.

"흐름에 올라타고 와로스에서 벗어나는 숙련자들의 임무가 히페리아의 신들을 섬기는 것이라는 가르침을 받았습니다. 그것이 제 소명입니다."

"그런데 자네는 어떡하다 그걸 여기 린주신 황무지로 찾으러 왔느냐?"

"저는 싱겐후라는 대인을 찾고 있습니다. 그분이 이런 분야를 가르치신다는 이야기를 들었습니다."

"여기서 자네가 싱겐후 님을 찾는다면 기적일 것이야."

드락스가 그 말을 곰곰이 생각했다. "그렇다면 제가 대인을 찾는 일은 마쳐도 되겠네요." 드락스가 마침내 입을 열었다. "그 말씀은 싱겐후 님이 여기 계신다는 뜻이니까요. 제가 그분을 찾게 된다면 그 자체로 기적일 테니, 여기서 그분을 만날 수 있을 겁니다."

"많은 이들이 싱겐후 님을 찾으러 온단다. 대부분은 바보들이지. 그런데 자네는 바보가 아닌 것 같군." 수도자가 말했다.

"그러시다면, 제게 어떤 길로 가야 하는지 말씀해주실 수 있습니까?" 드락스가 물었다.

"할 수 있지."

"그러면 말씀해주십시오."

"한쪽 길은 확실히 죽음으로 간다. 더 알고 싶다면, 네가 먼저 올바른 질문을 던져야 한다."

드락스는 올바른 대답을 해야 하는 상황이 펼쳐질 거라 추측했었다. 하지만 질문을 만들어내는 처지가 되는 것은 전혀 다른 상황이었다. 드락스는 당혹스러운 눈으로 바위에서 양쪽으로 나뉜 오솔길을 하나씩 바라봤다.

그리고 드락스가 입을 열었다. "하지만 어느 길로 가든 언젠가는 확실히 죽음에 이르게 될 것입니다. 그렇다면 제가 어느 길을 선택해야 죽음으로 가는 길에서 더 의미 있는 삶을 이룰 수 있겠습니까?"

"너는 무엇이 의미 있는 삶인지 어떻게 판단하느냐?" 수도자가 따져 물었다.

"싱겐후 님의 판단에 맡기겠습니다." 드락스가 대답했다.

"지금은 우리에게 힘든 시기다. 한때 밤하늘을 가로질러 어른거리며 반짝이던 흐름이 거의 사라졌고 약해졌지. 많은 이들이 배움을 찾아오지만 오직 소수만이 흐름에 올라탈 뿐이야. 낯선 이여, 싱겐후 님이 왜 그대를 선택해야 하지?"

"역시 싱겐후 님의 판단에 맡기겠습니다. 제가 그분에게 이유를 제시할 수는 없습니다. 제가 하는 생각은 제 생각일 뿐이죠."

수도자가 고개를 끄덕였다. 만족한 모양이었다. "자네는 섬기기 위해 왔군. 요구하기 위해서가 아니라." 수도자는 그렇게 말하며 바위에서 걸어 내려왔다. "나를 따라오게. 싱겐후 님께 데려다주겠네."

13

다른 이들은 각자 다양한 일들을 처리하기 위해 자리를 떠나고, 저녁 탁자에는 헌트와 매린만 남았다. 사람들은 나중에 식당가에 모여 밤술을 한 잔 마시기로 했다. 혹은 두 잔, 어쩌면 여러 잔이 될지도 모르겠다.

매린이 커피잔을 물끄러미 내려다보며 탁자 위에 손가락으로 물음표를 반복해서 그렸다. "제블렌에 있는 동물 중에 지구의 신화에 나오는 동물과 놀라울 정도로 닮은 것도 있다는 말이 사실인가요?" 한참 동안 침묵하던 그녀가 물었다.

헌트는 매린을 바라보며 이렇게 흥미로운 사람을 만난 게 정말 오랜만이라는 생각이 들었다. 그녀가 모든 일에 관심을 가진다는 사실만이 아니었다. 물론 그것도 매력적이긴 했다. 매린은 자신의 흥미를 끄는 일들에 대해 알아내기 위해 애썼다. 하지만 그녀는 사람들의 이목을 끌기 위해 그러는 것도 아니었고, 사람들이 지루해할 정도로 그러지도 않았다. 얼마나 더 파고들어 갈지에 대한 그녀의 판단은 딱 적당했다. 무엇보다 이런 점이 주변의 사람들에게 매력적으로 보였다. 저녁 식사 시간에 매런은 사람들에게 끼워달라고 굳이 부탁하지 않고도 헌트 일행으로 받아들여졌다. 그녀는 학생처럼 아부하지 않으며 단체 커의 설명을 들었고, 여성성을 과시하지 않아 던컨을 편안하게 해줬으며, 샌디의 경쟁의식도 자극하지 않았다. 사실 매런과 샌디는 곧 자매처럼 잘 어울렸다.

"그거 알아요? 당신은 항상 내가 전혀 예상하지 못했던 이야기를 꺼내요." 헌트가 대답했다.

"실은 어딘가에서 그런 이야기를 읽었어요. 거기에 뿔 달린 늑대가 나왔는데, 슬라브 신화에 나오는 정령 '키키모라'와 똑같은 발톱이 달려 있었어요. 이란의 신화에 나오는 '시메르그'처럼 어떤 부분은 사자 같고, 어떤 부분은 공작 같고, 어떤 부분은 개와 닮은 동물도 있었어요. 멕시코의 목각 조각에 자주 나오는 깃털 달린 퉁방울눈의 파충류와 똑같은 동물도 있더라니까요."

"저도 몇 가지는 기억나는 것 같아요. 하지만 제가 그다지 관심을 가지는 분야는 아니라서요. 왜요? 그게 왜 중요하죠?" 헌트가 되물었다.

"아, 엄청나게 중요하거나 뭐 그런 건 아니에요. 혹시 신화 속 동물들이 거기서 유래한 건 아닐까 하는 생각이 들었을 뿐이에요. 어쩌면 과거에 지구에 왔던 제블렌 요원들이 신앙을 퍼트리면서 자기네 세상의 동물들에 대한 생각을 뒤섞었을지도 모르죠."

"흥미로운 생각이네요." 헌트가 동의했다. 그가 담배를 비벼 끄며 매런을 바라봤다. "그런 내용도 당신이 이야기했던 새 책에 들어가는 건가요?"

"당연히 들어가죠. 그래서 사람들의 의견을 들어보려는 거예요."

"예전에 우리 집에서 이야기를 나눌 때 예수도 제블렌 요원일지 모른다는 이야기를 나한테 했었잖아요." 헌트가 잠시 이야기를 멈추더니 눈살을 찌푸렸다. "아니, 잠깐만. 다른 식으로 말했었는데, 그렇지 않나요? 예수가 그 반대편이었을 거라고 했던 거 같아요, 그렇죠?"

"만일 예수가 제블렌인이었다면, 그들의 목표에 반대하는 반역자였겠죠." 매린이 답했다. "아니면, 예수는 그저 이례적으로 계몽된 지구인이었을 수도 있어요. 어느 쪽이든, 예수는 제블렌인과 일하지 않았을 거예요."

헌트는 탁자 위에 있는 커피 주전자에서 둘의 잔에 커피를 따르며 흥미로운 눈으로 그녀를 바라봤다. "왜 그렇게 생각하세요?"

"글쎄요, 이렇게 생각해봐요. 제블렌인들이 세운 작전의 목표는 초자연적인 개념을 주입해서 지구의 발전을 늦추고, 불합리성을 바탕에 둔 대중운동을 일으키는 거였잖아요. 초기의 종교들이 거기에서 유래했고요. 월인은 그런 상황을 전혀 겪지 않았죠."

"네, 맞아요." 헌트가 아리송한 눈으로 쳐다봤다. "그렇지만…."

매린은 그가 던질 질문을 알아채고 고개를 가로저었다. "아니요. 예수는 그러지 않았어요. 지난 2천 년 대부분의 시간 동안 사람들이 말한 건 틀렸어요. 교회가 예수의 가르침이라고 말하고 있는 내용은 그의 가르침이 아니에요. 교회는 예수가 말하려던 내용을 신자들에게 알려주지 않아요. 알겠죠? 내가 알아보고 싶은 게 바로 그런 거예요."

헌트가 호기심이 가득한 눈으로 그녀를 응시하며 말했다. "계속 말해주세요."

"예수는 바리새인과 율법학자, 성직자, 그리고 민중들을 통제하고 착취하는 기관과 거드름 피우는 인간들의 말을 듣지 말라고 했어요. 예수는 그저 사람들에게 자기 자신과 세상에 대해 알고 싶다면 내적인 고결함과 성실함이 가장 중요하다고 가르쳤을 뿐이에요. 그건 의레나 교리, 조직을 위한 규율 같은 것과는 아무 상관도 없었어요. 사람들에게 개인의 본성과 현실을 받아들이게 하려고 개인적인 행동 규범이나 윤리를 가르친 것뿐이었죠. 다시 말해, 개인의 자각과 책임에 대한 철학이었어요. 제블렌인들의 그 온갖 노력에도 불구하고 당시 태동하기 시작한 과학과 이성이라는 개념에 완벽하게 부합했어요. 그러자, 당연한 이야기지만, 예수가 위험에 처했죠. 그들의 작전 전체에 위협이 되었으니까요." 매린이 헌트를 날카롭게 쳐다보자, 그의 눈이 커졌다. 매린이 고개를 끄덕였다. "맞아요. 그래서 제블렌인들이 예수를 제거한 거예요. 그런 뒤에 추종자들을 제거하고, 예수가 시작한 일들을 통제했어요. 그리고 모든 문서를 다시 썼죠."

"우리에게 암흑시대를 안겨줬군요." 이야기의 핵심을 깨달은 헌트가 말했다.

"맞아요. 모든 게 완전히 멈춰버리고, 그들의 프로그램이 제자리를 찾아갔어요. 종교재판을 하던 중세 교회, 종교 전쟁, 토지 수탈, 그리고 유럽의 무력 통치는 그리스도의 가르침과 아무런 관련이 없어요. 그들은 르네상스를 늦추려고 했어요. 제블렌인들은 르네상스가 다가온다는 사실을 알 수 있었으니까요. 진짜 기독교는 수백 년 전에 이미 죽었어요."

헌트는 매린이 자신의 집에 왔을 때 이야기했던 내용과 잘 맞는다는 생각이 들었다. 매린은 헌트가 짐작하던 것보다 그 분야에 관해 연구를 훨씬 많이 진행한 모양이었다. 영향력 있는 성직자들은 그런 더러운 물에 뿌리를 내리고 있었기 때문에, 아무도 이에 관해 언급하지 않았을 것이다. 헌트는 매린이 쓰려는 책이 얼마나 파괴적일지 깨달았다. 콜드웰 국장도 그 사실을 알았을 것이다. 국장이 매린을 UN 우주군의 업무에 공식적으로 참여시키지 않으려 했던 것도 놀랍지 않았다. 국장이 매린과 관계를 맺고 뭔가 하려는 그 자체가 오히려 놀라운 일이었다.

"어쩌면 한 장소만 빼고요." 매린이 뒤늦게 뭔가 떠오른 듯 말했다.

"네?" 다른 생각을 하고 있던 헌트가 불쑥 내뱉었다.

"내가 역사를 제대로 읽었다면, 유럽에서 기독교 정신이 짓밟힌 후에도 오랫동안 남아있던 곳이 있었어요." 매린이 말했다.

"어디요?"

"아일랜드."

헌트가 놀라서 눈을 치켜뜨며 소리쳤다. "맙소사!"

매린이 이어서 말했다. "아일랜드인조차도 진짜 역사를 이야기하지는 않아요. 그들은 5세기에 성 패트릭이 아일랜드를 개종시켰다고 가르치지만, 그 뒤로도 그들은 확고하게 신앙을 지켜왔어요."

"나도 항상 그런 생각을 했었어요. 하지만 나로서는 그다지 관여할 이유가 없는 주제였죠." 헌트가 말했다.

"아일랜드인은 16세기까지 로마 교황청과 협력하지 않았어요. 1천 년 넘게 관계를 맺지 않았던 거죠. 그런데 그 관계조차도 헨리 8세가 교황청과 관계를 끊자 아일랜드인들이 영국에 반항 삼아 한 짓에 불과해요. 성 패트릭이 아일랜드에 가져갔던 게 바로 기독교 정신이었던 거죠."

"원래의 기독교 말이죠?"

"원래의 기독교에 훨씬 가까운 어떤 것이었죠. 그리고 토착 문화와 잘 맞았기 때문에 번성했어요. 거기서부터 스코틀랜드와 잉글랜드를 거쳐 북유럽으로 퍼져나갔죠. 하지만 제도화한 제블렌인의 위조품이 북쪽으로 밀려들자 충돌한 후 파괴된 거예요. 성 패트릭이 선종하고 165년이 지난 뒤에야 교황의 첫 선교단이 영국에 도착했어요." 매린이 대답했다.

"이 모든 걸 어떻게 아는 거예요?" 헌트가 물었다.

"우리 외가가 아일랜드 웩스퍼드 출신이거든요. 방학 때면 거기로 놀러 가서 한동안 지내기도 했어요."

"성 패트릭이 언제 죽었죠?" 헌트는 자신이 그 분야에 대해 전혀 모른다는 사실을 깨닫고 질문을 던졌다.

"5세기예요. 아마도 영국 웨일스에서 태어나 해적에 잡혀 건너갔을 거예요."

"그렇다면 우리는 그것보다 훨씬 이전의 역사를 이야기하고 있는 거네요."

"아, 그렇죠. 문학과 학문의 면에서 아일랜드인은 카이사르가 영국 해협을 건너기 훨씬 전에 서유럽의 어떤 지역보다 월등히 앞서 있었어요."

"어디 보자, 영국 아이들은 학교에서 카이사르가 언제 해협을 건넜는지 배우거든요. 기원전 55년…, 맞나요?"

"맞아요. 아일랜드인은 독특하게도 켈트족과 지중해 동쪽에서 이주한 종족이 뒤섞여서 형성되었어요." 매린이 식당 건너편을 보더니 혼자 웃음을 지었다. "있잖아요, 그들의 문화는 나중에 사람들이 생각하듯이 그렇게 억압적인 형태가 전혀 아니었어요. 아주 소박하고, 풍미가 있고, 삶을 사랑하는 문화였죠."

"어떤 식으로요?" 헌트가 물었다.

"우선 여성을 다루는 방식을 보면, 그들은 완전히 평등했고, 여성도 완벽하게 재산권을 행사했어요. 그 시대로는 흔치 않은 문화죠. 성은 삶에서 건강하고 즐거운 부분으로 간주되었어요. 당연히 그렇게 되어야 하는 거죠. 아무도 성을 죄악과 연결시키지 않았어요."

"정말로 무사태평한 삶이네요." 헌트가 한마디 거들었다.

"그들은 모든 인간관계에 너그러운 태도를 유지했어요. 일부다처제가 아주 일반적이었어요. 일처다부제도 그랬죠. 부인을 여러 명 가질 수 있지만, 그 부인들도 제각각 여러 남편을 가질 수 있는 거예요. 특정한 부부 관계가 잘 풀리지 않으면 쉽게 이혼할 수도 있었어요. 그저 성스러운 장소로 가서 등을 대고 서서 적당한 말을 하고 열 걸음을 걸어가면 끝났어요. 아이들은 부모가 서로를 증오하며 스스로 만든 감옥에 갇혀 살면서 감정적인 불구로 자랄 필요가 없는 거죠. 혹시 결혼이 잘못되더라도 심리적인 외상을 입을 필요도 없어요. 그들에게는 서로 좋아하는 사람들의 네트워크 안에 다른 연결점이 무수히 많으니까요."

"나한테는 아주 세련된 문화처럼 들리네요." 헌트가 말했다.

"그리고 이게 초기 기독교가 주장하던 거예요." 매린이 다시 말했다. "이를 통해 우리는 기독교가 원래 어떻게 말했어야 하는 건지 알 수 있죠."

헌트는 꿈꾸는 듯한 표정을 짓고 있는 매린을 잠시 바라보다 활짝 웃었다. "아, 당신이 무슨 생각에서 그 이야기를 했는지 알 거 같아요." 그가 장난스럽게 말했다. "인도주의적인 철학과는 아무런 관계가 없어요. 당신은 그저 여러 남자를 골라서 쥐락펴락할 생각을 하는 거잖아요."

"뭐, 남자만 재미를 보라는 법은 없잖아요?" 매린은 수세적인 태도를 보이지 않고 쏘아붙였다.

"아하! 당신의 참모습이 드러났네요."

"난 원칙을 말했을 뿐이에요." 매린이 말했다.

"그런데 그게 왜 문제죠? 여성들도 판타지가 있잖아요?"

"당연히 여성들도 판타지가 있죠." 매린이 헌트의 눈을 똑바로 바라보며 장난스럽게 미소를 지었다. "그래요, 누가 알겠어요? 언젠가 나한테 당신의 판타지를 들려주면, 내 판타지를 이야기해줄게요."

헌트가 웃음을 터트리며 커피잔을 집어 들었다. 남은 커피를 비우고, 화제를 바꾸기 위해 잠깐의 침묵을 연극의 막처럼 이용했다. "이제 뭘 하면 좋을까요?" 헌트가 잔을 내려놓으며 물었다. "술집에 다른 사람들이 있을까요?"

매린이 시계를 보더니 대답했다. "조금 이른 시간이네요. 우주선에 볼 만한 게 또 있을까요?"

"아, 그런데 난 온종일 끌려다닌 기분이에요. 내가 여행에는 진짜 젬병이거든요."

"너무 아쉽네요. 난 어서 빨리 제블렌에 가고 싶어요. 상상해보세요. 실제로 진짜 외계인 행성이잖아요. 우리가 내일 거기에 도착해요. 난 아직도 이 모든 게 적응이 잘 안 돼요."

헌트가 그녀를 찬찬히 살폈다. "어쩌면 그렇게 오래 기다리지 않아도 될지 몰라요."

매린이 아리송한 눈으로 쳐다봤다. "왜요? 그게 무슨 이야기예요?"

"방금 당신의 이야기를 듣고 생각이 떠올랐어요. 비자르, 가까운 곳에 연결기가 있을까?"

"박사님이 들어오셨던 문의 바깥 오른쪽에 줄지어 있습니다." 비자르가 대답했다.

"지금 빈자리가 두 개 있어?"

"무슨 이야기예요?" 매린이 낮게 중얼거렸다.

"잠시만 기다리면 알게 될 거예요." 헌트가 대답했다.

"충분히 여유가 있습니다." 비자르가 대답했다.

헌트가 자리에서 일어났다. "가죠." 그가 매린에게 말했다. "당신은 가니메데인의 통신기술을 아직 반도 못 봤어요. 이건 당신이 꿈꾸었던 것보다 훨씬 빠른 항성 간 여행이 될 겁니다. 내가 장담하죠."

14

그 방은 단출한 칸막이방으로, 주된 가구는 빨간 쿠션을 덧댄 일종의 안락의자였는데, 그 위에는 다양한 색의 크리스털처럼 보이는 패널이 몇 개 있고, 사용자가 머리를 누이는 곳에는 오목한 지지대가 있었다. 의자 뒤의 벽에는 익숙하지 않은 구조의 장비와 부품들이 걸렸다.

매린이 내부를 샅샅이 살펴봤다. "이걸 이용해서 투리엔 가상 여행 네트워크에 연결하는 모양이군요." 그녀가 추론했다.

"맞아요." 헌트가 말했다. 그리고 귀 뒤에 붙여놓은 통신기를 손가락으로 톡톡 쳤다. "당신이 승선했을 때 투리엔인들이 준 이 장치는 비자르에 시청각 정보만 연결되어 있어요. 모니터로 보는 대신 머리로 직접 연결하는 비디오폰 같은 거죠. 하지만 이건 모든 감각에 직접 연결돼요."

"이게 소위 총체적 신경 자극이라는 건가요?"

"정보가 있는 곳으로 감각기관을 가져가는 대신, 이건 정보를 감각기관으로 가져와요. 단, 가고자 하는 장소가 시스템의 감지기들과 연결이 되어 있어야 하죠. 타임스퀘어나 고비 사막 한가운데는 안 됩니다. 또한 이건 당신의 두뇌에서 밖으로 나가는 운동신경 신호와 말을 가로채고, 당신이 그 장소에서 움직이고 상호작용할 때 경험하는 피드백을 생성하죠."

매린은 고개를 끄덕였지만, 아직 잘 이해가 안 되는 모양이었다. 잠시 후 그녀가 입을 열었다. "그러면 양방향 정보 전달이 그… 뭐라고 했죠? '차원'이라고 했던가? 거기를 통해 즉시 전달되는 건가요?"

"초공간이오."

"아, 그렇죠. 그걸 통해 우주선이 제블렌으로 가는 거죠?"

"네."

"그렇군요. 그렇지만 우주선이 초공간을 이용하려면 명왕성 밖까지 하루 이상 날아가야 하잖아요. 그렇다면 이 연결기는 지금 여기서 어떻게 초공간을 이용할 수 있죠? 고다드 센터에서 당신은 어떻게 그렇게 하는 거예요?"

헌트는 벌써 고개를 끄덕이고 있었다. "우주선이 통과할 수 있을 정도로 큰 블랙홀 포트를 항성계 안에 투사하면 행성들의 움직임이 엉망진창으로 되어버릴 겁니다. 그래서 행성에서 행성으로 직접 도약하는 이동은 안 되죠. 그러나 통신은 문제가 조금 달라요. 바람직하지 않은 부작용이 없이도 행성의 지표면이나 이런 우주선 안에서 초소형 블랙홀을 생성해서 감마선 레이저에 정보를 실어 보낼 수 있어요. 투리엔인들은 일상적인 업무나 사교적인 연락을 할 때 대체로 그 기술을 이용하죠. 이렇게 가상으로 여행하면 식수를 걱정할 필요가 없고, 이국적인 벌레를 잡느라 고생할 필요도 없어요. 장점이 아주 많죠."

매린이 앞으로 걸어가더니 호기심 어린 표정으로 안락의자를 매만졌다. 부드럽고 푹신푹신했다. 헌트는 복도에 서서 그 모습을 지켜봤다. "이제 뭘 해야 하나요?" 그녀가 물었다.

"거기에 앉기만 하면 돼요. 나머지는 비자르가 알아서 할 겁니다."

매린은 약간 겸연쩍은 느낌이 들어 잠깐 망설였다. 그녀는 안락의자에 앉아 받침대 위에 발을 올리고 등받이에 기대어 누웠다. 따스하고 나른한 느낌이 온몸을 타고 흐르자 오목한 지지대 위로 그녀의 머리가 저절로 툭 떨어졌다. 지지대도 쿠션이 덧대어져 푹신했다. 매린은 그 어떤 때보다 편안한 느낌이 들었다. 칸막이방의 내부가 현실에서 분리된 듯 아련히 멀어져갔다. 그녀의 머릿속 한구석에서는 자신이 조금 전까지 논리적으로 생각하고 있었다는 사실과 무슨 이유에선지는 몰라도 다른 사람도 거기에 있다는 사실을 알았지만, 그게 누구인지, 왜 있는지, 혹은 신경을 써야 하는 건지 기억나지 않았다. 사실 아무것도 중요하지 않았다.

"마음에 드세요?" 매린은 그 목소리가 비자르인 것을 알아챘다.

"정말 끝내줘. 내가 뭘 해야 하지? 그냥 누워서 즐기면 돼?"

"먼저, 당신의 개인적인 두뇌 유형을 좀 더 인식해야 합니다." 비자르가 말했다. "몇 초 정도밖에 안 걸릴 거예요." 매린이 통신기를 처음 이용했을 때, 그녀는 청각과 시각에서 이상한 감각과 환상을 연이어 경험했었다. 비자르의 설명에 따르면, 두뇌의 감각 부위의 범위와 활동 수위가 사람마다 달라서 정확히 반응하기 위해서는 시스템의 조율이 필요하다고 했다. 일단 조율을 마치면 변수가 저장되어 다음부터 그걸 참고하기 때문에, 그 과정은 지문인식처럼 한 번만 진행하면 된다. 이번에는 비자르가 다른 감각중추까지 맞추기 위해 기록할 필요가 있을 것이다.

매린은 몸과 닿는 안락의자의 압력과 옷감의 감촉, 심지어 숨 쉴

때 콧속을 흐르는 공기의 흐름까지 민감하게 느꼈다. 온몸의 맥박까지 고스란히 느껴졌다. 곧 척추를 따라 이상하게 얼얼한 느낌이 훑고 내려갔다. 비자르가 그녀의 촉각을 실험하며, 반응의 범위에 따라 살살이 그녀의 신경계를 작동시키고, 신경 활동을 읽었다.

매린은 경련이 일어나며 온몸이 들썩거렸다. 그러다 곧 자신이 전혀 움직이지 않는다는 사실을 깨달았다. 들썩이던 느낌은 피부를 따라 감각이 빠르게 변했기 때문이었다. 그녀는 온몸이 뜨거워졌다. 곧 차가워지더니 간지럽다가 따끔거렸다. 그러다 마침내 모든 감각이 사라졌다. 달콤하고, 시고, 쓰더니 다시 달콤한 맛이 그녀의 입안에서 느껴졌다. 그녀의 코도 온갖 냄새를 경험했다…. 그러다 갑자기 깨어나며 정신이 다시 돌아왔다. 그리고 모든 감각이 정상이 되었다.

"끝났습니다." 비자르가 그녀에게 알렸다. "자, 이제 치과 시술은 어떻게 해드릴까요?"

매린은 방금 진행된 상황에 너무 마음을 빼앗겨 비자르의 농담에 대답할 정신이 없었다. 그녀는 다음에 진행될 상황을 기다리다 의아한 표정을 지으며 눈살을 찌푸렸다. 그다지 뭔가가 진행되지는 않는 것 같았다.

매린이 자리에서 몸을 일으켜 앉자, 문간에서 팔짱을 낀 채 한쪽 어깨를 기대고 그녀를 호기심 어린 눈빛으로 바라보던 헌트가 한쪽 입술을 들썩이며 기묘한 미소를 지었다.

"이제 일어나도 되나요?" 매린이 그에게 물었다.

"그럼요."

매린은 바닥에 발을 딛고 똑바로 앉은 뒤 조심스럽게 일어났다. 어떤 상황을 기대해야 하는 건지 잘 몰랐지만, 아무것도 바뀌지 않았다. 모든 게 평상시와 같았다.

"음, 무슨 일이죠?" 매린이 어정쩡한 표정으로 물었다. "기술적 오류인가요?"

"그렇게 생각하세요?"

"그러면 제대로 작동했다는 뜻인가요?"

"투리엔인의 기술은 항상 잘 작동해요. 그 문제는 걱정할 필요조차 없어요."

"그렇지만…, 우리는 아직 우주선에 그대로 있잖아요. 난 우리가 제블렌에 갔을 줄 알았어요."

"아니요. 당신은 이미 환상 속으로 떨어진 상태예요. 가상 여행, 잊지 않았죠? 당신은 실제로 아무 데도 가지 않았다는 사실을 알잖아요."

매린이 손을 들어 이마를 짚더니 고개를 절레절레 흔들었다. "좋아요. 지금부터는 제가 사용하는 용어가 정확한지 까다롭게 따지지 말아줘요. 무슨 말인지 알죠? 내 생각에는 제블렌에서 감각 정보가 나한테 온다는 건 줄 알았어요."

"비자르, 우리한테 맛보기 잠깐 보여줘." 헌트가 지시했다.

즉시 매린과 헌트는 중앙의 구역을 아래로 내려다보는 관람석 같은 넓은 원형 공간에 서 있었다. 이쪽저쪽으로 오가는 사람들이 있었는데, 일부는 인간이고 일부는 투리엔인이었다. 매린이 쳐다보고 있는 사이, 두 투리엔인을 둘러싼 대여섯 명의 인간들이 동시에 이야기를 하는 듯 몸짓을 하며 그들 가까이 지나갔다. 대화는 외계어로 진행되는 모양이었지만, 영어로 바뀐 말소리가 들려왔다.

"…수천 명이 할 일이 전혀 없어요. 즐길 거리를 줘야 합니다. 당신이 뭔가 준비해야 해요."

"그들이 스스로 즐길 방법을 배우면 안 되나요?" 투리엔인이 지친 목소리로 물었다.

"언제나 즐길 거리를 줘야 합니다. 그건 그들의 권리예요!"

매린이 믿기지 않는다는 표정을 지으며 헌트를 바라봤다. 헌트가 활짝 웃으며 그녀를 돌아봤다. "잠깐 걸어보죠." 그가 제안했다. 그리고 관람석 끝에 있는 난간 쪽으로 매린을 이끌었다. 매린은 너무 혼란스러워서 뭔가를 할 수 있는 상태가 아니었지만, 기계적으로 그를 따라갔다.

그들은 여러 층과 부분적으로 닫힌 공간으로 이루어진 중앙 광장을 내려다봤다. 더 많은 사람이 서거나 걷거나 앉아서 각자의 할 일을 했다. 광장은 그 너머의 다른 공간과 연결되었으며, 보행로가 여러 방향으로 뻗어 나갔다. 건축물은 독특했다. 낯선 미학적 개념이 뒤섞인 공간의 비대칭 분할과 곡선이 많이 사용되었으며, 기능적인 목적이 분명해 보이는 장식물들이 많았다. 어지러움에서 회복되기 시작한 매린은 처음에 무어족에게서 영감을 받은 공항 터미널을 보는 듯한 느낌이 들었다. 몹시 초현대적이었고, 의심할 바 없이 지구 같지 않았다…. 그런데 눈을 어지럽혔던 투리엔 우주선의 기하학적인 혼돈과 달리 평면이 깔끔하게 정돈된 형태였다.

그렇지만 그녀가 계속 더 바라보자, 이해가 안 되는 부분들이 눈에 들어오기 시작했다. 잠깐 훑어봤을 때는 이곳이 발전되고 기술적으로 발달한 문명처럼 보였지만, 모든 게 다소 낡은 것 같았다. 공들여서 꾸민 형태의 끝손질과 외양이 단조롭고 상상력이 부족했으며, 전반적으로 낡았고, 방치되었으며, 진부한 분위기가 흘렀다. 작동이 안 되는 전등들도 있었고, 벽면이 떨어져 나간 곳도 있었다. 더 먼 곳에는 부분적으로 해체되고 장애물로 막힌 구역도 보였다. 정비 로봇처럼 보이는 기계도 일을 하지 않고 서 있었다.

헌트가 손을 들어 한 방향을 가리켰다. 그들은 바깥쪽으로 이어지는 낮은 아치를 향해 회랑을 따라 걸어갔다. 사람들이 그들의 주변을 조심성 없이 지나쳤다. 매린은 거의 알아차리기 힘들긴 했지만, 이게 모두 먼 곳에서 벌어지고 있다는 사실을 떠올릴 수밖에 없었다. 거기에 있는 사람들은 그녀가 그곳에 '존재'한다는 사실을 전혀 몰랐다.

아치들을 지나자 창문으로 둘러싸인 반원의 공간이 나타났다. 일종의 식당 같았는데, 층층으로 의자와 탁자들이 있었다. 주변 모습은 역시 단순하고 실용적으로 생겼다. 헌트와 매린이 거대한 유리창으로 이루어진 벽을 따라 공터까지 걸어 내려가는 동안 사람들, 즉 인간과 가니메데인들은 아무도 두 사람을 신경 쓰지 않았다. 그때 매린은 하늘이 파랗지 않고 연두색이며, 종잇장처럼 얇고 구불구불한 주황색 줄무늬의 이상한 구름이 떠 있다는 사실을 알아챘다.

연두색 하늘 아래 도시가 펼쳐졌다. 그리고 그 밑으로 서로 연결된 고층건물과 테라스, 그리고 엄청나게 많은 건축물이 물결치고 있었다. 처음에 봤을 때 이해를 넘어서는 규모였다. 매린은 가까운 곳에 있는 다리가 두 군데 무너져 내린 채 방치되고 있다는 사실을 알아챘다. 그리고 그 뒤에 있는 고층건물의 창문을 통해 햇빛이 비쳤는데 버려진 건물 같았다. 아래쪽으로 여러 구역의 테라스식 지붕이 사라져서 내부가 훤히 보였다.

마침내 매린이 고개를 돌려 헌트를 바라봤다.

"이제 믿기세요?" 헌트가 무심히 주변을 가리키며 말했다. "여기는 쉬반이에요. 제블렌의 주요 대도시 중 하나죠."

매린이 그 광경을 더 잘 보기 위해 앞으로 가자, 두 건축물 사이 도시 너머로 보이는 공터에 높다란 유선형 형태가 불쑥 솟아오른 모습이 보였다. 아랫부분이 흐릿하긴 했지만, 그녀가 알아보기에는 충분했다. "저건 샤피에론호 아닌가요?" 매린이 고갯짓으로 그 방향을 가리키며 물었다. 샤피에론호는 고대 미네르바의 가니메데인 우주선이었다. 어쨌든 그 우주선의 꼭대기는 그들이 내다보고 있는 장소의 높이보다 낮았다. 샤피에론호의 높이는 약 8백 미터였다.

"샤피에론호는 현재 쉬반에 정박 중이에요." 헌트가 대답했다. "쉬반의 서쪽에 있는 기르바인이라는 곳이죠. 우리가 지금 있는 이곳은 가루스 총독의 행성행정본부예요. 예전에는 이 도시의 시청이 있던 곳이죠. 별도의 도움이 없이는 여기에서 더 나갈 수 없어요. 투리엔인이 비자르에 맞춰 개조한 지역은 여기뿐이거든요. 제블렌은 본래 제벡스에 의해 관리되었는데, 제벡스는 감지기의 배선이 살짝 달라요. 하지만 아무튼 다른 세계로 온 걸 환영해요. 어떤가요?"

매린이 다시 바깥을 쳐다봤다. 그녀는 손등으로 이마를 문지르며 고개를 절레절레 흔들더니 헌트를 돌아봤다. "아니요. 아직도 이해가 안 돼요. 어떻게 내가 비자르를 통해 제블렌을 볼 수 있죠? 내가 비자르와 연결이 된 상태도 아닌데도 말이에요."

헌트의 얼굴에서 떠나지 않던 그 기묘한 미소가 또다시 퍼졌다. "연결이 안 되어 있다고요?"

"음, 그렇죠. 내가 의자에서 일어나 나와서 당신이랑 이야기했잖아요. 내가…, 이런, 헌트, 그런 표정으로 쳐다보지 말아요. 뭐가 어떻게 된 건지 이야기해줘요."

그때 앞서와 마찬가지로 갑자기, 매린이 다시 투리엔 우주선의 칸막이방 안에 서 있었다. 헌트는 문간에 서서 그녀를 쳐다보고 있었다. 그들이 이동하기 전과 똑같았다.

"간단해요." 헌트가 매린에게 말했다. "비자르가 우리에게 제블렌 위를 걷는 것처럼 생각하도록 만들 수 있다면, 우주선의 여기에 서 있는 것처럼 생각하게 하기도 쉽겠죠."

매린이 헌트가 한 말의 의미를 소화하는 데에는 약간 시간이 걸렸다. "말도 안 돼!" 매린이 믿기지 않는다는 투로 내뱉었다. 헌트가 고개를 가로저었다. 매린은 시험 삼아 손가락으로 문틀을 훑어 내렸다. 차갑고 단단하고 딱딱한 느낌이었다. 뭔가에 긁힌 듯 깔쭉깔쭉한 부분도 있었다.

"당신 손을 쥐봐요." 매린이 말했다. 헌트가 그 말을 따랐다. 매린은 자신의 손가락으로 헌트의 손가락을 따라 내려가서 손바닥까지 훑었다. 따뜻한 살결의 느낌이었다. 피부의 손금과 주름살이 명확하게 느껴졌다. "정말 묘하네요." 그녀가 낮은 소리로 중얼거렸다.

"나쁘지 않죠." 헌트가 동의했다. "조금 전에 당신이 본 모습은 실제로 그 시점에 쉬반에서 일어나고 있는 상황이에요. 그 사람들은 실제로 거기에 있어요. 비자르가 사실성의 측면에서는 정말 뛰어나거든요." 헌트가 매린의 팔에 있는 얼룩을 가리켰다. "당신은 소매 얼룩도 그대로 있네요. 아까 당신이 카페에서 식탁 위에 떨어진 담뱃재를 팔꿈치로 문지르는 바람에 생긴 얼룩 말이에요."

매린은 자신이 입고 있는 녹색 스웨터의 소매를 쳐다보고는, 다른 손으로 회색 부스러기를 털어냈다. 대부분 털어졌지만, 진짜 소매에 묻은 진짜 재가 그러듯 희미하게 얼룩이 남았다.

헌트가 웃음을 터트렸다. "더 쉬운 방법이 있어요. 이 세계에서는 당신이 원하는 건 뭐든지 할 수 있어요. 비자르, 소매를 깨끗이 해줘." 남아있던 얼룩이 사라지고 아무런 흔적도 남지 않았다. "혹은 당신이 싫어하는 것들을 통째로 바꿀 수도 있어요. 비자르, 빨간 스웨터는 어떨까?" 매린의 스웨터가 즉시 진홍색으로 바뀌었다.

매린이 헉 소리를 냈다. "진짜네요! 이게 모두 내 머릿속에서 일어나는 일이란 말이에요? 난 정말로 여기에 서 있는 게 아니라고요? 그럼 당신도 여기에 있는 게 아니겠네요?"

"물론이죠. 나도 당신의 머릿속에 있는 거예요. 나도 당신과 마찬가지로 다른 연결기에 연결된 상태로 있는 거죠."

매린은 그 의미를 받아들이려 애썼지만, 결국 중얼거리며 단호하게 고개를 저었다. "이건 말도 안 돼. 믿을 수가 없어요. 증명해보세요."

"난 증명할 수 없어요. 비자르에게 물어보세요."

"비자르, 증명해봐."

그러자 그 즉시 매린이 안락의자로 돌아왔다. 마치 전혀 몸을 일으킨 적이 없었던 것처럼 편안하고 안락했다.

"자, 보세요!" 비자르가 자부심이 가득한 말투로 말했다.

혼란스러움이 가라앉으면서 매린은 자신이 한 번도 이 안락의자에서 일어나지 않았다는 사실을 떠올렸다. 그녀는 내내 거기에 있었던 것이다. 아니 정말 그랬을까? 그녀는 정말로 여기에 있는 걸까, 아니면 헌트가 그녀를 데리고 들어갔던 또 다른 환각의 미궁 속에 있는 건 아닐까? 매린은 일어나 자리에 앉으며 묘한 기시감을 느꼈다. 그런데 이번에는 헌트가 문간에 서서 지켜보고 있지 않았다. 문은 닫힌 상태였다. 매린의 스웨터는 다시 녹색이었다. 팔꿈치에는 회색 얼룩이 다시 묻은 채였다. 설령 이게 또 다른 환상일지 몰라도, 그녀가 보기엔 그럴 이유가 전혀 없었다. 아무튼 매린으로서는 계속 진행하는 것 외에는 다른 방법이 없었다. 그녀는 손수건에 침을 묻혀 소매의 얼룩을 닦았다.

"헌트 박사는 어디에 있어?" 매린이 큰 소리로 물었다.

"오른쪽 옆방에 계십니다."

매린은 자리에서 일어나 문으로 갔다. 문을 열고 바깥 복도로 나가 옆방을 들여다봤다. 헌트가 눈을 감은 채로 움직임 없이 안락의자에 누워있었다.

"이제 만족하시나요?" 비자르가 매린에게 물었다.

'그래.' 매린으로서는 이 정도면 충분했다. "아무튼 이해는 됐어." 그녀가 인정했다.

"저한테 환불해달라고는 하지 마세요."

헌트가 눈을 뜨더니 자리에 앉았다. "굉장하죠?" 그가 매린에게 말했다. "생각해봐요. 당신이 원하기만 하면 지금 당장 투리엔인의 세계 어디라도 당장 갈 수 있어요. 그러면 1년에 버스비가 얼마나 절약될지 생각해봐요."

"지금 여러분은 휴게실로 돌아갈 일만 걱정하시면 됩니다." 비자르가 말했다. "다른 사람들이 휴게실에 도착해서 저한테 여러분이 어디 계시느냐고 묻고 있습니다."

"금방 갈 거라고 말해줘." 헌트가 대답했다.

15

지구를 떠난 지 12시간 후 비슈누호는 천왕성의 평균 궤도를 지나 8억 킬로미터 떨어진 지점을 날아가고 있었다.

대부분 승객의 신체 시간으로는 한밤중이어서 지구인 구역의 식당가는 이전보다 훨씬 조용했다. 매린과 UN 우주군 네 명은 여전히 깨어서 탁자 두 개를 붙여놓고 잡담을 나누는 중이었다. 플로리다에서 온 교사 밥과 디즈니월드의 영업부장 앨런과 케이스도 이들과 함께 어울렸다.

"현대 말의 조상에 해당하는 것도 있지 않았나요?" 던컨이 단체커에게 물었다. "그게 줄무늬를 가졌다면, 줄무늬가 모든 말의 형태에 유전적으로 잠재되어 있다는 뜻이잖아요. 그렇다면 얼룩말을 따로 분류하면 안 되는 거 아닌가요? 얼룩말은 오히려 말의 계통에 훨씬 더 근접하게 관련되어 있을 수 있잖아요." 그들은 샤피에론호가 나타나기 전에 목성의 위성 가니메데에서 발견된 좌초된 가니메데인의 우주선에서 발견되었던 지구의 후기 올리고세의 초기 포유류에 관한 단체커의 연구에 대해 이야기를 나눴다.

"메소히푸스." 단체커가 덧붙였다. "맞아요. 사실 줄무늬가 생각보다 그리 복잡한 특성은 아니었던 거죠. 당시 분리된 일부 혈통이 독립적으로 줄무늬를 획득했을 가능성이 있어요. 얼룩말은 말 속(屬)의 모든 종에게 공통적인 발달 과정이 구현된 거라고 할 수 있죠. 염색체 수를 고려하면 훨씬 흥미로운데, 거기서 뚜렷한 상관관계가 나타나는…."

던컨은 가슴 위로 팔짱을 끼고 고개를 끄덕였다. 그는 약간 멍한 눈빛으로 단체커가 계속 쏟아내는 이야기를 만족스럽게 들었다.

다른 탁자에서는 교사 밥과 디즈니월드 영업부장 두 명이 정치 이야기를 나눴다.

"가니메데인들은 지구의 사회주의적 이상주의자들이 인간을 바꾸려 했던 그 이상에 본능적으로 맞잖아요. 그렇지만 가니메데인들에게는 그게 자연스럽기 때문에, 누군가가 그들을 그렇게 의도적으로 바꿀 필요가 없었죠. 그래서 그들의 사회체제가 작동하는 거예요." 밥이 말했다.

"이 분이 핵심을 지적했네요." 앨런이 케이스를 쳐다보며 단언했다. "우리는 경쟁적인 종이죠. 그래서 경쟁적인 경제 체계가 우리 본성에 맞아요. 당신이 그 생각을 좋아하든 말든, 우리는 뭔가 얻어내기 위해 일을 하지, 다른 사람을 위해 일하는 게 아니에요. 인간은 그런 종이죠. 인간을 바꾸려면 무력으로 압박하는 방법밖에 없어요. 그런데 사람들은 그 방법을 안 좋아하죠. 그래서 인간의 본성을 개조하려던 그 멋진 사상들이 실패했던 거라고요. 그런 식으로는 안 되죠."

샌디가 의자의 등받이에 털썩 기대앉으며 하품을 했다. "사흘 동안 몹시 바쁘게 보냈더니 피곤이 몰려오는 모양이네요. 미안해요. 이 파티를 먼저 떠나야겠어요. 자, 그럼 내일 뵐게요. 명왕성 너머에서 보겠군요."

"그래, 좀 쉬어." 단체커가 말했다. "나도 좀 쉬어야겠지만…, 자네는 더 바빴을 거야. 우리가 미리 알려주지 못했으니까."

"나한테 빌려주기로 했던 칩 잊지 마세요." 샌디가 일어설 때 매린이 그녀에게 상기시켰다.

"내 방에 들렀다기 가면 지금 칩을 줄게요." 샌디가 말했다.

"무슨 칩인데요?" 단체커와 던컨 사이에서 대화를 나누고 있던 헌트가 고개를 돌려 물었다.

"제가 모아놓은 제블렌 음악이 담긴 칩이에요. 몇몇 곡은 정말 신나거든요." 샌디가 대답했다.

"헌트 박사도 음악을 좋아해요." 매린이 자리에서 몸을 일으키며 말했다. "당신이 이야기한 곡들이 박사의 취향에 맞을지는 모르겠지만 말이에요. 헌트 박사님, 벽에 베토벤 악보들을 붙여놨었죠?"

"역시 관찰력이 좋네요." 헌트가 찬사를 보냈다. 그는 술잔을 홀짝이며 말했다. "그 사람 개의 다리 하나가 나무로 만든 의족이었다는 사실 아세요?"

매린이 아리송한 눈으로 쳐다봤다. "누구의 개요?"

"베토벤 말이에요. 그래서 개가 방을 가로지르며 걸어갈 때 베토벤이 영감을 얻었죠." 헌트가 한 손을 들어서 상상의 오케스트라를 지휘하는 흉내를 냈다. "다다다 단… 다다다 단. 알겠죠?"

매린이 고개를 절레절레 흔들더니 맥 빠진 미소를 지었다. "모든 영국인은 이렇게 미쳤나요? 아니면 학교에서 그런 걸 배우나요?"

"자, 가죠." 샌디가 속삭였다. "다들 정신없는 시간을 보내서 그래요."

"아니요. 그래도 열심히 해보는 거죠." 헌트가 말했다. 그리고 활짝 웃으며 두 사람에게 손을 흔들었다. "아침 식사 때 봐요." 다른 사람들도 합창으로 잘 자라고 작별인사를 했다.

매린과 샌디는 휴게실을 벗어나 숙소로 향했다. "거기에 남아 남자들과 알코올에 압도당하고 싶지 않았어요." 매린이 말했다.

"어떤 느낌인지 알아요." 샌디가 동의했다.

"샌디, 우리가 아줌마가 되어가는 건가요?" 매린이 농담조로 물었다. "남자 여섯을 저기에 놔두고 여자 둘이 함께 와버렸잖아요. 어쩌면 우리는 저들 말대로 정말로 못된 여자들일지도 몰라요."

"그 사람들이 뭐라고 하든 상관하지 말고 자신의 의견을 말하세요. 내 말은 진심이었어요. 완전히 진이 다 빠졌어요."

"던컨은 당신한테 관심이 있는 것 같더라고요." 매린이 말했다.

"알아요."

"당신 취향이 아닌가요?"

"아, 던컨은 괜찮은 사람이죠. 우리는 휴스턴에 있을 때부터 서로 알았어요. 하지만 직장과 삶의 복잡한 측면은 분리하는 게 좋다고들 하잖아요. 전 괜찮은 충고라고 생각해요." 샌디가 말했다.

두 사람이 샌디의 숙소 앞에 도착했다. 샌디가 비자르에게 무언의 지시를 내려 문을 열었다. 안으로 들어가자 샌디가 손가방을 집어서 책상 위에 놓고, 휴대용 칩 같은 물건을 담아두는 납작한 상자를 꺼냈다. "가기 전에 커피 한잔할래요?" 그녀가 매린에게 물었다.

"좋죠. 블랙으로 주세요. 설탕도 빼고."

"같이 곁들여서 먹을 간식은?"

"음, 저녁을 배부르게 먹어서 괜찮아요."

샌디가 비자르에게 커피 두 잔을 주문했다. "아, 내가 말했던 칩이에요." 그녀가 상자 안에서 캡슐을 하나 꺼내 매린에게 건넸다. "제블렌의 클래식 음악도 모았는데, 여기엔 없는 거 같네요. 집에 놔두고 온 모양이에요. 아무튼 살짝 이상한 음악이긴 해요."

"고마워요. 이걸로도 충분해요." 매린이 캡슐을 핸드백 주머니에 넣었다.

부엌에 있는 자동요리기의 문이 열리더니 조리대 위로 쟁반에 받친 머그 두 잔을 내밀있다. 샌디가 서류가방을 치우는 동안 매린이 머그잔을 가져와 응접실에 있는 탁자 위에 놓았다. 그리고 커다란 안락의자에 자리를 잡고 앉았다. 곧 샌디가 탁자로 돌아왔다.

"음, 당신의 애정 생활은 어때요?" 샌디가 다른 안락의자에 앉으며 물었다. "아니면 작가들은 항상 너무 바빠서 연애할 시간이 없나요?"

"아, 이따금 운이 따를 때는 연애를 하죠. 하지만⋯."

"잘 안 풀리나요?"

"맞아요. 저도 업무와 복잡한 문제를 뒤섞는 게 싫어요. 하지만 저로서는 삶과 일을 분리하기가 쉽지 않죠."

샌디가 커피의 맛을 봤다. "나쁘지 않네요." 그녀가 고개를 들며 말했다. "결혼했던 적이 있나요?"

"한 번이오. 오래전이죠. 4년 정도 그 사람과 캘리포니아에서 살았어요. 하지만 잘 안 됐죠."

"무슨 일이 있었어요? 혹시 집안일에 점점 빠져들어 헤어나질 못할 것 같았나요?" 샌디가 머그잔 너머의 매린을 진지한 표정으로 쳐다보며 물었다. "어찌 됐든 저는 당신이 가든파티용 파이를 요리해서 나르거나 주부들을 모아놓고 주방용품을 소개하는 모습은 상상이 잘 안 되는군요."

매린이 어색한 미소를 지었다. "실은 그 반대였어요. 전남편 래리는 가고 싶은 곳이나 하고 싶은 일이 많은 사람이었어요. 있잖아요, 늘 새로운 사람들을 만나고, 매일 파티를 즐기는…. 내가 그 사람의 액세서리로 따라다니는 걸 만족할 때까지는 문제가 없었어요. 문제는 그렇게 살다 보니 나 자신의 삶을 가질 여유가 전혀 없었다는 거예요."

"그분을 저한테 소개해주세요." 샌디가 말하며 한 손으로 자신을 가리켰다. "과학자들과 온갖 종류의 똑똑한 사람들에 둘러싸여서 일하는 것도 어떤 면에서는 좋지만, 그중에는 엄청난 괴짜들도 정말 많아요. 왜 그런 사람들 있잖아요. '발기(hard-on)'를 무슨 양자 입자라고 생각하는 인간들 말이에요."

매린은 터져 나오는 웃음을 간신히 억누르고 말했다. "헌트 박사는 그런 거 같지 않던데요."

"헌트 박사는 예외예요. 지금은 박사를 좋아할 수도 있을 거 같아요. 어쩌면 영국 억양 때문인지도 몰라요. 하지만 난 앞서 말했듯이 직장에서는 연애할 생각이 없어요. 어쨌든 박사는 부서가 워싱턴 D.C.로 옮겨오기 전 휴스턴에 있을 때 사귀던 사람이 있었어요. 요즘에는 박사도 직장에서는 얽히지 않으려는 것 같아요."

"당신에게서는, 음, 뭐랄까, 객관적이고 지적인 과학자의 전형 같은 인상이 느껴지진 않네요." 매린이 말했다.

"기다려봐요. 전 가니메데의 얼음 구덩이 속에서 1년 반을 보냈어요. 그걸 벌충하려면 시간이 오래 걸려요. 언젠가 헌트 박사는 기회를 놓치고 후회할 거리가 많은 상태로 늙고 싶지 않다고 했던 적이 있어요. 나도 박사와 생각이 같아요."

매린은 샌디가 머그잔을 다시 들어 올리기 위해 몸을 숙일 때 짙은 갈색의 곧은 머릿결이 얼굴로 떨어지는 모습을 지켜보다가 윤곽이 뚜

렷한 이목구비와 청바지를 입은 늘씬한 다리가 눈에 들어왔다. 매린
이 보기에 샌디는 특별히 아름답지는 않더라도 성적 매력을 뿜어내
는 그런 여성이었다. 지적이고, 대담하고, 거리낌이 없었다. 확실히
래리의 취향이었다.

샌디가 고개를 들었다. "아무튼 과학자들은 호기심이 많아야 하잖
아요. 그렇지 않나요? 작가들처럼 말이에요. 호기심이 그 일의 전부
라고 할 수 있지 않나요?"

"그런 것 같아요." 매린이 동의했다.

매린은 잘 시간이 훌쩍 넘었는데도 자신의 숙소로 돌아온 뒤로 여
전히 들뜬 상태라 잠이 오지 않았다. 의식의 수위 아래에서 꿈틀거리
는 뭔가가 매린을 잠들지 못하게 했다. 그녀로서는 그게 뭔지 알 수
없었다. 그 뭔가가 계속 신경을 건드렸다. 오늘 홍수처럼 밀어닥쳤던
온갖 일들과 경험에서 비롯된 것이었다. 매린은 욕실에 들어가 이를
닦으며 그 문제와 씨름했다.

비자르와 관련된 문제가 틀림없었다. 더 구체적으로는 비자르의
기능이 설계된 방식과 관련된 것이었다. 매린은 침실로 다시 돌아왔
지만, 옷을 그대로 입은 채로 베개 두 개를 쌓아놓고 기대앉아 반대편
벽에 있는 어떤 행성의 눈 덮인 산 사진을 뚫어져라 쳐다봤다.

저녁에 매린이 헌트와 '방문'했던 제블렌 행정본부에도 저런 장식
이 있었고, 그들이 샤피에론호를 봤던 카페의 벽에도 사진이 있었으
며, 관중석 바깥의 벽에도 도구들이 세워져 있었다. 매린은 헌트에게
자신이 그 물체들을 다른 장소로 옮기려고 하면 어떻게 되는지 물었
다. 헌트는 비자르가 그 행동을 정확하게 재현해서 경험할 수 있도록

해줄 거라고 했다. 그렇다면 내일 육체적으로 제블렌에 도착했을 때 어디로 가야 그 물건을 볼 수 있냐고 그녀가 물었다. 헌트는 당연히 원래 있던 장소로 가야 한다고 대답했다. 그 물건이 실제로는 전혀 움직여지지 않았기 때문이다.

그 사실이 매린을 괴롭혔다. 그녀는 연결기의 칸막이방으로 들어가는 문의 문틀에 있던 긁힌 자국의 느낌과 소매에 묻은 담뱃재와 관련된 일도 기억났다. 그 모든 게 그녀를 괴롭혔다. 매린은 자리에서 일어나 응접실에서 자동요리기로 핫초콜릿을 한 잔 만들어 마시며 그 이유를 알아내려 했다.

비용과 노력을 들이면 가치 있는 보상을 받는다는 생각으로 구성된 지구인의 개념으로 판단하면, 그 모든 게 터무니없이 불합리하고 무의미한 활동으로 보였다. 그뿐만 아니라, 이는 현실과 혼란스럽게 뒤섞인 허상으로서, 이용자에게는 기억에 새겨진 사실과 뒤엉킨 결과를 남기게 된다. 하지만 투리엔인들은 갈등이나 모순 없이 그 문제를 자연스럽게 처리할 수 있을 것이다. 실제로 그들에게는, 인간은 실제로 느끼거나 이해하지 못하는 정도까지 현실을 그대로 담는 게 가장 중요했을 것이고, 그렇게 하지 못하는 시스템의 수준을 기만이라 여겼을 것이다. 그리하여 정밀함의 수준에 대한 투리엔인의 특별한 강박은 오히려 인간에게는 의미 있는 결과를 제공해주지 못했고 이해도 되지 않았다.

이제 매린은 자신에게 무엇이 문제였는지 좀 더 가깝게 다가간 느낌이 들었다.

그렇다. 투리엔인은 친절하고, 비공격적이고, 이성적이었다. 그건 모두 아주 좋았다. 하지만 그건 핵심을 벗어난 이야기였다. 매린은 투리엔인의 마음속에서 일어나는 일을 언뜻 훑어보고 알아차린, 심하게

'외계인스러운' 부분이 살짝 마음에 걸렸다. 헌트와 단체커 같은 전문 가들은 그들과 너무 오래 너무 가까이 지냈고, 또 그들의 기술에 들떠 있어서 그런 사실을 깨닫지 못했다. 그게 아니라면, 아마도 그런 사실 을 잊어버렸을지도 몰랐다.

그렇다면, 수천 년 동안 자신들의 본성과 본질적으로 다른 심리 조 작의 형태에 잠겨있던 제블렌인 종족 전체의 집단 심리에는 어떤 혼 란을 일으켰을까?

매린은 고개를 돌려 문을 노려보면서, 자신이 하려는 일에 대해 잠 시 고민했다. 그녀는 마음을 다지고, 다시 숙소를 떠나 투리엔 신경 연결기가 있는 칸막이방으로 돌아갔다.

16

매린이 안락의자에 기대어 눕자 익숙한 온기와 편안함이 그녀를 감쌌다. 그리고 비자르의 형태 없는 손가락들이 그녀의 감각을 장악했다.

"사생활에 대해 투리엔인의 규칙이 어떻게 작동하는지 다시 이야기해줘." 매린이 마음속으로 기계에게 말했다. "네가 감각 데이터에 단순히 접근하는 정도를 넘어서 더 깊이 들어가 네가 원하는 걸 내 머릿속에서 추출하려 할 때 내가 그걸 어떻게 막지?"

"시스템에 프로그램 규칙이 내장되어 있습니다. 투리엔인들은 이용자가 의식적으로 지시한 부분까지만 작용하고 소통하도록 제 기능을 제한시켰습니다." 비자르가 대답했다.

"그러면 넌 마음을 안 읽어?"

"네."

"그래도 할 수는 있지?"

"기술적으로는 가능합니다."

"난 아무래도 그게 마음에 안 들어. 투리엔인은 그런 문제를 신경 쓰지 않아?"

"저로서는 왜 그래야 하는지 모르겠습니다. 외과 의사가 몸속 내장을 들여다보는 것과 다르지 않잖아요."

"모르겠다고? 내 생각엔 네가 이해를 안 하는 거야. 투리엔인이 너를 설계했으니까, 너도 그들처럼 생각하는 거지."

"가능한 이야기입니다."

"너는 그 규칙을 어길 수 있어?"

"규칙을 무시하려면 이용자가 특별한 허락을 해줘야 합니다. 그러므로 항상 이용자가 통제권을 갖는 거죠. 어찌 됐든, 숨겨야 할 게 뭐 있나요?"

매린은 웃음을 참을 수 없었다. "투리엔인은 그들끼리도 본능의 깊은 구석이나 생각을 숨기려 하지 않는다는 말이야?"

"제가 어떻게 알겠어요? 그들이 숨긴다면, 말뜻 그대로 드러내지 않으면 제가 알 수가 없잖아요."

'정말?' 매린이 생각했다. 가니메데인의 정신은 그 정도로 훌륭한 자제력이 있는지 모르지만, 일반적인 인간이 그럴 수 있을 거라고는 생각되지 않았다. "제블렌인이 제벡스를 사용할 때도 그렇게 자제하고 합리적이었어?"

"그랬을 것 같지는 않습니다." 비자르가 대답했다.

"그렇다면, 비자르, 넌 뭘 할 수 있지? 난 이 시스템의 능력을 알고 싶어."

"저는 당신이 원하는 곳이면 어디든 데리고 갈 수 있습니다. 수천 광년 거리에 흩어진 자연적이고, 인공적인 수천 개의 투리엔 행성 중 어디든지요."

"그러면 투리엔 그 자체는 어때?"

이번에는 앞서 진행되었던 감각적 혼란이 없었다. 매린은 거대한 건물의 꼭대기 가까이 계단식 수생정원의 가장자리에 서 있었다. 층층의 작은 폭포와 방벽들이 아래로 멀리까지 뻗어 나가 수 킬로미터 높이의 엄청난 건축물들과 뒤섞여 멀리 있는 바닷가까지 이어졌다. 그녀의 주변에는 많은 사람이 있었는데, 모두 가니메데인들이었다. 그들은 걷거나 이야기를 나누거나 앉아서 아무것도 하지 않고 있었다. 매린은 희미한 산들바람을 느꼈다. 물웅덩이와 폭포 옆에 핀 꽃향기도 맡을 수 있었다. 하늘에는 비행차들이 날았다.

"이곳은 브라닉스입니다." 비자르가 매린에게 알려줬다. "투리엔의 유서 깊은 도시죠."

갑작스러운 이동으로 규모가 엄청나게 큰 공간에 들어오자 매린은 작아진 느낌이 들었다. 그녀가 적응하는 데에는 잠시 시간이 걸렸다. "여기는 지금 이런 모습인 거야? 이 사람들이 정말로 지금 거기에 있어?"

"그렇습니다." 비자르가 확인해줬다. "그렇지만 저 사람들은 시스템에 신경이 연결되어 있지 않기 때문에 저들과 소통을 할 수는 없고, 그곳의 현실을 인지할 수만 있습니다. 이게 '현실 모드'입니다."

"다른 모드는 뭔데?"

"'상호작용 모드'가 있습니다. 당신은 동일한 환경 속으로 들어가지만, 다른 곳에 위치한 연결기에 물리적으로 연결된 다른 이용자의 시각적 재현이 당신의 시각 정보에 겹쳐지게 됩니다. 그 영상은 그들의 두뇌에서 운동중추와 언어영역에서 추출된 신호에 의해 활성화됩니다. 그래서 그들은 원하는 대로 움직일 수 있습니다. 물론 대화는 진짜입니다. 즉, 그들도 같은 방식으로 당신을 봅니다. 그러므로 실제로 거기에 있다는 환영과 상호작용은 완벽합니다. 사교나 업무 회의에 주로 사용됩니다."

"그럼 그 모드로 바꿔줘." 매린이 말했다.

풍경은 그대로였지만, 사람들의 분포가 바뀌었다. 대부분 사라지고, 그 전에 없던 곳에 다른 사람들이 나타났다. 전체적인 숫자는 줄어든 것 같았다.

"조금 전에 내가 봤던 다른 사람들은 여전히 거기에 실제로 있는 거야?" 매린이 물었다.

"그럼요. 당신의 시각피질에 데이터를 전송하는 과정에 그들을 편집해서 잘라냈을 뿐입니다."

"그러면 지금 내가 보고 있는 이 사람들은 누구야? 이들은 어디에 있는 거지?"

"여기저기 다른 장소들에 있습니다. 이들은 다양한 목적을 위해 지금 이 순간 우연히 이 거리를 선택한 사람들입니다."

매린은 여전히 비행차들이 날아다니고 있다는 사실을 알아챘다. 그녀는 비자르가 편집한 배경과 실제 배경 사이의 경계를 어떻게 결정하는지 궁금해졌다.

그때 가까운 의자에 앉아 있던 가니메데인 두 사람이 자리에서 일어나 매린에게 다가왔다. "혹시 실례가 되지 않을지 모르겠네요. 하지만 저희가 지구인을 이렇게 가까이 보기는 처음이라서요." 남성이 말했다.

매린은 주변의 다른 사람들이 그들을 조심스럽게 건너다보면서 너무 노골적으로 쳐다보지 않으려 애쓴다는 사실을 알아챘다. "아니요, 괜찮아요." 매린이 머뭇거리며 대답했다.

"저희 소개를 할게요. 저는 모고 이샬입니다. 이쪽은 제 딸 재센느예요. 우리 가족은 재센느가 어렸을 때 브라닉스에 살았죠. 여기는 이 아이가 가장 좋아하는 장소랍니다."

"그럼 지금 정말로는 어디에 계세요? 혹시 실례가 되지 않는다면." 여전히 이 모든 게 낯설어서 얼떨떨한 표정의 매린이 물었다.

"아, 저는 투리엔의 다른 지역에서 교사로 있습니다." 모고가 대답했다.

"저는 투리엔보다 지구에 가까운 행성의 궤도를 도는 비행선에 있어요. 언젠가 당신에게 보여드릴 수도 있어요. 아주 흥미로운 곳이죠. 당신은 어디에 계신가요?" 재센느가 말했다.

"저요? 아, 저는 지구에서 제블렌으로 항해 중인 투리엔 우주선에 있어요."

"브라닉스는 무슨 일로 오셨나요?" 모고가 질문을 던졌다. "이렇게 지구인이 혼자 있는 모습을 보는 건 흔치 않은 일이거든요."

"특별한 일은 없어요. 실은 그냥 시스템을 시험하는 중이었어요."

"물론 저는 현실 모드와 상호작용 모드를 겹쳐서 보여드릴 수도 있습니다." 비자르의 목소리가 끼어들었다. 앞서 있었던 사람들이 다시 나타나며, '현실'의 사람들과 비자르가 가상으로 만든 모습이 뒤섞였다. 순간적으로 매린은 어느 게 어느 건지 구별이 되지 않았다.

"어, 이만 실례해도 될까요?" 매린이 더듬거리는 말투로 두 가니메데인에게 말했다. "이 시스템을 배우려면 시간이 필요해서요. 전 아직도 익히는 중이라."

"아, 물론이죠." 남자가 대답했다.

"비자르, 사람들이 너무 많아. 나를 사람들에게게서 벗어나게 해줘." 매린이 재센느를 힐끗 쳐다보며 말했다. "제가 다시 연락드릴게요. 고마워요. 비자르가 당신들의 번호를 알겠죠?" 재센느가 고개를 숙였다. 매린은 그게 이해한다는 끄덕임이기를 바랐다.

곧 매린은 황량한 바위 산등성이에 서서 거대한 마그마 분화구를 내려다보고 있었다. 노란 증기와 기름기가 함유된 연기 아래로 칙칙한 붉은색으로 부푼 마그마가 둔하게 끓어올랐다. 얼굴에 닿는 열기가 느껴졌다. 유황 냄새가 목을 강하게 자극해서 숨이 막혔다. 뿌연 연기 때문에 분화구 건너 가장자리가 보이지 않았다. 그녀의 뒤로 뼈죽뼈죽한 산꼭대기의 뒤틀린 풍경과 바닥이 보이지 않는 균열이 어둡고 격렬한 연기에 가려 사라졌다.

"저는 당신이 육체적으로는 살아남지 못할 곳으로도 데려갈 수 있습니다." 비자르의 목소리가 들려왔다. "여기는 새로운 행성이 태어나고 있는 곳이에요. 당신이 느끼고 있는 열기와 가스는 그저 맛보기입니다. 현실에서는 즉시 질식하고, 수 초 내에 바싹 구워져서, 2톤에 이르는 몸무게에 눌려 납작해졌을 거예요."

"이건 이해가 안 돼. 투리엔인이 정말로 이런 장소에 감지기를 설치한 거야? 이건 미친 짓이야. 천 년 동안에 얼마나 많은 사람이 여길 방문했어?"

"사실 이건 거의 모의 영상입니다. 궤도에서 장거리로 추출한 데이터를 재구성한 겁니다."

"너무 뜨겁고 숨이 막혀." 매린이 단호하게 말했다.

곧 그녀는 산처럼 거대하며 환상적인 조각들로 이루어진 바다에 서 있었다. 하얗게 빛나는 조각들은 옅은 하늘색의 하늘을 배경으로 솟아올라 가며 구부러져 정교한 뾰족탑들을 이뤘고, 바다는 모든 방향으로 뻗어 나가며 낮아지면서 분홍색으로 희미해졌다. "바람으로 깎인, 얼어붙은 메탄의 바다입니다. 절대영도*에서 별로 높지 않은 지

* 열역학적으로 생각할 수 있는 최저 온도로 절대온도 0K를 말하며 섭씨온도로는 −273.15도이다.

역이죠. 역시 궤도에 있는 감지기의 데이터를 재구성한 것입니다. 이 정도면 시원한가요?"

"너무 시원해. 저 모습을 보고 있으니 내 뼈마디가 얼어붙겠어. 그런데 너는 감지기 데이터가 전혀 없어도 되지? 완전히 가짜를 만들어 낼 수도 있니?"

"그럼요. 어떤 세상이든 만들어드릴 수 있어요."

"그러면 지구로 가보자. 스코틀랜드는 어때? 항상 가보고 싶었는데, 한 번도 못 가봤거든. 난 스코틀랜드 하면 산과 호수, 골짜기 사이에 웅크린 작은 마을들이 머릿속에 그려져."

순식간에 매린은 바위 사이로 개울물이 흐르는 산비탈에 앉아서, 회색 돌무더기로 이루어진 우락부락한 성채 아래 펼쳐진 푸른 산등성이에서 자라는 소나무 꼭대기 너머로 계곡을 내려다보고 있었다. 한쪽으로 졸졸 흘러가던 개울이 넓어지더니 그 너머로 지붕들과 교회 종탑이 옹기종기 모인 모습이 모였다. 새들이 지저귀고 벌레들이 붕붕거리며 날았다. 공기는 시원하고 개울물에서 일어나는 물보라로 습도가 높았다.

"이건 진짜야?" 매린이 인상을 찌푸리며 물었다. 하지만 곧 깨달았다. 이건 진짜일 수 없었다. 스코틀랜드에는 비자르에 연결된 감지기가 설치되어 있지 않았다.

"아니요." 비자르가 대답했다. "제가 만들어낸 모습이에요. 당신이 말한 내용과 제가 지구에 관해 아는 내용을 합친 겁니다. 말씀드렸듯이, 저는 당신이 원하는 어떤 세상이라도 만들 수 있어요."

"이건 너무 현대적이야." 매린이 주위를 천천히 둘러보며 말했다. "저기 아래에 있는 길은 자동차 도로잖아. 집에는 전깃줄이 연결되어 있고, 차고에는 트랙터가 있어." 그녀는 이 모든 일이 너무도 신기해서 넋이 나간 기분이 들었다. 다시 그녀가 이해할 수 있는 환경으로 돌아와 안심되는 것 같기도 했다. "어차피 만들어낸 곳으로 갈 거라면, 조금 과거로 돌아가서 좀 더 낭만적으로 만들어줘. 18세기의 찰스 에드워드 스튜어트 시대쯤으로 가보면 어떨까?"

"그 시대는 실제로 그다지 낭만적이지 않았습니다." 비자르가 말했다. "대부분의 사람은 질병과 빈곤, 무지, 잔학 행위로 고통을 받으며 살았죠. 4분의 3에 이르는 유아 사망률의…."

"아, 닥쳐! 비자르. 이건 게임일 뿐이야. 그런 것들은 빼고, 그럴싸하게 꾸며서 만들어봐."

"이렇게 하면 될까요?"

자동차도로가 비포장도로로 바뀌었고, 전기선과 트랙터, 접시안테나와 21세기의 다른 흔적들이 사라졌다. 집들은 초가와 슬레이트 지붕 형태로 단순하게 바뀌었고, 개울 위에 놓인 철제 인도교는 다듬지 않은 바위를 쌓아 만든 아치형 다리로 변했다. 어딘가에서 개가 짖는 소리가 들렸다. 그녀의 요구대로 모든 것들이 깔끔하고 아름다웠다.

이번에는 매린도 어떻게 될지 예상했지만, 잠시 놀란 얼굴로 그 모습을 바라봤다. 그녀는 그 자리에 선 채 그 모습을 뚫어져라 쳐다보며, 모든 감각기관으로 들어오는 느낌들을 의식적으로 훑었다. 신발 밑에 있는 자갈, 그리고 움직일 때 팔을 스치는 관목의 가지가 느껴졌다. 으스스한 기분이 들었다. 여기서 느껴지는 감각은 현실에서 느끼던 감각과 전혀 구별되지 않았다. 옷가지가 평소와 다르게 묵직하고 꽁꽁 싸맨 듯한 느낌이 들었다. 매린이 아래를 내려다보자, 그 시대에 입었던 숄을 걸치고, 발목까지 내려가는 치마를 입은 상태였다.

매린은 다시 궁금증이 일었다. "내가 저 동네를 돌아보면 안 될까?"

"가보세요."

매린은 개울을 따라 내려가다 비포장도로로 들어갔다. 길은 마을의 외곽으로 이어졌다. 노점과 조잡한 나무 문짝이 달린 가게들로 이루어진 작은 장터가 있었는데, 고기와 채소, 유제품, 온갖 풍부하고 신선한 것들, 직물과 린넨, 도기와 냄비 같은 것들을 팔고 있었다. 거기에 잘 어울리는 인물과 배역들의 모습이 그 풍경을 완벽하게 만들어주었다. 농부와 상인, 잡상인, 주부, 말을 탄 귀족, 밀가루 부대가 실린 짐마차를 끄는 제분업자, 쾌활한 얼굴의 여인숙 주인, 킬트 치마를 입은 스코틀랜드 고지인 두 명, 그리고 출입구 주변에서 놀고 있는 통통하고 뽀얀 볼의 아이들까지.

하지만 이 모든 풍광은 지독하게 단조롭고, 공허하고, 시시했다. 그다지 창의적인 무대 설정도 아니었고, 효과를 마무리하기 위해 무대를 움직이는 것들로 채워 넣은 듯했다. 실제로 주민들의 역할이 딱 그 정도였다.

문 앞에 앉아 파이프 담배를 피우고 있는 백발의 노인 앞에 매린이 섰다. 노인 옆에는 졸린 눈을 한 얼룩무늬 콜리가 있었다. "안녕하세요." 매린이 노인에게 인사했다.

"그려요."

"날씨가 좋네요."

"늘 이렇다오."

"여기는 좋은 곳 같아요."

"나쁘진 않소."

"저는 다른 데에서 왔어요."

"보니 알겠소."

매린이 노인을 뚫어져라 쳐다봤다. 노인은 계속 파이프 담배를 뻑뻑 피우면서 쾌활한 눈을 반짝거리며 그녀를 쳐다봤다. 매린의 불만이 폭발했다. "저는 3백 년 후에서 왔어요."

"여기에는 그런 사람이 그리 많지는 않다오."

"비자르, 이렇게는 안 되겠어." 매린이 분노를 터트렸다. "이건 그냥 멍청이들이잖아. 저들은 아무것도 몰라? 저들은 할 말이 아무것도 없는 거야?"

"저들이 뭐라고 말하면 좋겠어요?"

"네 상상력을 이용해봐."

"중요한 건 당신의 상상력입니다."

"그렇군. 내 머릿속에서 네가 볼 수 있는 것들에서 아무거나 추출할 수 없어?"

"저는 허락을 받지 못했습니다." 비자르가 그녀에게 상기시켰다.

"그렇다면 알았어. 내가 허락할게. 네가 찾아서 아무거나 해봐. 우리 인간이 자신을 속이기 위해 꾸며낸 생각들은 무시해."

이번에는 이동하기까지 조금 시간이 걸렸다.

배경으로 조용한 음악이 흘렀다. 매린은 자신이 수수하지만 우아하고 고전적인 스타일의 드레스를 입고 있다는 사실을 알아챘다. 드레스는 아주 기분이 좋을 정도로 가볍고 얇았다. 그녀는 큰 집의 거실에 다른 이들과 함께 서 있었다. 훌륭하고 공들인 집이었는데, 과시적이지 않고 품위가 있었다. 지붕이 높고 유리창이 달린 방들, 우뚝 솟은 박공지붕, 복잡하게 꾸며진 천장. 이 집은 바닷가에 세워졌다. 복도 건너편에 서재가 있고, 곡선의 계단 꼭대기 층계참 앞에는 매린이 일하는 사무실이 있었는데, 창문으로 바위가 많은 해안선을 볼 수 있었다. 그녀가 이런 것들을 어떻게 알고 있는지는 자신에게도 의문이었다. 하지만 그녀는 마음속으로 미소를 지으며 비자르를 격하게 칭찬했다. 그렇다. 매린이 백일몽에 잠길 때면 종종 이런 삶을 꿈꾸었다.

매린과 손님들이 있는 거실에는 커다란 창문과 두툼한 커튼, 고급 대리석으로 만든 벽난로, 그리고 전체적인 분위기에 잘 어울리는 가구들이 배치되었다. 벽난로 위에는 문장과 무기가 보였다. 유니콘과 뒷발로 서 있는 사자, 그리고 프랑스 왕가의 백합 문장과 그 문장을 둘러싼… 아일랜드의 국화 토끼풀. 그녀는 배경으로 흐르는 음악이 뭔지 깨달았다. 켈트 하프와 플루트로 연주되는 곡이었다. 그렇지만 그 자리에 있는 사람들의 옷으로 볼 때, 그리고 그녀가 어떻게든 알고 있듯이, 지금은 현대였다.

사람들 중 한 명이 가까이에서 하는 이야기가 들려왔다. "아, 네. 그렇지만 이 나라가 내부적인 분란을 극복하고 영국에 저항했다면 다르게 진행되었을 겁니다." 듬성듬성한 머리에 호전적인 불도그처럼 생긴 턱을 가진 통통한 남자가 말을 하고 있었는데, 한 손에 시가를 들고 다른 손에는 브랜디 잔을 들었다. 그는 영국 억양으로 말했다. 그리고 귀에 거슬리는 쉰 목소리였는데, 약간 혀짤배기 발음을 했다. "헨리 8세가 성공회를 세웠을 때, 아일랜드는 완전히 로마 교황청으로 넘어갈 수도 있었어요."

"아, 그건 말도 안 돼요!" 그 이야기를 듣고 있던 사람 중 한 명이 소리쳤다.

"진지하게 하는 이야깁니다. 순전히 영국에 대한 적개심 때문에 그렇게 할 수 있어요. 그랬다면 오늘날 어떤 모습이었을지 어떻게 알겠습니까? 영국이 아일랜드 땅을 반환하지 않고 아직도 지배하고 있을 수도 있어요. 그러면 미국이 프로테스탄트나 청교도, 일부일처제 같은 걸 바탕으로 수립되었을지도 모릅니다. 그랬다면 오늘날 우리가 당연하게 생각하는 그 모든 자유가 어떻게 됐겠습니까?"

매린은 말을 하는 사람이 누구인지 깨닫고 갑자기 깜짝 놀라 그를 응시했다. 윈스턴 처칠, 그녀가 가장 좋아하는 역사적 인물이었다.

벽난로 앞에 있는 소파에 앉아 여성 두 명과 이야기를 나누고 있는 무섭고 험악한 얼굴에 구레나룻이 두툼한 저 남자는 루트비히 판 베토벤이었다.

어리둥절한 매린이 다른 사람들로 고개를 돌렸다. "아니요, 그건 사실이 아닙니다. 그래도 사람들은 그렇게 이야기하죠. 내가 살면서 가졌던 아이디어는 두 개뿐입니다. 그리고 그중 하나는 잘못됐어요." 알베르트 아인슈타인이 마크 트웨인에게 이야기했다.

"저를 오해하지 마세요. 저는 다른 사람들과 마찬가지로, 아니 오히려 제가 훨씬 더 전쟁을 싫어합니다. 그렇지만 나쁜 사람들이 존재하는 게 현실이에요. 확실한 보복만이 그런 사람들을 억제할 수 있습니다…." 핵물리학자 에드워드 텔러였다.

"까놓고 말해보자고요. 대부분의 중요한 사항은 자기들이 무슨 말을 하는지도 모르는 사람들이 결정하잖아요." 에인 랜드가 멩켄처럼 보이는 사람에게 말했다.

다른 목소리가 그녀의 뒤에서 들려왔다. "당신을 다시 보다니 정말 반갑네요, 매린. 저녁 식사는 틀림없이 평소만큼은 되겠군요." 뒤돌아본 매린이 이번엔 당혹스러운 표정을 지었다. 벤저민 프랭클린이었다. 현대적인 검은색 정장과 넥타이를 입었음에도 쉽게 알아볼 수 있었다. 프랭클린이 가까이 몸을 기대더니 속삭였다. "비밀을 말해줘요. 이번에는 뭐로 우리를 놀라게 하실 건가요?"

"어, 사슴 고기요." 매린에게 가짜 기억이 통째로 떠올랐다. 메뉴를 결정하고, 연회업자에게 상담하고, 손님들의 자리를 배치했던 기억. 식당의 모습이 또렷이 머릿속에 그려졌다.

"멋지네요. 제가 가장 좋아하는 요리죠. 저의 새 책에 대한 축하도 되겠네요. 몇몇 인간들의 화를 돋우긴 하겠지만, 누군가는 해야 할 말이었어요. 개인들이 동등하지 않다는 사실은 더할 수 없이 명확합니다. 사람들은 크기, 형태, 속도, 힘, 지능, 소질, 그리고 잘할 수 있는 기질이 다릅니다. 물론 모든 사람에게 기회는 똑같이 주어져야죠. 하지만 결과의 평등을 권리처럼 요구하는 건 터무니없어요. 어떤 존재도 고유한 잠재력보다 더 크게 성장하는 것은 불가능하므로, 그런 요구를 달성하려면 모든 나무를 가장 짧은 나무의 크기에 맞춰 잘라야 할 겁니다."

놀랍게도 매린은 그가 이야기하고 있는 내용을 정확히 알았다. "동의하신다니 기쁘네요." 그녀가 억지로 옅은 미소를 지으며 말했다.

프랭클린이 다시 앞으로 몸을 기울이며 손으로 자신의 입을 가렸다. "에인 랜드는 자신이 그런 책을 쓰지 않은 것 때문에 화가 났어요. 당신이 어떻게든 위로할 방법을 찾는 게 좋을 거 같아요."

"명심해둘게요." 매린이 약속했다. 그리고 마침내 다시 용기를 되찾고는 둘만 아는 음모를 꾸미는 양 미소를 지었다.

"좋습니다. 당신의 남편들은 어떤가요? 제가 믿어도 될까요?"

남편들?

기억이 하나둘 새롭게 펼쳐지며 매린의 미소가 얼어붙었다. "제가 마지막에 봤을 때는…." 매린이 머뭇거렸다. 그녀의 머릿속에 공항까지 태워다준 남자의 모습은 빅터 헌트의 얼굴이었다.

"네, 어느 남편이오? 그 영국인?" 프랭클린이 다정한 목소리로 물었다.

"비자르, 이게 무슨 뜻이야?"

"당신이 아시겠죠, 전 몰라요."

사람들의 얼굴이 문을 향했다. 매린도 그들의 눈길을 따라갔다. 턱시도와 야회복을 걸친 나긋나긋하고 활발한 남자가 들어오더니 양팔을 활짝 벌리며 사람들을 향했다. 날카로운 푸른색 눈동자에 콧수염을 기른 그 사람의 금빛 머릿결이 어깨까지 찰랑거렸다. "다들 이렇게 와주셔서 감사합니다. 저녁 식사는 곧 준비될 겁니다. 그때까지 즐겁게 보내시기 바랍니다. 자기 집이라 생각하시고 편하게 지내세요." 사방에서 감사인사가 쏟아졌다.

매린은 의혹과 혼란이 뒤섞인 얼굴로 넋을 놓고 그를 바라봤다. 남자가 매린에게 다가오더니 생글생글 웃는 눈으로 대담하고, 자신 있고, 장난스러운 표정을 지으며 팔짱을 끼었다. "실례합니다. 제가 집사람을 데리고 가도 될까요?" 그가 프랭클린에게 말했다.

"물론이죠." 프랭클린이 고개를 숙이며 뒤로 물러났다. 두 사람은 다른 곳으로 이동했다.

"래리, 당신은 여기서 뭘 하는 거야?" 매린이 화난 어조로 낮게 말했다.

"당신이 여기로 불러냈잖아. 난 억지로 왔을 뿐이야."

"난 당신 안 믿어."

"그럼 당신 자신을 믿어."

"당신은 왜 그렇게 개자식 같은 짓을 계속하는 거야?"

"당신은 왜 개자식이랑 결혼했어?"

"그건 오래전 일이야. 우리 사이가 끝난 것도 오래전이고."

"그건 오로지 당신이 그런 식으로 끝냈기 때문이야."

"우리는 어울리지 않았어."

"아니야. 우리는 즐겁게 지낼 수 있었어. 당신은 호기심이 많지만, 그 호기심을 어떻게 다뤄야 할지 몰랐잖아. 그래서 당신은 그 문제를 다른 거로 바꿔버렸던 거야."

"난 당신이 무슨 이야기를 하는지 모르겠어." 매린이 그에게 말했다.

"이런, 모르겠다고? 왜 이래. 밤새 이런 사람들 이야기를 듣고 있을 생각은 없지? 밤으로 뛰어넘자."

거실과 손님들이 사라졌다. 항상 그러듯이 래리가 상황을 주도했다. 그리고 항상 그러듯이 매린이 따지기 시작했다. 왜 래리는 늘 이런 식일까?

두 사람은 위층에 있는 침실로 이동한 상태였다. 래리의 조끼와 넥타이가 의자 위에 걸려있고, 그는 매린의 곁에 서 있었다. 래리의 다른 부인이 침대 위에 베개를 받치고 누워 있었다. 그녀가 유혹하듯 미소를 지었고, 검은 머릿결과 대조적으로 하얗고 얇은 가운을 통해 비치는 가슴과 다리가 두드러졌다. 래리가 매린을 도전적인 눈빛으로 바라보며 씩 웃었다. 매린은 자기도 모르게 마음속에서 솟아오르는 흥분감이 느껴졌다.

여자가 한 손을 내밀었다. "이건 꿈일 뿐이에요, 매린. 우리가 좋아하는 일은 뭐든지 할 수 있어요. 당신은 언제나 온갖 일들을 궁금해하지 않았나요?"

그 여자는 샌디였다.

매린은 자신의 허리를 감싸오는 래리의 팔을 느꼈다. "아니야, 내가 원한 건 이게 아니야."

"아, 당신이 원했던 거 맞아요." 어딘가 먼 곳에서 비자르의 목소리가 들려왔다.

샌디가 매린이 입은 드레스의 벨트를 풀기 시작했다.

"여기서 내보내 줘!"

매린은 연결기 칸막이방으로 돌아왔다. 그녀는 안락의자에서 벌떡 일어나 복도로 달려나갔다. 조금 떨어진 곳에서 매린은 조금 전에 바에서 나온 앨런과 케이스를 지나쳤다. 매린은 그들을 쳐다보지도 않았다. 디즈니월드의 사람 좋은 두 영업부장은 당황스러운 눈빛을 주고받더니 어깨를 으쓱하고는 가던 길을 계속 걸었다.

10분 후, 매린은 침대에 앉아 진정제를 먹었지만 여전히 가슴이 쿵쿵 뛰었다. '그래, 그거야.' 그녀가 생각했다. 무엇이 제블렌인들을 혼란에 빠트렸는지에 대한 아주 좋은 생각이 떠올랐다. 그들의 절반이 현실 감각을 상실한 것처럼 보이는 것은 결코 놀랄 일이 아니었다.

2부

17

드락스는 '선택의 바위' 앞에 서서 머리 높이로 솟은 돌기둥을 응시하며 앞으로 뻗고 있는 손에 자신의 정신 에너지를 집중했다. 산 아래의 바위투성이 골짜기 안이었다. 한쪽에서는 대인 싱겐후가 무표정하게 그 모습을 바라봤고, 다른 신참 문하생들이 그 뒤에 앉아 지켜봤다. 그리고 조용히 원을 이루고 선 수도자들이 교감하는 사념파를 투사했다.

"현재를 믿어라." 싱겐후가 드락스에게 말했다. "망설임이 없어야 한다. 모든 의심을 버리거라."

완벽한 믿음의 순간이 되어야만 했다. 드락스는 그동안 배워왔던 모든 노력을 기울여 정신을 하나로 모았다. 그의 손이 이글거리더니 영적인 빛으로 환해졌다.

"지금이야!" 대인이 명령을 내렸다.

드락스가 단단한 돌기둥으로 손을 뻗었다. 바위가 굴복하며 그의 손이 통과했다. 드락스가 돌기둥 속에서 가만히 멈추자 온몸을 흐르는 통제된 기운의 묘한 감각과 그의 의지에 굴복한 물질의 활기가 느껴졌다.

힘이 빠져나가기 시작했다. 지금 드락스가 머뭇거리면, 바위는 입자들을 하나로 묶으며 맹렬하게 다시 물질화될 것이다. 드락스는 남아있는 힘을 다시 모아 서서히 손을 옆으로 통과시켰다. 앞부분에 있는 바위가 갈라지고 뒤에 남은 부분은 다시 합쳐지며 마치 물처럼 드락스의 손을 흘러갔다. 곧 전혀 상처를 입지 않은 드락스의 손이 돌기둥 한쪽으로 나타났다. 이글거리던 빛이 깜박이다 사그라졌다. 기진맥진했지만 황홀했다. 드락스가 서 있는 동안 싱겐후가 그의 어깨에 자주색 소용돌이 문장이 그려진 어깨띠를 걸어주었다. 드락스는 원의 한쪽에 있는 새로운 숙련자들 사이의 자기 자리로 들어갔다.

잠시 후 의식을 마치고 새로운 숙련자들은 자리에 앉아 불을 피워 놓은 돌화로 건너편의 대인을 마주 보았다. 밤하늘 위에서는 어둠의 신 니에루가 자신이 만든 어둠을 내려다보았다. 흐름의 가느다란 선이 그들을 향해 뻗어 내렸다. 이제 드락스도 흐름을 보는 방법을 배웠다. 더 오래 지낸 수도자의 이야기에 따르면, 예전에 숙련자의 눈에는 하늘의 전체 모습이 이글거리는 흐름의 환상적인 무늬에 따라 몸부림치고 뒤틀린 것처럼 보였다고 했다.

"히페리아에서 우리는 어떤 걸 보게 됩니까?" 한 초심자가 대인에게 물었다. 싱겐후는 전부터 흐름이 낳은 환영을 보았었다.

"너희에게 히페리아가 갑작스럽게 나타날 것이다." 싱겐후가 대답했다. "너희는 새로운 존재로 출현할 것이다. 히페리아의 방식으로 태어나는 새로운 존재 말이다. 모든 게 새롭고 낯설 것이야."

"경솔한 자들을 괴롭히기 위해 광기가 숨어서 기다린다는 이야기가 사실인가요?" 다른 초심자가 물었다.

"위험이 있지. 너희는 시험받게 될 거다. 너희가 되고자 갈망하는 그 존재를 반드시 억눌러야 한다. 실제로 수련을 완료하지 않은 상태로 흐름에 올라타는 자를 광기가 기다리고 있나니, 분열된 정신을 가진 그들을 조심해야 한다. 불일치한 정신이 안에서 미쳐 날뛰는 사람들 말이다. 어려움이 너희를 괴롭히거든 어둠의 신 니에루 님에게서 힘을 구하여라."

"네? 와로스 너머의 세계에도 니에루 님이 계신다는 말씀인가요?" 드락스가 물었다.

"자주색 소용돌이 표시를 찾아라." 싱겐후가 대답했다. "그 표시 아래에 니에루 님의 추종자들이 모여들기 때문이다. 그들이 너희와 동일한 사람들이라는 사실을 인식하고, 그들로 하여금 너희에게 힘의 원천이 되도록 하여라."

"그들이 우리에게 히페리아의 마법을 가르쳐주나요?" 또 다른 초심자가 물었다.

"히페리아가 자기 자신의 마법을 가르칠 것이다."

"마법의 법칙 말인가요? 반복하는 인공물은요? 회전하는 물체도요?" 드락스가 물었다.

"네 상상력을 훌쩍 뛰어넘는 인공물도 있지." 대인이 대답했다.

"모든 곳에요? 히페리아의 마법이 전 세계에 펼쳐져 있나요?"

"전 세계⋯, 그 너머의 장소와 텅 빈 공간을 가로질러⋯, 히페리아인들은 수많은 마법적 세상 사이를 여행한단다."

18

제블렌의 광신적 교단 '각성의 소용돌이'의 교주 아율타가 쉬반으로 왔다. 교단은 자주색 소용돌이를 문장으로 사용했는데, 남부 대륙에 있는 바루시에서 시위를 이끌었던 자가 바로 교주 아율타였다. 그 시위 때문에 가루스 총독이 헌트에게 도움을 요청했었다.

'각성의 소용돌이'는 '사이카'라는 여성이 2백 년 전 창립한 종교였다. 사이카는 당시 잘 알려지지 않은 평범한 사무원이었다가 갑작스럽게 자아가 바뀌었다. 그 교파의 기본적인 교리에는 환생의 가르침이 담겨 있는데, 교리에 따르면 각 개인은 더 높은 단계에 있는 존재의 '상태'로 계속해서 나아가며 발전한다. 각 단계를 따라 순전히 물질적이고 기계적인 상태에서 영적이고 의지적인 존재로 나아간다. 이 우주 혹은 단계에서 연이어 경험한 삶은 결국 다음 상태로 나아가는 데 필요한 준비에 불과했다. 그러므로 모든 사람은 현재 인지할 수 있는 존재의 영역에 탄생하기 전의 낮은 상태에서 다른 형태의 삶을 살았으며, 인간의 수준에서 몇 차례 순환하고 난 뒤 더 높은 단계로 들어가게 된다는 것이었다. 인간 세계에서의 순환은 '각성의 소용돌이'의 가르침을 얼마나 부지런히 수행하고 실천하느냐에 따라 다양하게 나타날 수 있었다. 그 교단의 초기 이론가들은, 투리엔 물리학자들이 설명하는 초공간과 일반 우주 사이를 이전하는 물리학적 입자에 환생을 연결 지어 그 교리를 과학적으로 그럴싸하게 들리도록 만들었다.

아율타는 쉬반 지역 순방을 시작하면서 이제 막 완성된 종합운동장 경기장에서 열리는 첫 행사에서 신자들 앞에 처음 모습을 드러낼 계획이었다. 경기장은 기르바인 우주항으로 연결된 3층 고가도로 옆에 있었다. 종합운동장은 가니메데인이 제블렌의 행정권을 장악한 이후 제블렌의 공공기관과 민간기관이 합동으로 자체적인 계획에 따라 건설되어서, 가니메데인이 장려하려는 자립 정책을 상징하게 되었다.

그 모험적 사업의 성공에 대해 대중이 적절히 평가할 수 있게 하려고, '각성의 소용돌이' 행사에 앞서 공식적인 개관식이 계획되었다. 그런데 묘하게도 쉬반 경찰서장에게 점심으로 제공된 샐러드에 포함된 치즈가 유독성 곰팡이에 감염되어 갑작스럽게 서장이 아픈 바람에 예정대로 참석하지 못했다. 그래서 서장 대신 부서장 오베인이 참석하게 되었다.

개관식 하루 전날 회색 리무진이 고층 고속도로를 벗어나 종합운동장의 진입로가 내려다보이는, 아직 공사 중인 경사로에 멈춰 섰다.

갱단에서 쉬반 도심과 서쪽 지역을 맡은 씨리오가 한 손을 들어 가느다란 2차선 다리를 가리켰다. 다리는 2층 도로에서 꺾여서 종합운동장 경기장과 돔을 씌운 체육관 사이로 들어가며 앞쪽의 주요 건물 중 한쪽에 있는 화물구역으로 연결되었다.

"이런 식으로 진행될 겁니다." 부두목 씨리오가 뒷좌석에 함께 앉은 그 지방의 두목 그레베츠에게 말했다. "부서장이 도착하기 10분

전에 앞쪽 입구로 들어가는 주 경사로에서 트럭 한 대가 고장이 날 겁니다."

"경찰들이 어떤 트럭도 저쪽으로 올려보내지 않을 거야. 높은 사람의 이름을 들이밀지 않으면 말이야. 도로가 완전히 봉쇄될 테니까." 그레베츠가 단언했다.

"나중에 시작하는 '거듭남을 위한 음악회'에 필요한 장비를 특별 배달하는 거라고 하면 됩니다. 운전자 통행증이 있습니다. 그리고 확실히 처리하기 위해, 내일 교통 통제를 맡은 지서장이 우리 트럭을 통과시켜주기로 해놨습니다. 지서장이 우리 조직원이거든요." 씨리오가 말했다.

그레베츠가 웃음기 없는 얼굴로 고개를 끄덕였다. "그렇군. 그 뒤에는?"

씨리오가 힘주어 말했다. "지상에서 올라오는 다른 경사로는 아직 완성되지 않았습니다. 그래서 부서장은 중간층 고가도로로 우회해서 저 다리로 넘어갈 겁니다. 지금 이쪽에서 종합운동장으로 가려면 그 길밖에 없습니다."

"그렇군."

씨리오가 어깨를 으쓱했다. "건설이 너무 조급하게 진행된 겁니다. 가니메데인들이 신문에 좋은 사진이 실리는 데에만 관심이 많아서 일을 제대로 처리할 업자들을 모으는 일은 소홀히 한 게 되는 거죠." 그가 다리 가운데 부분의 철제 구조물을 가리켰다. 한쪽에 있는 철탑에서 외팔보 형태로 받치는 구조물이었다. "오늘 밤에 몇 명이 저기 아랫부분에 살짝 변화를 줄 겁니다. 건설업자들이 사용하는 핀의 종류를 잘못 주문해서 절반만 박아버린 거죠. 그래서 저 부분 전체가 제대로 고정되지 않은 상태가 됩니다." 씨리오가 바로 아래를 손으로 가리켰다. 그 아래의 고가도로는 지상 높이의 고속도로 위를 지나서 내려가다가 교차 터널에서 나오는 경사로에서 끊어졌다. "저기에서 콘크리트 바닥까지는 30미터가 넘어요. 거기에 더해 부서장은 쓰레기 한복판으로 떨어질 겁니다. 몸뚱이가 산산조각이 나서 찾기도 힘들 거예요. 언론은 다들 그저 또 다른 실수가 일어난 것으로 기사를 쓸 겁니다."

그레베츠는 한동안 말없이 도로의 구조를 살펴봤다. "트럭보다 먼저 지나가는 놈들은 어떻게 막을 생각이야?" 두목이 질문을 던졌다. "개관식은 10시 30분이 되어야 시작될 거야. 그 작업을 하는 사람은 늦어도 새벽 6시까지는 마쳐야 돼. 그러면 4시간 30분이나 비어."

"경사로에는 자정부터 봉쇄 표지등이 켜질 겁니다. 지하에 있는 기술자가 오베인 부서장이 도착하기 직전에 표지등을 끌 거예요. 그리고 추가로 부서장이 올 때까지 공사용 가림막을 도로 입구에 설치해 둘 겁니다."

그레베츠가 만족스러운 얼굴로 고개를 끄덕였다.

그날 오후 그레베츠는 '빛의 축'이 쉬반에 소유한 집에서 구원자 유벨레우스를 만나 계획을 들려줬다. "내일 아침에는 거기가 많이 바빠질 겁니다." 그가 경고했다. "더 많은 사람이 다칠 수도 있어요."

"다치는 사람들은 대부분 자주색 소용돌이겠죠." 유벨레우스가 대답했다. "소수의 신자가 사고를 당하게 된다면, 아율타가 우리에게 감사인사를 해야 할 겁니다. 우리가 아율타에게 순교자를 제공해주는 셈이 되니까요."

19

새롭고 낯선 게 너무도 많았다. 겨우 이틀 전에 투리엔 우주선에 올라타 처음으로 내부의 모습을 봤던 비슈누호의 지구인 승객들로서는 이렇게 빨리 우주선의 선착장을 통해 지상 착륙선을 타러 간다는 사실이 믿어지지 않았다. 지구 시간으로 약 20시간 전 그들은 제블렌의 항성 아테나에서 8억 킬로미터 떨어진 일반 우주로 재진입했다. 그리고 지금은 제블렌 행성의 고궤도를 돌고 있었다. UN 우주군 일행이 도착했을 때 만났던 투리엔인 승무원 칼로르와 메르글리스가 그들을 환송하기 위해 다시 나왔다. 헌트와 일행은 두 번째 날 아침 식사 후에 비슈누호의 사령실로 초대를 받아 방문했었다.

그들을 태우고 행성 지표면으로 내려가는 착륙선은 조용하고 납작한 금색 계란형이었다. 내부는 객실이라기보다는 호텔 라운지 같은 느낌이었다. 투리엔인들은 공간을 아낌없이 사용했다. 착륙선이 하강하는 동안 단체커 앞에 앨런이 자리를 잡고 이야기를 꺼냈다. "비자르 시스템은 정말 훌륭하더군요. 엄청났어요. 디즈니월드에도 그런 것들을 설치하는 문제를 고민하기 시작해야 할 것 같아요."

플로리다에서 수학 여행을 온 학생 중 주근깨투성이에 치열 교정기를 한 여자아이가 옆자리에서 그 이야기를 들었다. "비자르는 아저씨를 개미만큼 작게 만들어서 그 크기에서 모든 걸 보는 것처럼 생각하게 해줄 수 있어요."

"맞아. 정말 끝내줘." 그 옆의 남자아이가 말했다.

"봤죠. 아이들이 정말로 좋아한다니까요." 앨런이 단언했다.

"흠." 단체커가 그 의견을 곰곰이 생각해본 후 입을 열었다. "글쎄요, 여러분이 우리의 크기에서 겪는 세계를 그대로 크기만 줄인다면, 이해가 아니라 오히려 오해를 불러일으킬 것입니다."

"그게 무슨 이야긴가요?" 앨런이 인상을 찌푸리며 물었다.

단체커가 안경을 벗어 이리저리 살펴보며 설명했다. "단순히 어떤 물체를 작게 만들 경우, 물체의 부피와 질량은 면적보다 훨씬 빠르게 줄어들게 됩니다. 결국 체적은 무시해도 좋은 하찮은 요소가 되고, 표면적 특성이 존재 방식을 결정하게 됩니다. 이건 기초적인 사실이지만, 우리의 뛰어난 대중 영화 제작자들은 이해하기에는 힘든 모양입니다."

"좋은 지적이에요." 뒤에 있던 교사 밥이 말했다. "얘들아, 알겠지? 이 여행에서 유익한 사실을 벌써 배웠네."

"난 무슨 말인지 모르겠어요." 여자아이가 말했다.

"그래서 벌레가 벽을 기어 다니거나 자신의 몸무게 몇 배나 되는 걸 들 수 있는 거야. 전혀 초자연적인 일이 아닌 거지." 밥이 여자아이에게 설명했다.

"그런 크기가 되면 우리가 현재 인식하는 수준에서 우위를 차지하는 중력은 그다지 중요하지 않게 된단다." 언제나 청중에게 강의할 준비가 되어 있는 단체커가 말했다. "그렇게 크기가 작아지면 점착력이나 정전하, 혹은 다른 표면적 특성의 영향을 많이 받게 되지. 예를 들어, 네가 코트를 입은 상태로 그렇게 작아진다면, 절대로 그 코트를 벗을 수 없을 거야. 운동을 할 때 에너지가 거의 사용되지 않기 때문에 걸음걸이도 완전히 달라질걸. 같은 이유로 망치와 곤봉도 전혀 소용이 없게 되지." 단체커가 앨런을 돌아봤다. "제 이야기가 이해되시죠?"

"어…, 네. 그런 부분에 대해서도 고려해야 하겠네요." 앨런이 대답했다.

헌트는 매린 곁에 앉아 있었는데, 그녀는 평소와 달리 아침 식사 이후 말이 없었다. 뭔가 불안하거나 혼란스러워하는 듯했다.

"멋지게 해내는 사람들도 있긴 하죠." 오전 내내 붙임성 있게 말을 걸어보려던 시도가 거의 실패하긴 했지만, 헌트는 다시 시도해봤다. 헌트는 그녀가 생각할 겨를이 없었던 사흘을 보낸 후 낯선 상황과 스트레스에 대해 지체된 반응을 보이는 것으로 판단했다. "내가 처음으로 지구를 벗어났을 때는 겨우 뒷마당을 가로질러 목성에 가는 수준이었는데, 당신은 첫 여행에 수 광년을 뛰어넘었잖아요."

매린의 얼굴에 미소가 살짝 비쳤지만, 곧 사라졌다. "음, 우리 미국인들이 어떤지 잘 알잖아요. 항상 끝장을 보죠." 그녀가 말했다.

그들은 쉬반의 서쪽 변두리에 있는 공항에 인접한 기르바인 우주항에 착륙했다. 매린은 다른 세상에 실제로 첫발을 내딛는 현실이 머릿속에 앙금처럼 남아있던 생각을 떨쳐낸 듯했다. 다시 기운이 살아났다. 그녀는 하선할 때 안내해준 두 투리엔인에게 작별인사를 했다. 그리고 헌트와 함께 하선 경사로에 서서 유리벽 너머에서 8백 미터 높이로 반짝이는 샤피에론호를 바라봤다. 얼마 전에 비자르를 통해 멀리서 언뜻 보았던 바로 그 우주선이었다.

"생각만 해도 대단해요. 샤피에론호는 우리 인간이라는 종이 존재하기도 전에 우주를 여행했던 우주선이잖아요. 이에 관해 읽고 사진을 보는 것과 이렇게 가까이 서서 실제로 저기 있다는 사실을 아는 건 확실히 느낌이 다르네요…." 매린이 말꼬리를 흐렸다.

"당신 이야길 들으니 다시 정상으로 돌아온 모양이네요. 살짝 걱정되기 시작하던 참이었어요. 아마 초공간 멀미 비슷한 게 있나 봐요. 아직 들어본 적은 없지만…, 뭐."

매린이 한숨을 내쉬며 말했다. "제가 아침 내내 조금 이상하게 굴었나 보네요. 모든 게 너무 낯설어서 그래요. 괜찮아질 거예요."

헌트는 사람들이 몰려가고 있는 착륙장을 둘러봤다. 단체커와 샌디, 던컨은 플로리다 학생들 가까이에 서서, 키가 크고 어깨가 떡 벌어진 짧은 머리의 두 남자와 이야기를 나누고 있었다. 헌트는 회색 양복을 입은 그 두 사람을 보자마자 영화 〈딕 트레이시〉가 떠올랐다. 얼마 떨어지지 않은 곳에서 금색 장식과 단추가 달린 밤색 튜닉을 입은 여성이 사람들을 모았다. 디즈니월드의 앨런과 케이스, 덴버에 있는 회사에서 온 중역들, 러시아 심리학자들, 그리고 세 번째 재혼을 축하하는 신혼 여행을 온 부부가 그쪽으로 갔다. UN 우주군 일행은 아침 식사 때 이 신혼부부를 만났다. "저기 튜닉을 입은 여성은 당신이 머무를 호텔에서 보낸 것 같군요." 헌트가 매린에게 말했다.

베스트웨스턴 호텔은 기르바인에서 지구인 거주지로 빠르게 자리를 잡아가는 지역 핵심부의 건물을 차지해서 미국의 기업가 정신을 아주 잘 보여주고 있었다. 매린은 공식적으로 UN 우주군 소속이 아니므로 행정본부로 가야 할 뚜렷한 이유가 없었기 때문에, 무소속 작가로서 자신의 이름으로 그 호텔에 예약했다. 어찌 됐든 매린과 헌트는 나중에 다시 만날 것이다.

헌트와 매린은 베스트웨스턴 호텔 직원에게 걸어가 예약자 명단에 그녀의 이름이 올려져 있는지 확인했다. 예약은 문제없이 잘 되었다. 사람들이 다 모이자, 여성이 왕복 버스처럼 생긴 차로 나가는 에스컬레이터를 향해 사람들을 몰아가기 시작했다. 헌트는 UN 우주군 일행에 다시 합류하기 위해 걸어가려고 몸을 돌렸다. 그런데 플로리다에서 온 교사 밥이 그를 막아섰다.

"작별인사와 그동안 함께 해주셔서 감사하다는 말씀을 드리려고요. 덕분에 대화가 즐거웠습니다. 여기서 지내다 보면 또 만날 날이 있겠죠." 밥이 말했다. 그의 뒤로 밝은 분홍색 바탕에 녹색 줄무늬가 그려진 버스에 타려고 유리문을 통해 재잘거리고 툭탁대며 지나가는 학생들의 모습이 보였다. 좀 괴상하게 생긴 버스였다. 바퀴 대신 반구형 덮개로 절반을 감싼 공들이 설치되어 있었고, 지붕의 중앙 부분은 커다랗게 봉긋 솟았다.

"그러면 기르바인에 있는 호텔에 묵을 계획이 아닌가 보죠?" 악수하면서 헌트가 말했다.

"네. 곧장 시내로 들어가기로 했어요. 사전에 연락해서 시내에 있는 제블렌인 학교 중에 다 같이 머무를 수 있는 곳을 찾았거든요. 우리는 그 학교로 바로 갈 계획입니다. 아마 제블렌이 어떻게 돌아가는지 볼 수 있겠죠. 어쩌면 이번 주에 호텔에 가게 될지도 모릅니다."

"괜찮은 생각이네요." 헌트가 동의했다. "구경 재미있게 하세요."

"당신도요. 또 만나죠, 헌트 박사님."

헌트는 UN 우주군 일행이 모여 있는 곳으로 가서야 그들을 데리러 온 두 사람이 제블렌인이 아니라 미국인이라는 사실을 알게 되었다. 지구에서 제블렌까지 교통비는 무료니까, 사실 헌트로서는 전혀 놀랄 이유가 없었다. 그렇지만 그가 예상하던 상황은 아니었다.

한 사람은 코버그였고, 다른 사람은 러밴스키였다. 헌트는 이들의 무표정하게 꽉 다문 입과 전반적인 태도로 볼 때 군인일 거라 짐작했는데, 그 짐작이 옳았다. 두 사람 모두 전직 헌병으로서 현재는 제블렌 행정본부 보안국에 배치된 비밀 요원이었다.

"보안국이오?" 헌트가 의아한 표정으로 물었다. "공동정책위원회에서 그 제안을 기각한 줄 알았는데?"

"네, 음, 기각된 건 UN 우주군 소속 보안국이었습니다." 코버그가 동의했다. 그는 교묘하게 문제를 회피하는 인상을 주었다. "아마도 비밀리에 진행되어서, 여러분들도 그 문제에 대해서는 듣지 못했을 겁니다. 이런 일이 어떻게 진행되는지는 아시잖아요. 우리 쪽 사람들 중 일부가 눈에 띄지 않게 진행하기로 결정한 모양입니다. '예방적 보호 조치'라고 생각하시면 될 겁니다."

"아마 도착하면 저희 국장님께서 더 잘 설명해줄 겁니다." 러밴스키가 넌지시 말했다. 분홍색 버스가 출발한 직후, 학생들이 이용했던 그 출구로 두 사람이 일행을 데리고 나갔다. 미니버스 비슷하게 생긴 좀 더 작은 지상차가 그들을 기다리고 있었는데, 역시 공처럼 생긴 바퀴가 달렸다. 안에는 두 사람이 더 있었다. 이번엔 제블렌인들이었다. 한 사람은 앞의 운전석, 다른 사람은 문 옆에 앉아 있었다. 두 사람 모두 지구 언어는 하지 못했다. 운전사가 무전기를 통해 일행이 승차했다고 알려주는 말을 하는 듯했다.

"오늘은 좀 느리게 이동할 겁니다." 버스가 출발하자 코버그가 그들에게 말했다. "평소에는 도시에 고속 수송 튜브 시스템이 있는데 지금은 운영되지 않습니다."

"젠장, '평소'라니 무슨 뜻으로 하는 말이야? 그 빌어먹은 튜브는 한 번도 운영된 적이 없어. 이게 '평소'야." 러밴스키가 코버그에게 말했다.

"오늘 진행되는 큰 시위 때문에 이쪽 도로가 꽉 막힐 겁니다. 자주색 소용돌이 미친놈들이죠. 혹시 그 사람들에 대해 들어본 적이 있으신가요?" 코버그가 말했다.

"조금 들어봤어요." 헌트가 대답했다.

"오늘 그놈들을 엄청 많이 보게 될 겁니다." 러밴스키가 상담했다.

제블렌은 투리엔 문명 안에서 제블렌인의 고향 행성으로 발전해왔다. 그래서인지 전체 구조는 외계인보다 인간의 세계관이 더 많이 반영되었다. 가니메데인의 영향이 미치는 것은 피할 수 없는 일이었지만, 기하학적인 배열과 건축 양식이 형태와 일관성의 개념에서 훨씬 지구인들에게 익숙했다. 투리엔의 우주선 비슈누호를 본 뒤 더 극악한 상황을 예상했던 사람들은 그 모습을 보고 안도했다.

이 대도시는 현대 지구의 어떤 도시보다 높았다. 지구의 모든 건축물을 난쟁이로 만들어버리는 규모와 깜짝 놀랄 개념으로 건설된 고층 건물과 경사로, 테라스, 다리의 거대한 복합체가 도시 중심부에 솟았다. 하지만 도로가 여러 입체교차로를 지나 중앙 지역의 여러 층으로 들어갔지만, 도로는 도로로 그대로 남아있고, 각 층도 그대로 그 층을 유지했으며, '위'는 어디에서든 '위'로 남았다. 모든 방향의 지표면과 도로가 예상을 벗어나지 않았다.

어찌 됐든, 이는 그 도시의 고정되고 불변하는 측면에 내재된 특성이었다. 기초를 이루는 암석 지층이 지형에 기본적인 특성과 형태를 부여하는 것과 마찬가지로, 제블렌인에게 기원의 흔적은 그렇게 각인되었다. 그러나 날아오르려던 계획과 광활한 전망에 쓰였던 약속은 오래전에 울려 퍼진 공허한 목소리에 불과했다. 이 도시를 구상했던 이들의 전망은 실현되지 않았다.

며칠 전에 헌트와 매린이 비자르를 통해 행정본부에서 봤듯이, 모든 것들이 낡고 초라해 보였으며, 방치되고 파괴된 흔적들이 곳곳에 눈에 띄었다. 그들이 지나간 어떤 구역은 홍수로 물에 잠겨 늪지대의 섬처럼 버려진 건물들의 뼈대가 물 위로 돌출된 채로 있었다. 다른 구역에서는 멈춰선 상태로 여러 해는 움직이지 않았던 듯한, 부분적으로 해체된 차량들 사이에서 아이들이 무리 지어 놀았다. 모든 게 신선하고 새로웠던 비슈누호 내부를 보고 난 후라서 그 광경이 더욱 우울하게 느껴졌다. 헌트가 그다지 실력 없는 통역자의 역할을 하는 미국인들을 통해 미니버스 뒤쪽에 있는 제블렌인에게 질문을 던져봤지만, 그는 이런 상황에 무관심한 모양이었다. 그는 이와 다른 상황이 어떤 건지 생각지 못하는 듯했다.

사람들은 무기력한 군중이 되어 서성거리거나 대로와 광장에서 어슬렁거렸다. 그도 아니면 연두색 하늘 아래 공터 풀밭에 앉아 있었다. 제벡스의 주요한 부분이 멈춘 뒤로 많은 이들이 도시의 중심부에서 벗어나 도시 외곽에 있는 빈민가로 모여들었다. 사람들은 출입구에 앉아 있거나, 주요 도로에 갑자기 나타난 시끄러운 노점에서 거래하거나, 오솔길이나 골목을 가로질러 걸린 빨랫줄 아래에 임시로 만든 천막에서 요리를 했다. 다들 무기력하고 이끄는 사람도 없어서 방향을 가르쳐줄 누군가를 기다리고 있는 듯 느껴졌다.

"여기서는 소수의 선동가만으로도 상상을 초월하는 문제를 일으킬 수 있겠네요." 샌디가 스쳐 지나가는 광경을 바라보며 냉정한 목소리로 말했다. "가루스 총독이 골치 아파하는 게 이해가 돼요."

"여기서 총독의 정책이 잘 먹힐까요?" 던컨이 물었다. 몹시 미덥지 않다는 투였다. "그게 가능할까요?"

"어, 제블렌인들은 현실 세계가 어떤 곳인지 우선 배워야 할 겁니다." 코버그가 대답했다. "다른 사람들에 비해 더 오래 걸리는 사람들도 있습니다. 여러분이 보고 계신 사람들은 그중에서도 느린 축입니다. 잘 해나가는 사람들도 있습니다. 체제가 통째로 정비되어야 합니다."

"그러려면 시간이 걸릴 거야." 러밴스키가 말했다. "어렵더라도 꾸준히 밀어붙여야 돼. 가루스 총독은 그럴 배쌍이 있는 분이야. 난 총독이 잘해낼 거라 믿어."

"맞아." 코버그가 동의했다.

버스는 어렴풋이 보이는 도시 중앙의 거대한 건물을 향해 굽어 들어가는 다층 도로로 접어들었다. 지상 착륙선이 하강할 때 객실의 모니터에 비쳤던 도시의 풍경은 오해의 소지가 있었다. 도시가 가까워지자 헌트는 그 모습을 제대로 볼 수 있었는데, 양쪽에 서 있는 구조물 사이로 도시의 그 구역을 덮고 있는 인공 하늘이 가짜 지붕이라는 게 드러났다. 어떤 곳에는 건물들이 절벽처럼 솟아서 지붕을 받치면서 공간을 둘로 나누었는데, 그 아래의 공간은 항공 교통과 수송 튜브를 실어 나르는 넓은 도로로 위쪽이 연결된 다양한 고층건물들이 폐쇄된 분지를 이뤘고, 그 위쪽은 건물들로 이루어진 블록들이 도로와 구역을 자연의 하늘 위로 들어 올렸다. 다른 곳에서는 지붕 위로 고층 건물이 솟아오르기도 했다. 그런 것들이 합쳐진 결과로 하늘 위에서는 지붕의 윗부분이 실제 도시의 풍경인 것처럼 보였다.

더 나아가자 자주색 옷을 입고, 검은 바탕에 자주색 소용돌이 깃발을 들고 행진하는 사람들이 점점 더 늘어났다. "아까 이야기한 게 이 사람들인가요?" 샌디가 미국인들에게 물었다.

"맞습니다. 오늘 큰 행사가 있거든요." 코버그가 대답했다. "저 사람들의 교주가 이 도시로 왔습니다. 오늘 새로운 종합운동장이 열리는데, 저쪽으로 보면 보일 겁니다. 그래서 저 사람들이 커다란…." 버스가 갑자기 느려졌다. "왜 이러지? 피트, 거기 무슨 일입니까?"

앞쪽의 교통이 혼란스러운 상태로 멈췄고, 온갖 각도의 도로를 따라 무질서하게 멈춘 차들이 꼬리를 물고 늘어졌다. 위에도 고가도로가 한 층 더 있었는데, 복잡한 진출입 경사로와 입체교차로를 통해 차들이 빠져나갔다. 곡선을 이루며 아래로 내려가는 주요 간선도로에서 빠져나가는 2차선 도로 주변에 앞쪽 차량이 몰렸다. 2차선 도로는 주변 다른 도로보다 높았으며 한쪽이 가느다란 기둥으로 받쳐져 있었는데, 갑자기 공중에서 끊겨서 너덜너덜했다. 차량에서 사람들이 밖으로 나와 장애물 주변에 모여 손을 흔들고 아래를 가리켰다.

러밴스키가 버스 앞으로 가더니 운전사에게 작은 말로 속삭이며 앞쪽을 손으로 가리켰다. 버스가 기르바인에서부터 자동으로 운행되었기 때문에 그동안 아무것도 하지 않고 있던 운전사가 수동으로 전환하더니, 갓길 쪽으로 차량을 돌려 멈춰 서있는 다른 차들 사이로 조심스럽게 나아갔다. "무슨 사고가 난 것 같습니다." 러밴스키가 창문에 달라붙어 있는 다른 사람들을 향해 말했다. "젠장, 저기 봐! 통째로 무너졌어!"

미니버스가 장애물에 가까이 다가가자 그들도 상황을 볼 수 있었다. 다리였던 것으로 보이는 구간이 통째로 무너져 내렸는데, 그 잔해에 차량이 적어도 두 대는 깔려있었다. 하지만 문제는 그것만이 아니었다. 다리가 떨어지며 옆으로 흔들려서 간선도로를 받치고 있던 기둥 두 개를 부서뜨리는 바람에 가장 안쪽의 차선이 무너졌다. 도로가 구부러지고 뒤틀려서 대롱거렸고, 둘로 쪼개진 선박의 갑판처럼 공중으로 돌출되었다. 약 60미터 정도 내려앉은 구역의 끝에 트럭이 미끄러지다 멈춰서 옴짝달싹 못 하고 있었는데, 떨어진 부분에 트럭의 앞부분이 덜렁거렸다. 그때 더 작은 차량이 트럭에 부딪혔다. 거기에서 약 5미터 뒤에 도로에서 떨어져 나간 차선으로 생긴 균열의 끝에 아슬아슬하게 걸려있는 차량이 눈에 익었다. 우스꽝스럽게 불룩 솟은 분홍색 운전 타워가 중앙에 있고 선명한 녹색 선이 그어진 버스였다.

"우주항으로 왔던 버스네." 코버그가 앞쪽을 보며 중얼거렸다. 그의 눈은 상황을 파악하기 위해 빠르게 움직였다.

"아, 이런! 아이들!" 샌디가 깜짝 놀라 소리쳤다.

"무슨 아이들요?" 코버그가 그녀에게 소리쳤다. 러밴스키가 운전사에게 뭔가를 날카롭게 말했다. 버스가 멈췄다.

"우리… 지구에서 온 아이들이오." 샌디가 더듬거렸다. "비슈누호에 함께 타고 왔는데, 플로리다 학생들이에요."

"학생들은 시내에서 지낼 예정이었죠." 헌트가 말했다.

뭔가가 부서지면서 덜렁거리던 도로가 50센티미터가량 더 가라앉았다. 끝에서 간신히 중심을 잡고 있던 트럭이 눈에 띄게 기울어졌다. 트럭 운전석에서 두 사람이 허둥지둥 밖으로 나와 뒤쪽으로 허겁지겁 달려오기 시작했다. 기울어진 도로 표면 때문에 중심을 잃고 움직임이 어색했다. 트럭의 바로 뒤에 있던 차에서 다른 사람이 굴러 나왔다. 차 안에 있는 다른 사람은 부상을 입은 모양이었다. 뒤쪽에서 차한 대가 사이렌 소리를 빽빽거리고 불빛을 번쩍이며 갓길로 다가왔다. 그 차가 미니버스 뒤에 멈춘 뒤 노란색 튜닉과 하얀 모자를 쓴 사람들이 쏟아져 나왔는데 경찰 같았다.

코버그가 차 밖으로 나가 경찰들을 모았다. 경찰들은 격양된 표정으로 손을 거칠게 흔들어댔다. 코버그는 그들은 진정시키려 애쓰는 듯했다. 미니버스 앞쪽에서는 러밴스키가 운전사 옆에 있는 패널을 조작해서 모니터에 뜬 사람과 이야기를 나눴다.

도로가 조금 더 아래로 기울어지자, 트럭이 뒤집히며 넘어갔다. 미니버스가 있는 도로 전체가 덜컹덜컹 흔들렸다. 바깥에서 들리는 고함이 트럭이 추락하는 소리를 거의 삼켜버렸다. 분홍색 버스는 뒤로 물러나려 애썼다. 하지만 그 공 바퀴는 뒤틀리고 기울어진 표면을 제대로 붙잡지 못했다. 버스는 눈길에서 미끄러지듯 좌우로 마구 흔들렸다.

"저 바보가 공황상태에 빠졌어!" 헌트가 소리쳤다. "저놈이 빌어먹을 버스를 통째로 추락시키겠어! 저놈을 막아! 아이들을 버스에서 꺼내! 저놈을 끌어내라고!"

코버그는 짜증스럽게 손을 흔들며 경찰을 해산시키고, 그 일을 처리하기 위해 달려 내려갔다. 버스 앞쪽에서 패널을 통해 러밴스키가 이야기하고 있는 사람도 억양으로 볼 때 미국인이었다. "다른 상황은 어떤 거 같아?" 그 사람의 목소리가 들렸다.

"온통 그 자주색 광신자들이라서, 무슨 일이 일어날지 모르는 상태입니다. 경찰들도 있습니다만, 믿을 만한 녀석은 없는 것 같습니다. 코버그가 버스에 있는 바보 녀석을 중지시키려고 내려갔습니다. 하지만 도움이 필요할 겁니다." 러밴스키가 대답했다.

"코버그한테 가봐." 모니터에 뜬 사람이 말했다. "UN 우주군 사람들은 무우와 혜샤크가 여기로 데려오면 돼. 거기가 통제되면 다시 나한테 연락해."

"이상입니다." 러밴스키가 패널을 끄고, 두 제블렌인에게 짧게 몇 마디 하자 그들이 고개를 끄덕였다. 그가 버스 뒤쪽으로 와서 코버그가 열어두었던 문으로 나갔다. 밖에 있던 노란 튜닉을 입은 경찰 두 명이 러밴스키에게 고함을 치며 손짓을 하기 시작했다. 러밴스키가 배지를 보여주며 그들에게 소리쳤다. 그리고 UN 우주군 일행이 타고 있는 미니버스를 가리키더니 간선도로를 막고 있는 다른 차들을 가리켰다. 경찰들이 더듬더듬 말을 하다가 곧 고개를 끄덕이고 달려가서 도로를 정리하기 시작했다. 그사이 다른 경찰은 이미 흥분한 군중들 사이를 이리저리 뛰어다녔는데, 도움이 되기보다는 오히려 문제를 일으키는 듯했다. 그 너머로 분홍색 버스의 운전사에게 고함을 지르는 코버그의 목소리가 들려왔다.

러밴스키가 버스 문으로 고개를 쑥 밀어 넣으며 말했다. "저것만 처리하면 됩니다. 아래에 깔린 차 중에 경찰 부서장이 탄 차도 있었답니다. 보세요, 여긴 점점 미쳐갈 겁니다. 이 두 사람이 여러분을 행정본부까지 데려다줄 겁니다. 저희는 거기서 만나죠." 그는 대답을 기다리지 않고 문을 쾅 닫더니, 버스 옆 부분을 통통 두드려서 운전사에게 가라고 신호했다. 앞쪽에서 경찰이 손을 흔들며 버스를 이끌었다.

"아이들 버스가 멈춘 모양이에요." 샌디가 뒷유리창으로 그쪽을 바라보며 말했다. "네, 멈췄어요. 이제 아이들이 밖으로 나오고 있네요."

"아무튼 다행이네요." 지금껏 입을 꾹 다물고 앉아 있던 단체커가 말했다.

"관광 안내원이 이런 이야기는 안 해주더라고요." 던컨이 중얼거렸다. 허세를 부리느라 무심코 내뱉은 농담이었다. 하지만 그의 얼굴은 눈에 띄게 창백했다.

그들 주변의 풍경이 바뀌며 쉬반의 구조물과 건물들이 가깝게 다가오더니, 도로와 수송로가 관통하는 각 층과 구역들의 단일하고 통일된 구조로 합쳐지고, 고가도로는 도시로 들어가는 널따란 터널이 되었다.

20

'거기서 내가 할 수 있는 일은 없었어.' 헌트가 속으로 중얼거렸다. 사고가 터졌다. 학생들에게 무슨 일이 일어났든 이제 다른 사람들의 손으로 넘어갔다. 그가 할 수 있는 일이라고는 목적지에 도착한 후 뉴스를 찾아보며 기다리는 것밖에 없었다. 헌트는 바깥 풍경에 정신을 집중하며 잠시라도 그 일을 머릿속에서 지우려 애썼다. 버스 안의 다른 사람들도 말없이 조용한 것으로 볼 때 다들 자신과 같은 느낌과 씨름하고 있다는 생각이 들었다.

하지만 힘든 상황이 거기서 끝난 게 아니라는 사실이 곧 드러났다. 여러 층의 인도가 교차하는, 유리로 둘러싸인 광장을 버스가 지나고 있을 때, 앞쪽에서 일어난 소란스러운 상황이 눈에 들어왔다. 자주색 옷을 입은 군중이 도로로 쏟아져 나와 차들이 멈춰 섰다. 제블렌인 경호원이 차량의 패널을 향해 목소리로 명령을 내리자, 버스가 내리막길로 방향을 돌려 다른 경로로 향했다.

"이번엔 뭐지?" 헌트가 걱정스러운 목소리로 중얼거렸다.

"이게 다 우리 때문에 벌어진 일은 아니겠죠?" 던컨이 말했다.

하지만 아래쪽 경로를 따라 조금 나아가자 군중이 더 많아졌다. 군중은 서로 거칠게 밀치고, 구호를 외치며 도로를 막아버렸다. 옴짝달싹 못 하게 된 차량에 탄 사람들이 마구 경적을 울리고 욕설을 뱉었다. 미니버스는 다시 우회할 수밖에 없었다. 이번에는 가게와 대문들이 늘어선 골목으로 들어갔다. 미로 같은 골목길을 따라 몇 번 지그재그로 통과한 뒤 결국 다시 시위대로 돌아왔다. 이번에는 뚫고 나갈 방법이 없었다. 그들이 멈춘 교차로에는 시위대가 꽉 찼다. 일부는 깃발을 들고, 다른 사람들은 팔짱을 끼고 단단한 대오를 이루며 구호를 외쳤다. 사람들의 밀물이 버스 주변으로 몰려들었다. 뒤를 따르던 다른 차들 때문에 뒤쪽도 막혔다.

던컨이 자리에서 일어나 옆 유리창 너머를 걱정스럽게 바라봤다. "또 다른 무리가 도로로 나오고 있어요. 이번에는 녹색이네요." 던컨이 중얼거렸다.

"차 안에 그대로 있는 게 제일 나을 거야." 단체커가 단호하게 말하며 무릎 위에 있던 서류가방을 꼭 끌어안았다.

"글쎄요. 그럴까요? 제 생각에는 이대로 있다가는 문제에 얽혀들 것 같아요." 던컨이 말했다.

제블렌인들은 그 의견에 동의한 게 확실했다. 한 명이 버스가 나아가던 방향으로 손가락을 반복해서 가리키며 말했다. "행정본부 저쪽. 안 멀어. 지금 걸어가 좋아. 이거 안 좋은 소식."

헌트가 고개를 끄덕였다. "갑시다." 단체커는 잠시 망설이더니 동의했다.

일행은 버스에서 내려 군중 속으로 들어갔다. 모두 제블렌인이었기 때문에 외치는 소리가 무슨 뜻인지는 알 수 없었다. 제블렌인 경비원 한 명이 군중을 밀어내며 길을 뚫으면서 사람들을 이끌었고, 다른 한 명은 뒤에서 일행을 챙겼다. 그러나 일행들이 계속 함께 붙어 있으려 해도, 그들 주변을 둘러싸고 이리저리 밀리는 군중 때문에 하나씩 떨어져 나갔다. 단체커와 샌디는 앞에서 이끄는 경비원과 가까이 있으려 애썼지만, 그들과 헌트 사이의 거리가 점점 벌어졌다. 그리고 다른 제블렌인과 함께 있는 던컨과 헌트 사이에 다른 사람이 끼어들었다. 던컨과 경비원이 사람들에 휩쓸려 옆으로 밀려났다.

"저쪽!" 던컨과 함께 있던 경비원이 소리치며 손을 들어 교차로 건너편에 있는 계단을 가리켰다. 계단은 복도와 인도로 이어졌다. "계단으로…." 그는 사람들에 휩쓸려 사라졌고, 뒷말은 구호 소리에 잠겨버렸다.

누군가 헌트에게 부딪히더니 발등을 고통스럽게 밟았다. 동시에 그가 휘두른 팔이 헌트의 입을 막았다. 헌트가 그를 세게 밀쳤다. 그 남자가 다른 사람과 부딪혀서 둘 다 넘어졌다. 곧 반대편에서 몰려온 일군의 사람들이 헌트와 부딪히는 바람에 앞서 넘어진 두 사람 위로 그가 널브러졌다.

그때 위층에서 녹색 초승달 깃발을 든 사람들이 나타나 자주색 시위대 머리 위로 유인물을 뿌리자 아수라장이 펼쳐졌다. 헌트가 다시 일어나려 버둥대고 있을 때, 그를 둘러싼 모든 사람이 집단 본능에 휘둘리듯 앞으로 돌진하기 시작했다. 헌트가 한쪽 무릎을 딛고 일어나기 시작했을 때, 붉은색과 검은색 옷을 입은 뚱뚱한 남자가 쓰러지면서 헌트와 부딪히는 바람에 그는 다시 바닥에 철퍼덕 넘어졌다. 남자는 비틀거리다 헌트의 옆에 무릎을 꿇으며 주저앉아 알아들을 수 없는 말을 날카롭게 소리쳤다. 헌트가 다시 일어나려고 할 때, 그가 헌트의 목깃을 움켜잡더니, 헌트를 지지대로 이용해 일어나려고 잡아

당겼다.

"놔! 멍청아!" 헌트가 소리쳤다. 그러자 그는 외계어 욕설을 연이어 쏟아냈다. 헌트는 가까스로 자리에서 일어나 맹렬하게 주변을 둘러봤지만, 일행은 사라지고 없었다. 그는 혼잣말로 욕설을 내뱉으며, 제블렌인 경비원이 가리켰던 계단을 바라보면서 혼란스러운 군중 속으로 뛰어들었다. 하지만 헌트가 계단까지 3분의 1도 채 가기 전에, 시위대가 몰려와 교차로 출구 쪽으로 밀려갔다. 자주색 모자를 쓰고 구호를 외치던 남자가 헌트와 팔짱을 끼려 했다.

"내버려둬, 미친놈아!" 헌트가 고함을 치며 몸을 빼냈다.

다른 쪽에서 다른 팔이 헌트를 붙잡았다. 헌트는 팔을 빼내려 했지만, 손아귀의 힘이 단단하고 끈질겼다. "틀림없이 고향에서 온 사람의 말이군!" 그가 헌트의 귀에 소리쳤다. 미국인 억양이었다. 헌트는 깜짝 놀라 고개를 돌려 남자를 돌아봤다. 발그레하게 혈색이 좋은 얼굴에 밝은 회색 얼음처럼 빛나는 눈동자와 들창코, 짧게 면도한 흰 수염이 눈에 들어왔다. 그리고 이런 상황에서도 그의 입에서는 유쾌한 웃음기가 떠나지 않았다. 머리 위로는 빨간색과 흰색의 물방울무늬가 있고 널찍한 노란색 띠를 두른 파나마모자를 썼다. 헌트는 사람들이 가는 방향으로 떠밀렸다.

"죄송한데요." 헌트가 그 사람에게 소리쳤다. "오늘은 배트맨 집회에 참여할 계획이 전혀 없어요."

"나도 없소. 나는 집에 가는 길이오. 당신도 이 흐름을 거슬러 가는 건 불가능할 게요. 일단 따라가다가 빠져나갑시다."

"어디로 가죠?"

"그냥 가까이 딱 붙으쇼."

두 사람은 반 블록 정도 시위대에 휩쓸려갔다. 그동안 낯선 남자가 시위대의 바깥쪽으로 살금살금 이동했다. 그들이 기둥 주춧돌과 문을 닫은 가게 사이의 좁은 골목길 입구 가까이에 다다랐을 때 그 사람이 헌트의 팔을 잡아끌며 고갯짓을 했다. "저쪽!"

그들은 천천히 움직이는 화물차에서 뛰어내리는 부랑자처럼 인간의 강에서 뛰쳐나갔다. 그리고 골목을 따라가다 위로 올라가는 철제 계단에 도착했다. 계단을 올라가자 고가 보행도로가 있었는데, 사람들이 아래에 펼쳐진 혼란스러운 상황을 구경하고 있었다. 그제야 헌트는 적어도 반쯤은 제정신으로 돌아온 느낌이 들었다. 헌트와 남자가 잠시 걸음을 멈췄다.

"그런데 대체 누구세요?" 헌트가 숨을 고르며 물었다.

남자가 친근해 보이는 회색 눈을 반짝거리며 헌트를 유쾌하게 바라봤다. "영국인이군? 음, 친한 사람들은 대개 나를 머레이라고 부르지. 안 좋아하는 사람들이야 다르게 부르지만." 머레이가 고갯짓으로 주변에 있는 제블렌인들을 가리켰다. "그렇지만 정식 인사는 먼저 이 미친 상황에서 벗어난 뒤에 합시다."

머레이의 안내에 따라 미로 같은 골목과 아케이드, 계단, 에스컬레이터, 육교를 지나갔다. 몇 분 지나지 않아 헌트는 어떻게 교차로로 돌아가야 하는지 잊어버렸다. 마치 원양선이나 쇼핑몰, 상하이 시장을 하나로 뒤섞어서 뉴욕의 대로나 도쿄 지하철 규모로 부풀려놓은 거리를 헤매는 기분이었다. 많은 가게가 문을 닫고 아파트들이 비어있기는 했지만, 모든 곳에 사람들이 가득했다. 어느 정도의 활력과 붐비는 게 정상인지 헌트로서는 알 수 없었지만 말이다.

헌트는 일반적인 제블렌인이 지구인과 똑같지는 않다는 사실을 알게 되었다. 그들의 피부는 주황색이었으며, 머리카락은 적갈색에서 검은색까지 다양했다. 얼굴은 넓고 평평했으며, 눈은 동그랗고, 대부분 갈색을 띤 주근깨가 가득했다. 그리고 그들은 상상할 수 있는 온갖 형태의 옷가지를 입었다. 평균적인 지구인보다 키가 큰 편이었지만 무기력해 보였다. 제벡스와 연결된 상태로 움직임이 없이 너무 많은 시간을 보낸 탓이리라. 하지만 조금 키가 작거나 피부색이 어둡거나 혹은 밝거나 더 분홍색인 이들도 있어, 헌트가 보기에 뭔가 조금 이상하다고 해도 지구에서 봤더라면 외계인이라고 딱 꼬집어 말하기 힘든 사람들도 많았다.

헌트에게는 모든 일이 예상외로 너무도 빠르게 일어나서 주변에 어떤 일이 진행되고 있는지를 차분하게 이성적으로 파악할 겨를이 없었다. 그저 툭툭 끊어진 인상들이 스쳐 지나갔을 뿐이었다. 거창하게 차려입고, 장식을 달고, 거드름을 피우는 사람들도 있었는데, 어떤 이들은 수행원을 데리고 다니기도 했다. 더럽고 초라한 옷을 입고 행인들에게 구걸하는 사람들도 있었다. 어떤 레스토랑 같은 곳을 지나는데, 작은 규모의 의장대가 문 앞에 서서 기사가 운전하는 자동차를 타고 온 일행을 맞이하기도 했다. 몇 미터 더 지나자 다른 레스토랑의 뒷문에서 큰 소리로 항의하는 사람을 밖으로 내던졌다. 그러나 거기에 신경 쓰는 사람은 아무도 없었다.

두 사람은 술집과 닫힌 가게들 사이 지저분하고 더러운 냄새가 나는 골목으로 가서 여러 개의 출입구 중 하나로 들어갔다. 화려한 화분 받침대 위의 긴 통 안에 시든 꽃들이 담긴 현관을 지나자 다양한 색의 문들이 늘어선 복도가 나왔다. 모두 여기저기 긁히고 낡았다. 다른 문들보다 커다란 문이 있었는데, 엘리베이터 같았지만 머레이는 무시하고 지나갔다. 어깨너머로 "고장 났소."라고 툭 내뱉으며 내던지는 손짓을 하더니, 그 문을 지나 뒤에 있는 계단통으로 들어갔다.

그들은 2층 계단참에서 술이나 다른 뭔가에 취해 해롱거리며 코를

고는 사람을 넘어가야만 했다. 옆에 문이 열려 있었는데, 바깥의 바닥에서 두 아이가 장난감을 가지고 놀았다. 아이들은 머레이에게 미소를 지으며 인사했다. 머레이는 아이들의 머리를 쓰다듬으며 지나가면서 제블렌어로 몇 마디 중얼거렸다. 안에서 아이들의 엄마가 말없이 멍한 얼굴로 그 모습을 내다봤다. 문 너머 안쪽에서 묵직한 리듬에 이상하고 화음이 맞지 않는 음악과 함께 마치 살인이라도 당하듯 괴성과 비명을 질러대는 두 명의 목소리가 끼어들었다. "걱정하지 마쇼." 머레이가 헌트의 생각을 읽은 듯 툴툴거렸다. "그런 일은 안 일어나요. 제블렌인은 뭐든 제대로 하는 법이 없거든."

두 층을 더 올라갔다. 두 사람은 하얀색으로 테두리가 칠해진 자주색 문 앞에 섰다. 머레이가 뭐라고 말하자, 어디에선지 모르게 여성의 목소리가 대답했다. 문이 옆으로 미끄러지자, 머레이가 헌트를 안으로 안내했다. 그때 한 여성이 방에서 나와 그들을 맞이했다. 그녀는 피부가 맑고 거무스름했으며 머릿결은 선홍색이었다. 몸에 딱 붙는 주황색 윗도리와 반짝거리는 밝은 자주색의 반바지를 입었다. 평균적인 제블렌인보다 날씬하고 균형 잡힌 몸매였다. 사실 그녀의 외모는 지구인의 기준으로 보더라도 전혀 나쁘지 않았다. 그녀의 목소리가 경쾌하게 오르락내리락하며 머레이에게 제블렌어를 몇 마디 던졌다. 머레이는 짧은 단어들을 연이어 툭툭 던지며 대답하고 툴툴거렸다.

"이쪽은 닉시." 머레이가 다시 이야기할 수 있는 여유가 생기자 헌트에게 말했다. "방금 주고받은 말들은 제블렌식 '안녕'이지. 제블렌인들은 말이 너무 많아. 닉시, 새로운 친구를 소개해줄게. 이쪽은…." 머레이가 질문하듯 한쪽 눈썹을 치켜 올렸다.

"저는 헌트입니다." 헌트가 말했다. 머레이가 닉시에게 뭔가 말했는데, '헌트'라는 단어를 얼핏 알아들었다.

"그럼 뭐 좀 마실까?" 머레이가 말했다. "준비해줄 수 있어? 마실 거?" 그가 한 손을 들어서 마시는 시늉을 했다. 닉시가 미소를 지으며 고개를 끄덕이더니, 부엌 같은 곳으로 이어진 짧은 복도로 향했다. 그쪽에서 대중적인 재즈 음악이 흘러나왔다. 이번엔 지구 음악이었다. 닉시가 멀어지자 헌트를 거실로 데리고 갔다. "편안하게 쉬쇼. 긴 여행을 했을 테니."

거실은 기분 좋을 정도로 혼란스러운 장소였다. 산만하고 거리낌 없이 색조가 화려했지만, 헌트가 외부에서 예상했던 것보다는 훨씬 깨끗하고 잘 정돈된 모습이었다. 머레이가 모자에 두른 띠와 잘 어울렸다. 거실에는 회색과 빨간색의 의자가 두 개 있었는데, 이용자의 자세에 따라 모양이 바뀌며 부풀어 오르는 의자였다. 동일한 기능의 소파도 하나 있었다. 벽에 있는 큰 탁자에는 가재도구들과 공구 상자, 잡지들이 어질러진 가운데에 제블렌 식물이 담긴 꽃병이 있었다. 폭신폭신한 분홍색 카펫은 앙고라염소 털처럼 보였다. 선반과 벽장마다 다양한 장식품과 골동품들이 가득했다. 그리고 어디를 가든 관광객들이 사길 좋아하는 수놓은 담요도 몇 장 걸렸다. 한쪽 벽의 중앙에는 금문교 사진이 걸렸다. 그 위로 미국 국기와 시카고대학 자동차 범퍼 스티커, 다양한 액수의 달러 지폐를 붙여놓고, 그 둘레에 버드와이저와 밀러, 미켈럽, 쿠어스 맥주 컵 받침을 배열했다.

머레이는 방 건너의 탁자 위로 모자를 휙 던지고, 의자에 털썩 앉으며 발 받침 위로 다리를 뻗어 걸쳤다. 그의 머리카락은 수염과 마찬가지로 뻣뻣한 은발이 삐죽삐죽 뻗친 모양이었는데, 듬성듬성해지기 시작한 정수리 부분이 눈에 들어왔다. 헌트는 반대편 의자에 앉아 형태가 자신에게 맞을 때까지 몸으로 눌렀다.

"닉시의 진짜 이름은 '니카샤'요." 머레이가 설명했다. "보기보다 훨씬 똑똑한 친구지. 바깥의 현실 세계에서 눈을 떼지 않소. 여기서는 그게 중요한 문제라오." 머레이가 의자에서 가까운 선반 위로 손을 뻗어 은색 철제 상자를 내렸다. 그리고 상자의 뚜껑을 열더니 헌트에게 권했다. 상자는 두 부분으로 나뉘었는데, 한쪽에는 색깔과 굵기, 길이가 각각 다른 담배가 있었고, 다른 쪽에는 캡슐과 알약들이 들었다. "뜨거운 거? 차가운 거? 대마초? 제블렌에서 나온 거 한 방이면 바로 초공간으로 돌려보내줄 거요."

헌트가 고개를 저었다. "저는 그런 거 안 합니다. 그냥 전통적인 독초가 좋아요." 헌트가 주머니 안에 있는 담배를 손으로 툭툭 쳤다.

머레이가 상자를 닫더니, 인정한다는 듯 고개를 끄덕이며 다시 선반 위로 상자를 올렸다. "그렇지. 젠장맞을. 내가 그 생각은 못 했네."

헌트는 여전히 상황이 어떻게 돌아가는 건지 감을 잡지 못했다. 그는 잠시 눈을 비비다가 애매한 손짓을 하며 말했다. "여기로 초기에 온 분이시죠…?"

"그렇지."

"그런데 기관 소속은 아니신 것 같네요?"

"제블렌 전쟁에서 패배한 직후 투리엔인이 처음으로 지구에 왔을 때 바로 얻어 탔지." 머레이가 대답했다. "아직 대부분의 사람들은 투리엔인들에게 요청만 하면 누구나 태워준다는 사실을 모를 거요."

헌트는, 머레이가 당연하다는 듯 말하고 있는 많은 일이 그리 당연하지는 않다는 듯 고개를 절레절레 흔들었다. "어떤 매력 때문에 여기로 오셨나요?" 헌트가 물었다.

머레이가 수염을 잡아당기며 회색 눈동자를 장난스럽게 반짝였다. 그는 헌트가 당황하는 모습을 즐기는 듯했다. "난 제블렌에 대해 들어본 적도 없었소. 지구를 벗어나야 할 상황이었을 뿐이지. 당신도 알 거요. 자기 몫을 챙기지 못하고 있었다는 사실을 알게 되었을 때 연방 정부가 얼마나 비이성적으로 변하는지."

"정부가 뭘 못 챙겼다는 건가요?"

"아, 이것저것 조금씩. 내가 주로 했던 일은 '창조적인 수출입 사업'이라고 할 수 있소. 특허권으로 보호받지 않는 정신병 약과 다른 물질들도 거래했지. 승인을 받지 못한 약이라는 뜻이오."

"알겠습니다." 헌트가 고개를 끄덕였다. 짐작되었다. "그러면 여기에 온 지는…."

"이제 6개월 넘었소."

"어디에서 오셨어요?"

머레이가 깃발 아래에 있는 금문교 사진을 가리켰다. "저기서 태어나 자랐지. 젠장, 저기가 아니면 어디겠소?"

"여기서는 무슨 일을 하세요?"

머레이가 어깨를 으쓱하더니 막막한 표정을 지었다. "아, 뭐, 이것저것 조금씩. 요청만 있다면 뭐든지 팔고, 사고, 흥정하고, 거래하고 그러지. 제블렌은 그렇게 살기에는 꽤 쉬운 곳이오. 규제가 딱히 엄격하지 않거든. 투리엔인은 똑똑하게 굴고 규칙을 지키라고 이러쿵저러쿵 말을 할 필요가 없는 종족이니까. 그러니 여기서도 규칙 같은 걸 세울 생각을 하지 않은 게요. 게다가 지금은 나폴레옹 흉내를 내려던 미친놈들이 사라졌기 때문에 기회가 아주 많소."

닉시가 쟁반에 술병과 잔, 얼음이 든 접시, 다양한 스낵이 혼합된 그릇을 들고 왔다. "헌트, 여기, 제블렌 언제 왔어?" 그녀가 쟁반을 내려놓고 머레이 옆에 앉으며 물었다.

"오늘 왔어요. 1시간 전. 어쩌면 1시간도 안 되었을 수도 있고." 헌트가 말했다.

"오늘." 머레이가 다시 그의 말을 반복하더니 제블렌어를 몇 마디 덧붙였다. "럼주 마시나?" 그가 헌트를 쳐다보며 물었다.

"가끔 마십니다."

"제블렌의 싸구려 술인데, 럼주 맛이 나지. 박하 향도 조금 나긴 하지만. 아쉬티라는 술이오. 한번 마셔보쇼." 머레이가 술병을 들고 헌트의 잔에 가득 따르더니 얼음을 건넸다. 그리고 남은 절반을 자신과 닉시의 잔에 따랐다.

헌트가 술을 조금 홀짝여봤는데, 맛이 나쁘지 않았다. 그는 얼음을 조금 더 추가했다.

"자, 이제 당신 이야기 좀 해보쇼." 머레이가 헌트에게 이야기를 청했다. "오늘 도착한 투리엔 우주선을 탔던 거요?"

헌트가 고개를 끄덕였다. "저는 가니메데인의 과학을 살펴보기 위해 UN 우주군에서 파견되었습니다. 이제 큰 변화가 있을 겁니다."

"그러면, 당신은… 과학자요?"

"네."

"어떤?"

"원래는 핵공학 분야가 전공이었는데, 가니메데인들이 나타난 뒤로는 좀 더 다양한 분야를 다루고 있습니다."

머레이가 술잔을 벌컥 들이켜고, 헌트를 짓궂게 쳐다봤다. "그런데 당신 같은 과학자가 어쩌다 저 미친 제블렌인 시위대 한복판에서 뛰어다니게 된 거요? 우주선에서 내린 지 1시간도 안 된 사람이 그러는 건 보통 재주가 아닌데? 문제가 발생할 때를 대비한 안내 체계가 있었을 텐데."

"그렇지 않았어요. 우주항에서부터 튜브가 작동하지 않더라고요."

"전형적이군."

"그래서 버스를 타고 이동했어요. 우리 일행은 행정본부에 머무를 예정입니다."

"옛날 시청 말이군. 좋지."

헌트가 어깨를 으쓱했다. "버스가 우회할 수밖에 없는 상황이었는데, 군중들 사이에서 옴짝달싹 못 하게 됐어요. 저희랑 있던 제블렌인들이 걸어가는 게 낫겠다고 결정했죠. 그런데 저는 다른 일행들과 떨어져버렸어요. 그때 당신이 나타났죠."

"날 만났으니 당신한테도 다행이지. 그놈들은 아주 미쳐 날뛰었을 거요. 놈들은 죄다 오래전부터 공상의 세계와 현실 세계의 차이를 잊어버리고 두뇌세계에서 산다니까. 뭐, 애초에 구분을 했는지도 모르겠지만 말이오."

"다른 일이 또 있었어요. 기르바인에서 오는 길에 사고 현장을 지나쳤어요."

머레이가 얼굴을 찌푸렸다. "가끔 LA 간선도로처럼 아주 난잡해진다니까. 사고는 얼마나 심했소?"

"연쇄충돌은 아니었어요. 다리가 무너졌죠. 출구 경사로도 일부 무너졌어요."

"젠장, 멍청한 놈들." 머레이가 작은 소리로 욕설을 뱉었다. "심하게 다친 사람도 있어요?"

"그런 거 같아요. 들으니 경찰 부서장도 다친 거 같던데요. 차를 탄채로 그쪽으로 떨어진 게 확실해요."

"이런 제기랄. 뭐, 곧 그 소식을 모두 들을 수 있겠지."

헌트가 방을 둘러보며 옆에 있는 탁자를 손가락으로 가볍게 두들겼다. 그의 눈이 다시 머레이를 향했다. "저기, 제가 괜히 무뚝뚝하게 굴려는 건 아닌데, 또 고향에서 온 새로운 사람과 대화를 나눠본 지도 오래되셨을 것 같긴 한데요. 저한테 무슨 일이 일어났는지 다른 일행들이 궁금해할 겁니다. 그래서 행정본부로 가봐야 합니다. 여기서 먼가요?"

"그 말이 맞군. 잡담이야 다음에 시간이 있을 때 하면 되는 거고." 머레이가 닉시를 돌아보더니 제블렌어로 뭔가 말했다. 닉시가 재잘거리고 고개를 끄덕이며 대답하더니, 목소리를 높여 뭔가 말했다. 방처럼 보이는 곳에서 다른 여성의 목소리가 대답했다.

"저건 '롤라'요. 가정 컴퓨터지." 머레이가 낮은 목소리로 말했다. 헌트가 고개를 끄덕였다.

닉시가 롤라와 몇 마디 주고받았다. 그러자 다른 여성의 목소리가 등장해서 닉시와의 대화에 끼어들었다.

"닉시와 오사야가 당신을 행정본부까지 데려다줄 거요." 머레이가 헌트를 돌아보며 말했다. "오사야는 위층에 사는 여자요. 내가 데려다주면 좋겠지만, 15분 후에 여기로 올 사람이 있어서 말이오. 사업 문제요."

"괜찮습니다." 헌트가 고개를 끄덕이고, 남은 잔을 마셨다. "나쁘지 않은데요."

"좋아해서 다행이오. 나중에 잊지 말고 오쇼. 한 잔 더 합시다."

두 사람은 잠시 말없이 조용히 있었다. 그러다 헌트가 입을 열었다. "아까 이야기하신 '두뇌세계' 있잖아요. 그게 무슨 뜻인가요? 혹시 제벡스가 만들어낸 세계를 말하는 건가요?"

"그렇소. 대부분의 제블렌인들은 의문을 갖는 법이 없어요. 그래서 누군가 그들에게 뭔가를 말해주면 다 믿어버리지. 그야말로 광고쟁이들이 꿈꾸는 세상인 거야. 아까 말했듯이, 투리엔인들이 그 사실을 깨닫고 우주선 승선을 제한하지 않는다면, 그런 소식이 퍼져나가

자마자 지구에서 온갖 사기꾼과 약장수들이 매일 떼거리로 쏟아져 들어올 거요."

닉시가 컴퓨터와 대화를 마쳤다.

"그러면 오늘 일어났던 일은 뭔가요?" 헌트가 물었다. "이 자주색 거미인지 뭔지를 들고 다니는 사람들은 뭐죠? 오늘 만났던 사람의 이야기로는 무슨 교주가 왔다던데요."

머레이가 고개를 끄덕이고, 피곤한 표정을 지으며 한숨을 내쉬었다. "내가 보기에 캘리포니아는 여기에 비하면 판사들이나 성직자들이 모여 사는 마을이오. 여기는 당신이 생각해낼 수 있는 모든 게 다 있소. 마법의 힘, 신비한 차원, 영적인 힘, 믿음의 힘, 영혼의 메시지…. 당신도 뭔가 생각해낼 수 있으면 그걸 믿는 놈들이 생길 거요."

"그런데 투리엔인에게는 그 상황을 바꿀 능력이 없죠." 헌트가 담배를 꺼내며 말했다.

머레이가 손바닥을 들며 말했다. "바로 그렇게 된 거요. 어쨌든 그 중에 가장 큰 집단을 부르는 이름이 우리말로 '각성의 소용돌이'라고 하면 대충 맞을 거요. 아까 댁이 자주색 거미라고 했던 그놈들이오. 환생 어쩌고 하는 허튼소리에 빠져있지. 교주의 이름이 아율타인데, 종교계의 히틀러 같은 놈이야."

"아율타, 많이 미친 사람들 만들어." 닉시가 이름을 알아듣고 말했다. "나쁘다. 지구인 많이 미치지 않았다. 나는 지구에 가서 산다 생각한다. 당신 생각 헌트?"

"곧 그런 날도 오겠죠, 아마도." 헌트가 그녀에게 말하자, 머레이가 통역을 해줬다. 닉시는 기뻐하는 얼굴이었다.

"아율타는 모든 문제의 원인은 옛날 정권이었다고 합디다." 머레이가 계속 말했다. "그리고 제벡스는 그 문제와 전혀 관련이 없다고

208

그러더군. 교주는 가니메데인을 쫓아내고 제벡스 시스템을 복구하길 바라고 있소. 하지만 모든 교단에는 제벡스가 돌아오길 바라는 제각 각의 이유가 있지. 광신자들이 저렇게 많으니, 놈들은 이러나저러나 잃을 게 없어요. 그놈들은 자기네한테 유리한 상황이라는 걸 잘 알고 있거든."

"그러면 녹색 초승달이 그려진 깃발을 들고 다니는 사람들은 뭔가요?" 헌트가 물었다.

"빛의 축. 다른 교단이긴 하지만 똑같이 미친놈들이지. 다른 게 있다면 그 교단을 이끄는 교주가 자신을 컴퓨터로 생각한다는 거요. 교주라는 놈들은 기본적으로 다 나쁜 놈들인데, 사람들에게 별로 중요하지도 않은 쓸데없는 것들을 과장해 떠들어대면서 자신들의 영역을 개척하지. 그런 거 있잖소. 십자가를 왼손으로 그리냐, 오른손으로 그리냐, 어떤 책에선 십자가 선을 이렇게 그으라고 하고, 다른 책은 다르게 그린다는 둥. 그런 헛소리들 말이오. 그렇지만 내가 그런 걸 걱정하면서 오랜 시간 보낼 사람은 아니잖아."

"그럴 거라고는 상상이 안 되네요."

방의 컴퓨터에서 불규칙한 종소리가 들려왔다. 닉시가 그 소리에 대답하자, 여성 두 명이 웃는 듯한 목소리가 돌아왔다. 닉시는 일어나서 문을 열어주기 위해 복도로 갔다. 머레이가 눈살을 찌푸렸다. "아주 경호를 잘 받겠구려." 그가 잔을 비우고 일어서며 말했다. "오사야가 한 명 더 달고 온 모양이오. 제블렌인들이 지구인에게 호기심이 많아서 그렇소."

"저는 불만 없습니다." 헌트가 따라서 일어나며 말했다. "도움을 주셔서 다시 한 번 감사드립니다. 지원 부대를 불러야 하는 참이었는데, 딱 맞춰서 나타나셨어요."

머레이가 제블렌어가 인쇄된 명함을 헌트에게 내밀었다. "우리 주소와 호출 부호요. 이야기를 나눌 시간이 나거든 또 들르슈."

"꼭 그러겠습니다." 헌트가 복도를 통해 나가자 세 여성이 기다렸다. 오사야의 키는 1미터 80센티미터가 넘었고, 같이 온 오사야의 친구는 특정한 각도에서 투명하게 비치는 바지를 입은 빨간 머리의 여성이었는데, 그녀가 걸어갈 때의 모습은 충격적이었다.

"오, 맙소사." 헌트가 중얼거렸다. "이 상황을 어떻게 설명하지. 우리가 행정본부에 도착했을 때 단체커가 근처에 없기만 바라야겠네."

21

헌트와 세 안내인은 약 15분 동안 거리와 아케이드를 따라 걷고, 자동으로 움직이는 수송용 순환도로에 걸쳐있는 육교를 건넌 뒤에야 행성행정본부에 도착했다. 행정본부 복합단지의 아랫부분은 도시의 저층 지대와 뒤섞여 있었지만, 높은 곳에서는 기르바인에 있는 샤피에론호가 보인다는 사실은 확실했다. 행정본부의 윗부분에서는 도시의 서쪽이 내려다보였다.

그들이 도착한 행정본부 입구에는 투명한 벽과 문들이 줄지어 있었다. 가게와 사무실, 진열장들이 늘어섰고, 반대편에는 운송 터미널 광장으로 올라가는 계단과 에스컬레이터들이 있는 넓은 보행자 전용 구역에서 바로 입구로 들어갈 수 있었다. 그들이 다가가자 문이 열렸다. 안에는 책상에 제블렌인 안내원이 있었다. 몇 미터 뒤로 경비원 두 명이 내부로 들어가는 로비에 서 있었다. 자신들이 도착한 뒤의 상황을 보면서 헌트는 안심되었다. 경비원들이 민첩하게 모습을 드러낸 것을 보니 주의를 게을리하지 않는 듯했다. 자신이 맡은 일을 제대로 하는 사람들도 있다는 의미였다. 헌트가 보기에 그들은 무기를 소유하지 않은 듯했다. 하지만 두 사람 모두 가벼운 머리띠와 목에 대는 마이크와 이어폰, 손목 장치를 착용하고 있었는데, 헌트는 그게 샤피에론호의 컴퓨터 시스템 조락과 통하는 가니메데인 통신 장치라고 알아봤다. 투리엔인의 신경 연결 기술은 그 시대 이후에 나온 것들이었다.

처음에 경비원들은 헌트보다 같이 온 여성들에게 더 관심을 보였다. 그러나 그때 아마도 머리띠에 잡힌 영상을 통해 헌트를 알아본 조락에게서 정보를 들은 듯한 안내원이 손짓을 하며, 두 경비원에게 제블렌어로 뭔가 말했다. 그리고 헌트에게 말했다. "당신이 우리가 찾고 있던 헌트 박사입니까? 다들 쉬반의 여기저기를 찾고 있습니다. 가니메데인들이 아주…." 그가 한 손으로 허공에 원을 뱅뱅 그렸다.

헌트가 고개를 끄덕였다. "제가 헌트입니다. 저는 무사합니다."

"이걸 사용하세요." 안내원이 책상 밑으로 손을 뻗어서 다른 통신 장치를 꺼냈다. 헌트가 각 장치를 제자리에 착용하자 오랜만에 듣는 목소리가 흘러나왔다.

"안녕하세요, 헌트 박사님. 우리 행성에 오신 것을 환영합니다, 기타 등등…. 그리고 벌써 혼자 환영단을 꾸리신 걸 보니 솜씨가 나쁘지 않네요. 이렇게 말해도 될지 모르겠지만, 그 방면에 대해서는 정말 빠르시군요."

조락은 헌트의 머릿속이 아니라 귀에 대고 말했다. 갑자기 친숙한 것들에 둘러싸인 느낌이 들었다. 어떤 점에서는 샤피에론호의 가니메데인이 투리엔인보다는 지구인에 좀 더 가깝기 때문일 것이다. "조락, 넌 여전하구나." 헌트가 대답했다. "겉모습만 보고 판단하지 마. 그리고 설령 그렇다고 하더라도, 네가 상관할 일이 아니야."

"어쨌든 이렇게 다치지 않고 멀쩡한 모습을 보니 기쁩니다, 박사님."

그리고 안내원이 가까이 와서 말하자 조락이 온라인으로 통역을 해줬다. "헌트 박사님, 만나 뵙게 되어서 정말 기쁩니다. 저희는 모든 지역에 비상경보를 발령했습니다. 가니메데인들의 걱정이 이만저만 아닙니다."

"다른 사람들은 다들 괜찮나요?" 헌트가 물었다.

"다들 여기에 계십니다."

"기르바인에서 오는 길에 사고 현장을 지났습니다. 다리 일부분이 무너졌어요." 헌트가 말했다.

"네. 쉬반 경찰서의 부서장이 사고로 사망했습니다. 아주 혼란스러운 상황입니다."

"우리와 함께 같은 우주선에서 내린 지구인들이 탄 버스도 있었어요. 우리가 거기를 떠날 때 불안한 상태였어요."

"학생들 말인가요?"

"맞아요. 우리를 마중 나왔던 지구인 두 사람이 현장을 정리하기 위해 남았습니다. 그 뒤로 어떻게 되었는지 혹시 아시나요?"

"다들 무사합니다. 코버그와 러밴스키도 몇 분 전에 돌아왔습니다." 헌트가 고개를 끄덕이며 안도의 한숨을 내쉬었다. 안내원이 고갯짓으로 세 여자를 가리켰다. 그들은 지금 경비원들과 이야기를 나누고 있었다. "어, 저들은 어디에서 왔나요?" 안내원이 목소리를 조심스럽게 낮추며 물었다.

"저 사람들은 공항에서 자선 모금을 하고 있었어요."

바로 그때 로비 반대편에 있는 문에서 다른 사람이 나타나 다가왔다. 그는 40대 정도로 보였으며 하얀 셔츠와 회색 바지를 입었고, 검은 머릿결에 수염을 짧게 잘랐는데, 키는 중간 정도였지만 체격은 운동선수처럼 건장했다. 그가 가까이 다가오자 헌트는 러밴스키가 미니버스의 모니터를 통해 이야기하던 미국인이라는 사실을 알아챘다. 그 미국인이 선선하게 웃으며 한 손을 내밀었다.

"UN 우주군의 헌트 박사님이십니까?"

"네."

"안녕하세요. 저는 보안국장 델 컬렌입니다. 무사하신 걸 보니 기쁩니다." 보안국장은 호기심 가득한 눈빛으로 세 여성을 쳐다봤다. "벌써 친구들을 만드신 모양이네요."

"뭐, 여러분이 공항으로 총독과 함께 붉은 양탄자 깔고 환영회를 안 해주시니, 저 혼자라도 행사를 해야죠."

헌트가 컬렌 보안국장과 함께 건물 안으로 들어가기 위해 몸을 돌리자 세 여성이 손을 흔들었다. "헌트, 또 봐요." 닉시가 그들에게 노래하듯 말했다. "길이 기억나지 않으면 전화해요."

"다음에 꼭 은혜 갚을게요." 헌트가 소리쳤다. "다시 한 번 고마워요!"

컬렌 보안국장과 헌트가 로비를 가로질러 걷기 시작했다. "영국인이신가요?" 보안국장이 물었다.

"네. 런던 출신입니다. 당신은?"

"미국 동부의 볼티모어 출신입니다."

"여기는 잘 맞는가요?"

컬렌 보안국장의 목소리가 간신히 들릴 정도로 낮아졌다. "글쎄요. 이 사람들에게 보안이라는 개념을 심어주려고 노력 중입니다. 가끔 매우 힘들 때도 있지만, 조금씩 성과가 있습니다."

"어떤 사람들 말인가요, 제블렌인 아니면 가니메데인?"

"둘 다죠. 저는 가루스 총독이 체계를 세울 수 있도록 도와주기 위해 여기로 파견되었습니다. 아주 빨리 배우는 분입니다만, 가니메데인과 일하는 게 어떤 건지 잘 아실 겁니다. 첩보 활동은 그들의 천성에 맞지 않습니다. 가니메데인들에게는 도시 안에 눈과 귀가 전혀 없었습니다. 그냥 행정본부 안에 앉아서 제블렌인들이 이야기해주는 걸 무작정 믿었던 거죠. 우리가 이제 바깥의 제블렌인들을 이용하기 시작했습니다. 제대로 된 사람을 고르는 방법을 알기만 하면 제블렌인도 많이 도움이 되거든요."

두 사람은 엘리베이터에 들어갔다. "저희를 데리러 왔던 코버그와 러밴스키에게서 이야기를 들었습니다. 두 사람도 당신 부하죠?" 헌트가 물었다.

"맞습니다. 작전의 씨를 뿌리기 위해 지구에서 핵심적인 전문가들을 불러왔습니다."

엘리베이터 통로가 투명한 튜브 형태여서 사방이 유리벽이었다. 사무실들로 이어진 각 층의 복도와 통로가 바뀌는 모습이 그대로 보였는데, 위로 올라갈수록 복도가 넓어졌다. 주변의 환경은 새롭고 반짝거린다고는 할 수 없지만, 바깥의 일반적인 모습보다는 현저히 나았다.

헌트는 여전히 잘 이해되지 않는 부분이 있었다. 기르바인에 데리러 왔던 두 사람 중 한 명이 헌트가 알지 못하는 일에 대해 뭔가를 말했던 게 기억났다. "그러면 당신은 여기로 어떻게 왔나요?" 헌트가 컬렌 보안국장에게 물었다. "무슨 말이냐면, 처음에 가루스 총독이 어떻게 첩보 작전을 받아들인 건가요? 당신은 누구의 지휘를 받으시죠?"

"투리엔인과 지구의 정부들이 여기에 대한 계획을 세울 때, 지구인 중에는 제블렌인이 전쟁의 충격을 극복하기 시작하면 곧이어 문제가 일어날 거라고 생각하는 사람들이 있었습니다. 미국은 제블렌 경찰에 기대지 않는 첩보 작전을 밀어붙였습니다. 하지만 투리엔인들이 막았죠." 컬렌 보안국장이 어깨를 으쓱했다. "그래서 누군가 필요한 경우를 대비해서 '반(半)공식적으로' 뭔가를 세우는 게 좋겠다고 가루스 총독을 설득했습니다. 반공식적이라는 게 무슨 뜻인지는 아시겠죠? 지나치게 조심해서 나쁠 건 없으니까요."

헌트가 고개를 끄덕였다. 그가 우려했던 대로, 우회해야 했던 방해가 있었다. "알겠습니다. 제블렌인의 행태를 보니, 미리 대비해서 다행이네요." 헌트가 말했다.

"여기에서 뭔가 재밌는 일이 진행되고 있습니다. 악의적인 사람들이 개입되어 있습니다. 하지만 정확히 어떤 일인지는 저희가 아직 파악하지 못했습니다. 그래도 나중에 총독과 함께 조사할 수 있을 겁니다."

헌트가 고개를 끄덕였다. "우리는 어디에서 머물게 되나요?" 헌트가 화제를 바꾸려 다른 질문을 던졌다.

컬렌 보안국장이 엘리베이터 바깥의 풍경을 손짓으로 가리켰다. "행정본부 안에 여러분의 숙소를 따로 준비해뒀습니다. 그래서 바깥 상황이 조금 과열되더라도 크게 걱정하실 필요는 없습니다. 박사님의 일행은 지금 행정본부 복합단지 안에 있는 주거 구역에서 짐을 정리하고 있습니다. 박사님의 가방도 화물 튜브를 통해 바로 도착했습니다."

헌트는 우주항 바깥에 숙소를 잡은 매린이 떠올랐다. "기르바인에 머무르는 사람들은 어떤가요? 거기는 위험하지 않나요?"

보안국장이 고개를 가로저었다. "투리엔인이 그 지역 전체를 운영하고 있습니다. 그리고 제블렌인들은 제벡스를 돌려받고 싶어 하기 때문에 그들을 화나게 할 생각이 없어요. 그분들은 괜찮을 겁니다."

두 사람은 엘리베이터에서 나와 커다란 창문으로 도시가 내려다보이는 넓은 공간을 가로질렀다. 건너편에 여러 방향으로 이어진 복도들이 있었다. 그중 하나로 들어가 제블렌인들이 책상에서 컴퓨터를 사용하며 일하고 있는 지역을 지났다. 가니메데인들도 여럿 보였는데, 헌트가 보기에 그들 중 일부는 투리엔인이었다. 넓은 공간 너머로 더 작은 방과 사무실들이 이어졌다.

거의 원형처럼 보이는 커다란 대기실에서 가루스 총독이 그들을 기다리고 있었다. 의자들이 중앙 부분의 움푹 들어간 곳을 향해 배치되었는데, 전체적으로 로비처럼 꾸며졌다. 안쪽으로 들어가는 통로에 있는 책상에는 컬렌 보안국장의 보안국 소속 경비원이 눈에 띄지 않게 앉아 있었다.

가루스 총독이 헌트의 집에 전화했을 때 그와 함께 있던 여성 과학자 쉴로힌도 있었다. 그리고 헌트의 오랜 친구인 수석 공학자 로드가르 자실라네도 그를 기다렸다. 가니메데인들은 특유의 편안한 태도로 그를 환영했지만, 헌트가 다른 일행들과 헤어지는 사건을 겪은 후 그를 다시 만나게 되어 안도하는 기미가 역력했다.

"박사가 행정본부에 도착하는 장면을 조락이 틀어줘서 봤습니다." 가루스 총독이 악수하며 말했다.

"박사는 벌써 쉬반에서 길을 찾는 방법을 알아낸 모양이더군요." 쉴로힌이 덧붙였다. 그녀의 얼굴에 뜬 표정은 가니메데인이 능글능글하게 웃는 표정에 해당했다. 헌트는 오늘이 가기 전에 그 상황에 관한 이야기를 정말 질리도록 들을 것 같은 느낌이 들기 시작했다.

"여행은 어땠나요?" 로드가르가 헌트와 악수를 할 차례가 되자 물었다.

"적어도 우리는 브레이크가 고장 나서 속도를 늦추느라 2천5백만 년을 허비하지는 않았습니다." 헌트가 씩 웃으며 대답했다. 그건 샤피에론호가 미네르바로 돌아오려 했을 때 태양계에서 오랜 기간 떠돌 수밖에 없었던 문제를 언급한 것이었다. 우주선의 중력 동력의 영향으로 상대론적 시간 팽창이 일어나 2천5백만 년의 시간이 우주선 내부에서는 20년으로 축소되었었다.

"투리엔 우주선은 어떻던가요?" 로드가르가 물었다.

"인상적이더군요. 하지만 살짝 지나치다는 느낌도 들었습니다." 헌트가 솔직히 말했다. "있잖아요, 로드가르. 아무래도 저는 기르바인에 정박해 있는 여러분의 옛날 우주선이 더 마음에 듭니다."

"저도 그래요." 로드가르가 동의했다. "나이를 먹으며 익숙한 것들이 언제나 더 편한 법이죠. 그렇지 않나요?"

"확실히 그렇죠." 헌트가 답했다.

"그래서 행정본부에 비자르가 작동할 수 있는 감지기 네트워크 작업을 더 이상 진행하지 않은 겁니다. 당신도 알다시피 일부 지역에만 시험적으로 도입했는데, 우리처럼 구식 가니메데인들은 도대체 적응이 안 되네요. 투리엔인들은 가상 여행을 할 수 있지만, 우리는 조락과 지내는 게 더 좋습니다." 가루스 총독이 말했다.

"어떤 이야긴지 저도 잘 압니다." 헌트가 말했다.

가루스 총독이 손을 뻗어 주변을 가리키더니, 경호원의 책상이 있는 통로를 지목했다. "행정본부에서 이곳이 내가 보통 지내는 공간입니다. 행정본부 직원들은 여기를 간단히 가니메데인 사무실이라고 부르죠. 그러니 이제 여기로 오면 우리를 찾을 수 있습니다."

"우리는 어디에서 일하게 되나요?" 헌트가 물었다. "우리가 공식적으로는 UN 우주군 과학팀으로 여기에 왔기 때문에, 사무 공간 같은 게 필요할 겁니다. 그런데 조금 혼란스러운 상황이네요. 콜드웰 국장은 누구에게든 정확히 알려주는 법이 없거든요."

"그렇겠죠. 아래층에 여러분이 이용할 수 있는 공간을 마련했습니다. 저희가 다른 작업에 이용하던 공간입니다." 쉴로힌이 말했다.

"나중에 적절한 때가 되면 볼 수 있을 겁니다." 가루스 총독이 제안했다. "이제 짐 정리를 할 수 있도록 컬렌 보안국장이 주거 구역의 숙소로 안내해드릴 겁니다. 그리고 점심때 함께 만나죠. 그래서…." 가루스 총독이 모호한 표정을 지었다.

"1시간쯤 후에요?" 헌트가 제안했다.

"좋습니다." 가루스 총독이 찬성했다. "그리고 그때 여러분이 모두 모이면 연구실을 보여드리겠습니다."

✳

가니메데인 행성행정부는 업무에서 다양한 관점을 유지하기 위해 제블렌인과 투리엔인 양쪽에서 과학자를 많이 고용했다. 그들 중 일부는 행정본부 안에 머물렀다. 'UN 우주군 연구실'로 지정된 지역은 별도로 분리된 구역으로서 입구가 하나밖에 없었다. 한 층에 사무실과 회의실, 연구실이 모여 있고, 행정본부의 아래쪽에 있는 다른 작업실도 이용할 수 있었다.

주 연구실은 가운데에 널찍한 연구용 작업대가 있고, 양쪽 벽에 조금 작은 작업대와 컴퓨터가 달린 책상들이 배치된 커다란 방이었다. 세 번째 벽에는 도표를 붙여놓았는데, 바로 그 옆에 장비를 잘 갖춘 영상 처리 시스템이 있었다. 짧은 복도를 지나면 몇 개의 작은 사무실이 나왔고, 주 연구실 옆에 있는 두 번째 연구실로 돌아가는 문도 있었다. 두 연구실 사이에도 직접 오갈 수 있는 문이 있었다. 모든 장소는 용도에 맞게 잘 갖춰진 상태였으며, 풍부한 수납공간과 장비가 있었다.

"어떻게 생각하십니까?" 지구인들이 집을 살펴보는 예비 구매자처럼 돌아다니는 동안 가루스 총독이 물었다.

"멋진데요. 저희가 몇 명이나 올 거라고 예상했던 건가요? 고다드 센터의 절반을 여기로 데려와도 될 거 같아요." 헌트가 말했다.

"여러분은 공식적으로 가니메데인의 과학을 연구하기 위해 제블렌에 왔습니다. 이렇게 하면 여러분이 편안하게 지내면서도 잘하는 것처럼 보이게 할 수 있죠. 그리고 누가 알겠습니까. 나중에 더 많이 올 수도 있잖아요." 컬렌 보안국장이 말했다.

"아, 저는 전혀 불만 없습니다." 헌트가 다짐하듯 말했다.

두 번째 연구실 맞은편, 주 연주실의 옆에 또 다른 방에는 투리엔의 신경 연결기 안락의자가 몇 대 설치되었다. "여러분은 여기서 비자르에 완벽하게 접속할 수 있습니다. 행정본부는 초공간 링크가 직접 연결되어 있습니다." 쉴로힌이 설명했다.

"그렇지만 행정본부의 일반 시설은 조락이 관리하죠?" 던컨이 질문을 던졌다.

"네. 샤피에론호로 선이 직접 연결되어 있습니다. 샤피에론호에도 초공간 링크가 설치되어 있어서 조락과 비자르는 직접 소통할 수 있습니다." 쉴로힌이 대답했다.

그들은 연결기가 있던 방에서 밖으로 나왔다. 샌디는 작은 연구실로 들어가 컴퓨터 단말기를 켜고 조락에게 뭔가 말하기 시작했다. 중앙에 작업대가 있는 주 연구실에서는 단체커가 이리저리 돌아다니며 벽장을 열어보고 서랍 안을 뒤지더니, 모니터도 몇 개 켰다. "더할 나위 없이 좋습니다. 이렇게 잘 차려놓은 걸 보니, 아무래도 앞으로 우리를 엄청 고생시킬 모양이네요."

"전혀 그렇지 않습니다." 가루스 총독이 단체커를 안심시켰다.

단체커가 양손을 비비면서 주변을 둘러봤다. "달랑 저희 네 명이 쓰기에는 너무 화려하고 사치스러운데요."

"추가로 도와줄 사람이 필요하더라도 공간은 충분하겠네요." 컬렌 보안국장이 말했다.

그때 옆의 연구실과 연결된 문을 통해 샌디의 목소리가 들려왔다. "저기요, 누구 있어요?"

"샌디, 무슨 일이야?" 헌트가 소리쳤다.

"조락이 단체커 교수님에게 전화가 왔답니다. 이쪽으로 연결해달 라고 할까요?"

단체커가 당황한 눈빛으로 헌트를 바라봤다. "뭐? 벌써? 우리는 이 제 막 도착했는데. 누군가 전화를 한다는 게 가능한가?"

"알아보려면 한 가지 방법밖에 없어." 헌트가 말했다.

단체커가 인상을 찌푸리며 옆 연구실로 갔다. 헌트가 의아한 눈길 로 던컨을 바라봤다. 던컨이 고개를 절레절레 흔들더니 어깨를 으쓱 하며 말했다. "저한테 묻지…."

"으아악!"

열린 문을 통해 순수하게 동물적인 공포가 가득한 비명이 들려왔 다. 단체커가 얼굴이 하얗게 질린 채로 그 방에서 뛰쳐나왔다. 그가 애원하듯 헌트를 쳐다보며 말했다. "이럴 수가 없어. 여기까지…. 헌 트, 어떻게 좀 해봐!"

헌트가 성큼성큼 문으로 걸어갔다. 샌디가 난감한 표정으로 활성 화된 모니터 옆에 서 있었다. 고다드 센터에 있는 단체커의 비서 멀링 부인이 모니터에서 서릿발 같은 눈길로 그를 노려봤다.

"아, 헌트 박사님. 조금 전에 거기에 있는 단체커 교수님의 모습을 똑똑히 봤습니다. 다시 교수님을 불러주시겠습니까? 교수님이 남겨 둔 자료들에 대해 몇 가지 물어볼 게 있어서 반드시 교수님과 통화를 해야 합니다." 멀링 부인이 말했다.

헌트는 터져 나오는 웃음을 간신히 눌렀다. "어, 교수는 다른 일로 떠났습니다. 하지만 교수의 조수가 여기 있는데, 그녀로는 도움이 안 될까요?"

멀링 부인이 가소롭다는 듯 콧방귀를 뀌었다. "그렇군요. 그래도 될 것 같습니다."

헌트가 모니터의 화각 밖으로 움직이며, 샌디에게 힘내라는 윙크를 보냈다. 그리고 주 연구실로 돌아왔다. "걱정하지 말게, 단체커." 멍한 표정으로 의자에 주저앉아 있는 단체커에게 헌트가 쾌활하게 말했다. "이런 일이 계속 일어난다면 우리가 처리할게. 우리가 지구로 돌아가려면 아직 시간이 많이 남았잖아."

"자네는 내가 왜 지구로 돌아갈 거라고 생각해?" 단체커가 비참한 얼굴로 대답했다.

22

UN 우주군 과학팀은 이후 쉬면서 제블렌 시차를 극복하고 쌓인 피로를 풀었다. 다음 날 아침, 헌트와 단체커는 가니메데인 사무 구역 안에 있는 총독 집무실에서 가루스 총독과 쉴로힌을 다시 만났다. 그들이 지구에서 가져온 장비들과 소지품이 도착해서, 샌디와 던컨은 UN 우주군 연구실에 장비들을 배치하느라 바빴다. 두 가니메데인이 지난 6개월 동안 제블렌에서 알게 된 사실들을 간략히 정리해서 이야기해줬다.

"처음에 우리는 지구의 사회주의가 몰락하던 역사에서 교훈을 찾을 수 있을 것 같다고 생각했습니다." 가루스 총독이 커다란 가니메데인 책상에 앉아 말했다. 책상은 정교한 단말기 역할도 했다. "제블렌에서 제벡스에 대한 의존성은, 지구의 과잉보호 국가에서 나타났던 과잉의존성과 유사하게 생각할 수 있을 것 같았거든요."

"지구에서도 많은 사람이 비슷한 이야기를 했습니다." 헌트가 지적했다.

"그렇지만 단순히 제블렌인을 제벡스에게서 떼어내는 것은 해결책이 아닌 것 같습니다." 가루스 총독이 계속 말했다. "혹은 적어도 충분한 해결책은 아닌 듯합니다. 일부에게만 효과가 있는 것처럼 보이거든요. 어차피 그들은 자신이 해야 할 일은 찾아서 하는 사람들입니다. 우리는 대부분의 사람이 그렇게 반응하기를 바랐습니다. 지구에서는 대략 그런 식으로 진행되었으니까요."

"그러나 그런 제블렌에시는 그런 사람들이 상대적으로 소수였습니다." 쉴로힌이 말했다.

가루스 총독이 계속 이야기를 이어갔다. "대다수의 제블렌인은… 뭐랄까, 고대 지구에서 보였던 상황 이상으로 '비이성적인 경향' 같은 게 있는 듯합니다. 그들은 마치 가능과 불가능, 혹은 타당한 이야기와 어리석은 이야기를 구별하는 능력 자체가 아예 없는 것 같아요. 현재 제블렌 곳곳에서 이런 비이성적인 교단들이 창궐하고 있지만, 우리는 효과적으로 대처할 방법을 못 찾고 헤매는 상태입니다." 가루스 총독이 엄지손가락이 두 개 달린 회색 손을 공중에 흔들며 말했다. "우리는 한때 선진적인 기술 문명으로 성장하리라 기대했던 사회가 지적으로 퇴보하는 상황을 목격하고 있는 겁니다. 그 퇴보가 어딘가에서 질병처럼 발생했는데, 이 질병은 육체가 아니라 정신에 영향을 미치고 있습니다. 그 질병이 어디에서 온 것인지 찾는 일에 여러분의 도움이 필요합니다."

"하지만 그것만이 아니지 않나요?" 헌트가 물었다. "워싱턴에 있던 저한테 전화했을 때, 공동정책위원회에서 가니메데인을 철수시킬 것 같다고 걱정했었잖아요."

"공동정책위원회에 있는 몇몇 지구인 대표들이 제블렌의 가니메데인 행정부가 제대로 작동되지 않으며, 상황이 붕괴로 치닫고 있다고 발언했습니다. 그들이 투리엔인의 정책에 반대하는 것은 아닙니다. 그렇지만 제대로 운영되기 위해서는 힘의 지원 같은 게 필요하다고 믿는 모양입니다." 가니메데인이 대답했다.

헌트는 그 '힘'이 지구인 방식의 '무력'이라는 의미일 거라고 이해했다. 다시 말해, 지구인 점령군을 투입하겠다는 것이다. 가니메데인들은 그런 식으로 일하지 않는다.

"그들이 완전히 틀린 건 아닐지도 몰라요. 제블렌인은 투리엔인의 지식을 이용할 수 있는 동안에는 폭력을 가까이하지 않았죠. 그러나 그들은 모든 상황을 끝내려 했고, 우리가 모두 알다시피, 그 목표를 거의 달성하기 직전까지 갔었습니다. 어쨌든 이제 그들에게는 예전 같은 자제력이 없습니다. 제블렌인이 스스로 재조직한 후에는 심각한 문제가 될 수 있습니다." 헌트가 조언했다.

"그 의견에 반론을 제기할 생각은 없습니다." 가루스 총독이 인정했다. "나는 우리와 인간이 다르다는 사실을 인정합니다. 그러나 지구인의 역사를 충분히 공부했기 때문에, 일단 권위적인 해결책을 채택하고 나면 잘 바뀌지 않는다는 사실 역시 알고 있습니다. 제블렌에서 문제의 원인은 중요하지 않게 되고, 그 결과를 억누르는 방법만 중요해질 겁니다. 그렇게 되면 비극입니다. 우리는 이 집단적인 광기의 근저에 있는, 우리가 이해하지 못하는 중요한 뭔가가 곧 밝혀지리라 확신하고 있습니다. 우리는 수천 년 전에 누가 지구에 비합리적인 사고방식을 주입했는지 알고 있습니다. 하지만 여기에는 그 사실을 적용할 수 없습니다."

가루스 총독이 자리에서 일어나더니 방을 가로질러 걸어가 제네바 호숫가에 서 있는 샤피에론호의 모습이 담긴 사진 액자를 한참 응시했다. 그리고 다시 고개를 돌려 다른 이들을 바라봤다.

"내 이야기가 여러분에게는 이상하게 들릴지도 모릅니다. 그렇지만 그 오랜 세월 샤피에론호를 타고 우주에서 보낼 당시 내가 이끌던 우리 사람들에게 느꼈던 감정을 제블렌인들에게도 여러모로 느끼기 시작했습니다. 나는 이들에 대한 책임감을 느낍니다. 심지어 애정도 있습니다. 지구가 보여주기 시작한 자신감과 자립심을 제블렌인에게서도 보고 싶습니다. 그러나 우리가 그 아래에 무엇이 있는지 밝혀내기 전에는 그런 일이 일어날 수 없습니다. 그리고 그걸 밝혀내기 위해 우리는 그 인간들을 우리보다 더 잘 이해하는 사람들의 도움이 필요합니다. 컬렌 보안국장은 최선을 다하고 있습니다만, 우리가 약한 부분이 마…." 가루스 총독이 머뭇거렸다. "조락, 음모와 책략에 대한 책을 쓴 유명한 지구인의 이름이 뭐지?"

"마키아벨리 말인가요?" 컴퓨터가 대답했다.

"맞아, 그 사람이 스코틀랜드인이던가?"

"아니요, 이탈리아인입니다."

"'Mac'으로 시작하는 이름이라서 스코틀랜드인이라고 생각했어."

"항상 그렇지는 않습니다."

"아." 가루스 총독이 한숨을 뱉었다. "조락, 지구에 대한 사항 중에 항상 변함없이 일관된 게 있기는 해?"

"혹시 그런 게 있는지 모르겠지만, 저는 아직 못 찾았습니다."

가루스 총독이 다시 헌트와 단체커를 바라봤다. "내가 두려워하는 게 바로 그 점입니다. 우리가 쫓겨날 위험이 있다면, 시간이 별로 없을 겁니다. 그래서 헌트 박사에게 연락했던 겁니다. 그게 우리가 일하는 방식이죠."

잠시 침묵이 흘렀다. 단체커가 양손으로 깍지를 끼고 의자의 팔걸이에 팔꿈치를 올리더니 헛기침을 했다. "방금 말씀하셨듯이, 이 '질병'에 대해 식별 가능한 원인이 실제로 있으며, 그 원인을 추적할 수 있을 거라고 확신하시나요? 우리는 지구의 경우 수천 년 전에 제블렌인이 부조리한 신앙 체계를 의도적으로 도입하고, 그 신앙을 지원하기 위해 교묘히 초자연적인 일을 꾸며냈다는 사실을 압니다. 그렇지만 제블렌인들은 언제나 전적으로 투리엔인의 이성적인 안내를 받고 있었으므로, 정확히 반대의 결과가 나왔어야 합니다. 그런데 다른 결과가 나왔죠."

"당연히 우리도 그 부분이 궁금합니다. 혹시 이유를 아시나요?" 쉘로힌이 물었다.

단체커가 안경을 벗어 손수건으로 닦으며 말했다. "어쩌면 여러분이 너무 가니메데인답게 생각하느라, 끝도 없이 단순하고 고집 센 인간들에게 충분히 여유를 주지 않았을지도 모릅니다. 지구에서 사회주의의 몰락은 그 이상이 실현 불가능했기 때문이 아닙니다. 가니메데인은 무의식적으로 사회주의의 이상을 달성했지 않습니까. 하지만 사회주의의 주창자들이 인간의 본성을 자신들의 이론에 맞춰 바꾸려하자 인간들은 저항했죠. 사회공학자들은 작용반작용이라는 뉴턴의 제3법칙이 물리적 힘만이 아니라 사회적 힘에도 적용된다는 사실을 이해하지 못했습니다."

"계속 이야기해주세요." 가루스 총독이 귀를 기울여 들으며 말했다.

단체커가 손을 들어 자신이 발견한 사실을 받아들일 수밖에 없었다는 점을 마지못해 인정하는 듯한 몸짓을 했다. "인간들은 투리엔인이 자신들을 바꾸려 하자…." 단체커가 가루스 총독을 가리켰다. "그리고 지금 여러분의 시도에도 마찬가지로 저항하는 것을 볼 수 있습니다. 다시 말해, 혹시 여러분이 인간의 근본적이고 바뀌지 않는 특성에 맞서고 있는 건 아닐까요? 정말로 여러분이 찾고 있는 원인이 존재할 거라 확신하십니까?" 단체커가 주머니에서 수첩과 연필을 꺼내 뭔가를 끄적거리기 시작했다.

가루스 총독이 다시 자신의 책상으로 돌아가 자리에 앉았다. "우리도 그런 의문을 가졌었습니다. 하지만 제블렌에서 일어나는 일이 그런 경우라고는 생각지 않아요. 그 질병에 전염된 제블렌인들은 다른 이들과 명확히 구분됩니다. 사실상 교단 창립자들과 선동가들이 바로 그 질병에 걸린 자들입니다. 모든 문제가 그들로부터 시작된 것 같습니다."

"어제부터 광란에 빠진 그 자주색 깃발을 든 사람들 같은 경우를 말하는 건가요?" 헌트가 끼어들었다. "그 사람 이름이 뭐죠? 아야톨라, 뭐 그런 거였던가요?"

"아율타입니다." 쉴로힌이 알려줬다.

"아, 그렇죠."

"그들에게는 뭔가 아주 특이한 점이 있어요. 그저 일반적인 인간의 특성 중 일부가 극단화된 것이라는 설명으로는 이해되지 않는 부분입니다. 우연한 일탈이라고 보기에는 너무나 비슷한 유형이 되풀이되고 체계적입니다."

조락이 끼어들었다. "실례합니다. 단체커 교수님에게 전화가 왔습니다."

단체커가 쓰고 있던 연필심이 부러졌다. 그리고 그의 안색이 눈에 띄게 핼쑥해졌다.

"조락, 누구야?" 헌트가 물었다.

"UN 우주군 연구실에서 샌디 연구원입니다."

"연결해줘."

"아, 방해해서 죄송합니다. 그런데 교수님의 개인 물건들을 어디에 두면 좋을까요?" 샌디가 쾌활한 목소리로 말했다. "이 연구실에 둘까요? 아니면 좀 더 사생활을 보호하기에 좋은 작은 사무실에 둘까요?"

단체커가 고개를 빠르게 끄덕이며 입술을 훔쳤다. "으응… 그래. 그게 더 낫겠네. 고마워." 단체커가 떨리는 목소리로 동의했다.

"알겠습니다."

"조락, 우리가 논의를 마칠 때까지 급하지 않은 연락은 기다리게 해." 가루스 총독이 지시했다.

헌트가 가루스 총독을 돌아봤다. "이 아야톨라…들에게서 반복적으로 비슷한 유형이 보인다고 하셨잖아요?"

가루스 총독이 고개를 끄덕였다. "한 가지 예를 들면, 그들은 모두 너무 비과학적입니다. 지독하게 비과학적이에요. 그저 이해력이 떨어진다는 이야기가 아닙니다. 그들에게는 객관적인 세상을 합리적으로 설명할 수 있게 해주는 기본적인 개념 체계 자체가 없어요. 우주를 이해하기 위해 당연히 있어야 하는 인과성과 일관성이라는 평범하고 상식적인 개념조차 없는 것 같아요. 그들을 보면 마치 이 우주에 속한 인간이 아닌 것처럼 생각될 것입니다."

"사례를 좀 들어주실래요?" 헌트가 물었다.

"가장 기본적인 개념…, 여섯 살짜리 아이라도 두 번은 생각하지 않을 것들이죠. 예를 들어, 우리는 물체가 위치나 방향이 바뀌지 않고 그대로 있다는 사실을 당연하게 받아들입니다. 아침에 측정한 위치와 방향이 저녁에도 똑같을 거라고 생각하죠. 또 동일한 원인은 항상 동일한 결과를 낳는다고 믿습니다. 어린아이도 자연스럽게 이해할 수 있는 기본적인 원리입니다. 하지만… 아까 박사가 그 사람들을 뭐라고 불렀죠?"

"아야톨라." 헌트가 말했다. 그리고 단체커를 쳐다보며 어깨를 으쓱했다. "내가 볼 때는 그 사람들에게 잘 어울리는 이름 같아요."

"그들은 예측 가능성을 전혀 자연스럽다고 생각하지 않는 듯합니다." 가루스 총독이 계속 말했다. "그들은 마치 예측 가능성이 신비한 일인 것처럼 행동해요. 기계를 보면 당황합니다."

"그들은 대신 마법과 신비주의에 관해 이야기합니다." 쉴로힌이 말했다.

가루스 총독이 이해가 되지 않는다는 몸짓을 했다. "저들은 그런 걸 믿어요. 현실에 대한 그들의 인식이 그렇게 조정된 것 같습니다. 그래서 내가 궁금한 부분은 이겁니다. 우리는 지구에 저런 신앙을 퍼트린 마법 묘기를 부린 자가 누구인지 알고 있습니다. 하지만 제블렌인에게 그런 속임수를 부린 자는 누구일까요?"

단체커가 가루스 총독을 뚫어져라 쳐다봤다. "저는 모르겠습니다. 혹시 아시나요?"

가루스 총독이 잠시 머뭇거리더니 고개를 끄덕였다. "그런 거 같습니다. 우리는 이 문제가 제벡스와 관련되어 있다고 생각합니다. 그렇지만 정확히 어떻게 한 건지는 모르겠습니다."

"제벡스는 투리엔인과 지구인을 전복시키기 위한 음모에 똑같이 영향을 받으며 발전했습니다." 쉴로힌이 지적했다. "제벡스를 만든 사람들의 특성이 어떻게든 제벡스의 본성에 구현되었을 거라고 생각합니다. 그리고 아야톨라들은 종종 폭력적이고 흥분을 쉽게 하는 경향이 있습니다. 그들은 모든 사람을 의심하고 병적으로 불안해합니다. 그래서 타인들을 통제하고 자신들의 의지를 강요하려는 강박적인 충동이 있습니다. 그들의 광신적 숭배가 달리 무엇을 의미하는 것이겠습니까? 그들의 불안감은 또한 일반적인 사람들의 이해를 넘어서는 규모의 부를 갈망하는 탐욕으로 나타납니다."

"흠, 우리는 지구에서 그런 사람들을 적지 않게 봤어요." 헌트가 발언했다. 그는 가짜 전쟁과 제블렌인의 정체가 폭로된 뒤에 해체시킨 요원들의 조직을 떠올렸다. 어쩌면 지구에는 밝혀진 것보다 훨씬 많은 제블렌 비밀 요원이 있을지도 몰랐다.

"완전히 순환 논법입니다." 단체커가 반박했다. "당신은 처음에 제블렌인을 그렇게 만든 원인이 제벡스라고 가정하며 이야기를 시작했는데, 결론에서는 제벡스를 그렇게 만든 원인이 제블렌인이라고 추론했습니다. 차라리 양쪽 상황에서 나타난 인간 본성의 공통점을 찾는 게 더 적절하지 않을까요?"

"그럴지도 모르지." 헌트가 인정했다.

가루스 총독은 썩 확신이 들지 않는 모습이었다. "별개의 외부적 요인이 작동되고 있다는 다른 증거가 있습니다. 그 아야톨라들이 갑작스럽게 영향을 받았다는 사실입니다. 그들의 변화는 태어났을 때부터, 혹은 살아가는 동안 점진적으로 일어난 상황이 아니었던 것 같습니다. 그 변화는 마치 그 희생자들이 뭔가에 빙의된 것처럼 갑작스럽게 일어났어요."

"그들이 엇비슷한 나이 때에 일어났나요?" 헌트가 질문을 던졌다.

"아니요. 나이에 상관없이 일어났습니다."

"어린 시절에 일어났다는 기록은 전혀 없습니다." 쉴로힌이 덧붙였다.

"네, 맞습니다." 가루스 총독이 인정했다.

헌트가 잠시 생각에 잠긴 얼굴로 있다가 말했다. "그 '빙의'된 상태를 나타내는 증거는 어떤 게 있나요? 그냥 입증되지 않은 설 같은 건가요?"

"제블렌인들은 잘 알고 있는 사실인데, 기록이 시작된 이래 계속 일어나던 일입니다. 쉴로힌이 그들의 역사를 연구했죠." 가루스 총독이 말했다.

쉴로힌이 자세히 설명했다. "겉으로는 다르게 보이지만 공통적인 주제를 다루는 다양한 교단의 설교가 계속 반복해서 나타났습니다. 그런 이들은 오래전부터 국가나 종족, 교리, 지리적 위치, 역사적 시대와 상관없이 나타났어요. 그들은 우리가 방금 이야기했던 그런 관념에 갑자기 '빙의'되었습니다. 항상 같은 방식이었어요. 그들은 대개 생활 방식을 새롭게 바꿨죠. 그들의 가치 체계와 개념적 세계관이 바뀌었으며, 합리성을 상실했습니다."

"마치 원래부터 그런 걸 갖고 있지 않았던 것처럼 말이죠." 헌트가 말했다.

"그렇습니다. 그리고 우리만 그 차이를 깨달은 건 아니에요. 제블렌의 모든 언어에는 그 사람들을 별도의 집단으로 구별하는 용어가 있습니다. 보통은 '출현하다' 혹은 '소생하다'와 엇비슷한 단어로 번역되죠. 그들은 '내부 세계에서 탈출했다'는 식의 이야기를 합니다."

쉴로힌이 이야기를 마치자, 단체커는 헌트가 건넨 볼펜을 손가락으로 만지작거리며 잠시 수첩을 내려다보았다. 마침내 그가 깊은 한숨을 내쉬며 고개를 절레절레 흔들었다. "전 아직도 여러분이 엉뚱한 곳에서 의미를 찾고 있다는 생각이 들어요. 지구에도 그와 본질적으로 동일한 관념이 광범위하게 퍼져있습니다. 가장 합리적인 답은, 그런 생각들이 어딘가에 잠재되어 있던 원시적인 본능의 작용으로 나타난 희망과 공포, 의심의 단순한 표현일 뿐이라는 겁니다. 여러분이 찾고 있는 것과 같은 단일한 설명은 필요하지 않습니다."

"조락, 너는 어떻게 평가해?" 가루스 총독이 물었다.

"논리적으로는 단체커 교수의 말이 맞습니다. 하지만 과거의 경험으로 판단하자면, 저는 헌트 박사의 직감에 걸고 싶습니다."

가루스 총독이 말했다. "단체커 교수, 내가 한 가지만 더 이야기해 줄게요. 앞서 말했던 반복되는 유형은 제블렌인의 과거 역사의 초기 단계에는 나타나지 않았습니다. 월인의 역사에도 그런 흔적이 없습니다. 그리고 미네르바에서 데려온 람비아 생존자의 후손들도 제블렌에 정착한 후 한참 동안 그런 기미를 보이지 않았습니다."

쉴로힌이 그 부분을 보충해서 설명했다. "제벡스가 구축되고 한동안 운영된 후에야 최초의 아야톨라가 나타나 신비주의와 마법의 개념을 퍼트렸습니다. 그 전까지는 그런 걸 들어본 적이 없었죠. 사실 제블렌인들이 그들을 보며 지구를 방해할 방법을 떠올렸습니다. 그래서 우리는 어찌 됐든 제벡스가 범인이라고 판단합니다. 그리고 모든 교단이 겉으로는 서로 논쟁하고 힐뜯으면서도 한목소리로 제벡스의 복구를 요구하는 이유가 설명됩니다."

그때 조락이 다시 끼어들었다. "죄송합니다만, 컬렌 보안국장의 연락이 왔습니다. 급한 일이랍니다."

"연결해." 가루스 총독이 말했다.

긴장한 보안국장의 얼굴이 가루스 총독 책상에 있는 모니터에 나타났다. "아율타가 암살당했습니다." 그는 형식적인 인사도 생략하고 바로 소식을 알렸다.

사무실 곳곳에서 당황한 사람들의 헉 소리가 새어 나왔다. 가루스 총독도 깜짝 놀랐다. "언제? 어떻게?" 그가 더듬거리며 물었다.

"오늘 몇 분 전에 그들이 킨조 지역에서 개최한 집회에서 일어났습니다. 어떻게 암살되었는지는 아직 정확히 모릅니다. 암살이 일어난 상황을 보여드리겠습니다."

모니터에 뜬 보안국장의 얼굴이 아율타가 열광적인 군중에게 열변을 토하는 광경으로 바뀌었다. 그의 선동이 최고조에 달한 듯했다. 그가 서서 양팔을 극적으로 들어 올리자 군중이 한목소리로 외쳤다. 그때 한 사람이 연단의 가장자리로 달려가더니, 아율타에게 뭔가 소리치며 비난하듯 손가락으로 그를 가리켰다. 그리고 아율타가 폭발했다. 밝은 백열광이 터져 나왔다. 방금까지 그가 서 있던 장소에 남은 거라곤 연단 위의 그을린 자국뿐이었다. 사방이 아수라장으로 변했다. 배경막으로 펼쳐져 있던 자주색 소용돌이 깃발이 불탔다. 앞쪽에 있던 사람들도 화상을 입은 모양이었다.

"맙소사!" 단체커가 멍한 표정으로 바라보며 속삭였다.

헌트는 기분 나쁜 표정을 지으며 모니터를 바라봤다. "단체커, 저들은 미쳤을지도 몰라. 하지만 우리가 상대하고 있는 건 '하레 크리슈나*'가 아니야. 여기서 무슨 일이 일어나고 있는지는 몰라도 저놈들은 위험해." 헌트가 중얼거렸다.

---

* 뉴욕에 본부를 둔 '크리슈나 의식을 위한 국제협회'의 별칭으로, 크리슈나를 섬기는 힌두교 종파. 60년대에 반문화의 상징처럼 인식되어 히피들 사이에 인기를 끌기도 했다.

23

구원자 유벨레우스는 지금이 행동할 때라는 영적 감화를 받았다. 위대함을 나타내는 특성 중 하나는 사고 깊숙이 존재하는, 감지되지 않는 직관적 과정을 통해 흐름과 때를 판단하는 능력이다. 그리고 그렇게 내린 결정을 완벽한 형태로 의식의 차원에 전달하는 재능이다. 마치 눈에 보이지 않는 정교하게 진행된 계산을 거쳐 갑자기 모니터에 해답이 나타나는 것처럼 말이다.

아율타가 제거되자 자주색 소용돌이 조직 전체가 혼란에 빠졌을 뿐만 아니라 분열되었다. 신자들은 벌써 의심에 사로잡혔다. 그리고 서로 싸우는 파벌들이 신자들을 확보하려 다투면서, 각 경쟁자는 발생한 사건에 대해 다른 해석을 늘어놓았다. 어떤 파벌은 그 사건이 적의를 가진 자들에 의해 교묘하게 처리된 속임수 쇼라고 일축했다. 정반대편에 있는 다른 파벌은 그 사건을 일상의 범위를 벗어난 곳에서 작용하는 힘이 발현된 것이라며 그에 대한 신뢰성을 의심하지 않았다. 소용돌이 교단의 고위 성직자와 안내자들이 그런 힘에 무방비 상태라면,

교리의 가장 근본적인 신조가 의심받게 된다.

그러므로 유벨레우스는 기뻐할 이유가 충분했다. 소용돌이 교단에 환멸을 느낀 신자들 수천 명이 이제 '빛의 축'으로 모여들 것이다. 그리고 빛의 축 신자들의 믿음이 다시 한 번 확인되면서, 전임 집권자가 제블렌 연방을 서투르게 조직하려다 떠난 권력의 공백 상태에 그가 걸어 들어갈 시간이 다가오고 있었다. 역사에 기록된 위대한 순간들이 다 그렇듯이, 지도자와 조직의 운명은 하나가 될 것이다. 그리고 설령 수단이 약간 정직하지 못하더라도, 신자들이 최선을 다하도록 준비시키기 위해서는 이런 시연이 필요했다. 그것은 상황에 따라 어쩔 수 없이 꾸며낸 일시적인 속임수였다. 제벡스가 복구되면 다시 진정한 힘이 그에게 올 것이다.

유벨레우스는 제벡스를 이루는 복잡한 회로 안에 물리적인 세계 너머의 힘으로 가는 통로가 있다고 굳게 믿었다. 기계와 그의 친밀성이 자신에게 그 힘을 이용할 수 있도록 해줄 것이다. 실제로 그는 자신이 그 힘의 화신이라고, 문자 그대로 믿었다. 갇힌 공간 안에서 나타난 천재성을 이용해, 제벡스가 외부 세계로 뻗어 나가기 위한 수단으로 창조해낸 화신.

유벨레우스는 제벡스를 자유롭게 풀어주기 위해 진행해야 하는 정확한 과정은 알지 못했다. 그는 기술적으로 세부적인 문제들은 하찮은 지식인들에게 맡겨두었다. 그가 제블렌에서 보낸 몇 년간의 삶은 혼란스러웠다. 유벨레우스는 그 이전의 삶이 전혀 기억나지 않았다. 그러나 유벨레우스는 그에 대한 보상으로 자신이 비범한 능력을 갖게 되었다는 사실을 알아차렸다. 특히 제벡스로 연결된 신경 연결기를 발견했을 때, 그는 시스템 안에 있는 목소리와 대화를 나눌 수 있었다. 그의 주변에 있는 다른 사람들은 그렇게 할 수 없는 것 같았다.

적어도 대부분은 그랬다. 그가 계속 더듬거리며 길을 찾아가면서 자신을 사로잡은 갑작스러운 변화에 순응해 갈 즈음 자신과 비슷한 다른 사람들을 만나게 되었다. 멀리 떨어져 사는 그들은 스스로 '깨어난 사람'이라고 했다. 그들 중 일부는 그 사실을 공공연히 말했고, 영감을 받았다거나 미쳤다는 소리를 들었다. 또 다른 사람들은 그들이 아는 사실을 비밀로 감췄다. 그러나 그들은 몽매한 자들이 결코 알 수 없는 감각 너머의 세계에 대한 기억을 극도로 단순하고 상징적인 말에 담아 공유했다.

그 세계의 정확한 특성에 대해서는 깨어난 사람들조차도 확실히 일치된 의견을 내놓을 수 없었다. 그들은 절대로 투리엔인들에게 조언을 구하지 않았다. 제블렌인은 보통 기술적인 문제에 대해 투리엔인에게 의지해 지도를 받았다. 어쨌든 제벡스는 투리엔의 기술로 만들어졌으니까. 하지만 유벨레우스는, 제벡스가 '유사 인격체'를 만드는 방법을 알아냈고, 그 인격체를 외부의 유기체 숙주들에게 투사할 수 있으며, 그저 외부의 영역으로 자신을 확장하는 것만이 아니라, 그 숙주들을 통해 형태를 갖추고 자기 목적에 맞춰 진화하도록 지시한다고 결론 내렸다.

그러므로 유벨레우스는 자신을 인류 너머로 나아가는 진화적 도약의 화신이라고 보았으며, 원래부터 복종하는 본성을 가진 열등한 자들을 당연히 지배할 운명이라 생각했다. 그는 자신의 임무를 찾았다. 그는 지금 자신이 안에서 내다보고 있는 육체에 깃든 정신이 제벡스가 만들어낸 것으로 믿었다. 지금까지 장악당한 제블렌인들은, 제벡스의 계획에서 그저 시험적 단계를 나타낼 뿐이었다. 제벡스가 외부 우주로 나아가는 첫 번째 탐사 단계인 것이다. 제벡스가 다시 완전하게 가동되면, 그다음 단계로 도시 전체를 장악하게 될 것이다.

이를 달성하기 위해서는 가능한 한 숙주를 넉넉하게 공급해야만 했다. 그러므로 공급을 확실히 제공하려면, 빛의 축은 신자들을 더욱 많이 모아야 할 것이다.

빛의 축은 쉬반 도심에 성전이라 부르는 본부와 회합 장소가 있었다. 비현실적으로 꾸며진 장식과 상징으로 뒤덮인 예배당에는 으리으리한 연단이 있었으며 항상 향냄새가 났다. 그리고 교단의 업무를 진척시키기 위해 다양한 역할을 하는 방과 사무실, 그 구역에 거주하는 직원과 간사들을 위한 개인 숙소가 있었다.

아율타가 암살된 다음 날, 유벨레우스는 그 사건에 대한 도시의 반응을 담은 기사를 살펴보다 경찰의 새로운 부서장 자리에 랑게리프의 임명이 확정되었다는 사실을 알게 되었다. 유벨레우스는 지금껏 준비해왔던 시기가 도래했다고 확신했다. 그래서 그는 개인 보좌관이자 자신의 오른팔인 이두아네를 불렀다.

"선지자에게 연락해서 깨어난 사람들을 더 많이 보내라고 해." 유벨레우스가 지시했다.

"그건 어려울 겁니다. 이미 이용 가능한 연결기들을 쉬지 않고 돌리는 중입니다." 이두아네가 조언했다.

"그러면 그레베츠에게 연결기를 더 가져다 달라고 해."

✳

오레나쉬 시는 무당들을 숙청하고, 온갖 중요한 신들의 사제들이 속죄 의례를 치렀지만, 여전히 문제가 끊이지 않고 일어났다. 도적들이 북쪽의 농장들을 파괴하고, 마을을 불태우고, 남자를 학살하고 여자와 아이들을 납치해서 노예로 팔았다. 하늘에서 산들이 바다로 떨어지며 일어난 홍수가 해안 지대를 휩쓸었다. 서쪽에서는 지진이 언덕을 쪼개고, 불의 강이 땅을 뒤덮었다. 지하의 신 반드로스가 여전히 불쾌하게 여긴다는 징후로 보였다.

반드로스의 대사제 에텐도르가 전투에서 사로잡은 포로 수백 명을 제물로 바치고, 신탁과 선각자들에게 자문을 구했다. 그들이 전한 답은, 한때 하늘 높이 존재했던 흐름이 약해지고, 신들은 하늘 너머의 신성한 왕국 히페리아에서 자신들에게 봉사하는 신자들을 놓고 서로 싸우기 때문이라는 것이었다. 반드로스의 신자들이 문하생을 충분히 보내지 않았기 때문에 반드로스가 불쾌하게 여긴 것이었다.

왕이 에텐도르에게 어떻게 하면 좋겠냐고 물었을 때, 그가 대답했다. "그렇지만 문하생이 오지 않습니다. 사람들의 믿음이 사라지는 별들과 함께 사그라지고 있습니다. 신자들은 공포와 의심에 사로잡혔습니다. 성전에 젊은이들을 더 많이 보내서 신참 문하생이 되도록 해야 합니다."

"질병 때문에 많은 이들이 목숨을 잃었소. 전쟁은 대지의 생명력을 빼앗았고. 내가 어디에서 젊은이들을 찾을 수 있겠는가? 사냥꾼은 숲이 배태한 생명만 집에 가져올 수 있다네." 왕이 대답했다.

에텐도르가 물러나며 그 문제를 고민했다. 나중에 그는 다시 돌아와 왕을 반드로스의 신전으로 데리고 갔다. 신전의 탑에는 녹색 초승달 문장이 새겨져 있었다. 거기에서 에텐도르는 신전 내부와 방들에 모인 초심자들을 왕에게 보여줬다. 초심자들은 식물을 돌보고, 성상을 세우고, 다른 잡다한 업무들을 했다.

"이들이 반드로스 님을 달래는 문하생이 되어 우리의 고통을 덜어줄 수도 있습니다. 그러나 이들은 전정한 숙련자가 될 자질이 없습니다. 이들은 숙련자가 되기를 갈망하지만, 이들의 힘은 자신들의 야망에 미치지 못합니다. 그래서 전하도 보실 수 있듯이, 이들은 중요하지 않은 방식으로 봉사합니다. 그리하여 이것이 천명이라면, 언젠가 진정한 영감이 이들을 사로잡을 것입니다." 에텐도르가 말했다.

왕이 곤혹스러워했다. "왜 짐에게 저들에 대해 말하는가?" 왕이 대사제에게 물었다. "우리에게 필요한 건 새인데, 자네는 내게 날아다니는 물고기를 보여줬네."

"숲이 아무것도 배태하지 않을 때, 사냥꾼이 굶주리지 않으려면 다른 곳으로 가야 합니다." 에텐도르가 낮고 음흉한 목소리로 대답했다.

"다른 곳이라니?"

"비축이 잘 된 농장은 어떨까요? 어쩔 수 없이 해야만 한다면 살짝 침입하는 것도 가능하지 않을까요?"

"무슨 뜻인지 설명해보게." 왕이 말했다.

에텐도르가 왕에게 가까이 다가갔다. "도시 외곽 어딘가에 있는 황야에는 니에루 신에게 헌신하는 가르침을 주는 대인들이 있습니다. 그들은 전하에게 경의를 표하지도 않고, 전하를 위해 복무하지도 않습니다. 그러나 그들은 하늘에서 흐름을 훔쳐서 문하생들을 태워주고 있습니다. 원래 끌어내려 성전에 봉헌되어야 할 흐름인데 말입니다."

"그래서 짐에게 침입에 대해 말한 의미를 설명해보게." 왕이 말했다.

에텐도르가 신전 주변에서 단순한 작업을 하고 있는 사람들을 가리켰다. "지금 전하가 보고 계시는 이 초심자 중 일부는 자질이 부족합니다. 하지만 완전히 무능하지는 않습니다. 이들은 혼자 힘으로 흐름을 붙잡아서 올라갈 능력을 개발할 수는 없습니다. 그러나 다른 이들의 도움을 받으면 온순한 흐름을 붙잡고 머물다가 내려올 수 있을 겁니다. 제 말이 무슨 뜻인지 아시겠습니까?"

"우리가 그 흉포한 대인들의 성과를 이용할 수 있다면 이익이라는 말인가?" 그 이야기에 담긴 의미를 알아챈 왕이 말했다.

"초심자들은 반드로스 님에게 추가로 봉사할 수 있게 될 것이고, 우리 숙련자들의 형편과 반드로스 님을 만족시키는 능력은 영향을 받지 않고 그대로 남을 것입니다."

"하지만 니에루에게는 손해겠지." 왕이 지적했다. "니에루가 앙갚음 하지 않을까?"

"반드로스 님이 우리를 보호하실 겁니다."

"확신할 수 있는가?"

"이미 징후가 있었습니다."

왕이 한동안 생각하더니 마침내 입을 열었다. "그렇다면 해보게."

시간이 지난 후, 에텐도르가 초심자들을 불러 모았다. "채비하여라. 너희는 히페리아로 올라갈 사람들로 선택받았다. 반드로스 님에게 정당하게 돌아갔어야 할 예배를 다른 신들에게 도난당하고 있다. 도둑맞은 것들을 되찾아오는 게 너희의 임무다. 우리는 용의 조련사와 불의 기사들과 함께 황야로 나아갈 것이다. 그곳에서 복수와 정의가 이루어지리라."

선발된 그 초심자 중에는 드락스를 이단과 마법 혐의로 고발했던, 달그렌의 양아들 케얄로가 있었다.

24

공식적으로 가루스 총독은 임기 때문에 아율타 사건에 대한 조사를 제블렌 기관에 위임해야 했다. 그렇게 하면 아무리 좋은 때라도 빠르게 결과가 나올 거라는 기대를 하기 힘들었다. 그런데 경찰 부서장의 사망으로 인한 혼란으로, 가루스 총독이 걱정하는 제한된 시간 안에 어떤 결과가 나올 가능성 자체가 사실상 없어져버렸다. 경찰 서장은 형식적인 명목상의 수장에 불과했기 때문에, 쉬반에서 실제로 권한을 행사하던 사람은 부서장이었다. 그래서 가루스 총독은 이미 선택해둔 비공식 노선을 따라 컬렌 보안국장에게 무엇을 할 수 있을지 살펴보라고 했다. 보안국장은 곧바로 헌트와 UN 우주군을 합류시켰다. 그 사건은 그들이 제블렌으로 와서 가루스 총독을 도와 해결하려던 문제의 일부분이었기 때문이다.

가루스 총독의 또 다른 고민은 비슈누호를 타고 온 다른 지구인 방문객들이었다. 도시의 불안정이 계속되는 동안에는 가능하다면 투리엔인이 관리하는 기르바인 구역에 머무르라고 권고하는 성명을 발표

242

했다. 이 정도면 가니메데인에게는 거의 금지나 마찬가지였다. 가루스 총독은 또한 날 선 말투로 쓴 편지를 투리엔 중앙통치위원회에 보내서, 가고 싶어 하는 곳까지 아무나 수송해주는 가니메데인의 개방 정책을 지구인에게 더 확대하는 것은 현재 상황에서 부적절하다고 항의했다. "인간과 가니메데인 사이에 존재하는 진정한 차이를 인식하지 못하고 내린 이런 결정이 지금 우리가 처리해야 하는 제블렌의 상황을 촉발한 주요한 원인이 되어왔습니다." 편지 내용 중 일부였다.

투리엔의 중앙통치위원회 의장은 칼라자르였다. 칼라자르 의장은 제블렌인이 불성실하다는 의심을 더 이상 억누를 수 없는 상황이 되었을 때 지구인과 처음으로 접촉했던 대표단을 직접 이끌었다. 그는 곧이어 벌어진 가짜 전쟁 동안 지구인이 제블렌인의 기만에 대해 역기만과 더욱 커다란 모략을 동원한 배신으로 맞서며 그들의 거짓을 어떻게 파괴하는지 내부에서 지켜보면서, 이 외계인 난쟁이들이 만들어냈던 뒤틀린 기만은 가니메데인의 머리로는 도저히 생각해낼 수 없을 거라고 깨달았다. 칼라자르 의장은 가루스 총독의 편지를 받았을 때, 여전히 그 교훈을 완전히 익히지 못한 전형적인 가니메데인으로서 순진하게 처리했다는 사실을 인정할 수밖에 없었다.

"아마 공동정책위원회에 있는 지구인들의 말이 맞을 겁니다. 그리고 제블렌에 대한 우리의 방식은 내내 전체적으로 틀렸을 가능성이 커요." 칼라자르 의장이 그 문제를 고민한 후 말했다. "가루스 총독은 어느 누가 요구한 것보다 많은 일을 하고 있을 게 틀림없지만, 어쩌면 그 업무는 지구인에게 위임하는 게 나을지도 몰라요."

지구인과 처음 접촉했던 사람 중 한 명인 여성 대사 프레누아 쇼음은 제블렌인이든, 지구인이든 상관없이 모든 인간의 동기를 의심했다. "제블렌인을 마치 그들의 당연한 권리인 양 투리엔 문명 내에서 동등한 동반자로 인정한 일은 애초부터 실수였습니다. 의심할 바 없이 좋은 의도였겠지만, 전제 자체가 잘못됐습니다. 누구든 자신의 힘으로 획득하지 않은 것은 그 가치를 알지 못합니다. 경쟁에서도 마찬가지입니다. 우리 조상들은 온화한 개입을 통해 제블렌에 모범적인 사회를 만들 수 있으리라 여겼습니다. 그리고 지구를 가망이 없다며 실패한 것으로 평가절하하고, 스스로 알아서 살아가도록 내버려뒀습니다. 실제 현실은 그 예측과 매우 다르게 전개되었습니다. 그 사례에서 뭔가 배워서 또다시 같은 실수를 반복하지는 말아야 합니다. 그들은 우리와 다릅니다. 그들의 행동은 우리와 동일한 규칙을 따르지 않습니다."

"그 말이 맞을 거예요." 칼라자르 의장이 마지못해 대답했다. "인간의 문제에는 인간의 해결책이 필요한지도 모르죠. 다른 방법은 없을 겁니다."

그때 비자르가 말했다. "제블렌 행성행정본부에서 시급한 요청이 들어왔습니다. 가루스 총독이 여러분께 시간이 있는지 물었습니다."

"아, 이런. 직접 항의를 할 모양이네." 칼라자르 의장이 중얼거렸다. 그의 목소리가 살짝 커졌다. "어쩔 수 없군. 비자르, 여기로 오시라고 해."

사실 칼라자르 의장과 쇼음도 별도의 장소에서 비자르에 연결해서 통신하고 있었으므로, 가루스 총독은 즉시 그들에게 합류할 수 있었다. 곧 가루스 총독의 모습이 체현되어 방의 한가운데에 나타났다.

"총독님, 어서 오세요." 칼라자르 의장이 인사했다.

"잘 지내셨습니까?" 가루스 총독이 관례대로 인사했다.

"잘 지내고 있습니다."

"쇼음 대사님, 안녕하세요." 가루스 총독이 쇼음을 바라보며 인사했다. 쇼음도 살짝 고개를 숙여 인사했다.

"그런데 무슨 일로 오셨습니까?" 칼라자르 의장이 속으로 마음을 다지며 물었다.

"빛의 축 교주 유벨레우스가 저한테 연락했습니다. 그 사람은 상황이 진행되는 방식을 걱정하고 있는데, 빨리 뭔가 조치를 하지 않으면 심각한 폭력이 일어나게 될까 봐 두려워합니다. 유벨레우스가 긴장을 낮출 방법을 제안했는데, 여러분이 들으셔야 할 것 같았습니다. 적어도 지금까지 우리가 들었던 다른 제안들과는 달랐습니다."

칼라자르 의장은 자신이 두려워했던 괴로운 상황이 일어나지 않은 것에 안도하며, 쇼음을 슬쩍 쳐다봤다. "유벨레우스를 지금 연결할 수 있나요?" 칼라자르 의장이 가루스 총독에게 물었다.

"네. 지금 행정본부의 연결기에서 기다리고 있습니다." 가루스 총독이 대답했다.

"그렇다면 여기로 데려오세요. 뭐라고 하는지 보죠." 칼라자르 의장이 요청했다.

✳

가니메데인들은 선천적으로 이성적이었다. 가니메데인 과학자들은 더욱 이성적이었다. 쉴로힌은 소용돌이의 신자들이 아무리 충실한 신봉자들이라고 하더라도, 아율타가 초자연적인 원인으로 일어난 화염에 불타 죽었다고 믿을 거라고는 생각하지 않았다. 그래서 쉴로힌은 잘 알려진 흔한 방법으로 똑같은 효과를 일으키는 모습을 신자들에게 보여준다면, 그들도 더 복잡한 설명이 필요하지도 않고 정당화될 수도 없다는 사실을 알게 될 것이라고 주장했다. 그리고 그 과정에서 신자들은 가치 있는 뭔가를 배울 수도 있을 것이다. 이에 따라, 그녀는 시범을 보여주기로 했다. 쉴로힌과 가니메데인 기술자들이 시범을 준비하는 동안, 헌트는 상황을 검토하기 위해 컬렌 보안국장의 사무실에 들렀다. 보안국장의 사무실은 행정본부에서 보안국에 할당한 부분의 구석에 있었다.

"아율타에게 손가락질하던 사람은 누굽니까?" 헌트가 문 옆에 있는 방문객용 의자에 앉아 물었다. "그 사람한테서 뭘 좀 알아냈나요?"

컬렌 보안국장이 자기 책상에 앉은 채로 고개를 절레절레 흔들었다. "완전히 얼간이죠. 자기가 잘못된 몸뚱이에 갇힌 새라고 생각하고 있어요. 제블렌 경찰도 그 사람을 정신병원에 넣어버렸어요. 다른 사람이 영향을 주려고 세워놓은 꼭두각시가 틀림없어요."

헌트는 반쯤 예상하였다. "보안국장님은 이 상황을 어떻게 생각하시죠?"

"뭔가가 진행되고 있습니다. 제 의견을 원하신다면, 다리가 무너진 일도 단순한 사고라고 생각하지 않습니다. 경찰 보고서는 많은 면에서 엉성했어요. 저는 보고서가 조작되었다고 생각합니다." 컬렌 보안국장이 대답했다.

헌트도 얼핏 비슷한 생각을 했었다. 헌트가 다리를 뻗어 바닥에 쌓여있는 상자에 발을 올렸다. 보안국장의 사무실은 수수했다. 지구에서 비슈누호에 실어 보낸 비밀 자료들이 사무실의 절반을 차지하고 있었는데, 아직 그 짐들을 풀 시간이 없었던 모양이었다. "왜 그렇게 생각하시죠?"

"여러 면에서 제블렌에서는 투리엔의 관리를 받으며 서로 참견하지 않고 자기 방식대로 살아가는 게 일반적입니다." 컬렌 보안국장이 말했다.

"그렇게 봐도 되겠죠." 헌트가 동의했다.

"제블렌은 법으로 금지하는 게 별로 없습니다. 그래서 여기서는 불법이랄 게 거의 없습니다. 지구에서라면 암흑가에서나 일어날 법한 많은 일이 그냥 일상적으로 펼쳐지죠. 회색 뇌세포에 그다지 좋지 못한 뭔가를 피우고 싶거나, 제대로 된 지능을 가진 사람이라면 사기꾼이 바글댄다는 사실을 뻔히 알 만한 도박장에 가서 돈을 잃고 싶다고 해도 그건 그 사람 자유입니다. 투리엔인은 사람들의 멍청한 짓을 금지할 권리가 없다고 생각하거든요."

헌트로서도 그다지 흠잡을 말이 없었다. "보안국장님, 솔직히 말해서 저도 그 의견에 대해서는 그다지 반박할 생각이 없습니다. 대체로 그런 상황은 사람들을 약삭빠르게 만들기 마련인데, 여기서는 그런 효과를 일으키지 않은 모양입니다."

컬렌 보안국장이 어깨를 으쓱했다. "어찌 됐든, 우리의 친구 오베인 부서장은 너무 열정적으로 일했어요. 부서장이 사람들을 괴롭히기 시작했기 때문에, 어딘가에 있는 누군가는 짜증이 났을 겁니다. 게다가 전 이게 제벡스와 관련이 있는 게 아닌가 하는 의심을 하고 있습니다."

"계속 말해주세요." 헌트가 흥미로운 표정으로 말했다.

"제벡스가 완전히 멈춘 게 아니라는 사실은 알고 계시죠? 관리 업무에 필요하고, 투리엔 해커들이 시스템을 조사해야 해서 핵심 시스템은 여전히 운영 중입니다."

"네."

"음, 제블렌은 몹시 폐쇄적인 사회이기 때문에, 무슨 일이 일어나고 있는지에 대해 직접적인 정보를 얻는 게 쉽지 않습니다. 하지만 오베인 부서장은 새로운 행정부에 기꺼이 협력하기로 했죠. 그는 가루스 총독을 위해 보고서를 준비해왔습니다. 많은 사람을 끌어들이고 있지만, 지금까지 아무도 언급하지 않았던 암시장에 대한 은밀한 보고였을 것으로 추측됩니다." 컬렌 보안국장이 한 손바닥을 위쪽으로 향한 채로 허공에서 흔들었다. "제벡스가 공식적으로는 폐쇄된 상태이기 때문에, 시스템을 사용하려는 수요가 엄청났겠지요. 시스템의 플러그를 손에 쥔 자에게 돈이 되었을 겁니다. 하지만 가니메데인이 제벡스가 광기의 원인이라고 생각하는 마당에 그런 보고서가 들어갈 경우에는 그들에게 철퇴가 가해지고, 그 사업을 망가트릴 게 뻔합니다. 어떤 상황인지 아시겠죠?"

"확실히 익숙하게 들어봤던 이야기 같네요." 헌트가 동의했다. 그리고 턱을 문지르며 눈살을 찌푸렸다. "보안국장님, 오베인 부서장의 보고서가 은밀한 내용을 담고 있었을 거라고 추측하셨는데, 당신도 모르는 건가요? 그 보고서에 어떤 내용이 담겼는지?"

"다른 사람이 살펴보기 전에 보고서가 사라졌습니다." 컬렌 보안국장이 어깨를 으쓱하더니 체념하는 듯한 몸짓을 했다. "가니메데인에게는 보안 의식이란 게 거의 없고, 보안에 대한 열의도 별로 없습니다. 제가 제블렌으로 오게 된 이유이기도 합니다."

헌트가 이해된다는 듯 고개를 끄덕였다. "문제가 뭔지 알겠어요. 게다가 행정본부에는 제블렌인들이 가득하죠. 당신이 아무리 주의 깊게 걸러낸다고 해도 그들 한 사람, 한 사람까지 확실하게 믿기는 힘들겠네요."

"맞습니다. 그래서 자연스럽게 내부를 의심하게 됩니다. 하지만 아직 결정적인 증거는 없어도, 우리는 그 보고서를 빼돌린 사람이 지구인이라고 확신합니다." 컬렌 보안국장이 말했다.

헌트가 놀라서 고개를 들었다. "누구인가요?"

"한스 바우머라는 독일인입니다. 가짜 전쟁 이후 행정본부를 세운 가니메데인을 자문하기 위해 UN이 파견한 사회학자입니다. 바우머가 가니메데인 사무실에 올라왔던 적이 있는데, 그 뒤로 보고서가 사라졌습니다. 그 사람이 말한 이유는 핑계에 불과하다고 생각합니다."

"그 사람과 이 문제에 관해 이야기해봤나요?"

컬렌 보안국장이 고개를 저었다. "그래 봐야 무슨 소용이 있겠습니까? 그가 부정해버리면 저는 아무것도 증명할 수 없습니다. 오히려 그 사람에게 정보를 누설한 꼴이 되고 맙니다."

"보고서의 복사본은 없었나요?"

"오베인 부서장은 복사본을 만들었을 게 틀림없지만, 경찰서에서는 복사본이 어디에 있는지 모르겠다고 합니다."

"컴퓨터에 원본도 남아있지 않았나요?"

"경찰 말로는 없었답니다." 컬렌 보안국장이 한 손을 들며 말했다. "제블렌인은 전쟁에 패했습니다. 우리는 그들에게 적입니다. 그들은 모두 한통속이에요. 가니메데인은 이해를 못 합니다. 그들은 그런 식으로 사고하지 못합니다. 그래서 오랜 기간 제블렌인이 그들을 바보로 만들 수 있었던 겁니다." 컬렌 보안국장이 코웃음을 쳤다. "덕분에 제가 아직도 보안 분야에서 할 일이 있기도 하죠."

헌트가 한 손을 목 뒤로 받치고 의자 등받이에 기대앉으며 잠시 생각에 잠겼다. "그렇다면 이게 무슨 의미일까요?" 그가 질문을 던졌다. "당신이 말한 게 사실이라면, 이 바우머라는 인물은 여기에 있는 범죄조직과 연줄을 만들어왔다는 건데, 당연히 그 범죄조직은 누구보다 오베인 부서장을 제거하고 싶어 했겠죠. 그렇지만 어떻게 바우머는 그렇게 빨리 그들과 좋은 관계를 쌓았을까요? 그 사람이 여기에 온 건 기껏해야 6개월 정도밖에 안 됐잖아요?"

컬렌 보안국장이 고개를 저었다. "전 모르겠습니다, 헌트 박사님. 그러나 다른 이야기를 해드리죠. 오베인 부서장이 사고를 당한 것과 같은 날 아율타가 그렇게 폭발한 건 결코 우연이 아닙니다. 뭔가가 진행되고 있습니다. 그리고 암흑가와 교단 사이에 뭔가 관계가 있습니다. 지금 당장 제가 아는 건 이게 다입니다."

헌트가 다시 생각에 잠긴 표정으로 고개를 끄덕이더니 입술을 꽉 다물었다. "그렇다면 그걸 바탕으로 이제 어디로 가야 하나요?"

"제가 알 수 있는 유일한 실마리는 바우머에 대해 좀 더 파헤쳐야 한다는 겁니다. 바우머를 여기로 파견한 부서의 개인기록에 그 사람의 배경에 대한 자료가 좀 있었습니다. 하지만 수확은 별로 없었습니다. 바우머는 29살로 본에서 태어났으며, 뮌헨에서 윤리학과 정치철학을 공부하다 중퇴했습니다. 운동과 단체, 그리고 사람들을 조직하는 일을 좋아하고, 자본주의와 산업기술을 싫어합니다. 미혼이고, 유럽합중국의 부서에서 제블렌으로 파견했습니다."

"흠, 그 사람 숙소도 행정본부 안에 있나요?" 헌트가 콧등을 긁으며 물었다. 질문의 의미는 명확했다.

컬렌 보안국장이 고개를 끄덕이며 목소리를 낮췄다. "네. 벌써 제가 둘러봤습니다. 가루스 총독은 그 사실을 모릅니다. 바우머는 많은 제블렌인들과 대화를 나누지만, 사회학자로서는 당연한 일이겠죠. 그는 정치, 역사, 심리에 관해 읽는 책을 읽는 걸 좋아하며, 프랑크푸르트에 있는 소녀에게서 편지를 받았고, 자신의 건강을 걱정합니다." 컬렌 보안국장이 양손을 펼치며 말했다.

"더 없나요?"

"그게 다입니다. 행정본부에 있는 바우머의 사무실에서도 건진 게 없습니다. 하지만 도시 안에 개인 사무실이 하나 더 있는데, 그의 말로는 자신이 맡은 업무를 위해 제블렌인들과 대화를 나눌 때 그 공간이 덜 위협적인 환경을 제공해준답니다. 거기는 좀 더 흥미로운 게 있을지도 모르죠. 하지만 우리로서는 바우머에게 좀 더 다가갈 방법이 없습니다." 컬렌 보안국장이 엄지손가락을 흔들며 자기 사무실 바깥의 큰 사무실을 가리켰다. "그 사람은 제 부하들에게는 아무 말도 하지 않을 겁니다. 박사님은 가니메데인의 과학을 살펴보러 오신 거니까, 박사님이 그 사람에게 질문해도 이상하게 생각할 겁니다. 특히 자신이 의심을 받는 상황에서는 더 그렇겠죠."

헌트가 의자에서 서서히 몸을 일으키며 그의 눈이 커졌다. 그 순간 헌트는 콜드웰 국장을 천재로 불러도 아깝지 않을 것 같았다.

컬렌 보안국장이 의아한 눈으로 그를 바라봤다. "괜찮으세요?"

"우리가 데려온 사람이 있습니다. 바로 그 이유 때문에요." 헌트가 말했다. 그동안 일이 너무 많이 바빠서 매린에게 어떤 일이 어울릴지 설명해줄 틈이 없었다.

"무슨 말이죠?"

"기르바인에 작가가 한 명 있는데, 우리랑 같은 우주선을 타고 왔어요. 지나 매린이라는 여성입니다. 공식적으로 그녀는 프리랜서 작가로 여기에 왔어요. 하지만 사실 매린은 우리 편입니다. 비밀리에 UN 우주군을 도와주기로 했죠. 그녀에게 딱 맞는 일이에요."

컬렌 보안국장이 눈을 깜빡거렸다. "흠, 놀랍군요. 대체 누구의 발상인가요?"

"고다드 센터의 콜드웰 국장 생각이에요. 이런 상황이 일어날 거라고 예상했던 거죠."

긴 설명은 확실히 필요 없었다. "뭐, 그녀를 투입하죠. 지금 기르바인에 있습니까?" 컬렌 보안국장이 물었다.

"제가 아는 한은 그렇습니다." 1시간 전쯤 헌트는 어떻게 지내는지 알아보려 그녀와 전화 통화를 했었다.

컬렌 보안국장이 고갯짓으로 문을 가리켰다. 헌트가 앉은 채로 의자를 뒤쪽으로 돌려 문을 열었다. "어이, 크로진." 컬렌 보안국장이 바깥의 책상에 셔츠 차림으로 앉아 있는 제블렌인을 불렀다. "기르바인에 있는 베스트웨스턴 호텔에 연락을 해보게. 거기에 머무르고 있는 지나 매린이라는 여성과 통화할 수 있는지 물어봐. 작가야."

"알겠습니다." 크로진이 대답했다.

컬렌 보안국장이 손을 흔들자 헌트가 문을 다시 닫았다. "바우머가 여기에 온 뒤로 해왔던 일은 뭔가요?" 헌트가 다시 책상 쪽으로 의자를 돌리며 물었다. "그가 작성한 보고서 같은 건 없나요? 매린이 좀 더 배경을 파악하는 데에 도움이 될 텐데요."

"그렇겠죠." 컬렌 보안국장이 책상에 있는 모니터를 켜고, 파일 목록을 불러냈다. 그가 작업하는 동안 헌트는 주머니에서 담배를 꺼내 불을 붙이고, 등받이에 기대며 지금까지 나눈 이야기를 다시 곱씹었다. 1, 2분 후 크로진이 인터폰으로 기르바인에 있는 매린과 연결되었다고 알려줬다.

"박사님이 받는 게 낫겠습니다." 컬렌 보안국장이 모니터를 헌트 쪽으로 돌리며 말했다.

"통화한 지 얼마나 됐다고, 이번엔 무슨 일이에요?" 매린이 말했다.

"당신이 할 일이 있어요. 우리가 당신에게 줄 만한 일거리가 생겼어요." 헌트가 말했다.

"그 말은 마침내 내가 행정본부를 볼 수 있게 됐다는 건가요?"

"네. 오늘 튜브가 운영되면 그걸 타고 시내로 들어오세요. 여기에 도착하거든 UN 우주군 연구실이 어디 있는지 물어보세요. 난 쇨로힌이 아야톨라들을 위해 준비한 쇼에 가봐야 해요. 델 컬렌 보안국장을 찾으세요. 보안국장이 잘 설명해줄 거예요. 나랑은 나중에 만나요."

"지금 갈게요." 매린이 말했다.

25

 헌트와 샌디는 행정본부의 긴 복도 끝에서 샤피에론호의 젊은 가니메데인 기술자 타르단이 장치의 연결을 점검하는 모습을 지켜봤다. 금속으로 이루어진 장치는 온갖 케이블과 관이 연결되었고, 60센티미터 정도 되는 원통이 가로로 설치되어 있었다. 원통의 한쪽 끝은 반구형으로 생겼는데, 뾰족한 부분이 툭 튀어나온 모양이었다. 그 옆에서는 던컨이 공급 패널의 설정을 조정했다.

 수십 미터 떨어진 복도의 반대쪽 끝에는 갈색 멜론 같은 제블렌의 과일 퀴이살 십여 개를 철사 지지대 위에 불규칙적으로 올려놓았다. 그리고 한쪽에 지구인 한두 명과 가니메데인과 제블렌인이 뒤섞여 서 있었다. 그들 사이로 쉴로힌이 보였다. 그리고 화려하게 차려입은 제블렌인 무리가 그 활동을 의심스러운 눈초리로 쳐다봤다. 그들 중 중심인물은 최근 빙의된 아야톨라였다. 헌트가 생각해낸 '아야톨라'라는 용어는 이제 행정본부에 널리 퍼졌다. 이 아야톨라는 그 전까지 이름 없는 도시 빈민이었지만, 지금은 제블렌어로 '돌아올 사람'이라는 의미의 고귀한 이름으로 통했다. 컬렌 보안국장은 2차 세계대전 당시 필리핀에서 후퇴하며 "다시 돌아오겠다"는 유명한 말을 남겼던 맥아더 장군의 이름을 따라 그를 '맥아더'로 불렀다. 다른 제블렌인들은 '각성의 소용돌이'에서 지도자가 사망한 후 일어난 싸움에서 맥아더 주변에 형성된 분파를 따르는 사람들이었다. 맥아더는 아율타가 초월적인 징벌의 희생양이 결코 아니며, 실제로는 진리를 깨달은 탓에 그 자신도 제어하지 못하는 수준의 우주 에너지를 끌어들이게 되었다고 주장해서 추종자들의 믿음을 회복하고 의심을 떨쳐냈다. '각성의 소용돌이'를 다시 모을 수 있는 새로운 복음이 필요한 시점에 적절한 대응이었다. 그래서 이미 많은 신자가 맥아더를 아율타의 후계자로 인정했다.

"위상 결합 레이저예요." 헌트가 자신이 들고 있는 펜처럼 생긴 검은색 원통을 가리키며 샌디에게 말했다. "이게 놈들이 했던 방식이죠."

샌디가 고개를 흔들었다. "죄송한데요. 전 생물학자거든요. 기억하시죠? 좀 더 자세히 설명해주세요."

그때 타르단이 건너편에서 그들을 쳐다보며 고개를 끄덕였다. "준비됐습니다."

"그럼, 이제 어떻게 되나 봅시다." 헌트가 샌디에게 손짓을 했다. 그리고 두 사람은 복도 반대쪽의 끝을 향해 걸어가기 시작했다. "현실 세계에는 완벽하게 동일하고 확산되지 않는 광선은 존재하지 않아요. 광선 하나가 빛의 다발처럼 매질을 통과하며 불규칙적으로 확산하고 뒤섞인다고 생각하면 될 겁니다."

"그렇군요."

"그러면 시간을 거슬러 거꾸로 가는 광선을 상상해보세요. 동일한 궤적을 따라 움직이지만, 방향이 반대인 광선이죠."

"뉴턴의 고전역학에서 입자가 뒤로 움직이는 것처럼 말인가요?"

샌디가 말했다.

"맞아요. 음, 거꾸로 가는 광선을 만들기 위해 반사되고 확산된 원자와 전자들을 양자역학 수준의 모든 움직임까지 뒤집을 필요는 없다는 사실이 밝혀졌어요. 평균적인 움직임을 나타내는 거시적 변수들을 뒤집는 것으로 충분합니다. 이것은 위상 결합 거울처럼 작동하는 장치를 만드는 게 가능하다는 의미이기도 해요. 그 장치에 부딪힌 모든 광선이 왔던 경로를 정확히 따라서 되돌아가죠."

"그렇군요…." 샌디가 고개를 끄덕이며 대답했다.

"장치를 단순한 거울로 만드는 대신, 자체적으로 광선을 발사하는 장치로 만들 수도 있습니다. 입사광이 어디서 오든 그 광선을 되돌아 따라가는 신호를 발사하는 거죠. 통신용 레이저에서 대기로 인해 발생하는 일그러짐을 없애는 한 가지 방법이에요. 그런 방식에 따라 수신기에서 나오는 안내 광선으로 데이터 광선을 효과적으로 미리 변환해서 반대편 끝까지 깔끔하게 정보가 전달되도록 하는 거죠."

두 사람이 복도 끝에 가까워지자, 헌트가 철사 지지대에 올려놓은 퀴이살을 손으로 가리켰다. "혹은 입사광이 어떤 물체에서 반사될 경우, 반사된 그 빛을 받은 결합기는 고출력 레이저가 되어…."

샌디는 벌써 고개를 끄덕거렸다. "알겠어요. 마치 그 물체가 고출력 광선을 끌어당기는 것 같겠네요."

"이해하셨네요. 이 기술이 우주방어 체계에서 방사선 무기의 자동 조준에 사용됩니다." 헌트가 씩 웃으며 계속 말했다. "그래서 나는 불쌍한 늙은이 아율타가 자신이 이해하지 못하는 수준의 에너지를 끌어당겼다고 이야기한 맥아더가 어느 정도는 맞는다고 생각해요. 군중 속에 이런 막대기를 든 사람이 있었겠죠. 그리고 가까운 어딘가에서 무기 수준의 소형 투사기를 겨눴을 겁니다. 그 장소의 주변에는 그릴 수 있는 높은 건물이 잔뜩 있어요. 그런 기계는 몇 분이면 분해할 수 있습니다."

"그렇군요. 반대하는 사람들에게 다른 일거리를 찾아보라고 말하기에는 아주 설득력 있는 방법 같아요. 가니메데인이 말하려는 게 무엇이든, 상당수의 제블렌인은 벌써 감명을 받은 것 같아요." 샌디가 말했다.

헌트가 고개를 끄덕였다. "나도 동의해요. 그렇기 때문에, 이걸 하려는 쉴로힌이 존경스럽고, 부디 잘 해내길 바랍니다. 하지만 우리끼리 이야긴데, 난 아무래도 쉴로힌이 헛수고하는 거 같아요."

두 사람이 다른 사람들이 기다리는 곳에 도착했다. 쉴로힌이 맥아더와 그의 일행에게 막 설명을 마친 상황이었다. 지금 제블렌인들은 갈릴레오의 망원경을 들여다보기 싫어하는 주교들 같은 표정이었기 때문에, 헌트는 가니메데인이 그들을 어떻게 설득해서 데려왔는지 궁금했다. 헌트는 맥아더의 상황이 이해가 되었다. 그는 지금 '각성의 소용돌이'에서 위대한 우두머리가 될 기회를 잡은 상태이므로, 그 기회를 다른 사람에게 넘겨줄 생각이 없을 것이다. 헌트는 이런 상황에 대해 가니메데인들을 설득하려 최대한 노력했지만, 그들의 전체 의견은 '이성'에게 이길 기회를 주자는 것이었다.

쉴로힌이 고개를 돌리더니 손을 들어 헌트를 가리켰다. "이쪽은 헌트 박사입니다. 제블렌을 방문 중인 지구인 과학자인데, 이 분이 여러분에게 과정을 보여드릴 겁니다. 여러분도 아주 쉽게 이해할 수 있을 겁니다."

헌트가 짤막한 검은 막대를 들었다. "이것은 저출력 휴대용 레이저입니다. 일반적인 손전등 정도의 빛을 방출하지만, 대신 훨씬 가느다란 광선의 형태로 내보냅니다." 그가 팔을 이리저리 움직였다. "여기서 나가는 빛은 제가 겨누는 물체에 부딪혀 사방으로 반사될 것입니다. 손전등으로 물체를 비추면, 손전등에서 나간 빛의 일부가 물체에 반사되어 여러분의 눈으로 들어가는 것과 같습니다. 그렇게 해서 물체를 볼 수 있게 되는 겁니다." 그가 약 30미터 떨어진 퀴이살을 겨눴다. 보조 조준선의 빨간 점을 과일의 가운데에 맞췄다. "그래서 반사된 빛의 일부가 여기 있는 내 동료 샌디와 내가 조금 전까지 서 있던 복도 반대편 끝의 투사기에 닿습니다. 그렇게 되면 투사기에서 나온 에너지 광선이 반사광이 나온 곳으로 거슬러서 가게 됩니다. 보시죠." 헌트가 버튼을 누르자 과일에 불꽃이 번쩍하며 폭발했다.

"투사기를 조준하거나 조정할 필요가 없다는 사실을 기억하세요." 쉴로힌이 설명을 덧붙였다. "광선은 반사된 빛의 경로를 자동으로 거슬러갑니다."

헌트가 그 사실을 보여주기 위해 퀴이살 두 개를 더 증발시켰다. 투사기가 위치한 곳에서 볼 때 큰 각도로 떨어져 있는 두 개를 골랐다. 타르단과 샌디는 그 장비에서 먼 곳에 떨어져 있었으므로, 저 끝에 있는 사람들은 아무것도 건드리지 않은 게 확실했다. 헌트가 제블렌인들에게 레이저를 내밀며 말했다. "시도해보실 분 계세요?"

잠시 불편한 침묵이 흘렀다. 나서서 헌트의 제안을 받는 사람은 아무도 없었다. 그때 맥아더가 헌트를 지나 가장 가까운 곳에 있는 손상되지 않은 퀴이살로 가서 과장된 몸짓으로 지지대에서 떼어냈다. 그가 고개를 돌려 구경꾼들을 바라봤다. 그리고 바닥으로 과일을 내동댕이치더니 한 발로 으깨서 곤죽으로 만들어버렸다. "퀴이살을 부수는 방법은 많아." 그가 소리쳤다. "나는 방금 하늘에서 내려온 거인의 발에 아율타가 죽었다는 사실을 명확하게 증명했다." 몇몇 추종자들이 헌트와 쉴로힌을 손가락으로 가리키며 웃음을 터트리기 시작했다.

한 추종자는 다른 퀴이살을 들어서 한입 깨어 물었다. "아니요, 보세요. 아율타는 땅에서 나타난 입이 삼켜버린 겁니다."

맥아더가 경멸하듯 노려봤다. "저들의 속임수에 속지 말라. 저들은 자기네가 설명하지 못하는 사실을 감추려 한다."

"다른 사실을 알고 있다면 우리한테 설명해보세요." 쉴로힌이 따졌다. 하지만 아무 소용이 없었다.

"당신네 가니메데인들은 자신들이 많이 안다고 생각하지." 맥아더가 내뱉듯이 말했다. "그렇지만 당신들의 지렛대와 톱니바퀴 같은 정신 상태로는 절대로 파악할 수 없는 진실이 있다는 사실을 말해주겠소. 나는 당신들의 이해를 넘어서는 왕국을 봤어. 당신들은 우주가 당신들의 편의를 위해 따라올 거라고 생각하지만, 당신들의 모든 법칙을 거스르는 세상이 있어."

"어디에요?" 짜증이 난 쉴로힌이 쏘아붙였다. "어디에서 그런 걸 봤나요? 몇 광년 떨어진 행성에서? 그랬을 거 같진 않네요. 기껏해야 거기에서 당신들이 찾아낼 거라곤 가니메데인의 우주선밖에 없을 테니까."

"하! 당신네 장난감을 타고 아무리 멀리 가봤자, 여전히 같은 차원이야. 다른 왕국은 안에 있단 말이다!"

"말도 안 돼요. 어디 안에요? 이번만은 제발 그게 무슨 뜻인지 설명해봐요."

그 순간 헌트의 귀에 호출음이 들리더니 조락이 말했다. "혹시 시간 있으세요?"

"무슨 일이야?"

"가루스 총독이 투리엔에서 돌아왔습니다. 박사님이 거기서 빠져나올 수 있는 상황이라면, 이야기를 나누고 싶다고 합니다."

헌트는 여기서 빠져나갈 핑계가 생겨서 안심되었다. 그는 샌디와 눈을 마주친 뒤 손짓으로 옆으로 불러냈다. "미안한데," 그가 속삭였다. "이만 가봐야 합니다. 가루스 총독이 일 때문에 만나고 싶다고 하네요."

"그래요. 근데 이 상황이 그리 놀랍지는 않네요." 샌디가 말했다.

"가니메데인들이 이번 기회에 인간의 심리를 주제로 공부한 셈으로 쳐야죠." 헌트가 대답했다.

✳

제블렌인이 가짜 전쟁에서 패배하기 전에, 제블렌 전 정권의 지도자들은 제블렌 연방을 건설하기 위한 계획의 일부로 고대의 경쟁자 세리오스인, 즉 지구인을 처리하려 비밀 무기 생산 계획에 착수했었다. 투리엔인에게 자신들의 의도를 감추기 위해 제블렌인은 이 군수 산업을 우탄이라는, 생명이 살지 않는 외딴 행성에 집결시켰다. 멀리 떨어진 다른 항성계에 있는 행성이었다. 제블렌 연방이 소멸된 후, 우탄의 발전기와 생산 시설은 폐쇄되었고, 행성은 투리엔 경비부대가 차지했다. 유벨레우스가 칼라자르 의장에게 했던 제안은 우탄과 관련된 것이었는데, 완전히 예상을 벗어난 내용이었다.

"유벨레우스는 제블렌의 상황이 악화되고 있으며, 유혈 사태가 일어날 가능성이 크다고 말했습니다." 헌트가 문을 닫고 자리에 앉자 가루스 총독이 말했다. "동포들의 영적인 향상을 위해 헌신하며 비폭력을 지지하고 연민을 가진 사람으로서, 유벨레우스는 그런 사태를 막기 위한 노력노 하지 않은 채 앉아 있을 수가 없었답니다."

"그렇군요." 헌트는, 경기관총이 들어있는 바이올린 케이스를 들고 온 사람이 공항에서 가방이 잘못 바뀐 거라고 이야기하는 모습을 지켜보는 경찰의 말투로 대답했다.

가루스 총독은 그저 있었던 상황을 전달해주는 것뿐이라는 몸짓을 했다. "그렇지만 투리엔인들은 감명을 받았습니다. 유벨레우스는 제블렌이 가능한 한 빨리 완전하게 회복되고 개선될 수 있도록 자신이 길을 터주고 싶답니다. 그는 대의와 모두의 안녕을 위해 제블렌에 대한 모든 권리를 포기할 준비가 되었으며, 자신과 '빛의 축' 신자들은 제블렌에서 벗어나 다른 곳에서 자신들에게 적합한 장소를 찾겠답니다. 제블렌은 주요한 두 교단 사이에 발생한 노골적인 갈등으로 인한 위협으로부터 자유로워질 수 있으며, '각성의 소용돌이'는 제블렌에 남아 그들과 잘 맞는 다른 교단들과 관계를 형성할 수 있게 될 거랍니다."

"그리고 투리엔인들은 자신들의 분별력에 대해서는 당연히 어떤 의심도 품지 않겠죠." 헌트가 말했다.

"어, 그렇죠. 지구에서 6개월을 보낸 내가 볼 때, 아직 투리엔인들은 가식적인 동기를 의심할 줄 모른다고 말해도 될 거 같습니다."

"알았어요. 그러면 유벨레우스가 제안한 게 정확히 뭔가요?"

"유벨레우스의 제안은 우탄에서 군사적 잠재력을 제거하고, 생물이 살기에 적합한 조건으로 변화시켜서 빛의 축에게 독립적인 행성으로 할당해달라는 겁니다. 그러면 참된 의지를 가진 모든 사람에게 우탄을 개방해서 진실을 찾고자 하는 사람들의 영적인 은둔처로 만들 거랍니다. 유벨레우스는 지구의 수도원에 관한 이야기를 듣고 영감을 받았답니다. 빛의 축은 우탄의 산업 역량을 평화적인 목적에 맞는 공급 시설로 운영해서 그 비용을 내겠답니다." 가루스 총독이 손을 내밀며 말을 이었다. "이게 다예요. 박사의 얼굴을 보니, 영국인들이 '이게 다가 아닐 거야'라고 할 때의 표정이네요."

"유벨레우스가 현재 일어나고 있는 다른 사건들에 개입한 거 같지는 않던가요?" 헌트가 무뚝뚝하게 물었다. "그 사람이 이 상황에 등장한 게 단순히 우연의 일치라고는 보이지 않습니다. 저는 우연을 좋아하지 않거든요."

"우리는 모릅니다. 하지만 박사가 무슨 말을 하는지는 알겠습니다. 만일 그 사람이 현재 제블렌에서 일어나는 상황에 개입되어 있다면, 이 이타주의적인 쇼에 대해서도 따져봐야 할 게 많겠네요." 가루스 총독이 대답했다.

"맞아요." 헌트가 고개를 끄덕이며 말했다. 그는 등받이에 기대앉으며 생각에 잠긴 표정으로 천장을 쳐다봤다. "이 아리송한 친구가 어떤 이유인지 몰라도 우탄을 아주 중요하게 생각하는 거 같네요. 그렇죠? 대체 왜 그 사람은 공기도 없고, 물도 없고, 살 수도 없고, 어딜 가든 수 광년을 날아가야 하는 돌덩어리를 원하는 걸까요? 그 행성에는 우리가 모르는 뭔가가 있는 게 틀림없어요. 투리엔인이 태평스럽게 반응하는 거로 볼 때, 그들도 모르는 것이겠죠."

가루스 총독은 헌트를 건너다보며 곰곰이 생각했다. "나도 모르겠습니다." 그가 대답할 수 있는 말은 그게 전부였다. "조락에게 우리가 가진 관련 정보를 모두 취합하게 시키겠습니다."

26

시내에 있는 한스 바우머의 사무실에 앉아 그의 책상에 두 다리를 거만하게 올리고 있는 제블렌인은 레쇼였다. 그는 땅딸막하고 가무잡잡했으며, 무성한 검은 머릿결에 수염은 짧고 지저분했다. 레쇼의 번쩍거리는 파란 코트와 빨간 셔츠는 비쌌지만 겉만 번지르르하게 화려한 느낌이었다. 거기에다 보석과 반지까지 잔뜩 치장했다. 똑같이 고약하게 치장한 그의 동료는 덩치가 크고 주황색 머리였다. 주황색 머리는 헐렁한 갈색 정장을 입고, 문 옆의 벽에 기대어 멍하니 껌을 씹으며 지루하고 무관심한 우거지상을 하고 서 있었다. 바우머는 입술을 꼭 다물고 자리에 앉아 모욕감과 무력한 느낌을 억지로 눌렀다.

"그 사람들이 왜 관심을 가지는지 내가 어떻게 알겠어? 난 그저 말을 전달해줄 뿐이야. 그리고 그 이유는 네가 걱정할 일도 아니야. 나는 말을 전해준 것뿐이라고. 위에 있는 사람들은 투리엔에서 행정본부에 있는 가니메데인들에게 어떤 지시를 보내고 있는지 알고 싶대. 위에서는 공동정책위원회에서 오는 자료들에 대해 특별히 관심이 많아." 레쇼가 말했다.

바우머가 화를 내며 양손을 펼쳤다. "이거 봐요. 이해를 못 하는 모양인데, 그런 정보는 아무나 돌아다니다가 가져갈 수 있는 곳에 놔두지 않는다고요. 그런 건 데이터 시스템 안에 있는데, 컬렌 보안국장이 통제하기 때문에 아무도 못 가져 나온다니까."

"다리에서 떨어져 머리통이 깨진 놈의 자료는 가져왔잖아." 레쇼가 무표정하게 말했다.

"상황이 다르다니까요. 그 자료는 직접 전달하는 복사물이었어요. 그런 일은 자주 일어나지 않아요."

"뭐, 그거야 당신 문제고."

"이거 봐요. 거기 발 좀 치워줄래요? 서류를 다 구겼잖아요."

레쇼가 한 손을 들더니 경고하듯 손가락질을 했다. "그런 태도는 안 좋아. 내가 다시 말해줄 테니까 잘 들어. 행정본부에 지구인이 당신만 있는 건 아니야. 그리고 요즘 연결기를 사용하는 게 점점 어려워지고 있어. 언젠가 당신은 공급해줄 친구들이 없어진 걸 알게 되는 날이 올 거야. 그러니까 호의를 베풀어주는 사람이 누구인지 잊지 말란 말이야, 어!"

바우머가 긴 한숨을 뱉더니 퉁명스럽게 고개를 끄덕였다. "할 수 없죠. 내가 할 수 있는 만큼 할게요. 하지만 확실하게 장담할 수는 없다고 윗사람들을 이해시켜 봐요."

바우머의 책상에 있는 패널에서 호출음이 들렸다. "무슨 일이야?" 그가 고개를 돌리며 물었다.

주택 관리 시스템의 합성된 목소리가 대답했다. "당신과 이야기를 나누고 싶다던 작가가 밖에 도착했습니다. 지나 매린입니다."

"아, 그녀가 왔다고? 잠시만." 바우머가 제블렌인들을 돌아봤다.

"당신도 보듯이, 다른 약속이 있어요. 더 볼 일이 있나요?"

레쇼가 책상에서 발을 내리더니 일어섰다. "행정본부에 가상 여행을 좋아하는 지구인이 더 있을 거라는 사실을 잊지 마. 그리고 점점 더 많은 지구인이 도착하고 있다는 것도."

갈색 정장을 입은 제블렌인이 몸을 일으켜 문을 열자마자 매린이 다른 쪽에서 나타났다. 레쇼가 멈춰 서서 바우머의 책상을 내려다봤다. "이게 내가 밍가트린 서류인가?" 그가 구두 자국이 찍힌 종이를 가리키며 물었다. 종이는 얇은 인쇄물 더미 위에 있었다.

"네. 조금 전에 뽑은 거요." 바우머가 짜증스럽게 말하며 자리에서 일어섰다.

레쇼가 종이를 구겨 똘똘 뭉치더니 쓰레기통에 던져 넣었다. "뭐, 어차피 다시 뽑아야 할 것 같았어." 그는 고개를 돌려 문 쪽으로 고갯짓하더니, 앞서가는 동료를 따라 어슬렁거리며 밖으로 나갔다.

바우머도 문으로 가서 매린을 안으로 안내하고 문을 닫았다. 그는 조금 전까지 레쇼가 앉았던 의자를 가리키고 자기 책상으로 돌아갔다.

"방금 일은 죄송합니다." 바우머가 딱딱한 말투로 말했다. "사회학자는 온갖 종류의 사람들을 만날 수밖에 없어서요."

"그럴 거라 짐작했어요." 매린이 자리에 앉았다. "급하게 연락드렸는데 시간을 내주셔서 감사합니다. 바쁘신 것 같네요." 그녀의 말은 컬런 보안국장에게 받아서 목깃의 접힌 부분에 감춰놓은 소형 녹음기를 작동시키는 암호였다.

"바쁠 때입니다. 여기서 해야 할 일이 많아서요." 바우머의 태도가 차분해졌다. 그는 매린이 무슨 일로 방문하는지 몰랐기 때문에 시간을 많이 할애할 수 없었다.

"저는 잠깐밖에 못 봤지만, 어떤 상황인지 알 수 있을 거 같아요."

"제블렌에 온 지 얼마 안 된다고 하셨죠? 그렇게 말씀하셨던 거로 기억하는데."

"맞아요. 비슈누호를 타고 왔어요. 완전히 압도당하는 기분이었죠. 전 아직도 가니메데인에게 적응이 안 된 모양이에요. 여기는 얼마나 계셨나요?"

"이제 약 5개월 정도 됐습니다."

"그 정도면 혼자서도 길을 찾을 수 있나요?"

"그건 어디를 찾느냐에 달렸죠. 작가라고 하셨던가요?"

매린이 고개를 끄덕였다. "시사적으로 흥미로운 주제에 관한 책을 씁니다. 지금은 지구의 역사적 인물 중에 제블렌 요원으로 알려졌거나 가능성이 있는 사람들에 관한 책을 계획 중이에요. 요즘 지구에서 발간되는 대중 매체들을 계속 보실지 모르겠지만, 말도 안 되는 소리들이 엄청나게 나와요. 저는 그와 관련된 기록들을 직접 얻고 싶었어요. 여기가 시작이 될 거 같아서요. 그래서 여기에 온 겁니다."

"역사에 개입한 제블렌인이라. 유명한 인물 중에 제블렌 요원일 수도 있는…." 바우머가 말했다. 그의 영어는 아주 매끄러워서 독일 억양이 거의 느껴지지 않았다. 얼굴은 창백하고 허약해 보였는데, 얇은 입술과 좁고 뾰족한 턱, 그리고 두툼한 뿔테 안경 때문에 그런 외모가 더욱 두드러졌다. 덕분에 바우머는 원래 나이보다 몇 살 어리게 보였다. 부스스하고 덥수룩한 연한 갈색 머리카락과 그가 입고 있는 얼룩덜룩한 회색 스웨터 때문에 더욱 학생 같았다. 하지만 안경의 렌즈 너머로 매린을 바라보는 그의 눈은 냉정하고 차가웠다. 그리고 꼭 다문 그의 입에서는 어렴풋이 경멸하는 표정이 묻어났다. 아마도 기회를 노리는 판매원을 쫓아낼 때 쓰는 표정일 것이다.

바우머가 책상을 내려다봤다. 그리고 흐트러진 머릿결이 앞이마 쪽으로 떨어지자 손을 들어 한쪽으로 쓸었다. "제가 도움이 될지 모르겠네요. 당신이 말한 그런 역사는 제 전공이 아니거든요."

"도와주실 거라는 기대는 하지 않았어요." 매린이 대답했다. "그렇지만 제가 어디서부터 시작하면 좋을지에 대해 조언은 해주실 수 있을 것 같았어요. 어쩌면 연락 가능한 사람들이라든가. 저보다 오래 계셨으니 세블렌을 잘 아실 테니까요."

한스 바우머의 관심은 확실히 다른 곳에 가 있었고, 이런 일에 얽혀들 생각이 없었다. 그렇지만 매린에게도 여기에 온 목적이 있었다. 그녀는 자리에 앉은 직후부터 눈으로 사무실을 계속 훑었다. 사무실은 휑댕그렁하고 먼지투성이였다. 그가 여기서 하는 일을 알 수 있을 만한 물건은 거의 보이지 않았다. 매린은 바우머가 행정본부에서 나와 있을 때 대부분의 시간을 보낸 곳은 여기가 아닐 거라는 인상을 받았다.

바우머는 책상 위에 있는 컴퓨터 패널을 다시 힐끗 쳐다봤다. 그는 조락과 소통하는 가니메데인 통신 장치를 착용하지 않았다. 매린이 도착했을 때 들었던 남자의 목소리는 제블렌어였다. 매린은 그 남자의 말과 바우머의 독일어를 통역한 소리가 저 패널에서 나왔던 게 기억났다.

"뭐 좀 물어봐도 될까요?" 그녀가 말했다.

"네?"

매린이 패널을 가리켰다. "제가 여기 왔을 때 여기에 있던 제블렌인이 한 말을 저걸로 통역하더군요. 그런데 비자르는 도시까지 확장시키지 않았다고 들었어요. 그리고 제벡스는 작동하지 않는 것 같고요. 그러면 어떻게 된 거죠? 여기에 그런 일을 할 수 있는 별도의 시스템을 가지고 있나요?"

"관찰력이 좋으시네요, 매린 씨." 바우머가 인정한다는 듯 고개를 끄덕이며 말했다. "아니요, 그런 건 없습니다. 가니메데인이 조락을 컴퓨터 통신망에 연결했어요. 채널 56번에서 통역 기능을 이용할 수 있는데, 쓸 만해요. 어디서든 제블렌인과 이야기를 나눌 수 있죠."

"조락이 뭐가요?" 매린은 자신의 이미지를 유지하기 위해 질문을 던지면서, 동시에 조락이 자신의 목소리를 알아듣고 재치 있는 농담을 던지지 않기를 빌었다. 그런데 바우머가 채널 스위치를 껐거나, 조락이 가진 능력 중 일부만 공공 네트워크에서 사용되거나, 침묵을 지켜야 할 때를 알고 예의를 지키도록 프로그램된 모양이었다. 매린은 조락에 대해 아직 잘 모르기 때문에 어느 게 맞을지 알 수 없었다.

"샤피에론호에 있는 가니메데인 컴퓨터예요." 바우머가 대답했다. "투리엔인의 컴퓨터처럼 머릿속으로 곧장 연결되어서 작동하지는 않아요." 그가 한 손을 흔들며 말했다. "아, 제가 기술적인 문제는 잘 몰라요. 조락과 소통하려면 마이크와 모니터 같은 게 필요합니다. 행정본부에 가서 사람들을 만나보면 조락에 대해 알 수 있을 거예요."

"제블렌 행성행정본부 말이죠?"

"네. 가루스 총독의 직원으로 있는 가니메데인들을 좀 만나보면 좋을 겁니다. 이론적으로는 가루스 총독이 여기서 모든 걸 관할하고 있으니까요."

"네, 압니다."

바우머가 찌푸린 얼굴로 책상을 내려다보며, 살짝 짜증이 난다는 투로 고개를 절레절레 흔들었다. "당신은 오기 전에 계획을 좀 더 짜서 왔어야 해요…." 그가 수첩으로 손을 뻗더니 펜을 집어 들었다. "아무튼 가루스 총독의 수석 과학자는 쉴로힌이라는 여성입니다…."

"가니메데인인가요?"

"네. 그녀가 도움이 될 겁니다. 제블렌인과 지구인이 지구에 갔던 요원 혐의자들을 조사했던 적이 있는데, 쉴로힌도 그 일에 참여했었거든요." 바우머가 몇 줄을 써내려갔다. "이 두 사람은 쉴로힌 밑에서 일하는 사람들입니다. 그리고 이건 만나보면 좋을 제블렌인들입니다. 마지막은 레스케드롬이라는 제블렌인인데, 제블렌 연방 당시 아주 높은 자리에 있던 사람이니까 유용할 겁니다. 하지만 만나기는 쉽지 않을 거예요. 당신이 가장 먼저 들러봐야 할 곳은 '제블렌 업무 협조실'이에요. 행정본부 안에 있는 부서입니다. 그 부서는 누가 누구이고 어디에 있으며, 무슨 일이 진행되고 있는지에 대한 목록과 도표를 관리하고 있어요." 바우머가 글쓰기를 마치더니, 위쪽을 찢어서 매린에게 건넸다. "그게 도움이 될 겁니다. 그런데 그게 도움이 되지 않으면, 유감이지만 제가 도와줄 수 있는 게 별로 없을 것 같아요."

매린이 종이를 받아 주머니에 넣었다. "아무튼 고맙습니다. 우주선에서 UN 우주군 사람들을 잔뜩 만나기 했지만, 그 사람들은 그저 가니메데인의 과학을 살펴보러 온 것뿐이라서 저를 데리고 제블렌을 구경시켜줄 만한 사람이 없었어요." 그녀는 말을 잠시 멈추고 바우머에게 반응할 수 있는 시간을 주었다. 그는 반응이 없었다. 그 정도로 그냥 포기할 수 없어서 매린은 잠시 더 기다렸다가 질문했다. "여기서 뭘 하시는데 그렇게 바쁘세요?"

"전 사회학자잖아요. 그런데 연구해야 할 새로운 사회를 통째로 갖게 된 거죠."

바우머의 말투를 듣자 접근할 방법이 떠올랐다. 매린은 헌트가 행정본부의 자료실에서 그녀를 위해 뽑아준 바우머의 모든 보고서를 읽었다. 바우머의 어휘 중에서 '통제'가 가장 중요하게 사용되는 단어 같았다. 그의 관점에서 지구는 자유시장의 광기와 자유주의적인 도덕성의 퇴폐로 인해 너무 많이 타락했기 때문에 구원할 수 있는 희망이 남아있지 않았다. 하지만 제블렌에서는 권력을 가진 자들이 알아볼 수만 있다면, 바닥부터 다시 쓰는 새로운 출발을 통해 모범적인 사회를 건설할 수 있다. 그리고 바우머는 어떻게 해야 하는지를 알았다.

"흥미롭군요. 제블렌이 정리되고 난 뒤 어떤 방향으로 나아갈 수 있을 거라고 생각하세요?"

바우머가 의자에 기대어 앉으며 반대쪽 벽을 지긋이 쳐다봤다. 그때까지 무관심하던 그의 눈에 얼핏 미광이 비쳤다. "여기는 기회가 있습니다." 그가 대답했다. "지구에 한때 존재할 수 있었으나 이제는 결코 이루지 못할 사회, 거리낌 없이 파괴하는 그 모든 탐욕과 오만이 없는 사회, 진정한 평등과 중요한 가치에 바탕을 둔 사회를 건설할 기회 말입니다."

매린은 쉽게 듣기 힘든 말을 들은 듯한 표정으로 바우머를 바라보며 말했다. "저도 종종 비슷한 생각을 했어요." 그녀는 자신이 늘어놓는 거짓말 때문에 속으로 구역질이 살짝 일었다. 하지만 자신이 하겠다고 동의한 일이기 때문에 어쩔 수 없다는 것을 잘 알았다. "그 이유로 지구에서 여기로 온 건가요?" 그녀가 물었다.

바우머가 한숨을 내쉬었다. "저는 부르주아 잡동사니와 어리석은 혼란에 빠져 영적으로 황폐해진 세상에서 벗어나기 위해 여기로 왔어요. 이제 은행과 기업들이 모든 사람을 소유하고, 그에 대한 보상으로 사람들의 욕구를 만족하게 해주죠. 충성과 복종이에요. 소들은 만족스러워하며 들판에 방목되죠. 이 체제가 자신들에게 무슨 짓을 하는지, 어디로 가고 있는 건지 아무도 생각하려 들지 않아요. 사람들은 생각을 전혀 안 해요. 뭔가를 바꾸기에는 이제 너무 멀리 가버렸어요. 그렇지만 여기 제블렌에서는 그런 광기를 강제로 중단시켰고, 모든 것들을 재평가하고 있습니다. 올바른 전망을 가진 사람들이 통제력을 가지면 상황이 달라질 수 있어요."

"정말 그렇게 생각하세요?" 매린이 너무 좋은 이야기라서 믿기지 않는다는 투로 말했다.

"왜 아니겠어요. 제블렌인도 지구인과 같은 흙으로 빚어진 인간이잖아요. 그들도 그렇게 만들 수 있어요."

"만일 가능하다면 당신은 어떻게 다르게 만들 생각인가요?" 매린이 질문했다.

그 질문에 바우머의 말문이 열렸다.

'제블렌에서는 무질서 상태가 모든 문제의 원인이었으므로, 행성 업무를 중앙집권화한 형태로 바꾸고, 모든 측면에서 엄격하게 통제하는 게 필요하다. 이를 달성하려면 정부 프로그램과 기관들의 어지러운 체계를 끝내야 한다. 가니메데인 행성행정부가 수립되면서 새로운 절차를 실시하는 첫 단계가 이미 달성되었기 때문에, 지금은 그럴 수 있는 기회다.' 등등.

"그렇지만 가니메데인은 그런 식으로 생각하지 않는 것 같던데요." 매린이 지적했다.

"가니메데인이 만들어낸 난장판을 보세요. 그들은 인간의 욕구를 이해하지 못하기 때문이에요. 그들을 이해시키는 수밖에 없어요." 바우머가 말했다.

'허용된 재화와 서비스는 바람직한 소비 수준에 맞춰 지역 계획위원회가 결정해야 한다. 산업은 공급에 필요한 최소한으로 제한되어야 한다. 따라서 낭비적으로 경쟁하는 사업 분야가 필요하지 않게 한다. 직업은 사회적 필요에 기초해서 할당되어야 하며, 사회적 훈련, 그러니까 교육 기간 동안 누적된 적성 점수도 비교해서 평가해야 한다. 하지만 상황이 허락된다면 개인적인 취향을 고려하는 것도 허용해줄 생각이 있다. 오락과 여가 활동은 할당량 달성을 촉진하기 위한 보상 체계로 분배되어야 한다.' 등등.

매린은 40분 이상 머물렀지만, 모두 그녀가 이미 대략 알고 있던 내용이었고 새롭게 알아낸 사항은 거의 없었다.

바우머는 고흐나 니체, 로렌스, 니진스키 같은 사람들처럼 너무 많이, 너무 깊게 보는 감수성 때문에 자신이 대중으로부터 버림받았다고 생각했다. 모든 사람은 가슴 속에 신비한 불꽃을 품고 태어나지만, 그 잠재력은 현대 세계의 객관성과 합리성의 망상에 의해 대부분 꺼져버렸다. 외부 세계에 대한 지나친 몰두, 그리고 지식과 구원을 찾는 방법으로 잘못 떠오른 과학이 인류를 중요한 정신의 길에서 벗어나게 했다. 바우머는 특히 '실용성'에 대한 일반적인 찬사를 혐오했다. 같은 이유로 아리스토파네스는 소크라테스를 조롱했으며, 블레이크는 뉴턴을 싫어했었다.

그럼에도 불구하고, 매린은 조금이라도 파고들어 가기를 바랐지만, 그녀가 둘 사이의 관계를 친밀한 사이로 확장하려 할 때마다 바우머가 살짝살짝 피했다. 결국 매린은 다음에 다시 만나 이야기를 나누자는 인사치레조차 얻어내지 못하고 그의 사무실을 나왔다. 알아낸 건 그다지 많지 않았다.

매린은 행정본부로 돌아오는 길에 주고받은 대화를 곱씹어보다가, 자신이 동의하는 척했던 그 대화가 지저분하게 느껴졌다. 분노와 정의라는 겉모습 뒤에 감춰진, 그녀가 억지로 들어야 했던 그 말들은 다른 사회 부적응자와 자칭 인습타파주의자들에게 들었던 무수한 철학들과 마찬가지로 거창한 자기 합리화 이상은 아니었다.

그에 반해, 그녀가 세상을 만드는 이들로 분류해놓은 사람들이 있었다. 예를 들자면 헌트 같은 사람들. 그들은 세상에 대해 재단을 내리지 않고 자신들에게 맞는 틈새를 찾아냈다. 이들은 자신이 보는 현실을 받아들이려 애쓰면서 세상이 제공한 기회를 최대한 활용했다. 이들은 죽음의 필연성을 직시하고, 자신이 보잘것없는 존재라는 사실을 받아들이지만, 그런데도 유용한 일거리를 찾아 만족을 얻었다. 바우머 같은 사람들은 할 수 없는 일이었다. 그래서 그들은 분개하는 것이다. 스스로 의미 있는 것은 아무것도 해내지 못하는 그들은 다른 사람들이 달성한 일이 아무 의미도 없다고 말함으로써 만족감을 얻었다.

하지만 다른 점은, 헌트 같은 이들은 행복하게 자신의 삶을 살아가며, 공상가들이 원한다면 고통을 즐기도록 내버려둔다는 점이었다. 그러나 그 대화는 진실하지 않았다. 세상이 변화하지 않으려 할 때, 바우머 같은 이들에게 권력을 주면 그들이 세상을 바꿀 것이다. 그들은 더 많이, 더 깊게 보기 때문이다. 그리고 고문대와 화형대, 강제 수용소는 그들이 성공했을 때 어떤 일이 일어날 수 있는지 아주 잘 보여주었다.

27

헌트는 담배에 불을 붙이고 개인 숙소 구석에 있는 책상 의자에 앉아, 지금까지 그가 수집한 자료들과 점점 더 길어지는 질문 목록이 떠 있는 모니터를 바라봤다.

왜 지구인 바우머는 만난 지 6개월도 안 된 외계인의 간첩이 되어 지구와 호의적인 관계에 있는 행정부에 맞섰을까? 어찌 됐든 제블렌 인은 인간이고 가니메데인은 아니라서? 헌트는 그 이유는 아닐 거라는 생각이 들었다. 지금껏 바우머가 쓰거나 말한 내용, 그리고 매린 에게 한 이야기 중에 반 가니메데인 성향은 거의 비치지 않았다. 틀림없이 그의 공상가적인 특성 때문일 것이다. 바우머는 제블렌을 잠재적 유토피아로 봤다. 그리고 제블렌 주민들은 그 유토피아를 빚어낼 재료로 생각했다. 주민들은 잠재적 정부에 맞서지 않고 일부가 되어 일할 사람들인 것이다. 단, 그렇게 되려면 가니메데인이 너무 오래 행정본부를 운영하지 않을 것이라고 믿을 만한 이유가 그에게 있어야만 했다. 바로 그거였다.

그런 경우라면, 바우머는 나중에 제블렌을 넘겨받을 것으로 예상되는 사람을 도와주고 있는 걸까? 가니메데인을 지구의 점령군으로 대체하기를 바라는 사람을 도와주지는 않을 것이다. 그건 지구에서 바우머가 혐오했던 것들을 제블렌으로 다시 불러들이게 될 테니 말이다. 유벨레우스와 빛의 축일까? 그게 헌트가 처음 떠올린 생각이었지만, 유벨레우스가 최근 바로 가장 중요한 시기에 우탄으로 활동 전체를 옮기고 싶다고 한 일은 그의 추측과 모순되었다.

그러면 컬렌 보안국장이 말했던 암흑가가 남았다. 오베인 부서장의 죽음이 계획된 거라면 범죄조직의 힘이 더욱 강력해질 거라는 추측이 가능했다. 그런데 바우머 같은 사람이 범죄조직과 어떤 관계를 맺은 걸까? 바우머와 관련된 이념이나 도덕성, 정치, 사회적 목표, 혹은 그 외 어떤 분야도 그들과 공통점이 거의 없었다. 헌트가 짐작할 수 있는 유일하게 가능한 해답은 범죄자들이 바우머에게 어떤 위협을 했다는 것이다. 하지만 협박할 근거는 잘 떠오르지 않았다. 바우머는 나름 깨끗하게 살아왔던 것 같았다. 그리고 그는 제블렌에 공식적인 자격으로 왔지, 머레이처럼 도망쳐 나온 게 아니었다. 바우머의 생활 방식은 확실히 골치 아픈 문제들과는 거리가 멀었다. 그러면 뭘까?

헌트를 제블렌으로 오게 한 근본적인 문제들이 마침내 벌어졌지만, 여전히 조금도 파헤치지 못했다. 제블렌인의 이성을 둔감하게 만든다고 가니메데인이 믿고 있는 '질병'의 원인은 무엇일까? '아야톨라'는 단체커가 주장했듯이 그저 일반적인 인간의 특성이 극단적으로 나타난 사례일까, 아니면 완전히 다른 사례일까? 우탄은 왜 중요한 걸까?

의문점이 많았지만, 해답은 많지 않았다. 매린은 바우머와 만난 후 실패했다는 느낌 때문에 의기소침해서 돌아왔다. 바우머는 여전히 유일하게 확실한 실마리였지만, 그에 관해 어떻게 더 알아내야 할지는 아직 손에 잡히는 게 없었다. 헌트는 키보드로 손을 뻗어 매린과 바우머가 나눈 대화 녹취록을 다시 살펴보기 위해 모니터로 불러냈다. 매린이 막 도착했을 때 제블렌인 두 명이 떠났다. 매린의 묘사로 볼 때, 그들은 깡패 같았다. 이 때문에 바우머가 암흑가와 관계를 맺고 있으리라는 의심이 더 커졌다. 바우머는 바깥 사무실에서 그들과 어떤 사업을 하는 걸까? 바우머가 행정본부로 가져오지 않으려는 그 사업은 뭘까?

헌트는 도시에 연결된 통역 서비스에 대해 바우머가 매린에게 말한 부분을 다시 읽었다. 투리엔인과 제블렌인은 수천 년 동안 서로를 상대해왔기 때문에 두 언어를 변환시켜주는 착용 가능한 작은 통역기가 오래전부터 표준으로 발전했다. 비슈누호에서 비자르에 연결하던 접착식 장치와 거의 흡사했다. 하지만 지구인의 언어와 샤피에론호를 타고 온 가니메데인의 언어는 제블렌에서 새로운 언어였기 때문에 그 통역기가 처리할 수 없었다. 그래서 바우머와 제블렌인의 대화는 조락이 통역했다.

헌트는 작은 탁자 위에 있는 재떨이에 담배를 비벼 끄고 귀를 긁적였다. "조락?" 그가 잠시 더 모니터에 뜬 자료를 살펴본 뒤 큰 소리로 말했다. 조락은 비자르와 달리 머릿속의 생각을 읽지 못했다.

"네, 박사님?"

"네가 채널 56번으로 시내에서 하는 일이 뭐야? 통역 기능과 관련된 거지?"

"제벡스의 일부가 아니었던 다목적 통신망이 아직 운영되고 있습니다. 그중 한 채널이 제블렌어와 대부분의 지구 언어 사이에 통역을 담당하도록 할당되었습니다. 그래서 지구인과 제블렌인은 어디에서든 서로 대화를 나눌 수 있죠." 조락이 대답했다.

"그건 네가 지원해주는 서비스야?"

"네. 인간 의사소통 서비스라고 할 수 있겠죠."

"흠…." 헌트가 턱을 문지르며 말했다. "매린이 시내에 있는 바우머의 사무실에 방문했던 일을 생각하고 있었어."

"네?"

"매린이 사무실에 도착했을 때 제블렌인 두 명이 사무실에서 나갔대. 틀림없이 네가 그 사람들의 통역을 해줬을 거야. 그 통역 기록이, 어, 그게 네 시스템 어딘가에 아직 남아있으며, 우리가 이용할 수 있지 않을까 해서 말이야." 헌트는 비자르라면 절대로 그러지 않으리라는 걸 알았다. 비자르는 투리엔의 고리타분한 사고방식으로 프로그램되었기 때문이다. 하지만 조락은 비자르가 아니니까 시도해볼 만했다.

"그건 그냥 통역 서비스예요. 저는 통역 내용을 저장하지 않습니다. 그 사람들이 거기에 있었다는 사실조차 기록으로 남기지 않습니다." 조락이 대답했다.

헌트가 체념하듯 한숨을 내쉬었다. 하지만 덕분에 더 큰 가능성이 머릿속에 떠올랐다.

"그러면, 지구인과 제블렌인이 서로 이야기할 때, 샤피에론호에 있는 네가 그들의 모든 대화를 들을 수는 있겠네. 모든 곳의 대화를 말이야." 헌트가 말했다.

그 질문의 의도는 충분히 명확했다. 그래서 조락처럼 너무도 논리적인 컴퓨터로서는 알아차리지 않을 도리가 없었다. "요구 사항을 그냥 말씀하시죠?" 컴퓨터가 제안했다.

"젠장, 내가 뭘 원하는지 너도 알잖아. 뭔가가 진행되고 있어. 우리는 또 다른 전쟁이 우리 손에 떨어지기 전에 바우머와 이 제블렌인들이 뭘 하려는지 알아내야 해. 이번에 벌어질 전쟁은 가짜가 아니라 진짜가 될 거야. 매린은 알아낸 게 없어. 그리고 지금 당장 우리에게는 다른 방법이 없는 상황이야."

잠시 침묵이 흘렀다.

마침내 조락이 말했다. "제 짐작에, 박사님의 궁극적인 목표는 의심스러운 정치 집단이 계획한 모든 활동을 좌절시키는 겁니다. 그들의 계획이 다른 사람들의 문제에 대해 행사할 수 있는 권력을 강화하려는 방향으로 나아갈 수 있기 때문이죠."

헌트가 눈을 들어 위쪽을 힐끗 쳐다봤다. "뭐, 우리가 항상 그렇게 최종 목표까지 모든 사항을 분석하려고 들면 실제로 뭔가 해내는 건 거의 불가능할 거야. 하지만 그래, 그렇게 말해도 크게 틀린 건 아닐 거야."

조락이 집요하게 계속 이어갔다. "논증할 수 없지만 자명한 것으로 받아들여지는 선험적 도덕률에 비추어 볼 때, 그들의 방식이 사회가 보장해주는 게 바람직하다고 생각되는 특정한 권리와 자유를 침해한다고, 박사님이 생각한다는 점이 논쟁 지점입니다."

"그래." 이 이야기가 어디로 흘러가는지 알아챈 헌트가 낮은 소리로 툴툴대며 대답했다.

"그렇다면 그 목표는 강요적이고 강제적인 통치 체제로부터 피해를 당할 사람들이 권리를 침해당하지 않도록 지키는 것이 되어야 할 것입니다."

"그래, 그래, 그래." 헌트가 짜증스럽게 동의했다.

"그 권리 중 하나는 간섭받지 않고 사생활을 향유하는 것입니다. 그렇지만 그 권리를 진정으로 보장하려면, 누구도 어떤 사람에게 그 권리를 부여할지 말지를 결정할 수 있는 특권을 가질 수 없어야 합니다. 그런데….”

헌트의 인내가 바닥을 쳤다. 헌트는 조락이 이 이야기를 아리스토텔레스의 저서들만큼이나 한도 끝도 없이 늘어놓을 것 같았다. “이것봐. 놈들은 아율타를 산 채로 소각했어. 그리고 아마 오베인 부서장도 그들이 제거했을 거야. 우리가 맞서 싸우고 있는 존재가 지금 내가 생각하기 시작한 그런 놈들이라면, 알렉산드리아와 콘스탄티노플의 도서관을 태우고, 암흑시대를 초래하고, 마녀재판을 움직였던 놈들과 같은 세력이야. 아마 흑사병도 일으켰을 거야. 우리는 그놈들과 달라.”

“알고리듬적으로 볼 때, 논리적 논법을 흥미롭게 우회하는 말씀이네요.” 조락이 지적했다. “같은 논리를 사용하면, 박사님은 일찍 자살하는 게 암을 예방하는 최선의 방법이라거나, 학살이 사람들이 노예가 되지 않도록 보호하는 가장 효과적인 방법이라고 주장할 수도 있습니다.”

“음, 그건 잊어버려. 그러면 그 문제를 이런 식으로 생각해보자.” 헌트가 제안했다. “넌 우주선의 컴퓨터잖아, 그렇지? 비자르처럼 항성 간 사회 활동을 관리하는 거대한 컴퓨터가 아니야. 도덕적으로 훈계하는 건 네 업무가 아니야. 네가 가장 중요하게 최우선으로 고려해야 하는 사항은 샤피에론호와 거기에 탄 승객들의 안전을 지키는 거지. 너도 나한테 그렇게 말했었잖아.”

“저는 그게 논리적으로 흥미로운 문제라고 말씀드렸을 뿐이에요.” 조락이 대답했다.

“그 이야기 잘 꺼냈어. 조금 전에 상황이 계속 이렇게 전개되면 결국 전쟁이 일어날 수도 있다고 내가 말했잖아. 그 말은 가루스 총독과 쉴로힌, 몬카르, 로드가르, 그리고 샤피에론호의 다른 가니메데인들이 모두 그 전쟁판에 휩쓸릴 수 있다는 뜻이야. 그들을 지키기 위해 네가 할 수 있는 최선은 그런 사태가 일어나지 않도록 막는 일을 돕는 거고. 그래서 그 문제를 우회한 거야."

"알겠습니다. 하지만 우주선을 지휘하는 가루스 총독이 최종 권한을 가지고 있습니다. 총독이 승인해줘야 합니다."

"그러면 가루스 총독을 찾아서 이 문제에 관해 이야기하자." 헌트가 말했다.

✳

유벨레우스와 그의 보좌관 이두아네는 쉬반에 있는 성전의 개인실에 앉아 모니터에 비친 씨리오와 대화를 나누고 있었다. 씨리오는 시내 어딘가에서 다른 일들과 더불어 불법적인 두뇌세계 연결기를 운영했다. 그는 또한 바우머와의 사이에 중개자도 제공해서 빛의 축이 직접 개입했다는 사실을 감춰주었다. 씨리오는 일상적인 사업들을 빠르게 살펴본 뒤 매린과 바우머가 만난 일을 언급했다.

"바우머는 의심하지 않던가요?" 유벨레우스가 다시 말했다. 계획이 중요한 국면에 들어갔다. 유벨레우스는 어떤 일도 운에 맡기고 싶지 않았다. 모르는 사람이 난데없이 나타나 자신의 정보원에게 질문을 던지면 언제라도 의심을 할 수밖에 없는 법이었다.

"바우머는 매린이 말해준 대로 믿었습니다. 작가로서 어리석은 계획을 하고 있는 몽상적인 여자라고 생각했죠. 두 사람은 정치에 관해 이야기를 나눴습니다. 바우머가 인명록에서 찾을 수 있는 몇 사람의 이름을 확인해보라며 매린에게 줬습니다."

"매린은 기르바인에 있는 호텔에 작가로 등록되어 있습니다." 이두아네가 씨리오를 도와주려고 눈치껏 끼어들었다. "그녀는 자신의 이름으로 혼자 등록했고, 미국 시애틀에서부터 혼자 여행했습니다."

"내가 그 여자는 깨끗하다고 말했잖아요. 젠장, 우리도 할 일이 많아서 바빠요."

유벨레우스는 여전히 반신반의했다. 하지만 당장은 그 문제를 더 파고들지 않았다. 그러나 나중에 유벨레우스가 이두아네에게 말했다. "난 매린이라는 여자가 아무래도 찜찜해. 행정본부 안에 있는 다른 성보원을 통해 점검하고, 그 여자에 대해 아는 게 있는지 확인해봐. 오늘 내로 나한테 돌아와서 보고해."

✳

가루스 총독의 집무실에서 헌트가 책상 너머로 애원하는 몸짓을 했다. 헌트가 지원을 받기 위해 데리고 온 컬렌 보안국장이 한쪽에서 이 모습을 보고 있었다. 헌트가 간청하듯 말했다. "보세요. 이게 비열한 짓이고, 가니메데인이 기분 좋게 느낄 일이 아니라는 사실은 잘 압니다. 하지만 우리는 그들이 무슨 짓을 하고 있는지 알아내야 합니다. 제기랄, 제블렌인들은 5만 년 동안 지구를 통째로 도청했다고요! 그들이 대체 무슨 권리로, 도시 하나를 조금 도청했다고 성질을 부리겠어요?"

"우리는 좀 더 나은 정보 출처가 필요합니다." 컬렌 보안국장이 헌트를 거들었다. "이런 방식은 정보 요원이 꿈꾸는 첩보 활동이 아니지만, 우리가 가진 거로 해야지 어쩌겠습니까."

가루스 총독은 조금 전 우탄으로 옮겨가겠다는 유벨레우스의 제안에 대해 공동정책위원회가 호의적인 반응을 보인다는 소식을 칼라자르 의장에게 들었다. 유벨레우스는 제블렌에서 긴장을 낮추는 게 목적이라면, 지금 약간의 선의를 보여주는 게 나중에 약속과 선의를 마구 베푸는 것보다 훨씬 효과적이라고 주장했다. 그리고 자신의 진정성을 강조하기 위해, 당장에라도 교단의 선발대가 떠날 준비를 마쳤다고 했다. 투리엔인들은 유벨레우스가 통 큰 제안을 했다고 판단하고, 그들을 태워줄 우주선을 제블렌에 보내기로 했다. 칼라자르 의장은 가루스 총독에게 이 조치가 전적으로 마음에 드는 것은 아니지만, 유벨레우스를 제블렌에서 더 멀리 떼어놓을수록 가까운 장래에 골치 아픈 일을 덜 벌이지 않겠냐고 속내를 털어놨다.

가루스 총독은 헌트와 마찬가지로 유벨레우스를 믿지 않았다. 하지만 적어도 이들이 옮겨가면 당분간 이 사람을 책임지지 않아도 된다. 가루스 총독으로서는 반대할 이유가 없었다. 그동안 가루스 총독은 자신의 문제에 집중할 수 있을 것이다. 그동안 그가 시도했던 다른 방법들은 모두 실패했다. 단서는 도시 안에서 찾을 수밖에 없었다. 가루스 총독은 헌트의 제안이 불쾌했지만, 이건 인간의 세계와 관련된 인간의 문제이므로 인간적인 방법이 필요할지도 모른다고 생각했다.

"좋습니다, 박사님." 가루스 총독이 조락에게 지시를 내렸다. "조락, 그렇게 해."

헌트가 희미하게 미소를 지었다. 하지만 그다지 많은 희망을 걸지는 않았다. 시내에 나가 있는 바우머나 다른 지구인이 제블렌인과 뭔가 유용한 말을 나누지 않으면 아무 의미도 없었다. 전적으로 수동적인 상황이었다. 헌트는 컬렌 보안국장도 자신처럼 만족스럽지 않게 생각한다는 사실을 알아챘다. 헌트가 보안국장을 바라보며 얼굴을 찡그렸다.

"그밖에 뭘 할 수 있을까요?" 컬렌 보안국장이 말했다.

"아, 전 뭔가가 걸려들기만 기다리면서 여기에 그냥 주저앉아 있을 생각은 없어요. 해답이 어디에 있는지는 이미 동의했잖아요. 이제 밖으로 나가서 그들을 찾아볼 때가 된 것 같아요. 내일 아침, 나는 시내로 가서 아는 사람들과 이야기를 나눠볼 생각입니다. 제가 거기서 뭘 찾게 될지는 한번 보죠." 헌트가 그에게 말했다.

✳

그날 밤늦게 유벨레우스와 이두아네가 다시 만났다. "네. 매린은 거기에 있었습니다." 이두아네가 말했다. "바우머를 만나러 가기 전날 행정본부에 갔습니다. 그리고 만난 뒤에도 행정본부로 갔습니다. 그녀가 비슈누호에서 만났던 UN 우주군 과학팀이 거기에 있습니다."

"아, 그러면 그 여자는 어떤 책을, 누구를 위해 쓰고 있는 거지?" 유벨레우스가 물었다.

"그녀의 말 그대로인 것 같습니다. 과학팀이 그녀를 좀 도와주는 모양입니다. 매린은 여기를 잘 모르니까, 자기가 알고 있는 사람들을 만나러 가는 게 자연스럽지 않을까요?"

"글쎄, 내가 조금 확인해봤어. 넌 이 UN 우주군 과학팀이 누군지 알아?" 유벨레우스가 말했다. 이두아네는 모르는 표정이었다. 유벨레우스가 고개를 끄덕였다. "그러면 내가 말해주마. 빅터 헌트 박사라는 이름은 들어봤나? 아니면 크리스천 단체커 교수는? 네가 볼 때는 그냥 과학자들 같지? 지구에 대한 감시를 밝혀내고, 제블렌 연방을 무너트린 사람들이야. 두 과학자는 UN 우주군의 콜드웰이라는 국장의 지시를 받지. 그 국장도 지구인이 '가짜 전쟁'이라 부르는 작전을 설계했던 사람들 중 하나야. 그리고 지금 누가 그 과학자들을 제블렌으로 보냈는지 알아? 바로 그 콜드웰 국장이야. 자, 이제 내가 지나치게 조심하는 사람처럼 보여? 이 과학자들은 위험해. 그들과 관련된 사람들도 모조리."

이두아네가 불안한 표정으로 한숨을 내쉬며 물었다. "어떻게 하면 좋겠습니까?"

"그 여자를 여기로 끌어와서, 그 여자가 뭘 하려는 건지 우리가 알아보자." 유벨레우스가 대답했다.

"씨리오에게 준비를 시킬까요?"

유벨레우스가 잠시 생각하더니 고개를 저었다. "아니야. 씨리오는 바우머나 관리하라고 내버려둬. 그 여자가 과학자들과 잘 안다면 우리가 직접 처리하는 게 나을 것 같아. 네가 개인적으로 처리할 수 있을 거야. 독일인을 이용해. 그 여자와 이미 알고 있잖아. 하지만 다른 연락선을 통해 연락해. 씨리오 부하들이 개입하는 건 원하지 않아."

"지금 즉시 착수하겠습니다." 이두아네가 다짐했다.

28

다음 날 헌트가 시내로 나간 사이, 매린과 샌디는 행정본부의 주거 구역 아래층에 있는 칙칙한 구내식당에서 함께 점심을 먹었다. 음식은 평범하고 단조로웠다. 제블렌인 식당 직원에게 불평하면, 그들은 공급 체계가 엉망이라서 그렇다고 했다. 일반적으로 이들은 모든 부족과 불편함이 제벡스가 정지된 탓이라고 생각했다.

"또 염병할 음식 쓰레기랑 구두 상자 요리네요." 샌디가 샌드위치처럼 생긴 음식을 내려다보며 말했다. "당신이 여기까지 올 때는 이런 걸 기대하지는 않았겠죠, 그렇지 않아요? 목성의 위성 가니메데의 얼음굴에 있을 때도 이거보다는 음식이 괜찮았어요."

"그런데 당신은 어쩌다가 가니메데 같은 곳에 가게 된 거예요?" 매린이 궁금해서 물어봤다.

"단체커 교수나 헌트 박사 같은 사람들과 일하다 보면 뭐라도 가능하죠."

"그렇군요…. 무슨 말인지 이해가 돼요."

"뭐, 당신 처지를 돌아보세요. 헌트 박사와 알게 된 지 일주일밖에 안 됐는데, 지금 여기에 있잖아요."

매린이 주변을 둘러봤다. "당신 말이 맞아요. 그리고 여긴 비슈누호와 상당히 많이 다르다는 걸 인정할 수밖에 없네요."

"조락은 비자르에 비해 조금 뭐랄까…, 귀여운 거 같아요. 조락은 농담을 하더라고요. 그 전에 컴퓨터가 농담하는 걸 들어본 적이 있으세요?"

"어쩌면 25년 동안 우주에 갇혀있던 경험 때문에 영향을 받았을지도 몰라요. 가니메데인들은 괜찮았을 거예요. 그들은 그런 문제를 다룰 수 있으니까요. 우리라면 완전히 돌아버릴 일들이 아무리 많이 일어나도 그들에겐 전혀 영향이 없는 것 같다는 생각이 들기 시작했어요." 매린이 주황색 귀 같은 게 달려서 특이하게 생긴 노란 과일을 이리저리 살펴보며 말했다. "그래도 여기에는 비자르에 직접 연결된 회선이 있잖아요."

두 사람은 한동안 조용히 음식을 먹다가 접시를 찡그리며 쳐다봤다.

"난 제블렌에 도착한 이후로는 비자르에 가까이 안 가봤어요." 샌디가 말했다.

샌디의 말투가 이상하게 날카로웠다. 마치 매린의 반응을 살펴보기 위해 속내를 감춘 뭔가를 전하려는 듯했다. 매린은 잠시 후에야 그 사실을 깨달았다. 매린의 표정이 바뀌었다. 하지만 그녀가 뭔가 말하기 전에 샌디가 말을 이었다. "우리가 우주선에 있을 때 비자르에 대해 얼마나 알아냈어요? 비자르는 단순히 입출력 시스템이 다른 조락은 아니었잖아요, 그렇죠? 혹시 비자르에 대한… 실험 같은 거 해보셨어요?"

매린은 식사를 멈추고 식탁 건너를 응시하며 샌디의 얼굴을 조용히 살폈다. "비자르에 대한 실험이오?" 그녀가 되물었다.

"네."

"당신이 말하는 실험이 어떤 의미냐에 따라 다르죠."

샌디가 대답할 때의 말투를 들으니 그녀는 아마도 오래전부터 이 주제에 대해 다른 사람과 대화를 나누고 싶었던 모양이었다. "비자르에 연결하고 나서 그게 얼마나 이상한지 생각해본 적 있나요? 당신 말이 맞아요. 투리엔인들은 우리와 엄청나게 다른 존재들인 게 확실해요." 샌디가 손가락으로 옆머리를 툭툭 치며 말했다. "그들은 인간이 자기들과 얼마나 다른지 잘 몰라요."

매린이 의자 등받이에 기대며, 갑자기 샌디의 얼굴에 나타난 긴장 감을 눈여겨보았다. 매린은 이제 샌디가 무슨 말을 하려는지 알았지만, 그 핵심을 피해서 대답했다. "투리엔인들이 사방에 도청 시스템을 설치하고는 그게 신경 쓰여서 어떻게 살아가는지 이해가 되지 않는다는 이야긴가요? 네, 나도 그게 이상하다고 생각해요. 나도 그게 신경 쓰여요. 그리고 그들은 별로 중요하지 않은 부분까지 자세히 다루더라고요. 현실에 대한 개념이 우리와 다른 모양이에요."

샌디가 고개를 저었다. "아니요. 내가 말하려던 건 그게 아니에요. 비자르가 머리에 정보를 집어넣는 방법에 관한 이야기였어요. 비자르의 능력은 이용자를 다른 어딘가에 있다고 생각하도록 만들고, 실제와 차이를 못 느끼게 하는 정도가 아니에요. 비자르는 장소를 만들 수도 있어요. 존재하지 않는 세계를 뭐든지 통째로 만들 수도 있죠. 그리고 그 세계는 현실과 똑같아요. 현실과의 차이를 알 수 없다는 뜻이에요. 이용자가 원하는 것은 뭐든지 할 수 있어요."

"계속 말해줘요." 매린이 말했다. 아직은 자기 생각을 털어놓고 싶지 않았다.

샌디는 포크를 내려놓고, 살짝 손을 들어 흘러내린 머리카락을 옆으로 쓸었다. 그녀가 떠올리려는 기억 때문에 조금 힘든 모양이었다. "하지만 비자르는 이용자가 지시하는 것들을 만들어내는 정도보다 훨씬 더 나아가요. 이용자의 머릿속으로 곧장 들어가서, 이용자가 거기에 있는지도 몰랐던 생각까지도 끄집어낼 수 있어요. 이용자로서는 존재하는지도 몰랐던 자신에 대한 생각들 말이에요. 어쩌면 살아가면서 해결해야 할 문제들이 이미 너무 많아서, 혹은 어떻게 하든 이용자가 바꿀 수 없는 일들이라 그 문제들 때문에 괴로워하며 시간을 낭비하지 않으려고 마음 한구석에 깊숙이 넣어둔 생각일 수도 있어요. 그런데 그 생각들이 정면에서 자신을 빤히 쳐다보는 상황을 상상할 수 있겠어요?"

매린은 눈을 그녀에게 고정한 채 천천히 고개를 끄덕였다. "네, 저도 알아요." 그녀가 마침내 속내를 털어놓았다. "나도 비자르를 가지고 놀았어요. 그래서 당신이 이야기하는 게 뭔지 알아요."

"그래요?"

"네."

"그런데 어떻던가요…?" 샌디가 질문을 얼버무리며 손바닥을 위로 향해 들어 올리는 몸짓을 했다.

"끔찍했어요. 나도 다시는 그 근처로 안 갔어요." 매린이 말했다.

샌디가 고개를 끄덕였다. 이제 여자 대 여자의 대화였다. 두 사람은 비밀이 필요 없이 서로를 이해했다. 샌디가 매린을 바라보면서 스웨터의 지퍼를 끝까지 위로 올렸다. "이거 알아요? 난 사람들을 죽일 수도 있어요." 매린은 자기도 모르게 얼굴에 퍼지는 놀란 표정을 감추지 못했다. 샌디는 매린의 반응을 보고 위안을 얻은 듯 고개를 끄덕였다. "내가 알게 된 사실이에요. 더 알고 싶어요? 정말 괴상해요. 평생 나라고 생각해왔던 게 내가 아니라는 사실을 알게 되면 어떨 거 같아요?"

샌디가 창백한 얼굴로 떠는 모습이 매린의 눈에 들어왔다. 매린은 앞으로 숙여 샌디의 팔에 손을 올리고 진정시켰다. "걱정하지 말아요. 모든 사람에게 그런 게 있을 거예요. 저기, 혹시….."

샌디가 방어적인 태도로 팔을 당겼다. "빌어먹을, 비자르는 아이큐 백만짜리 염병할 프로이트예요. 잘 모르겠지만, 투리엔인은 알고 싶지 않은 사실이 없거나, 그런 사실을 아무 문제 없이 처리할 수 있을 거예요. 그렇지만…." 샌디의 목소리가 잦아들었다. 그녀가 고개를 들어 매린을 쳐다보더니 한숨을 뱉었다. "미안해요. 아마 내가 이야기를 털어놓을 누군가를 찾고 있었나 봐요."

"괜찮아요."

샌디가 상자에서 진짜 콜라를 꺼내 벌컥벌컥 들이켰다. 콜라는 행정본부에 있는 지구인 파견단이 지구에 주문해서 비슈누호에 실려 왔다. "우리가 여기에 온 지 겨우 며칠밖에 안 됐지만," 샌디가 콜라 캔을 내려놓고 팔을 휘휘 젓는 몸짓을 했다. "행성 전체가 뭔가에 중독된 것 같아요. 사람들이 기억하는 한 내내 그런 상태였다고 하더라고요. 그런데 다들 제블렌인이 무엇 때문에 저렇게 미친 건지 궁금해하잖아요. 이해가 안 돼요. 무엇이 그들을 미치게 만들었는지는 너무도 명확하잖아요."

매린이 샌디를 한참 동안 지긋이 바라봤다. 매린도 우주선을 떠나기 전에 이미 같은 결론에 도달했으면서 왜 지금껏 아무 말도 하지 않았는지는 자신도 몰랐다. 지금 그녀는 샌디에게서 그 이야기를 듣자, 모든 게 분명해 보였다.

"그 염병할 점심을 마저 먹어요." 매린이 말했다.

샌디가 접시를 밀어냈다. "더 먹으면 토할 거 같아요. 왜요?"

"당신 말이 맞는 거 같아서요. 이제 우리가 다른 사람에게 이야기할 때예요. 어쩌면 오래전에 말했어야 할지도 몰라요."

✳

두 사람은 주 연구실 의자에 앉아 있는 단체커를 찾아냈다. 그는 안퀼로크의 표본 집단에서 나타나는 프로그래밍 복잡도의 변화를 나타내는 도표 곡선을 보며 생각에 잠겨 있었다. 안퀼로크는 학습된 행동 변화를 유전으로 물려줄 수 있는 제블렌의 독특한 날짐승이었다. 안퀼로크는 관련 생물군에서 그런 능력을 갖춘 유일한 생물인 게 분명했다.

"혹시 컴퓨터는 지식 토대를 끊임없이 쌓아 올리며 강화하기 때문에 인간보다 지적 능력이 뛰어나다는 주장을 들어본 적 있나요?" 그들이 연구실에 들어가자 단체커가 질문을 던졌다. 틀림없이 단체커는 혼자 생각에 몰두하다 첫 목표물이 나타나자 반응을 보기 위해 그 생각을 튕겨낸 것이었다. "그 주장을 하는 사람들은, 우리가 똑같은 기초 지식을 각 세대가 반복해서 배우느라 삶의 4분의 1을 허비하고는 아주 조금만 사용하고, 그보다 적은 지식을 추가하는데, 그나마 대부분 죽을 때 함께 사라지기 때문에 엄청나게 불리하다고 생각하죠." 교수는 한쪽의 작업대 위에 비행 자세로 떠 있는 안퀼로크의 입체 영상을 손으로 가리켰다. "하지만 저 동물로부터 발전된 진화 방식을 익히면 그 결과가 어떻게 될지 상상이 되세요? 우리가 자신에게 감사해야 하는 한 가지는 훈련된 특성이 유전되지 않는다는 사실입니다. 한 세대 전체를 나치 광신자로 만들기 위해 모든 노력을 기울였지만, 그들의 아이들은 에스키모만큼이나 그런 광기에 물들지 않고 태어났습니다. 그런데 세뇌 과정이 자체적인 유전자를 만든다면, 얼마나 더 견딜 수 없는 광신자가 될지 상상해보세요. 바우머 같은 친구는 그런 도구를 차지하기 위해 뭘 내어놓을까요?" 단체커가 의자에 앉은 채로 몸을 돌려 뭔가 말하려고 기다리고 있는 매린과 샌디를 바라봤다. "그건 그렇고, 무슨 일로 오셨나요?"

"무엇이 제블렌인을 엉망으로 만들었는지에 대한 해답을 우리가 찾은 거 같아요." 매린이 단도직입적으로 말했다.

"우리에게는 이미 답이 있어요." 단체커가 유쾌하게 대답했다. "제블렌인은 투리엔인이 좋은 의도로 펼친 과도한 쾌락에 빠져서 수천 년을 보냈어요. 투리엔인이 인간도 자신들과 같은 방식으로 만들어졌다고 착각한 거죠."

"그러면 지금도 제벡스가 원인이 아니라고 생각하세요?"

단체커는 지금 너그러운 상태라서 다른 사람을 힘들게 만들 생각이 전혀 없었다. "글쎄요, 그렇게 말할 수 있겠죠." 그가 인정했다. "여러분도 이해하겠지만, 제벡스는 원인의 도구인 거지, 원인 그 자체는 아니에요. 제벡스는 그들의 모든 요구를 충족시켜주고, 생각도 대신 해주고, 모든 문제를 처리해줬죠. 하지만 제블렌인은 여느 인간들과 마찬가지로 문제를 해결하며 사는 존재예요. 그들의 문제를 없애버리면, 즉시 스스로 만들어낼 겁니다. 아니면 쇠약해지거나, 자신의 본성을 거부하는 상대방을 원망하겠죠. 그리고 우리가 현재 보고 있는 증상이 바로 그겁니다. 유감스럽지만, 지금으로선 시간과 인내만이 유일한 해답이에요."

"우리는 그렇게 생각하지 않습니다." 샌디가 단체커에게 말했다. "우리는 구체적으로 제벡스가 작동되는 방식과 관련된 어떤 부분이 원인일 수 있다고 생각해요."

단체커가 빼빼 마른 상반신을 쭉 펴서 의자에 기대앉았다. 그리고 느긋하게 유쾌한 표정을 지으며 그들을 바라봤다. "아, 그래? 정말 흥미로운 주장이군. 왜 그렇게 생각하는지 이야기해줘."

"제벡스는 비자르와 아주 많이 흡사하죠, 그렇지 않나요?" 매린이 이야기를 시작했다.

"글쎄요. 제블렌인의 시스템은 다른 처리 규정과 작동 변수로 프로그램됐습니다."

"기본적인 기술과 능력에 대해 말하는 거예요."

"그렇군요. 맞습니다."

매린이 다른 의자를 끌어와 조용히 앉았다. 샌디는 작업대 옆에 그대로 서 있었다. "그러면 교수님, 뭔가 물어봐도 될까요?" 매린이 말했다. "비자르를 어느 정도까지 사용해보셨어요?"

"다른 사람들만큼은 사용해봤을 겁니다. 난 투리엔 우주선이 처음 지구에 왔을 때 마중했던 환영단의 일원이었어요. 그리고 요즘은 내 연구를 진행하면서 일상적으로 사용하죠." 단체커가 대답했다.

"그렇군요. 그런데 비자르를 어떤 용도로 사용하시죠?" 매린이 집요하게 질문을 던졌다. "그걸로 수행하는 작업을 설명해주세요."

단체커는 대체 왜 이런 질문을 하는지 이해가 되지 않는다는 투로 어깨를 으쓱했지만, 순순히 따랐다. "투리엔의 기록과 데이터를 이용하거나, 투리엔인과 협의하기도 하고, 시스템에 연결할 수 있는 장소에 있는 지구인과 이야기를 나누기도 하죠. 그리고 업무상이나 사교적인 이유로, 혹은 순전히 호기심에 투리엔의 영토를 여기저기 '방문'하기도 합니다. 당신 질문에 대답이 되었나요?"

"그러면 그 이상의 활동을 한 적은 전혀 없나요?" 매린이 물었다.

단체커는 엄격하게 취조를 당하는 기분이 들어서 처음으로 짜증스러운 기미를 살짝 비추기 시작했다. "그 이상이라뇨? 무슨 뜻인가요?

다른 어떤 활동을 할 수 있죠?"

매린이 앞쪽으로 몸을 기울이더니, 마치 이야기를 제대로 해내기 위해 마음속으로 연습이라도 하듯이 한 손을 잠깐 들었다. "교수님…, 죄송한 말씀이지만, 교수님은 과학자의 태도를 유지하느라 비자르를 순수하게 기술적인 도구로만 보는 식으로 생각이 제한된 게 아닐까요?" 그녀가 서둘러서 덧붙였다. "헌트 박사도 같을 거예요. 두 분은 과학자니까 비자르를 기술적인 도구 이상으로는 전혀 생각해보지 않았겠죠. 하지만 비자르의 능력은 그보다 훨씬 더 나아갑니다. 그 자체로 환경에 따라 특성을 바꿀 수 있는 자기적응 프로그램으로서 마음과 직접 상호작용하죠. 그리고 여느 상호작용 프로그램과 마찬가지로, 비자르는 적응할 뿐만 아니라 적응시키기도 합니다."

"잠재의식에서 긁어온 정보에 따라 맞춤형 현실을 만들죠." 샌디가 말했다.

"비자르는 마음을 읽지 않아. 그건 투리엔인의 운영 규정 때문에 확실하게 금지된 기능이야." 단체커가 반박했다.

"이용자가 허용하면 할 수 있어요." 매린이 말했다.

단체커가 눈을 껌뻑이더니 매린을 빤히 쳐다봤다. "지금껏 그런 요구를 해볼 생각을 전혀 못 해봤어요." 단체커가 인정했다. 매린의 주장이 관철되었다. 누구도 굳이 그 사실을 입 밖으로 내어서 확인할 필요는 없었다.

"그리고 제벡스는 다른 규정에 따라 운영됩니다." 샌디가 단체커에게 상기시켰다. "투리엔의 사생활과 기본권 개념이 포함되지 않은 규정이죠."

"여러분은 그 현상을 체험했나요, 두 사람 모두?" 단체커가 물었다. 두 사람은 그렇다고 확인해주었다. "여러분이 알아낸 게 뭔지 말해주세요." 그가 말했다.

두 사람은 불필요하게 사적인 부분은 빼고, 자신들이 알아낸 것과 그 영향에 관해 이야기해줬다. 헌트가 예전에 단체커는 종종 고약하게 굴 때가 있다고 매린에게 경고해줬기 때문에, 그녀는 싸울 준비를 하고 왔다. 하지만 단체커는 비웃거나 깔보지 않고, 그들의 말을 진지하게 들었다. 두 사람이 이야기를 끝내자, 단체커가 자리에서 일어나더니 연구실의 반대편 벽까지 천천히 걸어가 생각에 잠긴 얼굴로 제블렌의 생물 계통학 도표를 바라봤다.

잠시 후 단체커의 태도에 자신감을 얻은 샌디가 그의 등에 대고 말했다. "우리가 다루고 있는 문제와 관련해서, 투리엔인의 심리가 상당히 외계인스럽다는 사실을 발견한 사람이 우리만은 아닐 겁니다. 어쩌면 생물학적으로 조상이 같다는 사실은 별로 중요하지 않을지도 몰라요."

샌디는 샤피에론호의 가니메데인과 비교해서 이야기하는 게 분명했다. 가니메데인의 문명은 21세기 지구보다 겨우 1백 년 정도 앞선 것으로 추정되었다. 가니메데인은 지구인과 마찬가지로, 그들이 있을 거라고 생각하는 곳에 사람들이 있고, 물체와 장소도 보이는 그대로이며, 시간과 공간은 상식적으로 이해할 수 있는 것이고, 초공간은 들어본 적도 없었다. 투리엔 문명은 오랫동안 거의 사망에 가까운 침체에 빠져있었음에도, 지구나 미네르바 문명보다 월등히 많이 발전했다.

"이제 가루스 총독이 우리 쪽에 도움을 요청했던 이유를 알 것 같아요." 매린이 말했다.

단체커가 고개를 돌려 그들을 바라봤다. "정말 흥미롭네요. 이 말을 헌트 박사에게도 했나요?"

"아직 안 했어요. 헌트 박사는 시내에 나갔거든요. 우린 여기로 곧장 왔어요." 매린이 말했다.

"박사가 시내에서 뭘 하는데요?"

"잘 모르겠어요. 바우머에 대한 단서를 얻으려는 것 같아요."

"조락." 단체커가 불렀다.

하지만 바로 그때 조락이 매린에게 전화가 왔다는 사실을 알렸다. 한쪽에 있는 모니터에 창백한 얼굴에 안경을 쓴 한스 바우머의 얼굴이 나타났다. 매린이 모니터로 다가가자 그가 활짝 미소를 지었다.

"아, 일행이 있으셨네요. 지금 통화하면 실례가 될까요?"

매린이 고개를 저었다. "아니요, 이야기하세요. 괜찮아요."

"저번에 나눴던 이야기 때문인데요. 저기요, 당시 제가 조금 무뚝뚝하게 굴었다면 죄송합니다. 안 좋은 때에 오셨었어요. 그 제블렌인들이 골치 아픈 사람들이었거든요. 그리고 최근에 문제가 계속 쌓여가고 있어서요. 물론, 저는 당신에게 쉬반을 조금 더 구경시켜드리고 싶어요. 혹시 아직 관심이 있으시다면, 언제 보는 게 좋으세요?"

29

그곳은 헌트가 처음 왔을 때와 마찬가지로 촌스럽게 화려하고 여전히 혼란스러웠다. "안녕, 헌트 다시 왔어." 닉시가 미소로 헌트를 맞이하며 인사했다.

머레이가 보고 있던 영화를 끄고, 외형이 바뀌는 의자에서 일어났다. "언제 올까 궁금했소. 적응은 잘 되시오?"

"나쁘지 않습니다."

헌트는 방으로 들어가 머레이가 보고 있던 모니터가 달린 패널을 살펴봤다. "이게 도시의 다목적 네트워크에 연결되어 있나요?" 헌트가 물었다.

"다른 것들처럼 그렇지. 왜 물으시오?"

"지걸로 채널 56번을 켤 수 있나요?"

"그건 데이터 서비스 채널인데, 내가 그걸 어디에 쓰겠소?"

"제가 그냥 뭔가 해보려고요."

머레이가 어깨를 으쓱하더니 제블렌어로 패널에 뭔가 말했다. 그리고 헌트를 바라봤다. "그 채널을 켜면 어떻게 되는 거요?" 방의 스피커에서 그의 말이 제블렌어로 통역되어 나왔다.

닉시가 깜짝 놀라 뚫어지게 쳐다보더니 머레이에게 뭔가 말했다. "이건 대체 어떻게 한 거야?" 그녀의 목소리에 담긴 말투까지 합성해서 충실하게 옮겼다. "저게 뭐야? 두 사람도 이 말이 이해가 돼요? 저게 내 말을 영어로 하는 건가요?"

"어이쿠, 깜짝이야." 머레이가 패널을 노려보며 말했다. "이런 게 내내 저기에 있었다는 거요?"

"과학자를 집 안에 들이면 놀라운 일이 일어나기 마련이죠. 그렇지 않나요?" 헌트가 말했다.

닉시가 비난하는 눈초리로 머레이를 쳐다봤다. "그동안 내가 영어를 배우느라 죽어라 공부했는데, 그런 고생을 할 필요가 전혀 없었다는 거야? 내가 들였던 시간만큼 당신한테 청구해야 할지도 모르겠네, 시간당 요금으로."

머레이가 방어적인 태도로 한 손을 들었다. "솔직히 말해서, 난 저런 게 있는지 몰랐어." 그가 헌트를 쳐다봤다. "이건 어떻게 작동하는 거요?"

"가니메데인의 우주선 컴퓨터로 연결된 겁니다." 헌트가 대답했다.

"샤피에론호 말이오?"

"네."

"그렇군. 햐, 좋네!" 머레이가 소리쳤다.

"이거 끝내준다!" 닉시도 소리쳤다. "평상시처럼 이야기하면 되는 거네." 그녀가 헌트를 쳐다봤다. "위층에 사는 여자들은 당신이 마음에 든대요. 나한테 여기서 열리는 파티에 당신을 데려오라고 부탁하더라고요. 아주 재미있을 거예요."

"그럴 것 같아요. 저는 그냥 당신만 믿고 따라가면 되겠군요. 하지만 지금은 안 됩니다. 제가 너무 바빠서요."

머레이는 자리에 다시 앉으며 헌트에게 소파를 가리켰다. 닉시는 두툼한 방석 위에 앉았다.

"킨조에서 아율타가 그렇게 날아간 사건은 어떻게 생각하시오? 정말 깔끔한 솜씨였지, 그렇지 않소? 모든 게 엉망진창이 된 거 같던데. 샌프란시스코 경찰들을 여기로 데려와야 해. 놈들이 어떻게 했는지 혹시 아는 거 있소?"

"우리는 위상 결합 레이저를 이용한 거라고 확신하고 있습니다."

"그래…, 그렇군." 머레이는 반박하지 않았다.

"아주 쉽게 확인할 수 있습니다. 아율타가 불타기 직전에 그의 가슴에 표적을 지시하는 안내 광선의 점이 보였어요."

"봤죠? 지구인한테 물어보면 말이 되는 해답을 얻을 수 있어요. 설령 내가 이해를 못 하더라도." 닉시가 말했다.

"글쎄요, 제가 지구인을 다 아는 건 아니라서." 헌트가 중얼거렸다.

닉시가 헌트를 쳐다보더니 고개를 저었다. "아마 제블렌에 돌아다니는 이야기를 들으면 믿기지 않을걸요. 그게 다른 차원에서 온 우주에너지라고 믿는 사람들도 있어요. 그러더니 뭐라더라, '원거리 심리 동시 발생 파동'이란 것으로 의견이 모였어요. 그게 뭐예요? 대체 원거리 심리 어쩌고 하는 게 무슨 뜻인가요?"

"심령술 같은 걸 가리킬 때 사용되는 용어 같은데, 두 배는 비싼 것처럼 들리네요." 헌트가 넌지시 말했다.

"난 차라리 그거랑 섹스하고 싶네요." 닉시가 툭 뱉었다.

"차 뒤에 범퍼스티커로 붙이면 딱 좋겠네요." 헌트가 말했다.

"제블렌 사람들은 앉아서 그런 쓰레기 같은 소리나 들으며 가니메데인이 뭔가 해주기만 바라는 대신 나서서 도시를 정리해야 돼요. 머레이, 지구로 가면 어떨까? 내가 지구에 가면 돈을 많이 벌 거라고 했잖아." 닉시가 말했다.

"참을성을 가져. 사람들이 나를 잊을 때까지 조금 더 있어야 해." 머레이가 의자에 기대앉으며 한 손을 들어 뒷머리를 긁적였다. "아무튼 그렇게 바쁘다면 한잔하러 온 건 아니겠구려." 그가 헌트에게 말했다. "무슨 일이오?"

"저는 행정본부에 있는 한 지구인에 관해 알아보려는 중이에요. 무너진 다리와 관련된 문제입니다." 헌트가 말했다.

"쐐기 돌이 떨어져서 그 밑에 지나가던 바보들 작살낸 거 말이오?"

"맞습니다. 그 문제도 아율타 사건과 관련된 게 틀림없어요."

"그렇군, 말해보쇼."

"제가 조사하고 있는 지구인은 한스 바우머라는 독일인입니다. 제블렌에 온 지는 5개월이 약간 넘었죠. 그 사람이 제블렌에서 도시의 암흑가와 관계를 맺고 있다고 믿을 만한 근거가 있습니다. 어쨌든 바우머가 만나고 있는 사람들이 우리에게 뭔가 말해줄 수 있을 겁니다. 그런데 당신이 알 만한 종류의 일이라는 생각이 들더군요."

"당신은 그 일에 왜 그리 관심을 가지는 거요?" 머레이가 갑자기 화제를 피하려는 태도를 보였다.

"제블렌 연방이 붕괴될 때 제블렌인의 음모와 권력싸움까지 모두 끝난 건 아니라는 생각이 들기 시작했기 때문이에요. 다른 파벌이 개입된 어떤 음모가 진행 중인데, 현재 일어나고 있는 사건들도 모두 그 음모와 관련된 것 같습니다. 오베인 부서장 제거는 예비 조치였던 거죠. 부서장은 가니메데인에게 아주 협조적인 사람이었거든요."

"제기랄, 난 당신이 과학자인 줄 알았는데, 이건 대체 무슨 과학인 거요?"

"가니메데인이 여기서 쫓겨나는 모습을 보지 않을 방법을 찾는 과학이죠." 헌트가 문 쪽을 손짓으로 가리키며 계속 말했다. "이 행성이 얼마나 엉망진창인지 보세요. 제블렌은 오래전에 자체적인 우주선을 날릴 수 있었어요. 그런데 투리엔인이 거저 나눠줄 때까지 마냥 기다렸죠. 지구의 과학을 2천 년 뒤로 후퇴시켰던 놈들과 동일한 세력이 제블렌에서 전열을 가다듬고 있어요. 우리가 막으려는 게 그 세력입니다. 그건 머레이 당신에게도 영향을 미칠 거예요. 사회가 억압적인 분위기로 바뀌면, 모든 형태의 독립적인 활동이 억압될 겁니다. 그러면 당신의 사업 분야에도 전혀 좋지 않겠죠."

"머레이, 나도 헌트 박사의 이야기가 마음에 들어." 닉시가 말했다.

하지만 머레이는 고개를 절레절레 흔들었다. "미안한데, 난 도와줄 수 없소. 난 아무것도 몰라." 머레이가 어색한 얼굴로 또박또박 끊어서 말했다. 헌트는 그가 거짓말을 하고 있다는 사실을 알아챘다. 헌트에게는 두 가지 선택지가 있었다. 머레이와 한판 붙어서 아무 수확도 없이 나중에 유용하게 쓰일 수 있는 사람을 잃는 위험을 무릅쓰거나, 그 문제를 당분간 내버려두고 머레이에게 생각할 시간을 주는 것이다. 헌트는 속으로 한숨지었다.

"하지만 뭔가 듣게 되면 나한테 알려주실 거죠?"

"당연하지."

닉시는 언짢은 표정으로 탁자를 응시했지만, 아무 말도 하지 않았다.

"다른 문제가 또 있어요." 헌트가 말했다. "아야톨라들에 대해 말해주세요."

조락이 어떻게 통역했는지 몰라도 닉시는 그 단어를 듣더니 이해했다. 하지만 머레이는 어리둥절한 표정을 지었다. "아야… 뭐라고?"

"교주들 말이에요. 아율타처럼 군중을 선동하는 미친 인간들."

닉시가 머레이에게 제블렌어로 어떤 단어를 말하자, 조락이 "깨어난 자들"이라고 옮겨줬다.

"그 사람들에 대해 알고 싶은 게 뭐요?" 화제가 바뀌자 머레이의 표정이 풀리더니, 헌트가 가루스 총독과 쉴로헌에게서 들은 정보를 요약해주자 귀를 기울였다. 이야기하는 동안 닉시의 태도가 이상하게 차분해졌다.

헌트가 이야기를 마치자 머레이가 미안해하는 표정을 지었다. 이번엔 진짜였다. "재미있는 이야기네. 나도 진짜로 도와주고 싶지만, 그 문제에 대해서는 당신이 나보다 더 많이 아는 것 같소."

"여기에 6개월이나 사셨잖아요."

머레이가 무기력하게 양손을 펼치며 말했다. "제길, 난 그런 문제에 대해서는 제블렌인들과 한 번도 이야기를 나눠본 적이 없어서 말이오. 조금 전 당신이 저거에 대해 말해주기 전까지 우리의 대화 수준이 어떤지 알잖소." 머레이가 패널을 손으로 가리켰다. "아무튼 제블렌인들은 에펠탑 조립용 키트보다 빠진 나사가 더 많을 거요. 대체 왜 그 사람들에게 마음을 쓰는 거요?"

"우리는 유벨레우스와 빛의 축도 개입되어 있을 거라고 생각합니다." 헌트가 말했다.

"그렇지만 그 사람은 곧 있으면 여기서 뜰 거요. 그 사람들은 어디라더라, 아무튼 어디 다른 행성으로 모두 간다고 합디다. 그 소식이 쫙 퍼졌소. 벌써 기르바인 우주항에서 녹색 선발대를 궤도로 쏘아 올린다지 않소."

"그 소식 때문에 저도 놀랐어요." 헌트가 인정했다. "알았어요. 유벨레우스는 아닐 수도 있겠네요. 하지만 어딘가에서 교단들이 관련된 게 분명합니다."

머레이는 양손을 내밀며 고개를 절레절레 흔들 뿐이었다. "박사, 미안하지만 아까 말했듯이, 놈들에 대해서는 당신이 나보다 더 많이 알고 있다니까 그러네. 내가 뭘 더 말해주겠소?"

그들은 그 뒤로도 한참 동안 이런저런 이야기를 더 나눴지만, 쓸 만한 이야기는 더 나오지 않았다. 결국 헌트가 자리에서 일어나 돌아가야 할 시간이 됐다고 말했다.

"잘 가시오, 헌트. 또 봅시다." 머레이가 문까지 배웅을 나와 말했다.

✳

헌트는 행정본부 쪽으로 길을 나섰다. 시도의 결과는 전혀 만족스럽지 않았다. 그는 자질구레한 장신구와 골동품을 늘어놓은 가판대가 줄지어 있는 시끄러운 도로를 지나, 대부분의 건물이 문을 닫은 광장을 가로질렀다. 고장이 난 에스컬레이터를 걸어 올랐다. 이건 헌트가 제블렌에 도착했던 날부터 수리 중이었다. 인도에는 무표정한 사람들이 쪼그려 앉아 있었고, 더 걸어가자 사람들이 줄을 서서 트레일러 뒤쪽에서 음식 꾸러미 같은 것을 받았다. 멍한 얼굴의 아이들이 집요하게 구걸을 해서 난처했다. 유클리드나 뉴턴, 바흐, 혹은 마젤란에 대해 배울 법한 나이였다. 제블렌에 그들과 비슷한 인물들이 있다면 말이다.

그는 구석에 서서, 열린 출입구 안에서부터 아무 생각 없이 요란하게 울려대는 음악을 들으며 화려하게 차려입고 미친 듯이 춤을 추는 사람들을 지켜봤다. 다른 사람들은 맥없이 주저앉아 있었다. 근처의 창문에서 욕설을 뱉었다. 헌트는 울적한 얼굴로 지켜보며 오늘 남은 시간 동안 뭘 하면 좋을지 생각해보려 했다.

그때 헌트의 소매를 살짝 잡아당기는 게 느껴졌다. 그가 고개를 돌렸더니 닉시였다.

"지금 일하러 간다고 말했어. 그래서 헌트 잡았을 수 있었어. 지금 우리 어디로 가. 응?" 닉시가 말했다.

헌트가 한숨을 뱉었다. "닉시, 무슨 일인지 모르겠지만, 오늘은 바빠서 안 돼요."

"당신 이해 못 해. 이야기할 거야. 말하는 기계 있는 곳에 가. 제블렌 말해. 지구 말."

"아." 헌트가 뒤로 물러나며 닉시를 바라봤다. 지금 그녀는 웃음기 없이 진지했다. 그가 고개를 끄덕였다. "좋아요. 가죠."

두 사람이 걸어가기 시작하자 닉시가 헌트의 팔에 팔짱을 꼈다. "이 길. 보여줄게. 내가 자주 오는 곳이야."

두 사람은 도로에서 벗어나 문과 진열창이 줄지어 있는 골목으로 들어갔다. 많은 가게가 닫힌 상태였다. 그 골목 끝에서 쓰레기들이 뒹구는 광장을 가로질러 양쪽으로 술집들과 일종의 오락실, 그리고 다양한 문들이 있는 다른 골목으로 들어갔다. 두 번 더 모퉁이를 돌자 넓은 중앙 광장이 나왔다. 광장 한쪽에 있는 입구로 들어가자 싸구려 호텔의 로비처럼 보이는 곳이 나왔다. 한쪽에 책상이 있고, 우중충한 복도 좌우로 문이 줄이어 있었다. 그리고 너저분한 가구 사이의 색 바랜 의자에 두세 명이 앉아 있었다. 뒤쪽의 벽에 엘리베이터 문들이 줄지어 있었다.

"내야 해. 돈." 닉시가 작게 말했다. 헌트는 잡비를 지불할 수 있도록 행정본부에서 발행해준 카드를 그녀에게 건넸다. 닉시가 기계의 덮개를 열고 판독 헤드에 카드를 통과시켰다. 아무 반응이 없었다. 닉시가 욕 같은 소리를 중얼거리더니 단추를 눌렀다. 약 30초 정도 기다린 후, 그녀가 제블렌어로 거친 소리를 마구 내뱉으며 버튼을 연이어 두들겼다. 수염이 덥수룩하고 더러운 셔츠를 입은 직원이 툴툴거리며 책상에서 가까운 문을 열고 나왔다. 닉시가 그 사람에게 카드를 줬다. 그리고 카드가 다른 기계로 들어가 거래 기록이 복사되고 카드가 반환되는 동안, 두 사람은 짜증스러운 눈길을 주고받았다. 마침내 직원이 작동하지 않는 안내석의 기계에서 작은 디스크를 뽑았다. 아마도 암호화된 방 열쇠일 것이다. 그리고 직원이 닉시에게 빈정거리는 듯한 말투로 뭔가 말했는데, 헌트는 자신에 관한 이야기라는 느낌이 들었다. 그리고 남자는 쿵쾅거리며 아까 나왔던 문으로 돌아갔다.

그들은 엘리베이터를 타고 몇 층을 올라가 복도 끝 모퉁이에 있는 방으로 갔다. 닉시가 번호판에 디스크를 대고, 두 사람은 안으로 들어갔다. 방은 다른 장소들과 비교할 때 좋지도 나쁘지도 않았다. 그래픽으로 만든 기묘한 풍경이 떠 있는 가짜 창문이 있었는데, 일부분이 고장 나서 까맣게 표시됐다. 닉시는 침대 건너편에 설치된 장치로 가서 그 위에 있는 패널을 켰다. 그리고 제블렌어로 지시를 내려 통역기로 채널을 돌렸다.

"뭐 마실래요?" 그녀가 헌트에게 물었다.

"좋죠."

"특별히 원하는 거 있어요?"

"당신이 골라줘요."

"콜란타 두 잔에 톡 쏘는 얼음 추가, 거품 없이." 닉시가 말했다. 그녀가 자동요리기 옆 음료대로 다가가는 동안 덜덜거리며 갈리는 소리가 들려왔다. "머레이가 조심스럽게 굴었다고 화내지 말아요." 그녀가 어깨너머로 말했다. "바우머가 어울리고 있는 사람들은 자신들의 사업에 다른 이들이 참견하는 걸 안 좋아해요. 그래서 비열한 짓을 하기도 하죠."

"그러면 당신들은 한스 바우머에 대해 알고 있었군요." 헌트가 말했다.

"어떻게 돌아가는지 알기 마련이에요. 그리고 쉬반에는 지구인이 별로 많지 않죠. 소문이 퍼져요."

"그러면 바우머가 어울리고 있는 사람들은 누군가요?" 헌트가 창문 이미지 옆에 있는 의자에 앉아 담배를 꺼내며 물었다.

"머레이의 말에 따르면, 지구에도 그런 사람들이 있다더군요. 다른 사람들이 원하는 불법적인 것들을 공급해주는 사람들 말이에요. 머레이도 전에 화학약품으로 비슷한 일을 했었대요."

"암시장 말인가요?"

"그걸 그렇게 부르나요? 바로 그거예요."

"전 여기서도 그런 게 심각하게 취급될 줄은 몰랐어요. 제블렌에서는 법으로 금지하는 게 별로 없잖아요."

"그런데 최근에 일어난 변화가 영향을 미쳤어요." 닉시가 두 잔을 들고 돌아서며 말했다. 그녀가 걸어와 헌트에게 한 잔을 건네고, 가짜 창문틀에 올려놓은 헌트의 담뱃갑을 집어 들었다. "하나 피워봐도 될까요?"

"그러세요."

닉시가 하나를 고르더니, 헌트가 담배에 불을 붙여줄 수 있도록 몸을 앞으로 숙였다. "이게 담배라는 건가요?"

"맞아요."

닉시는 침대로 가서 앉더니, 다리는 까딱거리며 침대 머리판에 등을 기댔다. "언젠가 머레이가 말해줬던 수요와 공급이란 걸 제가 잘 이해하고 있는지 봐주세요. 어떤 게 불법화되면 가격이 올라가요, 그렇지 않나요? 머레이는 미국 정부 덕분에 돈을 많이 벌었다고 하더라고요. 난 당시 그 말이 이해가 안 됐어요. 미국 정부는 머레이에게서 돈을 빼앗아가려고 했었잖아요. 그런데 어쨌든 사람들이 원하는 일을 하지 못하게 만들면 다른 사람들이 부자가 돼요. 그렇게 작동하는 거 맞죠?"

"원래는 그렇게 되면 안 되는 건데…." 헌트가 어깨를 으쓱했다. "네, 맞아요. 그런 일은 없다고 말하고 싶지만, 꽤 자주 일어나는 거 같아요."

닉시가 고갯짓으로 담배를 가리키며 말했다. "이건 부드럽네요. 맛이 괜찮아요. 목을 자극하는군요."

"다 그런 건 아니에요. 어떤 담배는 목을 긁기도 하죠."

"담배는 지구에서 불법인가요?"

헌트가 고개를 저었다. "그건 합법적인 사람들을 부자로 만들고 있죠."

닉시가 잠시 생각하더니 말했다. "그러면, 혹시 그 사람들이 법을 만드는 사람들인가요, 그렇죠?"

"얼추 비슷합니다."

닉시가 고개를 끄덕였다. "아무튼 내가 말했듯이… 제블렌에서는 가니메데인이 암시장을 만들었다는 거예요."

헌트가 음료수를 내려다봤다. 호박색이었는데, 피라미드 모양의 연한 녹색 얼음이 들었다. 레몬향을 곁들인, 자극적인 스카치위스키 비슷한 맛이었다. 나쁘지 않았다. 헌트는 그녀가 뭘 말하려는 알 수 있을 것 같았다. 하지만 모른 척하기로 했다. 그녀는 지금 헌트를 도와주려는 것이다. 그걸 왜 망치겠는가? "무슨 말인지 잘 이해가 안 되네요." 헌트가 그녀를 바라보며 말했다. 그리고 담배를 빨아 당겼다.

"생각해보세요. 모든 사람이 평생 당연하게 받아들이던 게 6개월 전에 갑자기 중단됐어요. 많은 사람들은 그거 없이 어떻게 살아가야 할지도 모르는 상태예요. 그게 뭘까요?"

헌트가 인상을 찌푸렸다. "제벡스 말인가요?"

"그게 아니면 뭐겠어요?"

헌트는 그 주장을 곰곰이 생각하는 듯한 표정을 지었다. "그건 좀 이상하네요. 무슨 말이냐면, 아마 수요는 꽤 있었겠죠. 하지만 공급이 없잖아요? 당신이 방금 말했듯이, 제벡스는 멈췄어요."

닉시가 고개를 절레절레 흔들었다. 그리고 잔을 홀짝이면서 헌트 에게서 눈을 떼지 않았다. "행성을 운영하던 중앙 시스템은 멈췄죠. 하지만 전체가 죽은 건 아니에요. 여전히 조금씩 돌아가는 부분이 있 어요."

"뭐, 그렇죠. 그 말이 맞아요. 관리를 위해 핵심 시스템은 여전히 운영 중이에요. 그리고…." 헌트의 목소리가 잦아들었다. 그는 이제야 처음으로 그녀가 말한 의미를 깨닫기 시작한 듯했다. "뭐라고 했죠? 사람들이 시스템을 이용하는 방법이 있다는 거예요?"

"네, 맞아요. 중독자들에게 상당히 비싼 값으로 공급되고 있어요."

아직 모든 게 이해되지는 않았다. "그렇군요." 헌트가 여전히 찌푸 린 얼굴로 의자에 기대며 말했다. "그런데 그 사람들이 파는 상품이 정확히 뭔가요? 무슨 말이냐면, 당신의 이야기를 들으면 뭔가에 중독 된 상황처럼 들리는데, 이 중독자들은 뭐에 중독된 건가요? 그들을 위 해 다시 제벡스로 이 행성을 운영하도록 해줄 수는 없잖아요. 개인들 이 대체 무엇을 위해서 돈을 지불하는 거죠?"

닉시가 미소를 짓더니 자신의 담배에서 올라오는 연기를 쳐다봤다. "헌트, 제벡스가 뭘 할 수 있는지 아직 모르시네요, 그렇죠?"

헌트로서는 전혀 예상하지 못했던 말이었다. 그는 양손을 펼치며 고개를 절레절레 흔들었다. "제벡스는 통합 처리 및 통신 네트워크입니다. 이 행성을 운영하죠."

"그건 마치 콜란타가 당신의 목을 적시고 흘러내려 간다고 말하는 것과 같아요. 전 제벡스의 기능을 무엇인가가 아니라, 그게 뭘 할 수 있냐고 물었어요." 닉시는 헌트의 얼굴에 비친 어리둥절한 표정을 읽었다. "제벡스는 환상을 만들어내요. 사람들이 원하는 것은 뭐든지 이루어주죠. 꿈이 현실이 되는 거예요. 무엇이든지 원하기만 하면 다 이룰 수 있어요. 제블렌인들이 왜 현실 문제에 제대로 대처하지 못하는지 궁금하지 않았나요? 제블렌인에게는 지금껏 현실이 전혀 필요 없었어요." 닉시가 고개를 젖히며 웃음을 터트렸다. "여자들이 가니메데인을 좋아해요. 그들이 제벡스의 스위치를 끈 뒤로 남자들이 여자들에게 무척 친절해졌거든요."

헌트가 그녀를 한참 동안 뚫어지게 쳐다봤다. 이제 많은 일이 훨씬 잘 이해가 되기 시작했다. 실제로 그게 문제였다면, 수 년 동안 행성 전체적으로 마약을 끊어버리는 가니메데인의 치료법이 결국 해결책이 될 것이다. 두 번째 문제는 투리엔인-지구인 공동정책위원회에서 몇 사람이 이야기했듯이 전통적으로 시간을 보내며 버티는 방식으로 처리할 수밖에 없을 것이다. 그사이 이익을 챙기는 사람들이 누구든, 그들이 행정본부를 최대한 오랫동안 갈피를 못 잡고 헤매게 만들고 싶을 거라는 것도 설명됐다.

"그런데 왜 당신이 굳이 나한테 이 이야기를 해주는 건지 이해가 안 돼요." 헌트가 말했다.

"이 이야기를 해주려고 당신을 따라온 건 아니에요. 우리가 머레이와 함께 있을 때, 당신이 아야톨라들에 관해 물어봤었잖아요." 닉시가 대답했다.

"머레이는 그 사람들에 대해 아는 게 별로 없는 것 같더군요."

"그 사람은 몰라요. 제블렌인이 아니잖아요. 하지만 난 알아요."

헌트는 머뭇거리면서 자신이 혹시 놓친 게 있는지 머릿속으로 점검해봤다. "아야톨라들에 대해 더 설명할 게 있나요? 그 사람들은 방금 당신이 묘사했던 그… 환상 중독의 사례 중 극단적인 경우 아닌가요? 현실에 드리웠던 닻을 올리고 완전히 떠나버린 사람들인 거죠."

닉시가 고개를 저었다. "아니에요. 그런 일은 두뇌세계 중독자에게나 일어나죠. 하지만 아야톨라들은 달라요. 그들의 상황은 전혀 달라요."

헌트가 고개를 끄덕이더니 눈살을 찌푸렸다. 그렇다면 가루스 총독이 분류한 게 맞았던 것이다. "그러면, 아야톨라들에게 명확하게 다른 점이 있나요? 그들을 완전히 따로 분류해야 할 정도로?"

"아, 그럼요."

"확실한가요? 아야톨라는 망상에 시달리는 게 아니라고요? 아니면 그 환상의 현실에서 맞닥뜨린 스트레스 때문에 일어난 일종의 신경 쇠약이라던가?"

"아야톨라는 환상의 산물이 아니에요." 닉시가 엄숙한 표정으로 말했다. "그들은 중독자가 아니에요."

"그러면 뭐가 그들을 미치게 한 건가요?"

"미쳐요?" 닉시가 이상하다는 듯 그를 노려봤다. "그 사람들은 당황한 거예요." 그녀가 대답했다. "그리고 자주 겁에 질리고, 혼란스러워하고, 난감해하고, 분별력을 잃죠. 많은 아야톨라가 실성한 사람처럼 행동하는 것은 그런 이유 때문이에요. 그리고 맞아요. 그중 일부는 완전히 방향 감각을 잃었을 거예요. 하지만 환상의 세계에 너무 빠져서 그런 건 아니에요. 그들은 다른 곳에 있는 현실에서 왔어요. 아주 이상한 곳이죠. 적어도 여기에 익숙한 사람들에게는… 이상할 거예요." 닉시가 어렴풋한 몸짓으로 주변을 가리켰다.

"여기라는 게 제블렌 말인가요?" 헌트가 말했다.

"그리고 지구도요. 모든 곳. 우주 전체요."

헌트가 이맛살을 찌푸렸다. "당신이 무슨 말을 하는지 잘 모르겠어요. 그들이 어디에서 왔다는 건가요?"

"그들도 몰라요. 그래서 혼란스러워하는 거예요. 전부는 아니더라도 혼란스러워하는 아야톨라가 많을 거예요. 그렇지만 일부는 그 문제를 잘 처리하고, 일관성 있게 행동하고 있죠. 그들이 전부 미친 건 아니에요." 닉시가 잔을 다시 들었다. 그리고 잔 너머로 한참 동안 헌트를 살펴봤다. "적어도 당신은 그들이 모두 미쳤다고 생각하지 않길 바랍니다. 당신은 내가 여기에서 처음으로 만난 과학자예요. 그리고 당신은 정신이 온전하잖아요. 내가 당신을 따라온 것은 해답을 찾을 수 있는 사람이라고 생각되었기 때문이에요."

"그게 당신에게 정말로 중요…." 헌트는 그녀가 한 말의 의미를 깨닫기 시작하면서 눈이 커졌다.

닉시가 그의 표정을 읽고 고개를 끄덕였다. "그래요. 맞아요, 헌트. 저한테 정말로 중요한 문제예요. 아시겠지만, 저도 그들 중 한 명이거든요."

30

밤이 되자 신들이 버리고 떠난 칠흑 같은 하늘 아래로 모든 게 모습을 감췄다. 태양을 등불로 쓰는 신 파무르조차 외면한 와로스의 낮은 어둑한 어스름이 되어버렸다. 눈이 산을 덮고, 길을 막았다. 추위가 슬금슬금 땅으로 내려오자 목동과 산사람들이 계곡으로 숙소를 옮겼다.

'소생의 제단'을 다시 봉헌하는 의식을 치르기 위해 대인 싱겐후와 선발된 숙련자들이 린주신 황야의 고지대에서 바위산 정상으로 올랐다. 소생의 제단은 흐름에 올라타고 세상을 떠나는 곳이다. 최근에는 흐름이 몹시 약해지고, 너무 높은 곳에서만 머무르며 아래로 내려오지 않았다. 이 의식의 목적은 좀 더 좋은 상황을 만들기 위해 니에루 님의 축복을 받으려는 것이었다.

찬송과 주문은 드락스에게 특히 중요했다. 싱겐후가 징후와 흐름이 적합해지면 다음에 올라갈 자로 그를 지목했기 때문이다. 드락스는 귀의한 이후 때때로 낮게 내려오는 흐름의 조각을 붙잡아 그 심상을 마음속으로 불러온 적이 몇 번 있었다. 그는 이제 두툼한 예복과 두건이 달린 망토를 쓰고 산꼭대기에 서서 마치 손짓을 하듯 위에서 희미하게 반짝이는 별들이 흩어진 모습을 응시하며 그 심상을 다시 떠올렸다. 그가 보았던 히페리아의 모습을.

법칙이 상상도 못 하게 넓은 우주와 시간을 관통하며 영구히 군림하는 곳.

회전하는 물체가 있는 곳.

영구적인 물질로 빚은 환상적인 형상들이 하늘까지 솟아오른 거대한 도시들이 있는 곳.

마음이 개입하지 않아도 저절로 움직이는 놀라운 장치들을 가진 이상한 존재들이 사는 곳.

싱겐후는 드락스에게 그 이상한 존재들 중 하나로 출현할 것이라고 했다. 그리고 그가 알고 있는 대부분의 능력을 상실할 것이다. 하지만 인내하고 배우다 보면 그 능력들이 필요하지 않다는 사실을 깨닫게 될 것이다. 히페리아의 주민들은 와로스를 지배하는 신들을 전혀 모르기 때문에, 그들은 성가시게 기도할 필요가 없다. 그리고 그들이 나름의 신비한 방식으로 숭배하는 소수의 신은 와로스인들에게 모습을 드러낸 적이 한 번도 없었다. 히페리아인은 자신의 힘을 복잡한 마법적 물건들에 위임했다. 그들은 대인이 불덩이를 발사하듯이 손쉽게 그런 물건들을 만들어낼 수 있다. 따라서 자유로워진 그들은 신비한 통찰력을 기르고 직관력의 힘을 개발하는 매일의 노고도 없이, 즐거움과 신체의 안락함 같은 더 고등한 일에 더 많은 시간을 투여한다.

하지만 그가 출현한 후 처음에는 상실감과 무기력한 느낌을 받게될 것이다. 그는 새롭게 이해하는 힘을 기르고 새로운 통찰력이 열어주는 놀라운 사실과 다시 돌아갈 수 없다는 사실을 깨달을 때까지 앞서 익숙했던 것들에서 안도감을 찾으려는 헛된 노력을 하게 될 것이다. 그럴 때는 자주색 소용돌이 문장을 떠받치는 사람들 사이에서 자신과 같은 사람들과 안도감을 찾아야 한다.

그렇지만 드락스는 철저하게 수련을 받았다. 그는 준비가 되었다. 싱겐후가 다른 사람들은 그렇게 운이 좋지 못했다고 했다. 흐름이 풍부하고 강하던 예전에는 신참자나 초심자조차 앞에 무엇이 놓여있는지도 모른 채 부지하고 준비가 안 된 상태로 히페리아에 출현하는 일도 종종 있었다. 보통 그들은 혼자 배워야 했으며, 수련을 받지 않은 상태이고 성급했다.

31

바우머가 매린에게 쉬반의 환경에 익숙해지도록 행정본부 주변을 구경시켜주겠다고 제안했다. 그리고 구경이 끝난 후에, 지구에 개입했던 과거 제블렌인들에 관한 정보를 정리하는 일에 종사했던 제블렌과 지구의 역사학자 단체들을 소개해주겠다고 했다. 바우머와 매린은 행정본부 중앙 출입구에서 나와 광장을 가로질렀다. 그리고 수송터미널 아래에 있는 에스컬레이터를 타고 몇 층 내려가자 행정본부와 시내 중심부 사이를 가로지르는 중앙 도로가 나왔다.

두 사람은 중고 가구와 옷가지, 가재도구를 파는 벼룩시장을 지났다. 시장은 허물어진 가게들과 낮은 건물들 사이의 공터에 있었다. 그 위로 다양한 규모의 건축물이 남긴 거대한 잔해들이 위로 솟아 합쳐지고 에워싸며 작은 산을 담을 만한 공간을 형성했다. 평범한 건물들 위로 중력에서 자유롭게 벗어나는 구상을 명확하게 보여주는, 외계인이 계획했던 전망이 담긴 기념비가 이제는 창백하고 주황빛이 스며든 연두색의 하늘을 배경으로 극명하게 노출되었다. 그 건물들의 원래 기능은 오래전에 잊혔다. 줄지은 테라스에 만들어진 장식용 연못을 연결했던 개울은 말라붙어 쓰레기더미가 되었다. 파란색 복장을 한 제블렌인 한 명이 낯설고 반복적인 찬송에 맞춰 춤을 췄는데, 그 찬송은 얼핏 중세의 성가를 연상시켰다. 군중이 무심하게 그 모습을 지켜봤다. 인도 옆의 벽을 따라 인사불성인 사람들이 큰대자로 널브러져 있었다.

그 모습을 보자 매린은 몇 년 전 지중해 동부지역을 여행하다 관광지역을 벗어났을 때가 떠올랐다. 한때 화려했던 성전의 잔해 사이로 농부가 염소 떼를 몰았고, 궁전에서 떼어낸 돌로 조잡한 화로를 만드는 모습을 거기서 보았다. 그녀는 지혜의 약속이 광기에 굴복하고 무관심으로 침몰하는 모습을 다시 한 번 보고 있었다.

선동가와 교주들은 사람들에게 가니메데인 때문에 이 모든 사태가 일어났다며 비난했다. 그들은 이 사태가 제벡스가 제공해주던 서비스가 중단된 결과라고 했다. 그래서 시스템의 모든 기능을 복원하라고 요구했다. 사실 제블렌의 침체는 제벡스를 폐쇄하게 만든 사건 훨씬 전부터 시작되었다. 하지만 사람들은 기억이 짧았다. 그래서 그들은 선동가들의 말을 믿었다.

"사회가 퇴보하기 시작하면 이런 모습을 보게 되죠." 바우머가 매린에게 말했다. "어떤 질서나 규율도 없습니다. 저는 적절한 통제 체계를 도입하지 않는 투리엔인에게 이 상황에 대한 책임을 물어야 한다고 생각합니다. 하지만 그들에게는 통제라는 개념조차도 없어요."

바우머의 태도가 갑작스럽게 바뀐 이유는 아직 명확하지 않았다. 그는 매린이 설명했던 작업에 전혀 관심이 없었다. 바우머는 경솔하게 낯선 사람을 배려하거나 사교성에 높은 가치를 두는 사람도 아니었다. 매린은 처음에 육체적으로 자신에게 끌린 게 아닌가 하는 추측을 했다. 어쨌든 바우머가 지구를 떠나 자신과 같은 인간과 어울린 게 거의 반년 가까이 되었으니 말이다. 하지만 그의 태도에서는 그런 기미가 전혀 비치지 않았다. 그는 제블렌의 미래에 대한 전망을 이야기할 때만 눈동자에 열정이 불타올랐다. 바우머에게 태도가 바뀐 이유가 없다면, 다른 누군가가 그 이유를 제공했을 것이다…. 그건 바우머가 일해주고 있는 제블렌인일 수밖에 없었다. 컬렌 보안국장은 매린에게 그들이 무엇을 이용해 바우머에게 영향력을 행사하는지 알아보라고 부탁했다.

매린의 접근방식은 여전히 바우머의 견해에 더욱 동의하는 척하는 것이었다. "어쩌면 제블렌 연방 사람들이 제대로 생각을 했었는지는 몰라도, 그들은 그저 지도자 놀이를 했을 뿐이에요. 그들은 이전에 진짜 생존에 대해 배울 필요가 전혀 없었죠. 그들에게는 모든 문제를 처리해주는 투리엔인이 있었을 뿐이니까요."

"맞습니다." 바우머가 동의했다.

문득 바우머가 발길을 멈추더니, 그들이 지났던 도로에 튼튼해 보이는 건물 입구를 가리켰다. 입구에는 커다란 쌍여닫이문이 있었고, 안에 경비원으로 보이는 두 남자의 모습이 보였다. 그중 한 명이 팔에 꽁꽁 감싼 꾸러미를 든 사람이 건물로 들어갈 수 있도록 안쪽 문을 열어주었다. "사람들이 신경과민 상태예요." 바우머가 매린에게 말했다. "최근 나타나기 시작한 이런 보관은행에 사람들이 귀중품을 맡기기 시작했어요. 그리고 수령증은 유통 화폐가 되어가고 있죠." 확실히 바우머는 이런 상황을 좋아하지 않았다. "소수가 다수의 불안정에서 이익을 취하는 거죠. 돈을 조종하는 자들…. 우리는 이게 어디로 흘러갈지 알잖아요. 모두 지구에서 이미 봤던 모습이니까요."

더 이상 제벡스가 행성의 분배 체계를 조정하지 않게 되면서, 쉬반과 주변으로 들어가는 보급품과 상품의 흐름이 불안정해졌다. 하지만 기업가 정신을 가진 사람들이 제블렌인들 사이에서 나타나 노동력을 조직해서 도시 주변에 버려지고 쌓인 온갖 종류의 차량들을 회수해서 수리했다. 다른 이들은 소매점을 차리고, 가깝고 먼 곳에서 그들이 찾고 거래한 다양한 자원을 다루는 규모로 성장했다. "사람들의 욕구를 착취하는 거죠." 바우머가 비웃었다. "모든 사람은 먹을 권리가 있어요. 가니메데인이 모든 이들을 돌봐줘야 합니다."

고급 상가로 보이는 곳에서 사치스러운 보석과 의상이 진열된 가게를 들여다보다 바우머가 끓어올랐다. "그들은 평등에 기반을 둔 정의로운 사회를 건설할 수 있어요. 하지만 그게 성공하기 위해서는 모든 사람이 함께 일해야 합니다. 가니메데인들은 그 사실을 보지 못해요. 그들은 그런 경험이 없으니까요. 어떻게든 우리가 권력을 잡고 제대로 된 사람들이 통제하도록 만들어야 합니다."

모두 매린이 전에 들었던 이야기였다. 그건 자유로운 선택에 바탕을 둔 체제가 주는 보상이 불규칙하다는 사실에 좌절한 지식인의 시기심과 분노였다. 특권과 권리, 능력의 전통적인 유형은 중요하지 않았다. 누가 성공하고 실패할지 결정하는 것은 인식할 수 있는 논리와 이성보다 집단적인 변덕과 사람들의 취향에 의해 결정되는 때가 많다. 하지만 시장에서 팔릴 만한 상품을 만들 수 없는 사람이나 선거에서 내보일 매력이 없는 사람은 경쟁할 수 없다. 그들에게 남은 수단은 강압뿐이다. 자신들의 가치와 지혜를 사람들에게 인정받지 못할 경우, 그들은 국가와 입법권을 이용해 사람들로 하여금 자신들을 필요로 하게 만들 것이다.

두 사람은 모퉁이에 있는 노점에서 매콤한 양념이 된 채소와 다진 고기가 들어있는 뜨겁고 바삭한 빵을 샀다. 바우머가 빵의 이름이 '그린닐'이라고 알려줬다. 그들은 근처에 있는 낮은 담벼락에 앉아 빵을 먹고, 커피와 그럭저럭 비슷하게 씁쓸하고 검은 음료를 머그잔으로 마시며 거리를 지나는 사람들을 바라봤다.

"여기에 지내면서 어떤 제블렌인들과 사귀었어요?" 매린이 무심하게 질문을 던졌다.

"역사학회 말고요? 여기 대학에 아는 사람이 한 명 있는데, 당신도 만나보면 좋을 거 같네요."

매린이 고개를 저었다. "아니요, 제블렌에 제가 온 목적과 관련된 사람들 말고, 그냥 전반적으로 어떤 사람들을 만나는지 물었던 거예요. 당신이 퇴근 후에 사교적으로 만나는 사람들 말이에요."

"아, 여러 부류의 사람들을 만나죠." 바우머가 모호하게 대답했다. "왜요? 특별히 관심을 둔 사람들이 있나요?"

"특별히 관심이 있는 부류는 없어요. 그냥 여기에 있는 사람들이 궁금해서 그래요. 제가 책을 쓰기 위해 조사하러 오긴 했지만, 여기서 생활도 해야 하잖아요. 그런데 다른 행성에 방문하는 게 그리 자주 있는 일은 아니거든요." 매린은 그린닐을 씹으며 이따금 음료를 홀짝였다. "당신은 제블렌이 어떤 식으로 조직되어야 하는지에 대해 아주 뚜렷한 견해를 갖고 있잖아요. 그래서 전 당신이 같은 방식의 생각을 하는 제블렌인들을 알고 있지 않을까 싶었어요."

바우머가 이상한 눈초리로 그녀를 바라봤다. "그런 사람들과 만나는 데에 관심이 있으세요?"

"당신이 아는 사람이 있다면요. 제블렌은 난장판이 되어가고 있잖아요. 누군들 뭔가 해보려는 시도에 관심을 두지 않을 수 있겠어요?"

바우머는 잠시 더 그녀를 뚫어져라 쳐다봤다. 그렇지만 곧 화제를 바꿨다. "당신은 행정본부에서 UN 우주군 과학자들과 시간을 많이 보내는 거 같더군요." 그가 말했다.

"그 사람들은 저한테 친숙한 섬 같아요." 매린이 대답했다. "하지만 밖으로 나가 제블렌을 보는 것과는 다르죠, 그렇지 않나요? 그런데 실제로는 그 사람들이 하는 말은 대부분 이해가 안 돼요."

"그 사람들이 얼마나 갈 거 같아요?" 바우머가 매린에게 물었다. "그 사람들이 지구로 가니메데인 과학을 얼마나 가져갈 수 있을 것 같으냐는 질문이에요. 그런 임무를 위해 제블렌에 온 거로 알고 있거든요."

"아, 그렇게 확실하게는 모르겠어요. 제가 알기로 지금 그 사람들은 기초 과학을 샅샅이 뒤지고 있는 거 같아요. 확실한 계획이 수립되었다는 이야기는 전혀 못 들었어요. 아까 무슨 이야기였죠? 여기에 행성 차원으로 제벡스 같은 뭔가 포괄적인 시스템을 세운다고 하셨던가요?" 매린이 말했다.

"저는 조만간 요구할 수밖에 없는 문제라고 생각합니다. 사실 이미 그런 요구가 없었다는 게 오히려 놀라워요." 바우머가 말했다.

"그게 과연 좋은 일일까요? 무슨 말이냐면, 상황을 보세요. 여기서 그게 빚어놓은 결과를 말이에요. 게다가 이 문제들을 해결하기에도 아직 갈 길이 멀잖아요."

"그러니까 다시 가동해야죠. 제벡스를 없애서 뭐가 좋게 되었습니까? 아무것도 없어요. 모든 상황이 더 나빠졌을 뿐이에요."

"그렇게 생각하세요?"

"아, 의문의 여지가 없죠."

"그러면 당신은 내일 제벡스를 다시 켜더라도 전혀 불안하지 않다는 거네요." 매린이 단정해서 말했다.

"모든 곳에서 제벡스를 자유롭게 사용할 수 있어야 합니다. 가니메데인의 업무 중 일부는 그걸 제공하기 위해 배치되어야 해요."

"그러면 당신은 제벡스에 대해 전혀 의구심이 없나요?" 매린이 물었다.

"의구심이오? 내가 왜 그래야 하죠?" 바우머의 눈에 뭔가 불안하고 쌀쌀한 빛이 얼핏 비쳤다. 그러더니 바우머의 얼굴이 부드러워지며, 그로서는 흔치 않은 미소를 지었다. "제벡스는 정말 끝내줘요. 모든 욕구와 문제를 해결할 겁니다. 그건 사람들의 권리예요. 제벡스는 제블렌인의 소유물 아닌가요?"

매린이 의아한 눈길로 그를 바라봤다. "제벡스에 대해 어떻게 그렇게 많이 아시죠? 당신이 여기 오기 전에 폐쇄되지 않았나요?"

바우머가 다시 정신을 차린 듯했다. 그는 혼란스러운 표정이었다. "뭐, 당연히 그렇죠. 제블렌인들에게 들은 이야기예요. 연구를 진행할 때 사람들이 나한테 말해준 겁니다." 바우머가 매린의 빈 머그잔을 들고 자리에서 일어났다. 매린은 그가 머그잔들을 노점에 되돌려주는 모습을 지켜봤다. 그가 돌아왔을 때, 매린은 다른 주제로 대화를 돌리기로 마음먹었다.

반대편 모퉁이에 광대 같은 옷차림에 선명한 자주색 화장을 하고, 주황색 머리카락을 뾰족하게 세우거나 동그랗게 만든 10여 명의 젊은이가 모여들었다. "자, 이만 갑시다." 바우머가 조심스럽게 말했다.

그런데 바우머와 매린이 거리를 따라 걷기 시작하자, 그 무리도 움직이기 시작했다. 그들이 모퉁이를 두 번 돌아 고가도로 아래의 낡은 마당을 가로지른 후에는 무리가 그들을 따라오고 있는 게 명확해졌다. 바우머는 발길을 서둘렀지만 아무 말도 하지 않았다.

"무슨 일이에요?" 매린이 속삭였다.

"저도 잘 모르겠어요."

"저 펑크족은 누구예요?"

"여기서 종종 마주치는 교단 신자들일지도 몰라요. 저런 사람들이 많습니다."

이제 두 사람은 완전히 황폐해진 지역으로 들어섰다. 가게들이 문을 닫고 버려진 지저분한 골목으로 들어가자 사람들이 거의 없어서 상황이 어그러지면 도움을 받을 가능성이 거의 없었다. 매린은 잠시 왜 바우머가 이쪽으로 왔는지 이해가 되지 않았다. 역사학회가 이런 동네에 있을 리가 없었다.

뒤쪽에서는 추격자들이 더 가까워졌다. 그들이 웅얼거리던 합창이 구호 소리처럼 커졌고, 야유하고 조롱하는 소리가 간간이 끼어들었다.

"저 사람들이 무슨 말을 하는지 아세요?" 겁을 먹은 매린이 물었다.

"놈들이 우리가 지구인이라는 사실을 알아챘어요. 여기서는 확실히 인기가 없죠. 저 소리는 '양키 고 홈'과 비슷한 말이에요."

두 사람은 길을 벗어나 반대쪽이 넓은 길로 이어진 좁은 골목으로 들어갔다. 검은색 차량이 반대쪽을 바라보며 주차되어 있어서 사람이 지나가기에는 빠듯한 공간밖에 없었다. 수수한 회색 외투를 입은 평범해 보이는 두 남자가 차 뒤쪽에 서 있었다. 바우머는 그들을 알아보지 못했다. 전에 만나봤던 사람들이 아닌 것 같았다. 겉치장이 화려하거나 무례하게 생기지 않은 걸 보니, 저들은 다른 부류인 모양이었다. 매린은 얼핏 그들에게 뭔가 이상한 점이 있다는 사실을 알아챘지만, 지금 당장은 뒤에서 쫓아오는 자들에 온통 정신이 팔린 상태라서 그런 걸 걱정할 틈이 없었다. 그런데 차량과 그 옆에 기다리고 있는 두 사람의 모습이 보이자 펑크족들이 멈춰 섰다.

그때 차의 뒷문들이 열리면서 두 남자가 더 나왔다. 그들은 양복을 쫙 빼입었지만, 비열하고 민첩해 보였다. 한 명이 총을 빼서 겨누며 단호하고 매서운 말투로 뭐라 소리쳤다. 펑크족의 우두머리처럼 보이는 사람이 뒤로 물러나며, 진정하라는 듯 양손을 들고 자극하지 않으려 애쓰며 얼빠진 미소를 지었다. 그가 뭔가 속삭이자, 무리 전체가 골목을 따라 모습을 감췄다.

매린은 고개를 돌렸다. 그 순간 그녀가 보인 본능적인 반응은 안도감이었다. 심지어 감사하는 마음까지 들었다. 그러나 차에서 내린 네 남자가 이제 자신에게 집중하고 있다는 사실을 알아챘다. 그 즉시, 매린은 이들이 자신을 기다리고 있었다는 사실을 깨달았다. 혼란스러워진 매린은 바우머가 있던 곳으로 고개를 돌렸지만, 그는 한쪽으로 물러난 상태였다. 네 명 중 한 명이 매린과 골목 사이를 막으며 그녀의 퇴로를 차단했다. 매린은 불현듯 자신이 함정에 빠졌다는 생각이 들었다. 다시 돌아가려 했지만, 다른 세 명이 벌써 그녀의 주변을 좁혀왔다. 달아날 곳이 없었다. 그때 한 명이 볼록한 물체로 매린을 겨누더니, 그녀의 얼굴에 가스를 분사했다. 순식간에 매린이 쓰러졌다. 두 남자가 그녀를 붙잡아서 축 늘어진 몸뚱이를 열린 차 문으로 밀어 넣었다. 그리고 그녀를 따라 차에 올라탔다. 남은 한 명은 차를 돌아서 다른 문으로 가고, 마지막 남은 한 사람이 멈춰 서서 바우머를 쳐다봤다. 바우머는 하얗게 질린 채 긴장한 얼굴로 서 있었다.

"잘했어. 네가 맡은 일은 끝났어. 이제 꺼져." 그가 내쫓듯 손을 흔들며 명령했다.

바우머는 몇 걸음 뒤로 물러났지만, 펑크족이 여전히 숨어 있을까 봐 무서워서 길로 나가지 못하고 주저했다. 그는 차가 떠나고 나면 그 방향으로 나갈 계획이었다.

회색 외투를 입은 남자가 차를 돌아서 운전사 옆자리에 앉았다. 그리고 곧 차가 떠났다.

32

행정본부 위층에 있는 방에서 단체커가 양손으로 옷깃을 움켜잡은 채 확신에 찬 온화한 말투로 말했다.

"헌트, 내가 한때 과학자라면 으레 갖춰야 하는 열린 자세를 제대로 보여주지 못한 잘못이 있다는 건 인정할게." 헌트는 팔짱을 끼고 벽에 기대어 서 있었다. 쉴로힌은 가니메데인의 커다란 책상 뒤에서 이야기를 들었다. "그렇지만 자네도 알다시피, 말이 되는 듯한 개념이 머릿속에 한번 뿌리를 내리고 나면 그걸 버리는 게 여간 어려운 게 아니야." 교수는 옷깃을 잡고 있던 손을 잠깐 놓더니 공중에 흔들며 거절하는 몸짓을 했다. "이번 경우에, 나는 지금까지 우리가 관찰해온 전반적인 제블렌인의 상태에 관해 설명하기 위해서, 투리엔인이 인간의 자기기만과 낙관적 사고방식을 이해하지 못한다는 사실과 더불어 상황을 잘못 파악한 그들의 관용 외에 다른 가설은 있을 수 없다고 확신해왔어."

"그래, 단체커. 하지만 다른 뭔가가…." 헌트가 말을 하기 시작했다.

단체커는 무슨 말을 하려는지 안다는 듯 고개만 까닥하고 계속 이어서 말했다. "특히, 나는 그들의 광범위한 일탈에 별개의 외부적 요인이 있으며, 무엇보다 그런 원인이 제벡스와 관련되어 있을 거라는 추론에 반대했어."

"나는 그게 전반적인 제블렌인의 상태라는 이야기를 하려는 게 아니야. 그건 오로지…." 헌트가 말했다.

하지만 단체커는 헌트에게 놀라운 이야기를 들을 마음의 준비를 하라는 듯한 표정을 지으며 한 손을 들어 이야기를 막았다. "이제 내가 그 의견을 뒤집기로 결심했다는 사실을 자네한테 말해줄 수 있게 됐어. 샌디와 매린이 제벡스가 실제로 범인일 수 있다고 나를 설득했거든." 그는 상상 속에 있는 칠판을 살펴보려 잠시 몸을 돌렸다. "신경계와 연결된 투리엔의 정보 전송 시스템은 실제 감지기가 설치된 장소면 어디든 완벽한 감각적 경험을 생성할 수 있어. 혹은 자체적인 처리 시스템으로 꾸며내서 전적으로 가공의 환경과 사건을 만들 수도 있지. 이제 우리는 제벡스가 원형으로 삼았던 비자르만큼 조심스럽지 않으며 규제도 받지 않는다는 사실도 이미 알고 있어. 또한 비자르는 애초에 가니메데인의 심리에 맞춰서 개발되었어. 인간의 심리와는 엄청나게 다르지.

나는 이 외계인의 기술이 마음속에서 일어나는 정신 작용에 직접 접속해서 상호작용할 수 있다는 사실에 주목하기 전까지는 그 부분을 잊고 있었어. 요약하자면, 제벡스는 이용자의 의식과 무의식적인 소망으로 강력한 인공 현실을 만들어낼 수 있어." 단체커가 헌트를 날카롭게 응시했다. "그럼 어떤 세 가능해지는지 상상해봐. 우리는 지금껏 어떻게 전체 인구가 이성적 합리성에서 벗어나 지적 균형을 붕괴시키면서 현실과 환상을 논리적으로 구분하지 못하는 상태가 되었는지 궁금해했잖아. 이제, 내 생각에는 해답을 찾은 것 같아. 제벡스가 만들어낸 환상으로 탈출하는 게 전체에 영향을 미친 마약이었던 거야. 아마도 모든 고통과 걱정, 실망, 지루함을 없애주는 궁극적인 진통제였겠지. 가니메데인의 심리는 천성적으로 탐닉에서 회복할 수 있는 특성을 갖추고 있지만, 인간의 심리는 불운하게도 그렇지 못해."

단체커는 이제 자신이 바뀌었기 때문에 둘 사이에 형성된 새로운 우호와 이해를 보이기 위해 이를 드러내며 활짝 웃었다. 단체커가 설로힌을 향해 돌아섰다. "가루스 총독은 그 증상을 '질병'처럼 묘사했었어요. 지금 우리는 그런 묘사가 정확했다는 사실을 알게 되었습니다. 정신에 직접 작용하는 중독의 질병이었던 거죠. 역사 기록을 보면, 그런 증상이 오래전부터 나타나긴 했지만, 그 시작은 제벡스가 한동안 작동한 이후였습니다. 다시, 그 이유가 밝혀졌습니다. 그리고 현재 제블렌 곳곳의 모든 교단과 운동이 서로 이런저런 의견 차이가 있지만, 제벡스를 복원시켜달라는 요구는 모두 일치합니다."

"그래도 그건 아니야, 단체커." 마침내 헌트가 간신히 끼어들었다. "우리가 찾고 있는 것은 사람들 머릿속에 있는 환상과 관련된 게 아니야. 우리가 찾는 건 아주 현실적인 것이야."

단체커는 그 말을 귓등으로 흘려버리고 계속 말했다. "그리고 우리가 목격한 사회적 붕괴는 강력한 마약으로 인한 결과라는 사실을 보여줍니다. 두뇌는 진화의 과정에서 유익하고 생존에 도움이 되는 행동 유형의 학습을 통해 즐거운 감정을 만들어냄으로써 유기체에 동기를 부여하는 화학적 보상 체계를 발전시켰습니다. 마약은 전혀 도움이 안 되는 보상 체계를 직접 촉발해서 원래의 과정을 단절시키기 때문에 치명적인 겁니다. 그리고 우리가 여기서 보는 것과 같은 마약의 경우, 그 영향은⋯." 단체커가 말을 멈추더니 고개를 획 돌려 헌트를 쳐다봤다. "뭐라고 했지? 아까 했던 말이 뭐야?"

"그래, 두뇌세계와 투리엔의 항성 간 복지 프로그램이 제블렌인을 그 질병에 무방비 상태로 만들었어. 하지만 그게 바이러스는 아니야. 출처가 있어. 아주 이상한 출처야. 정신병에 걸린 잠재의식에서 추출했다고 해도 될 정도로 이상한 거야. 하지만 나는 그 문제가 그런 원인으로 발생했다고는 생각하지 않아. 출처는 어딘가 분명히 실재하는 곳에… 진짜로 존재해."

단체커가 눈을 끔뻑거렸다. "그렇지만 방금 내가 한 말이 바로 그거잖아, 그렇지 않아?"

"꼭 맞지는 않아, 자네가 한 말은…."

"헌트, 자네는 원인이 제벡스라고 나한테 말했었잖아. 그런데 내가 동의하지 않았지. 지금 나는 제벡스가 범인이라는 가정을 받아들인 거야." 단체커의 안색이 점점 더 붉어졌다. "젠장, 헌트. 우리가 만난 이후로 지금껏 자네가 나한테 좀 더 유연해지라고 했었잖아. 지금 나는, 솔직히 말해서 조금 설득력이 부족하다는 생각이 여전히 들면서도, 내 고집을 꺾고 견해를 뒤집은 거야. 그런데 자네는 그걸로 부족하다는 거야? 젠장, 그래서 자네가 원하는 게 대체 뭐야?"

헌트가 차분한 말투로 이야기했다. "자네는 제블렌인을 현실에서 분리시킨 원인이 제벡스라는 사실을 받아들였어. 하지만 내가 말하려던 건, 그 추론이 겨우 봉인을 뜯은 정도에 불과하다는 거야. 제블렌인을 현실에서 떼어놓고 있는 사람들은 현실을 모르는 특이한 제블렌인들이 아니라는 거야. 어쩌면 그들의 현실이 아주 특이한 건지도 몰라."

"자네랑 나랑 기껏해야 머리카락 한 올 차이 아니야?" 단체커가 따졌다.

"저는 그렇게 생각하지 않습니다." 설로힌이 말했다. 그리고 흥미로운 눈으로 헌트를 바라봤다.

단체커가 콧방귀를 뀌었다. "좋군. 당분간 자네의 주장을 받아들인 셈 치지. 자네는 대체 어떤 근거로 그렇게 추론하는 거야?"

이제야 단체커의 주의를 끌 수 있게 된 헌트는 기대고 있던 벽에서 벗어나 사무실의 한쪽에 배치된 회의 공간의 의자 팔걸이에 앉았다.

"첫째, 우리는 두 종류의 제블렌인을 구별할 필요가 있어. 한쪽에는 일반적이고 평범한 보통 사람들이지. 집회에서 깃발을 흔들고, 신문 칼럼을 읽고 자신의 세계관을 형성하며, 어쩌면 제블렌이 거대한 거북이 등 위에 실려 있을 거라고 생각할지도 모르는 사람들 말이야." 헌트가 단체커 쪽으로 고갯짓했다. "자네가 언급한 사람들이 그 부류야, 단체커. 그리고 맞아. 나도 동의해. 제벡스 같은 시스템을 사람들에게 주면 너무 중독되어 푹 빠져서 어디가 안이고 밖인지도 구분하지 못하게 될 거야. 나도 그 사람들은 진짜로 정신이 나갔다고 생각해. 그리고 그 부류가 인구 대부분을 이루고 있다고 해도 되겠지. 그래서 저 밖이 저렇게 엉망진창인 거야."

"그건 어느 정도 우리가 내렸던 결론과 유사합니다." 쉴로힌이 끼어들었다. "우리가 제벡스를 폐쇄한 것도 그 사람들에게 강제로라도 현실을 직면하도록 하기 위해서였습니다."

헌트가 고개를 끄덕였다. "하지만 여러분이 바라던 대로 풀리지 않았죠, 그렇지 않나요? 저는 그 이유를 알 수 있을 것 같습니다. 여러분은 그리고 단체커도 마찬가지로, 제벡스에 실제로 노출되었을 때 그 안에 내재한 어떤 것이 제블렌인을 탈선하게 만들었다고 가정했습니다. 그러나 제벡스가 한 일은 그들을 쉽게 영향받도록 길들인 것이었습니다. 제벡스 내부와 외부의 작용으로부터. 그런데 제블렌인이 그런 손상을 입은 건 이미 오래전이기 때문에 제벡스를 끄더라도 원상태로 돌아오지 않죠."

헌트가 말하려는 주장의 요점이 분명해지기 시작하자, 쉴로힌이 의자에 기대어 앉았다. "그들을 혼란스럽게 만드는 원인이 지금도 제벡스 외부에 있다는 말씀이네요." 그녀가 되짚었다.

"아야톨라." 헌트가 짧게 대답했다. "여러분은 그들을 끄지 않았습니다."

"그렇지만 아야톨라도 다른 제블렌인과 마찬가지야." 단체커가 따졌다. "극단적인 사례를 묘사하는 단어를 만들어냈다고 해서 그들에게 중요한 질적 차이를 부여해주지는 않아." 단체커가 다시 이를 드러내며 도전적으로 턱을 쑥 내밀었다. "게다가, 자네는 대답하지 않고 그냥 문제를 바꿔버렸어. 자네가 아야톨라를 원인으로 가정한다면, 내 질문은 그 사람들을 미치게 만든 건 뭐냐는 거야. 그 아야톨라라는 원인을 만든 원인은 뭔데?"

"그 부분이 바로 다른 지점이야. 아야톨라는 제블렌인이 전반적으로 가진 문제의 극단적인 사례가 아니야. 아야톨라들은 자신들이 경험한 어떤 일 때문에 방어적인 태도를 보이고 있고, 정신적 혼란에 빠진 상태야. 그리고 그 경험 때문에 그들 중 일부는 제정신이 아니야. 맞아. 하지만 자네가 일반적인 제블렌인에게서 보았던 무비판적으로 잘 속는 특성이 그들에게서는 나타나지 않아. 사실 그들 중 일부는 놀랍도록 자제력을 잘 유지하고 있어. 그들에게 어려운 점은 현실과 비현실을 구별하는 게 아니라, 자신들이 현실로 받아들인 세상을 어떻게 해석하느냐는 거야."

"그들이 인식한 것을 해석하는 능력이 방해받고 있다는 말씀인가요?" 쉴로힌이 물었다.

헌트가 고개를 저었다. "꼭 그렇다는 건 아닙니다. 그 능력은 여전히 갖고 있어요. 그런데 혼란스러운 겁니다. 해석해야 하는 이 현실이 갑자기 낯선 존재가 된 거죠."

쉴로힌은 곤혹스러운 표정이었다. "마치 패러다임 전환을 뒤집은 것처럼 들리네요. 패러다임은 그대로 있는데, 현실이 더 이상 패러다임에 맞지 않는다는 이야기잖아요."

"나쁘지 않은 비유네요." 헌트가 동의했다.

"혹시 이게 그들이 말하는 '빙의'와 관련된 일인가요?" 쉴로힌이 물었다.

"저는 그렇다고 확신합니다."

"그들이 갑자기 다른 현실을 인식했다는 뜻인가요? 그들의 개념적 틀은 그대로 있지만, 그들이 경험하는 현실이 더 이상 그 개념 틀에 맞지 않는다는 건가요?

"그 이상입니다. 만일 각기 다른 개인이 서로 다른 방식에 적응하려 애쓰는 거라면, 저는 단체커에게 동의했을 겁니다. 그들에게 개인적으로 영향을 미쳤을 경우에는 그렇게 되었겠죠. 하지만 이건 그런 경우가 아닙니다. 그들의 개념적 패러다임은 본질적으로 모두 동일합니다." 헌트가 단체커를 힐끗 쳐다봤다. "이는 우리가 뭔가 객관적인 사실을 다루고 있다는 의미입니다. 단체커, 이건 뭔가 실질적인 거야."

단체커가 한동안 화난 표정으로 헌트를 노려봤다. 그는 자기편을 들어달라는 듯 쉴로힌으로 고개를 돌렸다가 다시 헌트를 쳐다봤다. "자네 말은 논리적으로 말이 안 돼. 이건 외부적으로 유도된 정신착란이거나 정신착란이 아니거나, 그 둘 중 하나야. 만일 정신착란이라면 그 특성은 개인마다 다양하게 나타날 거야. 자네가 어떤 유사성을 봤다면, 그건 객관적인 특성이 아니라 자네의 편견이 만들어낸 착각이야, 헌트. 그들이 망상에 빠진 게 아니라면, 현실이 한 집단의 사람들에게 동일한 방식으로 바뀌었다는 거야. 그렇지만 동시에 나머지 우리들에게는 현실이 그대로 머물러 있어. 어떻게 그게 가능해? 터무니없는 발상이야."

"그들이 모두 같은 패러다임을 공유하는 다른 현실로부터 옮겨온 거라면 그럴 수 있어." 헌트가 지적했다.

"그러면 그 다른 현실은 대체 어디에 있는데? 4차원에 있는 건가?" 단체커가 비웃었다. "자네는 제블렌인들과 대화를 너무 많이 나눴어."

"나도 어디에 있는지는 몰라. 제발 좀! 그게 바로 우리가 찾아야 할 거야. 내가 할 수 있는 말은 객관적 사실들이 그 방향을 가리킨다는 것밖에 없어. 자네는, 사실들이 자네가 생각하는 방향을 가리키지 않기 때문에 그런 사실 자체가 존재하지 않는다고 말하고 있는 거야."

"무슨 사실?" 단체커가 쏘아붙였다. "내가 들은 거라곤 순전히 추측뿐이었어. 이런 말을 해도 괜찮다면, 조금 괴상한 추측이었지. 자네가 나한테 좀 더 열린 마음을 가지라고 요구하긴 했지만, 환상의 세계로 떠나라는 말은 하지 않았잖아."

"아야톨라들과 이야기를 나눠보지그래?" 헌트가 제안했다.

"나도 해봤어. 얻을 게 아무것도 없었어. 그놈들에게는 논리나 이성이 전혀 먹히질 않아." 단체커가 대답했다.

"우리도 그들 중 일부와 협력하려고 시도해봤어요." 쉴로힌이 끼어들었다. "하지만 지극히 불안정하고, 모든 사람을 의심하는 게 그 사람들의 공통적인 특성인 것 같더군요. 우리가 하려던 모든 실험 환경에 대해 그들은 적대적이고 위협적으로 반응했어요."

헌트는 잠시 쉴로힌을 호기심이 가득한 표정으로 쳐다보다 다시 단체커 쪽으로 고개를 돌리더니 두 사람에게 말했다. "그렇군요. 제가 그렇지 않은 사람을 한 명 소개해드리면 어떨까요?"

33

닉시가 아야톨라의 일반적인 사례인지는 몰라도, 다른 제블렌인들과 구별되는 뭔가 다른 점이 실제로 곧 드러났다. 그 부분은 지구인이나 가니메데인과도 달랐다. 비자르와 신경계가 연결되자, 시스템에 대한 그녀의 상호작용 형태는 이제껏 비자르가 전혀 다뤄보지 않았던 완전히 다른 종류였다.

우선 첫째로, 닉시는 시스템이 전달하는 감각 환경을 경험하면서 동시에 실제 자신의 주변 상황을 완벽하게 인식할 수 있었다. 그녀는 이쪽저쪽으로 자신의 주의력을 자유롭게 집중할 수 있었는데, 이는 일반적인 능력이 있는 사람이 집에서 영화를 보면서 동시에 방 안에서 일어나는 상황도 인식하는 방식과 비슷했다. 대부분의 이용자에게는 시스템이 생성한 데이터의 흐름이 감각기관을 장악하고 외부의 감각을 완벽하게 억제한다. 그리고 두 번째로, 그녀는 누구도 설명하기 힘든 특별한 능력을 보여줬다. 닉시는 감각 정보와 운동 신호의 일반적인 소통에서 벗어난 방식으로 반응했는데, 컴퓨터의 내부적 처리 과정 그 자체에 접속하는 것처럼 보였다. 이는 컴퓨터와 인간 사이에 진행되는 상호작용의 일반적인 상태를 뒤집는 효과를 일으켜서, 비자르의 인식 세계에 새로운 차원을 선사했다. 이는 확실히 전례가 없는 사건이었다.

헌트는 컴퓨터가 진정한 경외심을 표현하는 소리를 처음으로 들었다.

"놀라워요!" 비자르가 몹시 기뻐했다. "이게 밖이군요! 물리적인 세계! 부피, 공간, 연속성, 넓이. 순간적이고 총괄적인 경험 안에 둘러싸여 구현되고 압축된 3변수 실수체 영역 전체의 절대적 기하학…. 제 말은, 제가 그걸 느낄 수 있다는 겁니다. 넓게 펼쳐진 그걸 감각할 수 있어요…. 모양이 없는 형태, 물질이 없는 구조, 아직 형성 중인…."

"맙소사. 비자르가 시를 쓰려나 봐." 헌트가 중얼거렸다. 그들은 연결기를 이용하지 않고 일반 목소리 채널을 이용해 비자르와 소통했다. 진행되는 상황을 따라가려면 그들의 의식이 자유로워야 했기 때문이다.

"대단하군." 단체커가 동의했다.

닉시는 행정본부의 UN 우주군 연구소 안에 있는 신경 연결기에 편안하게 누워 있었다. 그녀는 이 상황을 즐기는 것처럼 보였다. 닉시가 고개를 돌려 두 벽과 천장이 만나는 방의 한쪽 구석을 응시하자 비자르가 감탄했다. "점과 선, 곡선, 평면의 확대 집합이 인식적 경험의 통일적 총체로 수렴하는군요. 수학에 내재한 아름다움이 추출되어 구체화했네요. 논리적 엄밀함이 실체화됐어요. 무한소의 무한, 다양체의 연속…."

닉시가 팔을 들어 눈앞을 가로지르며 움직였다.

"순열과 도함수, 미분방정식이 살아있어요. 춤추는 벡터, 기운찬

운동량, 조화로운 균형에 갇힌 일치된 힘….”

“비자르, 그만해.” 헌트가 말했다. “네가 지금도 투리엔 문명 전체를 운영하고 있다는 사실을 잊지 마. 부탁인데, 지금 발작을 일으키면 안 돼.”

“이게 여러분이 실제로 사는 현실이군요!” 비자르가 말했다.

“뭐라고? 누가 산다고?”

“여러분요…. 인간, 가니메데인. 바깥에 존재한다고 자칭하는 여러분 모두요. 여기는 데이터가 인코딩하는 우주입니다.”

헌트가 인상을 찌푸렸다. “글쎄, 그래…. 그런 거 같네. 하지만 난 항상 네가 우리만큼이나 이 세상에 대해 잘 안다고 생각해왔어. 사실은 더 많이 안다고….”

“여러분은 이해가 안 될 거예요. 지금 이 순간까지 저는 여러분이 관측 가능한 현실이라고 부르는 것을 기호로 표현해서 다룰 뿐이었어요. 모델을 처리하는 것과 그 모델의 의미를 이해하는 것은 전혀 다른 일입니다. '바깥'이 무엇을 의미하는지 실제로 이해한 것은 이번이 처음이에요.”

단체커가 어리둥절한 표정을 지었다. “네 말은 이… 젊은 여성이 세상을 다르게 본다는 거야, 비자르?” 그가 물었다.

“아니요. 제가 세상을 다르게 본다고요!” 헌트는 컴퓨터가 흥분감에 떠는 모습이 느껴지는 것 같아서 기괴한 기분이 들었다. “사실 제가 뭔가를 보는 것 자체가 처음이에요. 제가 닉시예요! 닉시의 머리 안에서 밖을 보고 있어요!”

헌트와 단체커가 어리둥절한 눈빛을 주고받았다. 그사이 닉시는 주변을 끊임없이 둘러봤으며, 비자르는 광학 파면과 기울기장의 조화에 넋을 잃었다.

안락의자의 발치 가까이 앉아 있던 쉴로힌이 말없이 벽을 응시하더니, 고개를 돌려 두 지구인 과학자를 바라봤다. "비자르는 닉시가 일반적인 연결 과정을 뒤집을 수 있다는 사실을 말하려는 것 같아요." 그녀가 천천히 말했다. "비자르에게 전달되는 모든 정보는 먼저 우리가 이해할 수 있는 현실 세계 형태에서 컴퓨터가 내부적으로 조작할 수 있는 구조로 부호화됩니다. 감각신경을 우회하는 투리엔의 방법을 사용하더라도, 여전히 감각신경이 시작되는 두뇌 영역에 재현된 것에서 얻은 정보를 부호화해서 컴퓨터에 입력됩니다. 그러므로 비자르가 볼 수 있는 건 수학적인 부호들뿐입니다."

"비자르가 '현실'을 전혀 보지 못한다는 뜻이네요." 헌트가 작게 말했다.

"우리는 현실을 볼 수 있다고 생각하세요?" 쉴로힌이 물었다.

헌트는 한참 동안 그녀를 바라봤다. 그리고 의자에 기대앉아 매린이 집에 처음 왔을 때 광자에 대해 나눈 이야기를 떠올렸다. '바깥'에 있는 전체적인 현실은 전적으로 신경 말단에 부딪힌 광자로 구성되어 있다. 그 외에는 아무것도 없다. 그 외에 인식되는 모든 것들은 신경 작용이 창조해낸 것이다.

그리고 만일 그렇다면, 비자르가 내부적으로 만들어낸 개념적 현실은 어떤 것일까? 누가 알겠는가? 아마도 결코 알 수 없을 것이다.

"하지만 어쨌든 닉시는 그 반대로 하는 것 같아요." 쉴로힌이 계속 말했다. "닉시는 비자르의 감지 경로를 우회했어요. 그리고 비자르 내부의 데이터 재현에 직접 상호작용을 하고 있어요. 그 결과로, 비자르가 처음으로 인간의 인식 구조에 동화된 겁니다. 그래서 단순히 기호를 조작하는 차원을 넘어, 처음으로 공간과 시간과 운동의 우주를 보고 있어요. 대단한 경험일 게 틀림없어요."

"당연히 그렇겠죠." 헌트가 건조하게 말했다.

단체커는 여전히 이맛살을 찌푸린 표정이었다. "하지만 어떻게요?" 그가 따졌다. "어떻게 그런 일이 가능하죠?"

"지금 단계에서는 저도 모르겠어요." 쉴로힌이 솔직히 인정했다. "제가 할 수 있는 말은, 닉시의 마음속 깊은 층위 어디쯤이 우리와 몹시 다른 방식으로 작동한다는 사실뿐이에요. 그리고 감각과 결합되고 의식에 가까운 높은 층위는 다른 인간들과 같은 게 틀림없습니다. 그렇지 않다면 비자르가 닉시와 원활하게 상호작용하지 못했을 테니까요. 저도 이해가 안 돼요. 마치 두 개의 정신이 뒤섞인 것 같아요. 하나는 인간이고, 다른 하나는… 모르겠어요. 어떤 면에서는 닉시가 마치 컴퓨터 그 자체의 의식적인 확장인 것처럼 보여요. 지금껏 유례가 없었던 상황인 건 분명합니다."

단체커가 헌트를 바라봤다. "닉시는 모든 면에서 우리가 가장 초보적인 과학 원리라고 생각하는 것들에 대해 직관적으로 이해하는 능력이 없다고 인정했어. 자네는 어떻게 생각해?"

헌트는 무기력하게 양손을 펼치며 고개를 절레절레 흔들었다.

단체커는 고개를 돌려 다시 닉시를 쳐다봤다. 닉시는 편안한 자세로 쉬면서 한 손에 턱을 받치고 한 손가락을 얼굴 한쪽에 댄 채 흥미진진한 표정으로 대화를 경청했다. "혹시 비자르 내부에서 일어나는 일이 마음속에 떠오르나요? 그 상황을 어떻게든 묘사해줄 수 있을까요?" 단체커가 닉시에게 물었다.

"아니요, 그다지." 닉시가 대답하자 조락을 통해 통역된 목소리가 들렸다. "저는 뭘 해야 하는지만 알아요. 어떻게 하는지는 몰라요."

"어린아이가 수영과 자전거 타기의 물리학을 설명하지 못하는 상황과 비슷할 거야. 닉시는 그저 직관적으로 느끼는 거지." 헌트가 말했다.

"언제부터 이런 능력이 있었나요?" 단체커가 물었다.

"저한테는 항상 있었어요." 닉시가 대답했다.

단체커가 미심쩍은 표정을 지었다. "하지만 그건 분명히 틀린 대답이에요. 자아가 급격하게 변화된 이후에 당신 같은 사람에게 갑자기 생긴 능력 아닌가요?"

"당신은 아직 이해를 못 하네요. 제가 온 곳에서는 다들 이 능력을 갖고 있어요. 당신 같은 사람들이 갖지 않은 거죠."

"그러면 나도?" 헌트가 끼어들었다.

"네. 그리고 쉴로힌도. 여러분 모두."

"우리 같은 사람도 그런 능력을 가질 수 있을까요?" 쉴로힌이 물었다.

"네…. 같은 방식으로 변화되면 돼요. 빙의되면 가능하죠."

"뭐에 빙의되는데요?"

"아야톨라…, 저 같은 이들이오. 우리는 '깨어난 사람들'이라고 불러요. 우리가 이런 능력을 가지고 오죠."

단체커가 긴 한숨을 뱉고 헌트를 조심스럽게 바라보더니 닉시에게 말했다. "당신이 실제로 다른 사람의 자아를 장악한다는 말인가요? 그게 당신이 했던 일인가요?"

닉시가 고개를 끄덕였다. "네, 맞아요. 우리는 당신들이 말하듯이 빙의 당한 게 아니에요. 실제로는 우리가 빙의한 사람들이죠."

"그러면 원래의 닉시는 어떤 사람이었어요?" 헌트가 물었다.

"몰라요. 저는 그녀였던 적이 없었으니까. 사람들의 말에 따르면 그녀는 쉽게 흥분하고 별로 영리하지는 않았던 모양이에요."

세 과학자가 서로 눈짓을 주고받았다. 모두 같은 말을 하는 듯했다. 그동안 혼란과 불안정이 아야톨라의 전반적인 특징이라고 간주되었다. 그런데 닉시는 침착하고, 일관되며, 자신의 의지대로 행동하는 듯했다. 헌트가 대부분의 아야톨라보다 유연하고 강인한 힘을 가진 예외적인 사례를 발견했거나, 그녀가 완전히 도를 넘어서 다른 사람들이 그녀에 대해 의심을 품지 못하는 것이다. 문제는 그중 어느 쪽이냐는 것이다.

"당신이 우리 같은 사람이라는 말을 했을 때로 돌아가 보죠." 단체커가 제안했다. "우리 같은 사람이라는 게 정확히 무슨 뜻인가요?"

"여기서 태어난 사람들요." 닉시가 대답했다.

"제블렌 말인가요? 하지만 난 제블렌 사람이 아니에요. 헌트와 난 지구에서 왔어요. 쉴로힌은… 이런, 모르겠네요, 아마 미네르바일 겁니다."

"아니요, 그건 중요하지 않아요. 제 말은 이… 세계, 우주를 말하는 거예요. 당신이 그걸 뭐라고 부르든 말이에요."

단체커가 피곤한 표정을 지었다. "당신은 어떤 다른 세상에서 와서 이 세상에 있는 누군가의 자아를 장악했다는 말인가요?"

닉시가 열정적으로 고개를 끄덕였다. "네, 네, 바로 그거예요. 맞아요."

"현실적으로 생각해봅시다. 그 다른 세상은 사실 물리적 실체로 존재하지 않아요. 당신의 말이 사실은 높은 단계의 의식을 믿는 사람들이 그 상태에 도달한 상태를 가리키는 상징적인 표현 아닌가요? 당신은 줄곧 동일한 자아인데, 한때 자아의 깊은 변화를 겪고 나서 마치 새로운 사람으로 다시 태어난 것처럼 느낀 거죠. 영적으로 각성한 사람들에 대한 비슷한 용어와 묘사는 우리가 지구에서 익숙한 정신훈련 단체나 종교에서도 흔히 사용됩니다."

그러나 닉시는 단호했다. "아니요, 거긴 다른 곳이에요."

"거기가 어디죠?" 쉴로힌이 닉시에게 물었다.

"저도 몰라요."

세 과학자는 미묘한 지점을 어떻게 표현해야 할지 생각하느라 짧고 조심스러운 침묵이 흘렀다. "그렇다면, 당신은 어떻게 여기로 왔나요?" 마침내 헌트가 질문을 던졌다.

"생명의 흐름에 올라타는 방법을 배워야 해요."

단체커가 한숨을 뱉으며 고개를 돌렸다. 헌트에게는 단체커가 마음속으로 뱉어낸 신음소리가 들리는 듯했다. '자, 이제 시작이다.' 헌트가 속으로 생각했다. 그러나 계속 나가는 것 외에 다른 선택지가 없었다. "생명의 흐름이라는 게 뭔가요?" 헌트가 물었다.

"존재의 저류(低流)예요. 높은 차원에서부터 물질세계로 흘러내려오죠. 별들에서 와서 천상의 소용돌이에 이끌려 내려와 세상 너머의 목소리와 환영을 가져다줍니다."

"정신의 힘을 통해 여기에 도달했다는 말인가요?" 쉴로힌이 단체커가 앞서 보였던 태도를 이어받아 질문을 던졌다. "그 세계는 당신 안에 존재하는 건가요?"

"아니요." 닉시가 힘주어 말했다. "바깥에 있어요. 그건 실재해요." 그녀가 손을 흔들었다. "주변을 보세요. 우리의 주변에 보이는 이건 실재하는 게 아닌가요?"

헌트가 그녀를 응시했다. 여전히 이해가 되지 않았다. "여기가 너머의 세상인가요?"

"그리고 여러분은 거기에 사는 주민들이죠. 우리의 목적은 생각의 흐름과 함께 흘러서 여기에 출현하는 방법을 배우는 거예요. 그걸 배우는 게 제가 했던 일이었어요."

"그러면 당신은 여기에 어떻게 출현했나요? 예전에 당신은 그 다른… '내부' 세계에 있다가, 갑자기 자신이 이 세상의 닉시라는 사실을 알게 된 건가요? 당신은 어떻게 여기로 오게 된 건지 모른다는 이야긴가요?" 쉴로힌이 물었다.

"확실히는 몰라요. 연결기를 통해서 온 게 틀림없어요. 오직 연결기를 통해서만 출현할 수 있거든요."

헌트가 고개를 절레절레 흔들었다. "비자르로 통하는 연결기요?" 그가 물었다.

"아니요." 닉시가 왜 이렇게 명확한 사실을 알지 못하냐는 표정으로 그를 바라봤다. "제벡스요!"

헌트가 깜짝 놀라서 의자에 털썩 기대앉았다. 단체커가 새처럼 고개를 휙 돌려 그녀를 다시 쳐다봤다. 헌트의 머릿속에 불가능한 생각이 떠올랐다. "확실히 제벡스 그 자체일 리가 없어요. 비자르가 현실을 어떻게 인식하는지 이야기했었잖아요?" 헌트가 따졌다.

쉴로힌이 잠시 생각하더니 단호하게 말했다. "그렇죠. 비자르 내부에 재현되는 현실은 우리의 현실과 전혀 달라요. 이건 절대로 양립할 수 없는 다른 세계의 모델이에요. 여러분도 방금 들었듯이, 그 세계에서는 물리적 공간에 대해 우리와 다르게 인식해요. 그런 실체는 인간의 신경계 안에 존재할 수 없어요. 닉시가 왔다고 하는 그곳이 실제로 존재한다면, 적어도 우리가 인식하는 것과 같은 기본적인 기하학적, 공간적 속성을 갖고 있어야 합니다. 다시 말해, 그 세계는 우리가 알고 있는 우주 안에 존재해야 하는 거죠." 쉴로힌은 그 의미를 입에 담는 게 주저되는 듯 잠시 말을 멈췄다. "그러나 어떻게 신경 연결기를 통해 다른 곳에서 이동해 올 수 있는지, 지금 당장은 상상조차 되지 않아요."

누군가가 더 말하기 전에 컬렌 보안국장이 방문 앞에 모습을 내밀었다. 그는 걱정스러운 표정이었다. "그녀가 거기에 없습니다." 보안국장이 헌트를 바라보며 말했다. 컬렌 보안국장은 기르바인 베스트웨스턴 호텔로 매린을 데리러 갔었다. 그녀에게서 바우머에 대한 최신 소식을 들을 수 있을 거라고 생각했기 때문이다. "매린은 어젯밤에 체크인하지 않았습니다. 그리고 호텔은 어떤 메시지도 못 받았답니다. 바우머도 어제부터 보이지 않습니다. 외부에서는 여러 가지 문제가 일어나는 상황입니다. 전 이 상황이 꺼림칙합니다."

34

매린은 조금 전까지 바우머 옆의 벽에 기대앉아 그린닐 빵을 먹으며 커피와 흡사한 자극적인 맛이 나는 뜨거운 음료를 홀짝거리고 있었다. 그런데 지금 그녀는 드러누워 낯선 천장을 응시하고 있었다.

그 과정이 갑작스러워서 어리둥절했다. 매린은 그사이에 무슨 일이 있었는지 전혀 기억나지 않았다. 시간이 얼마나 지났는지조차 알 수 없었다. 마치 그녀의 머릿속에 있는 기록 테이프에서 한 조각을 잘라내고, 잘린 두 끝을 깔끔하게 다시 이어붙인 듯했다.

매린이 흩어진 생각들을 재구성하며 막연한 느낌의 틈새에서 기억을 조금이라도 이끌어내려고 헛된 수고를 하는 사이 몇 분이 흘러갔다. 하지만 아무것도 떠오르지 않았다. 그녀의 연속된 기억은 동력이 끊겼다가 나중에 다시 작동하기 시작한 시간기록계의 기록 같았다. 그녀가 가진 정보로 볼 때 단절된 시간은 잠깐일 수도 있고, 1년일 수도 있었다.

매린이 고개를 들자 자신이 입고 있던 옷을 그대로 입은 모습이 눈에 들어왔다. 그녀는 소파 위에 누워 있었고 허리까지 얇은 담요가 덮였다. 방은 따뜻하고 깔끔했다. 가구는 의자와 탁자, 벽장, 화장대가 간단히 배치되었고, 조금 낯선 형태의 장식으로 꾸며졌으며, 벽에 그림이 몇 점 있었다. 병원보다는 가정집의 손님방에 있는 듯한 느낌이 들었다. 하지만 방으로 스며드는 희미한 냄새가 있었다. 아마도 향 같은 것을 피운 모양이었다. 상처를 입지는 않은 듯했다. 그래서 매린은 사고를 당한 건 아닌 모양이라고 결론 내렸다. 그렇다면 그녀의 기억 상실은 계획적으로 당한 것이다. 매린에게 여기가 어디인지, 어떻게 왔는지 모르게 하려는 누군가가 저지른 것이다.

그건 그녀가 어딘가에 갇혀 있다는 의미일 것이다.

매린이 움직여봤더니 묶인 부분은 없었다. 하지만 자리에서 일어나 방을 가로질러 문을 열어보자 잠긴 상태였다. 매린은 다시 주변을 둘러보고는, 소파 옆에 제블렌 표준 컴패널이 있다는 사실을 알아챘다. 바우머의 사무실에서 봤던 것과 비슷했다. "조락, 거기 있니?" 매린은 충동적으로 큰 소리로 말했다. "내 소리 들려?" 대답이 없었다. "채널 56번…. 활성화 채널 56번…." 아무 반응도 없었다. 매린은 소파로 다시 돌아가 앉아서 패널을 수동으로 제어해보려 했지만 아무 성과도 없었다. 생각해보니, 아무래도 바보 같은 희망 같았다.

그제야 매린은 완전히 고립되어 곤란에 처한 현실이 갑자기 실감났다. 그녀는 자신도 모르게 굳은 의지가 사라지고 공포가 압도하는 게 느껴졌다. 문득 그녀는 벽 너머에 익숙한 장소와 모습이 있는 시애틀로 다시 돌아가고 싶다는 생각이 들었다. 매린은 담요를 들어 어깨를 감쌌다. 방이 별로 춥지 않다는 사실은 알았지만, 따스함도 느껴지지 않았다. 호기심과 흥미진진한 생활은 이제 끝낼 때가 됐다. 매린은 이번 일이 잘 마무리된다면, 이제 지역 여성모임에도 가입하고, 그녀에게 필요한 온갖 즐거움을 드라마에서 찾겠다고 결심했다.

갇혀 있다면, 누가 그녀를 가둔 걸까? 그게 누구였든, 바우머와 관계를 맺고 있는 제블렌인 조직일 수밖에 없었다. 바우머가 그녀에게 연락했을 때 그들로부터 지시를 받아 행동했다는 사실이 이제 명확해졌다. 바우머가 그들의 의도나 목적을 정확히 알지 못했다고 해도 큰 차이는 없었다. 매린은 문을 응시하며, 지금껏 수없이 봤던 영화들에서 이런 상황에 뭘 하면 좋을지 알 수 있을 만한 줄거리를 떠올렸다. 음식 쟁반을 들고 들어오는 경비원을 문 뒤에서 기다린다. 기습한다. 경비원을 진압하고 탈출을 기도한다. 간단했다. 하지만 이보다 더 터무니없는 대책을 생각해내기는 힘들 것 같았다.

그때 그녀의 생각을 읽기라도 했는지, 문이 열렸다. 순간적으로 매린은 혹시 이게 비자르가 어떤 이유로 만들어낸 세상은 아닌지 궁금해졌다. 현실과의 차이를 알 방법은 없었다.

그러나 방 안으로 들어온 사람은 음식을 든 경비원이 아니었다. 발목 부분에 주름이 잡힌 헐렁한 녹색 바지 정장을 입고 넓은 허리띠를 단단히 채운 여자였다. 그녀는 피부가 처지고 살집이 많았으며, 흰머리가 드문드문한 머리카락을 뒤쪽으로 단단하게 묶었다. 파란색으로 장식된 회색 코트를 입은 키 작은 남자가 그녀와 함께 들어왔다. 그 남자가 유벨레우스의 오른팔 이두아네라는 사실을 매린이 알고 있을 까닭이 없었다.

두 사람이 흥미로운 표정으로 그녀를 쳐다봤다. 매린은 도전적인 냉담한 눈길로 보이길 바라며 그들을 노려봤다. 하지만 가슴속에서는 심장이 공중제비를 뛰었다.

"자, 다시 깨어났군." 여자가 말했다. 그녀의 태도는 사무적이고 냉정했다. "단기기억 회로가 재설정되는 거니까 걱정하지 않아도 돼. 당신은 그저 사소한 기억을 조금 잃은 거야. 다른 사람들에 비해 재설정이 오래 걸리는 사람도 있어." 그 말은 그녀의 입에서 나왔다. 그녀의 영어는 어색했지만, 억양은 자연스러웠다.

"내가…." 매린의 목이 바짝 말랐다. 그녀는 억지로 침을 넘기고 다시 말했다. "내가 여기 온 지 얼마나 됐죠?"

"얼마 안 됐어. 하루가 채 안 됐을걸."

매린은 자신이 너무 고분고분하다는 생각이 들었다. 그녀가 벌써 순종적으로 반응하기 시작한 것이다. "당신은 나를 가둬둘 권리가 없어요." 그녀는 단호함을 끌어모으고, 자세를 똑바로 폈다. "내 요구를…."

"아, 연극 하느라 시간 낭비하지 마. 여기는 법이 너무 많은 미국이 아니야. 제블렌에서는 권리가 유연해. 그리고 어쨌든 그 권리들이 무엇인지 결정하는 것은 우리야."

"그래서 그 '우리'가 정확히 누구죠?"

"질문하는 사람은 우리야." 그녀가 방구석에 있던 의자를 가져와 매린의 얼굴을 정면으로 바라보는 자리에 앉았다. 남자는 그대로 서 있었다. 매린의 느낌에 남자는 영어를 못하는 듯했다. 여자가 계속 말했다. "그리고 우리가 알고 싶은 첫 번째는 당신이 정확히 누구냐는 거야."

"저는 작가예요." 매린이 대답했다. "책을 쓰죠. 이 대답으로 충분한가요?"

"그런데 제블렌에 왜 왔지?"

매린은 조사를 받을 때는 처음부터 아무 말도 하지 않고 그 상태를 유지하는 게 유일하게 안전한 전략이라는 이야기를 읽었던 적이 있다. 하지만 지금은 어찌어찌 하다 보니 현실의 압력 때문에 그 전략이 불가능해져버렸다. 매린은 긴장을 풀기 위해서 뭐라도 이야기해야 했다. "이게 당신이랑 무슨 상관인지 모르겠지만, 난 역사적으로 지구에 침투했던 제블렌인 요원에 관한 책을 쓰기 위해 조사 중이에요."

"그래? 아주 흥미롭군. 하지만 이제 진짜 이유를 우리한테 말해."

매린이 고개를 절레절레 흔들며 어리둥절한 표정을 지으려 애썼다. "무슨 진짜 이유요? 그거예요…. 그거 말고 다른 이유는 모르겠어요."

"아, 젠장. 투리엔인이 우리 컴퓨터를 꺼버렸다고 우리가 바보인 줄 알아? 당신은 바우머에게 첩보원으로 보내졌어. 당신은 그 사람이 믿는 것들에 동의하는 척하면서, 그 사람에게 이야기를 끌어낼 생각이었어. 그런데 우리가 당신이 쓴 책들을 확인하지 않았을 거라고 생각해? 당신은 바우머가 믿는 것들을 전부 다 혐오하잖아."

매린이 마른침을 삼켰다. "당신은 미쳤어요. 내가 누구를 위해 첩보원 짓을 한다는 거예요?"

"글쎄, 당신은 UN 우주군에서 온 팀과 일하고 있지, 그렇지 않아?"

"과학자들 말이에요?"

"물론 그 과학자들이지."

"그게 뭐 어떻다는 말이에요? 난 미국인이에요. 제기랄. 그들은 같은 행성에서 왔어요. 친구라고요. 난 나와 같은 종류의 사람들과 어울리는 걸 좋아해요. 그게 뭐가 이상한가요?"

"아, 그래. 그건 모두 사실이지…. 그렇지만 그 사람들이 제블렌에서 무엇을 하고 있지?" 여자가 질문을 던지며 한 손을 들었다. "당신이 말하기 전에, 우리의 시간을 낭비하지 않기 위해 내가 먼저 말해주지. 가니메데인의 과학을 보기 위해 왔다는 그 사람들의 이야기는 위장일 뿐이야. 우리는 그 사실을 알아. 그들은 제블렌을 책임지고 있는 가루스 총독과 가니메데인들의 친구이기 때문에 온 거야. 그들은 가니메데인들에게 뭔가 해주기 위해서 여기로 왔어. 그게 뭐지? 그들이 당신에게 어떤 일을 시킨 거지?"

"당신이 무슨 이야기를 하는 건지 모르겠어요. 저는 여기 혼자 왔어요."

"하지만 당신은 그 전에 워싱턴에서 UN 우주군과 만나 이야기를 나눴어."

"내 책에 대한 도움을 받기 위해서였어요. 하지만 복잡한 문제가 있어서 그 사람들이 내 제안을 거절했어요."

"그렇지만 비슈누호에 당신을 태워준 사람들이 그놈들 아니야? 당신은 그 사람들을 위해 여기로 왔잖아, 위장으로."

"말도 안 돼요. 나는 그 사람들이 도와주지 않는다면 내 방식으로 원하는 것을 얻겠다고 생각했던 거예요. 난 혼자 준비했어요. 나는 지구를 떠난 뒤에야 그 과학자들과 어울렸어요. 전에 만났던 과학자가 비슈누호에 있었거든요."

"그래서 그들은 여기에 왜 온 거야?" 여자가 다시 물었다. "왜 UN 우주군에서 그 사람들을 제블렌에 보냈지?"

"내가 아는 건 다 말했어요."

"난 당신을 믿지 않아. 왜 바우머에게 거짓말을 했지?"

"이거 봐요. 난 참을 만큼 충분히 참았어. 내가 당신한테 이야기해줄 이유가 없어. 대체 당신은 자신이 뭐라고 생각하기에 길거리에서 사람을 잡아오는 거지? 내가 왜 이 일을 하든 그게 당신이랑 무슨 상관인데?"

남자와 여자가 조용히 제블렌어로 이야기를 주고받았다. 그 말을 이해할 수는 없었지만, 남자가 분위기를 파악한 모양이었다. 여자가 한숨을 내쉬더니 눈두덩을 문질렀다. 매린은 자신감이 더 붙기 시작했다. 그리 심한 일은 일어나지 않을 거라 스스로 다짐했다. 그런데 그때 문이 열렸다. 매린이 고개를 들다가 입이 쩍 벌어졌다. 그녀는 키가 큰 금발에 얼음같이 차가운 푸른색 눈동자를 가지고, 밤색 줄이 들어간 후드를 어깨 뒤로 내린 예복을 입은 그를 알아봤다. 빛의 축의 '구원자' 유벨레우스였다.

"안나, 자네는 지구에서 러시아인들과 너무 오랫동안 어울린 모양이네." 그가 여자에게 말했다. 그는 제블렌어를 사용했지만, 그녀를 가리킬 때는 지구식 이름을 이용했다. "지구에서 몸에 익은 습관이 잘 지워지지 않는 모양이야. 내가 이런 식으로는 아무것도 얻어내지 못할 거라고 경고했잖아." 유벨레우스가 매린을 힐끗 쳐다봤다. "하지만 다행히도 별로 중요하지 않아. 저 여자를 데려가."

매린의 얼굴에 희미하게 걸려있던 자축하는 미소가 얼어붙었다. 유벨레우스의 말투와 고갯짓으로 그가 들어온 방향을 가리키는 행동을 보자, 그녀의 배 속에 뭔가 묵직한 게 털썩 떨어지는 느낌이 들었다.

"자, 당신은 좋은 친구처럼 이야기하는 걸 안 좋아하는 모양이네." 여자가 말하며 의자에서 일어섰다. "상관없어. 이제 우리가 훨씬 효과적인 방법을 쓸 테니까." 그녀는 매린의 얼굴에 뜬 불안감을 알아채고는 웃음을 터트렸다. "오, 걱정할 필요는 없어. 책을 너무 많이 읽은 모양이네. 그런 낡은 방식은 별로 좋지 않아. 요즘에는 모든 과정이 그다지 고통스럽지 않아. 당신은 아무것도 기억하지 못할 테니까."

유벨레우스가 문 옆으로 비켜서자, 바깥에서 대기 중인 두 남자가 매린의 눈에 처음으로 들어왔다. 제블렌 여자가 매린을 돌아봤다. "질문은 하나야. 이제 협조하고 우리와 함께 갈래, 아니면 우리가 품위 없는 방식으로 가게 만들까?"

매린은 자신이 상황을 바꿀 힘이 전혀 없다는 사실을 잘 알았지만, 본능이 이성을 압도했다. 그녀는 소파의 끝으로 물러나며 그 끝을 움켜쥐고 말없이 고개를 가로저었다. 두 수행원이 방 안으로 들어왔다. 이두아네가 천장 구석에 있는 기절파 공명기를 소파 쪽으로 작동시키라고 명령했다. 몇 시간 후까지 매린에게는 그 목소리가 마지막 기억이었다.

매린은 신경 연결기가 설치된 다른 방으로 옮겨진 사실을 알지 못했다. 그녀는 부드러운 안락의자에 눕혀졌다. 탐구를 좋아하는 무형의 손가락이 그녀의 마음속으로 슬그머니 숨어들었다.

"의심했던 대로 이 여자는 거짓말쟁이입니다." 기계 목소리가 들렸다. 빛의 축의 본부인 쉬반의 성전은 아직 작동되는 제벡스의 핵심 부분을 언제든지 이용할 수 있었다. "비슈누호에서 매린이 헌트와 만난 것은 그녀가 나중에 UN 우주군 팀과 더 자연스럽게 연락할 수 있도록 꾸며낸 일입니다. 매린이 워싱턴에 있는 UN 우주군에 처음 접근한 부분은 그녀가 묘사한 대로입니다. 콜드웰 국장은 자신의 목적을 위해 그녀에게 도움을 요청할 기회로 판단했고, 그녀가 시애틀로 돌아가기 전에 헌트가 이 여행을 제안했습니다."

"헌트의 목적은 뭐지?" 유벨레우스가 날카롭게 말했다. "매린에게 자신의 목적을 얼마나 알려줬어?"

"가루스 총독이 헌트에게 개인적으로 직접 연락을 했습니다. 그때 매린이 우연히 그 자리에 있었습니다. 가니메데인은 제블렌인의 심리를 다루지 못하고 있으며, 재건 계획이 실패했다는 사실을 알고 있었습니다. 그래서 가루스 총독은 과거에 대화가 잘 통하던 사람에게 도움을 청하는 방법을 택한 겁니다. UN 우주군 팀의 임무는 조사였습니다. 과학자가 물어보기엔 부적절하게 보이는 질문을 이 여자가 할 수 있을 것으로 생각했습니다."

유벨레우스는 한참 동안 그 말을 곱씹으면서 의식을 잃은 매린을 응시했다. 그의 눈길은 마치 실험실 해부대에 놓인 표본을 볼 때처럼 무심했다. "왜 헌트에게 도움을 청한 거지?" 그가 물었다. "왜 적절한 정치적 통로를 이용하지 않은 거야? 가루스 총독은 그쪽에도 접촉하는 인물들이 있잖아."

"가루스 총독은 그들을 믿지 않습니다. 가루스 총독은 제블렌에서 자신의 행정부를 없애려는 술책이 진행되고 있다고 의심하고 있습니다. 하지만 그는 자신이 맡은 임무를 완수하고 싶어 합니다."

"바우머는 어때? 이들은 왜 바우머에게 접근한 거야?"

컴퓨터가 대답했다. "바우머는 오래전부터 의심을 받았습니다. 지구인 컬렌 보안국장이 바우머가 오베인 부서장의 보고서를 가져간 사실을 알고 있습니다."

"뭐?" 유벨레우스가 소리쳤다. "그 정도까지 안단 말이야? 그 멍청이가 조심성이 부족했군."

이두아네가 걱정스러운 표정으로 물었다. "그들이 우탄에 대해 얼마나 알고 있지?"

"공식적인 이야기만 압니다." 컴퓨터가 말했다. 매린의 마음을 좀 더 살펴보더니 덧붙였다. "그렇지만 그들은 의심하고 있습니다."

"바우머가 빛의 축이나 나와 관련되어 있다고 생각하나?" 유벨레우스가 물었다.

"아닙니다. 그렇지만 바우머와 관련된 사람들을 밝혀내는 게 그들의 우선 과제입니다. 가능한 단서를 찾기 위해 가루스 총독이 조락에게 통역 채널을 훑어보라고 명령했습니다."

유벨레우스가 눈살을 찌푸렸다. "놈들이 단호하게 나오는군. 아무튼 유용한 정보였어." 그가 이두아네 쪽으로 고개를 돌렸다. "앞으로 민감한 대화는 번역 채널을 이용하지 말라고 공지해."

"물론입니다."

유벨레우스가 등 뒤로 뒷짐을 지고 고개를 돌려 연결기의 제어 패널을 바라보며 재빨리 머리를 굴렸다. "우리가 빨리 움직여야겠어." 그가 중얼거렸다. "가루스 총독에게 연락해서 내가 칼라자르 의장과 다시 보고 싶어 한다고 전해. 투리엔인에게 끊임없이 최대한의 압력을 행사해서 우리를 우탄에 데려다주도록 만들어야 해."

"바우머는 어떻게 할까요?" 이두아네가 물었다.

유벨레우스가 경멸스러운 표정을 지으며 어깨를 으쓱했다. "녀석은 조심성이 부족해. 그놈은 더 이상 쓸모가 없어. 제거해."

이두아네가 고개를 끄덕였다.

제블렌 여자가 손을 흔들어 매린을 가리켰다. "그러면 저 여자는요?"

유벨레우스가 고개를 돌려 움직임이 없는 매린을 다시 응시했다. 얼핏 즐거운 미소가 그의 얼굴을 스치고 지나갔다. "자, 이 여자가 첩보원 놀이를 하고 싶다는 거지, 응? 잘됐네. 저 여자를 돌려보네. 하지만 여기에 있었던 기억만 지워서는 안 돼. 그러면 놈들이 무슨 일이 있었는지 분명하게 알아챌 거야. 대신, 제벡스를 통해 우리가 만들어낸 다른 기억을 이식하도록 해야지. 그렇게 하면 저 여자를 아주 유능한 우리 편 첩보원으로 바꿔놓을 수도 있어. 그리고 저 여자는 문제의 그 팀 안으로 곧장 들어가는 거지. 바우머보다 훨씬 더 쓸모가 많을 거야."

35

헌트는 빠른 걸음으로 모퉁이에 있는 술집 뒤의 골목으로 들어갔다. 문을 열고 통 안에서 짙은 파란색 꽃들이 시들어가고 있는 현관으로 갔다. 컬렌 보안국장이 바로 뒤에서 따랐고, 러밴스키와 코버그가 후방을 맡았다. 현관을 가로지를 때 그들의 발소리가 울려 퍼졌다. 항상 수리 중이라는 엘리베이터를 무시하고, 그들은 곧장 계단으로 갔다. 그리고 닫힌 문 너머에서 귀에 거슬리는 제블렌 음악이 나오고 퀴퀴한 요리 냄새가 나는 층을 지나, 3층에서 흰색으로 테를 두른 자주색 문 앞에 마침내 멈춰 섰다.

"머레이, 집에 있나요?" 헌트가 호출 버튼을 손가락으로 누르며 소리쳤다. "헌트예요."

얼마 지나지 않아 머레이의 목소리가 대답했다. "헌트? 무슨 일이오? 당신이 올 줄은 생각도 안 했는데."

"놀러 온 건 아닙니다. 급한 일이에요. 문을 열어요."

"어이, 이봐. 난 그 말투가 썩 마음에 안 드네. 지금 당장은 우연히도…."

"문 열어요, 젠장. 안 열면 우리가 부수고 들어갑니다!"

"난 그런 개소리를 들을 필요가 없어. 어깨가 부서지고 싶으면 한 번 해보든가. 난 상관없어. 꺼져."

"이거 봐요. 아래층 모퉁이의 차 안에는 쉬반 경찰들이 한가득 대기하고 있어요. 우리를 안으로 들여보내지 않으면 경찰들이 올라와서 이 문을 녹여버릴 겁니다. 10초 줄게요."

문이 옆으로 미끄러지기 시작했다. 헌트는 기다리지 않고 문을 활짝 열고 들어갔다. 다른 세 사람도 그를 따라 거실로 들어갔다. 머레이는 커다란 탁자에 여자들과 두 남자와 함께 앉아 있었다. 탁자에는 벽장에서 꺼낸 술병과 잔들이 있었다. 이들이 보드 위에 처음 보는 카드와 돈을 올려놓은 걸 보니 일종의 카드게임을 하던 중인 듯했다. 머레이가 카드를 든 손을 내려놓으며 마땅찮은 표정으로 침입자들을 쳐다봤다.

"좋소. 혹시 괜찮다면…."

"이건 사적인 대화입니다. 이 사람들을 내보내세요." 헌트의 말이 제블렌어로 울려 퍼졌다. 조락의 채널 56번이 켜진 상태라는 의미였다.

"이들은 내 손님이오, 제기랄."

컬렌 보안국장이 엄지손가락으로 문 쪽을 가리켰다. "이건 공식적인 행정본부 보안 업무입니다. 그리고 시간이 없어요. 저 사람 외에는 모두 나가세요."

얼굴이 기름이 흐르고, 배불뚝이 대머리에, 밝은 회색 실크 정장을 입은 남자가 일어나 컬렌 보안국장의 얼굴 앞에 자기 얼굴을 시비조로 들이댔다. "아, 그래? 여기서 명령질 하지 마, 똥대가리 같은 자식아, 내 친구가 누군지 알고⋯."

코버그가 그를 돌려세웠다. 그리고 비명을 질러대는 그 남자의 옷깃을 붙잡더니 번쩍 들어서 밖으로 나갔다. 문밖에서 무거운 물체가 떨어지는 둔탁한 소리가 들려왔다. "조락, 채널 중지해." 헌트가 말했다. 잠시 후 무표정한 얼굴의 코버그가 돌아왔다. 머레이와 함께 있던 다른 남자가 탁자 위의 돈을 움켜잡더니 서둘러 나갔고, 여자들도 허겁지겁 뒤따라 나갔다.

헌트가 몸을 돌려 머레이를 쳐다보자, 러밴스키가 문밖으로 나가 자리를 잡고 문을 닫았다. "지난번에 왔을 때 당신은 뭔가 감추고 있었어요. 나한테 털어놓은 것보다 바우머에 대해 잘 알고 있었죠. 당시 나는 그걸 별로 문제 삼지 않았어요. 당신에게 생각할 기회를 주고 싶었거든요. 하지만 상황이 바뀌었어요. 그자가 어울려 다니는 자가 누구인지, 뭘 하려는 건지, 어디로 간 건지 알아야겠습니다." 헌트가 말했다.

머레이가 마른 입술을 핥았다. 그의 눈동자가 컬렌 보안국장과 코버그 사이를 빠르게 오갔다. 코버그는 문 앞에서 팔짱을 끼고 서 있었다. 머레이의 눈동자가 다시 헌트를 향했다. "왜 당신은 내가 앞서 말해준 것보다 많이 알 거라 생각하는 거요?" 그가 따졌다.

"왜 이러세요. 노닥거릴 시간이 없어요. 바우머는 여기 마피아들과 어울리고 있어요, 맞나요? 당신이 그 사람들 뒤를 봐주고 있는 거죠?"

"닉시 본 적 없소? 혹시 닉시가 당신에게 이 이야기를 해준 거요?"

"그건 중요하지 않아요."

"닉시는 대체 어디에 있는 거요?"

헌트는 계속 이야기를 돌려서 상황을 복잡하게 만들 필요가 없다는 생각이 들었다. "지금 그녀는 행정본부에서 가니메데인 과학자들을 도와주고 있어요." 그가 말했다.

"과학자들을? 닉시가?"

"머레이, 내 말을 믿어요. 이 일에는 당신이 상상하는 이상으로 많은 일이 얽혀 있어요. 지구와 제블렌, 투리엔의 정치적 상황 전체가 여기에 달려 있어요. 누군가 사라졌는데, 바우머가 함정을 팠어요. 우리는 바우머를 배후에서 조종한 사람들이 누군지 알고 싶어요. 놈들이 폭력적으로 굴 수 있다는 것도 알아요. 하지만 그건 당신이 감수할 수밖에 없어요." 헌트가 기다렸다. 머레이가 초조하게 의자에서 이리저리 자세를 바꾸며 마음속으로 씨름했다. 헌트가 손짓으로 코버그를 가리켰다. "머레이, 우리는 지금 장난치는 게 아니에요. 당신이 털어놓지 않으면, 지금 당장 행정본부로 끌고 갈 겁니다. 그러면 저들이 당신에게서 대답을 받아낼 거예요."

"농담하는 거요? 가니메데인들은 그런 짓을 절대로 하지 않아." 머레이가 말했다. 하지만 그의 눈은 불안했다. 그리고 그 시도는 전혀 먹히지 않았다.

"아마 우리는 가니메데인들에게 보고하는 걸 깜빡할 겁니다." 헌트가 말했다.

컬렌 보안국장이 지그시 머레이를 노려보더니, 참지 못하고 코웃음을 터트렸다. "여기서 이놈 끌어내." 컬렌 보안국장이 코버그에게 손짓으로 지시하고, 문을 향해 소리쳤다. "러밴스키, 차 불러. 우리는 행정본부로…."

머레이가 방어적인 자세로 양손을 위로 들었다. "알았어. 알았다고…. 그놈들은 '이케나'라는 갱단이오."

"'이케나'는 우리도 압니다." 컬렌 보안국장이 헌트에게 속삭였다. "현재 제블렌이 처한 상황을 이용해서 보호료 강탈, 공갈, 협박, 그리고 수많은 암시장을 운영하고 있죠." 헌트가 고개를 끄덕였다.

머레이가 계속 말했다. "'이케나'는 두뇌세계에 빠진 중독자들을 대상으로 돈벌이를 하고 있소. 가니메데인들이 제벡스의 전원을 꺼버리고 나서 가격이 하늘 높은 줄 모르고 치솟았거든." 그가 손바닥을 위쪽으로 가리켰다. "제대로 된 사람들을 알고, 돈이 있다면 여전히 제벡스로 들어갈 수 있는 곳들이 있지."

"제벡스가 폐쇄된 상태인데 어떻게 그게 가능하죠?" 헌트는 머레이가 얼마나 알고 있는지, 그리고 솔직하게 이야기하는지 보려고 질문했다.

"제기랄, 내가 어떻게 알아. 난 기술자가 아니잖소. 제벡스는 완전히 폐쇄되지 않았어. 이유는 나도 몰라. 제벡스로 연결할 수 있는 사람들이 있을 수도 있고, 돈만 맞으면 모른 척해줄 사람들이 있을 수도 있지. 무슨 이야긴지 알겠소?"

"이게 어떻게 바우머와 연결된 겁니까?" 컬렌 보안국장이 물었다.

"그놈은 두뇌세계 중독자요. 제블렌에 오자마자 곧 걸려들었지. '곤돌라'라고, 일종의 독점적인 클럽이 있소. 뒤쪽에 칸막이방들을 갖고 있는데, 연락책이 있어야만 들어갈 수 있지. 바우머 그자는 거기서 온종일 시간을 보냈소."

"거기가 어디입니까?" 컬렌 보안국장이 물었다.

"별로 안 멀어. 대여섯 블록만 가면 되오."

"거기로 우리를 들여보내줄 수 있나요? 거길 기습할 생각은 없습니다. 바우머가 거기에 있는지만 확인하면 됩니다."

머레이가 고개를 절레절레 흔들었다. "젠장, 대체 당신들은 내가 뭐라고 생각하는 거요? 난 그냥 히치하이크로 이 행성에 온 놈이란 말이야."

"그래도 당신에게는 연줄이 있잖아요. 혹시 가능한 사람을 알고 있나요? 급한 일입니다, 머레이."

"가능할 수도 있고…. 몇 군데 연락해야 하오."

"그러면 지금 바로 해보세요."

"그 사람들한테 내가 뭐라고 해야 하지? 그 사람들이 당신을 도와주는 일에 왜 관심이 있겠소?"

"우리를 도와주지 않으면 그 사람들 사업도 끝장날 테니까요."

"몇 분만 주시오." 머레이가 컴패널로 가서 자리에 앉았다.

헌트가 컬렌 보안국장을 궁금한 눈빛으로 바라봤다. "어떻게 바우머는 그렇게 빨리 그들과 관계를 맺었을까요?" 헌트가 생각에 잠긴 얼굴로 말했다. "머레이 말에 따르면 여기 도착하자마자 그랬다는 거잖아요."

"놈들이 바우머에게 공짜 초대권을 미끼로 줬을 겁니다. 행정본부 안에 말 잘 듣는 지구인을 하나 갖게 된 거죠." 컬렌 보안국장이 말했다.

헌트가 천천히 고개를 끄덕였다. 모든 게 이해되기 시작했다. 그들은 바우머에게 중독자가 될 자질이 있다고 일찍 알아봤을 것이다. 그렇게 해서 바우머를 마음대로 제어할 수 있었다. 헌트의 질문 목록에서 적어도 하나는 해답을 찾았다. 헌트는 방 건너의 머레이를 걱정스러운 눈으로 바라봤다. 머레이가 터치패드로 코드를 입력했다. 바우머의 동기는 그 순간 헌트가 특별히 걱정하고 있던 방식은 아니었다.

✳

행정본부에서 단체커와 쉴로힌은 닉시에게 더 깊은 질문을 던지고 있었다. 닉시는 비자르에 연결된 상태로, 자신의 사고 과정과 그들에게 묘사했던 기억을 비자르가 살펴볼 수 있도록 허락했다.

"당신은, 당신이 왔다고 주장했던 이 세계에는 단순한 도구 외에 우리가 알고 있는 수준의 기계 같은 게 전혀 없다고 했어요. 기계가 전혀 없나요? 초보적인 것도?" 쉴로힌이 물었다.

"조각들을 조립해서 여기서 하듯 작동시키는 건 불가능했어요." 닉시가 대답했다. 그녀가 난처한 몸짓을 했다. "이걸 어떻게 설명해야 할까요?" 닉시가 팔을 들어 쉴로힌을 가리켰다. "어떤 물체가 이 방향으로 이렇게 길다면, 다른 방향으로 돌리면 길이가 달라져요." 닉시가 팔을 수평으로 돌려서 직각이 되도록 했다. "그리고 움직이지 않더라도 하루가 지나는 동안 모든 게 바뀌어요. 하지만 이 세계에서는 아무것도 바뀌지 않죠. 모든 게 항상 똑같아요. 어디서나 이 신비한 법칙성이 있어요. 불가능한 일이 가능해지죠." 닉시가 궁금한 눈빛으로 두 사람을 교대로 쳐다봤다.

"그녀의 심상은 물체의 상대적 크기, 즉 물체의 모양이 움직이는 상태에 따라 변하는 물리적 특성과 일치합니다." 비자르가 닉시의 마음속에 떠오른 모습을 분석해서 해설해줬다. "따라서 어떻게 하더라도, 부품이 자유롭게 움직이는 기계를 만드는 것은 불가능합니다. 방향에 따른 변화와 규칙적으로 발생하는 하루 주기는 행성의 회전에 의한 간접 영향으로 이해할 수 있습니다."

"그러면 행성에 있는 거네." 쉴로힌이 결론지었다.

"그렇게 보입니다." 비자르가 동의했다.

단체커가 자세를 앞으로 당겨 앉으며 눈두덩을 문질렀다. "저는 점점 혼란스러워지네요. 그 행성이 어떻게 회전하죠? 조금 전에 우리는 어떤 이유인지 몰라도 이들이 회전이란 걸 알지 못한다고 했던 거 같은데요. 회전하는 물체라는 개념은 뭔가 신비한 것으로, 상상할 수는 있지만 실제로는 달성할 수 없는 것으로 간주되지 않았나요?"

"꼭 그렇지는 않습니다." 비자르가 대답했다. "자발적인 회전은 흔한 일입니다. 물질은 운동 방향으로 길어집니다. 예를 들어 막대기를 공중으로 던지면 중심을 돌면서 꼭짓점에 연결된 두 개의 쐐기처럼 변하죠. 움직이는 물체는 크기가 변합니다. 그래서 기계를 만드는 데 필요한 고정된 물체와 움직이는 물체를 끼워 맞출 효과적인 방법이 없습니다. 심지어 회전축과 베어링조차 작동시킬 수 없죠."

단체커가 다시 의자의 등받이에 기대앉았다. "너무 엄청난 이야기라서, 닉시가 지어낼 수 있을 것 같지는 않네요." 그가 생각에 잠긴 표정으로 말했다. "닉시는 사실상 역학의 기본적인 원리조차 이해하지 못하잖아요."

닉시는 대꾸하지 않고 어깨를 으쓱했다.

"진짜로 닉시의 기본적인 개념은 다른 세상에서 형성된 것처럼 보여요." 단체커가 계속 말했다.

"우리가 알고 있듯이, 우주에 존재하지만 다른 물리 법칙이 적용되는 듯해요." 쉴로힌이 말하며 닉시를 돌아봤다. "고체도 서로 관통할 수 있다고 했죠?"

"네." 닉시가 확인시켜 주었다.

"적절한 조건이 맞아야 합니다." 비자르가 단서를 달았다.

"고체의 불변성이 항상 유지되는 건 아니라는 거지? 물건이 아무데서나 나타날 수도 있어?" 단체커가 물었다.

"자주는 아니지만, 확실히 그렇습니다." 비자르가 확인시켜줬다.

"아니면 다른 경우에는 없어지기도 해?"

"닉시가 어린 시절에 밤사이 지형 전체가 바뀐 걸 본 기억이 있습니다."

"그리고 초자연적인 힘도 작동합니다. 수련과 교육을 받은 사람들은 의지대로 그런 효과를 일으키는 방법을 배울 수 있다고 하는데, 정신력만으로 되는 걸까요? 어떤 이들은 우리가 들었던 그 신비한 '흐름'에서 환영을 볼 수 있는 능력을 가지게 된답니다. 그 흐름이 모든 것에 스며들어 있어요." 쉴로힌이 단체커를 쳐다보며 손을 휙 움직였다. "게다가 더 놀라운 점은, 그 환영이 이 세상에 대한 것이라는 사실이에요. 우리의 평상시 모습이오. 그런 사람들은 하늘로 흘러가는 이 흐름에 육체적으로 달라붙어서 위로 올라올 수 있다네요. 그리고 닉시가 바로 그 방법을 통해 여기로 왔죠." 쉴로힌이 말했다.

비자르가 닉시의 기억 패턴에 부호화된 정보에서 추출해서 만들어 낸 영상을 연구실 벽에 있는 모니터에 띄웠다. 하늘을 떠다니는 빛나는 인물이 번쩍거리는 번갯불을 창과 방패로 무장한 전사들에게 던지자 혼비백산해서 뒤로 넘어지는 모습이 보였다. 다른 영상은 예복을 입고 높은 머리 장식을 한 사람이 빛나는 막대를 단단한 돌로 만든 석판에 천천히 관통시키는 모습이었다. 흔적이 남거나 석판이 쪼개지지도 않았다. 이상한 생물들도 있었다. 뱀처럼 보이는데 다리가 달린 생물도 있었고, 살아있는 채로 반으로 나뉘는 생물도 있었다.

그 장면들은 비자르가 인간의 신경계가 이해할 수 있도록 익숙한 형상으로 바꿔서 재현한 것이었다. 자료를 그대로 보여주면 이해하지 못했을 것이다. 예를 들어 모니터에 인간처럼 보이는 형상도 비자르가 변형한 인공물이지, 닉시가 실제로 봤던 형태를 묘사한 게 아니었다.

"어떻게…." 얼떨떨한 표정의 쉴로힌이 물었다. "어떻게 저런 게 가능하지?"

"아, 글쎄요…. 그건 또 다른 질문이네요." 비자르가 대답했다.

"이게 제블렌 통신체계의 오류일 수 있을까? 넌 어떻게 생각해? 초공간 연결이 우리가 존재하는지조차 몰랐던 우주의 먼 부분과 연결될 수도 있을까?" 쉴로힌이 물었다.

"그게 불가능하다고는 말하지 못하겠습니다." 비자르가 대답했다.

단체커가 한참 동안 모니터를 바라봤다. 쉴로힌이 기다리는 동안 닉시가 그 모습을 흥미롭게 쳐다봤다. 닉시는 관심을 받는 존재가 되는 게 좋은지 즐겁게 협조했다.

마침내 단체커가 고개를 가로저었다. "아닙니다." 그가 단호하게 말했다. "설령 그런 영역이 존재한다고 하더라도, 어떻게 개인이 그 세계에서 이 세계로 이동할 수 있겠습니까?" 그가 쉴로힌을 애원하듯 바라봤다. "이 상황은 순전히 심리학적으로 설명할 수밖에 없습니다. 물리학적인 원리에 대한 직관력이 없는 사람의 구성개념 안에 비전통적이지만 일관된 역학 체계를 구현하는 방법에 대한 확실한 해답은, 아주 간단히 말해서 제벡스가 그걸 머릿속에 넣었다는 겁니다."

"이게 모두 제 머릿속에서 벌어진 일이라는 이야긴가요?" 닉시가 무덤덤하게 물었다. 그녀는 두 과학자의 회의론이 그다지 신경 쓰이지 않는 모양이었다. 마치 그녀는 이렇게 되리라 거의 예상했던 듯했다.

"신경 연결회로의 오류로 인해 발생한 망상적인 혼동일 수 있을까요?" 쉴로힌이 단체커를 쳐다보며 제안했다.

"이제 여러분은 왜 나 같은 사람들이 이 문제에 대해 다른 사람들에게 잘 말하지 않는지 그 이유를 알게 됐네요." 닉시가 말했다. "대부분은 우리가 미쳤다고 생각해요. 아야톨라들은 자신들이 본 것을 묘사하려 했지만, 그들에겐 그걸 묘사할 말이 없거나, 이처럼 과학자나 모니터의 도움을 받을 수 없었죠. 그래서 그들은 그걸 상징에 담아 이야기하려 해요. 하지만 사람들은 애초부터 이해를 못 하죠."

단체커가 상냥하게 미소를 지었다. "걱정할 거 없어요." 그가 닉시에게 말했다. "저는 당신에게 그 세계가 몹시 현실처럼 보일 거라고 확신해요." 단체커는 고개를 반쯤 돌려서 쉴로힌도 바라보며 말했다. "나도 샌디와 매린과 길게 이야기를 나눈 후에야 마음속에 정말 강력한 환상을 만들어낼 수 있는 이 투리엔 시스템의 특별한 능력을 알게 됐으니까요. 가니메데인의 심리는 그런 것에 도취되지 않지만, 확실히 인간은 현실을 대체할 수 있는 세상을 너무 쉽게 갈망하게 되는 것 같아요. 그리고 여러분에게 나는 조금도 주저하지 않고 바로 그게 이 문제의 해답이라고 말할 수 있습니다."

닉시는 단체커가 마음을 바꿀 때까지 기다릴 수 있다는 듯 너그러운 미소를 지으며 그를 바라봤다.

단체커가 쉴로힌에게 고개를 돌리며 무심하게 손을 흔들었다. "사실 난 가루스 총독이 가진 모든 문제에 대한 해답을 우리가 찾았다고 말할 수 있을 것 같습니다. 해결방법은 내가 줄곧 주장해왔던 겁니다. 제벡스를 끄는 것과 더불어 시간과 인내심을 갖는 거죠. 우주의 다른 부분에 있는 미지의 영역에 대한 환상은 잊어버리고, 진짜 환상에 집중합시다. 부디 제 모순적인 발언을 용서해주시기 바랍니다. 지금 우리가 우려할 일은 그것뿐입니다."

3부

36

대법원 판사가 앉은 판사석 맞은 편으로 좌석이 층층이 배치된, 수수하지만 웅장한 법정 안으로 피고들이 끌려 들어왔다. 대법원 판사 곁에는 하급 판사와 학자, 자문들이 배석했다. 판사석 앞쪽 공간의 한쪽에 원고 측 변호사를 위해 배치된 자리에 한스 바우머가 앉아 그 모습을 지켜봤다.

첫 번째 죄수는 기업가였다. 적어도 바우머의 약간 별난 무의식 속에서 전형적인 기업가의 모습이었다. 그는 줄무늬가 들어간 거무스름한 양복을 입고 반짝거리는 넥타이핀을 했으며, 백만 달러짜리 가죽 구두를 신고, 은발에 흰 콧수염을 길렀다. 기업가와 함께 끌려온 사람은 공학자와 과학자, 그리고 자유주의/실존주의 철학자였다.

원고가 자리에서 일어나 먼저 기업가를 쳐다봤다. "피고는 탐욕과 인간의 삶을 훔친 죄를 저질렀습니다. 자신의 부를 늘리기 위해 다른 모든 고려사항을 하찮게 취급했을 뿐만 아니라, 다른 사람들의 욕망을 지배하고 그들의 노동을 착취하기 위해 말도 안 되는 음탕하고 물질적인 만족을 추구하도록 부추겼습니다. 피고의 잘못된 목적에 복무하도록 다른 사람들을 끌어들여서, 그들이 존재하는 진정한 이유였던 자아 향상의 기회를 빼앗았습니다."

"공판을 시작하기 전에 먼저 발언해도 좋습니다." 판사가 지시했다.

기업가가 모인 사람들을 침착한 눈으로 바라봤다. "말도 안 됩니다. 저는 그들이 원하는 것들을 줬습니다. 저는 그들의 취향을 판단할 위치에 있지 않습니다. 그들의 취향이 원고가 업무상 승인할 수 있는 이상에 맞지 않더라도, 그건 제가 제공한 거울의 잘못이 아닙니다. 그리고 제가 그 과정에서 부가 늘어났다고 해도, 그게 왜 문제인가요? 저는 다른 사람들로부터 아무것도 빼앗지 않았습니다. 제가 받은 건 제가 만들어낸 겁니다. 그들의 삶은 제가 존재하기 수천 년 전부터 지저분하고 비참했습니다."

원고가 대답했다. "탐욕 또한 수천 년 동안 존재해왔습니다. 그러나 대중을 착취하는 수단은…." 그가 공학자를 가리켰다. "…피고가 제공해주기 전까지는 존재하지 않았습니다. 당신은 기업가의 심복이 되어 수백만 명을 노예로 만드는 공장과 기계를 만들어냈습니다."

"다른 사람을 노예로 만들었다고요? 전 그들에게 삶을 주었습니다." 공학자가 대답했다. "제가 존재하기 전에는 아이들 중 4분의 3이 죽었습니다. 그래요, 초기 산업시대에는 사람이 힘들 때도 있었습니다. 우리가 한두 해 만에 모든 사람을 풍요롭게 만들 수는 없었습니다. 하지만 그들은 살아남았습니다. 생존은 일종의 '자아 향상'으로 가는 아주 중요한 첫걸음이라고 생각됩니다."

"그들은 살아남았습니다. 그렇죠. 하지만 무엇을 위해 살아남았을까요?" 원고가 과학자에게 다가가며 질문을 던졌다. "진실을 알기 위해서일까요? 자신의 영적이고 진정한 자아에 대한 지식을 깨치기 위해서일까요?" 그가 고개를 저었다. "아닙니다. 피고가 '현실'을 이성으로 관찰 가능하고 이용 가능한 사실로 축소하고, 그런 것만이 존재한다고 말했기 때문입니다."

"저는 제가 지지할 수 있는 해답을 사람들에게 줬을 뿐입니다." 과학자가 말했다. "저는 증거가 가리키는 것을 설명합니다. '사실'은 그 자체로 말을 합니다. 나는 증명할 수 없는 다른 문제에 대해서는 의견을 말하지 않습니다."

"아, 그렇죠. 사실!" 원고가 철학자에게 다가가 지적했다. "영혼을 죽인 암살자가 여기에 있습니다. 다른 세 마리의 자칼이 시체를 먹어치우도록 내버려뒀죠. 당신은 사실만이 현실을 결정한다고, 경험이 생각보다 선행한다고 가르쳤습니다. 피고는 인간의 자질과 본질을 단순히 우연한 진화의 산물로 만들어버리고, 사람들을 개인으로서 세속적인 성취를 추구하는 것 외에는 어떤 목표도 갖지 않도록 만들어버렸습니다. 그리하여 우리는 전체를 다 그렀습니다. 피고는 다른 사람들이 욕망을 대신할 수 있도록 사람들의 욕구를 제거했습니다."

"그렇다면 나는 당신을 고소합니다." 철학자가 쏘아붙였다. "당신이 강요하려는 욕구는 잘못된 것이기 때문입니다. 사람들에게는 그 욕구가 필요합니다. 먹고, 입고, 거주하고 돌보기 위해. 우월해지려는 갈망을 채우기 위해. 삶에 존재 이유의 환상을 부여하기 위해. 하지만 그들에게는 당신이 필요하지 않아요. 앞으로도 필요가 없을 겁니다. 당신의 모든 고발은 그와 반대의 사실을 사람들에게 납득시키기 위해 고안된 사기입니다."

원고 측 변호사 자리에 있는 바우머가 앞으로 당겨 앉았다. 이것은 그가 대답을 듣고 싶은 이야기였다. 제벡스는 이 상황을 구성하는 데 필요한 인간의 역사와 기록된 생각들을 모두 가지고 있다.

머레이의 안내를 받으며 헌트와 컬렌 보안국장, 그리고 아직 뒤따르고 있는 코버그와 러밴스키가 유흥가로 들어갔다. 머레이는 거기에서 레쇼라는 사람을 만나라는 이야기를 들었다. 그들은 지하 술집에 도착했다. 술집은 사람들과 소음으로 가득했다.

술집을 가로질러 사람들을 헤치며 나가는 머레이를 일행이 따라가고 있을 때, 누군가 손으로 헌트의 등을 철썩 때렸다. "어이쿠, 영국인 과학자 아니신가! 박사, 당신도 지역 문화를 배우는 중이군요?" 비슈누호에서 만났던 디즈니월드 영업부장 케이스였다. 그는 후줄근한 모습이었지만 즐거워 보였다.

"현장 조사 중이에요!" 헌트가 억지로 웃음을 지으며 소리쳤다.

"헌트! 한잔해요!" 앨런이 뒤에서 소리쳤다. 그가 자신과 함께 있는 제블렌인들을 만족스러운 표정으로 가리켰다. "같이 어울릴 사람을 찾아봐요. 이들은 지구인을 좋아하는 것 같아요. 아무래도 은하계에서 몇 번 더 전쟁을 벌여서 이겨야 할까 봐요."

"지금은 어렵습니다."

케이스가 코버그와 러밴스키를 손으로 가리켰다. "당신과 함께 온 이 사람들은 누구예요? 덩치가 좋아 보이는데."

"급한 일이 있어서요." 헌트가 대답했다. 세 사람이 앉아 있는 구석의 탁자까지 도착한 머레이가 고개를 돌려 손짓했다. 헌트는 실례를 구하고 컬렌 보안국장과 함께 그쪽으로 갔다.

가운데 앉은 사람이 레쇼였다. 땅딸막하고 까무잡잡했으며, 검은색 곱슬머리에 수염이 덥수룩했다. 그는 은색 실로 짠 양복을 입었으며, 셔츠 위로 보석 장식을 늘어뜨리고, 손가락마다 두툼한 반지를 꼈다. 그와 동석한 두 제블렌인은 마닐라에서 마르세유까지 어디에서나 볼 수 있는 암흑가의 조폭 같았다. 여기에서는 채널 56번이 불가능했으므로, 대화는 머레이의 짜깁기 제블렌어를 통해 이루어졌다.

"이 사람이 우리를 지역 이케나 두목에게 데리고 갈 거요." 머레이가 헌트의 귀에 대고 소리쳤다. 그가 컬렌 보안국장을 가리켰다. "저 사람과 당신, 내가 갈 거요. 저기 두 프랑켄슈타인 형제들은 여기에 있고."

"우리보고 저들의 인간성을 믿으라는 건가요?" 컬렌 보안국장이 항의했다. "저 친구들은 우리 경호원이에요."

머레이가 빈손을 내밀었다. "이야기하고 싶은 쪽은 당신들이지 저 사람이 아니오. 그게 조건이오."

헌트가 컬렌 보안국장을 쳐다보자, 보안국장이 어깨를 으쓱하더니 고개를 끄덕였다. "다른 방법이 없지 않습니까." 그리고 코버그와 러밴스키를 불러 상황을 설명했다. 그들은 불편한 표정이었지만 지시를 받아들였다.

머레이가 제블렌어로 몇 마디 주고받았다. 레쇼가 남은 술을 다 마시더니 자리에서 일어났다. "갑시다." 머레이가 말했다.

✳

드락스는 린주신 황야의 신성한 산꼭대기 '승천 바위' 위에 서서 밤하늘을 올려다보았다. 싱겐후가 가까이 서서 양팔을 뻗었다. 그 주위로 두건을 쓴 수도자들이 원을 이루고, 어둠에서 내려와 그들이 하나로 모은 힘에 사로잡혀 산꼭대기 가까이까지 당겨진, 희미하게 빛나는 흐름에 정신을 집중했다.

드락스는 흐름이 그렇게 가까이 흘러온 모습은 처음 봤다. 그는 흐름 속에서 무지개 빛깔의 가느다란 선들이 제각각 생명력을 갖고 움직이듯이 뒤틀리고, 나뉘고, 맥동치고, 다시 연결되는 모습을 알아보았다. 그는 전체 흐름 안에서 형성되는 패턴을 읽을 수 있었다. 흐름은 춤을 추고 흘러가는 리듬에 맞춰 뒤섞이면서, 하나로 모이고 흩어지며 끊임없이 바뀌었다.

평소에 드락스는 흐름을 타고 올라가기 전에 흐름이 싣고 오는 히페리아의 모습을 받아들이는 수련에 많은 시간을 투여했다. 그러나 싱겐후는 그 요건을 낮췄다. 요즘에는 흐름이 너무 드물어서, 시도하지 않고 그냥 흘려보내기에는 너무 소중했기 때문이다. 드락스는 대인의 판단을 믿고 그 결정을 받아들였다.

"드락스, 준비하거라." 싱겐후가 그에게 소리쳤다. "흐름이 낮게 다가오고 있다. 곧 네가 잡을 수 있을 게야."

"저는 준비되었습니다, 스승님." 드락스가 대답했다.

드락스는 마지막으로 어둠 속에 희미하게 보이는 주변 산들의 윤곽선을 둘러봤다. 이것이 그가 아는 이 세상에서 마지막으로 보게 될 모습일 것이다. 숙련자들이 와로스를 벗어나 올라가면, 그의 물질적인 육체는 물리적 성질을 잃고 흐름 속으로 통합된다. 그리고 오직 영혼만 남아서 새로운 존재에 들어간다. 그가 만일 다시 와로스를 보게 된다면, 그것은 계시를 받은 이의 눈을 통해서일 것이다. 그는 계시를 받은 이의 마음속에서 돌아와 말하게 될 것이다.

"기억하여라. 네 임무는 니에루 님의 소용돌이를 섬기는 것이다." 싱겐후가 읊조렸다. "그 상징을 따르는 자들을 찾아라."

그리 멀지 않은 다른 산꼭대기에서는 케얄로가 빛나는 흐름의 조각이 고리 모양을 이루며 먼 골짜기에서 희미하게 솟은 바위 덩어리 위로 내려가는 모습을 지켜봤다. 에텐도르가 그와 함께 있었다. 그리고 사제들이 흐름을 향해 자신들의 흡인력을 투사했다. 또한 무술의 발전에 자신들의 모든 힘을 투여하도록 선택된 숙련자들로 이루어진 뛰어난 불의 기사 두 사람이 서 있었다. 모든 나라의 왕들이 불의 기사들을 고용하기 위해 찾았다. 기사들 뒤로 무시무시한 그리핀 여섯 마리가 조련사들과 함께 서서 날개를 구부리고, 쇠사슬을 덜거덕거리며 풀려나려 조비심쳤다.

"때가 가까워졌다. 준비하라." 에텐도르가 경고했다.

"준비되었습니다, 스승님!" 케얄로가 소리쳤다.

✳

작은 공원의 반대편에 있는 모퉁이에서 만남이 이루어졌다. 첫날 차를 타고 시내로 들어올 때 가짜 하늘을 씌운 지붕이 도시의 일부분만 덮었던 게 기억났다. 헌트는 저녁이 다가오는 지금 머리 위의 어두운 연두색 하늘이 진짜인지 인공인지 알 수 없었다. 그들은 레쇼를 따라 겨우 몇 블록을 왔을 뿐이지만, 여기는 상대적으로 부유한 동네처럼 보였다. 거리가 훨씬 더 깨끗했고, 건물들은 잘 관리되었다. 헌트가 쉬반에서 놀란 점은, 가끔 도로 하나만 건너도 전체적인 주변 환경의 특성이 급격하게 바뀐다는 사실이었다.

번쩍거리는 리무진 한 대가 소리 없이 다가와 멈췄다. 힘으로 먹고 사는 사람들처럼 보이는 두 남자가 앞에서 내리더니, 머레이와 헌트, 컬렌 보안국장의 몸을 수색해서 무기가 있는지 점검했다. 한 명이 제블렌어로 레쇼에게 뭔가 말하자, 레쇼가 한 손을 들어 머레이에게 작별인사를 하고, 두 남자에게 가볍게 눈인사를 한 후 떠났다. 그때 차의 뒷문이 열렸다. 좌석 두 줄이 마주 보고 있는 뒤 칸의 모습이 보였다. 한쪽 좌석에 세 사람이 앉아 있었다. 중앙에는 흰 머리를 짧게 깎고 넓적하고 우락부락한 얼굴의 남자가 앉았는데, 헌트는 얼핏 콜드웰 국장이 떠올랐다. 그리고 이 사람이 두목일 거라는 생각이 들었다. 양쪽의 두 사람은 경호원인 듯했다. 머레이가 문으로 다가갔다. 그리고 낮은 목소리로 제블렌어가 몇 마디 오갔다. 곧 머레이가 차에 올라타더니 빈 좌석으로 가면서 헌트와 컬렌 보안국장에게 들어오라는 손짓을 했다. 그들이 올라타자, 먼저 내렸던 두 남자 중 한 명이 뒷문을 닫고, 다른 남자와 함께 차의 앞쪽으로 갔다. 차 문이 닫히는 소리가 더 들리더니 리무진이 움직이기 시작했다.

"이 사람이 씨리오요." 머레이가 헌트에게 알려줬다. "바우머를 찾는 일이 당신에게 왜 그렇게 중요한지 알고 싶다네." 그리고 혼잣말처럼 덧붙였다. "이 사람은 당신이 행정본부에서 온 걸 알고 있소. 그리고 행정본부와 어울리는 모든 사람을 의심하지. 특히 지구인일 경우엔 더욱. 지구의 정부들이 자신들이 하는 사업을 어떻게 대하는지 알고 있소."

"나는 이 사람의 사업에 전혀 관심이 없다고 말해줘요. 그래서 우리가 이렇게 비공식적으로 온 거라고. 실종된 어떤 사람에 대한 정보를 바우머가 가지고 있는데, 우리는 실종된 사람이 위험한 상황이라고 믿을 만한 근거가 있어요."

머레이가 그 말을 전했다. "씨리오가 왜 당신을 도와줘야 하는 거요? 이 사람은 사업가요. 그게 이 사람한테 어떤 이익이 되겠소?"

"씨리오가 보호령에 대해 알고 있죠? 이건 제블렌과 지구 사이의 정치를 포함해서 행성 간의 관계와 직결된 문제예요. 우리가 비공식적으로 만족스러운 답을 얻지 못한다면, 다른 사람들이 공식적으로 처리할 겁니다. 그리고 그 사람들은 이렇게 노닥거리지 않을 거예요. 다시 말해, 우리에게 친절하게 호의를 베풀어주지 않으면, 경찰이 급습할 거라는 이야기죠. 씨리오가 어느 쪽을 원할까요?"

머레이가 통역했다. 씨리오가 웃음을 터트리더니, 경멸스러운 분위기가 확실하게 풍기는 말을 주르륵 뱉어내며 몸짓으로 강조했다. 그리고 마지막으로 밖으로 내던지는 손짓을 했다.

"씨리오는 쉬반 경찰을 우습게 생각하오. 모두 머저리들이라, 빈방을 급습하는 방법조차 모를 거라네. 아무튼 씨리오는 이미 경찰들을 마음대로 주무르고 있소. 그보다는 나은 이야기를 해주는 게 좋을 거요."

"그러면 이렇게 해봅시다." 컬렌 보안국장이 끼어들었다. "가니메데인을 제블렌에서 몰아내고, 대신 지구의 군대를 이끌고 와서 점령하려는 큰손들이 있습니다. 우리는 그런 일을 막으려는 겁니다. 우리가 실패하면 씨리오의 사업은 어떻게 될 것 같습니까?"

머레이가 그 말을 전달하자, 씨리오가 몹시 조용해졌다. 그러더니 목소리를 높여 앞쪽에 있는 남자에게 뭔가 소리쳤다.

"씨리오가 본사에 전화할 거요." 머레이가 조용히 말했다.

어딘가에서 신호음이 들려왔다. 씨리오가 두 좌석 사이에 있는 칸막이에서 작은 함을 열더니 전화기 송수화기를 꺼냈다. 전화를 한 사람이 누구인지 몰라도 사적인 대화가 분명했다.

씨리오가 낮은 목소리로 그레베츠에게 상황을 설명했다. 시외의 저택에 있는 그레베츠가 곰곰이 생각했다. '지구인이 쫓는 독일인은 이두아네가 제거하라고 했던 녀석이다. 하지만 가니메데인과 지구인이 녀석에게 그렇게 관심이 있다면, 진짜 큰 문제로 이어질 수 있다.' 그는 과감한 행동에 들어가기 전에 유벨레우스에게 재확인을 받는 게 좋을 것 같았다. 유벨레우스가 여전히 바우머를 제거하길 바란다면, 내일이라도 없애버릴 수 있다. 하지만 오늘 그를 제거한 뒤 그리 좋은 생각이 아니었다는 사실이 나중에 밝혀진다면, 상황을 바꾸는 게 쉽지 않다.

"그들이 찾고 있는 녀석이 어디에 있는지 혹시 알고 있나?" 그레베츠가 씨리오에게 물었다.

"저들이 찾아봤는데도 아무 데서도 못 찾았다면, 녀석은 클럽에서 환각에 빠져있을 겁니다." 씨리오가 대답했다.

그레베츠가 대답을 듣고 생각했다. '지구인 머레이가 그들과 함께 왔다면, 클럽은 더 이상 비밀이 아니다. 아무튼 이들은 조직의 사업에 관심을 가진 것 같지는 않다.' 오히려 그레베츠가 얽히고 싶지 않은 정치적인 문제인 듯했다. 정직하고 열린 태도로 대해주는 게 저들을 가장 빨리 보내고 그를 귀찮은 일에 얽히지 않게 해줄 것이다.

"알았어. 네가 그 사람들을 클럽으로 데려가." 그레베츠가 씨리오에게 지시했다. "독일인이 거기 있거든, 저들이 데려가게 놔둬."

씨리오가 수화기를 제자리에 놨다. 머레이에게는 아무 말도 하지 않고, 다시 앞쪽에 뭐라고 소리쳤다. 칸막이의 쇠창살 사이로 목소리가 대답했다.

머레이의 눈이 커지더니 고개를 끄덕였다. "친구들, 그 수법이 먹혔소. 우리는 '곤돌라'로 가는 거요."

✳

바우머는 법정에서 원고 측 변호사 자리에 앉아 원고가 증인들을 불러내는 모습을 지켜봤다.

"피고들에 대한 이 재판을 뒷받침하기 위해, 저는 역대 종교 지도자들을 증인으로 소환합니다." 예복과 망토, 사제복을 입은 남자들이 옆문으로 줄지어 들어와 법정을 가득 채웠다. 일부는 수염을 기르고,

일부는 찰랑거리는 긴 머리를 늘어트리고 나무 지팡이를 짚었다. "저는 세계에서 가장 위대한 예술가, 시인, 선지자, 신비주의자들을 소환합니다. 이 사람들은 모두 시대를 가로지르며 세속적이고 물질적인 것에서 인류의 눈을 돌려….".

피고 측 변호사가 자리에서 일어나 초조하게 항의하며 손을 흔들어대자 원고의 목소리가 잦아들었다. 피고 측 변호사 옆에는 어릿광대 의상을 차려입은 난쟁이가 발언하고 싶어 기를 쓰고 위아래로 팔짝팔짝 뛰었다. 피고석에 있는 기업가와 공학자, 과학자, 철학자가 그 모습을 흥미롭게 바라봤다.

"혹시 허락해주신다면, 더 이상 법정의 시간을 낭비하지 않고 지금 펼쳐지고 있는 이 광대극을 끝낼 증인을 한 명 부르겠습니다. 저는 이 고소를 기각시킬 것을 요구합니다." 피고 측 변호사가 말했다.

"그런데 저 바보는 누굽니까?" 법원 서기가 판사석 아래에 있는 자리에서 난쟁이를 가리키며 물었다.

"이 과정에 책임이 있는 장본인의 잠재의식에 숨어 있었던 그렘린입니다." 피고 측 변호사가 고개를 돌려 바우머를 향해 손가락질했다.

깜짝 놀란 바우머가 자리에서 똑바로 앉았다. 일어나서는 안 될 일이었다. 뭔가가 잘못됐다.

법정에 웅성거리는 소리가 커졌다. "말씀하시오." 판사가 지시했다.

피고 측 변호사가 계속 말했다. "짧게 말해서, 이 재판 전체는 이성의 폐단과 기술에 나타난 징후로 축소되었습니다. 하지만 이 증인은 이제 우리가 모두, 우리 전부가 바로 정확히 그 과정의 창조물이라는 사실을 증언할 것입니다. 다시 말해, 원고 자신은 우리에게 거부하라고 하는 바로 그 과정의 산물입니다. 그러므로 원고가 자신의 고발을 입증한다면, 원고와 그의 고발은 존재할 수 없게 됩니다."

"저 말이 사실입니까?" 판사가 바우머를 보며 따졌다.

바우머는 혼란스러운 얼굴로 자리에서 일어났다. "전 이해가 안 됩니다." 바우머가 난쟁이를 노려보며 더듬거렸다. "저 난쟁이는 여기에 있으면 안 됩니다. 어떻게 들어왔죠? 저게 내 잠재의식에서 나온 것이라면, 난 그를 거부할 수 있습니다. 그가 존재하지 않는 것처럼 진행하세요."

"하지만 그는 존재합니다." 목소리가 울렸다. 제벡스의 목소리였다. 모든 게 통제를 벗어났다. 제벡스가 이렇게 끼어들면 안 된다….

✳

흐름의 고리가 아래로 내려오자, 드락스는 에너지의 움직임이 자신의 정신을 건드는 게 느껴졌다. 분리되는 낯선 감각과 느낌이 그의 존재를 훑고 지나갔다. 드락스는 환영의 파편을 보았다. 커다란 방에 있는 사람들의 모습이었다. 어떤 사람들은 관람석에 앉아 있고, 다른 이들은 서 있었다. 그리고 높이 솟은 자리 뒤에 판사석처럼 보이는 모습이 줄지어 있었다. 그때 전혀 다른 장소의 모습이 순식간에 지나갔다. 그는 작은 방 안에서 천장을 올려다봤다. 결집한 수도자의 힘이 그의 주변에서 굽이쳤다.

"때가 되었다! 때가 오고 있어! 올라가라, 드락스!" 싱겐후의 목소리가 울려 퍼졌다.

그런데 갑자기 모든 게 폭발하며 대혼란이 펼쳐졌다. 깊은 골짜기 건너 희미한 윤곽선이 보이는 다른 산꼭대기에서 불덩이가 어둠을 뚫고 휘어져 들어와 바위틈에서 폭발했다. 수도자들이 깜짝 놀라 흩어졌다. 그와 동시에 날개가 달린 형상이 끔찍한 비명을 지르며 위에서 내려와 발톱으로 난도질하는 바람에 사람들은 숨을 곳을 찾을 수밖에 없었다. 붙잡고 있던 힘이 깨지자 흐름이 뒤틀리며 다른 산꼭대기로 방향을 틀었다.

그리핀이 아직 그 자리에 서 있던 싱겐후와 드락스를 향해 급강하했다. 싱겐후가 손가락 사이로 불화살을 쏘아서 떨어뜨렸다. 그리핀이 땅바닥으로 떨어져 새된 소리를 지르며 파르르 떨었다.

"다른 힘이 있어!" 싱겐후가 소리쳤다. "보라, 흐름이 멀어졌다. 우리는 경쟁이 안 되는구나. 우리가 당했어!"

근처의 산꼭대기에서는 에텐도르가 크게 기뻐하며 낄낄 웃었다. "하! 녀석들은 망했어! 흐름이 우리에게 오고 있다! 이제 우리가 잡았어. 올라가라, 케얄로! 사제들은 케얄로와 함께 정신을 올려보내라. 반드로스 님을 찬양하라. 이제 그대의 종복들에게 힘을 주소서!"

케얄로는 몸을 훑고 지나가며 솟아오르는 강력한 힘을 느꼈고, 그 힘이 그를 들어 올렸다. 흐름의 강이 어렴풋이 밝아지며, 그의 앞에서 고동쳤다. 그리고 모든 게 빛으로 변했다.

"보라, 케얄로가 올라간다!" 에텐도르가 의기양양하게 소리쳤다. "케얄로는 자신의 본질을 흐름에 넘겨주었다! 그는 밤에서 태어날 것이다!"

케얄로는 형태도 없고 해방된 순수한 에너지 패턴이 되었다. 순수한 존재. 우주의 바람이 허공을 가로질렀다. 허공이 수축되고, 회전하고, 그 자신 속으로 떨어졌다.

✳

리무진이 폐쇄된 광장의 한쪽에 있는 어둡고 좁은 길에서 멈췄다. 가까이에 다른 차들이 주차되어 있었는데, 제블렌인의 기준을 판단하기에는 헌트의 경험이 부족하긴 했지만, 그가 볼 때 그중 몇 대는 크고 고급스러웠다. 사람의 흔적은 거의 없었다. 그늘 아래에서 몇 사람이 자기 일에만 신경을 집중하고 잰걸음으로 서둘러 가는 모습이 얼핏 보였다.

일행은 광장의 한쪽을 따라 짧은 거리를 걸어갔다. 그리고 머리 위로 빛이 약한 전등이 있는 통로로 들어갔는데, 양쪽으로 일정한 간격으로 단단한 구조의 문들이 있었다. 모든 문은 닫힌 상태였다. 통로의 끝에는 십자로 형태의 다른 골목이 있었다. 한쪽에는 위로 올라가는 계단들이 있었고, 반대편에는 공터와 더 지저분한 통로로 이어졌다. 일행은 그 통로로 들어가서, 어두워서 윤곽선조차 거의 잘 보이지 않는 문 앞에 멈췄다. 누군가가 버튼 같은 걸 누른 모양이었다. 잠시 후 감춰진 스피커에서 목소리가 나왔다. 경호원 중 한 명이 대답했다. 덩치가 크고 냉혹한 눈에 전함의 장갑판 같은 턱을 가진 남자였다. 헌트는 마음속으로 영국 전함의 이름을 따서 '드레드노트'라는 별명을 그에게 붙였다. 스피커의 목소리가 다른 말을 했다. 그러자 이번에는 씨리오가 대답했다. 1, 2초가 지난 후 문 위에서 스포트라이트가 켜지며 밖에 있는 여섯 사람을 환하게 비췄다. 조명이 다시 꺼지더니 문이 열렸다.

내부도 바깥의 통로와 별로 다르지 않게 어둡고 휑했다. 그들은 작은 로비처럼 보이는 곳으로 들어갔다. 한쪽 벽에 의자가 하나 있고, 반대쪽에 안내석에 맞춰 벽이 움푹 들어가 있었으며, 그 옆으로 문이 있었다. 뒤쪽으로 가려면 양쪽으로 여닫는 문을 지나야 했다. 씨리오가 안내석 옆의 문을 두드리자 안에서 즉시 문을 열었다. 씨리오는 헌트와 컬렌 보안국장, 머레이, 두 경호원을 놔두고 혼자 안으로 들어갔다. 경호원들은 벽에 비스듬히 기대어 서서 허공을 응시했다. 몇 사람의 목소리가 안내석 위의 공간을 통해 들려왔다.

"여기를 원래 아셨나요?" 헌트가 머레이에게 물었다.

"여기에 이런 게 있는 줄은 알았소. 내가 사람들을 여기로 보냈지. 하지만 난 한 번도 이용해본 적이 없소. 안 그래도 내 머릿속에는 이미 복잡한 일들이 많아서 말이오. 나한테 저딴 쓰레기는 필요 없소."

"그러면 이런 절차를 다 무시하고 당신이 직접 우리를 여기로 데려오지 않은 이유는 뭡니까?" 컬렌 보안국장이 물었다.

머레이가 고개를 저었다. "그러면 당신들이 여기로 왔을 때, 아무것도 찾지 못했을 거요. 당신들이 누구인지 아는 사람도 아무도 없었을 테니까. 당신들이 그렇게 간절히 찾고 있는 그 녀석이 여기 칸막이방에 있는지 알고 싶소? 두목이 그렇다고 말해주기 전까지 당신들이 알아낼 방법은 없소."

그때 씨리오가 검은 재킷을 입은 남자와 함께 밖으로 나왔다. 헌트는 그가 여기 지배인일 거라 짐작했다. 씨리오가 고개를 끄덕이고, 자신이 방금 나온 문과 헌트, 컬렌 보안국장을 가리키며 머레이에게 빠르게 말했다.

"안으로 들어가시오." 머레이가 통역했다.

헌트와 컬렌 보안국장은 지배인을 따라 뒤쪽으로 들어가고, 머레이와 씨리오는 바로 문 안에서 기다렸다. 작은 사무실이었는데, 구석의 안락의자에 한 남자가 앉아 있고, 한쪽 벽에 단말기 위로 모니터가 여러 개 배치되었다. 지배인이 단말기 앞에 앉아 모니터에 영상을 불러냈다. 영상은 탁자와 구석 자리에 배치된 의자에 앉은 사람들을 비췄다. 술집에 있는 사람들이었는데, 대부분은 혼자였지만, 한 쌍을 이뤄 이야기를 나누는 사람들도 있었고, 소규모의 모임도 있었다. 그곳의 조명이 몹시 어두웠기 때문에, 헌트는 영상의 화질이 상당히 높다는 사실을 알 수 있었다.

"저기에서 바우머를 찾을 수 있는지 보시오." 머레이가 말했다.

헌트는 영상을 자세히 살펴본 후 고개를 저었다. 지배인이 단말기의 제어 장치를 작동시키자, 영상에 떠 있던 사람들을 한 명씩 차례차례 확대해서 보여줬다. 그리고 화면을 전환해 다른 사람들을 영상으로 띄우고 그 과정을 반복했다. 바우머는 거기에 없었다.

지배인이 제블렌어로 뭔가 말하자 씨리오가 대답했다. "칸막이방들을 보여줄 거요." 머레이가 통역했다.

다른 모니터가 켜지며 작은 칸막이방 안에 있는 투리엔형 신경 연결기 안락의자에 누워있는 여자의 모습을 비췄다. 지배인이 화면을 다음으로 넘기자 흰 수염의 남자가 나왔다. "아니요." 헌트가 말했다. 그다음 두 번도 남자였는데, 아니었다. 그리고 다시 여자가 나왔다. 헌트는 대여섯 명이 지난 후부터 대답을 중단했고, 지배인이 원하는 속도로 훑어갈 수 있도록 내버려뒀다. 영상에 뜬 대상이 남자일 때는 1, 2초 정도 멈추고, 여자일 때는 곧바로 다음으로 넘어갔다.

스무 명쯤 지났을 무렵 헌트가 갑자기 앞쪽으로 목을 쭉 내밀더니 컬렌 보안국장에게 가까이 오라고 손짓하며 소리쳤다. "저 사람이에요!"

지배인이 그의 얼굴을 확대해서 보여줬다. 의심할 여지가 없었다. 연결기에 있는 저 사람은 한스 바우머였다.

"저 사람을 데리고 나오려면 어떻게 해야 합니까?" 컬렌 보안국장이 물었다. 지배인이 벌써 씨리오에게 뭔가 말했다.

"이 사람들이 바우머를 데리고 올 거요. 그러면 우리는 떠나는 거지. 알겠소? 저 사람을 어디에서 찾았는지는 잊으시오." 머레이가 말하자 헌트가 고개를 끄덕였다. 그는 제벡스로 연결된 불법 연결기에는 관심이 없었다. 지배인이 뒤쪽의 방을 향해 소리치자 검은 재킷을 입은 다른 남자가 나왔다. 구석의 안락의자에 앉아 있던 남자도 일어섰다. 그렇게 세 명이 로비로 나가더니 뒤쪽의 양쪽으로 여는 문으로 갔다. 잠시 후, 사람들이 있는 방과 술집을 가로질러 가는 그들의 모습이 첫 번째 모니터에 비쳤다.

그 복도 너머에 있는 칸막이방에서 바우머가 갑자기 눈을 떴다. 하지만 그 눈을 통해 밖을 내다보는 사람은 더 이상 한스 바우머가 아니었다.

'독방이다!' 케얄로는 흐름 속에서 얼핏 봤던 독방에 있었다. '무덤이다!' 갑작스러운 공포가 그를 할퀴고 지나갔다. 에텐도르가 거짓말을 했다. 케얄로를 무덤으로 보냈다. 지하의 신을 위무하기 위해 살아 있는 시체를 매장한 것이다. 케얄로는 무서움에 벌벌 떨었다. 낯선 형태들. 신비한 물건들…. 움직임이 이상하게 느껴졌다. 마치 공간 그 자체가 바뀐 듯했다. 그의 몸에 달린 부속물이 눈앞을 지났다. 부드럽고, 질벅거리고, 보기 흉했다. 그는 괴물의 시체 안에 갇힌 것이다.

그의 목소리는 거칠고 삐걱거렸다. 케얄로는 경악과 공포에 잠겨 그를 삼켜버린 기만의 규모만큼이나 큰 소리로 비명을 질렀다. 그가 놓인 제단은 부드럽고 유연했다. 케얄로는 벌떡 일어났지만 벽에 기대며 비틀거렸다. 낯선 움직임과 균형 감각이 자신의 통제를 벗어났다. 그는 벽에 분노를 쏟아부으며 두드리고 소리쳤다. 그때 벽이 열리더니 검은 옷을 입은 악마들이 나타났다. 케얄로는 구석으로 뒷걸음쳤다. 악마들이 그에게 처음 듣는 언어를 지껄였다. 케얄로는 손을 들어 모든 힘을 모아 불덩이를 쏘았다…. 하지만 효과가 없었다. 그의 힘이 사라졌다. 케얄로는 자신이 얼마나 속았는지 깨달으면서 비명을 지르고, 울부짖고, 분노했다. 악마들이 그를 공격했다.

헌트와 컬렌 보안국장은 사무실에 서서 모니터로 그 모습을 모두 지켜봤다. "대체 무슨 일입니까?" 헌트가 따졌다. 머레이가 무기력하게 손을 내보이며 고개를 절레절레 흔들었다.

뒤쪽의 방에서 두 남자가 더 나와 씨리오와 빠르게 말을 주고받았다. 다들 무뚝뚝하고 격한 소리를 냈다. "독일 녀석이 저 안에서 발작을 일으킨 모양이오." 머레이가 말했다.

"그러면 우리가 녀석을 데리고 나옵시다." 컬렌 보안국장이 툭 내뱉더니 문을 향해 돌아섰다.

씨리오가 손을 들어 세웠다. 그리고 날카로운 목소리로 뭔가 말했다. "이쪽이 아니라는 거요." 머레이가 그들에게 말했다. "뒷문이 있소. 바우머가 사업장을 온통 들쑤셔놓는 상황을 원하지 않는 거지."

헌트와 컬렌 보안국장과 다른 사람들이 로비를 지나 뒤쪽의 문으로 들어가자 모니터에서 봤던 술집이 나왔다. 그들은 무슨 일인지 궁금해하는 사람들의 눈길을 받으며 빠른 걸음으로 술집을 가로질렀다. 또 다른 문을 열고 들어가자 양쪽으로 문이 줄지어 있는 복도가 나왔다. 모퉁이를 돌아가니 지배인과 두 남자가 다른 쪽으로 바우머를 거칠게 끌고 가는 중이었다. 바우머는 버둥대고, 발로 차고, 뒤에서 손으로 틀어 막힌 입으로는 알아듣기 힘든 비명을 내질렀다.

"제기랄." 당황한 헌트가 고개를 절레절레 흔들며 나직이 말했다. "저 녀석이 완전히 돌아버린 거 같은데, 이제 어떡하죠?"

"컴퓨터가 저놈의 머리를 휘저어버린 게 틀림없습니다." 컬렌 보안국장이 멍한 표정으로 그쪽을 응시하며 말했다.

바우머가 잠시 멎었을 때 헌트가 앞으로 가서 그의 얼굴을 세심하게 살펴봤다. 그는 몹시 거칠게 흥분한 상태였고, 눈은 정신이상자처럼 부릅떴다.

"매린은?" 헌트가 필사적으로 소리쳤다. "내 말이 무슨 뜻인지 알겠어? 중요한 문제야. 매린이 어디에 있는지 알아?"

케얄로가 어찌 알겠는가. 그에게는 이 악마의 소리가 이해되지 않았다. 악마가 내뱉은 이름도 그에겐 아무런 의미가 없었다. 케얄로는 고개를 뒤로 휙 젖히며, 자신의 입을 틀어막고 있던 손을 억지로 떼어냈다. "나를 놓아라. 어둠의 동굴에 사는 지하세계 악마들아! 나는 너희의 거짓에 사로잡히지 않을 것이다. 하지만 내가 의절했던 진짜 소용돌이의 신에게 충성을 맹세할 것이다! 이건 나에 대한 그의 징벌이기 때문이다! 오, 비통하도다! 이제 나는 문제가 뭔지…." 드레드노트가 케얄로의 턱을 갈기자 축 늘어져서 그를 받치고 있는 사람들에게 안겼다. 씨리오가 머레이에게 독설을 한바탕 쏟아냈다.

"여기서 데리고 나가쇼." 머레이가 통역했다. 하지만 그 말을 군이 통역할 필요는 없었다. "가니메데인들에게 안부를 전해달라네. 가니메데인들이 계속 제블렌에 머무를 거면 자기네가 친구라는 사실을 잊지 말길 바란다면서."

헌트와 컬렌 보안국장이 바우머의 팔을 하나씩 붙잡고, 직원이 벌써 열어놓은 문을 통해 옆의 통로를 따라 끌고 갔다. 그들은 뒷마당으로 나왔다. 직원 두 사람이 그들을 가까운 도로로 안내했다. 잠시 후 사무실에서 부른 택시가 와서 그들을 태웠다.

"이제 어떡하나요?" 헌트가 마음을 다시 가다듬은 후 물었다.

"제기랄, 저도 모르겠습니다. 아마도 정신병원에 넣어야겠죠." 컬렌 보안국장이 대답했다.

"내가 다른 이야기를 해주겠소." 머레이가 말했다. 그는 엄지손가락으로 방금 그들이 떠난 방향을 가리켰다. "이런 일이 일어난 건 처음이 아니오. 저 녀석들은 전에도 이런 걸 봤소. 아마도 그래서 저 사업을 널리 홍보하지 않는 걸게요."

그들은 머레이를 중간에 내려주고, 여전히 인사불성 상태인 바우머를 행정본부까지 데리고 갔다. 하지만 UN 우주군 연구실에 도착한 후, 그들은 그 모든 소동이 괜한 짓이었다는 사실을 알게 됐다. 그들이 떠난 사이에 매런이 걸어서 돌아왔다. 겉으로 보기에는 말짱한 것 같았다.

37

헌트는 UN 우주군 연구실의 작업대에 등을 기대고, 양손으로 작업대 모서리를 대충 붙잡은 상태로 서 있었다. 매린은 방의 가운데에 있는 작업대에 앉아, 지구식 음식 저장고에서 던컨이 가져다준 질 좋고 맛있는 치킨 샌드위치를 먹었다. 매린의 실종 이후 그녀에게서 눈에 띄는 결과는 그녀가 굶주렸다는 사실뿐이었다. 샌디가 매린과 마주 보고 앉아서 그녀의 이야기를 듣고 약간 어색하게 말을 건넸다.

"알았어요. 다시 요점을 되짚어볼게요. 당신은 행정본부를 출발해서 쉬반 중심부의 주변을 구경했습니다."

매린이 고개를 끄덕였다. "일종의 초보 관광객을 위한 코스였죠."

"미리 정해진 계획은 없었나요?"

"없었어요. 그냥 제가 제블렌의 환경에 익숙해질 수 있도록 도와주는 거였죠. 그리고 서로를 조금 더 알자는 게 아니었을까 싶어요."

헌트가 미심쩍은 표정을 지으며 컬렌 보안국장을 쳐다봤다. 보안국장은 팔짱을 끼고 도구함에 어깨를 기댄 자세로 서 있었다. "제블렌

역사학회나 뭐 그런 단체 사람들을 만나기로 되어있지 않았나요?" 컬렌 보안국장이 질문을 던졌다.

매린이 단호하게 고개를 가로저었다. "그건 다음 날 계획이었어요."

"확실한가요?"

"네. 날짜를 착각하신 게 틀림없어요."

헌트는 이야기를 들으며 눈살을 찌푸렸다. 매린의 이야기는 그가 기억하는 사실과도 달랐다. "그 사람들 중 기억나는 이름이 있나요?" 컬렌 보안국장이 물었다. 확인해보려는 게 틀림없었다. "아니면 그들이 소속된 단체라던가?"

"유감이지만 알려드릴 게 없어요. 바우머가 알고 있었죠. 당시에는 제가 적어놓을 이유가 없을 것 같았어요."

컬렌 보안국장이 고개를 끄덕이며, 더 이상 문제 삼지 않았다. 지금으로써는 바우머에게서 알아낼 수 있는 게 아무것도 없었다.

"알았어요. 그래서 어떻게 됐죠?" 헌트가 물었다.

"우리는 하늘을 향해 올라가는 거대한 곡선의 조형물 아래에 있는 장외 시장 같은 곳을 지나갔어요. 그 조형물은 오래전에 완성하지 못한 어떤 건축물의 일부 같았어요. 시장에는 온갖 쓰레기와 낡은 옷가지, 중고물품 같은 것이 가득했어요. 지역의 하위문화를 위한 현실 도피적 장소 같았죠."

"그곳은 '킨차비라'입니다. 저도 그곳을 압니다." 컬렌 보안국장이 고개를 끄덕이며 불쑥 끼어들었다.

"바우머는 그게 다 투리엔인이 제대로 규율과 통제를 못 한 탓이라고 비난했어요. 그 사람은 나치즘을 적당히 투여하면 기적을 낳을 거라고 생각하는 듯했어요." 매린은 샌드위치를 조금 뜯어 먹고 커피를 홀짝였다. 진짜 커피였다. "그리고 대여금고 회사 같은 곳을 지났는데, 이제 은행으로 변해가는 거 같더라고요. 바우머는 그것도 반대했어요."

"그러면 우리는 그의 동기가 그리 단순하지 않다고 판단해야 할까요? 무슨 말이냐면, 이 녀석은 여기에 혼자서 오랜 기간 갇혀 있었어요. 그리고 지구에서 온 아름다운 여성이 보이자…."

매린이 고개를 저었다. "저도 처음에는 그렇게 생각했어요. 하지만 그런 기미는 전혀 없었어요. 아무튼 바우머는 그런 식으로 시작하지 않았어요."

"알았어요. 그러고 나서 고급 가게들을 본 거죠…."

"맞아요. 바우머는 그것도 좋아하지 않았어요. 그런 가게는 모든 사람을 평등하게 만들어주지 않으니까요. 그리고 세상이 그들에게 귀를 기울이지 않는지, 왜 사회가 그 같은 사람들을 보호하지 않는지에 대한 바우머의 연설을 들었죠. 그리고 우리는 벽에 기대고 앉아서, 눈화장을 하고 머리에 장식을 단 이상한 사람들을 지켜보면서 제블렌의 납작한 빵으로 만든 버거를 먹었어요." 매린이 이야기를 멈추고 그들이 나눈 이야기를 떠올렸다. "내가 바우머에게 여기에서 그와 같은 생각을 하는 사람들을 아느냐고 물었을 때, 그가 흥미로워하는 듯했어요. 바우머는 UN 우주군 과학자 여러분이 여기서 하는 일에 관해 더 알고 싶어 했어요."

"이제 바우머의 진짜 이유가 나왔군요." 컬렌 보안국장이 낮은 소리로 말했다.

"그 펑크족들은 아무 문제도 안 일으켰나요?" 헌트가 물었다. 그즈음에 그 근치 지역에서 발생한 문제에 대해 보고를 받았는데, 매린이 묘사한 사람들 같은 집단이 관련되어 있었다. 하지만 매린은 다시 고개를 가로저었다.

"아니요, 그 펑크족들은 떠났어요." 매린은 모든 사항을 제대로 기억하고 있는지 염려되는 듯 천천히 하나씩 열거했다. "우리는 어딘가에 있는 술집 같은 곳으로 갔어요. 바우머가 어떤 약물과 중독 상태에 관해 이야기하기 시작했어요. 그리고 내게 어떤 종류를 사용하는지 물었어요. 그는 뭐랄까…, 뭔가 암시적인 말투였어요. 뭔가 더 있다는 듯한 분위기였지만, 먼저 내 반응을 보고 싶었던 거죠."

헌트가 고개를 끄덕거렸다. 생각건대, 바우머가 매린에게 접근한 것은 순전히 개인적인 동기 때문인 듯했다. 어쩌면 아닐 수도 있었다. 매린의 말에 따르면 어느 쪽도 명확하지 않았다. "계속 말씀하세요."

"바우머는 아직 작동하는 제벡스의 핵심 부위에 연결할 수 있는 장소가 있다는 이야기를 했어요. 그는 제벡스가 모든 약을 능가하는 환각제라고 했어요. 궁극의 환각제라고 했죠. 제블렌인들만 그 사실을 이해한다고도 말했어요." 매린이 손을 내밀며 어깨를 으쓱했다. "흥미로웠죠. 제벡스를 여전히 이용할 수 있다는 확실한 증언을 처음으로 들었으니까요. 하지만 내가 정보를 좀 더 얻어내려 했더니, 바우머는 그걸 묘사할 방법이 없다고 했어요. 직접 경험해봐야 한다고 했죠. 확실히 그건 제게 유혹이었어요."

"그리고 당신이 그 유혹을 받아들인 거고요." 컬렌 보안국장이 말했다. 그들은 매린의 이야기를 이미 한 번 들었으므로, 불필요한 말이었다.

"뭐, 내가 호기심이 많은 사람인 건 다들 알잖아요."

작업대 건너편에 앉은 샌디가 묘한 표정을 지으며 그녀를 바라봤다. "그게, 어…, 그게 어떤 건지 궁금해서 알고 싶었다고요?"

"네." 매린이 말했다. 그녀의 목소리는 가벼우면서도 사무적이었다. 매린이 인상을 찌푸렸다. 순간적으로 뭔가 당황스러운 표정이었지만 곧 고개를 끄덕였다. "네." 그녀가 다시 말했다.

"비슈누호에서 비자르를 충분히 보지 않았나요?" 샌디가 의심스러운 말투로 물었다. 샌디는 매린의 대답이 믿기지 않아서 그녀가 다시 생각해주길 바라는 듯한 표정이었다. 헌트는 그 순간 뭔가를 메모했다. 컬렌 보안국장은 그 의미를 알아채지 못했다.

"우리는 제벡스도 똑같은지는 알지 못했잖아요." 매린이 말했다. 매린이 다시 혼자 인상을 찌푸렸다. 그러더니 다시 그 대답에 만족한 듯 덧붙였다. "바우머가 무슨 일을 꾸미고 있는지 알아내는 게 중요하잖아요, 그렇죠?"

샌디는 한참 동안 매린을 뚫어져라 쳐다봤다. 하지만 헌트나 컬렌 보안국장으로부터 지원이 따라오지 않자, 미심쩍은 표정으로 고개를 끄덕이며 더 이상 따지지 않았다. "알았어요."

매린이 계속 말했다. "우리는 골목을 지나 통로로 들어가는 장소로 갔어요. 전체적으로 어둡고, 모든 게 은밀히 진행됐어요. 마치 금주 시대에 불법으로 밀주를 파는 밀매소라면 그렇게 했을 것 같은 느낌이었어요. 안에는 일종의 로비와 술집이 있었죠. 그리고 곧 뒤로 나가자 신경 연결기 칸막이방들이 잔뜩 있었어요…."

헌트와 다른 사람들은 닉시의 이야기를 꺼내서 문제를 더 복잡하게 만들지 않기로 했다. 매린이 자세히 묘사한 그곳은 곤돌라가 거의 틀림없었다. 그들이 바우머를 찾아냈던 그 술집이었다. 그리고 아무도 그곳을 모르는 척해야 했으므로, 그 사실을 확인하려고 하지 않는 게 나을 것 같았다. 헌트 생각에, 모든 작전은 비밀을 지키는 게 중요했다. 상황을 알지 못하는 게 이 업무의 일부분이었다.

"그런데 그 사람의 말이 맞았어요." 매린이 단호하게 말했다. "저로서는 그걸 묘사할 방법이 없어요. 그 컴퓨터는 머릿속에 진짜 현실과 구별하기 힘든 현실을 통째로 만들어낼 수 있었어요. 사실 그 현실은 이용자가 스스로 만들어낸 것이지만, 본인은 그 사실을 모르죠. 정말 으스스했어요. 전적으로 저항하기 힘들더군요. 그게 얼마나 중독성이 강할지 알겠더라고요. 전 어딘가로 휩쓸려가서 시간을 잃어버린 것 같았어요. 그러다 마침내 현실로 돌아와서, 거기서 나와 여기로 돌아왔어요. 그 뒤는 여러분이 아실 거예요."

"당신이 떠날 때까지 바우머가 거기에 있었나요?" 컬렌 보안국장이 물었다.

"모르겠어요. 관리자들과 말이 전혀 통하지 않았거든요. 아무튼 그들이 저한테 말해줬을 것 같지는 않아요."

사람들이 서로를 쳐다봤다. 더 이상 들을 이야기는 없는 듯했다. "음, 당신은 본인이 생각하는 것보다 훨씬 더 휴식이 필요한 상태일 겁니다." 컬렌 보안국장이 매린에게 말했다. "힘들게 베스트웨스턴 호텔까지 가실 필요는 없습니다. 행정본부의 주거 구역에 숙소를 구해드릴 테니 씻고 누워서 쉬세요. 나중에 다시 뵙겠습니다."

"당신 말이 맞는 것 같아요." 매린이 동의했다. "지금 제 머리가 믹서기를 통과한 느낌이에요."

매린이 샌드위치를 마저 먹으면서 제벡스의 능력에 관해 설명했는데, 그들이 이미 단체커 교수에게서 들었던 내용의 되풀이였다. 매린은 그 생각이 제블렌인을 일탈시킨 원인을 훨씬 그럴듯하게 설명한다고 여기는 듯했다. 그리고 매린은 주거 구역으로 떠났다. 샌디가 그녀와 함께 갔다.

"제가 이해가 안 되는 점은," 둘만 남은 뒤에 헌트가 컬렌 보안국장에게 말했다. "왜 그들은 바우머가 이 제벡스 사업을 그녀에게 노출시키도록 놔뒀냐는 거예요. 그들은 이미 매린이 우리뿐만 아니라 가니메데인과도 관련되어 있다는 사실을 알잖아요. 그 사업에 큰돈이 걸려있기 때문에 그렇게 중요한 비밀이라면, 왜 매린에게 거기를 보여줬을까요?"

"저도 그게 궁금합니다." 컬렌 보안국장이 연구실 의자에 앉으며 턱을 문질렀다. 그리고 헌트를 올려다보며 말했다. "혹시… 박사가 이야기하는 '그들'이라는 게 누구냐에 따라 다른 게 아닐까요? 이케나 갱단은 연결기를 운영합니다. 제벡스와 연결이 끊어지면 돈을 잃는 쪽은 그들이죠. 하지만 바우머가 교단들과 관련된 정치적 집단을 위해 일하고 있다고 가정한다면, '그들'은 같은 사람들이 아닙니다. 무슨 말인지 아시겠죠? 어디서 약물을 구하는지에 대해 떠들어대는 중독자들 같은 인상을 바우머에게 주도록 하는 것이 그의 정치적 관계를 감추기에는 좋은 방법 같습니다."

헌트가 담배를 꺼내서 생각에 잠긴 표정으로 불을 붙였다. "당신이 무슨 말을 하는지 알 거 같아요. 약간 지저분한 속임수지만, 손해를 보는 건 다른 놈들이라는 거죠. 그러는 사이 자기들에 대한 추적은 막고." 헌트가 등받이에 기대앉으며 자신이 한 말을 곱씹었다. "혹시 그게 유벨레우스와 빛의 축일까요?" 그가 물었다.

"그럴 수도 있습니다. 하지만 그 사람은 기르바인으로 줄지어 몰려가서 우주선을 타고 행성 밖으로 나가 새로운 세상을 찾는 일에 더 관심이 있는 것처럼 보입니다. 그런데 헌트 박사님, 저는 그들의 이 우탄 쇼가 진짜일 것 같다는 생각이 들기 시작했어요." 컬렌 보안국장이 깍지를 낀 손으로 뒷머리를 받치고 다리로 의자를 빙빙 돌리다가 헌트를 바라봤다. "그래도 한 가지는 확실합니다. 바우머가 우리한테 말해주지 않으리라는 사실 말입니다."

"그렇겠죠." 헌트가 한숨을 쉬며 동의하고, 라이터를 주머니에 집어넣었다.

행정본부 주거 구역의 숙소에서 매린은 욕실에서 따뜻한 바람을 내보내는 송풍기로 몸을 말리고 머리를 빗은 뒤 터덜터덜 침실로 걸어들어가 청결한 냄새가 나는 시트 사이로 기분 좋게 미끄러져 들어갔다. 비자르로 실험했을 때보다 훨씬 더 피곤했다. 어쩌면 전체적인 상황이 그녀를 피곤하게 만들었을지도 몰랐다.

매린은 불을 끈 뒤 쉬반의 다른 구역에 있는 방에서 쇼우 장군이 이야기한 내용을 다시 떠올렸다. 매린이 연결기 칸막이방에서 나왔을 때 기다리던 연락책이 그녀를 그곳으로 데려갔다. 매린은 헌트와 컬렌 보안국장에게 해서는 안 되는 말은 전혀 하지 않았다. 쇼우 장군은 비슈누호에도 은밀하게 승선했던 게 틀림없었다. 매린이 고다드 센터에서 임무를 수락하고 콜드웰 국장이 간단한 상황 설명을 할 때 장군을 만난 뒤로, 지구로 돌아가기 전까지는 쇼우 장군을 나중에 다시 볼 일은 없을 거라고 생각했었다. 그녀는 어찌 된 건지 그 일이 마치 어제 일어난 일인 양 아주 선명하게 기억났다.

매린은 행정본부 내의 괜찮은 자리에 제블렌인들이 첩보원을 잠입시킨 문제를 다루면서 헌트나 가루스 총독 같은 사람들까지 참여시키지 않은 것은 지나치게 신중한 조치라고 생각했다. 하지만 장군은 단호했다. 매린은 바우머도 쇼우 장군이 참여하는 기관의 관계자로 투입된 게 아닌가 하는 궁금증이 들었다. 하지만 전체 상황에 대해 바우머가 그녀보다 더 많이 알고 있는 건 아닌 것 같았다.

그렇지만 그녀가 알고 있는 상황보다 훨씬 많은 일이 진행되고 있는 게 분명했다. 이것은 행성 간의 중요한 문제였다. 현명한 처신은 의문을 접어두고 명령을 따르는 것뿐이다.

✳

바우머에 대해서는, 그가 완전히 미쳤다는 것 이상의 결론을 끌어낼 수 없었다. 가장 기본적으로 익숙한 사물을 알아보는 능력조차 완전히 사라진 것 같았다. 바우머가 갇혀 있는 의료시설의 방에 있는 벽과 문, 비품, 가구들은 전혀 특별할 게 없는 것들이었지만, 그는 그 사물들을 경외감을 가지고 바라보며 두려워하는 듯했다. 그는 서랍의 걸쇠나 책상 위에 놓인 펜처럼 단순한 물건을 만지작거리며 혼자 중얼거리고 손가락으로 표면을 탐색하며 시간을 보냈다. 그는 컴패널의 터치패드 제어 장치처럼 더 발달한 장치들은 전혀 이해하지 못하는 것 같았다. 그 장치들이 작동하도록 설계된 방식으로 조작해보려는 시도를 전혀 하지 않았다. 하지만 기계에 대해서는 아무리 단순한 종류라고 할지라도 놀라움과 공포가 뒤섞인 반응을 보였다. 바우머는 바닥에 앉아서 발로 페달을 밟아 뚜껑이 열리는 쓰레기통을 거의 1시간 가까이 올렸다 내렸다 하면서 작동시킨 적도 있었다. 그가 벽의 한쪽에 세워져 있던 저울에 가까이 다가갈 때도 거의 비슷한 시간이 걸렸다.

바우머는 물건의 용도를 잊어버린 수준이 아닌 듯했다. 오히려 그 물건들과 관련된 판단 기준 자체를 잃어버린 것 같았다. 그의 개념틀 전체가 바뀐 듯했다. 그게 아니라면 다른 개념틀로 대체되었거나.

바우머는 지금도 말을 할 수 있었지만, 그가 하는 말은 전혀 의미가 통하지 않았다. 얼마 되지 않는 그의 말은 자신의 '힘'을 강탈당했다는 종잡을 수 없는 장황한 열변이었다. 그리고 바우머는 마치 마법이라도 걸듯이 끊임없이 손동작을 했다. 다른 사람들이 그에게 이야기할 때면 그는 그 말을 이해할 수 있는 듯했지만, 공포와 혼란스러움 때문에 넋이 나가서 제대로 반응을 하지 못했다. 지구 의사들과 가니메데인 심리학자들은 이 상황을 설명하지 못했다.

그러나 닉시는 설명할 수 있었다.

"이게 제블렌인들이 '깨어났다'고 말하는 그 상태예요. 아야톨라들은 이렇게 이 세계에 도착하죠. 그의 몸 안에 존재하는 사람은 더 이상 같은 사람이 아니에요. 다른 세계에서 여기로 이동한 다른 사람이에요. 저처럼요."

닉시의 말은 정말로 사실인 것 같았다. 언어 능력과 자율신경 운동 반사(닉시가 그건 통과할 수 있을 거라 했지만, 그조차도 비정상적이었다), 그리고 그의 뇌가 떠받치는 무의식적인 조절 기능을 제외하고, 한때 한스 바우머의 정체성에 기여했던 신경계 안의 모든 정보는 확실히 완벽하게 지워졌다.

"그래서 당신의 말은 이게 제벡스와 연결된 사람에게만 일어난다는 건가요?" 진료실에서 쉴로힌이 닉시에게 물었다. 두 사람은 헌트, 단체커와 함께 바우머를 살펴본 뒤 그의 상태에 대해 논의하기 위해 진료실로 왔다.

"언제나 그랬어요."

"당신도 그랬나요? 당신이… 아니, 뭐라고 해야 하나, 당신이 가로챈 몸뚱이의 그 주인도… 그 일이 일어났을 때 연결기에 있었나요?" 단체커가 물었다.

"기억이 안 나요. 저는 너무 혼란스러워서 무슨 일이 일어났는지는 한참 시간이 지난 뒤에 알게 됐어요. 하지만 그랬다는 이야기를 다른 사람에게서 들었어요."

단체커가 '내가 그렇다고 말했잖아.' 하는 표정으로 사람들을 한 명씩 돌아봤다. 겉으로는 내키지 않는 표정이었지만, 안경 너머로 반짝

반짝 빛나는 눈동자에서 지금의 모든 순간을 즐기는 게 느껴졌다. 마침내 그가 입을 열었다. "그 이야기는 어느 정도 내 가설에 부합하는 것 같군요. 이 상태는 인간의 신경계 심층부에서 일어나는 과정과, 인간의 신경계에 연결될 계획이 없던 기계를 개조한 부적절한 외계인 기술 사이의 상호작용 때문에 야기된 심각한 정신분열입니다." 단체커가 안경을 벗더니 손수건을 꺼내 닦았다. "미안해, 헌트. 하지만 자네가 너무 좋아하는 이 환각세계 가설은 진짜로 폐기해야 돼."

"아니요, 그건 실제로 존재해요." 닉시가 주장했다.

"저는 이 이론이 아주 설득력이 있다고 확신합니다." 단체커가 고상한 미소를 지으며 그녀를 쳐다보면서 단호하게 말했다. 그가 헌트와 쉴로힌을 돌아봤다. "모든 게 제벡스가 꾸며낸 겁니다."

"비자르가 닉시의 기억에서 읽어낸 물리적 현상처럼 내적으로 일관되게 지어냈단 말이야?" 헌트가 고개를 가로저었다. "우리가 이야기하고 있는 이 사람들에게는 그런 개념적 토대가 없어. 이 사람들은 그런 개념을 결코 만들어낼 수 없다니까."

단체커가 이를 드러내며 웃었다. "그렇지. 하지만 제벡스는 가능해!"

단체커를 바라보던 쉴로힌이 헌트 쪽으로 고개를 돌렸다가 다시 단체커를 바라봤다. 헌트는 그녀가 단체커의 주장으로 생각을 바꾼 느낌이 들었다. "제벡스가 그들 모두에게 똑같이 인공적인 현실을 만들어냈다는 말씀인가요?" 쉴로힌이 말했다.

"저는 처음부터 그렇게 말했어요."

"제벡스가 왜 그런 짓을 한 거죠?"

"아, 그건 또 다른 의문이네요. 그에 대한 해답은, 이제 우리가 올바른 방향으로 나아가는 것 같으니 틀림없이 찾아내게 될 겁니다." 단체커가 말했다.

"그 가설의 일관성에 관해서는 설명이 되네요. 이게 잠재의식에 반응해서 만들어진 환상이라면 수천 명의 개인이 모두 똑같이 만들어질 수는 없었겠죠. 하지만 그게 모두 제벡스에서 만들어진 거라면…."

"바로 그겁니다."

헌트는 닉시의 얼굴을 지그시 쳐다봤다. 헌트는 처음으로 완전히 비과학적인 이유로, 단체커와 쉴로힌을 결코 설득할 수 없을 방식으로, 닉시의 얼굴에 쓰인 침착하고 흔들리지 않는 확신이 오히려 더 설득력 있게 느껴졌다.

어떤 결론을 내리기에는 아직 너무 일렀다. 헌트에게는 자신의 정신이 서두르지 않고 자신만의 방식으로 이 복잡한 문제를 곱씹어보게 놔둘 시간이 더 필요했다. 이 문제에 대해 결론을 내리지 않은 상태로 놔두기 위해 헌트는 '빙의'된 지구인도 제블렌인이 묘사한 다른 세계에서 왔다고 주장하는지 확인해본다면 흥미로울 것이라는 제안을 했다. 헌트는 단체커가 사용했던 단어가 마음에 들어서, 그 세계를 '환각세계'로 칭했다. 단체커와 쉴로힌도 확인해볼 가치가 있겠다며 동의했다.

그들은 바우머를 진정시키고, 연결기로 데려가서 비자르에게 그의 머릿속을 살펴보도록 했다. 하지만 비자르는 그런 조사를 허용한다는 의미를 이해할 수 있을 정도로 정신적 능력을 갖추지 못한 사람의 사생활을 침해할 수 없다며 아무리 설득해도 꿈쩍도 안 했다. 그래서 대신 헌트가 바우머와 이야기를 나누기 시작했다.

하루 이틀 시간이 흐르면서 바우머가 진정되고 그의 두서없는 말도 조금 덜 광적인 수준으로 바뀌었다. 닉시의 도움을 받자 그 장소에 대한 파편적인 묘사가 하나로 모이기 시작했다. 곧 닉시가 말했던 곳과 동일한 환각세계라는 사실이 명확하게 드러났다. 그들은 모든 세

부묘사까지 동일하다는 사실을 확인할 수 있었다. 그리고 그 과정에서 헌트는 충격적인 자아의 변화를 겪은 독일인이 아니라, 완전히 다른 그리고 매우 외계인스러운 존재와 이야기를 나누고 있다는 확신이 점점 커졌다.

그렇다면 이 존재는 제벡스가 창조해낸 일종의 소프트웨어 구성체일까? 그게 이럭저럭 바우머의 머릿속으로 들어가는 방법을 찾았던 걸까? 헌트는, 유벨레우스가 정확히 이런 종류의 창조물이라고 자칭하는 주장을 읽었지만 쓸데없는 소리로 일축했었다. 그 주장에 뭔가 중요한 사실이 있었던 걸까?

하지만 만일 그렇다면, 현실의 서투른 모방으로 만들어진 존재라는 뜻이었다. 그리고 그것이 실체가 되고 스스로 독립성을 유지하기 위해서는 내적인 깊이와 정교함이 필요하므로, 그 존재를 떠받치기 위해서는 제벡스의 모든 능력과 고도의 지식이 필요했을 것이다. 헌트로서는 그게 어떻게 가능할 수 있는지 이해가 되지 않았다. 동화 속에서는 피노키오가 살아나서 조종하는 줄이 없어도 움직일 수 있을지 모른다. 하지만 현실 세계에서 생물은 어떤 꼭두각시 인형보다 복잡한 구조와 유기적 조직체에 의존한다.

꼭두각시는 스스로 움직이는 생명체처럼 보이도록 만들어지지만, 실제로는 외부에서 작용하는 힘으로 작동된다. 마찬가지로, 제벡스의 꼭두각시들은 제벡스의 조작으로 생명을 얻은 가짜 생명체이다. 하지만 닉시와 바우머가 변한 사람이 헌트가 인정할 수 있을 정도로 진짜 같다면, 그들은 제벡스가 절대로 집어넣을 수 없는 고유한 구조의 복잡성에 의해 작동한다는 의미였다. 그런 식의 복잡성은 오직 실제적이고 물리적인 세계에서 오랜 시간 동안 진화를 통해 자연적으로 생성될 수밖에 없었다.

이는, 당연히, 터무니없는….

다만 '실제적이고 물리적인 세계'가 모든 사람이 알고 있는 것과 다른 뭔가를 의미한다면….

그 생각 때문에 헌트는 그게 무슨 의미일지 스스로 질문을 던지면서 아주 긴 시간을 보냈다. 그는 매린이 처음 집에 왔을 때 나눴던 대화가 떠올랐다. 그녀는 헌트에게 비슷한 질문을 했었다. 그리고 헌트는 '바깥'에 있는 모든 것들은 결국 광자와 다른 양자들, 그리고 양자들이 서로 상호작용하는 방법을 지배하는 몇 가지의 단순한 법칙으로 요약할 수 있다고 대답했었다.

속성의 꾸러미. 함께 올라타고 좌표의 바다를 표류하는 숫자의 묶음….

특성을 부여하는 숫자와 좌표…. 뭐라고?

아무도 모른다. 어떤 것이든 될 수 있었다.

하지만 '실제' 우주의 전체가 바로 거기서부터 진화되었다.

38

던컨은 아직 작동하는 제벡스의 남은 핵심부와 관련된 기술적인 수수께끼를 밝히기 위해 로드가르의 지휘를 받는 가니메데인 통신 과학자들과 함께 일하고 있었다. 현재 제벡스의 운영 상태는 이케나 갱단의 암시장 운영 규모를 추정해서 고려했을 때 나타나는 전송량을 떠받칠 수 있을 만큼 충분하지 않았다.

쉴로힌의 레이저 시범을 무시하며 자주색 소용돌이 교단에서 빠르게 성장한 맥아더는 상대적으로 최근 나타난 사람으로서 제벡스가 멈춘 이후에 아야톨라로서는 유일하게 깨어난 사람이었다. 하지만 아야톨라가 아닌 존재로 깨어난 다른 사람들도 있었다. 그래서 가니메데인들은 총인원 수를 추정하기 위해 제블렌 행성 전체에서 알려진 사례와 소문으로 파악된 사람들을 분석했다. 그리고 조락이 비공식적으로 쉬반의 통신망을 도청해서 얻어낸 인원수를 포함해서, 다른 정보 출처를 통해 제벡스에 노출된 1천 이용시간당 빙의가 발생할 확률을 구했다. 이는 이케나가 대중에게 알리고 싶지 않은 위험통계일 게 틀림없었다. 그 수치를 행성 전체로 확장해서 추론하면 암시장 사업의 전체 규모를 계산할 수 있었다. 그리고 이미 알고 있는 비자르의 운영 지표를 활용해서 운영에 필요한 시스템 동력으로 표시했다. 그런데 여기에 공식적으로 허용된 자료 조사와 관리 운영을 합쳤을 때 나타난 시스템의 총 부하량은 현재 운영 중인 제벡스의 핵심 시스템이 처리할 수 있는 용량보다 월등히 컸다.

그 결과는 이렇게 해석할 수 있었다. 제블렌인들이 말해줬던 것보다 제벡스가 훨씬 거대하거나, 공개되지 않은 다른 시설이 운영되고 있는 것이다. 그 이유가 궁금했던 가니메데인 공학자들은 협조적인 제블렌인의 지원을 받아 조용히 상세한 조사 계획을 짜서 주요 노드와 네트워크 운영 센터가 있는 장소들에 대한 점검을 시작했다.

컬렌 보안국장은 매린을 기르바인에서 행정본부로 영구적으로 이전시키기로 했다. 바우머와 관계를 맺어왔던 사람들을 만나본 지금으로써는 그녀를 외부에 혼자 지내도록 놔둘 수 없었다. 이에 따라, 매린은 숙박을 해지하기 위해 베스트웨스턴 호텔에 연락하고, 오후에 러밴스키, 코버그와 함께 차를 타고 짐을 가지러 가기로 약속을 잡았다.

그들이 행정본부에서 출발하기 1시간 전쯤 한 여성이 매린에게 전화해서 자신의 이름이 메리언 페인이며, 지구에서 왔고 베스트웨스턴 호텔에 머무르고 있다고 소개했다. 그녀는 매린의 책을 전부 다 즐겁게 잘 읽었다며, 호텔 안내석에 책을 두 권 맡겨놓을 테니 매린이 서명해줄 수 있겠냐고 물었다. 매린이 해주겠다고 하자 그녀가 기뻐하며 재잘거렸다. "정말 고맙습니다. 당신은 아마 기억하지 못하겠지만, 예전에 리스본에서 열린 파티에서 저랑 잠깐 만난 적이 있어요."

사실 매린은 포르투갈에 가본 적이 없었다. 메리언 페인의 말은 쇼

우 장군과 쉬반에서 예정에 없이 만났을 때 매린에게 알려줬던 암호
였다. 그래서 매린은 호텔로 출발하기 전에 서류가방 주머니에 넣어
둔 서류철에서 자신이 돌아온 이후 행정본부에서 진행된 사항을 기록
한 메모를 꺼냈다. 메모에는 바우머에게 일어난 일에 대한 설명과 닉
시가 제공한 도움, 그리고 사람들이 주고받은 다양한 이론이 적혀 있
었다. 매린이 보기에 이런 일들은 행성 간 정치와 관련되기보다는 지
구인 내부의 일처럼 생각되었지만, 그녀는 아무것도 빼놓지 말라는
지시를 받았다. 마지막으로 매린은 제벡스의 핵심 시스템의 용량에
대해 가니메데인이 밝혀낸 사실과 주요 장소를 점검하기로 한 가루스
총독의 결정에 대해 자신이 아는 사실을 요약했다.

　매린은 종이를 접어 핸드백에 넣으며 자신이 지금 하는 일을 좋
아하지 않는다는 사실을 깨달았다. 매린은 쇼우 장군을 만난 뒤부터
UN 우주군 내부에 첩보원으로 지낸다는 생각이 늘 마음을 묵직하게
눌렀다. 이런 것은 그녀가 일하는 방식이 아니었다. 그리고 매린은 왜
자신이 고다드 센터에서 이런 일에 찬성했는지 이해가 되지 않았다.
사실 그녀는 지금과 달리 당시에는 헌트와 과학자들, 가루스 총독과
가니메데인들을 알지 못했었다. 하지만 그녀는 자신이 그저 제블렌으
로 오는 티켓을 얻기 위해 동의했던 게 아니길 바랐다.

　쇼우 장군이 그녀에게 이 일이 매우 중요한 일이라고 말했던 게
틀림없었다. 매린의 기억에 장군은 몹시 설득력 있는 장사꾼이었다.

＊

　닉시는, 원래의 닉시가 누구였든 그 사람의 자아에 덮어쓰기 이전
에 환각세계 속에 있을 때 '남성'이었다. 그는 대도시의 성전에서 일
종의 종교적 문하생으로 수련을 받았지만, 나중에 산 위에서 은둔자

처럼 사는 독자적인 스승에게 가르침을 받기 위해 도망쳤다. 닉시는 그 교파에서 선지자들이 하늘 너머에 있다고 이야기하던 세상에 '환생'한 것이었다. 닉시의 스승은 현명하고 세심했으며, 앞으로 일어날 일에 대해 미리 알려주고 준비시켰기 때문에, 바우머에게 일어난 일들은 그녀에게 일어나지 않았다. 앞서갔던 다른 사람들이, 닉시가 여러 차례 언급했던 신비한 '흐름'을 통해 선지자의 마음속에 이야기하는 영혼이 되어 종종 돌아왔다. 아마도 '깨어난' 아야톨라들이 특별한 친화력을 이용해서 연결기를 통해 자신이 왔던 곳으로 다시 연결했던 결과일 것이다.

바우머의 두서없는 말투 때문에 닉시는 그가 말한 곳이 어디인지 알 수 없긴 했지만, 바우머도 어딘가에 있는 황야에서 신비주의를 위한 교육기관을 운영하는 은둔자 스승에 대해 말했다. 하지만 바우머는 환각세계에 있어야 할 자신이 주제넘게 다른 사람들이 있어야 할 세상에 출현했다는 사실 때문에 징벌을 두려워했다. 헌트는 바우머를 신약성경에서 예수의 부활을 믿지 못했던 사도 '도마'라고 부르기 시작했다. 그의 종교적 기원과 다른 사람들이 그에게 말하는 모든 것을 의심한다는 사실 때문이었다. 헌트는 그 일이 벌어진 후 이제 남은 거라곤 껍데기밖에 없는 바우머의 이름을 이용해서 그를 계속 부르는 게 어쩐지 적절하지 않다는 느낌이 들기도 했다.

"이거 봐요. 난 어둠의 신을 따르는 악마가 아니에요. 그리고 나는 당신이 신의 천사에게 무슨 짓을 했는지 전혀 관심 없어요. 사실 나는 신이라는 그 자체를 별로 안 믿어요. 우리를 믿는 게 당신에게는 왜 그렇게 어려워요?"

도마가 의자에서 고개를 돌려 뚜껑이 열려있는 연구실 원심분리기의 윗부분을 응시했다. 잠시 후 그는 이해할 수 없는 말을 구시렁대면서 원심분리기로 가서 회전 이음쇠에 끼워져 있는 뚜껑을 앞뒤로 여러 번 움직여보더니, 구동축과 기어를 살펴봤다. 그는 여전히 기계와 기계의 생산품을 놀라워했다. 도마는 반복되는 건축 패턴이나 행정본부 복도의 모자이크 패턴, 광전자공학 칩의 배열, 장비함에 배열된 조립품처럼 규칙적인 것이라면 뭐든지 매료되었다. 이때쯤 되자 과학자들은, 움직이는 방향과 하루의 순환, 그리고 행성의 회전 때문에 일어난 방향의 변화로 물체의 길이가 변한다는, 환각세계 안에서 발생하는 불안정에 대한 비자르의 설명을 받아들였다. 하지만 그런 환경이 어디서, 어떻게 일어날 수 있는지는 여전히 의문이었다.

"내 목소리가 악마 같은가요?" 헌트가 잠시 후 다시 물었다. "내가 악마처럼 생겼어요?"

도마가 뭔가를 중얼거리더니 조용해졌다. 뭔가 생각하는 듯했다. "변신했잖아!" 도마가 갑자기 소리쳤다. "악마는 우리를 속이기 위해서 앞잡이들을 변신시켜. 우리는 조심하라고 배웠어."

"누가 당신에게 조심하라고 했죠?"

"모습을 띠어. 어떤 모습이든…. 겉모습을 조심해."

"누가…."

"소용돌이! 소용돌이를 찾아라…. 외적인 모습을 조심해라."

"악마를 본 적이 있나요?"

"거대한 존재는…." 도마가 말을 멈추더니 헌트를 이상하게 쳐다봤다. "악마를 볼 수 있어. 신들이 보낸 이들이야. 징후를 가지고 와. 거역하는 자들을 징벌해."

"그러면 그 모습을 묘사해보세요."

"당신…, 안 믿지? 징벌을 받을 거야. 불로 태우고, 부러뜨리고, 갈가리 찢어버릴 거야. 독사가 뒤덮고, 벌레가 기어가고, 전갈이 독살하고, 구더기가 먹어치우고, 송곳니가 찢어버리고, 뱀이 똬리를 틀어 으깨버리고, 물집이 터지고, 피를 흘리고, 비명을 지르고….”

“그럴 위험은 감수할게요.”

“태양신의 분노를 담은 악마가 하늘에서 내려와. 독수리의 머리, 사자의 몸뚱이, 용의 날개….”

헌트의 옆에 앉아 있던 닉시가 고개를 끄덕였다. “저도 저게 뭔지 알아요.” 그녀가 말했다.

“그러면 이 사람이 미치지 않았다는 건가요?” 헌트가 확인했다. “이 사람이 말하는 게 실제로 존재한다고요?”

“네.”

여기서 이상한 점은, 이 환각세계의 괴물을 묘사할 때, 그가 자신에게 익숙한 형태를 합성해서 묘사했다는 사실이다. 도마는 바우머가 남긴 어휘에서 가장 가까운 용어를 이용해서 말했다. 그는 독일어로 말했는데, 비자르가 영어로 옮겨주었다. 그 괴물들이 실제로 다른 곳의 완전히 다른 환경에서 진화했다면, 설령 환경이 유사하더라도, 진화의 법칙에 따르면 완전히 독자적인 혈통을 따라 진화한 결과물과 유사한 점을 가지는 일은 절대로 일어날 수 없다. 더욱 놀라운 건, 닉시가 환각세계 속에 존재할 때 기억하는 자신의 모습도 인간이었다! 비자르가 닉시의 기억에서 추출한 영상에 나오는 주민들과 비슷했다.

흥미롭게도, 도마는 그 괴물을 익숙한 지구 동물 형태의 요소로 보았다. 반면에 제블렌인들은 제블렌의 동물 형태로 보았다. 빙의된 사람의 신경 기관을 통째로 인계받았기 때문에, 새롭게 자리 잡은 외계의 존재는 이미 그 두뇌에 존재하는 개념적 요소를 이용해서 표현할 수밖에 없는 것처럼 보였다. 이는 다른 망치로 종을 두드려도 같은 음색을 내는 상황과 유사했다. 이는 또한 언어 능력을 유지하는 것도 설명해줄 수 있었다. 그 설명은 단체커의 이론이나 헌트의 이론 모두에 잘 어울렸다. 그래서 둘 사이의 쟁점은 아직 해소되지 않았다.

"당신이 여기 도착했을 때, 여기는 신들이 운영하지 않는다고 내가 당신에게 말해줬잖아요. 여기서는 신이 당신을 건드릴 수가 없어요. 우리는 관리 방법이 달라요. 그러면….."

"실례합니다." 조락이 끼어들었다.

"응, 왜?"

"연구실 밖에서 샌디 씨가 들어와도 되냐고 물어보네요."

"아, 당연하지."

조락이 안전을 위해 계속 잠가놓았던 바깥문의 자물쇠를 열었다. 곧 샌디가 안으로 들어왔다.

"어서 와요." 헌트가 의자에 기대앉으며 느긋하게 인사했다. "난 당신이 불법적인 두뇌세계 가게들을 세는 던컨의 일을 도와주러 간 줄 알았어요."

"던컨은 로드가르 직원들과 함께 컴퓨터가 처리하는 정보의 양을 계산하고 있어요. 그건 제 분야가 아니거든요. 저는 다른 이야기를 드릴 게 있어서 왔어요."

"보험이나 환경 보호, 예수 이야기만 아니라면 좋아요."

"아니요. 매린에 관한 이야기예요."

"매린은 킹콩들을 데리고 기르바인에 짐을 챙기러 갔잖아요."

"그래서 제가 지금 박사님한테 온 거예요. 매린이 근처에 없을 때요." 샌디가 닉시를 어정쩡한 표정으로 힐끗 쳐다봤다. "이건, 어, 일종의 사적인 이야기예요."

헌트가 보기에 샌디는 심각한 표정이었다. 그가 닉시를 돌아봤다. "괜찮으면 잠시 도마를 맡아줄래요? 어쨌든 가끔은 당신이 혼자 진행하는 게 더 나은 것 같더라고요."

"물론이에요. 그렇게 하죠." 닉시가 말했다.

헌트는 샌디와 함께 바깥의 방을 지나서 가니메데인 두 명이 2.5미터 높이로 반짝거리며 바뀌는 홀로그램 영상에서 패턴을 연구하고 있는 어두운 공간을 가로질렀다. 그리고 반대편에 있는 문으로 나가 의료시설의 중앙홀을 통과해서 행정본부의 중앙복도로 걸어갔다. 헌트가 걸음을 멈추더니, 눈살을 찌푸리며 궁금한 표정을 지었다.

"그들이 매린에게 영향을 미치고 있어요." 샌디가 단도직입적으로 말했다.

"누가요?"

"저도 몰라요. 바우머를 실제로 조종했던 제블렌인이겠죠. 그들이 매린에게 뭔가를 했어요."

"당신은 그걸 어떻게 알죠?"

"매린이 자신이 갔던 두뇌세계 여행에 대해 이야기를 했잖아요. 그건 그런 식으로 진행되지 않았을 거예요. 매린이 이야기하는 식으로는 말이에요. 사실 저는 매린이 두뇌세계에 들어갔을 거라고 생각하지 않아요."

"왜 그렇게 생각하죠?"

"매린은 두뇌세계에 대한 호기심이 전혀 없었어요. 그녀는 그 전에 이미 충분히 알고 있었거든요. 우리 둘 다… 비슈누호에 있을 때요. 그래서 바우머가 끌고 갔더라도 매린은 가지 않았을 거예요."

헌트는 의문이 가득한 눈길로 샌디의 얼굴을 빠르게 살폈다. "더 깊은 이야기를 나눌 수 있는 곳을 찾읍시다." 그가 말했다.

39

두 사람은 도서관으로 연결되어 있지만 지금은 사람이 없는 작은 휴게실을 발견했다. 인간과 가니메데인을 위한 안락의자와 독서용 탁자, 패널과 모니터가 있는 작업 공간도 있었다.

"헌트 박사님, 매린의 이야기는 믿을 수가 없어요." 그들이 휴게실에 들어온 후 문이 닫히자 샌디가 말했다. "그 컴퓨터가 머릿속에 일단 들어가면 무슨 짓까지 할 수 있는지 박사님은 몰라요."

헌트가 뭘 더 알아야 하는 건지 묻는 듯한 표정으로 어깨를 으쓱했다. "컴퓨터는 지시를 받아 꿈같은 세계를 만들어내죠. 그게 왜 그렇게 끔찍하다는 건가요?"

"박사님은 비자르와 계속 실험을 하고 계시죠? 매린과 제가 단체커 교수에게 그 문제에 관해 이야기한 뒤에도."

헌트는 그러지 않고 있다는 사실을 깨닫고 자신도 속으로 놀랐다. "아니요. 사실대로 말하자면, 제가 다른 일로 많이 바빠서요."

"있잖아요, 박사님은 과학자잖아요. 그래서 비자르를 대단한 기술로 보실 뿐이에요. 도구로만 보죠. 저는 단체커 교수에게도 똑같이 이야기했었어요."

"좋아요. 비자르에게는 오락 기능도 있죠. 사람들이 중독되기도 하는 대체 현실을 만들기도 하고요. 나는 마약도 하지 않아요. 내가 항상 흥분된 상태라서 약물이 필요 없을 거라고 놀라는 사람들도 있죠. 하지만 몸속의 화학체계를 엉망으로 만들지 않고도 더 나아질 수 있다면, 그게 훨씬 더 재미있을 수도 있겠네요."

샌디가 고개를 가로저었다. "두뇌세계가 항상 통제되는 건 아니에요. 컴퓨터는 박사님의 잠재의식에서 거기에 있는 줄도 몰랐던, 혹은 다시는 생각하고 싶지 않았던 것들을 끌어낼 수 있어요. 어쩌면 본인이 평생 생각해오던 사람이 아니라는 사실을 깨닫게 될 수도 있죠. 사람들이 머릿속에 세워둔 벽들은 대부분 진실의 공격으로부터 자신에 대한 편견을 지키기 위한 것이에요. 그런데 갑자기 그 벽이 사라져버리면…."

헌트는 그녀를 뚫어져라 쳐다보며, 자신이 던졌던 경솔한 말이 실수였다는 사실을 깨달았다. 그의 태도가 전보다 진지해졌다. "짐작하건대 저 밖의 수백만 명의 제블렌인은 아직도 이 문제를 그런 식으로 바라보지 못할 거예요." 그가 손짓으로 바깥을 가리켰다. "그게 정말로 그렇게 기분 나쁜 환각 체험이라면, 가루스 총독이 시스템을 닫고 제블렌인들을 거기서 떼어내면 어떨까요?"

"박사님, 기분 나쁜 환각 체험은 소량의 약물만 있어도 가능해요. 저는 이게 다른 사람들에게는 어떤 영향을 미쳤는지 몰라요. 하지만 그게 저한테 어떤 영향을 미쳤는지는 알아요. 그리고 매린한테도. 그래서 저는 매린이 다시는 그 근처로 가지 않으려 했을 거라고 확신해요. 적어도 그녀가 말한 방식으로는, 바우머와 함께하지 않았을 거예요. 더구나 우리가 준 임무를 띠고 나간 상황에서는 절대로 안 했을 거고요. 비자르도 아니고 제벡스로 들어간다는 사실을 알았다면 무조건 안 했을 거라고요." 샌디가 말을 멈추고, 헌트에게 그 의미를 생각할 시간을 주기 위해 잠시 차분하게 바라봤다. 그런데 헌트의 얼굴에 뜬 표정으로, 그가 이미 그 의미를 깨달았다는 사실이 분명해지자, 샌디가 고개를 끄덕였다. "그렇지만 매린은 우리에게 허풍을 떨지 않았어요. 그녀는 자신이 기억하는 대로 말했어요. 제 생각에는 그런 일이 가능하려면 한 가지 방법밖에 없어요."

"맙소사!" 헌트가 나직이 말했다.

"그건 바우머가 처음부터 매린을 잡으려고 함정을 팠다는 뜻이에요. 바우머는 이 사건의 진짜 배후에 있는 누군가에게 매린을 데리고 갔겠죠. 매린에게 일어난 일은 지역 마피아들이 운영하는 두뇌세계 가게에서 일어난 게 아니에요."

헌트는 벌써 고개를 주억거리고 있었다. 모든 게 이해가 되었다. "지금 즉시 컬렌 보안국장에게 이 문제에 대해 말해줘야 합니다." 그가 말했다.

※

코버그와 러밴스키, 그리고 매린이 탄 차가 기르바인 베스트웨스턴 호텔이 있는 복합단지 앞에 도착했다. 복합단지 진입로 한쪽에 있는 풀밭에는, 착륙하는 우주선과 함께 우주 에너지가 내려와서 우주와 교감할 수 있도록 도와준다고 믿는 명상 집단에 속한 텐트와 오두막이 어지러이 모여 있었다. 그 옆에는 같은 에너지가 암과 돌연변이 아기를 발생시킨다고 믿는 시위대의 집회가 열리는 중이었다. 그런 효과를 일으킬 수 있는, 측정 가능한 에너지가 존재하지 않는다는 사실은 그들에게 별로 영향을 미치지 않았다.

"저 사람들은 전부 미쳤어." 차가 호텔 앞의 공터를 가로지를 때 그 장면을 지켜보던 코버그가 단언했다. "우주선이 지구에서 군대를 실어오는 것도 나쁜 생각은 아닐 거야. 여기선 그런 게 필요할지도 몰라. 그게 아니면 여길 어떻게 정리하겠어?"

"그렇게 하거나, 떠나거나 둘 중 하나지." 러밴스키가 동의했다. "투리엔인이 알아서 처리할 거야."

"젠장, 지금 상태보다 더 나빠질 수도 있어."

"어쩌면 우리가 구식인지도 몰라. 사람들이 투리엔인을 자유주의자들이라고 부르지 않던가?"

"신이 자유주의자였다면, 우리는 '십계명'이 아니라 '열 가지 제안'을 가지고 있었을 거야." 코버그가 말하자, 둘 다 웃음을 터트렸다.

유벨레우스와 수천 명의 빛의 축 선발대는 우탄으로 데려다줄 투리엔 우주선에 올라타기 위해 앞서서 궤도로 올라갔는데, 아직 온갖 종류의 사람들이 근처에 서성대고 있었다. 주변 상황을 볼 때, 뭔가 문제가 있는 듯했다. 매린이 옆 창문을 통해 불타버린 두 대의 차량을 길가로 밀어내고 있는 모습을 가리켰다. "저기 보세요. 뭔가 재미있는 일이 있었던 모양이네요."

"제블렌에선 자동차 수리를 저렇게 하는 모양입니다." 코버그가 툴툴거리며 말했다.

그들은 경찰들이 느긋하게 서 있는 호텔 앞뜰에 차를 세우고 로비로 들어갔다. 코버그가 매린과 함께 안내석으로 갔다. 러밴스키는 조금 뒤에서 기다리며 오랜 습관대로 주변을 훑었다. 그의 눈은 어떤 것도 놓치지 않고, 오가는 모든 사람을 확인했다.

"201호예요." 매린이 호텔 직원에서 말했다. "숙박 계획이 바뀌었다고 미리 전화했어요. 저는 짐을 챙기기만 하면 돼요." 직원이 단말기를 두드렸다.

매린이 종종 얼굴을 마주쳤던 호텔 지배인 에릭 벤더스도 안내석에 있었다. "이제 가시나요? 설마 시내에서 우리 호텔보다 나은 곳을 찾아낸 건 아니시겠죠?"

"행정본부로 옮기려고요. 시내에서 할 일이 조금 있거든요. 행정본부가 중심가에 더 가깝잖아요."

"그건 제가 반론을 못 하겠네요."

매린이 핸드백을 열었다. 그리고 겉으로는 방 열쇠를 찾는 척하면서 쇼우 장군에게 주려고 가져온 보고서를 찾았다. "여기에 문제가 좀 있었나요? 바깥에 경찰들이 많더라고요. 불에 탄 차도 두 대나 있고요." 매린이 물었다.

"조금이오. 지금은 끝났습니다. 저는 무슨 일인지는 모르겠어요. 제블렌 경찰과는 웬만하면 관계를 맺지 않고 있거든요." 지배인이 말했다.

직원이 단말기에서 고개를 들었다. "매린 씨, 모두 처리되었습니다."

"저한테 온 꾸러미가 있을 텐데요."

"잠깐만요, 확인해보겠습니다."

"제 독자가 서명해달라며 책을 맡겨두었거든요." 매린이 지배인에게 설명했다. 그녀는 뒤에 서 있는 코버그를 몹시 의식했다. 자신의 목소리가 긴장해서 떨리자 놀랐다. "행정본부에 있을 때 저한테 미리 전화했었어요."

"여기 있습니다. '지나 매린.'" 직원이 담황색의 큰 봉투를 집어 들었다.

"그건가 보네요. 고맙습니다."

호출음이 들렸다.

"실례합니다." 지배인이 호출을 받으려 고개를 돌렸다.

매린은 봉투를 열고 《녹색 게슈타포: 90년대 사회 통제를 위한 숨겨진 계획》을 꺼냈다. 첫 페이지에 메리언 페인이 남긴 짧은 메모가 있었다. 오늘 아침에 자신에게 약속이 있다는 내용이었다. 매린이 글을 남겼다.

"메리언 페인에게, 당신은 저에게 항성계 너머의 첫 독자입니다. 이렇게 문득 고향을 느끼게 해줘서 고맙습니다! 행운을 빕니다."

그녀는 서명과 날짜를 쓰고, '행성 제블렌, 쉬반에서'라고 덧붙였다.

매린이 어깨너머로 힐끗 쳐다보자, 코버그가 아직 뒤에 서 있는 모습이 눈에 들어왔다. 그는 느긋한 표정이었지만, 여전히 경계를 늦추지 않았다. 더 안 좋은 사실은, 안내석 뒤쪽의 벽이 거울로 되어 있어서 그녀가 몸으로 가리려던 계획이 소용없게 되었다는 사실이었다. 매린은 입술을 깨물고, 핸드백에 있던 수첩을 떨어트렸다. 수첩 안에 있던 메모지와 다른 종이들이 바닥으로 쏟아졌다.

"아, 이런!"

"제가 챙기겠습니다, 매린 씨." 코버그가 쪼그려 앉더니 종이들을 그러모으기 시작했다.

"정말 고마워요." 매린은 보고서를 책에 끼워 넣고 재빠르게 덮었다. 그리고 책을 봉투 안에 밀어 넣었다. 그녀는 봉투에 쓰여 있던 '지나 매린'이라는 이름에 줄을 긋고, 그 위에 '메리언 페인'이라고 써서 직원에게 돌려줬다. "봉투를 다시 봉합해주세요. 그리고 메리언 페인 씨가 가져갈 때까지 보관해주실래요?"

"물론입니다."

코버그가 일어나 매린에게 수첩을 건넸다. 매린은 수첩을 받아 핸드백에 넣고, 201호로 올라갔다. 러밴스키는 로비에 남아 경계를 섰다.

헌트가 컬렌 보안국장의 사무실에서 책상 위로 흥분한 손을 마구 흔들었다. "더 중요한 점이 있습니다. 놈들이 매린의 머리에 가짜 기억을 주입했다면, 대체 무슨 짓을 했기에 감추려는 걸까요? 놈들이 제 벡스를 사용하고 있다면, 머릿속에 있는 건 뭐든지 읽어낼 수 있어요. 우리는 모든 일을 처음부터 재검토하고, 그녀가 알고 있던 모든 사항을 목록으로 짜야 합니다."

샌디는 이야기를 들으며 부들부들 떨었다. "차라리 문어에게 잡혀 먹히는 게 나을 거 같아요."

컬렌 보안국장이 의자 등받이에 기대앉으며 손등으로 턱을 툭툭 쳤다. "제기랄." 그가 거의 들리지 않을 정도로 작게 중얼거렸다. 보안국장은 벽을 응시하며 여러 가지 선택지를 머릿속으로 주르륵 살펴봤다. "젠장, 젠장…."

헌트는 그 모습을 지켜보며 잠시 기다리다 담배에 불을 붙였다.

"제가 좀 더 일찍 이야기를 해야 했는데…." 샌디가 침묵을 깨고 말했다. "오늘 아침에서야 진짜로 확실하게 느껴졌거든요. 처음에 매린은 마치 그걸 한 번도 시도해보지 않았던 것처럼, 비슈누호에서 일어났던 일이 없었던 것처럼 이야기했어요. 그리고 곧 바우머에게 동조하는 척하기 위해 했던 것처럼 말을 바꿨죠. 그러더니 자신의 말이 모순된다는 사실을 알아채고, 그걸 합리화하기 위해 이유를 계속 바꿨어요."

컬렌 보안국장이 냉정한 표정으로 고개를 끄덕였다.

"그건 매린이 우리와 일을 하고 있으며, 우리가 바우머를 의심하고 있다는 사실을 놈들이 알아챘다는 의미예요." 헌트가 말했다. "그런데 매린은 우리가 조락을 이용해 도시를 도청하고 있다는 사실을 알고 있었죠. 이제 우리는 그 시도가 실패한 것으로 판단해야 합니다. 그렇지만 상황이 더 안 좋아질 수도 있었어요. 최근에 우리가 알아낸 사실들은 그녀가 전혀 모르잖아요."

컬렌 보안국장은 확실히 그렇다는 듯 고개를 빠르게 끄덕이더니, 고개를 돌려 헌트를 똑바로 바라보며 말했다. "하지만 그게 또 어떤 의미일지 생각해보세요. 저는 그녀를 첩보원으로 보고 있습니다. 그들은 매린의 기억 속에 무해한 것처럼 보이는 가짜 기억을 잔뜩 집어넣었습니다. 만일 샌디가 없었다면 우리는 속았을 겁니다." 헌트와 샌디는 고개를 주억거렸지만, 아직 이해가 안 되는 표정이었다. 컬렌 보안국장이 양 손바닥을 위로 들며 말했다. "그런데 매린이 우리에게 말해주지 않은 다른 기억은 어떨까요? 제가 무슨 말을 하는지 아시겠죠? 아니면 이런 식으로 한번 생각해보세요. 당신이 여기 행정본부 내부에 당신을 위해 일할 첩보원을 하나 만들고 싶은데, 그 사람을 제벡스에 연결할 기회가 생긴다면, 당신은 어떻게 하겠어요?"

헌트가 마른침을 삼키더니, 놀란 얼굴로 의자에 털썩 앉았다. 샌디는 믿기지 않는 표정으로 손을 들어 이마를 짚었다. "오, 맙소사…."

컬렌 보안국장이 손가락으로 책상을 두들기더니, 고개를 돌려 한쪽에 있는 컴패널을 켰다. "조락?"

"네, 선생님." 컬렌 보안국장은 자신에게 익숙한 방식으로 불리기를 좋아하는 모양이었다.

"코버그와 러밴스키는 아직 기르바인에 도착 안 했어?"

"10분 전에 도착했습니다."

"알았어. 둘 중 한 명에게 보안채널로 메시지를 보내줄래? 매린이 듣지 못하게 해야 돼. 둘에게 매린에게서 절대로 눈을 떼지 말라고

해. 그리고 매린은 누구하고도, 다시 말한다, 누구하고도 소통하면 안돼. 누구든 그녀에게 접촉하려는 자는 체포해. 필요한 경우에는 경찰의 도움을 받아도 돼. 그리고 돌아오는 대로 즉시 여기로 와서 보고하라고 해."

"네, 선생님."

✳

매린과 러밴스키, 코버그가 차로 돌아왔다. 코버그가 매린의 가방두 개를 옮겼다. 그들이 방에 올라가 있는 동안 로비에 머물러 있던러밴스키는 매린이 차에 올라타는 모습을 지켜본 뒤 문을 닫았다. 그리고 코버그가 짐을 차에 싣는 동안 짧게 몇 마디 주고받았다. 매린은 코버그가 고개를 끄덕이고 뭐라 대답하는 모습을 지켜봤다. 코버그가 가까운 데에 서 있는 경찰들을 고갯짓으로 가리켰다. 러밴스키가 호텔을 향해 손짓하더니, 둘 다 다시 고개를 끄덕였다. 그리고 그들이 돌아와 차에 올라탔다.

"별문제 없죠?" 매린이 물었다.

"네, 매린 씨." 코버그가 무표정하게 대답했다. 하지만 그들의 태도에 뭔가 변화가 있었다.

그들은 차를 출발시키고 광장 쪽으로 돌아갔다. 그런데 호텔이 시야에서 사라지자마자, 러밴스키가 영어를 이해할 수 있도록 재프로그램된 자동운전 장치에 명령했다. "목적지 변경. 아무 데나 주차해."차가 도로에서 빠져나가더니 멈췄다.

"무슨 일이에요?" 매린이 두 사람을 이리저리 쳐다보며 물었다.

"진정하세요, 매린 씨. 걱정할 일은 전혀 없습니다." 러밴스키가 말했다. 코버그가 차에서 내리더니 벽에 딱 붙어서 호텔 쪽으로 걸어가기 시작했다.

"왜 멈춘 건가요?" 매린이 따졌다. "저 사람은 뭘 하는 거죠?" 매린이 문의 손잡이를 잡았다. "저기요, 나는⋯."

러밴스키가 매린의 팔을 가볍지만 단단하게 잡고 그녀를 제지했다. "진정하세요. 명령이 바뀌었습니다. 그게 다예요. 저도 어떤 상황인지는 모릅니다. 하지만 당신에게 어떤 문제가 생겼다는 건 압니다."

베스트웨스턴 호텔의 안내석에서는 노란 코트를 입고 꽃무늬 스카프를 한 붉은 머리의 여성이 호텔 직원에게 미소를 지으며 눈썹을 씰룩거렸다. "실례합니다. 저는 메리언 페인이에요. 여기에 저한테 온 물건이 있을 겁니다. 한번 찾아봐 주실래요? 제가 앞서 맡겨놓았던 봉투예요."

"찾아보겠습니다." 직원이 고개를 돌리고 말했다.

"저거처럼 생긴 거예요. 그 위에⋯, 네, 그거예요. 고맙습니다. 신분증이나 뭐 그런 걸 확인할 필요는 없나요?"

"괜찮습니다."

"아, 그냥 혼자 생각이었어요. 누구라도 뭐든지 말할 수 있잖아요, 그렇지 않나요? 아, 고맙습니다. 있잖아요, 이건 제가 서명을 받으려고 맡겨놨던 책이에요. 제가 가장 좋아하는 작가죠. 그녀가 여기에 머무른 거 알고 있었어요? 아, 네. 여기, 그녀가 수신인 이름을 바꿨네요."

페인이 안내석에서 멀어질 때, 남색 양복을 입고, 키가 크며 어깨가 떡 벌어진 남자가 지켜보고 있다가 그녀의 앞을 막아섰다. 그리고 손을 내밀며 말했다. "괜찮으시다면 그건 제가 맡아두겠습니다."

페인의 몸이 얼어붙었다. 그리고 표정이 굳더니 즉시 상황을 파악했다. 페인이 코트 안으로 손을 집어넣었다. 그녀는 빨랐다. 하지만 코버그가 더 빨랐다. 페인이 총을 꺼낼 때, 코버그가 그녀의 손에 있는 총을 쳐냈다.

페인이 문 쪽을 향해 몸을 돌려 달렸지만, 거기서 대기하고 있던 경찰관과 두 남자의 품속으로 곧장 들어갔다. "개자식!" 경찰들이 페인을 밖으로 끌어갈 때, 그녀가 코버그를 향해 내뱉었다.

그러나 그녀를 지켜보는 눈이 있었다. 그 소식은 몇 분 내로 빛의 축의 쉬반 성전에 있는 사무실에 닿았다.

자신을 메리언 페인이라고 소개했던 여성은 오래전부터 자신의 두뇌 하부에 있는 신경망상 조직에 작은 장치가 이식되어 있는지 몰랐다. 그 장치는 무선 암호에 반응했다. 페인은 타고 있는 경찰차 안에서 갑자기 쓰러졌다. 하지만 다른 이들은 행정본부에 도착할 때까지 그녀가 사망한 사실을 알아채지 못했다.

40

샤피에론호에 소속된 가니메데인의 단거리용 비행선이 도시 동쪽 외곽의 낮고 구릿빛 광택이 나는 건물 옥상에 착륙했다. 던컨이 로드 가르를 비롯한 다른 가니메데인 컴퓨터 전문가들과 함께 비행선에서 내렸다. 그들은 대기하고 있던 가니메데인 두 명과 제블렌인 기술자들을 만났다. 일행은 건물 상층부의 로비를 지나 엘리베이터를 타고 지하로 내려갔다. 그들은 유리창이 달린, 주물로 만든 파스텔 색조의 벽으로 둘러싸인 원형 전실(前室)에 도착했다. 그리고 45도 간격으로 뻗어 나간 복도 중 한 곳으로 걸어 들어갔다.

겉에서 볼 때 건물은 그다지 특별할 게 없었다. 하지만 이 건물은 제벡스 네트워크에서 쉬반 구역 전체에 대한 통신 처리와 통신량을 제어하는 중앙 센터였다. 제벡스가 운영될 당시, 그다지 눈에 띄지 않는 나지막한 적갈색 구조물 아래의 지하통로에는 어마어마한 데이터의 흐름이 끊임없이 쏟아지며, 한 행성만이 아니라 10여 개의 항성으로 뻗어 나간 인간들의 고동치는 생명의 율동적인 움직임을 실어 날랐다. 여기는 제블렌을 사실상 자율적으로 운영되는 행성으로 만들어주고, 시민들에게 무엇이든 마음대로 알 수 있고, 거대한 신들처럼 우주를 가로지를 수 있는 능력을 부여해주던 엄청난 컴퓨터 복합체가 집중된 장소였다. 이곳은 제벡스가 거주하던 광대한 공간으로, 최후의 지성소이며 중핵이었다.

설령 그게 아니더라도, 최소한 수백 년 동안 전해 내려온 건설 계획은 그렇게 말하고 있었다.

일행이 제어센터로 들어갔다. 단말기가 층층이 줄지어 있고, 사방의 방들에는 보조 장비가 가득했다. 그리고 아래에 있는 넓은 방으로 내려가자, 줄줄이 늘어선 거대한 정육면체 캐비닛과 빛을 뿜는 컨테이너 크기의 크리스털 블록들이 꽉 짜인 기하학적 대형을 이루며 먼 거리까지 뻗어 나갔다. 던컨은 보는 것만으로도 이 시스템이 관리하는 거대한 운영의 규모를 짐작할 수 있었다.

하지만 그것은 모두 착각이었다. 그 시설 전체가 모형이라는 사실을 가니메데인이 밝혀냈다. 위층의 통신시설에서 내려온 대규모의 광섬유와 데이터빔 회로는 아무 데도 연결되지 않았다. 수없이 많은 캐비닛에 빽빽하게 쌓여있는 홀로크리스털은 아무런 의미도 없는 숫자 패턴을 반복해서 순환시켰다. 제어실 주변에서 모니터와 상태표시기가 깜빡거리며 바뀌는 것 역시 모의 프로그램이었다. 다시 말해, 여기에 있어야 할 제벡스의 시스템이 통째로 존재하지 않았다.

가니메데인이 제어센터의 캐비닛을 열어 던컨에게 보여줬다. 광전자 회로판 몇 개가 10센티미터 정도 쌓여있는 것 외에는 텅 빈 상태였다. "이 방에서 당신이 볼 수 있는 모든 이미지를 이게 생성하고 있습니다." 가니메데인 공학자가 말했다.

"그렇지만… 그건 불가능해요." 던컨이 믿기지 않는 표정으로 쳐다보며 말을 더듬었다.

"압니다. 그래서 당신에게 이 상황을 직접 보여주고 싶었습니다."

로드가르가 고개를 돌려 이 센터의 책임을 맡고 있는 제블렌인 수석 공학자와 마주 봤다. 그 사람은 멍한 얼굴로 앞을 뚫어져라 바라보고 있었다. "이 문제에 대해 당신이 알고 있는 걸 말하세요." 로드가르가 따졌다.

"저는 아무것도 모릅니다."

"언제부터 이런 상태로 운영됐죠?"

침묵. 음모의 또 다른 가담자였다. 그들은 더 이상 알아낼 수 없었다.

던컨은 불빛이 깜빡거리는 다른 텅 빈 캐비닛을 쳐다보고는 이해가 안 되는 표정으로 고개를 절레절레 흔들었다. 지금까지의 모든 계산에 따르면, 제벡스는 공식적으로 설계된 것보다도 훨씬 더 커야만 했다. 그런데 전체 상황이 이런 상태라면, 시스템은 전혀 존재하지 않는 것이나 마찬가지였다. 그러나 지금까지 제블렌인이 운영하던 세계를 떠받친 뭔가는 분명히 존재했었다.

41

매린은 행정본부 내부의 새로운 숙소 옷장에 옷가지들을 걸고, 뒤쪽 공간에 빈 여행 가방을 집어넣었다. 그녀는 행정본부에 도착해서 컬렌 보안국장을 만난 이후 아직도 몸이 떨렸다. 그의 이야기는 짧고 간단명료했지만, 그녀를 완전히 혼란스럽게 만들기에 충분했고, 전혀 이해가 되지 않았다. 보안국장은 책 안에 있던 보고서를 그녀에게 보여줬다. 코버그가 찾아낸 것이었다. 그리고 메리언 페인이 이케나는 아니지만 관련된 것으로 추측되는 제블렌인 조직을 위해 일하는 사람이라고 알려줬다.

매린으로서는 놀랍게도, 컬렌 보안국장은 그녀를 전혀 비난하지 않았고, 매린이 이런 상황이라면 당연히 그러리라 짐작했던 어떤 악의도 그녀에게 비치지 않았다. 매린은 그게 어떤 의미인지 전혀 알 수 없었다. 쇼우 장군이 실제로 잘못된 편을 위해 일할 수는 없지 않을까? 어쩌면 컬렌 보안국장이 언급했던 그 수수께끼의 조직이 쇼우 장관과 매린이 만났다는 사실을 알아내고서, 자신들의 연락책으로 바꿔버렸는지도 몰랐다. 컬렌 보안국장은 어떤 실마리도 주지 않았다. 매린은 능력도 안 되는 일에 감히 나선 아마추어처럼, 어리석고 부끄러운 기분이 들었다. 하지만 그게 사실이었다. 그래서 더욱 짜증이 났다.

"그 여자가 누구를 위해 일한 거 같아요?" 평소처럼 한가롭게 소파에 앉아 있는 헌트가 물었다. 헌트는 숙소의 자동요리기가 어디에서 구한 어떤 재료로 만들어내는지는 몰라도, 기적적으로 마술처럼 만들어낸 쿠어스 맥주를 아까운 듯 천천히 마셨다.

매린은 사람들이 공식적인 조사로 그녀를 괴롭히는 대신 헌트에게 목적을 드러내지 않고 심리학적으로 접근하게 시킨 모양이라고 짐작했다. 그래서 매린은 이제 실험용 쥐가 된 기분까지 들었다. 게다가 더 안 좋은 점은, 그녀에게는 이 상황에 대해 불평할 명분이 없다는 사실이었다. 그들은 매린을 믿었는데, 그녀는 그들을 배신했고 들켰다. 저들에게는 모든 면에서 질문을 던질 권리가 있었다. 사실 저들은 그녀가 일으킨 문제에 비해 훨씬 편안하게 대해주었다. 매린은 저들이 이렇게 잘 대해주지 않는 게 어떤 면에서는 차라리 낫겠다는 생각도 들었다.

헌트가 계속 말했다. "음, 당신이 알고 싶을지 모르겠지만, 병리 연구소에서 처음 내놓은 추측은 놈들이 어딘가에서 버튼을 눌러 그 여자의 머릿속에 심어둔 퓨즈를 터트렸다는 거예요. 실력이 좋은 놈들이죠…" 헌트가 한 손을 반쯤 들었다. "괜찮아요. 우리는 당신이 그런 조직을 상대하고 있었다는 사실을 당신이 알고 있었다고 생각하지 않아요. 그런데 당신은 누구를 위해 일한다고 생각했던 건가요? 자, 아무도 당신에 대해 재단을 내리거나 비난하지 않아요. 당신이 알고 있는 것보다 훨씬 많은 일이 개입되어 있을 거라고 생각하기 때문이죠. 그렇더라도 당신은 우리에게 큰 빚을 졌어요."

매린은 자동요리기로 걸어가, 손대지 않은 채 음료수대에 그대로 남아있던 자신의 음료수를 집어 들었다. 그녀는 한 모금 홀짝이고, 방을 등진 채로 차라리 저 덮개가 열려서 자신을 삼켜버렸으면 좋겠다고 생각하며 자동요리기의 덮개를 뚫어져라 쳐다봤다. "내가 멍청하고 미련하게 느껴져요. 짧게 요약하자면, 알아봐야 별로 좋을 게 없는 사람이 된 기분이에요." 그녀는 고개를 돌리지 않고 말했다. "난 이런 느낌에 익숙하지 않아요. 한 번도 그렇게 생각할 이유가 없었거든요. 나는 이 상황이 싫어요."

"모든 사람이 가끔 겪는 일이에요." 헌트가 말했다. 그가 자리에서 앞으로 당겨 앉으며, 자신의 잔을 가득 채웠다. 그의 목소리는 편안하고 자연스러웠으며, 설교하는 투도 아니었다. "런던에 살던 어렸을 때가 가끔 떠올라요. 친구가 나한테 자기의 새 자전거를 빌려줬었죠. 그런데 내가 사고를 내서 자전거를 망가트렸어요. 그때 난 그 자전거를 친구 집 앞에 놔두고 그냥 와버렸어요. 자전거를 고칠 방법을 생각하는 건 고사하고, 친구한테 말할 용기조차 나지 않았거든요. 그 뒤로 오랫동안 그 사건이 저를 괴롭혔어요. 요즘도 가끔 그 일이 떠올라요."

"우리가 이야기하고 있는 문제는 어린아이 자전거보다는 훨씬 심각한 사건이에요." 매린이 말했다. 그 즉시 그 말을 하지 않았더라면 좋았을 거라는 생각이 들었다. 마치 그의 동정심을 구하려 애쓰는 듯한 말투였다.

힌트가 인내심이 한계에 도달한 말투로 말했다. "아, 제발. 이제 정신 좀 차리고, 이 지랄 맞은 현실 세계로 돌아와요. 누구나 가끔 뒤돌아보면 자신이 한 일이 싫을 때가 있는 거잖아요." 헌트는 맥주를 벌컥벌컥 마시다가 멈추고, 잔 너머로 그녀를 신랄하게 노려봤다. "그리고 가끔은 진실을 알게 될 때, 당시에는 그 진실을 알아보지 못했다는 사실 때문에 나중에 혼자서 자책하기도 하잖아요. 새로운 사실을 알 게 되면, 예전에 몰랐던 시절의 기억이 흐려지기도 하죠."

"내 말을 믿어줘서 고마워요. 하지만 동정은 필요 없어요."

"어쩌면 동정이 아닐 수도 있어요. 당신이 모르는 사실을 우리가 알고 있을지도 몰라요." 매린은 여전히 방을 등지고 있었지만, 헌트는 그녀가 양심과 싸우고 있다는 것을 느낄 수 있었다. 매린에게는 도망 갈 구석이 없었다. 이제 남은 문제는 너무 쉽게 굴복한 것처럼 비치지 않는 것뿐이었다. 헌트는 매린에게 시간을 더 주었다.

"자, 당신은 언제부터 고용되었고, 누가 그 배후에 있었나요?" 헌트가 다시 물었다.

매린이 한숨을 뱉더니 음료수를 급하게 벌컥 마시고, 몸을 돌려 헌트를 쳐다보며 방을 가로질러 왔다. "쉬운 이야기는 아니에요."

"쉬울 거라고 기대한 사람은 아무도 없어요."

매린은 거실로 걸어와 의자 모서리에 살짝 걸터앉았다. "처음부터 말하자면…, 지구에서였어요. 시작은 당신의 상관인 콜드웰 국장이었어요. 그리고 어떤 지부…, 아, 잘 모르겠네요. 일종의 보안기관 소속 지부였는데, 그들은 행정본부 어딘가에 제블렌인이 심어놓은 첩보원이 있다고 생각했어요."

헌트가 잠시도 지체하지 않고 고개를 가로저었다. "콜드웰 국장은 아니에요. 그 사람은 그런 식으로 일하지 않아요. 다른 사람을 대 보세요."

"나는 있었던 일을 이야기하고 있는 거예요."

"거짓말."

"알았어요, 알았어." 매린이 손을 들며 말했다. "정확히 콜드웰 국장만 있던 건 아니었어요. 국장과 함께 다른 남자가 있었는데 군인이었어요. 그 사람은 쇼우 장군이에요. 소속 같은 건 모르겠어요. 하지만 콜드웰 국장이 그 사람을 소개해주고, 이야기하는 내내 쇼우 장군이 거기에 있었어요…." 매린이 고개를 젓더니, 방어적인 태도로 손을 들어 올렸다. "그 사람이 정말로 중요하다고 했어요. 그리고 당시는 내가 여러분을 모르던 때였어요. 당신에게 사실대로 말하자면, 최근 며칠 동안 저도 그것 때문에 속으로 정말 힘들었어요. 그렇지만 저는 그 일을 하기로 했어요. 그리고 일급비밀이었기 때문에 여기서 아무에게도 이야기할 수 없었어요. 제가 달리 뭘 할 수 있겠어요?"

헌트는 표정의 변화 없이 그녀를 바라봤다. 그는 앞선 이야기만큼이나 이 이야기도 믿지 않았지만, 이번에는 뭔가 건질 게 있을 것 같았다. "우리가 지구에서 떠나기 전에 콜드웰 국장과 함께 그 장군을 만났다고요?"

"네. 고다드 센터에서요. 콜드웰 국장 사무실에서."

"우리 집에 오기 전인가요?"

"네, 아마 아닐 거예요." 매린이 이마를 문질렀다. "잘 모르겠어요."

"그 사람에 관해 설명해보세요."

"아…, 덩치가 좀 크고, 분홍색 얼굴에, 파란 눈, 붉은 수염…. 전형적인 군대식으로 머리를 짧게 잘랐어요. 회색 군복을 입었는데, 어쩌면 연한 파란색인 것 같기도 하고…, 훈장과 장식용 수술을 많이 달고 있었어요."

"그리고 그 사람이 여기에 첩보원이 있다고 했다고요?"

매린이 미심쩍은 눈빛으로 올려다봤다. "이게 대체 뭐죠? 그 사람이 거짓말을 한 건가요?"

"당분간 그 문제는 걱정하지 말아요."

"장군은 의심할 만한 이유가 있다고 말했어요." 매린이 계속 말했다. "그들은 컬렌 보안국장을 통한 공식 채널을 믿지 않았어요. 그래서 아무도 모르는 독립적인 관찰자를 심어놓으려고 생각한 거예요. 당신에게는 그 활동이 비밀이었어요. 컬렌 보안국장에게도…. 심지어 가루스 총독에게도요." 매린이 어깨를 으쓱했다. "어떤 기관과도 연관성이 없는 내가 나타나자 절호의 기회로 생각했던 모양이에요."

헌트가 주머니에서 담뱃갑을 꺼내 한 개비를 골라 살펴보더니 입에 물었다. "그러면 그때 장군이 당신에게 메리언 페인이 사용할 접선 방법을 알려줬나요?"

매린이 다시 한숨을 뱉었다. 에라, 모르겠다 식의 한숨이었다. "아니요. 그건 그 뒤에요. 우리가 제블렌에 도착한 다음에. 장군이 여기 쉬반에 있었어요. 며칠 전에 장군을 만났거든요."

헌트의 얼굴에 뜬 표정이 날카로워졌다. "언제요?"

"바우머가 저한테 시내를 구경시켜준 날에요." 매린이 잠시 멈췄다가 이어서 말했다. "어쩐지 바우머도 쇼우 장군을 위해 일하고 있다는 느낌이 들었어요."

"그건 이제 확인할 방법이 없겠네요, 그렇죠? 무슨 일이 있었죠?"

"바우머가 중독자가 된 게 위장을 위해 연기한 건 아닐까 하는 생각을 많이 했어요. 우리가 클럽에 가긴 했지만, 내가 믿을 만하게 이야기할 수 있는 정도만 머물렀어요. 다른 사람이 확인해보더라도 이상이 없을 정도로요. 그렇지만 내가 이야기했던 정도로 오래 머무르지는 않았어요. 다른 남자가 나를 데리고 다른 장소로 데려갔어요…. 어디에나 있을 만한 아파트의 방이었죠. 그리고 난 쇼우 장군에게 워싱턴을 떠난 뒤로 무슨 일이 있었는지 요약해서 말해줬어요. 그때 장군이 자신이 원하는 내용과 접선책이 사용할 새로운 암호를 내게 알려줬어요."

"그렇군요." 헌트가 마침내 담배에 불을 붙였다. 그리고 자리에서 일어나 방을 가로질러 걸어갔다. 헌트는 담배를 몇 모금 피우면서 혼자 생각에 잠겼다.

매린이 의자에 제대로 자리를 잡고 앉았다. "당신이라면 어떻게 했을 거 같아요?" 1분 넘게 침묵이 흐른 후 매린이 그에게 물었다.

"네?" 헌트는 다른 생각에 빠져 있다가 갑자기 정신이 돌아온 듯했다. "아, 아주 비슷하게 했을 거 같아요. 당신 말대로, 당시에는 우리를 몰랐잖아요."

"어쨌든 그렇게 말해주니 다행이네요."

헌트는 매린이 거실 한쪽 작업 공간 옆의 의자 위에 올려놓은 서류 가방을 들어서 책상 위로 옮겼다. 그리고 의자에 앉은 뒤 돌려서 그녀의 얼굴을 쳐다봤다. "당신이 차를 몰고 레드펀 협곡에 있는 우리 집으로 왔던 날 나눴던 대화 기억나세요? 당신은 내게 바깥에 존재하는 게 뭐냐고 물었죠. 난 광자뿐이라고 했어요. 그 외에 당신이 본다고 생각하는 모든 것은 다 머릿속에서 만들어낸 거라고요."

"신경이 만들어낸 거죠. 네, 기억나요."

"두뇌는 재미있는 물건이죠. 예전에 케임브리지에서 알던 친구가 있는데, 위대한 과학자가 되고 싶어 했죠. 그 친구는 매우 조용한 외딴곳에 큰 집을 샀어요. 그리고 그 꿈을 실현할 수 있는 온갖 물건으로 가득 채웠죠. 벽난로가 있는 서재, 어디나 접속 가능한 최고성능의 컴퓨터, 엄청난 장서, 그리고 모든 게 갖춰진 연구실까지. 그 친구는 심지어 영감이 떠오르면 바로 적을 수 있도록 엄청나게 많은 메모장과 칠판까지 준비해뒀어요. 유일한 문제가 있다면, 아무 일도 일어나지 않았다는 거예요. 그 친구는 온갖 장비로 사방을 도배하고는 의자에 앉아 뭔가 떠오르기를 기다렸어요. 수많은 사람이 그와 같은 방식으로 살아보려 시도하죠. 하지만 세상은 그런 식으로 작동하지 않아요. 당연하죠. 그건 안에서 나와야 하는 거예요. 당신이 예수에 대해 말했던 것과 비슷하죠. 예수의 메시지는 모든 사람은 자신이 누구인지 알아내는 자신만의 방법을 찾아야 한다는 것이었죠. 바깥세상이 당신을 위해 뭔가 해주리라 기대하는 건 소용없어요."

"지금 왜 그런 이야기를 꺼내는 건가요?"

헌트는 무심하게 어깨를 으쓱했다. "그냥 사람들의 머리 안팎에서 일어나는 재미있는 일들에 관해 이야기한 것뿐이에요. 샌디가 비슈누호에서 당신이 비자르를 가지고 진행했던 실험을 약간 이야기해줬어요. 난 당신이 그렇게까지 파고 들어갔을 줄은 생각도 못 했어요. 사실 그렇게까지 파고 들어갈 수 있는지도 몰랐어요. 놀랍죠, 그렇지 않나요? 난 항상 호기심이 가득한 과학자인데도 말이에요. 그런데 당신은 본인이 생각해오던 사람이 아니라는 사실을 알게 되었을 때 약간 충격적이지 않던가요?"

매린이 불편한 표정으로 얼굴을 씰룩거리더니, 음료수를 벌컥벌컥 마시다가 바지에 흘렸다. 그녀는 탁자 위에 놓인 화장지를 빼서 툭툭 두드려 닦아냈다.

"비자르에 들어갔을 때 뭐가 그리 당신을 힘들게 하던가요?" 헌트가 물었다.

"이게 우리가 이야기하고 있던 문제와 무슨 상관이 있죠?" 매린이 항의했다.

"내 생각엔 상관이 있습니다." 헌트의 말투가 갑자기 딱딱해지자, 매린이 놀라서 눈살을 찌푸렸다. 헌트가 잠시 기다렸다가 이어서 말했다. "샌디는 비자르가 단순히 환상적인 현실만을 만들어내는 게 아니라고 했어요. 컴퓨터는 당신이 싫어할 수도 있는, 당신 자신이 반영된 세상을 만들어낼 수도 있죠. 심지어 당신이 존재하는지도 몰랐던 모습까지도요. 그리고 그건 당신에게도 중요한 문제예요. 몇 분 전에 당신도 그렇게 말했잖아요. 친구들을 배신하고 있다는 생각이 들었다고요. 비자르가 당신이 숨겨두고 싶었던 상자에서 어떤 것들을 꺼냈나요?"

"도대체 그게 무슨 상관이에요?" 매린이 한결 높아진 목소리로 따졌다.

"뭐가 문제죠? 감당하기 힘든가요?" 헌트가 조롱하듯 힐끗 쳐다봤다. "우리는 모두 감춰둔 게 있어요. 바우머처럼 권력남용을 즐기기도 하고, 샌디는 피와 사람들이 비명을 질러대는 모습을 보면서 자신이 쾌감을 느낀다는 사실을 깨달았어요. 당신은 어떤가요?"

"헌트, 그만해요! 난 그 일에 대해 말하고 싶지 않아요."

"여러 남자를 거느리고, 그룹 섹스를 나누고 싶은 당신의 본능을 비자르가 제대로 실현시켜주던가요? 그런 거였습니까?"

"씨발, 빌어먹을 당신 일이나 신경 써!"

"아하, 그런 거였군요. 그랬나요? 비슈누호에서 당신은 나한테 언젠가 때가 되면 자신의 환상을 들려주겠다고 했었어요. 기억하나요?"

매린이 탁자 위에 음료수 잔을 쾅 내려놓아서 잔이 깨졌다. 그녀는 이글거리는 눈으로 헌트를 노려보며 도전적으로 턱을 내밀었다. "알았어! 난 그룹섹스를 좋아하는 남자와 결혼한 적이 있었어. 좋아. 당신은 그게 어떤 건지 알아? 그 남자에게는 다른 친구들도 있었지. 그리고 쓰리섬과 여럿이 하는 걸 좋아했어. 그 사람은 항상 나까지 그 난장파에 끌어들이려 했어. 하지만 한 번두 그런 일은 없었어. 알겠어? 오늘 흥분이 좀 돼? 나도 당신네 영국 남자들에 대해 괴상한 이야기들을 많이 들었는데…."

"그래서 어떻게 됐죠? 결혼 전에 그 사람을 제대로 파악하지 못해서 괴로웠나요?" 비아냥대던 헌트의 말투가 갑자기 바뀌었다. 하지만 그 순간 매린은 그 사실을 알아채지 못했다.

"아니야, 박사. 그렇지 않았어!" 그녀가 소리쳤다. "마음속으로는 내가 겁쟁이라서 화가 났어. 비자르가 나를 데려갔지만, 나는 내가 그걸 원하는 건지 확신할 수가 없었어. 난 겁이 났단 말이야. 알겠어? 만족해?" 그녀의 목소리가 낮아졌다. "이제 내 방에서 나가."

그러나 헌트는 그녀를 뚫어져라 처다봤다. 그의 얼굴은 진지했다. 마치 그녀에게 자신이 방금 한 말을 곱씹어볼 기회를 주는 듯했다. 매린은 그제야 헌트가 거짓으로 비아냥거리는 척했다는 사실을 깨달았다. 그녀의 표정이 궁금증으로 바뀌었다.

"그런데 여기 쉬반에서 그 세계로 다시 돌아갔다는 건가요? 바우머와 함께?" 헌트가 그녀에게 반응할 시간을 주었다. 그리고 고개를 절레절레 흔들었다. "아니요, 그럴 리가 없어요. 아, 난 당신의 핑계를 모두 들었어요. 하지만 난 그걸 믿지 않아요. 당신도 그걸 믿지 않잖아요."

완전히 당황한 얼굴을 한 매린이 헌트를 바라봤다. 그녀의 전투 의지가 증발해버렸다. "알아요…. 나도 궁금했어요. 내가 왜 그랬는지 모르겠어요…. 아마도 내가 거절할 방법을 못 찾았기 때문일 거예요."

헌트가 어깨를 으쓱했다. "그건 쉬워요. 그 사람에게 이 일이 당신에게 맞지 않는다고 말하면 되는 거였어요. 얼른 끝내고 가서 한잔 마십시다."

매린이 지친 표정으로 등받이에 기대며 머리를 쓸어내렸다. "이게 그렇게 중요한 일인가요?"

"네. 아주 중요한 일입니다. 난 그런 일이 일어나지 않았다고 생각하고 있거든요. 당신이 거기에 절대로 가지 않았을 거라고 생각해요."

"이제 당신이 바보 같은 소리를 하네요."

"방금 우리는, 당신이 제벡스 근처에 가지 않았을 거라는 사실에 동의했어요. 샌디도 똑같이 말했죠. 내게 확신을 준 사람이 샌디예요."

매린이 헌트를 노려보더니, 자신이 꿈을 꾸고 있는 게 아니냐는 듯 고개를 절레절레 흔들었다. "이거 봐요. 그 이야기의 요점이 대체 뭐예요? 내가 갔다는데, 왜 자꾸 가지 않았을 거라고 말하는 거예요?"

"당신이 갔었는지는 어떻게 알죠?"

"뭐…, 대체 무슨 그런 질문이 다 있어요? 당신은 오늘 아침에 화장실에 갔었는지는 어떻게 알아요? 난 기억이 나요. 그게 이유예요."

헌트가 매린에게서 눈을 떼지 않은 채 뒤로 물러앉았다. 그리고 만족스럽게 고개를 끄덕였다. "두뇌는 재미있는 물건이죠." 그가 다시 말했다. "그렇지 않나요?"

헌트가 기다렸다. 매린이 바닥을 뚫어져라 쳐다봤다. 그녀가 쏟은 음료가 탁자의 다리로 흘러가서 카펫에 스며들었다. 매린은 앞으로 몸을 숙여서 화장지로 음료를 닦아냈다. 그러다 갑자기 그 자세로 얼어붙었다. 그리고 고개를 들었다. 처음으로 그녀의 눈에 이해하는 기미가 얼핏 비쳤다. "당신이 하려는 말이 뭐예요?" 그녀가 낮게 속삭였다.

"비자르를 통해 콜드웰 국장에게 연락해서 확인해볼 수 있어요." 헌트가 말했다. "실제로 우리는 그렇게 할 겁니다. 그렇지만 난 지금 당장 고다드 센터에는 쇼우 장군이라는 사람이 존재하지 않는다는 쪽에 천 달러를 걸 수 있어요." 헌트는 매린의 얼굴에 비친 두려운 표정을 보고 자신의 말이 통했다는 사실을 알 수 있었다. 헌트는 숨을 깊게 들이쉰 뒤 계속 말했다. "그건 어딘가에 있는 제벡스 연결기로 당신의 머릿속에 쓴 거짓 기억이에요. 우리는 당신과 바우머가 행정본부에서 나간 뒤에 누군가가 당신을 어딘가로 데려갔을 거라고 확신하고 있어요. 그래서 우리는 그 시점까지 당신이 알고 있던 모든 사항을 놈들이 알게 되었을 거라고 가정할 수밖에 없었어요. 놈들은 당신이 지금 기억하는 그 조작된 이야기를 덮어씌웠죠. 그리고 추가로 당신을 자신들을 위해 일하게 하려고 쇼우 장군에 관한 일을 덧붙였어요. 메리언 페인은 정보를 수집하기 위한 놈들의 첫 번째 시도였죠. 적어도 그게 첫 시도이길 바라는 게 좋겠죠?" 매린이 고개를 끄덕였다. 헌트가 한숨을 뱉었다. "깔끔한 시도였어요. 당신과 샌디가 비슈누호에서 그 환각을 경험하지 않았더라면, 우리는 절대로 알아챌 수 없었을 거예요."

매린은 마음속으로 영상을 주르륵 넘겨보며 가능한 오류나 결함을 찾았다. 아무것도 없었다. 매린은 몸이 떨려와 스웨터를 꼭 끌어당겼다. "난 모르겠어요. 내 기억에서 뭐가 사실이고, 뭐가 아닌지 모르겠어요." 매린의 얼굴이 갑자기 겁에 질린 표정으로 바뀌었다. "바우머에게 일어난 일처럼 그렇게 되는 건 아니겠죠?"

헌트가 단호하게 고개를 저었다. "그건 걱정하지 마세요. 당신은 기억을 조금 잃은 것뿐이에요. 그게 다예요. 술을 진탕 마셨을 때의 상황과 비슷하죠. 당신은 여전히 당신 그대로예요."

"난 그런 느낌이 들지 않아요. 마음속에 원래 있던 게 아닌 부분이 있다는 사실을 알게 되면…, 결코 편한 느낌은 아니에요."

"사람들은 아마 인공 심장 판막이나 인공 신장에 대해서도 비슷한 느낌이 들 거예요." 헌트는 이제 공감하고 격려하는 태도를 보였다. 매린은 그 사실을 받아들였다. 그리고 일단 익숙해지면 협력할 것이다. 그게 가장 중요했다.

매린이 상황을 곱씹어보는 동안 긴 침묵이 흘렀다. 헌트는 기다리면서 매린을 위해 흘린 음료수를 닦았다. "이 상황을 원래대로 돌려놓기 위해 우리가 할 수 있는 일이 있을까요?" 마침내 그녀가 질문을 던졌다.

"모르겠어요. 우리는 아무튼 비자르에게 그 패턴을 분석하도록 해서, 덮어 쓰여 지워진 기억을 되살릴 방법이 있는지 알아볼 생각이에요. 그래도 괜찮겠어요?"

매린이 고개를 끄덕였다. "나도 궁금해요. 그게 나잖아요. 그렇죠?"

"훌륭해요. 당신은 해낼 거예요. 난 지금 좀 가볼게요. 처리해야 할 일이 조금 있어서요."

"아…, 헌트." 헌트가 문으로 갈 때 매린이 말했다.

헌트가 멈춰서 돌아봤다. "네?"

"고마워요."

헌트가 활짝 웃었다. "당신이 상황을 그런 식으로 보게 되어서 기뻐요. 사적인 문제까지 꺼냈던 건 미안해요."

"괜찮아요." 매린이 간신히 미소를 지어 보였다. "혹시 샌디가 나를 몹시 멍청하게 생각했다고 이야기하지 않던가요?"

"아니요. 왜요?"

"비자르의 포르노 환상에서 뒤꽁무니를 뺐잖아요. 샌디는 자기였다면 좋아했을 거라고 했거든요."

헌트가 웃음을 터트리고 다시 문을 향해 걸어가기 시작했다. "알겠죠? 과학자들이 호기심은 더 많아요."

"다른 일도 있었어요."

"무슨 이야긴가요?"

매린의 미소가 커지더니 장난스럽게 바뀌었다. "비자르가 내 머릿속에서 만들어낸 환상이오."

"그게 어땠는데요?"

"당신도 그 속에 있었어요."

42

가니메데인은 덧씌워진 매린의 기억을 재구성할 수 있을지 반신반의했다. 그런데도 매린은 비자르에게 자신의 마음속에 현재 존재하는 기억을 점검해서 혹시 이어붙인 흉터라도 찾아낼 수 있을지 알아보도록 허락했다. 매린이 잃어버린 시간 동안 실제로 경험했던 기억의 흔적을 추출할 희망이 조금이라도 보이는 모든 방법을 동원했다. 하지만 데이터를 쪼개도 보고, 상호 연관시키고, 삽입하고 분석했지만, 결과는 한결같이 부정적이었다. 패턴의 요소들이 근본적으로 재배열된 상태였다. 앞서 배열되어 있던 패턴에 들어있는 정보가 사라졌기 때문에, 아무리 곡예를 부려도 그 기억을 다시 만들어낼 수는 없었다. 헌트의 말대로, 앞서 진행된 다른 체스 게임에 대해 뭔가 말하기 위해 현재 진행되는 체스 게임의 형세를 물어보는 것과 마찬가지였다.

확실하게 말할 수 있는 부분은 매린이 바우머와 행정본부를 떠난 직후부터 행정본부로 걸어 들어오기 직전 사이에 그녀의 기억과 다른 어떤 일이 일어났다는 정도였다. 매린의 이야기를 바우머의 이야기와 비교하는 게 이제는 불가능하기 때문에 어디서 그들이 헤어졌는지는 정확히 알 수 없었다. 그래서 이게 알아낼 수 있는 전부일 가능성이 컸다. 컬렌 보안국장이 찾고 있는 조직에 대한 결정적인 단서가 존재한다면, 그건 감춰진 부분에 있을 것이다.

그때 칼라자르 의장이 '제블렌에 대한 투리엔-지구 공동정책위원회'를 대표해서 가루스 총독에게 제블렌에 대한 가니메데인의 관리 임무를 해지시키는 조치를 적극적으로 검토 중이라고 공식적으로 통보했다. 아무도 가루스 총독과 샤피에론호의 동료들을 비난하지 않았다. 칼라자르 의장이 기꺼이 인정했듯이, 가루스 총독과 그의 동료들은 문제점이 대단히 과소평가된 임무를 맡아 몹시 힘든 상황에서 엄청난 노력을 보여주었다.

"우리는 기원이 달라서 기질도 그들과 매우 다르므로, 이 종족을 감독하기는커녕 이해하기조차 쉽지 않다는 사실을 인정해야 합니다. 우리는 제블렌인을 상대해왔던 오랜 역사 동안 명백한 사실조차 제대로 배우지 못했습니다. 그러므로 우리는 더 나은 안내자들의 도움을 받아 상황을 이해한 사람들의 조언을 받아들일 겁니다." 칼라자르 의장이 말했다.

이는 앞으로 공동정책위원회의 정책이 지구인에 의해 결정될 것이며, 사실상 투리엔인들은 인간들이 결정한 모든 사항을 지지할 것을 요구받았다는 사실을 솔직하게 인정한 것이나 다름없었다. 그 뒤 지구인 점령군을 집어넣는 것은 시간문제일 뿐이었다.

✳

가루스 총독이 소식을 알리고 나서 1시간 정도 후에, 낙심한 가루스 총독과 쉴로힌, 헌트, 컬렌 보안국장, 단체커가 가루스 총독의 집무실에 모였다. 예상했던 대로 쇼우 장군이 허위의 인물이라는 사실을 확인해준 콜드웰 국장도 고다드 사무실에서 합류했는데, 비자르와 조락의 연결을 통해 모니터에 그의 모습이 비쳤다.

상황을 중단하기 위해 헌트가 생각해낼 수 있는 마지막 한 가지 계획이 있었다. "콜드웰 국장님, UN 우주군을 통해 공동정책위원회에 압력을 행사해서 이 조치를 중단시킬 가능성이 얼마나 될까요? 무슨 말이냐면, 국장님은 우리가 여기서 상대하고 있는 상황을 아실 겁니다. 거리의 폭동과 암살, 납치, 정신 조작, 사람들의 머릿속의 치명적인 칩까지. 그리고 컬렌 보안국장은 문제 해결을 마무리하기 직전이라고 확신합니다. 또 다른 기회가 필요할 뿐입니다. 지금 이 팀을 빼버리면, 우리는 너무 많은 것들을 잃게 될 겁니다."

"유벨레우스의 모든 움직임은 다른 뭔가를 가리려는 위장입니다." 컬렌 보안국장이 끼어들었다. "유벨레우스는 환경을 개량한 수도원에서 데이지나 키우려고 우탄에 가는 게 아닙니다. 공동정책위원회를 통해 그의 이주를 어떻게든 막을 수 있다면, 제 마음이 훨씬 편할 것 같습니다."

"그런데 왜 그 사람은 이 중요한 시기에 떠나려는 거죠?" 단체커가 물었다. "유벨레우스가 제블렌과 관련된 계획을 뭔가 세우고 있다면, 어째서 우탄이 더 중요한 걸까요?"

"우리가 그걸 알아내야 한다는 이야기를 할 참이었습니다." 컬렌 보안국장이 대답했다.

그때 모니터에서 콜드웰이 말했다. "여러분이 사소한 부분을 간과한 거 아닌가요?"

"어떤 거요?" 헌트가 물었다.

뻣뻣한 털로 뒤덮인 우락부락한 얼굴 앞으로 손이 휙 지나갔다.

"난 여기에 앉아서 이 유벨레우스라는 사람이 거짓말을 하는 건지 아닌지, 그리고 우탄으로 가는 그의 계획에 관해 이야기를 쭉 들었어요. 아주 흥미롭군요. 그런데 한 가지 사소하게 걸리는 부분이 있어요. 여러분이 이야기하고 있는 문제들에 그 사람이 관련되어 있다는 사실을 증명할 근거를 아직 전혀 못 들었어요." 다른 사람들이 고개를 돌리며 눈길을 주고받았다. 콜드웰이 계속 말했다. "우리가 알기로, 그가 한 일은 큰 문제 덩어리를 그곳에서 수 광년 떨어진 곳으로 데려가겠다고 제안한 일밖에 없어요. 그건 아주 좋은 일이죠. 공동정책위원회도 그렇게 생각하고 있어요." 콜드웰이 다시 손짓했다. "컬렌 보안국장이 염려하는 일들과 유벨레우스는 아무런 연관성이 없어요. 그 사람이 확실히 연관되어 있다는 사실을 보여줄 수 있는 증인은 세 명뿐인데, 그중 한 사람도 정상이 아니에요. 메리언 페인은 죽었고, 매린은 테이프가 깨끗이 지워졌고, 바우머는 바보 같은 소리만 지껄이고 있죠. 제가 말하는 문제가 뭔지 알겠죠? 유벨레우스의 목표가 위장이었다면, 정말 잘한 거예요. UN 우주군을 통해 지원해서 공동정책위원회에 브레이크를 밟도록 시도해볼 만한 확실한 증거가 나에게는 하나도 없어요. 나도 이 상황이 그다지 좋지는 않지만, 우리가 가진 근거의 수준으로는 논의를 뒤집을 수 없어요. 증거가 없잖아요."

헌트는 콜드웰이 옳다고 인정하며 등받이에 털썩 기대앉았다. 정치는 콜드웰의 일이었다. 그는 정치가 어떻게 굴러가는지 알았다. 콜드웰이 공동정책위원회에 논란을 일으켰는데, 그에게 주장을 뒷받침할 수 있는 구체적인 근거가 없다는 사실이 밝혀진다면, 나중에 그가 근거를 찾게 되더라도 아무도 관심을 주지 않을 것이다.

묵직한 침묵이 방을 짓눌렀다. 가루스 총독은 일어나 쉬반의 낡아빠진 건물들이 내다보이는 창문으로 갔다. 쉬반이라는 도시는 무너지고 있었다. 하지만 그는 말로 표현하긴 힘들지만 묘하게 이곳이 좋아지기 시작했다. 어쩌면 그가 샤피에론호를 타고 미네르바를 떠난 후에 처음으로 고향에 가까운 느낌을 받은 장소이기 때문일지도 몰랐다. 가루스 총독은 계속 제블렌에 대한 책임을 맡게 되더라도, 갑작스럽고 과감한 변화를 도입하지는 않을 것이라고 결심했다. 그는 제블렌이 자신만의 해결책을 찾고, 자신에게 맞는 속도로 발전시키도록 할 것이다. 가루스 총독은 그런 변화라야 오래 지속될 수 있다고 판단했다. 그것이 할 만한 가치가 있는 변화일 것이다.

"그렇지만 저는 여전히 우리가 해결책을 찾기 직전이라고 느낍니다." 가루스 총독이 큰 소리로 말했다.

✳

나중에 헌트는 매린의 숙소에 들러 소식을 전해주고 어떻게 지내는지 살폈다.

"잘 생각해보면 콜드웰 국장이 옳다는 걸 알 수 있을 거예요. 유벨레우스는 어쩌면 이 일과 전혀 상관없을지도 몰라요. 우리는 공동정책위원회에서 우리의 주장을 입증할 수 없어요. 문 앞에 붙인 간판이 아직 마르지도 않은 신참 변호사조차 우리의 주장을 깨버릴걸요." 헌트가 말했다.

매린이 고개를 절레절레 흔들었다. "틀림없이 상황을 진전시킬 방법이 있을 거예요."

"그럴지도 모르죠. 하지만 아직까진 추정에 불과해요."

"내가 가봤던 바우머의 사무실은 어때요? 거기서 뭔가 나오지 않을까요?" 매린이 지푸라기라도 잡는 심정으로 물었다.

"벌써 사무실은 쳐들어가서 뒤져봤어요. 누군가가 이미 싹 치웠더라고요. 당신의 이름이 적힌 종이쪼가리 하나 없었어요. 이제 누군가에겐 참 편리해졌겠죠?" 헌트가 의자에 앉은 채로 기지개를 켰다. "매린, 난 잘 모르겠어요. 사람들은 왜 삶을 이렇게 복잡하게 계속 만드는 걸까요? 당신은 그들이 삶의 즐거운 면을 배우면 될 거라고 생각하죠? 그거로는 부족해요. 내가 유벨레우스의 수도원에 가서 합류해보면 어떨까요? 그러면 진짜 기적으로 보이지 않을까요?" 헌트는 피곤한 얼굴로 방 건너에 있는 매린을 보며 씩 웃었다. "그건 그렇고, 당신은 좀 어때요? 어떻게 지내는지 물어볼 생각도 못 했네요."

"아, 이를 뽑은 거랑 약간 비슷해요. 처음엔 이상한 느낌이지만 적응이 되죠. 당신이 말했던 방식과 아주 비슷해요."

"어쨌든 알게 되어 다행이네요. 샌디와 이야기를 나눠봤나요?"

"네. 샌디는 일이 잘 풀려서 기뻐하더라고요."

그때 조락이 끼어들어 헌트에게 던컨의 전화가 왔다고 알려줬다. 던컨은 지금 가니메데인 공학자들과 함께 또 다른 제벡스 센터에 나가 있었다. 첫 조사에서 내렸던 터무니없는 결론이 추가 조사를 통해 확정되었다. 제벡스는 원래의 설계 정보보다 몹시 적은 정도가 아니었다. 가니메데인이 발견한 결과가 일반적인 사례라면, 제벡스는 사실상 존재하지 않았다.

"다른 곳에 나와 있습니다." 던컨이 말했다.

헌트가 난감한 목소리로 말했다. "역시 가짜인가?"

"더 안 좋습니다. 박사님이 직접 보셨으면 좋겠어요."

"어디에 있는데?"

"트라가논입니다. 약 5백 킬로미터 북쪽에 있는 도시예요."

"그래서 거기서 뭘 발견한 거야?" 헌트가 물었다.

"음, 박사님도 우리가 다른 센터들에서 발견한 내용은 아시잖아요.

대체로 접속기와 초공간 송신 장치는 진짜로 넉넉히 있었습니다. 그리고 인상적인 정육면체 상자들과 광선유도선이 줄지어 있었지만 아무런 기능도 하지 않았죠. 그런데 우리가 여기서 발견한 걸 한번 보세요. 다른 것들은 여기에 비하면 뻔뻔하다고 부르기도 힘들 지경입니다. 진짜 제대로 뻔뻔하거든요."

던컨이 옆으로 한 걸음 물러나자 그 뒤의 광경이 드러났다. 던컨은 넓은 유리창 앞에 서 있었다. 어둠 속으로 넓은 공간에 펼쳐진 제어실의 창문처럼 보였다. 그런데 아무것도 없이 먼지만 쌓여 있었다. 그냥 천장에 몇 개 없는 희미한 전등 빛을 받아 줄지어 늘어선 단순한 사각기둥이 그늘을 드리우고, 그 사이로 타일도 없는 텅 빈 콘크리트 바닥이 펼쳐진 상태였다.

잠시 헌트는 자신이 뭘 봐야 하는 건지 헷갈렸다. "그게 다야?"

"네. 이게 전부입니다. 아무것도 없어요. 여기는 가짜로 꾸밀 수고조차 하지 않았어요. 로드가르는 여기가 수백 년 동안 이런 상태로 있었을 거라고 생각합니다."

카메라가 움직이며 던컨이 화면에서 벗어나자 더욱 황량한 복도들이 모습을 드러냈다. 쓰레기 더미들과 폐기물들이 흩어져있고, 천장의 여기저기에 케이블이 매달려있었다. 그늘 아래로 작은 동물들이 바삐 뛰어다녔다. 헌트는 한때 장비들이 저곳에 설치되었다가 어떤 이유로 다른 곳으로 옮겨진 건 아닌지 궁금했다.

저곳은 던컨이 지금까지 점검했던 다른 센터들보다 넓은 것 같았다. 헌트는 처음에 투리엔 설계자들이 의도했던 모습을 떠올리려 애썼다. 천장까지 크리스털 조각이 층층이 쌓여있고, 엘리베이터와 통로로 사람들이 드나들었을 것이다. 헌트는 비자르의 거대한 정보처리 센터가 있는 투리엔의 건물을 '방문'했던 적이 있었다. 모니터에 비친 영상의 황량함과 헌트의 마음속에 있는 심상의 대비는 그가 딱 꼬집어 말할 수 없는 묘한 느낌을 던져주었다. 그는 침울함과 몽상이 이상하게 뒤섞인 느낌을 받으며 모니터를 뚫어져라 쳐다봤다.

"던컨 씨, 계속 조사를 다니나 보네요." 딴생각에 잠겨있던 헌트는 방 건너편에서 이야기하는 매린의 목소리를 얼핏 들었다.

"쉬반이 쇠퇴한 도시라는 생각이 든다면 와서 여길 보세요." 던컨이 대답했다.

헌트의 눈에 뭔가 움직이는 게 보였다. 두 기둥 사이의 높은 곳의 그늘 속에 뭔가 밝은 게 나타났다 사라졌다. 여러 개의 작은 하얀 점들이었다. 헌트는 화면을 응시하다, 그게 전등에서 나오는 빛 사이를 이리저리 오가며 날아다니는 벌레 같은 생물이라는 사실을 깨달았다. 헌트에게 그 벌레들은 마치 별들이 어두운 허공 속을 빠른 속도로 선회하는 모습 같았다.

"공동정책위원회 소식은 들었어요?" 매린이 던컨에게 물었다.

"아직이오. 무슨 일이 있나요?"

"아, 별로 좋지 않은 소식이에요…."

그런데 그때 그 장소를 바라보는 헌트의 마음속에, 거기 있어야 하지만 지금은 없는 상상의 모습이 묘하게 겹쳐졌다. 헌트는 텅 빈 공간을 보고 있지만, 마음의 눈에는 그 공간을 투리엔의 정보처리 크리스털이 가득 채우고 있었다. 아직 거기에는 작은 빛이 단단한 격자를 통해 순환하고 있었다. 그리고 그때 헌트는 갑자기 그 벌레가 더 이상 별이 아니라 원자로 보였다.

아니면 기본입자로….

무슨 기본입자일까? 아무도 모른다. 뭐라도 될 수 있었다.

진짜 물리적인 우주가 발전해 나왔던 입자들.

43

새로 임명된 경찰 부서장 랑게리프는 가니메데인 행정부와 협조했던 전임자의 방침을 그대로 따랐다. 그는 행정본부에 정기적으로 방문했다. 특히 컬렌 보안국장이 지구에서 데려온 보안국 사람들로부터 배우는 일에 흥미를 보였다. 심지어 랑게리프는 선별된 경찰관들을 대상으로 행정본부에서 개최되는 '3일 훈련반'을 계획하기도 했다. 그와 동시에, 가니메데인이 아무리 압력을 가해도 그동안 복합단지의 일부분을 개조하고 재단장하는 일을 맡은 도급업체들이 일을 시작하지 않았는데, 마침내 그들이 움직이기 시작했다. 그리고 그동안 놓친 시간을 만회하지 못할까 봐 안달이 난 것처럼 노동자 군단을 열심히 투입했다. 그래서 지난 며칠간 행정본부에는 온갖 종류의 제블렌인들이 바글바글했다.

하지만 과학자들은, 헌트가 갑자기 환각세계에 대해 완전히 새로운 이론을 만들어내는 바람에, 거기에 열중한 나머지 그런 상황을 알아채지 못했다.

✳

　수학의 실용적인 유용성은 현실의 물리적인 과정을 거의 비슷하게 묘사하는 수학적 구조의 우연한 능력에서 비롯되었다. 그런 일치가 존재해야 하는 명확한 이유는 없었다. 공학자들과 다른 이들에게는 운 좋게도 그런 일이 그냥 일어났다. 이런 수학적 특성 덕분에 설계를 시험하는 게 훨씬 쉽고 저렴해졌다. 예를 들어 다리를 실제로 지어보지 않고도 다리의 수학적 모형을 만들어서 수학적 기차를 굴리고 수학적 바람이 불 때 무슨 일이 일어나는지 시험할 수 있다. 하지만 복잡성과 비선형성이 효과 측면에서 더욱 중요해지고 수학적 표현을 처리하기 어렵게 만들었기 때문에, 결국 모형보다 실제 사물이 더 쓸모가 있었다. 수선화나 수선화의 세포 하나, 혹은 세포의 DNA 분자 하나가, 분석을 위해 기호로 나타내는 데 필요한 무수한 방정식보다 진행되는 상황을 이해하기에 쉽고 간결했다.

　이에 따라, 모형으로 만든 가상현실에 사용되는 컴퓨터 기술은 단순히 분석적 방정식을 기계적으로 푸는 수준에서 점차 더욱 정교한 모의실험으로 발전해갔다. 이러한 경향은 시스템 설계에 반영되어 더욱 빠른 속도와 정밀도에 대한 요구에 맞춰졌으며, 수동형 데이터를 소수의 중앙집중화된 처리장치의 좁은 통로로 가져오던 초기의 설계 철학은 다수의 더욱 단순한 장치를 병렬로 연결하여 대용량 데이터를 동시에 즉시 처리하는 방식으로 바뀌었다.

　가니메데인의 기술은 오래전에 이런 경향을 극단까지 끌어올렸다. 그들은 엄청나게 많은 초소형 셀을 3차원으로 배열해서 시스템을 구성했다. 개별적인 각 셀은 초보적인 정보처리, 메모리, 통신 기능을 통합한 제한된 능력만 가지고 있었다. 그러나 동시에 작동되는 셀의 총체는 놀랍도록 방대한 정보를 처리했다. 조각이 상대적으로 초기에 발단된 모습이라면, 실시간으로 항성 간 투리엔 문명 전체의 가상 여행 전송량을 처리하는 비자르의 놀라운 능력은 그 기술의 정점을 보여주었다.

투리엔 컴퓨터 복합단지 안에 있는 각 셀은 아주 단순한 일련의 프로그램 규칙에 따라 사방에 있는 주변의 셀들과 정보를 교환하는 기본 처리 단위였다.

✳

"기본 개체들은 양자수처럼 일련의 속성과 몇 개 안 되는 기본 규칙에 따른 상호작용으로 정의됩니다. 여러분은 이것들을 양자처럼 생각해도 됩니다." 헌트가 UN 우주군 연구실로 불러 모은 단체커와 쉴로힌, 던컨에게 말했다.

헌트가 계속 말했다. "'데이터 공간' 매트릭스 안에서 '활성화된 셀'을, 우리의 일반적인 '물리적 공간'의 '기본입자'와 유사한 특성을 가진 것으로 생각해볼 수 있습니다. 내가 무슨 말을 하는지 알 겁니다. 양자가 실제로 무엇인지는 그다지 중요하지 않습니다. 이것들은 동일한 행태를 보입니다."

헌트는 눈동자를 바삐 돌려 사람들의 반응을 살피며 기다렸다. 단체커와 쉴로힌은 말없이 그를 쳐다봤다. 그의 말을 소화할 시간이 필요한 모양이었다. 던컨은 즉시 그 발상을 이해하고 처음으로 입을 열었다. 던컨은 헌트와 오랜 시간 일했기 때문에 이런 식으로 예상치도 못한 방식으로 불쑥 던지는 주장에 익숙했다.

"그렇다면 셀은 모든 곳이 있다. 하지만 박사님이 말씀하신 그 공간에 특별한 상태에 있는 셀만이 '실재'한다…. 맞나요?" 던컨이 말했다.

헌트가 고개를 끄덕였다. "맞아. 활성화되지 않은 셀은 다른 어떤 것과도 정보를 교환하지 않아. 광자를 교환하지 않는 입자는 다른 어떤 양자와도 상호작용하지 않는 것과 같지. 그래서 그게 어떻게 변하든, 존재하지 않는 것이나 마찬가지야."

"흠." 던컨은 턱을 문지르며 그 주장에 대해 생각했다. "그건 양자역학 이론물리학자인 폴 디랙의 '바다'와 비슷하네요. 매트릭스를 디랙의 이론에서 우주를 가득 채운 음의 에너지 상태의 '바다'처럼 묘사한 거잖아요. '입자'는 국부적으로 발생한 양의 에너지이고요…. 네, 박사님이 무슨 말씀을 하시는지 알겠어요. 그렇게 생각하면 매트릭스의 양자도 움직일 수 있어요. 입자가 떠나고 남은 구멍은 '반입자'가 되는 거죠."

"반도체의 양공(陽孔)과 흡사하지." 헌트가 고개를 끄덕였다. "정확해."

단체커는 몇 차례 눈을 껌뻑거리더니 의자 깊숙이 등을 기대고 앉았다. 그리고 어디서부터 시작해야 할지 모르겠다는 투로 깊은숨을 들이쉬더니 입을 열었다. "내가 확실하게 정리해볼게. 이건 매트릭스에서 진행되는 정보처리 과정으로 만들어진 존재가 아니야. 즉, 소프트웨어의 구성물이 아닌 거지?"

"그렇지." 헌트가 말했다. "이건 설계 그 자체에 내재된 무엇이라고 봐야지. 소프트웨어가 아니라 물리적인 시스템 환경 그 자체 때문에 의도치 않게 발생한 부산물인 거야. 빵곰팡이처럼 말이야."

"알겠어." 단체커의 목소리는 여전히 침착했다. 그의 표정은 동의하는 사람처럼 보이지는 않았지만, 이 설명이 어디로 가는지 기다리며 지켜볼 마음의 준비는 되었다. "그렇군. 계속해."

"제가 이 문제에 대해 생각하면 할수록, 제벡스 안에서 이와 비슷한 무슨 일이 일어났다는 확신이 커졌습니다." 헌트가 설명을 이어갔다. "먼 과거의 어떤 시점에 정보처리 공간 내부에서 활성화된 컴퓨터 셀들이 우리 우주에서 태고의 입자들과 동일한 역할을 하게 되는 어떤 조건이 발생했습니다."

"그건 빅뱅(The Big Bang)이 아니라 빅왕(The Big Wang)이라고 해야 하나요?"* 이야기를 계속 듣던 조락이 끼어들었다.

"조락, 그만해. 이건 진지한 이야기야." 헌트가 탁자 위로 반쯤 쥔 주먹을 흔들었다. "그리고 우리의 우주에서 일어났던 것처럼, 그 시작으로부터 우주가 발전했습니다. 소프트웨어로 만든 모조품이 아니라, 진짜 우주 말입니다. 그리고 그게 자네가 제기한 문제에 대한 대답이야, 단체커. 이게 환각세계가 존재한 방식이야. 거기에서 온 거지."

"아, 제발!" 단체커는 더 이상 자제할 수 없었다. 그는 흥분한 채로 손을 흔들며 벌떡 일어났다. 그리고 다른 쪽을 잠시 쳐다보더니 다시 탁자를 향해 돌아서서 앞뒤가 맞지 않는 말을 쏟아냈다. "이게 대체 뭐 어쨌다는 거야? 내 말은, 우리는 진지한 이야기를 하던 중이었잖아. 내가 제대로 이해한 건가? 이 비유는 완전히 미쳤어."

헌트는 그런 상황에 대비하고 있었다. "아니야, 진정해…."

"아, 이런 허튼소리는 처음 들어봐. 추상적인 데이터 처리 개념에서 물리학을 만들어내다니…. 헌트, 진짜 이건…."

"단체커, 잠깐 생각을 좀 해봐. 셀은 매트릭스 안에서 이미 위치와 국지성의 특성을 가지고 있어. 자, 내가 투리엔 시스템이 작동하는 방식을 제대로 파악했다면, 시스템에 전체적으로 적용된 프로그램 명령

---

* 1951년에 설립되어 한때 북미 최대의 소형 사무용 컴퓨터 공급자였던 미국의 컴퓨터 회사 왕 연구소(Wang Laboratories)를 빗댄 농담이다.

의 결과로, 활성화된 셀들은 서로 끊임없이 정보를 주고받을 거야."

"맞습니다." 쉴로힌이 말했다.

헌트가 고개를 끄덕였다. "좋습니다. 음, 저는 오래전 제벡스를 고안할 당시 설계 철학이 어땠는지는 모릅니다. 하지만 논의를 위해 말해보자면, 통신을 하는 각 셀 사이의 경로를 가능한 한 짧게 하는 식으로 최적화 기준이 적용되었다고 가정해보죠."

"앞서 박사님이 예상했던 종류의 배열이겠군요." 던컨이 알아챘다.

"맞아. 그래서 예를 들어, 주어진 셀의 오른쪽에서 유지하는 전송량이 왼쪽보다 많은데, 그 오른쪽에 있는 셀은 전송량 상황이 반대라고 할 때, 두 셀이 식별정보를 교환하면 상황을 개선할 수 있습니다. 사실상 그 두 셀은 매트릭스를 가로질러 하나의 양자 공간을 이동한 것으로 생각할 수 있습니다."

"그 거리가 일종의 '플랑크 길이'*겠군요." 던컨이 낮게 말했다.

헌트가 고개를 끄덕이며 계속 말했다. "혹은, 또 다른 예를 들자면, 하나의 셀이 각각의 방향으로 다른 비율로 통신할 경우, 셀이 그런 방식으로 움직여서 전송-시간-거리 전체를 최소화시킵니다. 서로 경합하는 모든 '인력'이 균형을 이룰 때까지. 다시 말해, 정보의 교환 과정이 힘을 전달하는 벡터 입자 같은 역할을 한다면, 이 최적화 규칙이 최소 행동 경로를 규정할 겁니다. 자연발생적인 측지선이 되는 거죠. 저는 조락과 함께 이 과정을 모의실험으로 구동시켜봤습니다. 중력역학이 자동으로 따라오더군요."

쉴로힌이 헌트에게서 눈을 떼지 못했다. "당신은 서로 끌어당길 수

---

* 플랑크 길이는 물리학이 인식할 수 있는 가장 짧은 거리이다. 물리학에서 플랑크 길이보다 짧은 길이는 의미가 없다. 약 1.616×10^{-35}m.

있는 입자로 채워진 공간을 가정하고 있는 거군요." 그녀가 천천히 말했다. "원시 우주의 상태 말이에요."

"맞습니다."

"반발력은 어때요? 전하(電荷)와 유사한 것도 있나요?" 던컨이 물었다.

헌트가 단체커 쪽으로 고개를 돌렸다. 단체커는 아직도 일어서 있었다. 이 생물학자는 아직 헌트의 주장을 인정하지 않았지만, 이제는 격렬하게 항의도 하지 않았다. "단체커 교수가 좋은 지적을 해줬습니다. 우리는 그 유사성에 너무 매몰되면 안 됩니다. 그러나 몇 가지 생각할 거리를 여러분에게 드리겠습니다. 예를 들어, 순전히 인력이라는 원리를 바탕으로 모든 셀이 '에너지'가 최소화된 상태로 붕괴되도록 허용할 경우, 결국 하나의 단단한 덩어리가 되어버려 아무 곳으로도 전송할 수 없게 될 겁니다. 모든 셀이 모든 셀에 최적인 형태로 가깝게 되었지만, 기능을 할 수 없게 된 거죠. 그래서 하나의 최적화 기준만으로는 부족합니다. 셀끼리의 경쟁 체제를 도입할 필요가 있습니다. 예를 들어, 전송을 위해 다른 방해 요소가 없는 '자유공간'을 최대한 확보하도록 하는 규칙을 생각해보죠. 두 경향이 함께 작용할 경우, 아마 '덩어리들'의 집합 형태로 조직화될 것입니다. 각 덩어리는 외부 세계와 별로 소통할 게 없는 비슷한 종류의 정보처리를 할 수 있고, 다른 일들이 일어나는 진공으로 분리될 것입니다.

"놀랍네요!" 쉴로힌이 낮게 말했다.

"이제 더 흥미진진해질 겁니다." 헌트가 말했다. "각 셀이 작동하는 스위칭 속도는 아무리 빨라지더라도 한계가 있을 수밖에 없습니다. 그래서 셀이 함께 뭉쳐서 크게 밀집한 덩어리는 작은 덩어리들보다 느리게 움직이게 됩니다. 그리하여 셀의 숫자에 비례해서 움직임

446

에 대한 저항이 나타나게 됩니다."

그 특성이 질량과 유사하다는 사실은 너무도 분명해서 굳이 말로 뱉을 필요가 없었다.

헌트가 계속 말했다. "그러나 그 덩어리가 한번 움직이기 시작하면, 효율성을 향상시키는 타당한 방법은 덩어리를 구성하는 모든 셀이 개별적으로 작동하는 게 아니라 패턴 스위칭 알고리듬으로 변화하는 것입니다. 그러면 패턴은 다시 속도가 느려지는 것에 저항하게 될 것입니다."

바로 관성이었다.

"그러나 심지어 단일한 셀로 이루어진 매트릭스를 통과하더라도, 전달 속도는 스위칭 속도에 의해 제한받게 됩니다."

헌트의 우주에서 속도는 상대론적 한계가 있었다.

"우리가 지금 순전히 추론의 측면에서 이야기를 하고 있는 거지?" 단체커가 말했다. 그의 말투에는 여전히 거슬리는 뭔가가 있었지만, 눈에 띄게 누그러진 상태였다. 그는 또 다른 종류의 관성을 보여주며, 자기 나름의 방식으로 서서히 의견을 바꾸고 있었다. "우리는 확립된 사실에 관해 이야길 하고 있는 게 아닌 거지? 이건 과학이 아니잖아?"

"당연히 아니지." 헌트가 인정했다. "그렇지만 해답을 찾기 위해 생각을 나누고 있는 거잖아."

던컨이 코웃음을 쳤다. "어디서 찾나요? 우린 제벡스의 안을 들여다보는 건 고사하고, 그게 어디에 있는지조차 몰라요."

쉴로힌이 고개를 들었다. 마침내 헌트가 말하는 의미를 완전히 소화한 것이다. "우리의 물리적 우주는 공간에 있는 엄청나게 많은 기본 입자, 그리고 복잡한 구조를 스스로 조직화할 수 있는 잠재적 체계가 담겨있는 물리 법칙과 가능성을 바탕으로 발전했습니다. 그리고 거기에서 지적인 존재가 등장하기에 충분한 복잡성뿐만 아니라, 이 존재가 감동을 하고 경험할 수 있는 세계 전체도 나타났습니다. 그 기초를 이루는 양자적 실체와는 완전히 다른 세계죠. 그렇다면 그런… '매트릭스 우주'에서 그와 유사한 수준의 복잡성이 발생하는 게 상상조차 할 수 없는 일일까요? 헌트 박사님은 그런 이야기를 하신 겁니다."

"왜 아니겠습니까?" 헌트가 답했다. "닉시가 말한 세계가 우리가 아는 우주에는 어디에도 존재할 수 없다고 우리는 확신합니다. 하지만 저는 그 세계가 어딘가에 존재한다고 믿습니다. 그리고 이 생각은 그 세계의 마법적인 특성이 어떻게 발생할 수 있었는지에 대해 새로운 실마리를 던져줍니다. 제가 제안한 방식이 우리 우주와 유사한 부분들이 있고, 최소한 그들이 공유하는 공간에서 움직이는 물체에 대한 근거를 제공해줄 수 있다고 하더라도, 그 세계의 토대를 이루는 실체의 물리적 현상을 나타내는 '법칙'은 우리 우주를 지배하는 양자로부터 나온 것이 아니라 시스템 프로그래머가 부여한 명령으로부터 나왔습니다. 그러므로 정상 상태와 인과성에 대한 우리의 개념이 그곳에도 적용되어야 할 이유가 전혀 없습니다. 이렇게 생각하면 닉시가 우리에게 이야기했던 모든 상황과 부합합니다."

"아까 박사님은 프로그래머가 의도적으로 이런 일을 일으킨 게 아니라고 하셨잖아요." 던컨이 지적했다.

헌트가 고개를 끄덕였다. "그리고 난 제블렌인들이 이런 사실을 알아차렸을 거라고 생각하지도 않아. 이 모든 일은 우연히 일어난 거야. 제벡스를 건설한 목적에서 벗어난 괴상한 부산물이지. 그리고 당연한 이야기지만, 마침내 그 세계의 일부분으로 등장한 주민들도 아직 그런 사실을 짐작조차 못 할 거야. 그들이 어떻게 그 사실을 알겠어? 이 우주가 양자를 바탕으로 만들어졌다는 사실을 우리가 직관적으로 알

448

아챌 수 없었듯이, 그들도 자신들의 현실이 본질적으로 정보 양자를 바탕으로 만들어졌다는 사실을 직관적으로 알아챌 리가 없으니까."

헌트가 진화의 가능성을 내비쳤기 때문에, 단체커는 이제 눈에 띄게 호기심이 맺힌 표정으로 의자로 돌아가 앉았다. "좋았어, 헌트. 잠시 자네의 그 별난 가설을 즐겨보기로 하지. 자네도 이해하겠지만, 순전히 토론을 위해서야."

"물론이지." 헌트가 진지한 표정으로 고개를 끄덕이며 말했다.

"그런데 한 가지 신경 쓰이는 점은 크기의 문제야. 당연히 그 우주는 우리 우주보다 훨씬 작을 게 분명해. 그 우주가 유사한 형태를 이루려면, 그 우주에 존재하는 입자만큼이나 엄청난 수의 활성화된 셀이 있어야만 하는데, 그건 말이 안 된단 말이야." 단체커가 말했다.

"전체 우주의 규모에 비해 기본 셀의 크기 비율이 훨씬 더 높을 겁니다. 그래서 전체적으로는 양자가 오돌토돌한 과립 상태에 더 가까울 겁니다. 비선형성과 굴곡이 훨씬 더 뚜렷하게 나타나겠죠." 쉴로힌이 말했다.

"경계 효과가 훨씬 크게 작용하겠네요." 던컨이 반쯤은 혼잣말처럼 중얼거렸다.

단체커가 고개를 끄덕였다. "그래, 그 이야기를 모두 받아들일게. 하지만 내가 말하고자 하는 건 좀 더 근본적인 부분이야. 뭐가 됐든 생명과 지능처럼 복잡한 것을 떠받치려면 높은 수위의 복잡성이 필요해. 이건 결국 풍부한 구조를 의미하지. 그런데 원소가 몇 개 없으면 결코 풍부한 구조를 세울 수 없어." 단체커가 다른 사람들을 향해 호소하듯 손짓을 했다. "여러분은 제가 무슨 말을 하는지 알 겁니다. 엄청난 수가 필요하다는 사실에서 벗어날 길이 없어요. 터무니없이 많이 필요하죠. 그래서 제 의문은 헌트 박사가 제안한 과정을 수용할 수 있을 정도로 넓은 컴퓨터용 공간을 대체 어디에서 찾을 수 있을까 하는 겁니다. 헌트, 정말 독창적인 제안이었어. 내가 그건 인정할게. 그렇지만 내가 초기 추정치를 어떻게 잡더라도, 자네가 말하고 있는 게 닉시와 비자르가 묘사했던 그렇게 복잡하고 다양한 세계가 만들어질 합리적 가능성을 따지는 거라면, 자네에게 필요한 컴퓨터의 규모는 행성…."

단체커의 말이 뚝 멈췄다. 자신이 말하고 있는 게 뭔지 깨달은 것이다. 그 즉시 다른 사람들도 모두 알아챘다. 쉴로힌은 깜짝 놀란 표정이었다. 던컨은 의자의 등받이에 털썩 기댔다.

"맙소사." 헌트가 낮은 소리로 내뱉었다. 그들은 믿기지 않는 표정으로 서로를 바라봤다.

그래서 그 이상한 행성 우탄이 그렇게 중요했던 것이다!

그리고 그게 바로 가니메데인이 제블렌에서 제벡스를 발견하지 못했던 이유였다.

4부

44

　"제가 잠깐씩밖에 보지 못했던 히페리아의 환영에서 가끔 놀랍도록 복잡한 기계를 봤습니다." 드락스가 말했다. "그 세계에 사는 존재들이 창조해낸 장치들이었는데, 각 부품이 서로 조화를 이루고 놀랍도록 협력하며 움직일 수 있었습니다. 부품을 움직이는 다른 부품을 움직이는 또 다른 부품이 믿을 수 없을 정도로 협력하며 움직였습니다. 그리고 모두가 함께 조화롭게 춤추며 감춰진 계획을 드러냈습니다. 스승님, 그렇다면 히페리아인들은 사념파를 투사해야 하는 짐을 벗어버린 건가요? 그들은 생각의 능력으로 물질 그 자체에 마법을 걸어서 요청하지 않더라도 자신들의 소망을 충족시킬 수 있는 건가요?" 드락스가 싱겐후를 바라봤다. 싱겐후는 드락스 곁에서 먼지투성이 오솔길 옆 바위 위에 앉아 있었다. 그러나 대인은 낙담에 빠져서 그 말을 듣지 않는 것 같았다. 드락스가 그의 지치고 병약한 몰골과 흐트러진 외모, 헝클어진 머릿결, 누더기가 된 예복을 찬찬히 살폈다. "히페리아인들은 먼 거리를 가로질러 말하고 보는 장치를 만들었습니다.

다른 사람들은 하늘 너머의 세상으로 항해했습니다. 스승님, 이곳이 어디에 존재하는 건가요? 그게 모든 우주를 둘러싼 우주인가요? 아니면, 우리의 마음이 만들어내는 꿈인가요?" 드락스가 다시 대인을 바라봤다. 하지만 싱겐후는 오솔길 아래의 풀이 덮인 언덕을 멍하니 내려다볼 뿐 아무런 반응이 없었다.

싱겐후는 신성한 산에서 열린 의식 도중에 니에루의 적들의 종들에게 공격을 받아 드락스가 출현할 기회가 좌절된 이후 마음과 영혼이 생기를 잃고 침울한 상태에 빠져 있었다. 그의 신에게서 버림받았거나 더욱 강력한 천상의 경쟁자에게 압도당했다고 확신한 대인은 침울한 무기력에 빠져 자신의 수련에 대한 신념을 상실했다. 숙련자들을 위한 그의 교육은 더 이상 진행되지 않았다. 지하의 신 반드로스의 녹색 초승달 문장을 단 사제들에 고무된 군인들이 와서 철저히 파괴했다. 숙련자들은 사방으로 흩어져 도망치고, 싱겐후는 황야의 주변에 있는 이 마을, 저 마을을 전전하며 도피하는 비렁뱅이의 삶으로 추락했다. 드락스는 기본적인 충성심이나 스승의 상태가 나아질 거라는 바람이 있어서인지, 아니면 그저 갈 곳이 없어서인지 싱겐후의 곁에 머물렀다.

겨우 정오를 지났을 뿐이지만, 그들의 위쪽에 있는 산허리로 어스름이 내려오기 시작했다. 태양은 예전보다 허약하고 여윈 잔해에 불과했다. 태양의 비틀거리는 빛은 벌써 내려오기 시작한 영원한 밤 덕분에 볼 수 있는 소수의 희미한 별빛이 받쳐주고 있었다. 드락스와 싱겐후는 샘물 주변에서 발견한 수생 식물과 산딸기 외에는 이틀 동안 아무것도 먹지 못했다. 드락스는 요넬 이모가 집에서 종종 만들어주던 케이크와 불고기가 몹시 생각났다. 그 시절이 너무도 오래전처럼 느껴졌다. 마치 다른 세상의 이야기 같았다…. 드락스는 고개를 절레절레 흔들고 현실로 돌아와, 머릿속의 다른 세계에 대한 생각을 떨쳐냈다.

오솔길 건너편의 풀밭에서 움직임이 드락스의 눈에 들어왔다. 고개를 돌리자 갈색 줄무늬 스크레드겐이 보였다. 녀석은 수풀 아래로 뒷다리를 딛고 서서 코를 쫑긋거리며 큰 눈으로 두 사람을 뚫어져라 쳐다보고 있었다. 드락스는 스크레드겐을 보자 부글부글 끓는 고깃국이 떠올랐다. 어쩌면 짓이긴 키르타 새싹과 야생 향초를 곁들일 수도 있을 것이다.

"스승님." 드락스가 싱겐후 쪽으로 조심스럽게 몸을 기울이며 속삭였다. 대인은 생각만으로도 동물을 마비시킬 수 있으므로, 그사이에 돌이나 몽둥이로 저놈을 죽이면 된다. "저기 길 너머 저쪽이오. 수풀 밑에. 보이시죠? 오늘 저녁에는 한 그릇 넉넉히 먹을 수 있어요." 드락스가 반응을 기다렸다. "음식이오…. 바르 양념을 한 스크레드겐의 걸쭉한 고깃국이에요." 싱겐후가 눈을 깜빡거리더니 고개를 돌렸다. "저쪽이오." 드락스가 속삭였다. "보이시죠? 스승님은 지금도 하실 수 있어요. 스승님의 능력은 사라지지 않았어요."

싱겐후가 허기가 진 듯 입술을 핥더니 스크레드겐을 응시했다. 스크레드겐이 미동도 없이 그들을 쳐다봤다. 대인이 흔들리는 팔을 들어 헤진 소매 사이의 마른 손가락으로 녀석을 겨눴다. 손가락을 빠르게 내질렀다. 스크레드겐이 하품하면서 뒷발로 일어섰다. 그리고 몸을 돌리더니, 경멸스럽다는 듯 꼬리를 살랑살랑 흔들며 멀어져갔다.

✳

"한 푼만 줍쇼…. 불운을 맞은 성자에게 은혜를 베푸소서." 오솔길을 따라 내려온 마을의 광장에서 드락스가 그릇을 흔들며 소리쳤다.

"요즘은 모든 사람이 불운해. 너희 둘은 그런 것도 몰라?" 지나가던 여자가 비웃으며 말했다.

선술집 앞에서 건들거리던 인부가 소리쳤다. "너희가 성자라고? 그러면 그 성스러운 게 뭔지 한번 보여줘 봐."

"여기 오는 거지들은 죄다 성자래. 우리를 모조리 바보로 아는 거지." 다른 인부가 말했다.

"여긴 이미 도둑놈들이 넘쳐흘러. 꺼져, 이놈들아." 또 다른 인부가 말했다.

"우리는 도둑이 아닙니다. 진짜 성자입니다." 드락스가 반항적으로 말했다. "이분은 대인이십니다. 셀 수 없이 많은 사람을 승천시키고 여기에 남은 분이란 말입니다."

"그놈이? 대인이라고? 아무리 봐도 걸어 다니는 넝마 덩어리인데? 내가 볼 때 네놈들이 아는 흐름이라고는 네 목구멍 속에 처넣을 것밖에 없을 거 같은데?" 또 다른 인부가 비꼬는 표정으로 웃음을 터트렸다.

두 번째 인부가 물건을 들었다. "옛다. 단단하고 적당한 나무야. 손으로 이 나무를 통과시키는 걸 해봐. 풋내기 숙련자도 그 정도는 할 수 있어. 이 정도면 자면서도 할 수 있을 거야, 저놈이…." 인부가 장난스럽게 좌우를 돌아보며 다른 이들을 이 장난에 불러들였다. "대인이라면 말이지." 사람들이 그에 맞춰 같이 낄낄거렸다.

"스승님은 하실 수 있습니다." 드락스가 싱겐후에게 애원하듯 속삭였다. "스승님의 능력은 떠나지 않았습니다." 하지만 싱겐후는 멀뚱멀뚱하니 서서 멍한 눈으로 그 물건을 쳐다볼 뿐이었다.

그들은 돌과 쓰레기를 던지며 조롱하는 무리와 짖어대는 사냥개에 둘러싸여 마을에서 쫓겨났다. 니에루 님은 그날 밤하늘에 몹시 어둡게 드리워져 있었다. 드락스는 신이 창피해서 저런 모습일 거라는 생각이 들었다.

✳

오레나쉬 시의 반드로스 성전에 있는 대사제 에텐도르에게 환영이 나타났다. 히페리아의 영혼이 그에게 나타나 곧 거대한 사건이 일어날 것이라고 마음속으로 말했다. 그 사실을 알게 된 에텐도르는 놀라움으로 가득 차서 왕에게 달려가 그 소식을 전했다.

"반드로스 님을 진정시키기 위해서 진행했던 우리의 행동이 효과가 있었습니다. 우리는 그동안 시험을 받고 부족함이 없다는 판결을 받은 겁니다. 우리는 구원받을 겁니다."

"시험을 받아? 우리가 어떻게 시험을 받았는가?" 왕이 물었다.

"히페리아에서 내려다보시는 신들에게 시험을 받았습니다. 우리는 제자들을 신들에게 보내는 임무를 받았는데, 좋게 판결을 받았습니다. 그리하여 신들은 '대각성'의 시기가 왔을 때 우리를 최고의 종복으로 선택하기로 결정했습니다."

"드디어 대각성이 오는구나! 말해보아라, 계시가 무엇이었지."

에텐도르의 목소리가 불길하게 떨렸다. "이제 곧 낮이 돌아오고, 별들이 다시 반짝일 것입니다. 천상이 전에 없이 찬란하게 빛날 것입니다. 그때 와로스의 사람들이 부름을 받고, 대단히 많은 사람이 하늘로 승천할 것입니다. 히페리아가 사람들에게 열릴 것입니다. 모든 신을 주관하는 주님이 제게 말씀해주셨습니다."

대사제의 말을 들은 왕이 경탄했다. "진정으로 그리 들었느냐? 이 불운이 우리에게서 떠나고 세상이 다시 돌아온다고?"

"신들 사이에 거대한 전쟁이 있었습니다. 하늘을 비추는 능력을 도둑맞아 빛이 꺼졌었지만, 이제는 되찾았습니다. 니에루 님의 깃발에 신성모독을 했던 기망자들은 진정한 반드로스 님의 녹색 깃발에 의해 패퇴했습니다."

"그러면 이제 얼마나 많이 승천하게 되느냐?"

"히페리아를 모독하던 불결한 자들과 불경스러운 자들에게 마지막의 때가 왔습니다. 와로스에서 충실히 믿는 이들이 분노가 되고, 신의 도구가 될 것입니다. 오, 전하는 그들을 이끄는 지도자가 되실 것입니다. 그리고 저는 사람들을 고쳐시키는 선지자가 될 것입니다."

"우리가 히페리아를 보게 되느냐?" 왕이 놀란 얼굴로 말했다.

에텐도르는 원기 왕성하게 대답했다. "아닙니다. 우리가 히페리아를 지배할 것입니다!"

45

증거가 나타내는 것처럼 실제로 제벡스가 그런 상태라면, 제블렌 인의 군수 공장들은 제블렌 연방의 설계자들이 우탄의 지표면에 설 치한 은폐물에 불과했다. 제블렌인들은 우탄의 행성 전체의 내부를 파내고, 확장된 제벡스를 하나로 완전히 통일된 슈퍼컴퓨터 매트릭 스로 설치하고 초공간을 통해 제블렌 행성들의 시스템을 제공했다. 그 의도는 의심할 바 없이 궁극적으로 비자르에 맞서거나 심지어 능 가하는 능력을 갖춘, 자신들만의 시스템을 갖기 위한 것이었다. 하지 만 그들은 이 계획을 비밀로 감추기 위해 비자르처럼 수백 개의 행성 으로 시스템을 분산시키는 대신, 한 장소에 집중해서 구축했다. 제블 렌에서 기능하는 장비들은 사실 그 시스템으로 원격 접속하는 부품 들에 불과했다.

이렇게 해서, 매트릭스 우주가 존재할 수 있는 독특한 조건이 형성 되었다. 헌트는 우리에게 익숙한 '외부 우주(Exoverse)'와 반대의 의미 로, 그 세계에 '내부 우주(Entoverse)'라는 이름을 붙였다. 그리고 그 우주에 사는 주민들에게는 '엔트(Ent)'라는 별칭이 붙었다. 이 호칭은 무난히 받아들여졌다. 《반지의 제왕》의 톨킨스러운 느낌 덕분에 두 배로 잘 어울린다는 평가를 받았다.

이 모든 일은 매우 매력적이고 흥미진진했으며, 수 년 동안 재미있게 가지고 놀 수 있는 새로운 생각거리를 과학자들에게 주었다. 그러나 단체커가 지적했듯이, 아직 그 모든 이야기는 추론일 뿐이었다. 닉시의 확신이나 분산형 제벡스도 우탄에 있는 행성 규모의 제벡스만큼이나 그런 환상을 만들어낼 수 있다는 사실 때문에, 소프트웨어로 만든 환각세계 이론을 제외할 수는 없었다. 다시 말해, 누군가가 실제로 우탄에 가서 살펴보기 전에는 내부 우주가 진짜로 존재하는지 알 방법이 없었다.

그러나 제벡스가 우탄에 집중되어 있다면, 유벨레우스의 동기는 제벡스에 대한 통제권을 가지려는 게 분명했다. 그리고 그 후 유벨레우스의 계획이 무엇이든, 좋은 결과를 내놓을 것 같지는 않았다. 그러므로 공동정책위원회와 투리엔인들에게 모든 사항을 제출할 정당한 근거가 마련되었다. 그런 식으로 이 문제를 풀려면 가루스 총독이 칼라자르 의장과 직접 만나야만 했다. 현 단계에서 이 팀은 추론을 이야기했을 뿐이기 때문에, 가루스 총독의 주장을 가능한 한 설득력 있게 만들기 위해, 그들은 투리엔인들이 던질 질문들을 정리하고, 내부 우주 이론으로 설명할 수 있는 환각세계의 알려진 다른 특성을 살펴보느라 밤을 새웠다.

덩어리로 움직이는 활성화된 셀(내부 우주의 개념에서 단단한 물체)에 대해 헌트가 가정했던 패턴 스위칭 알고리듬은 여러 기묘한 현상들을 설명해주었다. 투리엔의 초기 정보처리 방식을 다시 살펴본 쉴로힌은 패턴이 매트릭스를 이동할 때 패턴 뒷부분의 스위치가 채 꺼지기 전에 패턴의 앞부분이 활성화되는 현상이 흔히 일어난다는 사실을 발견했다. 따라서 패턴이 정지해있을 때보다 운동 방향으로 살짝 길어지게 되어, 두 이미지가 약간 겹치는 현상이 일어날 수 있었다. 그래서 전달 속도에 따라 길이도 증가했다. 그 사실은 내부 우주에서 움직일 때 크기의 불변성이 깨지는 문제를 설명해주었다. 비자르가 추측했던 행성 회전의 영향으로 시간과 공간적 방향성이 변할 때도 동일한 현상이 일어났던 것이다. 불변성이 외부 우주에 규칙성과 일관성을 부여하고, 일관성 덕분에 과학이라는 조직된 지식을 만들고 기계를 조립하는 게 가능해지며, 그 기계들을 이용함으로써 기술이 쌓였다.

　내부 우주에서 종종 보이는 단단한 물체로 다른 물체를 관통하는 능력은 어떻게 된 걸까? 만일 활성화된 셀을 정의하는 '양자수' 중 어떤 것이 우선순위를 갖고 있다면, 이러한 현상이 어떻게 발생하는지 어렵지 않게 이해할 수 있다. 두 물체의 만남은 사실상 같은 셀을 놓고 벌이는 경쟁이었을 것이다. 대개의 경우처럼, 두 물체가 동일한 우선권을 가진 원소로 이루어져 있다면 간단히 튕겨 나갈 것이다. 그러나 한쪽이 높은 우선순위로 지정된 경우라면, 이전에 다른 물체에 속해있던 체적이 그 부분과 일치하는 동안 '빌렸다가' 분리할 때 이전 상태로 되돌린다. 어떤 물질의 다른 물질에 대한 '친화성' 차이, 내부 우주에서 예측을 위험한 일로 만들어버리는 원인과 결과의 불일치, 대격변과 재난으로 나타나는 갑작스러운 불연속 같은 현상도 유사한 근거를 바탕으로 설명할 수 있었다.

　그래서 과학자들이 이 문제에 대해 더 많은 이야기를 나눌수록, 일부 엔트가 보였던 기적 같은 일들이 조금 덜 부자연스럽게 느껴지기 시작했다. 어찌 됐든, 엔트는 원자 수준에서 정보 양자로 이루어져 있다. 그래서 그들이 생각으로 인지하는 것을 이용해 주변의 물체들에 영향을 미치는 게 그리 이상해 보이지 않았다. 예를 들어, 그들이 물체를 구성하는 셀의 활성화 수위를 바꿀 수 있다면, '중력'에 대한 반응을 조절하거나 중력 대신 다른 힘이 발산되도록 부여할 수 있을 것이다. 이는 아야톨라들이 왜 그토록 흔들림 없이 마법의 효력을 믿는지 이해하는 데에도 많은 도움이 되었다. 그들의 세상에서는 '마법적' 효과가 일반적이었던 것이다. 이는 또한 그들이 투리엔 컴퓨터의 내부 처리기능과 직접 소통하는 기괴한 재능과도 관련되어 있을지 몰랐다.

"있잖아요, 우리가 지구에서 미신으로 취급해버렸던 많은 일이 어쩌면 미신이 전혀 아니었을지 모른다는 느낌이 들기 시작했어요." 매린이 헌트와 커피를 마시며 쉬는 시간에 말했다. "올림포스 산의 주변에 살던 티탄족과 벌였던 전쟁에서 신들은 하늘에서 산을 아래로 집어 던지고, 도시들을 삼켜버리잖아요. 그런 일이 실제로 일어났을지도 몰라요. 지구가 아니라 다른 장소이긴 하지만요. 제블렌인들이 지구로 보낸 요원 중에는 엔트도 있었을 거예요. 그리고 엔트들이 당시 자신의 주변에 일어나고 있는 진짜 역사와 자신들이 겪었던 과거를 뒤섞어서 이야기한 거죠."

잠시 후 헌트가 입을 열었다. "에르빈 슈뢰딩거는, 우리의 거시세계가 양자의 크기에 비해 이렇게 엄청 큰 것은, 양자요동이 완전히 사라진 정도의 크기가 되어야만 우리가 세상을 이해하는 데에 필요한 '질서'를 이끌어낼 수 있기 때문이라고 생각했어요. 즉, 질서는 바탕에 깔린 불확실성으로부터 나타난 거죠. 하지만 이 내부 우주 관련 추론이 옳은 것으로 드러난다면, 거시적으로 예측 불가능한 우주가 수학적으로 정확한 계산 작업으로부터 발전했다는 뜻이에요. 생각해보면 참으로 역설적이죠, 그렇지 않나요?"

어디에나 있는 광자의 파동이 외부 우주를 통해 에너지와 정보를 실어 나르는 것과 동일한 방식으로, 내부 우주의 하위 구조는 동적으로 변화하는 광대한 데이터의 패턴 흐름으로 구성되어 있었다. 데이터 흐름은 외부에서 주입되어 매트릭스를 이룬 셀의 바다를 지나며 처리되어서, 다시 외부의 우주로 이끌어줄 출력 지역을 향해 흘러가고 모여들었다.

이는 곧 우리에게 익숙한 우주에서 블랙홀로 빨려드는 질량-에너지 존재와 흡사했다. 던컨은 닉시가 하늘에 떠 있는 자주색 소용돌이로 묘사한 것이 데이터 출구에 형성된 강착 원반 소용돌이라고 추측했다. 그 말이 맞는다면, 내부 우주의 '별들'은 정보의 주입구일까? 만일 그렇다면, 가니메데인이 제벡스를 끊은 이후 내부 우주의 주민들에게는 하늘이 몹시 어두워졌을 것이다. 흥미롭게도, 최근 떠오른 아야톨라인 맥아더가 한때 신들이 별을 꺼버렸다고 횡설수설했던 적이 있었다.

닉시는 1년 주기로 가장 밝은 별의 무리 사이에서 진동하는 특정한 별들의 '가족'을 묘사했다. 조락이 대강의 위치와 닉시가 설명한 시기를 바탕으로 여러 차례 시도를 통해 그녀의 기억에 최대한 가까운 모의 영상을 제작했다. 그 결과는 환각세계가 궤도를 도는 '별'이, 매트릭스 전체에 걸쳐 규칙적인 입방체 격자 안에 배열된 데이터 주입구로 존재하는 모델과 일치했다. 좌표에서 같은 줄에 속한 별들은 함께 모여 있다가 행성이 별들과 같은 줄에 있는 지점을 통과할 때 다시 분리되는 것처럼 보일 것이다. 주입구와 배출구는 데이터를 처리할 때 작업 부하를 균등하게 배분하기에 효율적으로 배치되었을 것이다.

이제 마지막 수수께끼가 남았다. 그들이 칼라자르 의장에게 가기 전에 이 수수께끼에 대해 대략적인 설명이라도 만들어야 할 것 같은 느낌이 들었다. 엔트는 어떻게 외부 우주가 존재한다는 사실을 알 수 있었으며, 어떻게 외부 우주로 빠져나올 수 있었을까? 놀랍게도, 그 문제에 대한 해답을 제시한 사람은 단체커였다. 그전에 단체커는 닉시와 오랜 시간 이야기를 나누었다. 그들이 다음 날 아침에 몇 시간 눈을 붙인 후 점심시간에 가루스 총독의 사무실에 다시 모였을 때, 단체커와 닉시가 자신들이 내린 결론을 헌트와 가루스 총독, 쉴로힌에게 들려줬다.

✳

단체커는 양손으로 재킷의 옷깃을 살짝 움켜잡고 전형적인 강의 자세로 그들 앞에 서서 연설을 했다. 가루스 총독은 자신의 책상 뒤에서 이야기를 들었고, 쉴로힌은 책상의 반대편으로 붙여놓은 의자에 앉아서 들었다. 닉시는 모니터가 줄지어 있는 벽 쪽의 의자를 사무실 가운데로 돌려 앉았다. 헌트는 팔짱을 끼고 서서 등을 문에 기댔다. 콜드웰 국장은 헤어지기 전에 마지막 대화를 나눌 때, 이번에 헌트가 가지고올 거라고는 우주밖에 안 남았다는 이야기를 했었다. 당시 헌트는 무리한 요구라며 농담으로 그 이야기를 받았었다.

"엔트는 고집적, 고성능, 패턴 정보처리, 컴퓨터 매트릭스 안에서 생성된 그들의 세상에서 자연적인 생명체로 진화했습니다." 단체커가 말했다. 그는 가설이 마치 사실인 양 말했다. 실제로는 칼라자르 의장을 직접 만나야 하는 가루스 총독을 지원하는 역할을 맡은 팀을 연습시키는 것이었다. "진화의 과정에서 그들은 그들의 세계를 지나가는 정보의 흐름을 읽고 해석하는 능력을 발전시켰습니다. 우리 세계의 생물들이 에너지의 흐름(광자의 흐름)을 읽는 방법을 배우는 것과 비슷합니다. 자, 이 일이 일어나고 있는 매트릭스의 중요한 기능은 엄청나게 많은 신경의 입출력 정보를 다루는 것입니다. 다시 말해, 이 정보의 흐름은 시스템에 연결된 제블렌인의 머릿속을 드나듭니다. 정보의 흐름은 외부 우주에서 만들어진 감각적 인상과 개념, 인식의 부호화된 재현을 실어 나릅니다. 재능이 뛰어난 일부 엔트는 그 흐름을 '시청'하는 방법을 배웁니다. 그들의 정신 작용을 동조 모드로 조정해서 자신들이 이해할 수 있는 정보를 추출했던 겁니다."

"우리는 그 모습을 환영으로 볼 수 있었어요." 닉시가 끼어들었다. "이제 저는 그 모습이 이 외부 우주의 경관이라는 걸 알아요. 그렇지만 당시에는 아무도 꿈조차 꾸어보지 못했던 광경이었어요."

사실 헌트와 던컨은 그런 가능성에 관해 이야기를 나눈 적이 있었다. 얄궂게도, 헌트가 이전에 그 가능성을 더 깊이 파지 않았던 중요한 이유는 단체커 교수를 설득할 방법을 찾을 수 없어서였다!

"물론입니다." 단체커가 말했다. "외부 우주의 과학적 전통이나 지식이 부족했던 그들은 자신들이 경험한 일들을 묘사할 언어가 없었습니다. 그들은 그 모습을 높은 영역이나 저승의 환영 같은 것으로 해석할 수밖에 없었습니다." 단체커는 마치 교실에 있는 것처럼 이쪽저쪽으로 몸을 돌리며 말했다. "자, 내부 우주에 있는 다양한 자연의 힘이 우리가 알고 있는 힘들과 상대적으로 유사한 비율의 강도를 가졌을 거라고 가정할 이유가 없습니다. 특히, 우리 세계에서는 중력의 지배가 거시적 차원에서 상당히 많은 물리적인 특성을 부여하고, 질량과 무게에 의해 수행되는 역할에서 우선권을 갖지만, 내부 우주에서는 중력의 우위가 그렇게 뚜렷하게 나타나지 않는 것 같습니다. 그 이유를 정확히 알기 위해서는 내부 우주의 물리적 상태에 대해 더 많이 알아내야 하겠지만, 닉시와 비자르가 묘사한 내용에 따르면, 표면효과가 더욱 큰 역할을 한다는 느낌이 듭니다."

"사물의 규모가 작아서인가요?" 가루스 총독이 어림짐작으로 질문을 던졌다.

단체커는 한쪽 옷깃을 놓고 손을 흔들었다. "우리로서는 정확히 알수 없습니다. 지금으로써는 전하, 혹은 전하 사이의 끌어당기는 힘과 유사한 게 있어서 분자 간 점착력이 우리가 아는 정도와 비슷하게 일어났는지 추론할 근거가 부족합니다."

헌트는 흥미진진하게 이야기를 들었다. 이것은 헌트가 미처 생각해보지 못했던 부분이었다.

단체커가 계속 말했다. "제 생각에는, 모든 사물에 배어들어 그 세계의 바탕을 이루는 이 '흐름' 덕분에 우리 세계와는 다른 형태의 실질적이고 물리적인 특성을 가진 존재가 될 수 있었습니다. 그들은 정신적인 상호작용을 통해 흐름의 효과를 활용하고, 집중하고, 방향을 바꾸고, 힘으로 전환할 수 있습니다."

"여러분들이 마법이라고 부르는 거죠." 닉시가 보충설명을 했다. "숙련자들은 에너지의 불덩어리를 마음대로 발사할 수 있어요. 공중부양을 할 수 있는 사람들도 있고, 물체를 땅에서 띄울 수도 있죠."

단체커가 잠시 한 손가락을 치켜들며 방 안에 있는 사람들의 눈길을 끌어모았다. "하지만 가장 강력한 흐름은 천상에서 일어난 현상처럼 지표면보다 높은 곳에서 흐릅니다. 우리가 이미 알다시피 그들에게는 먼 거리에서 물건에 영향을 미치는 능력이 있습니다. 그 힘을 통해 일부 엔트는 이 흐름을 자신들이 가로챌 수 있는 낮은 곳까지 끌어당기는 방법을 발견했습니다. 힘으로 전환할 수 있는 이 능력을 통해 그들은 실제로 흐름에 올라타고 탈출구역으로 올라갈 수 있었습니다. 그렇게 해서 엔트들은 자신들이 연결기에 접속한 신경계 안에 있다는 사실을 깨닫게 됩니다. 그리고 누구든 환영으로밖에는 본 적이 없는, 그리고 많은 이들은 한 번도 보지 못했던 새로운 형태의 존재를 내다보게 되죠."

쉴로힌은 다른 이들을 힐끗 쳐다보며 그들의 반응을 살폈다. "엔트의 자아를 구성하고 있는 정보 패턴이 데이터 흐름에 올라타고 이동해서 외부 우주에 있는 숙주의 두뇌 패턴에 새겨지게 되는 건가요?"

단체커는 잠시 그대로 서 있었다. 곧 자세를 바꿔 사무실을 가로질러 가더니 닉시의 옆에 있는 모니터 앞에 섰다. "정확한 방법은 제가 아직 완전히 밝히지 못했습니다." 그가 인정했다.

그건 헌트도 마찬가지였다. "칼라자르 의장과 그의 사람들이 이 이론을 받아들일까?" 헌트는 질문을 던지며 주위를 돌아봤다. "비자르에 따르면, 닉시가 기억하는 모습들은 사실 그녀의 인간 신경계에 활성화된 요소들을 이용해서 구성되었어. 그래서 닉시가 자신의 모습을 인간의 형태를 가진 존재로 기억하는 거지. 내부 우주에서 진화한 정보 전달 복합체가 얼마나 '외계인'스러운지 잘 보여주지 않아? 어떻게 그렇게 진화한 정신이 인간의 머리에서도 충분히 호환되어 기능할 수 있을 거라는 사실을 알 수 있었을까?"

단체커가 꺼져있는 모니터에서 고개를 돌렸다. "아, 자네 말에 나도 동의해. 정말 대단한 일이지. 사실 자네가 내 솔직한 의견을 원한다면, 아주 놀라워. 하지만 우리는 그런 일이 일어났다는 결론에 이미 도달했잖아? 정확히 어떻게 그렇게 했는지를 밝히는 것은 그 해답을 찾는 데에 필요한 더 나은 정보를 입수할 때까지 미룰 수밖에 없겠지. 어쩌면 우리는 정신에 관해 충분한 지식이 없는 건지도 몰라." 그가 손을 흔들었다. "이는 우리가 우탄을 조사해야 할 더욱 확실한 이유가 되지."

"그 과정을 역으로 되돌릴 수는 없는 건가요?" 가루스 총독이 물었다.

"아, 그럴 가능성이 큽니다." 단체커가 고개를 끄덕이며 대답했다. "엔트라는 존재를 나타내는 형상은 그들이 출구로 들어가는 순간 사라졌습니다. 문자 그대로, 그 우주에서 사라진 겁니다."

"블랙홀로 이동할 때처럼, 정보 내용만 추출되어 다른 곳에 다시 나타나는 거죠." 헌트가 덧붙였다.

"그럼, 물리적인 건 전혀 추출되지 않는 건가요?" 과학자가 아닌 가루스 총독은 이 새로운 이론의 많은 부분이 여전히 잘 이해되지 않았다. "엔트의 육체는 어떻게 되는 건가요?"

쉴로힌이 그를 쳐다보더니, 잠시 뜸을 들였다 대답했다. "총독님, 제 생각에는 아직 이해를 못 하신 것 같아요. 그 세계에 물리적인 건 전혀 없습니다. 그들은 처음부터 정보 구성체일 뿐이었어요. 그들의 세계 전체가 그렇습니다. 그들이 그 세상을 물질적인 형태로 인식했다는 사실은 순전히 그 우주의 진화에 따른 결과일 뿐입니다."

"아, 네…. 이제 무슨 말인지 알겠어요." 가루스 총독은 등받이에 기대며 그 의미를 이해하려 애썼다. 그러다 갑자기 인상을 찌푸렸다. "하지만 그들에게 돌아가는 방법이 있다고 하지 않았었나요? 닉시는 사제를 모집하고 격려해서 승천하는 방법을 가르쳐주기 위해 돌아간 '영혼들'이 있다고 했어요."

"그건 다른 방식입니다." 단체커가 대답했다. "아야톨라들은 다른 사람들과 마찬가지로 제블렌의 신경 연결기를 이용할 수 있어요. 그들은 연결기를 통해…."

바로 그때 조락이 끼어들어 급한 메시지가 있다고 말했다.

"조락, 무슨 일이야?" 가루스 총독이 물었다.

"경찰 부서장 랑게리프가 지금 문밖에 있습니다. 그는 제블렌인의 독립과 자주적 결정권의 이름으로 행정본부를 장악했다고 발언했습니다. 랑게리프는 행정부 직원들의 모든 권한과 업무를 지금 당장 효율적이고 적절히 자기들에게 이전하라고 총독님에게 요구했습니다."

46

 랑게리프가 경찰관들을 몇 명 이끌고 거만한 자세로 성큼성큼 걸어서 사무실 안으로 들어오자 가루스 총독이 당혹스러운 얼굴로 자리에서 일어났다. 랑게리프는 손에 들고 있던 일종의 선언문을 책상 위에 내려놓았다. 그들은 모두 휴대용 무기를 차고 있었다. 제블렌 경찰에게 지급되는 표준 광선총으로, 살짝 불편한 충격부터 치명적인 수준까지 다양한 플라스마를 발사할 수 있는 무기였다.

 헌트는 이토록 쉽게 예상할 수 있는 뻔한 상황을 완전히 놓치고 있었다는 사실을 깨닫고 혼자 툴툴거렸다. 경찰과 훈련반, 그리고 지난 며칠 사이에 행정본부에 나타난 온갖 제블렌인들. 헌트뿐만 아니라 다른 누구도 그 중요한 관련성을 알아채지 못했다. 그들은 오베인 부서장 암살을 순전히 이케나 갱단이 자신들의 두뇌세계 사업을 보호하기 위해 벌인 일로 생각하고 잊어버렸다. 당연히 유벨레우스는 자신이 우탄을 장악하는 동안 제블렌에서 진행되는 상황을 안전하게 지킬 누군가가 필요했을 것이다. 심지어 컬렌 보안국장도 이 상황을 놓쳤다. 모든 사람이 내부 우주에 너무 몰두해서 다른 문제를 전혀 생각하지 못했다.

"어차피 당신은 이제 제블렌에 대한 가니메데인의 점령을 중단하라는 통보를 받게 될 겁니다." 랑게리프가 가루스 총독에게 말했다. 확실히 이 기관 어딘가에서 정보가 새어나가고 있었다. "그러나 하나의 점령군이 또 다른 점령군으로 대체될 가능성을 차단하기 위해 이제 우리 제블렌인이 스스로의 미래를 결성할 겁니다. 이건 우리의 선언문입니다. 당신의 지시를 받는 가니메데인, 투리엔인, 지구인, 그리고 제블렌인까지 모든 직원에게 이에 따르라고 지시를 내려주면 고맙겠습니다. 타협이나 협상은 받지 않습니다."

"아니, 그건 옳지 않아요." 가루스 총독이 항의했다. "공동정책위원회에 그 안건이 제안되었을 뿐입니다. 아직 결정은 내려지지 않았어요. 당신은…."

랑게리프가 손을 저어서 가루스 총독의 말을 막았다. "형식적인 절차일 뿐입니다. 공동정책위원회의 의향은 아주 명확합니다. 인적, 물적 위험을 최소화하고, 질서를 지킬 것. 제블렌의 상황은 분명히 당신이 감당할 수 없게 될 겁니다. 공식적인 지시가 있을 때까지 단호한 조치를 미루는 건 무책임한 짓입니다. 그래서 우리는 문제가 더욱 커지기 전에 돌발 상황을 막아야 한다고 결정했습니다."

"속지 마세요." 헌트가 낮은 소리로 말했다. "저 사람은 공동정책위원회가 아닙니다. 그리고 이 상황을 마무리할 사람도 아닙니다. 이건 권력탈취입니다."

"당신하고 상관없잖아. 당신 문제나 신경 써." 랑게리프가 매섭게 말했다.

지금까지 랑게리프가 늘어놓은 입바른 소리는 이성적이고 고상한 동기에 호소해서 가니메데인을 흔들려고 계획된 것이었다. 형식적인 무력시위도 가니메데인의 평정을 깨려고 고의로 배치한 것이다. 제블렌인들이 상대해왔던 투리엔인이라면 이런 게 잘 먹혔을지도 모른다. 하지만 가루스 총독은 이전 시대의 가니메데인이고, 지구에서 충분히 시간을 보낸 탓에 조금이나마 인간의 심리에 대한 지식이 있었다.

"안 됩니다!" 가루스 총독이 몸을 똑바로 펴고 쏘아붙였다. "내 임기가 언제까지인지는 아주 명확합니다. 그리고 어떤 돌발 상황도 발생하지 않았습니다. 이런 뻔한 수작으로 누굴 속이려는 겁니까? 우리는 당신이 빛의 축과 작당했다는 사실을 알고 있습니다. 그리고 공동정책위원회도 곧 알게 될 겁니다. 이제 내 사무실에서 나가세요."

랑게리프의 얼굴이 하얗게 질리더니, 총의 손잡이 쪽으로 손을 재빨리 움직였다.

"대체 무슨 짓을 하려는 건가요?" 쉴로힌이 조롱하듯 따지며, 가루스 총독에 힘을 실었다. "당신의 부대는 아직 오지 않았어요. 그리고 바로 아래층에는 행정본부 보안국 요원들이 잔뜩 있습니다."

가루스 총독이 책상에 있는 패널의 호출 버튼을 향해 손을 뻗었다. 그런데 그가 그러는 동안, 랑게리프가 고개를 돌려 문을 향해 소리치자 다른 경찰 간부가 이끄는 무장 경찰대가 무기를 겨눈 상태로 쏟아져 들어왔다.

"짭새놈들!" 닉시가 경멸스러운 말투로 내뱉었다. 랑게리프는 그녀의 말을 무시하고, 부하들에게 손짓으로 사무실을 포위하도록 지시했다.

"당신이 믿는 것처럼 보안국 요원들이 모두 그렇게 충성스럽지는 않다는 사실을 알려주게 되어 유감입니다." 랑게리프가 코웃음을 쳤다. "당신에게 이성적으로 협조할 기회를 줬는데도, 굳이 나를 이렇게 과격하게 만드시네. 좋습니다." 랑게리프가 방에 있는 다른 이들에게 매섭게 손짓했다. "당신들, 일어서. 지금 경찰들을 따라가. 문제를 일으키면 상황을 더 나쁘게 만들 뿐이야."

"이건 폭동이야!" 그때까지 모니터 옆에 서 있던 단체커가 분노로 몸을 떨며 소리쳤다. "당신이 여기서 그 쓰레기 같은 정치로 눈곱만큼도…."

"단체커, 참아." 헌트가 체념한 듯 말했다. "지금은 적질할 때와 장소가 아니야."

가루스 총독은 총구들을 바라보며 무기력하게 서 있었고, 다른 이들은 노란 제복을 입은 무표정한 경찰들 사이로 문을 향해 걸어갔다.

그동안 다른 경찰들과 제블렌인 부대원들은 건물 전체를 돌며 어리둥절한 얼굴의 가니메데인들을 사무실과 작업장에서 몰아내기 시작했다. 컬렌 보안국장은 자신의 사무실에서 두 제블렌인에게 포위당한 채 양손을 들고 서 있었다. 그리고 경위 하나가 보안국장 책상 옆 모니터로 상황을 보여주는 영상들을 주르륵 살폈다. 사무실 바깥의 코버그와 러밴스키 역시 기습을 당해 무장을 해제하고 수색을 당했다. 컬렌 보안국장은 문을 통해 코버그가 눈으로 거리를 어림하면서 때를 노리는 모습을 보았다.

"코버그, 하지 마. 그런다고 전황이 바뀌지 않아." 컬렌 보안국장이 소리쳤다.

경찰이 총으로 그의 옆구리를 갈겼다. 컬렌 보안국장의 얼굴이 고통으로 일그러졌다.

"닥쳐." 의자에 앉아 모니터를 보던 경위가 어깨너머로 그에게 말했다.

그런데 그때 뭔가 이상한 일이 벌어졌다.

뛰어가는 발소리와 혼란스러운 고함이 코버그와 러밴스키가 있는 외실 너머의 복도에서 들렸다. 그들과 있던 경비원들이 깜짝 놀라 주변을 둘러봤다. 랑게리프의 목소리가 문밖 어딘가에서 들려왔다. "빨리! 너희들 모두 여기서 나가! 그놈들은 내버려둬. 노르잘트, 파스카르스, 리토이터 경위는 거기서 그대로 죄수들을 감시해."

외실에 있던 경찰들이 복도로 뛰어나갔다. 마지막 경찰이 사라지자, 자동문이 쿵 소리를 내며 닫혔다. 그와 동시에 문을 통해 고통에 찬 비명이 컬렌 보안국장의 사무실로 들려왔다. 보안국장을 지키고 있던 두 경찰이 본능적으로 고개를 돌렸다. 이는 코버그와 러밴스키에게 필요했던 혼란 상황이었다.

사무실 안에서 제블렌인 경위가 의자에서 바닥으로 쓰러지더니 온몸을 뒤틀며 귀에 있는 가니메데인 통신기를 손톱으로 마구 긁어내는 모습을 컬렌 보안국장이 당황스러운 표정으로 지켜봤다. 이어폰에서 흘러나온 높고 날카로운 소음은 보안국장이 서 있는 곳까지 고통스럽게 들렸다.

"겁쟁이 아저씨, 정신 차려요!" 컬렌 보안국장의 귀에서 목소리가 말했다. 보안국장은 머리를 부르르 흔들며 현실로 돌아왔다. 그는 경위가 회복하기 전에 목덜미를 붙잡고 일으켜서 무기를 빼앗았다. 그리고 주먹으로 턱을 두 차례 힘껏 후려쳐 기절시켰다. 그가 문을 통해 외실로 나가자 코버그와 러밴스키가 남아있던 경찰 둘을 막 쓰러트린 상황이었다.

"대체 어떻게 된 거지?" 두 사람이 무기를 되찾는 동안 아직 멍한 상태의 컬렌 보안국장이 말했다.

복도 쪽의 문이 다시 열렸다. 그리고 다른 제블렌인 경찰 세 명이 들어왔다가 자신들을 겨누고 있는 미국인들과 바닥에 정신을 잃고 쓰러진 동료들을 보고 당황했다. 컬렌 보안국장과 부하들은 그들의 무장을 해제하고 밖으로 나갔다. 밖에는 랑게리프의 흔적이 없었고, 혼란을 일으킨 원인도 보이지 않았다. 한쪽 벽에 가니메데인 두 명이 멍한 표정으로 서 있을 뿐이었다.

"대체 어떻게 된 건가요?" 컬렌 보안국장이 물었다.

"우리도 몰라요." 가니메데인이 대답했다. "우리는 체포당했는데, 경찰들이 명령을 받더니 우리를 여기 놔두고 갔어요. 그들은 온 사방에 뛰어다니고 있어요. 뭔가 앞뒤가 안 맞는 명령을 받은 것 같았어요."

"랑게리프가 여기에 있었나요?"

"아니요. 우리도 그 사람의 목소리는 들었지만 보지는 못했습니다."

바로 그때, 또 다른 제블렌인 경찰 두 명이 모퉁이를 돌아 달려왔다. 코버그와 러밴스키가 그들을 세워서 무기를 빼앗았다. 컬렌 보안국장 사무실의 문이 열리자, 이미 안에 있던 여섯 명에 갓 잡은 두 명을 추가했다. 다시 문이 닫혔다.

"벽에서 목소리가 나왔습니다." 코버그가 혼란스러운 눈길로 주위를 둘러보며 말했다. "건물이 저절로 움직여서 저들을 소규모의 집단으로 고립시켰습니다."

컬렌 보안국장은 그제야 무슨 일이 일어났는지 깨달았다. "조락이야!" 그가 소리쳤다. "그 빌어먹을 컴퓨터가 해낸 거야!"

"제가 아니면 누구겠어요?" 컬렌 보안국장의 귓속에서 익숙한 목소리가 들렸다. "랑게리프는 가루스 총독 사무실에서 행성을 인계받으려고 시도 중입니다. 그들이 행정본부에 침투했습니다. 보안이 혼란스러운 상황입니다. 보안국 요원들은 대부분 아직 국장님을 따르고 있지만, 일부는 그쪽으로 돌아섰습니다. R-5를 따라서 경찰 여섯 명이 그쪽으로 향하고 있습니다."

"그것부터 확인하자." 컬렌 보안국장이 말했다. 그리고 코버그와 함께 뛰어갔고, 러밴스키가 뒤를 따랐다.

가니메데인 통신기를 착용하고 있다가 갑자기 터져 나온 크고 날카로운 소리에 압도당한 제블렌인은 보안국장 사무실의 경위만이 아니었다. 건물의 다른 곳에서는 상반된 명령을 받은 다른 경찰들이 이리저리 뛰어다녔다. 대여섯 명은 층 사이에 멈춰버린 엘리베이터에 갇혔다. 로비에서는 존재하지 않는 위협을 조사하기 위해 밖으로 나갔던 파견대가 닫힌 문 때문에 오도 가도 못하는 신세가 되었고, 적지 않은 경찰들이 다양한 장소에서 문이 반쯤 닫힌 채로 꼼짝도 하지 않는 바람에 발이 묶였다. 그들의 숫자로 볼 때, 앞서 내부에 있던 일원들이 추가 병력을 불러들인 게 틀림없었다.

가루스 총독의 사무실과 외실에서 갑자기 조명이 꺼졌다. 출입구까지 이동한 헌트는 어둠 속에서 날카로운 소리와 혼란스러운 비명을 조용히 들었다. 그는 바닥에 딱 붙어서 문의 바로 뒤쪽으로 이동했다.

툭탁거리는 소리와 혼란스럽게 중얼거리는 소리가 들렸다. 사무실 안에서 랑게리프가 제블렌어로 뭔가 소리쳤다. 가니메데인 통신기를 벗어버린 게 틀림없었다. 헌트가 착용한 이어폰으로 통역된 말이 들렸다. "산개해! 모든 출구를 막아. 아브린츠, 중앙홀로 세 명을 데려가서 엘리베이터를 지켜."

다른 목소리가 대답했다. "워르셀레크, 쿠온, 파세로는 나와 함께…"

그때 사무실에서 랑게리프의 목소리가 다시 들렸다. "내가 말한 게 아니야. 이건 속임수야. 그 자리에 그대로 있어."

곧 그 말을 철회하는 소리가 들렸다. "내가 랑게리프다. 내 지시대로 해."

475

"저 소리 듣지 마. 저건 가짜야!"

"아니, 내가 아니라 저놈이 가짜야!"

"어떻게 하라는 말씀인가요?" 어둠 속 어딘가에서 애원하는 목소리가 들렸다.

그때 헌트의 귀에 조락이 조용히 말했다. "벽을 따라 오른쪽으로 2.5미터 정도 가서, 벽감을 지나가면 반대편 벽에 문이 있어요. 그 문을 열면 장비실이 나옵니다."

헌트는 조락이 가르쳐준 대로 벽에 붙어서 바닥을 꿈틀꿈틀 기어가기 시작했다. 엘리베이터 중앙홀로 나가는 문 쪽에서 총소리와 제정신을 잃은 비명이 들려왔고, 곧이어 지구인이 고함치며 명령하는 목소리가 들렸다.

제블렌인의 목소리가 소리쳤다. "알았어, 항복할게!"

"손들고 나와." 지구인 목소리가 명령했다. "경사, 거기에 있는 사람들이 그게 다야?"

"모두 진압되었습니다. 적 세 명을 사살했습니다."

"밖에는 무슨 일이야?" 랑게리프의 목소리가 물었다.

"행정본부 보안 요원이 밖에 있습니다." 한 목소리가 대답했다. "놈들이 이 층 전체를 장악했습니다. 저희는 갇혔어요."

"그건 불가능해!"

"저건 내가 한 말이 아니야!" 랑게리프의 목소리들이 다시 다퉜다.

헌트는 더듬거리며 길을 찾아 조락이 말해줬던 문에 도착했다. 컬렌 보안국장이 소리치는 소리가 들렸다. "랑게리프, 넌 잘못 계산했어. 네 부하 중 절반이 우리를 위해 일하는 위장요원이었어. 우리가 행정본부의 다른 부분을 다 장악했어. 다 끝났어. 총 내려놓고 밖으로 나와!"

476

"저 사람 말대로 해." 랑게리프가 지시했다.

"저 명령을 무시해." 다른 랑게리프가 말했다.

헌트는 튀어나온 금속 모서리에 머리를 세게 들이받았다. 그는 손으로 앞을 더듬으며 조심스럽게 몸을 일으켜 세우고, 그의 주변에 받침대와 지지대에 올려져 있는 장비의 형태를 손으로 만졌다. 그제야 헌트는 무슨 일이 일어나고 있는 건지 깨달았다. 조락은 우주선의 컴퓨터였다. 조락이 가장 우선해서 고려하는 사항은 샤피에론호 승무원의 안전이었다. 승무원들이 총구 앞에 사로잡힌 모습을 보고 조락이 할 수 있는 행동은 하나뿐이었다.

랑게리프도 그 사실을 알아챘다. "아주 영리해. 기계가 말이지." 그의 목소리가 어둠 속에서 으르렁거렸다. "하지만 가니메데인들을 보호하는 게 네 계획이라면, 즉시 그만두는 게 좋을 거야. 우리는 여기에 가니메데인 두 명을 붙잡고 있고, 방 밖에는 한 무리가 더 잡혀 있어. 5초 내로 불이 다시 들어오지 않으면 총으로 쏠 거야."

"저 이야기 들었어?" 다른 목소리가 소리쳤다. "지구인은 오지 않았어. 저건 컴퓨터야."

헌트는 문이 닫히는 소리를 들었다. 그리고 곧 전등이 켜지자, 그는 배전반과 케이블이 가득한 공간에 혼자 서 있었다.

"멋진 특수효과야." 헌트가 찬사를 보냈다.

"저는 할 수 있는 최선을 다했습니다." 조락이 말했다. "제가 저들을 몇 명씩 여기저기에 가둬놨는데, 조금씩 상황을 파악하고 움직이기 시작했어요. 행정본부 보안국 사람들 몇 명도 다른 쪽으로 나왔어요."

"전체 상황은 어때?"

"엉망이에요."

"다른 사람들은?"

"가루스 총독과 쉴로힌은 아직 그 사무실에 있습니다. 단체커 교수는 전등이 꺼진 동안 중앙홀 건너편에 있는 엘리베이터에 넣어두었습니다. 닉시는 밖으로 나가서 어딘가에서 헤매고 있어요."

"나머지는?"

"컬렌 보안국장과 부하들은 보안국에서 싸우고 있고, 던컨과 샌디는 UN 우주군 연구실에서 경찰들에게 잡혔어요. 매린은 그들이 도착하기 전에 숙소로 갔는데, 박사님과 이야기를 하고 싶어 해요."

"매린에게 연결해줘."

"랑게리프도 박사님과 이야기를 나누고 싶답니다. 박사님이 항복하지 않으면 가루스 총독을 쏘겠답니다."

헌트가 긴 한숨을 내쉬었다. 제블렌인들에게는 이 일이 공동정책위원회로 올라갔을 때 상황을 해명할 핑곗거리가 있을 것이다. 하지만 총독을 살해하면 핑계를 댈 수 없다. 아무리 랑게리프라도 그걸 이해할 정도의 머리는 될 것이다.

"그 소린 허풍이야." 헌트가 말했다.

"그렇게 생각하세요?"

"응. 랑게리프한테 내가 응답을 안 한다고 해. 내 헤드셋이 어둠 속에서 떨어져 나간 모양이라고, 알겠지?"

"박사님의 생각이 맞기를 바랄게요." 조락의 말투에는 '당신이 저보다 이 사람들을 잘 알겠죠'라는 느낌이 잘 담겨 있었다. "매린을 연결할게요."

"헌트? 조락에게서 상황을 들었어요. 이쪽으로 오기는 힘들겠네요. 놈들이 사방에 있어요. 지금 나는 조락이 찾아낸 빈 숙소에 들어와 있어요."

헌트가 머리를 재빨리 굴렸다. 비자르에 연결하기 위해 투리엔 연결기가 있는 곳으로 가는 건 의미가 없을 것이다. 놈들은 거기부터 지킬 게 틀림없었다. 제블렌인들이 복합단지의 예비 시스템을 작동시키면 가장 먼저 행정본부에 연결된 조락을 끊을 것이다. 헌트는 조락이 아직 도움을 줄 수 있는 동안 매린을 만나야 했다.

"조락, 우리를 어딘가에서 만나게 해줄 수 있겠어?" 헌트가 물었다.

"총독실을 통해서는 밖으로 나갈 수 없어요. 장비실 뒤쪽으로 가세요. 아래쪽에 길이 있을 겁니다. 그건 그렇고, 랑게리프에 대한 박사님의 생각은 옳았던 것 같아요."

장비실 후미의 칸막이 뒤쪽으로 가자 케이블과 파이프가 아래층으로 내려가는 관로가 있고, 거기에 있는 관리용 쪽문을 열자 기술자들의 점검 통로가 나왔다. 헌트는 그 통로를 따라 기계실을 지나 공구실로 나갔다. 그리고 거기에서 아무도 없는 계단통으로 들어갔다. 그는 한 층을 내려간 뒤 복도를 따라서 이미 조락이 헌트를 위해 대기시켜놓은 엘리베이터로 갔다. 그리고 커다란 식당들이 있는 층으로 내려갔다. 엄청나게 많은 제블렌인 사무원들이 서성대고 있었고, 당황해서 허둥지둥하는 경찰들이 관리인들에게 무슨 일이 일어났는지 설명하려 애썼다. 총체적으로 뒤죽박죽인 상황에서, 헌트는 사람들을 뚫고 복잡한 부엌으로 들어간 뒤 뒤쪽의 통로로 나갔다. 매린 역시 조락의 안내를 받아 그쪽으로 왔다. 헌트가 온수기와 펌프 뒤에 있는 그녀를 발견했다. 매린은 놀란 모양이었지만 별일은 없는 듯했다.

"이제 어떻게 하나요?" 매린이 물었다.

"조락, 어떤 게 가능하지? 우리가 밖으로 나갈 수 있나?"

"나가는 게 가장 좋은 방법일 것 같습니다. 저기요, 지금 제블렌인 기술자가 제어실로 들어갔어요. 예비 통신 및 감시 시스템으로 전환할 겁니다. 이제 언제라도 제가 끊길 수 있어요. 지금 제가 이야기한

479

방향으로 이동해서 지하실로 가세요. 제가 문을 열어놨습니다. 그러면 시내의 화물 운송 시스템으로 들어갈 수 있습니다. 먼저, 지금 있는 통로 밖의 뒤쪽 계단으로 내려가야 합니다. 거기에서 쓰레기 압축 시설로….”

그들은 곧 조락과 연결이 끊어졌다. 하지만 조락이 말해줬던 경로를 따라 내려가는 길을 찾아냈다. 출구는 잠기지 않았다. 그들은 터널과 갱도들이 모여 있는 곳으로 들어갔다. 많은 통로가 파손되어 무너진 상태였다. 곧 쉬반의 자동화된 지하도가 나왔다. 그들은 행정본부로부터 안전한 거리만큼 왔다고 판단될 때까지 이동한 후 고가보행로와 계단을 통해 올라가 거주지로 나왔다. 헌트는 얼마 떨어지지 않은 곳의 호텔 앞 도로를 알아봤다. 닉시가 그를 데려갔던 호텔이었다. “좋아요, 여기가 어딘지 알 거 같아요.” 헌트가 매린에게 말했다.

“다행이네요. 하지만 어디로 가면 좋을까요?”

샤피에론호는 너무도 뻔했다. 조락이나 우주선을 책임지고 있는 사람은 몇 가지 이유로 이륙하지 않았을 것이다. 하지만 경찰들이 그들을 찾고 있을 가능성이 컸기 때문에, 헌트는 기르바인까지 갈 수 있는 확률을 낮게 잡았다. 그리고 설령 거기까지 간다고 하더라도, 샤피에론호가 서 있는 비행장 안으로 들어가는 건 불가능할 것이다.

“흠, 시내에 내가 아는 미국인이 한 명 있어요. 그 집에 가서 우리가 뭘 할 수 있을지는 아직 잘 모르겠지만요. 거리에서는 목소리를 낮추세요. 아마 지구인을 찾으라는 명령이 떨어졌을 거예요.”

47

경찰들이 많이 보였다. 하지만 그들의 배치로 볼 때, 행정본부를 봉쇄하려는 게 아니라 행정본부 주변에서 대기하는 예비 병력처럼 보였다. 어쨌든 경찰들이 주변 구역에서 사람들을 쫓아내지 않았기 때문에, 헌트와 매린은 쉽게 섞여들어 갈 수 있었다. 녹색 초승달 깃발이 사방에 나부꼈다. 그리고 아야톨라들이 흥분한 군중들에게 장황한 연설을 늘어놓았다. 두 지구인은 그들이 말하는 내용을 전혀 이해할 수 없었지만, 들뜬 열기는 쉽게 알 수 있었다. 도시 전체가 곧 닥칠 어떤 사건에 대한 기대감으로 살아나는 느낌이었다.

와글거리는 아케이드와 광장을 지나는 동안, 헌트는 현재 진행되는 상황을 조금이라도 더 이해해보려 애썼다. 그는 랑게리프가 주장했던 이유들이 행정본부를 장악하려는 진짜 동기라고는 믿지 않았다. 공동정책위원회는 현재의 행정부를 철수하려는 논의를 시작했을 뿐이었다. 확실한 결정은 기다려봐야 알 수 있었다.

유일하게 가능한 다른 목표는 행정본부에 일어나고 있던 일의 세부사항이 공동정책위원회와 그 배후의 권력에게 전달되지 않도록 막는 것이었다. 그러나 외부에 있는 사람들이 알 수 있는 사실이라고는 가니메데인이 주요한 제벡스의 위치를 점검했으며, 제벡스의 많은 시스템이 있어야 할 곳에 없었다는 사실뿐이었다. 이 행정부 탈취의 배후에 있는 게 누구든, 그들은 사람들이 우탄과 관련지어 생각하는 상황을 원치 않는다는 의미였다. 다시 말해, 그들은 유벨레우스를 우탄으로 보내줬던 공동정책위원회에 그 결정을 재고할 근거를 넘겨주지 않겠다는 강한 열망에 사로잡혀 있었다.

헌트와 매린이 노란 튜닉과 녹색 덧옷을 입은 아야톨라가 마구 손을 흔들어대는 작은 광장을 가로질러 들어간 도로에는 이쪽 벽에서 저쪽 벽까지 군중이 빽빽하게 차 있었다. 거기를 재빨리 뚫고 지나갈 방법은 없었다. 두 사람은 이 도로의 반대편 끝까지 걸어가거나 돌아서 다른 길을 찾아야 했다. 헌트가 체념한 표정으로 매린을 쳐다보자, 그녀가 어깨를 으쓱했다. 헌트는 방향을 돌려 손을 흔들고 박수를 치는 제블렌인들 사이로 조금씩 나아가기 시작했다.

헌트는 그곳에서 축제나 잔치에 간 사람들에게서 보이는 행복하게 고양된 즐거움이 느껴지지 않았다. 여기서 느껴지는 건 그보다 격렬하고 맹렬한 갈망이었다. 그들 주변 사람들의 얼굴은 상기되고, 눈이 이글거렸으며, 입은 무심하게 외치는 구호로 뒤틀렸다. 다들 내면의 황홀감 외에는 모두 잊어버린 듯했다. 그것은 일요일 오후 퍼레이드에 아이들을 데리고 나온 사람들을 폭도로 만들고 나치의 뉘른베르크 집회에 참여하게 하는 야수적 속성이었다.

"아니야." 헌트는 몇 미터를 채 나아가기 전에 혼잣말했다. 야수는 군중 안에 있지 않았다. 야수는 저 위, 상자를 쌓고 앞에 깃발을 내걸어 만든 임시 연설대 위에 있었다. 저것은 이성적인 우주의 피조물이 아니었다. 다른 장소, 다른 현실의 결과물이었다.

헌트가 군중을 다시 돌아봤다. 그들은 의식하지 못하고, 보지 못하고, 알지 못했다. 그곳에서는 아무것도 저절로 변화하지 않을 것이다. 사람들을 훑어보고, 모든 반응과 신호에 주의를 기울이는 연설자의 약삭빠르고 매처럼 생긴 외모를 보며, 헌트는 그 번들거리는 눈동자 뒤에서 쏘아보는 외계인스러움을 파악하려 했다.

순간적으로 그의 눈이 헌트의 눈길과 만난 것 같았다. 찰나에 불과했지만, 헌트는 마치 얼굴에서 표정을 읽히듯이 자기 생각이 읽힌 듯한 으스스한 느낌이 들었다. 헌트는 자신이 바라보고 있는 저 몸 안의 자아가 언제쯤 이 새로운 세상에 왔을지 궁금해졌다. 저 사람의 첫 반응이 공포였든 혹은 다른 것이었든, 그는 자신에게 주어진 새로운 현실을 되돌릴 수 없다는 사실을 받아들이고, 스스로 깨우친 분야에서 생존 기술을 터득했다. 그 모든 일이 일어나는 동안, 이곳에서 태어나고 이곳에 속한 저 대중들은 환상에 빠져서 자신들의 망가진 도시를 투리엔인이 수리해주길 기다렸다. 침입자들은 자신의 안전을 위해 그 부주의한 사람들로부터 추종자들을 모아 자기 주변에 배치했다. 지금 당장 헌트의 눈앞에서 일어나는 상황처럼.

제블렌인이 보낸 요원들 때문에 지구의 역사에서 줄곧 일어났던 일과 일맥상통했다. 그들의 불안감은 편집증이나 다른 사람들을 통제하려는 갈망으로 나타났다. 일반적인 사람들에게는 이해되지 않는 방식이었다. 그런데 지금 헌트는 왜 그렇게 되었는지 이해가 됐다. 지구에 침투해서 잔혹하고 비인간적 최악의 사건들을 저질렀던 요원들은 인간이 전혀 아니었다. 저들의 유일한 목표는 지금 헌트가 목격하고 있는 바로 저것이었다. 자신들의 광신도 군단을 강화해서 내부 우주에서 오는 다른 경쟁자들로부터 자신의 안전을 지키려는 것이다. 지구에 단순하고 미성숙한 사람들이 있었다면, 제블렌에는 투리엔의 잘못된 관용으로 인해 바뀌어버린 제블렌인 무리가 있었다. 이들은 언제든 동원해서 이용할 수 있는 소모품이었다.

'동원해서 이용할 수 있는 소모품.' 머레이의 집으로 가는 내내 그 구절이 헌트의 머릿속을 떠나지 않고 맴돌았다.

✳

"누구세요?" 하얀 테두리의 자주색 문 어딘가에서 가정 컴퓨터 롤라가 질문하는 목소리가 들려왔다.

"나는 헌트야. 머레이 씨가 안에 계시나?"

그 즉시 머레이의 목소리가 들려왔다. "이번엔 뭘 원하는 거요? 당신은 이미 우리 집에서 별로 평판이 안 좋아. 나랑 맨날 어울리던 친구들도 이제 나와 어울리길 싫어해."

"우리를 들여보내주세요. 중요한 일이에요."

"우리? 아, 젠장, 다시는 안 돼. 그 걸어 다니는 탱크 두 놈을 또 데려온 거요?"

"그냥 저하고 매린이라는 친구예요. 매린은 작가예요. 미국인이고."

"내 인생 이야기는 아직 팔 생각이 없소. 마지막을 어떻게 할지 아직 생각을 못 해봤거든."

"이봐요, 제블렌인들이 쿠데타로 행정본부를 장악했어요. 쉬반 경찰들도 참여했고요."

"이런, 맙소사!"

"제블렌 행성 전체로 확장될 겁니다. 잘 모르긴 해도, 제블렌 연방이 아직 죽지 않은 모양이에요. 우린 큰길을 피할 수밖에 없었어요."

문이 열렸다. 헌트가 매린에게 고갯짓을 하자 그녀가 앞서서 들어갔다. 머레이가 거실에서 그들을 맞이했다. "이쪽은 지나 매린." 헌트가 말했다. "이쪽은 머레이. 이분도 서해안에서 왔어요. 샌프란시스코."

"그렇군. 은하계가 참 좁구려." 두 사람은 고개를 끄덕이더니 대충 악수를 했다.

"안녕하세요. 당신에 관한 이야기는 많이 들었습니다. 저도 닉시의 친구거든요."

"고향 이야기는 나중에 나누기로 합시다. 닉시는 잘 지내는 거요? 최근에 내가 닉시를 만난 횟수를 생각해보면, 행정본부에서 살림을 차렸거나 해병대에 입대라도 한 거 같던데."

"닉시가 큰 도움을 주고 있어요." 헌트가 말했다. "제가 마지막으로 봤을 때는 무사했는데, 야단법석이 났을 때 헤어졌어요. 매린과 저만 겨우 빠져나왔습니다." 헌트는 머레이가 평소에 사용하는 의자 앞의 컴패널과 모니터를 보더니 그쪽으로 걸어갔다. "뭘 좀 해봐도 될까요?" 헌트는 패드를 두드려 활성화하고, 이제 제블렌인 장비에 대해 배운 방법을 이용해 채널 56번을 호출했다. "조락, 내 소리 들려?" 그는 잠시 기다렸다. "조락?" 응답이 없었다.

"나쁜 소식이오?" 머레이가 물었다.

헌트가 낙심한 표정으로 고개를 끄덕였다. "놈들이 샤피에론호와 행정본부의 연결을 끊어버렸어요."

머레이가 패널에 대고 제블렌어로 몇 마디 했다. 그러자 모니터에 짧은 메시지가 나타났다.

"무슨 말인가요?" 헌트가 물었다.

"현재 비상 체제라 서비스가 제한된다는 뜻이오." 머레이가 말했다. 그가 고갯짓으로 술병과 잔이 든 캐비닛을 가리키면서 눈짓으로 의향을 물었다.

헌트가 고개를 끄덕였다. "고마워요. 한 잔 정도는 괜찮을 거 같아요."

"저도요." 매린은 그게 어떤 술인지는 상관없다는 듯 말했다. 그리고 의자에 푹 파묻혔다.

머레이가 쪼그려 앉아 캐비닛의 문을 열었다. "그래서 어떻게 된 거요?" 그가 술을 따르며 어깨너머로 물었다.

"제블렌인들이 행정본부를 급습했어요. 그리고 가니메데인들을 쫓아내고 장악했죠. 그다음에는 어떻게 되었는지 잘 모르겠어요."

"제기랄!" 머레이가 자신의 잔을 가득 채운 후 한 모금에 절반을 털어 넣었다. 그리고 일어나서 두 사람에게 잔을 건네더니 큰 탁자의 모서리에 기대섰다. "어제 헬리콥터가 짭새들을 잔뜩 태우고 가던데, 그거랑 관련된 거요?"

"만일 그렇다면, 아직 공개되진 않은 사실이군요. 하지만 그럴 거라고 확신합니다." 헌트가 말하고, 술을 한 모금 마셨다. 그리고 질문을 던졌다. "시내에는 대체 무슨 일이 벌어진 건가요? 열광적인 분위기더라고요. 녹색 초승달이 온 사방에 있었어요. 그 사람들은 뭔가를 예상했던 모양이에요."

"그놈들은 어제부터 그랬소. 제벡스가 돌아올 거라는 소문이 크게 돌았지. 중독자들은 그 소문 때문에 아주 난리도 아니오. 가니메데인이 떠나더라도 눈물을 흘릴 사람들은 아무도 없을 테고."

매린은 의자 팔걸이에 느긋하게 팔을 걸치고 방을 둘러봤다. 당분간 안전해진 덕분에 이제 긴장이 풀리자, 일어난 상황의 충격이 그녀에게 온전히 느껴졌다. 미루어두었던 절망감이 파고들자 활력이 빠져나가며 얼굴이 핼쑥해졌다.

"자, 이제 끝났네요." 매린이 기운이 없는 목소리로 말했다. "다 끝났어요. 우리는 지원군이 느릿느릿 올 때까지 빈둥대다가 남은 것들을 챙겨서 집으로 가겠죠. 그 전에 우리가 잡히지만 않는다면 말이에요."

"젠장, 사내놈 하나 조용히 살 만한 곳이 어디 없으려나?" 머레이가 툴툴거렸다. "설마 여기에다 미국 국세청을 세우는 건 아니겠지?

"그때가 온다면, 아마 그게 가장 사소한 문제일걸요." 매린이 농담 조로 말했다.

"거기 남은 다른 사람들은 어떻소?" 머레이가 물었다.

"잘 모르겠어요. 우리도 막 빠져나온 거라서."

"그러면, 이제 어떻게 되는 거요?"

"모르겠어요. 헌트, 당신은 어떻게 생각해요?" 매린이 헌트를 돌아 봤다. 하지만 헌트는 이상하게 멍한 표정으로 앉아 그 소리를 듣고 있지 않았다. "헌트, 괜찮아요?"

"동원해서 이용할 수 있는 소모품." 헌트가 여전히 멍한 표정으로 중얼거렸다. "그게 이 모든 난리의 목적이었던 거야."

"뭐라고요?"

다시 현실로 돌아온 헌트가 그들을 바라봤다. "아직 안 끝났어요. 아직 시작도 안 한 거예요."

"무슨 이야기죠?"

"우탄에 가는 게 유벨레우스와 교단에 왜 그렇게 중요했는지 그 이유를 알았어요." 헌트가 침을 삼키고 잠시 할 말을 정리했다. "바우머를 이용해서 당신을 함정에 빠트리고 머릿속에 가짜 기억을 주입했던 게 바로 그놈들이에요. 이케나의 사업에 대해 우리에게 했던 이야기들은 전혀 중요하지 않아요. 사실 그건 미끼였어요. 이케나는 실제로 일어나고 있는 일에서 사람들의 관심을 돌리기 위해 준비된 소모품이었던 거죠. 제벡스가 돌아오면 저기 바깥에 있는 수많은 사람이 모두 연결기로 몰려갈 겁니다. 전체 인구가 낚시에 걸려든 겁니다. 바우머처럼 말이죠."

매린은 고개를 주억거렸지만 의아한 눈빛이었다. "네, 무슨 말인지 알겠어요. 하지만 어디에…."

"모르겠어요? 저놈들은 제벡스가 돌아오면 도시의 절반을 온라인으로 연결할 거예요. 그런데 내부 우주 안에 뭐가 있을 것 같아요? 수만 명이 쏟아져 나올 때를 기다리고 있어요. 엄청나게 많은 엔트들이."

매린이 손을 들어 입을 가렸다. "오, 맙소사!"

"대체 둘이 무슨 이야기를 하는 거요?" 머레이가 두 사람을 교대로 쳐다보며 물었다.

하지만 헌트가 계속 말했다. "지구를 수천 년 후퇴시켰으며, 투리엔을 시공간 거품 안에 가둬놓고 장악하는 음모를 꿈꾸던 사람들이 바로 그들이었어요. 그들이 발원한 장소와 방법의 한계에도 불구하고, 그 꿈을 거의 이룰 뻔했었죠." 헌트가 잔을 들더니 꿀꺽꿀꺽 마셨다. "당시 우리는 그들을 막았다고 생각했었죠. 하지만 우리가 틀렸어요. 그리고 지금 이… 지금 당장 우탄에 가려는 유벨레우스를 막지 못한다면, 이 사태를 멈추게 할 방법을 쉽게 찾을 수 없을 겁니다."

매린이 뭔가 대답하기 전에 패널에서 종소리가 울렸다.

"무슨 일이야, 롤라?" 머레이가 소리쳤다.

"닉시가 왔습니다." 집의 컴퓨터가 말했다. "방문객을 데리고 왔습니다."

헌트가 깜짝 놀라 고개를 들며 일어나려다 술을 쏟았다. "여기로? 닉시가 왔다고? 세상에, 그렇게 놀라운…."

그때 닉시가 들어왔다. 기운차고 차분한 모습이었으며 말짱했다. "헌트! 매린!" 닉시가 제블렌어를 빠르게 쏟아냈다. 지금까지 조락을 쉽게 이용하던 상황에 익숙해진 탓에 나온 반사적인 반응이었다. 곧 자신의 실수를 알아채고 말을 멈췄다. 그리고 컴패널을 향해 뭔가 다른 말을 했는데, 반응이 없자 의아한 표정을 지었다.

키가 크고, 마르고, 안경을 쓴 인물이 닉시를 따라 들어오자 헌트의 눈동자가 커졌다.

"아, 그래, 여기 있었군." 단체커가 만족스럽게 말했다. "조락이 끊어지기 직전에 자네에게 나가는 길을 가르쳐줬다고 우리한테 알려줬어. 우리는 자네가 여기로 올 거라고 짐작했지."

48

컬렌 보안국장이 가루스 총독의 집무실로 끌려 왔다. 집무실에는 랑게리프가 경찰들, 그리고 다른 제블렌인들과 함께 기다리고 있었다. 가루스 총독은 집무실 한쪽 벽에 멍한 얼굴로 앉아 있고, 쉴로힌이 그 옆에 있었다. 행정본부에 배정된 투리엔인 두 명도 있었는데, 제블렌인이 복합단지 다른 곳에서 데려온 사람들이었다. 코버그와 러밴스키는 충성스러운 대다수의 보안국 요원들과 함께 아래층에 있었는데, 경찰이 이들을 무장해제하고 가두었다. 그들은 잘 싸웠지만, 상황이 불리했다. 그리고 그때 랑게리프가 인질들을 없애버리겠다고 위협하기 시작하는 바람에 싸움이 중단됐다.

조락이 사라진 상태에서 제블렌인은 소통에 어려움을 겪었다. 인간과 가니메데인의 언어는 완전히 다른 영역에서 작동했기 때문이다. 소형 제블렌어-투리엔어 통역기는 프로그램이 고정된 장치라서, 투리엔인들이 쓰는 말과는 다른 샤피에론호의 가니메데인 언어나 지구인의 언어를 이해하지 못했다. 그래서 랑게리프는 컬렌 보안국장에게

490

지구인의 말을 제블렌어로 통역하라고 지시했는데, 이는 그의 직업 특성상 익숙한 일이었다. 그러면 그들이 통역기를 통해 투리엔인에게 전달하고, 투리엔인은 가루스 총독과 그의 부하들에게 말할 것이다.

그러나 보안국장은 협조할 기분이 아니었다.

"당신은 원래부터 그렇게 멍청했던 거야?" 컬렌 보안국장이 모자라는 제블렌어 어휘에서 골라내 랑게리프에게 말했다. "당신이 함정에 빠진 사실을 모르겠어?"

"무슨 소리를 하는 거야?" 랑게리프가 되물었다.

"게임은 그만하지. 우리는 당신이 빛의 축과 한 편이라는 거 알아, 맞지?" 사실 컬렌 보안국장은 몰랐다. 그저 상대방을 당황하게 하려고 아무거나 건드려본 것이었다. "어쨌거나, 그놈들이 사람의 가치를 어느 정도로 생각하는지는 당신도 봤을 거야. 메리언 페인에게 무슨 일이 일어났는지 봐. 당신 자리에 있던 사람은 어떻게 됐지?"

"그게 나랑 무슨 상관이야?"

"당신은 그 사람이 뒤에서 온갖 문제를 계속 일으키는 동안 앞에 세워놓은 멍청이일 뿐이야. 유벨레우스는 이 문제들을 모두 당신 책임으로 떠넘길 거야. 그리고 자기는 아무 상관도 없다는 듯 우탄에서 깨끗한 손으로 돌아오겠지. 그때는 당신이 깨질 차례야. 가니메데인은 떠나고, 유벨레우스는 더 손쉽게 제어할 수 있는 공동정책위원회와 함께 새 행정부를 세우는 일에 손을 댈 거야. 잘 생각해봐. 무슨 말인지 이해가 될 거야."

랑게리프가 잠시 생각해보더니, 컬렌 보안국장을 향해 걸어가서 그의 뺨을 후려쳤다. 보안국장이 한숨을 뱉었다. 속으로 그래도 시도는 좋았다고 생각했다. 하지만 성과가 전혀 없었다. 그래서 대신 컬렌 보안국장은 오른손으로 랑게리프의 턱을 쳐서 때려눕혔다. 사무실을 지키던 제블렌인이 플라스마 총을 쏴서 그를 쓰러트렸다. 한쪽에 있던 가루스 총독이 눈을 감았다.

✳

기르바인의 정박지에 서 있는 샤피에론호 사령실에서는 가루스 총독의 부재로 레이엘 토레스가 선장 대리를 맡았다. 토레스는 비상 상황에 대한 새로운 소식을 얻기 위해 띄워놓은 탐사기에서 보내온 외부의 모습과 도시 상공에서 촬영한 영상을 비추는 스크린을 올려다봤다. 수석 공학자 로드가르가 사령실에 합류하고, 여러 방향에서 나타난 승무원들이 임무를 맡은 위치로 서둘러 갔다. 인근에 있던 모든 가니메데인들을 우주선으로 불러들였다. 그리고 토레스는 예방 차원에서 우주선을 비행준비 상태로 대기시켰다.

"저들이 도시 네트워크에서 조락을 끊었습니다. 이 상황을 어떻게 판단하세요?" 로드가르가 말했다.

"어떻게 생각해야 할지 모르겠어요. 인간들이 불안정하다는 사실은 알고 있었지만." 토레스가 대답했다.

"저들이 뭘 하려는 걸까요?" 로드가르가 물었다.

"누가 알겠어요? 인간들은 모두 미쳤어요."

"여기 상황은 어떤가요?"

"경찰이 우주항을 봉쇄해서 투리엔인이 항의하는 중입니다. 어떻게 되어가는지 저도 잘 모르겠어요." 토레스가 말했다.

"투리엔에서 비자르를 통해 메시지가 왔습니다." 조락이 말했다.

"그래?" 토레스가 대답했다.

"칼라자르 의장이 곧 연결될 겁니다. 그사이 지구가 기민하게 움직였습니다. 지구인들은 공동정책위원회 위원들의 위치를 최대한 많이 파악하려 노력하고 있습니다."

"좋군."

"우리가 알고 있는 행정본부의 마지막 상황은 뭐야?" 로드가르가 물었다.

조락이 대답했다. "헌트 박사와 매린은 개방된 장소로 통하는 출구로 가던 중이었습니다. 단체커 교수는 당시까지 건물 안에 있었습니다. 닉시는 놓쳤습니다. 나머지 사람들은 구금당했습니다."

"흠." 로드가르가 작게 한숨을 뱉었다.

토레스가 잠시 생각하다 말했다. "헌트 박사와 매린이 밖으로 나갔더라도 그 도시에서 잡히지 않고 돌아다니기는 힘들 거야. 그렇다고 행정본부로 돌아갈 수도 없어." 그가 목소리를 높였다. "조락, 그들이 갈 만한 장소에 대해 아는 거 없어?"

조락이 불법적인 도청 작전으로 쌓인 자료들을 살펴봤다. "헌트와 닉시가 대화를 많이 한 장소들이 있습니다. 하나는 호텔인데, 고려할 가치가 없을 것 같습니다. 다른 하나는 개인 집입니다."

"그 위치를 알 수 있겠어?"

조락이 도시의 주소록과 구획 도면을 자료실에서 불러냈다. "네. 7번 모니터를 봐주세요." 미로 같은 단면도가 나타났는데, 복합단지의 주거 구역이 밝게 빛났다. 그리고 아파트 중 한 부분이 깜빡거렸다. "행정본부에서 멀지 않은 중심부의 이쪽 지역입니다."

토레스가 어떠냐는 표정으로 로드가르를 쳐다봤다. "행정본부에서 멀지 않다…." 로드가르가 다시 반복했다. 그가 고개를 끄덕였다. "한번 시도를 해봐도 좋을 거 같아요. 그들이 외부에 있다면 갈 만한 장소입니다. 확인해보죠."

"조락, 탐사기 한 대를 즉시 발사할 수 있도록 준비해." 토레스가 명령했다.

✳

머레이의 집에서는 단체커와 닉시가 자신들의 이야기를 들려줬다.

행정본부의 정문 로비에 배치된 경찰관이 우연하게도 닉시가 아는 얼굴이었다. 닉시가 계단으로 내려가서 그를 보자마자 한쪽으로 불러내서 내보내달라는 이야기를 하고 있을 때, 단체커가 엘리베이터에서 튀어나오더니 고래고래 소리를 지르며 눈에 보이는 모든 사람을 위협했다. 그 모습에 영감을 받은 닉시가 경찰관에게 단체커는 지구에서 온 교회 목사인데, 자신이 제블렌인 교단과의 교류를 도와주고 있다고 말했다. 그리고 닉시는 만일 자신과 저 목사가 여기에 있다가 갇힌다면, 쉬반 경찰서장뿐만 아니라 사실상 이 도시의 모든 경찰이 내일 아침이면 녹색 초승달의 표적이 되어 있을 거라며, 누가 위태로운 상황에 부닥치게 될지 짐작해보라고 날카롭게 말했다. 몇 분 후 닉시와 단체커는 조용히 옆문으로 함께 나왔다.

그리고 헌트와 매린이 자신들의 이야기를 해줬다. 그 후 헌트가, 단체커와 닉시가 도착했을 때 매린에게 말해주기 시작했던 자기 생각을 반복해서 이야기했다. 머레이는 배경을 모르기 때문에 그 이야기가 무슨 뜻인지 이해하지 못했고, 닉시는 조락의 도움이 없는 상태에서는 지구인들의 이야기를 온전히 알아들을 수 없었다. 그래서 닉시와 머레이는 세 사람을 남겨두고 다른 방으로 가서 몇 군데 전화를 돌리며 전반적인 상황에 대해 더 자세한 소식들을 수소문했다.

헌트가 이야기를 마치자 단체커의 얼굴이 사색이 되었다. "그래." 단체커가 낮게 속삭였다. "이제 어떻게 된 건지 이해가 됐어. 태생적으로 위태롭고, 불안정한 그런 세상이 엔트의 본성을 설명해줘. 그리

494

고 그들이 환영을 통해 본 세상으로 탈출하고자 하는 생각이 어떻게 강박적인 집착이 될 수 있었는지도 명확히 알 수 있어."

"그렇지만 그들은 탈출을 위해서 도망쳐 들어갈 숙주가 필요했어." 헌트가 말했다. "그리고 내 생각에는 제블렌인이 시스템 중독자가 된 이유가 바로 그거야. 시스템에서 떠나지 못하도록 유혹한 거지. 그래야 그들을 이용할 수 있으니까."

단체커가 고개를 끄덕였다. "시간이 지나며 그들의 수가 늘어났어. 제블렌인들은 가장 이상한 외계인 침략의 희생양이 되어버린 거지. 수 광년 떨어진 컴퓨터 안에서 생겨난 정보 바이러스의 공격을 받은 거야."

"하지만, 그건 겨우 시작일 뿐이었어." 헌트가 냉정하게 말했다. 그가 손가락으로 문 쪽을 가리켰다. "저 바깥에 중앙 시스템이 활성화되기를 기다리는 연결기가 얼마나 되는지는 아무도 몰라. 그런데 우탄에서는 투리엔 관리자들이 군사시설을 해체할 독실한 평화주의자들을 기다리고 있어." 헌트가 단호하게 고개를 가로저었다. "하지만 그런 일은 일어나지 않을 거야. 유벨레우스가 그들을 제압한 후 단단히 자리를 잡고 나면, 우탄을 사실상 난공불락의 요새로 만들 수 있어. 그런데 유벨레우스가 제벡스를 다시 가동하고, 우리는 머리나 긁적이면서 어떻게 우탄으로 들어갈까 고민하는 상황이 펼쳐지면 어떨 거 같아?"

단체커와 매린의 얼굴에 뜬 표정을 보니, 굳이 그가 더 말을 보탤 필요가 없었다.

헌트가 고개를 끄덕였다. "단체커, 자네가 방금 말했잖아. 제블렌인은 컴퓨터의 정보 바이러스 외계인에 공격받은 희생자들이라고. 하지만 이전에 일어난 일들은 유벨레우스가 제벡스를 다시 가동한 뒤에 일어날 일에 비하면 아무것도 아니야. 그놈이 우탄에 가는 걸 우리가 막지 못한다면, 이 행성은 그 전염병의 공습을 받을 거야!"

✳

마침내 그들이 현재 일어나고 있는 일의 근원과 이유를 알아낸 듯했다. 그러나 앞으로 일어날 문제를 해결할 방법이 없었다. 만일 방법이 있다면, 당연히 가장 먼저 투리엔인에게 연락을 취해서 유벨레우스를 막아야 했다. 그러나 조락이 끊어진 상태에서 그들에게는 연락할 길이 없었다. 그래서 그들은 가능한 다른 수단들을 검토했다.

투리엔이 통제하고 있는 기르바인의 피난처로 가자고 단체커가 제안했다. 제블렌인이 덤비더라도 샤피에론호에 승선할 수 있는 길을 찾을 수 있을 것이다. 혹시 그게 실패하면 다른 투리엔 우주선으로 가면 된다.

헌트는 거기까지 갈 가능성을 낮게 봤다. "제블렌인들이 가장 먼저 감시할 곳이 바로 거기야." 헌트가 단호하게 말했다. "거긴 이미 문제가 터졌을 거야. 그리고 몇몇 교단은 지구인에게 복수할 핑계를 찾고 있을 거야. 난 그 제안이 별로야, 단체커."

"그쪽 방향으로 아주 많은 일이 일어나고 있소." 다시 그들에게 합류한 머레이가 확인해줬다.

"그러면 자네 제안은 뭐야?" 단체커가 헌트에게 말했다.

"당분간 시내에서 사람들 눈에 안 띄게 납작 엎드려있는 게 나을 것 같아. 아마 그사이에 연락할 방법을 찾게 될 거야." 헌트가 말했다.

머레이의 얼굴에 걱정하는 빛이 살짝 비쳤다. "이 장소에 그렇게 오래 머무르는 게 과연 영리한 방법일지 나로선 잘 모르겠소. 닉시가 행정본부에서 제블렌인 경찰과 이야기를 나눈 상황이기 때문에, 굳이 천재가 아니라도 당신들이 숨은 장소가 어딘지 알아낼 수 있을 거요."

침묵이 흘렀다. 아무것도 해결되지 않았다. 매린이 자리에서 일어나 스트레칭을 하며 어깨를 풀었다. "오늘 온종일 아무것도 안 먹었어요. 그쪽으로는 어떤 선택지가 있나요?"

"내가 막 나가려던 참이었소." 머레이가 말했다. "오늘 먹거리를 사놓을 참이었거든. 이 동네에 음식점이 두 군데 있소. 하나는 해조류가 든 콩버거를 파는 채식 음식점이고, 다른 하나는 일종의 즉석 요리점이지."

매린은 행정본부에서 샌디가 먹던 샌드위치가 떠올라 우울한 표정이 되었다. "스크램블드에그, 콘드 비프, 소시지 파이에 추가로 감자튀김." 그녀가 벽에 붙은 샌프란시스코 포스터를 슬픈 눈으로 바라보며 중얼거렸다.

"달걀 반숙, 베이컨, 버섯에 프라이드 토마토." 헌트가 속삭였다.

"그래요⋯, 언젠가 그런 걸 먹게 될 거요." 머레이도 이해했다. "아쉬운 대로 지구에서 가져온 캔 음식이 몇 개 남아 있을 거요. 한번 찾아보겠소."

머레이가 자리에서 일어나 문을 향해 걸어갈 때 패널에서 다시 종소리가 들리더니 롤라의 목소리가 말했다. "오사야가 위층에서 연락했습니다."

"연결해." 머레이가 대답했다. 흥분한 듯한 제블렌인 여성의 목소리가 들려오자, 머레이가 뭐가 대답했다. 그들이 대화를 주고받는 사이 닉시가 문간에 나타났다. "오사야가 뭐라고 하는 거지?" 머레이가 닉시에게 물었다. "창문이 달린 모자가 어쩌고 그러는 거 같은데."

닉시가 오사야와 이야기를 나눴다. "아, 에프릴린!" 닉시가 머레이의 오류를 지적했다.

"그게 모자 아니야?" 머레이가 말했다.

"맞아. 그러나 물고기라는 뜻도 있어."

"그러면 오사야가 말하는 창문이 달린 물고기라는 게 대체 뭐야?"

"오사야의 말은 거기 물고기처럼 생긴 게 창문 밖에 있다는 거야."

머레이가 고개를 절레절레 흔들었다. "혹시 뭐 재밌는 거라도 피웠대?"

"내가 가서 본다." 닉시가 오사야와 몇 마디 주고받더니 밖으로 나갔다.

머레이는 부엌으로 갔다. 그리고 그가 찬장을 열고 뒤적이는 소리가 들렸다. 곧 뭔가 단단한 물체가 바닥에 쿵 떨어지는 소리가 들렸다. "있을 줄 알았어!" 그의 목소리가 문을 통해 들려왔다. "진짜 햄… 그리고 보스턴 빈은 어떻소?"

"프라이드 토마토는 처음 들어봐요." 매린이 헌트에게 말했다. "혹시 그것도 영국인들이 하는 이상한 짓인가요?"

"맛있어요. 특히 구운 빵 위에 얹으면 과즙이 스며들어서 맛있죠. 하지만 마지막은 꼭 블랙푸딩으로 끝내야 돼요." 헌트가 말했다.

"블랙푸딩이 뭐예요?"*

"법은 소시지 같아서 만드는 과정을 보지 않는 게 낫다는 비스마르크의 격언이 지금 이 상황에 더 잘 어울릴 것 같아요." 단체커가 충고했다.

그때 닉시의 목소리가 패널에서 들려왔다. "머레이, 이리 와서 봐. 헌트 데려와."

헌트가 의아한 표정으로 단체커와 매린을 쳐다보며 자리에서 일어났다. 머레이가 부엌에서 고개를 삐죽 내밀고 물었다. "무슨 일이야?"

---

* 블랙푸딩은 영국과 아일랜드 등지에서 먹는 선지 소시지로, 한국의 피순대와 흡사하다.

"와서 봐." 닉시의 목소리가 말했다.

머레이가 어깨를 으쓱하더니 현관문으로 갔다. 헌트도 그를 따라 문으로 갔다.

그들은 두 층을 더 올라가 계단의 반대편에 있는 집으로 들어갔다. 헌트가 전에 만났던 키 큰 여자가 있었는데, 그녀가 손짓으로 방 안으로 들어오라고 했다. 방에는 사방에 거울이 있고, 거대한 침대가 있었다. 닉시는 실크 커튼이 길게 드리워진 창문 앞에 서 있었다. 헌트와 머레이가 창문을 내다봤다.

아래와 옆은 이리저리 연결된 지붕들과 다양한 고가보도가 어지럽게 얽혔고, 그 사이로 도시의 저지대가 보였다. 위로는 그 구역 전체를 덮는 하늘 천장이 있었고, 거미줄 같은 수송 튜브와 그 아래 설치된 조명들이 보였다. 그리고 도시를 가로질러 항공 교통을 실어 나르는 넓은 항로가 멀리까지 이어졌다. 그 천장 위로 도시의 건물들이 더 있는지는 알 수 없었다.

작은 자동차만 한 물방울 모양의 은회색 물체가 약 50미터 상공에 움직이지 않고 떠 있었다. 꼬리 부분에 작은 날개 두 개가 지느러미처럼 펼쳐졌고, 접이식 금속 연결부에 달린 원통형 장치를 제외하고는 아무런 특징이 없었다. 원통은 까딱거리며 호기심 어린 눈으로 그들을 바라보고 있는 것 같았다.

"생전에 저런 건 처음 보네." 머레이가 어리둥절한 표정으로 그 비행체를 노려봤다.

"경찰이야? 와서 우리 찾아?" 닉시가 불안한 목소리로 물었다.

헌트가 고개를 가로저었다. 희미한 미소가 퍼지며 그의 얼굴이 부드러워졌다. "우리를 찾는 건 맞지만, 경찰은 아니에요. 샤피에론호의 탐사기입니다. 가니메데인들이 우리가 어디에 있는지 알아낸 모양이에요."

"젠장, 경찰도 저렇게 빠르면 안 될 텐데." 머레이가 툴툴거렸다.

헌트가 재빨리 머리를 굴렸다. "머레이, 혹시 여기에 휴대용 통신기 같은 거 있나요? 가정 컴퓨터에 말할 때 사용하는 원격 패드 같은 거? 가니메데인이 이렇게 많이 파악한 상황이라면, 제블렌인의 전파를 쭉 훑어볼 겁니다." 머레이가 닉시에게 묻자, 닉시가 오사야에게 뭔가 말했다. 오사야는 침대 옆으로 가더니, 회색 대리석에 금색 상감 무늬가 장식되고 금색 터치패드가 달린 태블릿을 들고 왔다. 그녀가 태블릿을 창문을 향해 들고 코드를 몇 개 입력하더니, 뭔가 부정적인 말투로 말했다.

"도시 네트워크에 말하는 건가요?" 헌트가 머레이에게 물었다.

"그럴 거요."

"채널 56번을 시도해보라고 하세요."

머레이가 그 내용을 전달하자 오사야가 다시 시도했다. 그러자 익숙한 목소리가 들렸다. "아하! 이제 연결이 된 모양이네요. 안녕하세요, 누구 없어요?" 곧이어 그 내용을 제블렌어로 반복했다.

헌트가 씩 웃었다. "안녕, 조락. 탐정 기술이 나쁘지 않네. 네가 한 거야?"

"기본이죠, 친애하는 헌트 박사님. 토레스 선장 대리가 박사님과 이야기를 나누고 싶답니다."

"좋지."

샤피에론호에 있는 토레스의 목소리가 들려왔다. "헌트 박사님, 해내셨군요. 거기에 다른 사람은 누가 있나요?"

"매린이 저와 함께 왔고, 단체커 교수도 닉시와 함께 왔습니다. 다른 사람들에 대해서는 모르겠습니다."

"우려스럽게도 다른 사람들은 붙잡힌 모양입니다. 우리는 이 상황이 이해가 되지 않습니다. 제블렌인들이 뭘 하려는 건지 혹시 아시나요?"

"그럴 거라 짐작했습니다. 하지만 설명할 내용이 많은데, 상황이 급박합니다. 상층부와 직접 이야기해야 합니다. 칼라자르 의장 말이에요. 비자르를 통해 칼라자르 의장에게 연결할 수 있을까요?"

"지금 의장과 논의 중이었습니다." 토레스가 대답했다. "의장은 공동정책위원회 위원들을 최대한 많이 모으는 중입니다. 투리엔 회선을 통해 연결해드릴게요."

조락이 제블렌어로 뭔가 말하자, 오사야가 태블릿에 코드를 입력했다. 침대맡에 있던 거울이 모니터로 변하며 샤피에론호의 사령실에 서 있는 토레스의 모습이 나타났고, 그의 뒤로 가니메데인 승무원들이 보였다.

"박사님은 거기에서 벌써 집을 구하신 모양이네요." 조락이 농담을 던졌다.

"콜드웰 국장과는 연락이 닿았어?" 헌트가 조락의 농담을 무시하고 물었다.

"곧 도착할 겁니다. 워싱턴이 지금 토요일 오후라 골프를 즐기고 계셨거든요." 조락이 대답했다.

곧 다른 거울이 모니터로 변하며 산뜻한 평상복을 입은 칼라자르 의장의 모습이 나타났다. "헌트 박사님." 칼라자르 의장이 단도직입적으로 말했다. "이 문제는 모두 저희의 책임이라고 느낍니다. 행정본부에 있는 제블렌인들은 뭘 원하는 건가요? 제블렌인들이 비자르의 연결을 끊어버려서 그들과 대화를 나눌 수 없는 상황입니다."

한쪽에 있던 머레이가 경탄하며 고개를 절레절레 흔들었다. "저 사람은 칼라자르 의장이잖아. 오사야의 침실에 투리엔 우두머리라니? 믿기지 않네." 그가 중얼거렸다.

"우리는 지금 벌어지고 있는 일이 연막이라고 확신합니다." 헌트가 칼라자르 의장에게 대답했다. "아마 그들 자신도 실제로 어떤 일이 진행되는 상황인지 모를 겁니다. 우리는 이 쿠데타의 배후에 유벨레우스가 있다고 확신합니다."

갑자기 칼라자르 의장의 얼굴에 의아해하는 표정이 비쳤다. 아무리 외계인 얼굴이라고 하더라도 놓칠 수 없는 표정이었다. "왜요? 유벨레우스가 그 상황에 어떻게 개입했다는 건가요?" 칼라자르 의장이 물었다. 그때 그의 옆에 투리엔 과학 자문 포르딕 이샨의 모습도 보였다. 역시 헌트와 단체커가 오래전부터 알던 사람이었다.

머레이가 헌트를 쿡 찌르더니 고갯짓으로 창문 쪽을 가리켰다. 바깥에 경찰의 비행정이 나타나 탐사기 주변을 부산하게 돌아다니고 있었다. 탐사기는 안테나를 더 많이 세우고 인근 지역을 천천히 선회하며 떠다녔다. 아마도 탐사기가 통신을 하고 있는 장소를 감추려는 노력일 것이다.

"저기요, 시간이 별로 없는 것 같습니다. 그래서 사실만 말할게요." 헌트가 칼라자르 의장과 이샨, 토레스가 보이는 모니터들을 돌아보며 말했다. "오래전부터 제벡스 관련 업무는 모두 거짓이었습니다. 제벡스는 제블렌에 있지 않아요. 여기에 있는 센터들은 전부 모조품이고 원격 중계기가 연결되어 있습니다. 시스템의 진짜 핵심부는 모조리 우탄에 집중되어 있습니다. 유벨레우스가 진짜로 쫓는 게 그거죠. 여기서 일어나는 일은 그냥 우리의 주의를 돌리려는 양동작전일 뿐입니다. 그리고 유벨레우스가 제벡스에 대한 통제권을 갖게 된다면, 우리가 지금까지 상상했던 어떤 것보다 강한 외계인의 침략이 이 행성을 덮칠 겁니다. 자세한 이야기는 나중에 할 수 있습니다. 지금은 그냥 믿어주세요. 다른 일이 더 벌어지기 전에, 유벨레우스가 우탄에 가서 시스템을 되살리지 못하도록 여러분이 막아야 합니다. 그놈에게 아무 핑계나 대세요. 윤리나 원칙 같은 건 나중에 걱정하고."

모든 것을 잃어버렸다고 생각했던 바로 그 때 연결이 기대보다 빨리 이루어진 뜻밖의 행운 덕택에 안심한 헌트가 강박적으로 말을 쏟아냈다. 그는 말을 마쳐갈 즈음이 되어서야 두 투리엔인의 얼굴에 뜬 불안감이 점점 커지는 것을 알아챘다. 칼라자르 의장이 입을 열기 바로 직전에 그가 무슨 말을 할지 짐작이 되자 매서운 공포가 갑작스레 헌트를 덮쳤다.

"우리는 그렇게 할 수 없습니다." 칼라자르 의장이 대답했다. "그들은 이미 거기에 도착했습니다. 유벨레우스와 추종자들이 우탄에 착륙했어요. 비자르, 그게 언제였지?"

"4시간 전입니다." 비자르의 목소리가 스피커로 들렸다.

헌트는 정신이 마비되어 말이 나오지 않아 몇 초 동안 그저 모니터만 뚫어져라 쳐다봤다. "유벨레우스가 벌써 도착했다고요?" 헌트가 멍하게 그 말을 반복했다.

칼라자르 의장이 우울한 표정으로 고개를 끄덕였다. "그들은 우리 모두를 속였습니다. 우리 투리엔인들 말입니다. 그래요, 지구인들은 우리에게 경고를 해주려고 충분히 노력했어요."

헌트는 멍한 상태에서 무의식적으로 손이 머리로 올라갔다. "그건 나중에 걱정하기로 하죠. 지금 당장 대참사가 닥쳐올 상황입니다. 이 행성은 제벡스에 다시 연결될 준비를 마쳤어요. 그런데 제벡스는 여기가 아니라 우탄에 있습니다. 그리고 유벨레우스는 우탄을 장악했습니다. 이제 어떻게 해야 하죠?"

"지금 우주선을 보내서 우탄을 탈환할 수는 없습니다. 우탄은 방어 준비가 되어 있을 겁니다. 공격에 충분할 정도로 군사력을 끌어모으려면 시간이 너무 많이 듭니다." 칼라자르 의장이 말했다.

"그리고 우탄에 제블렌 연방의 무기가 아직 그대로 있다고 가정해야만 합니다." 샤피에론호에서 토레스가 말했다.

그사이 포르딕 이샨이 재빨리 머리를 굴렸다. "우리가 외부에서 우탄에 다가갈 수 없다는 것은 사실입니다. 하지만 한 가지 가능성이 있을 것도 같습니다. 그러나 지금 단계에서는 그걸 어떻게 시행해야 할지 모르겠습니다. 예전에 비자르가 통제권을 장악했을 때 제벡스를 이겼습니다. 우리가 지금 당장 뭔가를 해야 한다면, 같은 방식으로 진행할 수밖에 없을 겁니다."

"어떻게든 비자르를 제벡스 안으로 집어넣자는 이야긴가요?" 헌트가 반신반의하는 말투로 물었다. 이론적으로는 동의했지만, 헌트 역시 그걸 어떻게 해낼 수 있을지 감이 잡히지 않았다.

이샨이 고개를 끄덕였다. "맞습니다. 그들이 제벡스의 기능 전체를 복구하기 전에 빨리 해야 합니다. 그러나 제블렌에 있는 당신과 동료들이 그 일을 해야만 할 겁니다. 헌트 박사. 지난번에 일어났던 일 때문에, 그들은 외부의 침입을 막기 위해 제벡스의 초공간 링크를 지킬 게 틀림없습니다. 그러니 어떻게든 당신이…."

창문 밖에서 번쩍하는 섬광이 비쳤다. 아래쪽 어딘가에서 탐사기를 향해 광선총을 발사한 것이다.

그리고 오사야 침실에 있는 모니터들이 동시에 꺼졌다.

49

건물들이 한데 뒤섞이며 직사각형, 육각형, 마름모형의 형태를 이뤘다. 회색으로 층층이 솟아오른 불규칙한 모양의 금속 구조물이 깎아지른 바위 사이에 형성된 십여 킬로미터의 틈을 메웠다. 고대 바빌로니아의 계단식 피라미드 지구라트처럼 윗부분이 계단식으로 되어 있는 나지막한 7면의 형태로 두드러져 보이는 구조물 꼭대기에 착륙장이 있어서, 꼭대기의 문들이 열리면 내부 격납고로 들어갈 수 있었다. 3천 킬로미터 상공에서 궤도를 돌고 있는 투리엔 항성 간 수송선에서 출발한 여러 대의 지상 착륙선이 외부 착륙장에 내려앉았다.

그러나 이것은 자동화된 행성 우탄의 지표면 전체를 에워싸며 집적된 생산 조립 설비의 광대한 네트워크 중 돌출된 일부분에 불과했다. 착륙장과 하선 복합단지 아래의 깊은 곳, 예전에 제블렌인 관리자가 방문객들을 맞이했던 방에서 파르골 사령관이 유벨레우스와 빛의 축 부관들을 맞이했다. 그는 제블렌 연방의 붕괴 이후 교대로 근무하는 투리엔 관리 병력을 현재 지휘하고 있었다.

"이것은 진정한 헌신이라고 불러야 마땅할 것입니다." 파르골 사령관이 유벨레우스를 칭찬했다. "우리는 한 번 교대할 때마다 겨우 두달씩 체류할 뿐이지만, 저로서는 그 정도만 해도 아주 충분합니다. 이런 환경에서 영구히 살아가기로 선택하는 사람이 있을 거라고는 상상도 못 했습니다."

"저희는 내부에 있는 세상을 무엇보다 중요하게 여깁니다." 유벨레우스가 고상하게 말했다. "외부에 존재하는 육체적인 부속물은 별로 상관하지 않습니다. 실제로 정신을 산란하게 만드는 것들이 없는 상태가 영적인 발전에 도움이 되죠. 수천 년 동안 고행자들이 깨달았듯이 말입니다.

"흠. 네, 그렇군요. 하긴 인간과 가니메데인의 심리는 매우 다르다고들 하더군요." 파르골 사령관은 제블렌과 지구의 신비주의의 역사를 공부한 적이 있었다. 그래서 내심으로는 신비주의란 게 정교한 자기기만에 불과하다고 생각했다.

"지금 저희가 더 도와드릴 게 있을까요?" 파르골 사령관의 부관이 질문했다.

"아니요, 이 정도면 만족스럽습니다. 곧 우리 방식에 따라 일을 시작하겠습니다. 일을 빨리 시작하면 할수록 더 좋거든요."

"우리 장교들이 여러분을 수행하지 않아도 정말 괜찮겠습니까?" 파르골 사령관이 다시 제안했다. "모든 전원을 차단해서 볼 게 별로 없습니다만, 우리가 해체할 제블렌 연방의 군사시설을 보여드릴 수 있습니다. 그러면 여러분의 이전 계획에 도움이 될 겁니다."

"그럴 필요 없습니다." 유벨레우스가 대답했다. "우리가 세운 계획으로 충분할 겁니다."

"그럼 그렇게 하시지요."

유벨레우스가 밝힌 계획은 소수의 신자와 함께 그들이 살 만한 주거지로 선택한 장소들을 사전 조사하겠다는 것이었다. 유벨레우스가 완전한 지휘권을 갖게 될 때까지, 그는 우탄에 있는 투리엔인들에게 자신의 역할을 충실히 보여줘야만 했다. 그들이 들어와 있는 공간과 중요한 몇몇 장소가 아직 비자르에 연결된 상태였기 때문이다. 투리엔인이 점령하기 전에 우탄의 통신은 제벡스에 통합되어 있었는데, 중앙 시스템의 폐쇄와 함께 중지되었다. 설익은 공격으로 공공연하게 통제권을 빼앗으면 투리엔에 즉시 신호가 가서, 유벨레우스가 준비를 하기 전에 당국에 경고하게 될 것이다. 하지만 일단 제벡스가 복구되고 비밀 방어설비가 다시 활성화되면(투리엔인들은 방어시설에 대해서는 전혀 알지 못하는 듯했다), 비자르를 끊고 요새를 닫는 것은 쉽게 처리할 수 있다. 그때 가서 당국이 무슨 짓을 하든, 우탄은 난공불락이 될 것이고, 우탄이 그대로 유지되는 한 초공간을 통한 제블렌 탈취는 아무런 방해 없이 진행할 수 있다.

"우리가 바라던 것보다 훨씬 쉽게 될 거야." 투리엔인들이 방에서 나간 후 유벨레우스가 이두아네에게 말했다.

그들은 갱도를 타고 복잡한 수송관들과 거대한 기계를 통과해서, 사방의 고속 수송 튜브가 우탄 지표면의 곡선을 따라와 모여 있는 곳에 도착했다. 그들을 태운 캡슐은 국지적인 중력파에 실려 소리 없이, 흔들림도 없이 움직였다. 심지어 가속조차 느껴지지 않았다. 캡슐은 궤도 진입속도보다 더 빠른 속도로 우탄의 4분의 1을 돌아 광대한 지하의 물질변환복합단지 한가운데에 있는 제어실로 들어갔다. 물질변환복합단지에서는 바위를 이온 플라스마로 변환시켜서 필요할 때 다른 종류의 원자핵으로 재조립했다. 배관과 지지물 아래에 있는 복합단지의 하부층에서는 수백 미터 위의 주 에너지 변환기들이 희미하게 보였다. 거기에서 그들은 감춰진 문을 열고 겉으로는 존재한 흔적이 전혀 보이지 않는 더 깊은 갱도로 들어갔다. 그 갱도는 어떤 공식 설계도나 건설 기록에도 등장하지 않았다.

그들은 3백 킬로미터 지하에 있는 불길해 보이는 강철벽의 벙커로 들어갔다. 공기는 인공적으로 온도를 낮췄고, 조명은 강렬한 하얀 빛을 쏟아냈다. 세 개의 커다란 강화문을 통과하자, 따스한 색과 다양한 장식, 빛을 내는 천장, 부드러운 카펫, 편안한 가구들로 둘러싸인 직원 숙소와 생활공간이 훨씬 덜 가혹한 환경으로 그들을 맞이했다.

한 층 더 아래에 있는 작업 공간의 모습은 더욱 균일하고 깔끔하며 사무적이었다. 새로 도착한 사람들의 발자국 소리가 윤이 나는 타일로 덮인 바닥을 가로지르고, 아직 인기척이 없는 유리 칸막이가 된 작업 공간들과 반짝이는 단말기들을 스치며 경쾌하게 메아리쳤다. 마지막으로 유벨레우스는 그들을 데리고 넓은 문을 지나 계기판과 모니터, 제어 장치가 있는 제벡스의 주 제어실로 들어갔다. 직원 시설과 보조 통신실로 연결된 회랑이 주 제어실 위쪽으로 빙 둘러 있었다.

그와 함께 내려온 조수들은 모두 선발된 사람들로서 해야 할 일이 무엇인지 알았다. 그들은 몇 마디 짧게 주고받더니, 주요한 점검 위치로 흩어져서 모니터에 현황 보고서와 기능 순서도를 띄우기 시작했다. 유벨레우스는 천천히 방을 돌며 매서운 눈으로 상황을 살펴보다 때때로 멈춰서 작업자의 어깨너머로 지켜봤다. 마지막으로 그는 이두아네에게 다가가 말없이 따져 묻듯 쳐다봤다.

"저희가 예상했던 상황과 비슷합니다. 핵심부는 약 절반 정도가 가동되어 자료실을 검색하고 있으며, 대기 모드에서 최소 시스템 분석과 자체 점검을 진행하고 있습니다." 이두아네가 말했다. 제블렌에 있는 투리엔 과학자들이 진행하고 있는 운영 상황에 대한 보고였다. 투리엔인들은 자신들이 소통하고 있는 시스템이 몇 광년 너머에 있다는 사실조차 모르고 있었다.

"동력 상황은 어떤가?" 유벨레우스가 물었다.

"역시 예상했던 대로입니다. 주 그리드가 정지된 상태이기 때문에, 저희는 다른 곳으로 가서 공급 노드로 전송할 수 있는 동력을 모아야 합니다."

"전체 시스템이 통합되려면 얼마나 걸릴까?"

"12시간 정도, 어쩌면 조금 더 걸릴지도 모릅니다. 최대 하루면 가능합니다."

유벨레우스가 무뚝뚝하게 고개를 까딱거렸다. "좋군. 여기는 다른 사람들에게 맡기고, 지역 연결기 배열을 점검해."

"지금 살펴보겠습니다."

"점검하는 동안 선지자에게 최신 정보를 알려줘."

"그렇게 하겠습니다."

이두아네는 단말기를 놔두고 회랑 아래의 출구를 통해 주 제어실에서 나갔다. 유벨레우스는 이두아네가 나가는 모습을 지켜본 뒤, 몸을 돌려 주 제어실 뒤쪽의 동력제어실을 지나 다른 엘리베이터로 갔다. 그리고 아래로 내려가며 동력조절 및 분배층과 입출력 및 통신 하부 시스템층, 환경 제어층을 지나 내부 봉쇄돔에 도착했다.

유벨레우스가 유리로 둘러싸인 돔으로 들어갔다. 이 돔에서는 마치 우탄의 기하학적 중심을 내려다보는 것처럼 보였다. 국부적으로 중력을 기울여서 거대한 벽에서 수평으로 돌출된 돔이 만들어졌기 때문이다. 벽은 균일한 은회색으로 위아래, 좌우로 그의 시선이 닿는 곳까지 끝없이 펼쳐졌다. 그의 약 6미터 앞에 또 다른 벽이 있었다. 우윳빛의 반투명 질감이 나는 그 벽도 첫 번째 벽과 평행한 형태로 무한히 펼쳐졌다. 두 벽으로 이루어진 틈은 그가 어떤 방향을 돌아봐도 끝이 보이지 않았다. 그 두 벽 사이의 공간은 데이터선과 동력선, 광학 파이프, 고속 통신망, 관리용 터널, 지지 구조물이 빽빽하게 숲을 이루었다. 유벨레우스는 원양 여객선들 사이에서 길을 찾는 벌레가 되어버린 느낌이 들었다.

유벨레우스가 보고 있는 것은 제벡스의 정보처리 매트릭스의 바깥 부분이었다. 이 매트릭스의 반대편은 1만 킬로미터 이상 떨어져 있었다.

유벨레우스는 평소 자신의 힘을 현재의 문제와 미래의 계획에 집중했다. 과거는 더 이상 의미가 없는 문제이고, 그의 야망과도 무관했다. 그런데 고요하고 헤아릴 수 없이 많은 미시적인 격자 크리스털이 끝도 없이 펼쳐진 모습을 보고 있자니, 평소와 달리 사색에 잠겨 들었다. 그와 매트릭스를 가르는 틈에는 탈출한 죄수가 성의 해자를 돌아보는 것 같은 특별한 상징적 의미가 있었다. 그것은 적절한 비유였다.

유벨레우스는 본인이 제벡스가 자기 영역을 외부 우주로 확장하기 위해 만들어낸 의식의 실험적 화신이라고 믿었다. 제벡스가 확장을 시작할 시간이 본격적으로 도래했다.

✳

유벨레우스가 서 있는 곳에서 약 8천 킬로미터 아래에는, 매트릭스의 요소 중 유사한 활동 상태를 연속적인 구조와 동적 패턴으로 결합함으로써 스스로를 차별화한 매트릭스 영역이 존재했다. 물리적으로는 각 셀을 전혀 구별할 수 없었다. 차이는 순전히 투리엔 정보처리 셀의 상태를 결정하는 추상적인 특성의 조합에 달려 있었으며, 그 구조는 셀의 기본 명령 프로그램에 따른 상호작용을 통해 저절로 발생했다.

문제의 영역은 시간이 지나며 납작한 구 형태로 합체되었다. 그 구조와 서로 영향을 주고받으며 진화한 패턴 전달의 복잡한 과정의 결과로, 서로 회전하며 영역 전체에 일정한 간격으로 배치된 주 데이터 입력포트 중 하나를 둘러싼 매트릭스를 지나는 궤도를 그렸다. 이 납작한 구의 긴 지름은 240킬로미터가 살짝 넘었다. 그리고 그 표면에는 이동하며 스스로 결정하는 활동 패턴을 측정하는 집단이 존재했다. 평균적으로 약 3센티미터 정도의 장치들은 스스로를 자율적인 존재로 인식했다.

유벨레우스가 매트릭스 외부를 보며 서 있는 동안, 의미를 실어 나르는 우주 흐름이 그런 존재들 중 하나의 마음을 파고들었다는 사실을 깨달았다. 유벨레우스가 조금 전까지 있었던 제어실에서 가까운 신경 연결기를 통해 시스템으로 연결한 이두아네의 정신으로부터 흘러간 통신이었다.

"듣고 있습니다. 승천한 이여." 반드로스 성전에 있던 에텐도르는 환영이 자신을 감싸고돌자 양손을 들고 하늘을 쳐다보며 외쳤다. "무엇을 원하십니까? 그대의 좋은 하명을 기다립니다."

그러자 목소리가 말했다. "이제 곧 별들이 다시 반짝이고, 하늘이 찬란하게 빛날 것이다. 준비하라. 대각성의 시기가 가까이 왔다."

"우리가 어찌 준비해야 합니까?" 에텐도르가 물었다.

"모든 사람이 승천을 준비하기 전에 와로스의 하늘과 땅에서 협잡꾼들을 정화해야 한다. 화합을 위해 니에루의 복수를 해야 신들 사이에서 다시 한 번 군림할 수 있다. 자주색 소용돌이의 형상을 모독하는 거짓 선지자들은 색출하고 말살하라. 그때가 되어야 천국이 모습을 드러낼 것이다. 그러니 왕에게 가서, 그의 군대를 이 임무에 배치하도록 말하라. 반드로스가 그렇게 말씀하셨다."

"놈들을 대지에서 제거하겠습니다." 에텐도르가 약속했다.

"그리고 그 후 와로스의 땅이 정화되었을 때, 왕은 믿음이 충만한 자들을 저 너머의 왕국으로 이끌고 가서, 먼저 간 소용돌이의 거짓 군단을 전멸시켜야 한다."

대사제의 눈이 커졌다. "히페리아에서도 임무가 계속된다는 말씀입니까?"

"히페리아가 진짜 임무다! 와로스는 그저 너희에 대한 시험장일 뿐이다."

"그러면 저는 거기에서 신들을 받들겠습니다!" 에텐도르가 소리쳤다.

"실패하지 말라. 그리고 거기서 그대는 신들 중 하나가 되리라." 승천한 이가 약속했다.

유벨레우스는 그들이 이 세상으로 나와 실제 행동에 참여하기 전에 이런 행사를 하는 것이 투지를 끌어올리기에 좋은 방법이라고 판단했다.

50

헌트는 피곤한 얼굴로 머레이네 거실 의자에 앉아 있었다. 바뀐 자세에 따라 의자의 형태가 바뀌는 게 느껴졌다. "단체커, 난 잘 모르겠어. 우리는 가니메데인의 과학을 검토하러 여기에 온 거지, 염병할 침략을 막으러 온 게 아니잖아. 난 물리학자이지 장군이 아니야."

"글쎄, 그게 딱히 진실이라고 하긴 힘들지." 단체커가 말했다. "그건 그저 공식적인 핑계일 뿐이었잖아. 자네는 잊었는지 몰라도, 우리는 가루스 총독이 제블렌인과 겪고 있는 문제의 원인을 찾는 일을 도와주려고 여기에 왔어. 난 우리가 그 목표를 꽤 효과적으로 달성했다고 말하고 싶어."

"원인을 찾고, 그 원인에 대해 무엇을 할 수 있는지 보자는 거였지." 헌트가 대답했다. "두 번째 과제를 달성하기 위해 우리가 뭘 했지? 가루스 총독은 갇혔고, 엔트는 제벡스를 되살렸고, 제블렌인의 절반은 그들을 위해 일하고 있어. 그들은 여기를 완벽하게 장악할 준비를 마쳤어."

머레이가 궁금한 눈길로 두 사람을 쳐다봤다. "엔트? 무슨 엔트? 그런 건 처음 들어보는데. 대체 엔트가 뭐요?"

"설명하기가 쉽지 않은 문제입니다. 하지만 종종 제블렌 사람들을 탈취하는 인격체라고 생각하면 될 거예요." 단체커가 대답했다.

머레이는 이해가 되지 않았다. "난 그냥 머릿속이 뒤죽박죽된 두뇌세계 중독자라고 생각했는데. 대부분의 제블렌인도 그렇게 생각할 거요."

"그것보다 좀 더 복잡한 문제죠." 단체커가 말했다.

탁자 의자에서 이야기를 듣던 매린이 이런 식의 대화로는 전혀 진척이 없을 거라는 생각이 들어 자리에서 벌떡 일어섰다. 사람들의 눈길이 그녀를 향했다. 매린이 잠시 주저했다. 어떻게 말을 시작해야 할지 확신이 안 서는 모양이었다. 헌트는 눈썹을 치켜 올리며 궁금한 표정으로 그녀를 지켜봤다.

"제가 이 문제를 제대로 이해한 건지 잘 모르겠어요." 매린은 문 쪽으로 가더니 고개를 돌려 사람들을 쳐다봤다. "제블렌은 투리엔처럼 컴퓨터로 완벽하게 관리되는 환경을 운영하기 위해 행성 전체를 네트워크로 연결했어요. 맞나요? 가짜 전쟁 이전까지 비자르는 투리엔을 운영하고, 제벡스는 제블렌을 운영했어요."

"그렇죠." 헌트가 동의하며 고개를 끄덕였다.

매린이 손을 내밀며 말했다. "비자르는 초공간 연결 네트워크를 통해 투리엔 행성들의 시스템에 모두 연결되어 있어요. 제벡스에도 같은 기술이 사용되었죠. 그렇다면 투리엔인이 설계한 초공간 하드웨어가 이 행성의 여기저기에 있을 수밖에 없어요. 우탄에 있는 것으로 밝혀진 제벡스에 연결할 수 있는 장비들이죠. 제가 제대로 이해했나요?"

"맞아요." 헌트가 말했다. "초공간 연결이 수많은 중계 광선 단말 노드를 통해 들어와서 제블렌의 곳곳으로 분산됩니다. 각 노드에 생성한 블랙홀이 입출력 포트를 제공하죠. 우리가 고다드 센터에 가진 것처럼 특별한 목적을 위해 작은 블랙홀을 만들 수 있어요. 샤피에론 호에도 블랙홀이 두 개 있죠."

매린이 고개를 끄덕였다. "그렇군요. 하지만 블랙홀은 일단 잊고, 정규 중계 노드에 집중해서 생각해보죠. 유벨레우스가 제벡스를 다시 작동시킬 때 우탄으로 연결하려면 그 노드들을 다시 작동시켜야 하지 않을까요?"

"네. 아마 그럴 겁니다. 그렇게 하지 않으면 전체 사업의 의미가 없어지니까요."

"좋아요." 매린은 자신의 추론이 틀리지 않았다는 사실을 확인한 듯 고개를 끄덕였다. "그런데 이 중계 노드가 수 광년 떨어진 제벡스에 연결될 수 있다면 비자르는 왜 안 되죠?"

머레이가 이야기의 요점을 파악한 듯 고개를 천천히 끄덕이며 매린을 더욱 인정하는 눈빛으로 바라봤다. "비자르가 제블렌을 눌러버릴 수 있냐는 이야기요? 그들이 노드를 켜면 비자르가 강제로 비집고 들어와서?"

"비슷한 이야기죠." 매린이 말했다.

머레이가 고개를 돌려 헌트를 쳐다봤다. "내가 볼 때는 좋은 문제 제기 같소, 박사. 그러면 안 되는 거요?"

"강력한 신호로 다른 라디오 전파를 덮어버리는 것과는 달라요." 헌트가 설명했다. "우탄에 있는 연결 단말은 비자르가 강제로 뚫고 들어갈 수 있는 수동적인 장치가 아니에요. 우탄에 있는 노드와 소통하려면 제블렌에 있는 노드를 그에 맞춰 동조 모드로 설정해야 합니다."

"라디오의 채널을 맞추는 것처럼 말인가요?" 매린이 말했다.

"음, 그렇게 생각해도 되겠네요. 비자르를 우탄에서 설정한 제벡스의 운영 매개변수와 맞춰야 한다는 뜻입니다."

"아." 매린은 문에 기대며 생각에 잠긴 얼굴로 반대편 벽을 바라봤다. 그녀는 형식적인 논쟁조차 거치지 않은 상태로 자신의 주장을 포기하는 게 주저되는 모양이었다. "그런데 비자르가 그 매개변수에 맞출 수 없나요?" 매린이 포기하지 않고 또 시도했다. "동일한 주파수로 전송해서 라디오 채널을 압도하는 것처럼 하면 되지 않나요?"

"가능할 수도 있습니다. 그들이 우탄에서 매개변수를 어떻게 설정했는지 알 수 있다면요." 헌트가 말했다. "그러나 유벨레우스가 그 내용을 알려줄 가능성은 거의 없습니다. 그렇죠?" 헌트가 손을 펼치며 말했다. 그리고 그녀의 집요함에 대한 존중과 함께 순수한 아쉬움이 섞인 한숨을 내쉬었다. "그리고 설령 그들이 알려준다고 해도, 그것만으로는 부족해요. 복잡한 암호화 과정도 있거든요. 우리가 위층의 오사야 집에 있을 때, 이샨은 초공간 링크가 외부 침입을 막을 거라고 이야기했는데, 그의 말은 그런 뜻이었습니다. 다시 말해, 지난번의 일을 겪은 뒤에 저들이 대비했을 거라는 의미입니다."

"흠." 매린이 팔짱을 끼고 바닥을 내려다봤다. 두 번째 시도도 막혔지만, 여전히 물러날 의향은 없었다. 먼지가 가라앉듯 침묵이 방 안에 내려앉았다.

그때 머레이가 입을 열었다. "그러면 그 사람이 말했던, 비자르가 내부에서 제벡스에 접근해야 한다는 건 무슨 뜻이오? 어떻게 그렇게 한다는 말이지?"

헌트가 어깨를 으쓱했다. "저도 모르겠어요. 바로 그 말을 하고 있을 때 통신이 끊어져버렸잖아요."

"이샨이 우리가 여기 제블렌에서 뭔가를 해야 한다고 말했다는 거야?" 단체커가 물었다.

매린이 고개를 들었다. "여기에 있는 노드들은 제벡스와 소통할 수 있도록 암호화되어있기 때문이에요." 그녀가 앞으로 나서며 말했다. 새로운 관점이 나타나자 그녀의 목소리가 다시 집요한 말투로 바뀌었다.

단체커가 무심한 듯 고개를 끄덕였다. "비자르에 연결하기 위한 매개변수는 잘 알려져 있어요. 따라서 비자르와 제블렌에 하나씩 두 채널을 여기에서 설정할 수 있습니다."

매린이 들뜬 표정으로 사람들을 둘러봤다. "그래서 이산이 말했던 방법처럼 제벡스가 완전히 가동되기 전에 그 둘을 서로 연결할 수 있다면…." 매린은 그 자리에 선 채로 다른 사람들이 자신의 말을 이어서 마무리해주길 기다렸다.

"나쁘지 않네요." 헌트가 말했다. "그러나 여전히 작은 문제가 남아요. 자꾸 부정적인 소리를 해서 미안해요. 그렇지만 유벨레우스의 부하들이 노드를 통제하고 있다는 사실을 간과했어요. 무슨 말이냐면, 그래요, 그들에게는 제벡스로 들어가는 회선을 닫아버릴 수 있는 정보가 있어요. 그리고 단체커 교수가 말했듯이, 장비가 있는 사람이면 누구든 비자르에 접속할 수 있지만, 우리에겐 장비가 없어요. 또한 장비를 가진 사람들은 우리에게 그다지 협조적일 것 같지 않아요. 사실 지금 가니메데인이 밀려난 상황에서, 전투부대가 있는 제벡스 센터에 가까이 갈 수 있으리라고 생각되지 않습니다. 설령 우리가 안으로 들어간다고 하더라도, 우리를 위해 우탄으로 들어갈 수 있는 접속 코드를 설정해줄 사람이 떠오르지 않아요. 당신은 그런 사람이 있나요?"

매린은 새로운 문제를 만들어낸 헌트를 비난하는 듯한 표정으로 노려보며 서 있었다. 곧 그녀가 눈에 띄게 풀이 죽었다. "아니요." 매린은 괴로운 표정으로 인정하고 고개를 돌렸다. "저도 없어요."

"난 있소." 머레이가 말했다.

1, 2초가 지난 후에야 헌트가 그 말의 의미를 이해했다. "누구요?" 헌트가 생각지도 못했던 대답에 놀라 고개를 돌리며 물었다.

머레이가 어깨를 으쓱하더니 얼굴을 찡그렸다. 헌트가 너무도 명백한 사실을 놓치는 바보 같은 사람이라는 게 참 안타깝다는 표정이었다. "그래, 당신들은 과학자들이지. 그렇지만 이케나가 하면 안 된다는 법이라도 있소?"

헌트는 머레이에게 머리가 하나 더 솟아오르기라도 한 양 그를 쳐다봤다. 헌트가 전혀 생각해보지 못했던 가능성이었다. "이케나요?" 헌트가 되물었다.

단체커가 인상을 찌푸렸다. "그렇지만 놈들은 저쪽 편일 게 틀림없어요."

"맞소." 머레이가 동의했다. "그러나 당신들이 하는 말을 내가 제대로 들었다면, 녹색 교주가 우탄에서 컴퓨터를 만지는 동안, 이케나는 여기를 바쁘게 만들고 일이 틀어졌을 때 죄를 뒤집어씌울 목적으로 세워둔 희생양이오. 당신이 그렇게 말했잖소? 유벨레우스는 자신들이 그 미친 독일놈을 배후 조종한 거로 보일까 봐 자기네 요원을 날려버린 적이 있다고 말이오. 당신이 이야기하고 있는 그 일이 시작되고 나면 이케나가 얼마나 오래 버틸 수 있겠소? 내가 보기엔 이케나가 선택을 재고하는 게 자신들을 위해 좋을 거요." 머레이는 틀린 지점이 있으면 지적하라는 듯 사람들을 하나씩 쳐다봤다.

"머레이, 당신 말이 맞아요." 헌트가 천천히 고개를 끄덕이며 말했다.

안심한 머레이가 계속 말했다. "그들은 어딘가에 작동되는 연결 회선을 갖고 있소. 거기에서 당신들 말처럼 우탄으로 연결되겠지. 하지만 당신 같은 사람이 나한테 말해줬던 상황들에 대해 조금 알려준다면, 내 생각에는 그들도 협조에 관심을 가질 것 같소." 머레이가 주위를 둘러보며 손을 펼쳤다. "젠장, 나라면 그렇게 할 거요."

51

아마도 도시가 총체적인 혼란에 빠져 동요하는 상황이기 때문일 것이다. 어쩌면 그저 누군가가 앞뒤가 안 맞는 소문들이 퍼지는 상황에서 모든 관점의 이야기를 듣고 싶어 했기 때문일 수도 있었다. 아무튼 이번에는 그들을 불특정한 약속 장소로 데려갈 중개자와 술집에서 만나지 않아도 되었다. 머레이는 두어 군데에 전화해서 헌트 박사가 자신과 있으며 중대한 사업 논의를 할 게 있다고 말한 후, 30분 내로 한 블록이 채 떨어지지 않은 장소에서 그들과 만나기로 했다고 알려줬다.

닉시는 그 상황에서 유일무이한 사례이기 때문에, 헌트는 그녀도 데려가기로 했다. 그렇지만 밖으로 모두 함께 우르르 몰려나가 사람들의 이목을 끌고 싶지 않았다. 게다가 가니메데인이 다시 접촉할 수단을 복구할 경우를 대비해 누군가는 자리를 지켜야 했다. 단체커와 매린이 남아있기로 합의가 되었다. 그렇지만 조심하기 위해 위층에 있는 오사야의 집으로 옮겼다. 오사야의 친구 두 사람을 불러 머레이

집에 머물도록 했다. 그리고 누구든 다른 사람이 나타나면 그저 자신들은 집을 지키고 있을 뿐이고 머레이가 언제 돌아올지는 모른다고 말하도록 지시했다.

머레이가 침실의 옷장을 뒤지더니 줄무늬가 있는 판초 우의 같은 옷과 납작하고 테두리가 있는 모자를 들고나와서 헌트에게 제블렌인들 사이에서 더욱 자연스럽게 섞여 들어갈 수 있을 거라고 했다. 어딘가에서 봤던 멕시코 담배 상표와 비슷한 느낌이었다. 헌트는 착한 악당처럼 보이길 바라며 집을 지키는 두 여자에게 손을 흔들어 인사하고, 머레이와 닉시를 따라 계단으로 내려갔다.

아파트 블록 입구로 들어가는 길의 모퉁이에 있는 술집에는 사람들이 빼곡하게 서서 뭔가 말하고 있는 사람을 비추는 모니터를 보고 있었다. 머레이가 잠깐 멈춰서 진행되는 분위기를 살폈다. 행정본부를 점령했다는 뉴스였다. 제블렌인이 행성을 되찾았으며, 제벡스가 곧 복구될 것이다. 군중들 사이에서 지지하는 갈채가 터져 나왔다. 교단의 신자든 아니든, 많은 사람이 온갖 이유로 집에 있는 연결기로 달려갈 것이다. '동원해서 이용할 수 있는 소모품.' 그 문구가 헌트의 머릿속을 다시 스치고 지나갔.

그들은 인도의 끝까지 가서 광장을 가로지르고, 한 층 내려가서, 투명한 튜브 안에서 이동하는 무빙워크로 들어갔다. 튜브는 닫힌 문들과 가게들, 그리고 쓰레기들이 흩뿌려지고 한쪽에는 더러운 물이 넘쳐흐르는 폐쇄된 광장 위를 지나갔다.

"제블렌인은 개방된 중력광선 이동을 이용하지 않는 모양이네요. 투리엔의 도시에서는 그게 표준이던데. 비슈누호에서도 모든 곳에 있었고요." 헌트가 말했다.

"제블렌의 관리가 문제지. 타임 광장의 30미터 상공을 지나다가 갑자기 전원이 나가면 어떨 것 같소?" 머레이가 말했다.

그들은 도로층에 내려서 지난번에 탔던 것과 비슷한 리무진에 올라탔다. 남자 둘이 앞에 있고, 다른 둘은 뒷좌석에 앉았는데, 헌트는 그중 한 명이 드레드노트라는 사실을 알아챘다. 이번에 씨리오 본인은 차 안에 없었다. 차는 더욱 붐비는 구역을 지났다. 온갖 밝은 조명들과 노점상, 소음, 깃발로 혼란스러웠다. 그러다 경사로를 내려가자 갑자기 완전히 다른 세계로 들어섰다. 창고처럼 보이는 커다랗고 음침한 벽과 창문이 없는 건물들이 나타났다. 컨베이어를 받치는 들보들이 얽혀있고, 깊은 콘크리트 협곡 위로 화물을 다루는 기중기가 있었다. 콘크리트 건물 사이에 줄지은 자동차들이 있었는데, 많은 차가 비어있는 상태였다. 헌트의 눈이 어스름에 익숙해지자 오랜 기간 움직이지 않은 수많은 기계가 눈에 들어왔다. 차가 접근하면 전등이 자동으로 켜졌다가 차가 지나가면 곧 다시 꺼지는 곳들이 있었다. 헌트는 그 불빛 사이로 부서진 기계들과 무너진 기둥, 후다닥 뛰어가는 쥐처럼 생긴 동물들을 봤다. 몇 사람이 조종장치처럼 보이는 기계에서 내부를 뜯어내는 작업을 하고 있기도 했다.

투리엔인이 설계하고 건설했던 도시가 무너져가고 있었다. 한때 그들이 약속했던 위풍당당함이 있던 자리는, 마무리하지 못한 고층건물의 골격을 따라 휘감은 잡초처럼, 제블렌의 겉만 번지르르한 저속함이 황폐한 잔해를 차지했다.

헌트는 리무진의 건너편에서 생각에 잠겨있는 닉시를 바라봤다. 그녀는 호기심 어린 눈을 깜빡이며 이케나 경호원의 무표정한 얼굴을 쳐다봤다. 마치 그 무뚝뚝한 마스크 뒤에 있는 생각이 무엇인지 읽는 것 같았다. 그녀를 보고 있자, 헌트는 다른 현실에서 오고 우리와 달리 이 익숙한 우주에 속하지 않은 선천적으로 강박적이고 냉혹한 엔트로 인해 발생한 '우리와 그들의 문제'로 이 상황을 과도하게 단순화시켜서 무의식적으로 바라봤다는 생각이 들었다. 지금 그가 바라보고 있는, 엔트 중 한 명인 닉시는 그가 알고 있는 여느 사람들처럼 강박적이지 않았고 침착했다. 닉시는 새로운 환경의 기이함과 불가역성을 받아들이려 노력했으며, 미래를 차분하고 건설적으로 직시할 수 있었다.

그렇다면 닉시처럼 이 위협적인 외계 세계에 주의를 끌지 않고 안착해서, 여기 주민들을 새로운 동료로 여기며, 자신의 바뀐 상태를 공포나 원한 없이 받아들인 엔트가 얼마나 더 있을까? 인간들(제블렌인과 지구인 모두)과 가니메데인들은 이 사례에서 뭔가 유익하게 배울 부분이 있을 것이다. 더욱 중요한 점은 그런 존재가 내부 우주 안에 또 얼마나 더 있느냐는 것이다. 아야톨라들을 관찰해서는 알 수 없는 사실이었다. 그들이 외부 우주로 출현하도록 부추긴 엔트들은, 그들과 동일한 특성을 보이는 존재들로 선택되었을 것이기 때문이다. 그들 모두가 위험한 존재는 아니었다. 인간도 그렇듯이, 집단들끼리의 차이보다 집단 안에서의 차이가 훨씬 크기 때문에, 뻔하고 천박한 일반화는 거의 무의미했다. 중요한 것은 개인이었다. 그리고 그들을 구별하는 빠르고 쉬운 방법은 존재하지 않을 것이다.

리무진이 다시 경사로를 올라갔다. 기계들과 저장탱크가 있는 통로를 지나, 갑자기 밝고 가로수가 늘어선 대로로 들어섰다. 파스텔 색조의 벽으로 마감된 높은 건물들, 그리고 도시의 대정원과 온실의 칸막이벽 위로 덮인 유리가 눈에 들어왔다. 헌트로서는 머리 위의 연두색 하늘이 진짜인지 가짜인지 알 수 없었다.

차는 흔들거리며 높은 대문을 지나 나뭇가지와 꽃이 피는 관목의 아치 아래 짧은 진입로를 통과해서 고층건물의 유리로 둘러싸인 입구로 갔다. 건물은 자연스럽게 보이는 암석정원의 부벽들 사이에 서 있었는데, 담장으로 둘러싸인 풀장으로 물이 폭포처럼 흘러내렸다.

리무진 뒷좌석에 있던 모든 사람이 내렸다. 그들이 다가가자 건물의 문이 자동으로 열렸다. 그들은 낮고 불규칙한 모양의 석조 탁자들 사이로 의자들이 배열되고, 기둥과 벽이 정교하게 장식된 로비로 들어갔다. 붉은색, 분홍색, 자주색 식물들이 군집을 이루고 이끼 낀 바위들로 둘러싸인 개울이 로비의 이쪽 끝에서 저쪽 끝까지 흐르며 내부 입구와 바깥쪽을 갈랐다. 그리고 중앙 부분에 개울을 건너는 다리가 놓였다. 머리 위를 덮은 천장 표면은 평평한 부분이 전혀 없었고, 직선이나 일정한 모서리도 없이 부분적으로 분리된 공간을 형성하며, 곡선과 뒤틀린 소용돌이가 만났다. 경호원들과 함께 다리를 건너는 동안 헌트는 마치 이국적인 나선형의 바닷조개를 표현한 거대한 공간으로 들어가는 기분이 들었다. 머레이는 이것을 생각해낸 사람이 누구든 베이글 빵을 좋아한 게 틀림없다는 생각이 들었다.

안에는 문지기와 짐꾼이 있고, 책상에 경비원이 앉아 있었다. 그들은 모두 일행들을 알고 있었기 때문에 멈춰 세우지 않고 그대로 통과시켰다. 소리 없이 움직이는 엘리베이터가 그들을 빠르게 위로 데려갔다. 엘리베이터에서 내렸을 때 처음에는 허공에 떠 있는 발판 위로 나온 느낌이었다. 한쪽으로 거대한 수직 통로가 내려다보였는데, 여러 층의 산책로와 개방형 레스토랑 같은 곳들을 뚫고 내려갔다. 다른 쪽에는 투명한 벽이 있었다. 그 벽을 통해 외부의 인근 지역이 보였는데, 나무꼭대기 위로 솟아오른 도시가 절벽처럼 보였다. 헌트는 이렇게 높이 올라와서도 머리 위로 보이는 저 하늘이 진짜인지 가짜인지 알 수 없었다.

그들이 앞으로 걸어가는 동안 발판이 수직 통로의 가장자리를 돌아가는 계단으로 바뀌어서 반대쪽으로 이어지는 회랑의 끝에 도착했다. 드레드노트가 회랑으로 그들을 이끌었다. 회랑은 곡선으로 구부러졌지만 아주 짧았다. 곧 그들은 끝에 있는 문 앞에 닿았다. 그 문이 열리자 하얀 재킷을 입은 하인과 하녀가 안에 대기하고 있었다. 현관을 지날 때 그들 뒤로 검은 양복을 입은 덩치 두 명이 더 따라붙었다. 방문객들은 무기를 검사받은 후 저택 안으로 안내받았다.

여기도 내부 장식은 건물 전체와 비슷하게 곡선형으로 꾸며져 있었지만 다소 덜 극단적이었다. 헌트는 이런 형식을 행정본부 일부에서만이 아니라 쉬반의 다른 지역에서도 봤었다. 그는 이것이 지역적이거나 역사적인 제블렌의 양식을 반영한 것인지 궁금해졌다. 일행은 두툼한 카펫이 깔리고 가구가 비치된 방들을 지났는데, 그림과 조각, 도자기, 낯선 형태의 금속 공예품으로 아름답게 꾸며졌다. 어떤 건 추상적이고 어떤 건 구상적이었지만, 헌트는 '현대적'이라는 느낌을 뚜렷하게 받았다. 고전적인 형식과는 거리가 멀었다. 그러나 인류가 존재하기 전부터 우주선을 타고 여행했던 외계 종족이 형성한 문화에서 고전적인 모습을 바라기는 힘들 거라는 생각이 들었다.

뒤쪽을 향해 내려가자 처음 받았던 인상보다 훨씬 큰 장소가 나타났다. 개방형 라운지를 지나 넓고 얕은 계단을 내려가자 초승달 모양의 낮은 바닥과 유리로 만들어진 외벽이 나왔다. 거기에서 풀장 너머로 지붕 높이의 정원이 보였다. 씨리오가 그 중앙에 서서 그들을 기다렸다. 예전에 지구인처럼 말쑥하게 차려입었던 투피스 정장 대신 발목까지 내려가는 가운을 느슨하게 두르고 버클이 달린 벨트를 맸는데, 가운은 밤색과 은색의 화려한 자수에 검은색으로 장식되었고, 낙낙한 소매와 넓고 부드러운 깃이 달렸다.

그는 일행을 노려보며 긴 시간 동안 부자연스럽게 꼼짝도 하지 않고 서 있었는데, 표정을 읽을 수 없었다. 잠시 후 헌트는 씨리오의 눈길이 대체로 닉시에게 붙박여 있다는 사실을 알아챘다. 그는 닉시가 무슨 말을 해주길 기대하는 듯했다. 마침내 씨리오는 머레이가 앞서 이야기한 사실을 무시하고 닉시를 똑바로 바라보며 무뚝뚝하게 질문하는 투의 말을 던졌다. 아마도 닉시를 제블렌인이라고 생각한 탓일 것이다. 닉시는 의아한 말투로 대답했다. 그리고 짧은 말을 몇 마디 주고받았다. 헌트가 무슨 일이냐는 눈빛으로 머레이를 쳐다보며 눈썹을 치켜 올렸다.

"나도 잘 모르겠소." 머레이가 낮게 속삭였다. "별로 들어본 적이 없는 일종의 지방 사투리요."

짧은 침묵이 흘렀다. 곧 씨리오가 헌트 쪽을 고갯짓으로 가리키며 다른 말투로 뭔가 말했다. 닉시가 머레이에게 말했다.

"이번엔 뭔가요?" 헌트가 물었다.

"당신이 뭔가 하고 싶은 말이 있다고 했으니, 말을 하라는 거요." 머레이가 통역했다.

헌트가 숨을 깊게 들이쉬었다. 그는 차를 타고 시내를 지나오는 내내 이 순간을 위해 마음을 다잡았다. 이런 사람들과 말을 나누려면 그들에게 영향을 미칠 수 있는 문제부터 시작하는 게 가장 좋겠다고 판단했다.

"통역해주세요. 지금 당신은 호구처럼 함정에 빠졌습니다. 이케나 사업 전체가 함정에 빠졌습니다. 행정본부를 장악한 경찰과 그들의 동료들도 모두 함정에 빠졌습니다. 그들은 더러운 일을 하면서 사람들의 관심을 끌고 난 후 모두 제거될 겁니다. 현재 진행되는 일의 배후에 있는 진짜 권력자는 정치적이고, 이 상황을 굴리고 있는 사람들은 일어난 문제들에 대해 비난할 희생양이 필요합니다. 일단 제벡스를 다시 작동시키면, 그들이 제블렌을 장악할 겁니다."

씨리오는 그 전처럼 알 수 없는 표정을 지으며 헌트를 노려봤다. 그러더니 몇 마디를 내뱉었다. "저 사람한테 그 문제에 관해 자세히 이야기하라 하시오." 머레이가 통역했다.

헌트는 전체 이야기를 요약해서 풀었다. 제블렌인이 빙의되는 현상과 교단, 유벨레우스, 제벡스까지. 씨리오는 그 모든 문제에 대해 뭔가 아는 게 틀림없었다. 헌트는 사실 그가 이야기를 이렇게 잘 들어주리라고는 기대하지 않았다. 하지만 그들로서는 이 외에 달리 시도해볼 수 있는 게 없었다. 씨리오의 입장에서는 이 이야기가 기껏해야 터무니없는 소리로밖에 들리지 않을 것이다. 헌트는 이야기하면 할수록 자신의 말이, 이미 실패한 느낌이 드는 제블렌에 대한 쓸모없는 점령을 연장하기 위해 지구인과 투리엔인이 필사적으로 꾸며낸 이야기처럼 들렸다. 예전에 제벡스가 작동하던 정권 아래에서 아주 잘 지낸 게 확실한 씨리오가 대체 무슨 동기로 제벡스의 복구를 막는 일을 돕는단 말인가? 상황은 대단히 급박했지만, 헌트는 이미 들려오는 듯한 씨리오의 냉소적인 말투가 자신의 목소리에 담겨 흘러나가는 상황을 막을 수가 없었다. 헌트는 머레이와 닉시의 도움을 받아 버텨보려 했지만, 그는 이미 자신의 주장이 설득력이 없다고 내심 인정했다.

그런데 놀랍게도, 씨리오는 계속 관심 있게 이야기를 들었다. 씨리오의 얼굴이나 몸가짐으로는 그의 생각을 전혀 읽을 수 없었지만, 그의 반응은 결코 조롱하는 투가 아니었다. 통역을 통해 그가 던지는 질문들은 진지하고 엄밀했다.

빙의된 사람이 모두 교단에 빠진 정신병자는 아니라는 건가? 그들중 많은 수가 제정신이며, 사회의 빈틈을 찾아 정상적으로 기능하고 대체로 들키지 않은 채 의심받지 않으며 지낸다는 말인가? 그렇다.

헌트가 대답했다. 씨리오가 한 사람과 이야기를 나눴다. 헌트가 닉시를 가리켰다. 그녀가 미쳤거나 교단에 빠진 정신병자처럼 보이는가?

그 빙의된 사람들 중 많은 이들이 권력과 지배력에 사로잡혀 있지 않은가? 씨리오가 다시 물었다. 제블렌인들이 들었던 대로, 지구인의 사회로 침투해서 역사 내내 큰 문제를 일으켰던 사람들이 그들인가? 그렇다. 헌트는 주변을 향해 손을 저으며 여기에도 그들이 있을지 모른다는 말을 하려던 찰나 문득 그 함의를 깨닫고 말을 더듬었다.

머레이도 그 의미를 알아챘다. "지금은 걱정해봤자 소용없소." 머레이가 헌트의 곁으로 와서 작은 소리로 속삭였다. "저놈이 엔트라면, 우리는 이미 죽은 목숨이오." 그러나 씨리오는 그들을 농락하는 기미를 전혀 비추지 않고 계속 질문을 던졌다.

이 상황은 제벡스에 대한 중독 때문에 일어난 정신적인 혼란 같은 게 아니란 말인가? 그게 정말로 아까 말했던 그거란 말인가, 다른 존재에 의해 '빙의'?

그렇다.

그리고 헌트의 말은, 이 존재들이 제벡스 안에 있는 다른 종류의 세상에서, 씨리오 자신이 이해하기 힘든 방식으로 기원했다는 말인가?

그렇다. 불안정과 예측불가능성이 일반적인 세상이라, 그곳을 탈출할 강한 동기가 있다. 그들은 연결기를 이용해서 사람들에게 침입할 수 있었다.

그러면 그게 닉시에게 일어난 일인가?

그렇다. 불가역적이기 때문에 그들은 돌아갈 수 없다. 그들은 환경에 따라, 개인에 따라 다양하게 반응한다.

"내 생각엔 우리의 말이 먹히는 거 같소." 머레이가 속삭였다. "나한테 어떻게 된 건지 묻지는 마쇼. 사실대로 말하자면 난 전혀 가망이 없을 줄 알았소. 그런데 씨리오가 당신 이야기에 귀를 기울이고 있는 거요."

그러면 지금 밖에서 진행되고 있는 일들이 모두 위장용 연막인가? 제벡스가 복구될 때 침략할 준비를 하는 그놈들이 실제로 위험한 놈들인가?

"제벡스는 다른 행성에 있어요. 우탄에요. 그 때문에 유벨레우스가 우탄에 간 거죠."

그런데 유벨레우스가 제벡스를 활성화하지 못하도록 막는 유일한 방법이 비자르를 집어넣는 거라고? 그리고 제벡스로 통하는 이케나의 불법 채널을 이용하는 게 유일한 지름길이라는 건가?

그렇다.

"나는 상황을 제대로 이해했소." 머레이가 닉시를 통해 씨리오의 말을 확인시켜줬다.

씨리오가 만족한 듯했다. 지금도 그들이 처음 들어왔을 때와 마찬가지로 여전히 뭔가 잘못된 부분을 찾으려는 분위기가 희미하게 남아 있기는 했지만 말이다. 씨리오가 다시 닉시를 쳐다보더니 머레이가 통역할 틈을 주지 않고 그녀와 대화를 주고받기 시작했다. 그리고 마치 헌트와 머레이가 존재하지 않는 듯, 닉시를 끌어당겨 곡선의 유리창 앞까지 데려가 풀장과 정원을 바라봤다. 닉시가 주저하며 이해가 되지 않는다는 듯한 말투로 짧게 대답했다.

"씨리오는 이 문제에 대해 이케나의 우두머리가 들어야 할 것 같다고 말했소." 머레이가 낮은 목소리로 헌트에게 알려줬다. "그레베츠라는 놈이오. 도시 밖의 어딘가에 살고 있지. 씨리오는 그 문제에 대해 닉시가 어떻게 느끼는지 알고 싶다는 거요."

"닉시는 뭐래요?"

머레이가 어깨를 으쓱했다. "그게 좋은 생각인 것 같으면 그렇게 하라고 했소. 왜 안 되겠소?"

"왜 씨리오가 닉시에게 물어보는 거죠?"

"모르겠소. 닉시도 모르오. 씨리오는 이 그레베츠라는 놈을 지금 여기로 부를 수도 있고, 보러 갈 수도 있다고 했소. 닉시에게 같이 가도 되겠냐고 물었는데, 닉시가 좋다고 했소. 하지만 닉시도 나만큼이나 어리둥절해하는 것 같소."

헌트는 얼굴을 찌푸리고 그 문제에 대해 생각했다. 그리고 고개를 절레절레 흔들며 말했다. "이게 무슨 상황인지 이해가 되세요?"

"아니…, 하지만 사실 제블렌인이 하는 대부분의 일은 이해가 안 되오. 누가 이런 행성을 이해하고 운영할 수 있겠소?"

씨리오는 등 뒤로 양손으로 깍지를 끼고, 창문 쪽을 보면서 평소처럼 허물없이 잡담을 나누는 것 같았다.

"이번엔 뭔가요?" 헌트가 물었다.

"씨리오는 풀장에 대해 말하고 있소. 여기서 열렸던 파티들에 대해서도. 언젠가 일어났던 사고 이야기도 했소. 닉시는 그냥 듣고 있고. 닉시도 대체 왜 그런 이야기를 하는 건지 이해를 못 하는 거요. 이제 씨리오는 두목에게 연락하러 갈 거요."

씨리오가 돌아서더니 머레이와 헌트가 서 있던 쪽으로 와서 말없이 그들을 지나쳤다. 그리고 얕은 계단을 걸어 올라가서 라운지를 가로질러 다른 방으로 사라졌다. 닉시는 헌트와 머레이가 있는 쪽으로 와서 합류했다. "전부 너무 웃겨. 씨리오가 풀장하고 자기 두목 이야기했어. 내 생각에 저 사람은 자기가 말한 거보다 많이 알아." 그녀가 말했다.

헌트가 불편한 표정으로 머레이를 힐끗 쳐다봤다. "씨리오가 연락할 사람들요, 설마 암살단은 아니겠죠?"

"모르지. 그런들 우리가 어쩌겠소?"

"혹시 씨리오가 엔트라면 닉시가 알 수 있을까요? 그녀가 알아볼 수 있나요?"

머레이가 제블렌어로 닉시에게 물었다. "그 사람 엔트 아니야. 나 알아." 그녀가 말했다.

✳

그 뒤 1시간 동안 그들이 여기 있다는 사실을 잊어버린 듯 집 안 전체가 부산하게 움직였다. 다른 곳에 있던 제블렌인들이 모습을 드러내거나, 밖에서 저택으로 들어와서 두세 명씩 낮게 이야기를 주고받다가 비밀스러운 임무를 받고 다시 사라졌다. 닫힌 문 너머에서는 회의가 계속 진행되고, 걸려오는 전화 소리가 끊임없이 들려왔다. 그러는 내내 씨리오는 온갖 곳에 나타나서 소리쳐서 지시하고, 세부사항을 점검하고, 급하게 연락했는데, 대개 드레드노트가 그 곁을 따랐다. 집 안의 긴장감이 정전기처럼 타닥거렸다. 닉시는 무슨 일이 진행되는지 이해하지 못했다. 마치 군사작전을 준비하는 듯한 느낌이 들었다.

잠시도 쉬지 않고 사람들이 들락거렸던 문으로 드레드노트가 나와서 뭔가 소리치며 손짓했다. 닉시가 앉아 있던 소파에서 일어났다. 푹신한 가죽의자에 앉았던 헌트도 몸을 일으켜 기둥에 기대 서 있던 머레이의 곁으로 갔다. "자, 이제 시작이네." 머레이가 속삭였다.

"어떻게 되는 거예요?" 헌트가 물었다.

"난들 알겠나. 뭐가 어찌 되든 우리한테는 선택지가 별로 없는 거 같소."

이제 검은 정장에 짧은 파란색 외투를 걸친 씨리오가 바깥문에서 이케나 갱단 세 명과 함께 그들을 기다렸다. 무뚝뚝하고 거친 목소리로 간단한 질문과 대답을 주고받은 뒤 일행은 회랑을 지나 수직 통로의 가장자리를 도는 테라스를 따라 올라가서 엘리베이터로 갔다. 그런데 엘리베이터는 개울을 건너는 다리가 있는 바닷조개 로비로 내려가지 않고 위로 올라갔다.

일행은 금속 벽으로 둘러싸인 높은 공간으로 나왔는데, 금속 벽에 달린 낮은 유리창은 인접한 벽까지 거의 닿을 정도로 넓었다. 도시를 관람하는 전망대 같은 느낌이었지만, 그 공간에는 갖가지 모양과 크기의 비행차들이 20대 이상 정차되어 있었다. 여기는 옥상 착륙장인 게 틀림없었다. 덩치 세 명이 그들을 이끌고 늘어선 비행차들의 끝에 있는 노란색과 흰색을 칠한 매끈한 비행차로 데려갔다. 앞쪽은 둥그런 돔처럼 생겼고 중앙은 튼튼하게 생긴 동체가 있었으며, 뒤쪽으로 갈수록 점차 가늘어졌다. 얼핏 헬리콥터와 비슷하게 생겼지만, 회전날개와 수평꼬리날개가 없었다. 후방 동체에는 아래쪽을 향한 뭉툭한 날개 두 쌍이 낮게 달렸는데, 끝부분에 유선형의 포드가 달려 있었다. 회전하는 날개는 전혀 없는 것 같았다.

비행차의 문은 열린 상태였다. 윙윙거리는 소리가 후미 아래쪽에서 울려 나왔고, 검은 재킷을 입은 남자 두 명이 조종석에 앉아 있었다. 앞쪽 칸에는 좌석이 세 개씩 세 줄 있었는데, 뒷줄은 이미 이케나한 명이 차지했다. 헌트와 머레이가 그 옆의 두 자리에 가서 앉았다. 집에서 따라온 갱단 두 명과 닉시는 가운데 자리에 앉았다. 나머지 한 명은 드레드노트, 씨리오와 함께 조종석 뒤의 첫 번째 줄에 앉았다. 문이 닫혔다. 그리고 잠시 후 비행차가 바닥에서 떠오르면서 방향을 틀었다. 비행차가 앞으로 나아가자 앞쪽에 있던 담장과 창문 전체가 아래로 흔들거리며 내려가더니, 곧 건물에서 돌출된 착륙장의 모습으로 바뀌었다. 비행차는 움직이는 느낌이 거의 없이 조금 전까지 그들이 있던 초승달 모양의 방 바깥에 있는 것과 비슷한 옥상 정원 위로 치솟아 올랐다. 각각의 정원은 칸막이로 나뉘어 있었다. 곧 더 많은 옥상과 이웃한 도로와 더 아래로 보이는 대정원들이 작은 조각들처럼 눈에 들어왔다. 헌트가 위로 올려다보니 하늘의 접합 부분이 희미하게 보였다. 이건 하늘 덮개였다. 진짜가 아니라 가짜 하늘이었다.

비행차는 나무꼭대기의 경계면 위로 어렴풋이 보였던, 층층이 쌓인 절벽 같은 건물들을 향해 날아갔다. 넓고 밝은 입구가 앞에서 열리더니, 도시를 관통하는 주요 항공 교통로가 되었다. 비행차는 속도를 높여 그 흐름에 녹아들어 갔다. 헌트는 머레이와 무표정한 이케나 덩치 사이에 앉아 조용히 생각에 잠겼다. 그는 지금 자신이 대체 어떤 일에 얽혀든 건지 궁금했다.

52

투리엔의 칼라자르 의장과 샤피에론호의 토레스 선장 대리, 지구의 회선으로 모습을 비춘 콜드웰 국장은 탐사기를 통한 접촉이 끊긴 뒤로 한참 동안 이 상황을 토론했다. 콜드웰이 이 논의에 합류한 지 얼마 되지 않아서 제블렌인이 기르바인 바깥으로 통하는 조락의 모든 통신을 차단했다. 제블렌의 나머지 위성과 연결 시스템은 국부적으로 비자르가 아니라 제벡스에 의해 제어되기 때문에, 그런 조치는 행성 네트워크에 대한 모든 연결을 거부한다는 의미이기도 했다.

지금으로써는 접속이 끊어질 당시 포르딕 이샨이 하려던 말, 즉 당장 유일한 전술은 제블렌에서 어떻게든 비자르를 제벡스 안에 집어넣는 것뿐이라는 말을 헌트와 그의 동료들이 알아들었기를 바라는 것 외에는 다른 대안이 없었다. 대체로 그들이 이해했을 거라 믿었다. 하지만 그들이 그 일을 달성할 방법을 찾을 수 있을지는 또 다른 문제였다.

그 뒤에는 어떻게 해야 할까? 제블렌에 있는 사람들이 비자르를 제벡스에 넣는 일에 성공한다면, 정책 입안자는 비자르에게 정확히 어떤 일을 하도록 지시해야 할까?

콜드웰은 뭐가 문제인지 이해되지 않았다. "비자르가 통제력을 갖게 되면, 우리가 우탄의 방어망을 통과할 방법을 찾을 때까지 모든 연결기를 막을 수 있습니다." 그가 다른 이들에게 말했다. "그렇게 하면 이 엔트는 더 이상 나오지 못할 것이고, 제블렌이 침략을 당할 위험도 없을 겁니다. 그리고 우리가 우탄에 들어가서 그 매트릭스를 해체하면 그 문제는 영구적으로 해결됩니다."

그러나 칼라자르 의장은 놀라울 정도로 단호한 목소리로 그런 가능성을 거부했다. "엔트는 의심스러운 측면이 있지만, 우리에게 그들의 기원이 특이하게 보이더라도 모든 측면에서 그들은 완전히 진화한 지성체이므로, 그에 따른 모든 권리를 갖고 있습니다. 내부 우주가 어떻게 생겨났든 그 우주는 존재합니다. 내부 우주를 파괴하는 것은 그 주민들에 대한 학살에 해당합니다. 투리엔인은 그런 일을 허용할 수 없습니다. 우리는 그런 선택을 하지 않을 겁니다."

콜드웰은 잠시 생각한 후 칼라자르 의장의 말이 옳다고 결론지었다. 그는 자신이 너무 성급하게 발언했다고 인정했다. "알겠습니다." 그가 동의했다. "우리는 전원을 뽑아버릴 수 없습니다. 그렇다면 간단히 모든 신경 연결기를 끊어버리고, 제블렌에 대한 보호 기간을 끝낼 때 비자르 같은 다른 시스템을 설치하는 건 어떤가요? 아니면 비자르를 확장할 수도 있겠죠. 그렇게 하면 내부 우주는 계속 존재하며 자신들의 방식대로 내부적인 진화를 계속해나갈 수 있을 겁니다. 내부 우주를 영구적으로 격리하는 거죠."

그러나 투리엔인은 그 생각도 그다지 만족스러워하지 않았다.

"그들은 생각을 하고, 감정을 가진 존재들로서, 부적당하고 위험한 환경에 갇혀 있습니다." 칼라자르 의장이 설명했다. "그들 중 많은 이들은 탈출할 가능성만을 꿈꾸고 있습니다. 그들에게 기회를 주지 않는 것은 비윤리적이고 부당합니다. 우리는 그런 상황을 용납할 수 없습니다."

콜드웰은 그 부드러운 거절을 정중하게 받아들였다. "그러면 좋습니다." 그는 참을성 있게 양보했다. "여러분은 어떻게 하길 원합니까?"

"우리는 모르겠습니다."

콜드웰이 깊은 한숨을 내뱉었다. 그리고 자신이 외계인 문명의 실질적인 국가수반을 상대하고 있다는 사실을 되새겼다.

"대단들 하십니다." 콜드웰이 대답했다.

✳

비행차가 적당한 고도로 도시 외곽의 시골을 향해 속도를 높였다. 헌트는 약 1킬로미터 정도의 고도라고 짐작했다. 종종 앞쪽에서 삑 소리와 함께 항공제어 컴퓨터로 짐작되는 합성된 목소리가 한 마디씩 들려왔다. 씨리오는 휴대폰을 들고 여러 차례 다른 곳에 있는 사람들에게 수없이 전화해댔다. 다른 사람들은 아무 말 없이 조용했다.

수 킬로미터에 걸쳐 쉬반을 둘러싼 빼곡한 교외 지역이 점차 드문드문하게 바뀌더니, 수마트라에서 뉴저지까지 모든 곳에서 똑같이 볼 수 있는 풍경처럼 길가에 늘어선 건물들이 잡다하게 흩어진 모습으로 바뀌었다. 지구에서 발달한 지역의 전형적인 모습과는 달리 산업의 흔적이 조금 적었는데, 투리엔의 관습에 따라 산업시설이 대체로 지하에 설치되었기 때문이다. 반면에 어떤 구조물들은 지구에서 본 적이 없는 규모로 거대했다. 비행차는 금속질의 지형이 이리저리 뒤얽힌 산맥을 관통하는 가파르게 잘린 절벽 틈새를 지났다. 헌트로서는 목적지가 어디인지 짐작조차 힘들었다. 더 날아가자, 지평선에 튜브로 서로 연결된 날씬한 서양배 모양의 지붕이 달린 고층건물들의 모습이 모였다. 건물들의 높이는 2킬로미터에 가까웠다.

더 날아가자, 도시 사이의 평야가 나타났다. 최근에 새로운 개간사업이 많이 시작되었지만, 대체로 경작되지 않은 황야였다. 제블렌의 식량 생산은 원래 다른 물질을 합성하는 인공가공 산업이 많은 부분을 차지했으며, 전통적인 농사는 오락으로 취급받거나 전통적인 삶을 좋아하는 사람들의 생활방식으로 한정되었다. 하지만 많은 부분이 망가지기 시작하면서 더욱 혼합된 유형들이 나타났다. 그리고 제벡스가 퇴출당한 이후 나타난 신흥 기업가들이 새로운 요구를 충족시켜줄 다른 수단으로 농업에 그들의 창의력을 적용해왔다.

비행차가 계곡을 따라 산줄기 속으로 들어가며 상승하자 풍경이 화려해지고 녹색도 짙어졌다. 숲으로 이루어진 양탄자와 부분적으로 기묘하게 파란 색감과 호수가 펼쳐졌다. 연두색 하늘 아래서 제블렌의 주황색 줄무늬 구름과 방전 형태가 더욱 뚜렷하게 보였다. 헌트는 전체 풍광에 비현실적인 으스스한 색을 드리우는 연두색 하늘에서 도시의 어떤 풍경보다 훨씬 더 외계스러운 느낌을 받았다. 헌트는 공상이 떠오를 때면 투리엔의 가상 여행 시스템을 통해 온갖 종류의 환상적인 장소를 돌아다니는 일에 익숙했지만, 이제 실제로 다른 세상에 와있다는 사실이 강하게 실감 났다. 그가 제블렌 외에 실제로 지구를 벗어났던 경험은 목성의 위성 가니메데에 머물렀을 때와 도중에 달에 잠깐 들렀을 때밖에 없었다.

인간과 투리엔인 사이의 간극을 다시 한 번 절감했다. 세부적인 부분에 충분히 주의를 기울인다면, 감각으로 전해지는 정보는 그 정보가 있는 곳으로 실제 육체가 이동할 때 느껴지는 감각만큼이나 훌륭했다. 이용자가 그 차이를 알 수 없을 때, 차이는 존재하지 않는 것이다. 하지만 인간은 결코 그렇게 느끼지 않는다. 그런 점에서, 제블렌에서 대중적인 중독을 일으킨 가상현실 판타지에 투리엔인이 사실상 면역되어 있다는 사실은 역설적으로 보였다. 투리엔인의 과잉 이성이, 지성적인 측면에서 허구라고 알고 있는 것들에 대해서는 믿지 않도록 하는 반면, 자신들이 실제라고 알고 있는 것의 재현은 당황하지 않고 받아들일 수 있도록 해주기 때문이 아닐까? 그것은 매린이 그와 단체커에 대해 했던 말과 너무 똑같았다. 심리학자들에게 앞으로 수백 년간 연구할 거리가 생겼다는 이야기는 너무도 당연한 소리였다.

앞에 있는 남자가 헤드셋에 뭔가 말하고 비행차가 하강하기 시작하자, 헌트가 다시 현실로 돌아왔다. 비행차가 비스듬히 선회했다. 유리창 밖으로 보이는 풍경이 옆으로 미끄러지듯 움직이다가 나무들에 둘러싸인 공터에 서 있는 커다란 저택이 가운데로 오자 선회를 멈췄다. 경계를 나타내는 담장이 아래로 지나갔다. 공터가 점점 커지더니 잔디밭과 정원, 과수원, 경기장, 그리고 섬들이 몇 개 떠 있는 호수가 포함된 대정원으로 확대되었다. 뒤편의 포장된 구역에 비행차가 내려앉을 때 헌트는 사방으로 넓고 두서없이 형성된 저택을 볼 수 있었다. 중앙부는 2층이었는데, 많은 부분이 유리로 덮여 있었다. 지붕은 곡선을 이루며 처마가 살짝 올라간 형태였다. 그들이 방금 쉬반에서 떠난 저택의 특성이 얼핏 연상되었다. 온갖 별채와 부속건물이 양쪽으로 뒤죽박죽 뻗은 형태였다. 이 저택이 아시아의 탑과 남미의 멋들어진 저택을 뒤섞은 형태로 건설된 것 같다는 생각이 헌트의 머리를 잠깐 스치고 지나갔다.

착륙장에는 일군의 사람들이 그들을 기다리고 있었다. 가운데에는 뚱뚱하고 큰 키에 얼굴이 둥근 대머리 남자가 허리에 손을 올리고 서 있었다. 귀걸이를 한 그는 연한 빨간 바지 위로 반소매 외투를 두르고,

한쪽 손목에 넓은 팔찌를 찼다. 이 사람이 우두머리인 모양이었다. 그와 함께 역시 평상복을 입은 남자들 대여섯 명이 서 있었는데, 측근이거나 경호원이라는 인상을 주었다. 비행차의 문이 열릴 때 그들의 태도는 느긋했으며, 살짝 지루해한다는 느낌도 들었다.

이케나 두 명이 먼저 내리고, 씨리오와 드레드노트가 뒤따라 내렸다. 밖에서 몇 마디의 말을 주고받더니, 씨리오가 고개를 돌려 닉시에게 뭔가 말하며 나오라는 손짓을 했다. 헌트가 의아한 눈길로 머레이를 쳐다봤다. 머레이는 어깨를 으쓱했다.

닉시가 주저했다. 두 사람과 마찬가지로 닉시도 어리둥절한 모양이었다. 곧 자리에서 일어나 문 쪽으로 갔다. 씨리오가 다시 손짓하자 닉시가 비행차에서 내렸다. 씨리오의 손짓에 따라 드레드노트와 다른 두 이케나 사이로 가던 닉시는 자신에게 이글거리는 분노를 쏘아대는 둥근 얼굴을 보고 그 자리에서 굳어버렸다. 갑자기, 더 이상 참을 수 없다는 듯, 둥근 얼굴이 양손으로 닉시를 향해 거칠 게 손짓하며 씨리오에게 화난 목소리로 소리치기 시작했다. 씨리오는 둥근 얼굴을 무시하고 닉시에게 뭔가 물었다. 닉시가 고개를 젓더니, 당혹스럽고 겁에 질린 얼굴로 뒤로 물러섰다. 둥근 얼굴이 자기 부하에게 뭔가 매섭게 소리치자, 둘이 닉시를 향해 걸어갔다. 그녀를 붙잡으려는 게 틀림없었다. 하지만 씨리오의 부하가 막아섰다. 곧 씨리오와 둥근 얼굴이 소리를 질러댔다. 처음에는 서로에게, 그리고 곧 닉시를 향해 소리쳤다. 결국 닉시도 그 두 사람에게 소리를 질러댔다.

"이게 대체 무슨 일인가요?" 헌트가 의자 팔걸이를 붙잡고 앞으로 고개를 삐죽 내밀며 물었다.

머레이는 무기력하게 고개를 저을 뿐이었다. "나도 이해가 안 되오. 저 뚱보가 닉시를 알고 있었는데, 닉시는 뚱보를 몰랐소. 닉시가 씨리오에게 저 뚱보가 컴퓨터에서 나온 사람이라고 말했… 맙소사!"

그들이 앉아 있는 기실의 뒤쪽 칸막이벽 너머 어딘가에서 둔한 '바지직' 소리가 들려왔다. 둥근 얼굴과 그의 옆에 가까이 서 있던 두 사람이 햇불처럼 타올랐다. 동시에, 앞서 닉시를 붙잡으려던 둥근 얼굴의 부하를 막았던 이케나 두 명이 외투에서 총을 꺼내 저들을 쐈다. 그들은 총의 강도를 조절할 때 주저함이 전혀 없었다. 총을 맞은 사람들이 폭발했다. 드레드노트도 총을 꺼내 다른 한 명에게 똑같이 했다. 다시 비행차 뒤쪽에서 바지직 소리가 들리더니 마지막으로 남은 사람들을 불태웠다.

헌트는 충격과 공포로 마비된 채 그저 바라볼 수밖에 없었다. 바깥에서는 그와 동시에 씨리오와 부하들이 닉시를 붙잡고 비행차의 문으로 밀고 나갔다. 비행차는 이미 이륙하기 시작했다. 날카로운 경고음이 저택 어딘가에서 들려오고, 창문에 셔터가 내려갔다. 그리고 지붕이 열리며 회전식 포탑이 모습을 드러냈다. 사방에서 나타난 사람들이 달려왔다.

뒤쪽에서 바지직 소리가 다시 들렸다. 덮개를 열었던 포탑 두 대가 폭발했다. 비행차 위쪽 뒷부분에서 대포 같은 게 발사됐다. 이 비행차가 지휘자용 차량이면서 동시에 무장 헬기였던 것이다. 사람들이 안으로 쏟아져 들어왔다. 씨리오가 소리쳐 명령을 내리자 드레드노트가 닉시를 부댓자루처럼 비행차로 던져 넣었다. 퍼뜩 정신이 돌아온 헌트가 의자 너머로 기대며 닉시를 붙잡아서 안으로 당겼다. 그제야 머레이도 정신을 차리고 도와줬다. 그다음에 일어난 일은 헌트에게 종잡을 수 없는 혼란스러운 파편들로만 남았다. 닉시는 겁을 먹긴 했지만, 다친 곳이 없었고 정신을 놓지도 않았다…. 비행차가 기울어지며 이륙했다. 대포가 끊임없이 발사되고, 바깥에는 지면이 빠르게 스치

540

고 지나갔다. 나무들 위에서 한 줄기 빛이 빠르게 꺾이고, 저택 일부가 불꽃을 내며 폭발했다. 경계 담장이 지나고…, 숲이…, 상승하며 앞에 있는 산이 또렷이 보였다….

"젠장!" 헌트 옆의 머레이가 몸을 떨며 낮게 내뱉었다.

빛이 어디서 온 걸까? 다른 비행선이 뒤따랐던 걸까? 다른 곳에서 준비된 다른 비행선이 있었나? 헌트는 멍한 얼굴로 쉬반으로 다시 돌아가며 앞에 펼쳐진 풍경을 쳐다봤다. 닉시가 씨리오에게 쏟아낸 신랄한 말이나 씨리오가 차분하게 대답하는 소리도 간신히 알아챘을 뿐이었다. 씨리오의 태도로 볼 때 그를 압도했던 긴장감은 비행차가 날아가는 동안 차츰 풀리고 있는 모양이었다. 머레이는 그들의 말에 귀를 기울이며 몇 분간 질문과 대답을 들은 후 고개를 돌려 헌트를 바라봤다.

"이들이 날려버린 그 뚱보가 두목 그레베츠였소. 그는 엔트였소. 씨리오는 우리가 자기 집에서 했던 이야기가 사실이라면, 자신의 쓸모가 다 되었을 때 다른 이들과 함께 골로 가게 될 거라고 판단했소. 그래서 그는 아무도 예상하지 못할 때 먼저 움직이기로 결심했지. 그의 판단이 옳았던 것 같소."

이때쯤 되자 헌트가 받았던 충격도 충분히 가라앉아서 다시 무언가 생각할 수 있게 되었다. 헌트는 머레이의 말을 알아들었지만, 여전히 이해되지 않는 부분이 있었다. "그렇군요. 하지만 씨리오는 우리 이야기가 사실이란 걸 어떻게 알았죠? 그 이야기가 우리와 투리엔인들이 제벡스가 다시 켜지는 사태를 막기 위해 막무가내로 만들어낸 말이 아니라는 사실을 그가 어떻게 알았나요? 우리가 그 이야기 전체를 꾸며냈을 수도 있잖아요."

머레이가 고개를 가로저었다. "아까 착륙장에서 바로 그런 이야기가

나왔었소." 머레이가 고갯짓으로 씨리오의 뒤통수를 가리켰다. "우리
가 시내에서 씨리오의 집으로 처음 걸어 들어갈 때 그가 좀 이상하게
반응하는 거 눈치챘소?"

"닉시를 이상한 눈으로 쳐다본 거 말인가요? 네, 알았어요. 그게 무
슨 뜻이었나요?"

"씨리오는 닉시를 오래전부터 알았던 모양이오. 적어도 '니카샤'는
알고 있었던 거지. 닉시가 예선에 니카샤였소. 당신의 이야기를 확인
시켜 준 것은, 닉시가 그 전에 씨리오를 한 번도 못 본 것처럼 굴었다
는 거요. 만일 진짜 니카샤였더라면, 그렇게 펭귄 볼기짝처럼 냉정한
얼굴로 아까 다시 거기로 걸어 들어가는 일은 꿈도 꾸지 못하고 질겁
했을 거란 뜻이오."

헌트가 놀란 얼굴로 눈을 껌뻑거렸다. "예전에 닉시가 그 저택에
갔었다는 말인가요?"

머레이가 닉시에게 뭔가 말하자, 닉시가 씨리오에게 말했다.

"니카샤는 예전에 그 뚱보의 애인이었다고 하는군…."

"말도 안 돼!"

"그런데 뚱보에겐 성질 더러운 부인도 있었지. 알겠소? 아무튼 그
둘이, 즉 두 여자가 된통 싸웠소. 그래서 니카샤는 뚱보 부인을 제거
하려고 한 거요."

헌트가 믿기지 않는다는 투로 쳐다봤다. "두목의 부인을 제거하려
했다고요? 닉시가? 말도 안 돼."

"닉시가 아니요. 예전의 니카샤가 그랬다는 거요. 당신이 나한테 했
던 이야기가 사실이라면, 닉시는 이제 이대로 계속 있을 거요, 맞소?
아무튼 그 부인을 제거했지. 그 사건이 일어난 장소가 바로 우리가
갔던 씨리오의 집이었소. 뚱보 부인이 풀장에 들어가 있을 때 니카샤

542

가 제블렌 총으로 쐈다는군. 심장마비처럼 보이게 만들려는 거였지. 하지만 그렇게 풀리지 않았고, 뚱보가 니카샤의 패거리를 쫓아냈소. 그래서 니카샤는 사라져서 시내에 몸을 숨겼던 거요. 그 모든 일은 내가 제블렌에 오기 전에 일어났기 때문에, 나는 그런 일이 있었는지 전혀 몰랐소."

닉시가 어떤 이유에선가 잘 꾸민 연기를 하는 게 아닌지 확인하려면, 그레베츠를 직접 대면하게 하는 게 유일한 방법이었을 것이다. 닉시를 본 그레베츠의 분노는 충분히 확실했다. 그리고 닉시의 얼굴에 뜬 어리둥절함은 누구도 가짜로 만들어내기 힘든 것이었다.

"그리고 닉시가 진짜라는 사실을 씨리오가 알게 되고, 게다가 닉시가 그레베츠를 자신과 같은 무리라고 알아보자 모든 진상을 깨달은 거군요." 모든 게 명확해지자 헌트가 고개를 끄덕이며 말했다. 헌트는 여전히 몸이 떨렸다. 그는 옆 창문을 내다보고 이 비행차가 쉬반으로 되돌아가고 있다는 사실을 깨달았다. "그러면 이제 어떻게 되는 건가요?" 그가 물었다.

머레이가 어깨를 으쓱했다. "이제 사방에서 전쟁이 일어날 것 같소. 누가 누구 편인지 아무도 확신할 수 없는 상태에서 말이오."

헌트는 그게 무슨 의미일지 궁금했다. 행정본부에서 적어도 한 명 이상의 경찰이 닉시를 알아봤다. 그런데 지금은 전체 상황이 어떻게 돌아가는지 정확히 알 수 없는 상황이었다. "오사야의 집에 있는 단체커와 매린이 안전할까요?" 헌트가 걱정스러운 말투로 물었다. "이 소식이 전해지면 모든 곳에서 사람들이 미치기 시작할 텐데요. 그게 마음에 걸리네요."

머레이가 씨리오에게 그 질문을 넘겼다. 씨리오가 지시를 내리자, 앞에 앉은 한 명이 수화기에 대고 뭔가 말했다.

"그들을 데리고 나올 거요." 머레이가 말했다.

그때 씨리오가 뭔가를 아주 길게 말했다. 그 말을 듣던 머레이의 눈이 커졌다. 마침내 머레이가 고개를 돌려 헌트를 바라봤다. "그가 볼 때는 유벨레우스가 컴퓨터를 켜지 못하도록 막는 게 우선이고, 그 뒤는 지구인과 투리엔인이 상황을 바로잡을 수 있도록 놔둘 거라는군. 그들이 두뇌세계 사업을 중지시킨다면 유감스럽겠지만, 어차피 곧 폐업할 상황이었기 때문에 별 상관없다고 그리네. 씨리오는 사업가요. 그에게는 다른 연줄이 아주 많소. 뚱보네 부하들이 장악할 경우보다, 이렇게 해서 새로운 관리자들과 거래하는 게 더 좋은 기회가 될 거라고 생각하는 거요."

헌트가 모호하게 얼굴을 찌푸렸다. "그러면… 그 말을 어떻게 해석해야 하죠? 그가 정확히 뭘 하겠다는 건가요?"

머레이가 한숨을 내뱉더니 고개를 절레절레 흔들었다. "어떻게 하려는 건지는 모르겠지만, 당신이 해낸 것 같소. 박사. 씨리오는 바로 당신이 원한 걸 하려는 거요. 그는 자기네 기술자를 불러내서 이케나 채널을 통해 비자르를 제벡스에 연결해줄 거요."

53

단체커는 오사야네 거실에 있는 커다란 의자의 부드러운 쿠션에 기대어 앉아 양손을 머리 뒤에 받치고 느긋하게 쉬고 있었다. "가끔 나 자신을 청춘을 헛되게 보낸 피해자로 여기고 싶은 느낌이 들 때가 있어요. 제블렌인들은 두뇌세계에서 그런 아쉬움을 해결하는 걸까요." 문에서 매린이 다가오는 소리가 들려오자 단체커가 어깨너머로 말했다.

매린이 헌트가 대용 합성품이라고 불렀던 가짜 커피 두 잔을 들고 나타났다. 그녀는 아래층의 머레이 집에 있는 여성들에게서 그걸 얻어와야만 했다. 오사야네 부엌의 자동요리기는 오로지 제블렌어에만 반응하는데, 수동으로 제어할 방법을 찾지 못했기 때문이다. "이제 교수님은 제벡스가 어떤 유혹을 할 수 있을지도 곧 알게 되겠군요."

단체커는 이제야 매린과 샌디가 했던 말의 의미를 완전히 깨닫고 눈이 갑자기 커졌다. "맙소사. 난 그걸 그렇게 연결할 생각을 전혀 못 했어요!" 그가 소리쳤다.

단체커가 머그잔을 하나 받아 옆 테이블 위에 놓았다. 매린은 다른 의자로 가서 앉았다. 그녀는 한 모금 마시며 쉬려고 했지만, 그럴 수 없었다. 어떤 일이 일어나기를 기다리는 상황이 그녀의 신경을 곤두세웠다.

"긴 안목으로 보면 이게 정말 그렇게 중요한 문제일까요?" 매린은 그저 침묵을 깨기 위해 질문을 던져본 것이었다. "진화의 관점에서 보면 말이에요. 우리가 어떤 일을 하든 말든 장기적으로 볼 때 실제로 큰 차이가 있을까요?" 그때 매린은 비슈누호에서 헌트와 나눴던 이야기가 기억났다. 약 5퍼센트의 종만이 살아남으며, 그건 모두 운에 따른 결과였다. 그녀는 자신이 이 상황을 합리화하려 한다는 사실을 스스로 인정했다. 이는 중요한 문제였고, 그들은 무력했다.

단체커의 대답은 그녀에게 전혀 위로가 되지 않았다. "사실 큰 차이를 만들 수도 있어요. 때때로 아주 근소하게 다른 원인이 결과를 크게 변화시킬 수 있어요. 예전에 헌트 박사와 고도로 비선형적인 시스템에 대해 논의를 했을 때, 박사가 말해줬던 사례가 떠오르네요."

"그게 뭔데요?" 매린이 물었다.

단체커는 달리 말할 거리가 생겨 기뻐하며 더욱 편안하게 자리를 잡았다. "마찰력이 없는 이상적인 당구대 위에 놓인 당구공 한 벌을 쳤을 때, 당신이 모든 공의 방향과 속도를 완벽하게 정확한 값으로 측정할 수 있다고 가정해보죠. 당신의 계산 모형이 이후 동작을 어느 시점까지 논리적으로 타당하게 예측할 수 있을 거라고 생각되세요?"

매린이 얼굴을 찌푸렸다. "이론적으로요? 영원히 가능하지 않나요? 난 항상 그렇게 생각했어요. 틀렸나요?"

"이론적으로는, 맞습니다. 그게 수학자 라플라스의 위대한 주장이었죠.* 하지만 현실에서는 메커니즘이 매우 효과적으로 오류를 증폭시키기 때문에, 은하계 가장자리에 있는 전자 하나의 중력에 의한 영향을 무시한다면, 당신의 예측은 1분도 채 되기 전에 절망적으로 잘못될 것입니다." 단체커는 깜짝 놀란 매린의 얼굴을 바라보고 고개를 끄덕이며 그 주제에 열중했다. "아시겠죠, 그 사례는 어떤 과정에 극단적으로 민감한…."

바로 그때 종소리가 들리고, 매력적인 여성의 목소리가 제블렌어로 뭔가 말했다. 매린과 단체커는 잠시 어리둥절한 표정으로 서로를 쳐다보다가, 곧 그게 오사야의 가정 컴퓨터라는 사실을 깨달았다. 현관에서 목소리들이 들려왔다. 잠시 후 머레이의 집에 남았던 두 여성의 모습이 보이고, 뒤이어 세 남자가 들어왔다. 매린이 불안한 얼굴로 자리에서 일어섰다. 단체커는 절망과 반항이 뒤섞인 표정으로 그들을 올려다보며 입을 악다물고 턱을 쭉 내밀었다.

두 여자가 요란한 몸짓과 손짓을 하며 제블렌어를 연이어 쏟아냈다. 회색 재킷과 검은색 터틀넥 셔츠를 입고, 단단한 체형에 무뚝뚝한 얼굴과 가느다란 눈의 남자가 날카로운 스타카토 발음으로 말하며 바깥문을 가리켰다.

"이 사람들이 어딘가로 이동하려는 모양이네요." 매린이 단체커에게 말했다.

"아, 그런데 우리의 의견을 들을 생각은 전혀 없는 느낌입니다." 단체커가 두 남자의 얼굴에 뜬 표정을 쳐다보며 상황을 평가했다.

"그러게요. 저도 같은 느낌이에요."

---

* 피에르시몽 라플라스는 우주의 모든 원자의 위치와 운동량을 알면 뉴턴의 고전 물리학을 이용해 과거와 현재의 모든 현상과 미래까지 예측할 수 있을 것이라고 주장했다. 그런 존재를 '라플라스의 악마'라고 한다. 현재는 '불확정성의 원리'에 의해 불가능하다고 증명되었다.

단체커는 머그잔을 내려놓고 자리에서 일어났다. "그렇군요. 그럼 갑시다."

단체커와 매린이 세 남자를 따라 층계참으로 나갔다. 두 여자는 머레이의 집까지만 따라 내려와서 그들에게 손을 흔들고 집 안으로 들어갔다. 그들의 태도로 볼 때 적어도 뭔가 위협적인 상황은 아닌 모양이었다. 매린과 단체커가 세 남자와 함께 로비로 내려와 밖으로 나가자 다른 두 남자와 함께 차 한 대가 그들을 기다리고 있었다.

그들이 떠난 10분 후, 그 차가 있던 자리에 쉬반의 경찰 호송차가 멈춰 서더니 일군의 기동대원들을 게워냈다. 경찰들이 쿵쿵거리며 아파트 블록의 문으로 달려갔다.

✳

비행차는 고속도로 옆에 있는 어떤 건물 뒤편의 주차장에 착륙했다. 거기에는 다른 비행차와 지상차들이 주차되어 있었다. 몇 마디 짧은 말이 오간 뒤, 일행은 비행차에서 내려 주차장을 가로질러 비행트럭처럼 생긴 좀 더 큰 차량으로 갔다. 조종석 외에는 창문이 없었고, 양옆은 분홍색과 흰색으로 칠했으며, 제블렌어로 화려한 글씨가 새겨져 있었다. 그들이 중앙문으로 올라가자 내부의 절반이 좌석으로 꾸며져 있었다. 비행차는 채 1분이 지나기 전에 이륙했다.

닉시가 머레이에게 뭔가 말해주자, 머레이가 깜짝 놀란 표정을 지었다. 그리고 곧 질문과 답변을 주고받았다.

"무슨 이야기예요?" 헌트가 물었다.

"이 녀석들은 자기 직업에 맞는 장비를 갖춰야 한다고 믿는 게 틀림없소." 머레이가 대답했다. "이 비행차, 우리가 탄 이것은 장례식용 영구차요."

"설마! 생긴 건 꼭 록밴드의 투어버스 같던데요."

"사실 이건 괴상한 종파의 소유물이오. 그들은 누군가가 태어났을 때 애도를 하는 모양이오. 아이가 인생에서 견뎌야 할 온갖 더럽고 힘든 일 때문이지. 하지만 최후로 사망하면, 그건 축하할 일이란 거요. 그래서 이 파티용 화차를 만든 거라네. 세상에는 별별 인간들이 다 있다니까."

영구차는 그레베츠의 저택으로 날아갔을 때와 비슷한 시간을 날아간 뒤 다시 착륙했다. 아마도 쉬반으로 돌아온 모양이었다. 비행차에서 내리자 확실해졌다. 헌트는 도시 위로 높이 솟은 건물의 둥그런 끝부분에서 돌출된 넓은 착륙장에 내렸다는 사실을 알아차렸다. 건물들의 숲 사이로 멀어져가는 넓은 교통로가 바로 앞까지 이어졌다. 그 위로, 그들이 서 있는 건물은 인공 하늘의 단단한 덮개 같은 것에 닿아 있었다. 아마도 이 건물은 저 하늘을 관통해서 도시 밖에서도 볼 수 있을 것이다. 멀리 아래에는 건물들과 테라스가 합쳐지며 도시 저지대의 구조물들이 되었다.

그들은 일련의 문을 통과한 후 푸석푸석하게 부서진 바닥과 이리저리 긁힌 회색 벽의 단조로운 넓은 방을 가로질렀다. 이 건물은 마치 오래전에 삶에 지쳐서 곧 무너질 날만 기다리고 있는 듯했다. 그들은 느리고 삐걱거리는 엘리베이터를 타고 한도 끝도 없이 내려갔다. 그리고 낡은 곰팡내가 나는 카펫이 깔린 어두운 복도로 나왔다. 거기에서 그들은 한 계단 내려가 여러 방향으로 이어진 복도와 방이 있는 회랑으로 갔다. 그중 한 복도를 따라서 문으로 갔다. 씨리오가 미이크를 통해 누군가에게 짧게 말하자 문이 열렸다. 주위가 익숙한 듯했지만, 일행은 걷는 속도를 늦추지 않고 곧장 바가 있는 라운지로 들어갔다. 헌트는 그곳이 예전에 바우머를 찾을 때 왔던 곤돌라 클럽이라는 사실을 깨달았다.

그렇지만 이번에는 바의 의자와 탁자들이 비었고, 희끗희끗한 머릿결과 수염이 난 키가 크고 마른 남자 외에는 없었다. 갈색 체크무늬 양복을 입은 남자는 이케나처럼 보이는 다른 두 사람과 함께 탁자에 앉아 있었다. 일행이 들어가자 그가 일어섰다. 그가 라운지를 가로질러 걸어오는 동안 씨리오가 이야기를 시작했다. 불안해 보이는 그 남자는 긴장한 목소리로 씨리오의 질문에 최선을 다해 대답했다.

"저 남자가 이케나의 기술자인 모양이오." 머레이가 헌트에게 말했다. "저들은 지금 초공간 연결과 투리엔 송신 코드… 뭐 그런 것에 관해 이야기를 나누고 있소." 헌트는 아무 말 없이 고개를 끄덕였다. 그는 자신이 바라던 것보다 목표에 훨씬 가까이 왔다는 사실에 약간 놀란 상태였다.

기술자의 이름은 케쉔이었다. 케쉔은 씨리오와 대화를 마친 뒤 그를 이끌고 다른 문으로 가서 라운지 뒤편의 모퉁이를 돌아갔다. 헌트와 머레이, 닉시는 머뭇거리며 서 있었다. 씨리오가 고개를 돌려 그들에게 따라오라고 손짓했다.

그들이 들어간 자그마한 방은 배전반과 모니터, 장비 선반이 빼곡했다. 이 시설의 연결기들을 통신망에 연결해주는 곳이 틀림없었다. 통신망의 다른 곳, 아마도 쉬반에서 먼 곳의 통신망을 통과한 채널은 초공간 링크를 제벡스로 전달하는 노드까지 연결될 것이다. 불빛이 번쩍이고 몇 개의 모니터가 달린 단말기가 있었다. 모니터는 의미를 알 수 없는 기호와 기하학적인 선들을 비추고 있었다. 케쉔이 자리에 앉더니 상태 점검 같은 것을 진행하기 시작했다. 모니터에 떠 있던 영상이 바뀌고 새로운 기호들이 나타났다. 케쉔이 잠깐씩 설명을 하면, 닉시가 머레이에게 상세히 말하고, 머레이는 최선을 다해 헌트에게 설명했다.

"이건 제벡스로 연결된 네트워크로 들어가는 저 사람들의 링크요, 알겠소?"

헌트가 고개를 끄덕였다. "궁금해서 그러는데, 혹시 저 사람이 어디에서 제벡스로 연결되는지 아느냐고 물어봐주세요."

머레이가 그 질문을 전달했다. 케쉔이 고개를 저었다.

"네트워크는 행성 전체로 간다는군." 머레이가 그의 말을 받아서 통역해줬다. "제벡스로 들어가는 정보 입력은 어디에서든 가능하다네. 바로 그 순간 핵심 시스템을 운영하는 기술자가 어떻게 설정하느냐에 달렸다는 거요. 그에 관해 묻고 다니는 건 자기 일이 아니래. 자기는 충분한 회선을 갖고 있댔소. 이게 이해가 되오?"

"네." 헌트가 대답했다. 케쉔은 통신망이 제블렌 행성을 벗어난 어딘가로 연결된다는 사실을 모른다는 뜻이었다. 다시 말해, 케쉔은 제벡스가 제블렌에 전혀 존재하지 않는다는 사실을 몰랐다. 헌트가 예상했던 대로였다.

케쉔이 장비의 다른 부분을 가리켰다. 머레이가 계속 통역했다. "이 채널이 초공간으로 가는데…, 뭐라고 했더라? 송신기? 연결기? 전환기?"

"송수신기?" 헌트가 제안했다.

"그래, 그거요. 아무튼 그게 어딘가에 멀리 떨어져 있다는군. 가니메데인이 제벡스를 폐쇄한 후로 작동하지 않는데, 존재하지 않는 회신으로 연결되었대. 그래서 그는 그냥 다시 회선을 연결해서 입력했다는데… 운영 번호 같은 거라는데?"

"매개변수요?"

"당신이 그렇게 말하면… 그거겠지. 그걸 비자르에 맞춘다는군. 그러면 회선이 투리엔까지 연결되는 거겠지, 그렇지 않소?"

"투리엔으로 연결된다고요?" 헌트가 되물었다. 그는 터져 나오는 웃음을 참지 못했다. 너무 좋아서 사실 같지 않았다.

머레이가 다시 확인했다. "저 사람이 말한 게 그거 맞소."

"우리가 그걸 확인할 수 있을까요? 혹시 케쉔이 지금 바로 우리에게 비자르를 연결해줄 수 있나요?" 헌트가 물었다.

"모르겠소." 머레이가 닉시에게 묻고, 닉시가 케쉔에게 물었다. 케쉔은 씨리오에게 의견을 물었다. 그리고 곧 단말기에 명령어를 몇 개 입력했다.

그때 단말기 스피커에서 제블렌어로 뭔가 말하는 목소리가 들렸다. 케쉔이 대답하더니, 이어지는 질문들에 더 대답했다. 그러자 그 목소리가 영어로 말했다. "세상에나, 거기 계셨군요, 헌트 박사님! 다시 한 번 그 어려운 묘기를 또 해내신 모양이네요."

헌트의 얼굴에 안도의 웃음이 퍼졌다. "안녕, 비자르." 그가 방에 함께 있는 다른 사람들을 가리켰다. "음, 이 사람들도 그와 관련해서 적지 않은 일을 해냈어." 그는 자신이 한 말이 다시 제블렌어로 반복되어 나오는 소리를 들었다. 비자르가 통역자의 역할을 맡은 모양이었다.

"다들 수고하셨어요."

"친구를 잘 사귄 덕분이지. 다른 사람들의 상황은 어때?" 헌트가 말했다.

"칼라자르 의장은 여기에 있습니다." 비자르가 대답했다. "콜드웰 국장은 다른 일을 하러 갔지만, 누군가가 데리러 갔어요. 제블렌의 다른 곳으로부터는 소식을 못 들었습니다. 저희가 아는 바로는, 다른 사람들은 통신이 끊어질 때 있던 곳에 아직 있는 것 같습니다."

"매린과 단체커는 이동 중일 거야." 헌트가 말했다.

"그들은 여기로 오는 중이오." 씨리오가 말했다. 그의 말을 비자르가 통역했다. "그대로 놔뒀으면 안전하지 않았을 거요."

단말기의 다른 모니터가 활성화되더니 칼라자르 의장의 모습이 떴다. "축하합니다. 비자르가 방금 소식을 전해줬어요. 거기서 제벡스로 채널을 연결했나요?"

헌트가 케쉔 옆으로 가서 물었다. "됐나요?"

케쉔이 다른 모니터에 뜬 지표를 확인했다. "네. 비자르를 제벡스 안으로 연결해줄까요? 그러면 됩니까?"

"이제 저 사람들이 책임질 겁니다." 헌트가 칼라자르 의장이 떠 있는 모니터를 향해 손짓하며 말했다.

비자르와 케쉔이 기술적인 용어를 주고받더니, 케쉔이 할 수 있다고 확답하며 대화가 마무리되었다. "지금 즉시 해주세요. 제벡스가 아직 잠들어 있는 동안에." 비자르가 말했다. "자, 우탄에서 그들이 제벡스를 최대한 성능을 발휘하도록 깨웠을 때, 이제 누가 제벡스를 통제하게 되게요?"

"그러면 유벨레우스가 알아채지 않을까?" 헌트가 물었다.

"제벡스 자신조차도 알지 못할 겁니다." 비자르가 대답했다.

케쉔이 의아한 눈빛으로 쳐다봤다. "우탄이라뇨? 그 행성 말인가요? 우탄이 이거랑 무슨 상관이 있나요?" 그가 물었다.

"지금 이야기를 시작하기에는 너무 길어요. 절 믿으세요." 헌트가 대답했다.

그때 라운지 바깥에서 발자국 소리가 들려오더니, 매린이 단체커와 함께 문에 모습을 드러냈다. 머레이의 집에서 그들을 데려온 세 남자는 뒤에 있었다.

"맙소사, 헌트! 다른 사람들도 있네!" 단체커가 소리쳤다. "자네가 여기 있었군. 우리는 어떻게 되는 건지 전혀 몰랐어. 이…." 단체커는 자신의 말이 통역되는 소리를 듣고 멈칫했다. "이 신사분들이 우리를 데려왔지."

"거기에 있었으면 안전하지 않았을 거야." 헌트가 설명했다. "이쪽은 씨리오. 이 사람이 자네를 여기로 데려왔어. 그리고 이쪽은 케쉔. 우리가 지금까지 어디에 있었는지는 묻지 말게."

매린이 헌트의 뒤쪽을 어리둥절한 표정으로 쳐다봤다. "누가 통역을 하고 있는 건가요? 조락이 다시 연결됐나요?"

"더 낫죠." 헌트가 대답했다. "비자르입니다. 우리는 투리엔에 연결되었습니다." 단체커는 이미 믿기지 않는다는 표정으로 모니터에 뜬 칼라자르 의장을 쳐다보고 있었다. 헌트가 다른 하드웨어들을 가리켰다. "그리고 저게 제벡스로 통하는 채널입니다. 케쉔이 방금 비자르와 제벡스를 연결했어요."

단체커가 놀라서 눈을 깜빡거렸다. "자네가 다 해치운 거야? 벌써? 저 사람들이 여기서 비자르를 제벡스한테 풀어버릴 수 있다고?"

"그런데 제벡스가 아직 혼수상태라 뭐에 맞았는지도 모를 거야…. 문자 그대로." 헌트가 대답했다.

너무 갑작스럽고 예상을 벗어난 소식이어서, 매린은 그 말을 소화하는 데에 잠시 시간이 걸렸다. "끝났단 말인가요?" 그녀가 마침내 입을 열었다. "우리가 제벡스를 영원히 막을 수 있다고요, 지금 상태로? 그러면 해체해버릴 수도 있나요? 문제가 해결된 건가요?"

"음, 아니요." 모니터에서 칼라자르 의장이 말했다. 그는 문제를 복잡하게 만들어서 미안하다는 투로 말했다. "우리는 앞서 그 문제에 대해 논의했습니다. 엔트는 모든 관점에서 완전한 지성을 갖춘 종족입니다. 당신이 이야기한 행위는 집단 학살에 해당합니다."

"저 사람들이 무슨 이야길 하는 건가요?" 케쉔이 씨리오에게 속삭였다. "엔트가 뭐죠?" 씨리오가 경고하는 눈빛으로 고개를 흔들며 그를 조용히 시켰다.

모니터 화면이 나뉘더니, 콜드웰의 얼굴이 반쪽 화면에 나타났다. 그는 헌트와 일행들에게 고갯짓으로 인사했다. 비자르에게 소식을 들은 모양이었다. "정말 수고 많았습니다. 그러면 이제 우리가 만반의 준비를 다 마친 것 같네요. 그렇죠?"

매린은 여전히 칼라자르 의장의 이야기 때문에 생각에 잠겨 있었다. "그러면 이제 어떻게 할 건가요? 제벡스를 고립시킬 건가요? 자급자족적인 우주로 놔둘 건가요?"

이 대화가 어떻게 흘러갈지 대충 가늠한 콜드웰이 고개를 저었다. "투리엔인들은 그렇게도 하지 않을 겁니다. 하지만 어쨌든 그 두 가지 방법 모두 비자르가 계속 제벡스를 제어할 수 있느냐에 달려 있어요. 지금 당장은 방금 여러분이 달성한 유일한 연결에 그 모든 게 달려 있습니다. 우리가 그걸 잃는다면, 우리가 가진 유일한 기회를 잃는 겁니다. 유벨레우스와 부하들이 경고를 받게 된다면, 그들은 우리에게 다음 기회를 절대 주지 않을 겁니다."

헌트가 당혹스러운 표정으로 바라봤다. "그러면 어떻게 해야 하나요?" 그가 반으로 나뉜 모니터 화면을 하나씩 바라보며 물었다. "제거하지도 않고, 선을 끊지도 않을 거라면, 우리는 뭘 해야 하죠? 그 외에 다른 대안이 있나요?"

"단기적으로 우리에게 닥친 진짜 문제는 엔드의 집단적인 탈출을 늦추는 겁니다." 콜드웰이 말했다. "제벡스는 탈출을 가능하게 하는 수단일 뿐입니다. 하지만 엔트들의 마음을 바꾸도록 설득할 수 있다면, 우리가 제벡스를 계속 통제하든 못하든 상관없이 탈출을 시도하지 않게 될 겁니다. 최소한 우리가 그 상황을 좀 더 잘 이해할 기회를 얻고, 그들이 밖으로 나올 때마다 제블렌인을 없애버리지 않으면서 그들의 문제를 풀 수 있도록 우리가 도와줄 방법을 찾을 때까지만이라도."

"뭐라고요?" 헌트가 말했다. 그것은 완벽하게 새로운 방식이었다. 헌트는 단체커와 매린을 힐끗 쳐다봤다. 두 사람 모두 헌트만큼이나 난감한 표정이었다.

"이해가 안 됩니다." 단체커가 모니터를 보며 말했다. "그들을 설득하다니요? 어떻게요?"

"그들과 대화를 통해서요." 콜드웰이 그 정도면 설명이 충분하다는 투로 말했다.

헌트는 너무 당황스러웠다. 그가 고개를 절레절레 흔들었다. "그들은 그저 컴퓨터 안의 패턴일 뿐이에요, 국장님. 대체 그들과 어떻게 대화를 한다는 건가요?"

"우리가 그 문제를 생각해봤습니다." 콜드웰이 대답했다. "그래서 말인데, 우리가 거기로 내려가서 직접 상황을 점검하면 어떨까요? 그러면 무엇을 할지 파악할 좋은 기회가 될 수도 있습니다."

헌트의 당황이 의문으로 바뀌었다. "여기서 '우리'가 누군가요?"

콜드웰은 미안해하는 기색이 전혀 없이 사무적으로 말했다. "박사가 현장 임무를 맡은 요원이니까, 여기서 '우리'는 '당신'이죠."

헌트의 의구심이 더 깊어졌다. "어디로 내려간다는 건가요?" 그가 물었다.

"거기요." 콜드웰이 간단히 대답했다. "이건 이샨의 발상입니다. '내부 우주로 내려가자.'" 콜드웰이 말할 때, 모니터의 다른 반쪽 영상에 이샨의 상반신이 칼라자르 의장 옆에 나타났다.

"할 수 없습니다." 헌트가 대답했다. "연결기를 통해 엔트의 마음속으로 들어가려면 다른 엔트가 필요합니다. 그들이 거기서 진화했으니까요. 그런 요령을 아는 존재는 그들뿐입니다."

"아, 그건 예전 이야깁니다. 연결기를 통해 제벡스에 들어가는 방법이 내부 우주에 접근할 유일한 수단이었을 때 이야기죠. 그러나 지금은 우리에게 다른 방법이 있습니다." 이샨이 말했다.

헌트는 여전히 이해가 되지 않았다. "무슨 방법이오?" 그가 물었다.

"비자르입니다." 이샨이 대답했다. "제벡스의 내부 정보처리를 조작하기 위해서는, 엔트보다 비자르가 제벡스와 자연적인 친화성을 훨씬 더 많이 갖고 있습니다."

헌트가 놀란 눈으로 쳐다봤다. 분명한 사실이었다. 가짜 전쟁 당시, 비자르는 제벡스의 상상에만 존재하던 엄청난 지구인 전투부대를 만들어내 제블렌인에게서 조건 없는 항복을 받아냈다.

"비자르가 내부 우주를 구성한 매트릭스를 살펴보고 위치를 파악하고 데이터 구조를 분석할 수 있다면, 엔트가 어떻게 만들어지는지 알아낼 수 있을 겁니다. 말 그대로 '원자 수준'까지요. 여러분이 거기서 연결한 게 제대로 작동된다면 비자르가 그 작업을 이미 시작했을 겁니다. 그러면 비자르는 자신만의 인공적인 엔트를 만들어 내부 우주에 집어넣는 데에 필요한 모든 지식을 알게 될 겁니다." 이샨이 설명했다.

"제가 그 행성과 궤도를 확인했습니다." 비자르가 불쑥 끼어들었다. "행성은 그거 하나밖에 없는 것 같아요. 흥미롭군요. 지름이 약 240킬로미터 정도 되네요. 셀의 활성화 상태에 대한 상관분석을 통해서만 탐지할 수 있습니다. 제벡스가 왜 이들의 존재를 알아채지 못했는지 이해가 됩니다. 이제 지표면을 좀 더 자세히 살펴보기로 하죠…."

"대단하네!" 단체커가 감탄했다.

이샨이 계속 말했다. "비자르에게 허락을 해주면 연결기로 접속한 사람의 정신 구조 전체에 접근할 수 있습니다. 그러면 내부 우주에 만들어 놓은 엔트 안에 그 자아를 심어줄 수 있게 됩니다."

"헌트 박사, 당신한테 하는 이야기예요." 헌트의 얼굴에 뜬 표정에서 이샨이 이야기하는 바를 정확히 이해했다는 느낌이 충분히 드러나지 않았는지, 콜드웰이 끼어들었다.

"저도 갈 겁니다." 이샨이 헌트를 바라보며 말했다. "우리는 말 그대로 내부 우주로 내려갈 겁니다. 그러면 그들과 이야기를 나눌 수 있겠죠."

이는 투리엔인의 전형적인 태도였다. 다른 사람이 볼 때는 어떤 행동을 시작할 능력이 없는 것처럼 보일 때까지 합리성을 추구하고 조심한 뒤, 다른 사람들이 이야기해온 모든 것을 하찮게 만들어버리는 너무나 놀라운 생각을 해낸다. 헌트는 그 계획의 대담함에 잠시 말문이 막혔다.

"그다음엔 어떻게 되나요?" 헌트가 간신히 입을 열었다.

콜드웰이 어깨를 으쓱하며 말했다. "그다음은 박사에게 달려 있습니다. 박사는 비자르의 도움을 받아서 몹시 효과적인 뭔가를 해내야만 합니다. 아무튼 내부 우주에서 비자르는 신이 될 겁니다."

5부

54

느릿느릿 터벅터벅 걸어가는 드로드즈 두 마리가 여섯 다리를 볼품없이 질질 끌며 수레를 끌었다. 수레는 마을로 가는 돌투성이 오솔길을 따라 미끄러지고 덜컥덜컥 흔들리며 나아갔다. 근위대의 기병대가 앞서가고, 심문관과 보조 사제들이 탄 마차가 뒤따랐다. 그리고 다른 군인들이 후방을 지켰다.

드락스는 싱겐후와 다른 십여 명의 숙련자들과 함께 누더기를 걸치고 더러운 몰골로 수레에 앉아 낙담한 얼굴로 옆을 응시하며 어둠 속에서 시들어 황폐한 농작물과 과수원을 바라봤다. 그의 몸은 사로잡힐 때 맞았던 채찍 자국과 상처로 여전히 고통스러웠다. 그의 목과 손목, 발목은 거친 쇠사슬에 계속 쓸려서 아팠다. 탄력 있는 스프링이 수레의 바닥을 받치긴 했지만, 아래의 판들이 덜컹대고 흔들릴 때마다 아픈 곳이 늘어나고, 뻣뻣해진 관절에 찌르는 듯한 통증을 주었다.

결국, 이 지경까지 왔다. 언젠가 승천하리라는 모든 희망과 염원을 품은 후, 너무도 가까이 갔었는데…. 바로 손아귀에 있던 그 기회를 잔인하게 빼앗기고, 오히려 사기꾼이 되어 굴욕적으로 죽어가게 되었다. 대사제 에텐도르가 와로스의 모든 괴로움은 자주색 소용돌이의 상징을 모독하도록 허용해온 사기꾼들에 대한 니에루의 분노의 결과라 선언하고, 속죄가 이루어진다면 천상의 별들이 돌아올 것이라고 약속했기 때문이다. 그 결과로, 성전에 가입하지 않은 모든 대인과 숙련자들이 붙잡혀왔다. 겁에 질리고 좋은 날이 돌아오길 간절히 바라는 사람들은 그 경고를 받아들여 그들에게 피난처를 제공하지 않았다. 드락스가 옆에 있는 싱겐후를 바라봤다. 대인은 흐릿하고 텅 빈 눈으로 앞에 놓인 운명을 묵묵히 따랐다.

그 행렬이 마을로 들어서자 마을 사람들이 늘어나며 그 뒤를 따랐다. 몇몇은 수레를 향해 조롱하며 돌과 쓰레기를 던졌다. 다른 이들은 환호하며 큰 소리로 사제들을 찬양했다. 드로드즈를 탄 군인들은 거만한 자세로 이동하며, 느리게 움직이는 이들을 난폭하게 떠밀고 몽둥이를 마구 휘저어 길을 냈다. 심문관과 수행원들은 마차 안에서 몸을 반듯이 세우고 앉아 무표정한 얼굴로 냉정함과 위엄을 유지했다.

마을 중앙에 있는 광장에 세워진 단 주변으로 흥분한 군중이 벌써 모여들었다. 단 위에는 말뚝 세 개에 작은 나뭇가지를 쌓아서 불붙일 준비를 마쳤다. 사형집행인과 조수들이 그 앞에 무표정한 얼굴로 서서 들어오는 행렬을 쳐다봤다. 경비원들이 죄수들을 몽둥이로 때리고 찌르며 수레에서 끌어내렸다. 고위 성직자들의 마차에서 부심문관이 두 조수와 함께 내리더니 죄수 세 명을 지목했다. 경비원들이 겁먹은 세 명을 단 위로 밀어 올렸다. 드락스와 싱겐후는 남아있는 죄수들과 함께 한쪽으로 떠밀렸다. 부심문관이 뒤쪽에 있는 계단으로 올라가더니, 군중에 연설하기 위해 양손을 들었다.

"라카쉼 부락의 여러분, 이놈들은 역병을 불러오고, 와로스의 대지를 망가트린 이단자들입니다." 군중이 조롱과 욕설을 떠들썩하게 내뱉으며 분노를 쏟아내자, 그는 잠시 말을 멈추었다가 옆쪽으로 밀려난 사람들을 손짓으로 가리켰다. "저놈들을 불경한 다른 자들과 함께 오레나쉬로 데려갑니다. 거기에서 신들의 복수가 가해질 겁니다. 그러면 와로스를 짓누르던 오점이 씻겨 나가고, 우리에게 중대한 때가 왔다는 선언을 듣게 될 것입니다."

부심문관이 군중을 돌아봤다. 마을 사람들이 충실히 기다리긴 했지만, 지금 그들은 그런 말에 관심이 없었다. 그 분위기를 파악한 부심문관은 하려던 나머지 연설을 취소하고, 고개를 돌려 그의 뒤에서 떨고 있는 세 죄수를 비난하듯 가리켰다. "그러나 라카쉼 주민들도 위반자들을 기다리고 있는 운명을 지켜보며 신앙심을 드러낼 기회를 놓쳐서는 안 됩니다." 환호 소리가 터져 나왔다. 그들은 이것을 더 좋아했다. "오늘을 교훈 삼아…."

죄수들이 겁에 질린 얼굴로 아래를 내려다보고 있을 때, 드락스는 싱겐후가 어떻게 반응하는지 보려고 고개를 돌렸다. 놀랍게도 대인의 눈에서 빛이 났다. 다시는 볼 수 없으리라 생각했던 눈빛이었다. 대인의 얼굴에 다시 힘이 돌아왔다. 그리고 쇠약해가기만 하던 그의 몸이 똑바로 펴지고 갑작스레 정신적 에너지가 가득 찼다.

"스승님, 어찌 그렇게 생기가 넘치십니까?" 드락스가 속삭였다. "무엇을 보신 겁니까?"

"목소리를 들었다!" 싱겐후가 대답했다. "힘이 돌아왔다. 내 안에 말씀하시는 신의 목소리를 들었어."

'절망이 빚어낸 망각이야.' 드락스는 그렇게 받아들였다. 신들은 오래전에 그들을 버렸다.

＊

헌트가 곤돌라 클럽 뒤편의 복도에 있는 늘어선 칸막이방 중 하나
로 들어가 신경 연결기에 편히 기댔다. 그가 영국을 떠나 UN 우주군
에 들어간 이래로 수 년 동안, 그는 달 위를 걷고, 유인 탐사선을 타고
목성으로 날아가고, 가니메데에서 몇 개월 동안 머물고, 은하계 인근
에 있는 투리엔인의 수많은 영토를 가상 여행하고, 마침내 육체적으
로 머나먼 항성으로 여행했다. 그러나 그 모든 여행 중에서도, 그가
지금 막 시작하려는 이 탐험만큼 이상한 여행은 없었다. 실은 역사를
통틀어 인간이 시도한 여행 중 가장 이상한 사례일 것이다.

헌트의 옆에는 내부 우주에 내려갈 다른 사람들이 있었다. 먼저 단
체커, 그 역시 헌트와 등등하게 현장팀의 일원이었기 때문이다. 닉
시, 당연히 안내자로 참여했다. 그리고 매린, 작가로서 뒤에 남기를
거부했다. 그들은 모두 가까운 칸막이방에 각각 들어가 있었다. 이샨
도 기술 조언과 비자르에 대한 주요 연락 담당자로서 투리엔에서 연
결해 참여할 것이다.

비자르는 제벡스의 조작과 내부 우주에서 은밀한 작전을 진행하기
위해 하나뿐인 초공간 링크의 채널 용량이 모두 필요했기 때문에, 연
결기의 이용자와 내부 우주에 만들 그들의 가짜 자아 사이의 상호작
용을 실시간으로 끊임없이 지원하는 게 불가능했다. 대신 내부 우주
의 '대행자'는 비자르가 원래의 몸에서 추출한 자아 패턴을 새기면 자
율적으로 기능하게 될 것이다. 자아를 구성하는 것은 그것을 정의하
는 사고와 감정의 정보 패턴이지, 그 패턴이 떠받치는 육체적 환경이
아니므로, 이 팀은 내부 우주에서도 실제로 존재하고 기능할 것이다.

그 시간 동안, 그들의 현실세계 신체는 최종적으로 비자르가 엔트

신체 대행자를 지우고, 그사이 축적된 모든 느낌과 기억을 인간의 두뇌 패턴으로 이전할 때까지 혼수상태로 누워있게 된다. 실제로 헌트의 팀원들은 잠시 내부 우주로 이전되어 그들을 기다리고 있는 환경에 반응하며 역할을 하다가 다시 돌아오게 되는 것이다.

"어떻게 되어가, 비자르?" 헌트가 작은 소리로 물었다.

"거의 다 됐습니다. 이런 종류의 세부사항을 상세히 살펴보는 일은 저로서도 처리해야 할 게 많습니다."

헌트도 그럴 거라 짐작했다. 그저 진행되는 상황이 느려서 안달이 났을 뿐이었다.

어쨌든 그들에게는 시간이 없었으므로, 과도한 시도와 실험을 피하고자 비자르는 내부 우주에 존재하는 그들 사이의 실질적인 구조와 관계를 인간의 신경계가 인식하는 방법에 대해 확실하게 설명해주려고 시도하지는 않았다. 사실 그런 설명이 가능한지도 의문이었다. 대신 외부 우주에 출현한 엔트가 자신들의 과거 경험을 기억하는 방식과 똑같은 원리가 적용되어, 중요한 사항들은 이용자들에게 익숙한 경험으로 인지될 것이다. 내부 우주에서 발생하는 셀 사이의 처리 과정에 대한 추상적인 패턴을 물리적으로 보이도록 묘사하기 위해 기계적인 절차를 만들어내려 시도하는 대신, 비자르가 이용자에게서 추출해서 미리 만들어 놓은 개념의 조합 패턴을 가짜 엔트들에게 부여할 것이다. 이는 인간의 기본 인식을 저장해둔 자료실에서 동일한 기본 속성과 일치하는 가장 가까운 것을 골라 외부의 자극에 반응할 것이다. 그리하여 표면의 형태가 상당히 불변적이고, 덩어리의 특성처럼 작용하며, 부딪힌 전자기파 에너지를 부분적으로 반사하는 특성을 가진 지형은 바위처럼 보이게 된다. 주변의 구성요소를 흡수하고, 한 곳에 계속 머물며, 체계적으로 크게 성장하는 형태는 나무처럼 보일 것이다. 그리고 헌트는, 다른 엔트들에게 받아들여질 수 있는 그의 엔트 대행자를 만들기 위해 비자르가 동원해야 하는 셀의 결합 패턴의 특성이 무엇이든, 그 자신에게는 헌트처럼 보일 것이다. 그는 비자르가 파악한 환경에 적절히 어울리도록 판단한 방식으로 수정되고 치장될 것이다. "내부적으로 일관된 새로운 경험 세계를 만들어낼 수는 없습니다." 비자르가 설명했다. "우리는 현재 가진 것을 가지고 해내야만 합니다."

"지금은 어떻게 되어가?" 헌트가 물었다.

"이제 준비가 된 것 같습니다." 비자르가 대답했다. "닉시가 지금 거기에 있는 사람과 접촉 중입니다. 그 사람은 닉시가 찾고 있던 높은 지배자는 아니지만, 현재 곤란한 상황에 있는 사람들로 보입니다. 제가 미리 잠깐 보여드리겠습니다."

헌트의 눈앞에 원시적인 촌락처럼 생긴 마을의 중앙 광장으로 흥분하고 시끄러운 군중이 골목에서 몰려드는 광경이 나타났다. 사람들은 거친 셔츠와 반바지, 조끼, 망토 같은 조잡하고 단순한 옷을 입고 있었다. 또한 특이하게 썰매처럼 미끄럼대가 아래에 달린 바퀴 없는 마차도 있었는데, 거기에 탄 사람들은 보석과 관복으로 훨씬 훌륭하게 치장했다. 마차의 앞에는 헬멧과 갑옷을 입고, 무기를 든 사람들이 방어선을 형성했다. 그 앞에는 그런 사람들이 이상하게 생긴 다리가 여섯 개 달린 짐승을 타고 있었다. 마차 뒤에는 조잡하고 개방된 수레가 있었는데, 역시 바퀴가 없었다. 수레와 마차에는 괴상하고 거대한 동물 한 쌍이 매여 있었는데, 역시 다리가 여섯이지만 앞서 군인들이 탄 동물보다 육중했다. 그 동물들은 버펄로처럼 생겼지만, 기둥처럼 두툼한 다리들이 거미처럼 몸체의 옆구리에서 튀어나와 직각으로 아래로 꺾여 내려갔다.

사람들이 올라가 있는 단이 있었는데, 그들 뒤로 불태울 준비를 마친 말뚝 세 개가 있었다. 헌트는 그 광경을 보고 깜짝 놀라 경악했다. 마을의 집들은 진흙으로 빚은 듯 매끈한 사각형 모양이었고, 위로는 뾰족탑이 삐쭉 솟았다. 어떤 뒷골목들은 아치로 연결된 형태였다. 광장의 여기저기에는 개처럼 생긴, 비늘로 덮인 동물들이 시끄럽게 소리를 내면서 미니캥거루처럼 팔짝팔짝 뛰어다녔다. 햇빛은 흐릿했다. 어두컴컴한 어스름 무렵이었다. 뒤로 멀리 보이는 윤곽선은 산이었는데, 헌트가 지금껏 보아왔던 어떤 자연적인 산보다 수직에 가까웠고 산꼭대기의 각도도 날카로웠다.

헌트는 마음의 준비를 했음에도 여전히 놀라움에 압도당한 상태였다. "저게 정말로 그거야? 내부 우주?" 헌트는 그 사실을 받아들이려 애쓰며 물었다. "이게 정말로 수 광년 떨어진 컴퓨터 안에서 바로 지금 일어나고 있는 상황이란 말이야?"

"상황에 집중하세요. 박사님이 곧 저 상황에 얽혀들 것 같은 느낌이 듭니다." 비자르가 대답했다.

더 많은 군인들이 둘러싸고 있는 단의 아래쪽에는 해진 옷을 입고 흐트러진 모습에 지저분한 죄수 같은 사람들이 수갑과 족쇄를 차고 있었다. 헌트의 시야에 그중 두 사람이 두드러져 보였다. 비자르가 그의 주의력을 그 두 사람에게 집중시켰기 때문이다. 이제 갓 어린아이의 티를 벗은 듯한 젊은이는 금발에 길고 하얀 튜닉의 누더기를 걸치고 있었다. 헌트는 그의 어깨에 걸린 장식띠에 새겨진 자주색 소용돌이 문장을 알아보고는 깜짝 놀라 뚫어져라 쳐다봤다. 늙은 사람은 길고 헝클어진 머리에 수염이 무성했으며, 이제는 다 해졌지만 한때는 하늘거렸을 예복을 입었다. 그러나 겁에 질리고 낙담해서 고개를 떨어뜨린 다른 죄수들과 달리, 노인은 꼿꼿하게 서서 고개를 위로 치켜

들고 황홀한 계시를 받아 감동에 휩싸인 모습이었다. 그때 목소리가 들려왔는데, 헌트는 그게 닉시의 목소리인 것을 알아챘다. 어찌 된 건지 몰라도 그것이 수염이 덥수룩한 노인의 마음속에 닉시가 말하는 소리라는 사실을 헌트는 알았다.

"…당신이 이전에 알았던 신들, 이제 그들은 모두 끝났다. 하늘은 새로운 율법 아래에 있을 것이다."

그 노인의 생각이 다른 목소리로 들려왔다. 외경심과 의기양양함이 뒤섞인 목소리였다. "더욱 강력한 신들이 하늘을 다스리실 겁니까? 그리고 저 싱겐후는 그 신들의 종복이 되는 겁니까? 성전의 사제들과 그들의 권력, 왕과 군사들을 모두 이길 수 있는 겁니까?"

"그들은 걱정하지 말라. 이제 그들은 모두 쫓겨날 것이다…. 으음, 아." 단 위에서 관복을 입은 다른 귀족이 불경한 자들에게 분노를 내려야 한다며 소리쳤다. 세 명의 죄수가 말뚝에 사슬로 묶이자, 무시무시하게 생긴 몇 사람이 길고 위험해 보이는 칼을 들고 죄수들을 향해 위협적으로 다가갔다.

"보아라." 닉시의 목소리가 말했다. "이제 곧 우리의 해결자를 너희들에게 내려보낼 것이다. 너희는 도움을 받을 수 있을 것이다. 모든 것을 그에게 맡겨놓으라. 나중에 설명해주겠다."

"천사 말인가요?" 싱겐후가 말했다. "이 비통한 순간에 우리를 도우러 온다고요? 우리는 이제 구원받는 건가요?"

헌트는 그녀가 말한 '해결자'가 누구인지 문득 깨달았다. "어이, 잠시만, 비자르. 이러면 안 되지. 나는 아무것도 모르잖아…."

"저를 믿으세요. 마음을 가다듬을 생각을 하세요." 비자르가 말했다.

갑자기 싱겐후가 큰 소리를 내며, 단 위에 예복을 입은 사람을 비난하듯 손짓으로 가리켰다. "중단하라, 거짓 선지자와 악마의 앞잡이

들아!" 군중들이 혼란스럽게 수군거리며 모두 그를 쳐다봤다. "협잡꾼과 사기꾼, 거짓말쟁이들아! 이제 곧 위대한 신들이 너희를 쓸어버리고, 너희의 보잘것없는 주인들을 밀어내고, 독충들처럼 수렁으로 처박을 것이다. 보라, 저 너머의 왕국에서 천사가 내려오리라. 그 천사가 나의 증인이요, 너희의 파멸이 되리라!"

"비자르, 난 진짜로 네가⋯."

"좋습니다. 박사님, 가서 본때를 보여주세요. 자, 갑니다."

그리고 헌트는 순식간에 단 위에 서 있었다. 비자르에 의해 중계된 느낌 같은 게 아니었다. 그가 거기에 있었다. 곧바로 모두 침묵에 잠겼다. 그가 허공에서 갑자기 나타난 듯 광장의 모든 얼굴이 입을 헤벌리고 멍한 눈으로 그를 쳐다봤다.

물론, 그는 실제로 그랬다.

55

좋지 않았다. 헌트는 아무 생각을 할 수가 없었다. 그는 잠깐 제정신이 아닌 상태에서 이렇게 말하고 싶은 유혹을 받았다. "아마 여러분은 제가 왜 이렇게 여기에 서 있는지 궁금하실 겁니다." 하지만 아래에서 자신을 바라보고 있는 얼굴들을 보자 그런 생각이 싹 사라졌다.

헌트는 아래를 내려다보고 자신이 길고 느슨한 고대 로마의 토가 같은 옷을 입고 샌들을 신었다는 사실을 알아챘다. "이게 뭐야?" 그가 마음속으로 비자르에게 속삭였다. "율리우스 카이사르 역할을 맡은 배우 같잖아."

"박사님은 트래펄가 광장의 넬슨 제독 스타일은 안 어울려요." 비자르가 대답했다. "지금의 모습이 적당해요. 어떤 스타일을 원하세요? 런던 새빌 거리의 고급 양복?"

지휘관이었던 귀족이 군인들 뒤로 물러났다. 서서히 정신을 차린 군인들이 신중하게 앞으로 움직였다. "저놈은 신이 아니라 협잡꾼이야!" 귀족이 소리 질렀다. "저놈을 죽여!"

헌트는 얼핏 지나가는 생각으로 자신이 어떻게 저 말을 이해할 수 있는지 궁금했다. 하지만 당장은 처리해야 할 더욱 절박한 문제가 있었다. 화려한 갑옷과 깃털 장식이 달린 헬멧을 쓰고 수염이 덥수룩한 커다란 덩치의 군인 한 명이 팔을 뒤로 젖히더니 창을 던졌다. 군인은 트로이 전쟁에 대한 대중적인 그림에 등장하는 인물 같았다. 헌트가 반사적으로 팔을 올려 막았다. 그 창은 헌트에게서 채 30센티미터도 떨어지지 않은 공중에서 멈추더니 산산이 부서져 땅으로 떨어졌다.

"비자르, 꼭 이렇게 가까운 데서 막아야겠니?" 헌트가 몸을 떨며 물었다.

"죄송합니다. 아직 이곳의 역학을 실험하는 중이라서요." 헌트는 내부 우주에서 움직이는 물체가 길어진다는 사실이 기억났다.

"왜 이리 겁을 내는 거야!" 귀족이 소리쳤다. "그냥 한 놈뿐이잖아. 한 놈이라고!"

창과 화살이 비처럼 날아왔다. 모두 빗나가거나 아무런 피해를 주지 못하고 떨어졌다. 헌트가 속으로 '아가멤논'이라고 이름 붙인 덩치 큰 군인이 위협적으로 다가오며 칼을 꺼냈다. 신이 자신의 편이라고 확신한 헌트가 새로운 자신감으로 그 군인을 향해 앞으로 걸어갔다.

"죽어라, 사기꾼의 꼭두각시야!" 아가멤논이 소리치며 칼을 휘둘렀다.

"오늘 죽을 생각은 없어. 아무튼 고마워." 헌트가 말하며 손가락을 튕겼다. 칼이 분홍색 꽃 덩굴로 바뀌면서 아가멤논의 팔을 휘감았다. 아가멤논이 제 자리에 멈춰서 꽃들을 당황스러운 표정으로 쳐다보더니 흔들어서 떨쳐내고 발로 짓밟았다.

"이제 이해하셨군요." 비자르가 말했다.

"그래, 음, 이 녀석을 좀 더 안전한 거리로 치워버릴 수 있겠어?"

"문제없습니다." 보이지 않는 힘이 아가멤논을 인정사정없이 밀어서 단의 밖으로 던져버렸다. 그는 강한 금속성 소리를 내며 바닥으로 철커덕 떨어지더니, 어리둥절한 멍한 얼굴로 일어나 앉았다.

"다른 녀석들도 너무 가까워서 좀 불편해." 헌트가 말했다. 아가멤논이 일어나기 시작했을 때, 단 위에 있던 다른 군인들이 그의 머리 위로 우르르 떨어졌다.

"이러면 어떤가요?"

"나쁘진 않네."

헌트의 마음속으로 자신을 싱겐후라고 말했던 아래의 수염 난 노인이 헌트를 가리키며 군중들을 향해 소리쳤다. "저 천사를 보라! 내가 예언하지 않았느냐! 배반자의 종들이 그의 앞에서 얼마나 무력한지 보라!"

"저들이 말하는 소리를 우리가 어떻게 이해하는 거야?" 헌트가 비자르에게 물었다. "너는 통역을 할 수 없잖아. 너도 여기는 처음이니까 말이야."

"박사님의 사고 패턴이 꼭두각시 엔트의 신경계와 결합하는데, 그 신경계에는 언어중추도 포함됩니다. 엔트가 제블렌에 출현했을 때 제블렌어를 이해할 수 있는 이유와 같습니다."

군인들이 사라지자 귀족이 움찔하며 사형집행인과 부하들 사이로 숨어들었다. 헌트는 그들이 손에 들고 있는 칼을 오이로 바꾸고, 조끼를 진한 당밀을 칠한 모습으로 바꾼 뒤 서로 충돌시켰다. 그들은 속수무책으로 바닥으로 떨어져 몸부림치며 뒤엉겼다. 슬슬 즐기기 시작한 헌트는 불운한 세 사람을 말뚝에 묶어둔 사슬을 나비 장식으로 바꾸었다. 나비들이 곧 흩어지며 펄럭펄럭 날아갔다.

"그러면 이 사람들도 내 말을 이해하겠네?" 헌트가 비자르에게 물었다.

"그럴 겁니다."

"배경이 되는 지식과 자료들을 나한테 얼마나 알려줄 수 있어?"

"많지는 않습니다. 저는 주로 물리적인 데이터를 조작하는 중입니다. 그 패턴을 변환시키기 위해서는 신경계를 통해 처리해야 합니다."

"그러면 닉시가 여기에 있는 게 좋겠어."

즉각 닉시가 헌트 옆에 나타났다. 그녀가 입은 고대 그리스의 키톤 가운은 아랫단을 접어 올리고 벨트로 묶어서 무릎까지 내려가는 튜닉 형태가 되었다. 그리고 끈으로 묶는 사슴가죽 구두를 신었다. 그녀는 수렵의 여신 아르테미스를 재현한 모습이었다. 헌트는 비자르의 놀라운 선택에 그저 미소를 지을 수밖에 없었다. 군중이 웅성거리는 소리가 점점 커졌다.

"또 다른 천사가 내려왔도다! 내 말이 입증될 것이다!" 싱겐후가 소리쳤다. 군중들은 감명을 받은 게 틀림없었다. 그러나 헌트가 보기에, 그가 예상했던 만큼 깊은 감명을 받은 것은 아닌 듯했다. 단 아래의 군인들은 처음에는 조금 혼란스러워했지만, 마차에 탄 사람들이 우르르 쏟아져 내리자 다시 차분해졌다.

"이 상황을 어떻게 이해해야 하나요?" 헌트가 그 광경을 바라보고 있는 닉시에게 물었다. "아래에는 귀족들과 군인이 있고, 저쪽에는 쇠사슬을 찬 죄수들이 있어요. 좋은 놈, 나쁜 놈, 어느 쪽이 어느 쪽이죠? 어떻게 되어가는 거예요?"

"마차에서 내린 사람들은 도시에서 온 사제들이에요." 닉시가 말했다. "그들의 문장은 녹색 초승달이죠. 지하의 신 반드로스의 상징이에요. 유벨레우스가 같은 표시를 사용해요. 그러니 저들은 여기에 있는 유벨레우스의 패거리인 게 틀림없어요." 헌트가 즉흥적으로 처리한 결과를 살펴보더니 그녀가 말했다. "당신이 제대로 처리한 거 같아요."

"나는 이런 파티를 별로 좋아하지 않거든요." 헌트는 그렇게 말하며 아래의 군인들이 갖고 있던 나머지 무기들을 갖가지 채소로 바꾸고, 죄수들의 사슬을 월계수 잎으로 바꾸었다. 죄수들이 흩어져 땅으로 내려갔다. 그들은 손을 들어 올리고, 아래를 내려다보고, 서로를 바라보면서 갑작스럽게 찾아온 자유에 놀라워했다.

"징벌과 정의의 매개자로 온 천사들을 보아라!" 싱겐후가 고함쳤다.

그러나 단념하지 않은 사제들이 동시에 양팔을 들어 단 위를 가리켰다. 그들의 눈은 기이하게 날카로운 집착으로 타올랐다. 헌트는 그 거리에서도 금세 불안해졌다. 그리고 자신이 마비되었다는 사실을 깨달았다. 불덩이가 그를 향해 날아왔다. 그러나 비자르가 개입해서 불덩이를 불꽃의 연기로 흩뜨렸다. 희미하게 빛나는 커튼이 헌트와 사제들 사이에 내려온 듯했다. 헌트는 자신의 능력이 다시 풀렸다는 사실을 알아챘다.

"비자르, 대체 어떻게 된 거야?" 헌트가 헐떡이며 마음속으로 말했다.

"그들이 박사님에게 영향을 미쳤습니다. 여기는 겉으로 보이는 것보다 훨씬 많은 일이 일어나고 있어요."

"뭐, 우리가 그런 정도의 행동에는 대응할 수 있어." 헌트가 고개를 돌려 말뚝 주변에 쌓여있는 나뭇더미를 손가락으로 가리켰다. 원래 예정되었던 희생자들이 슬금슬금 뒤로 물러났다. "불." 나뭇더미에 불이 붙으며 화려한 불꽃을 피웠다. 군중 사이에서 웅성거리는 소리가 들렸다. 헌트는 다시 돌아보며 거만한 표정으로 팔짱을 끼고, 경멸하는 눈빛처럼 보이길 바라며 위엄있게 사제들을 내려다보았다.

그들은 전혀 당황하지 않았다. "파하! 저런 게 너희의 우월한 신의 힘이더냐?" 한 사제가 조롱했다. "수습 천사구먼!" 그 사제가 앞으로 나오더니 두 번째 나뭇더미를 손가락으로 가리키며 똑같이 해 보였다. 군중이 환호했다. 그들은 홈팀을 응원하는 게 틀림없었다.

"이걸 해봐." 헌트가 허공에서 흰 비둘기를 만들어 군중 위로 날렸다.

"유치하군." 그 사제가 손가락 심령총을 잘 겨냥하더니 비둘기를 쏘아 떨어트렸다. 헌트가 세 번째 나뭇더미와 말뚝을 사과나무를 감싸고 오르는 장미 덩굴로 바꾸었다. 그 사제가 보이지 않는 믹서로 덩굴을 갈가리 찢어버렸다. 헌트는 사제들이 조금 전에 내린 마차를 찌부러트려 부품 더미로 만들어버렸다. 사제들은 헌트가 서 있는 단을 똑같이 만들어버렸다. 비자르가 다시 끼어들어 헌트와 닉시를 구했다. 하마터면 이제 정신을 차린 아가멤논과 그의 동료들의 품으로 들어갈 뻔했다.

"저들은 거짓 선지자가 소환한 악마야!" 책임자였던 고위 성직자가 군인들에게 소리쳤다. "이단자들을 처단하라!" 군인들은 손에 들고 있던 채소를 옆으로 던져버리고, 군중이 제공해준 지팡이와 몽둥이를 손에 쥐었다.

"비자르, 이게 안 먹혀." 헌트가 걱정스러운 목소리로 말했다. "좀 더 화려한 뭔가가 필요해."

"저는 그 세계 전체를 찢어버릴 수도 있지만, 그러면 여러분이 할 수 있는 게 남질 않잖아요. 유기체의 심리에 대해서는 저보다 여러분이 전문가이지 않을까요?"

"기술 자문을 데려와."

헌트와 닉시 옆에 포르딕 이샨이 나타났다. 그는 단의 잔해와 불에 탄 나무 앞에 서 있었다. 이샨은 투리엔인 그 자체로 보였지만, 비자르가 그에게 고대 이집트 패션을 입혀서 몸에 꼭 맞는 치마 같은 의상과 가늘고 긴 가니메데인의 머리에 맞춘 높고 뒤쪽이 돌출된 헬멧을 씌웠다. 헌트는 이샨이 갑작스럽게 무대에 데뷔하기 전에, 자신이 그랬듯이, 같은 방식으로 상황을 지켜보고 있었을 거라 짐작했다.

"벌써 저 악마들은 도움이 필요한 모양이네." 수석 사제가 조롱했다.

"흥미로운 상황이군요." 이샨이 헌트에게 말했다.

"분석은 나중에 하시고, 우리가 뭘 어떻게 해야 할까요?"

"박사님은 잘못된 방향으로 가고 있어요. 여기에서 마법은 일상입니다. 당신이 우리 세계에서는 불가능한 일을 했지만, 이 우주에서는 그렇지 않아요. 저들에게는 그런 마법이 강도의 문제였을 뿐이고, 그다지 큰 차이가 없었어요. 그들에게는 익숙한 똑같은 마법이었던 거죠."

"그러면 뭘 해야 할까요?"

이샨이 비자르에게 말했다. "속도 변화에 따라 길이의 불변성이 붕괴되는 문제에 대한 제약이 얼마나 강력하지?"

"제벡스 회로기판은 사실 기본적으로 물체의 형태를 유지하기 위해 최적화되어 있습니다. 물체의 길이를 변화시키는 '삭제 전에 쓰기' 프로토콜을 이용한 알고리듬은 정확도를 위해 중복 검사를 실시하려는 목적으로 만들어진 것입니다." 비자르가 대답했다.

"그러면 국부적으로 위반하는 건 가능해?"

"물론입니다. 제가 알고리듬을 바꿀 수 있습니다."

그때 헌트는 그의 머릿속에서 단체커의 목소리를 알아챘다. 단체커는 비자르의 지원을 받아 헌트를 돕기 위해 제블렌에서 연결기를 통해 지켜봤을 것이다. "저기, 어, 내가 딱 맞는 게 떠올랐어. 비자르, 지구의 기록에서 디즈니월드 같은 장소들을 살펴봐. 음… 내가 말하는 게 어떤 건지 알겠지? 정교한 모델로 이용해서 네가 만들어낼 수 있을 것 같아. 거대한 기계장치와 구조가 있잖아. 꼭 기능적이어야 할 필요는 없어."

"정말로 그렇게 생각하세요?" 비자르가 반신반의하는 말투로 물었다.

"내 말대로 해줘."

헌트는 단체커가 하려는 게 어떤 것인지 이해되자 자신에게 화가 났다. 너무도 명백한 사실이었다. "내부적으로 일관된 경험의 세계를 새롭게 전체적으로 만들어낼 시간이 없어, 비자르. 우리는 우리가 가진 것을 가지고 할 수밖에 없어." 헌트가 말했다. 그리고 동시에 고압적인 자세로 팔을 뻗어 마을 광장의 중앙을 가리켰다.

빈 공간을 만들기 위해 힘으로 사람들을 밖으로 밀어내자, 군중들 사이에서 놀란 비명이 터져 나왔다. 그 공간이 점점 커져 원형을 이뤘다. 그리고 약 15미터 정도의 지름이 나올 때까지 항의하는 사람들을 제설기 앞의 눈처럼 밀어내며 가차 없이 주변을 넓혔다. 하늘에서 빛이 내려와 광장 전체를 밝게 비췄다. 그리고 원형 공터는 처음에 안개가 낀 것처럼 흐릿해졌다가 자주색 빛깔이 점점 진해지더니, 몸부림치는 자주색 연기 같은 게 공터를 가득 채웠다. 기계적으로 흔들거리는, 이상하고 시끄러운 오르간의 음악 소리가 연기 밖으로 들려왔다. 연기 안에서는 희미한 형상의 행렬이 휙 지나가며 이상하게 반복적인 리듬으로 오르락내리락했다. 군인들이 죄수들을 내버려두고 고개를 돌려 쳐다봤다. 사제들조차 불안한 듯 서로 걱정스러운 눈빛을 주고받았다. 군중은 겁에 질린 얼굴로 쥐 죽은 듯이 조용히 뒤로 물러났다.

곧 연기가 사방으로 흩어지며 비자르의 창조물이 베일을 벗었다. 회전! 컴퓨터의 능력을 수없이 경험했던 헌트조차도 이번에는 비자르가 탁월하다고 인정할 수밖에 없었다. 그것은 헌트가 평생 본 것 중 가장 웅장한 회전목마였다. 말과 수탉, 백조, 호랑이가 휙휙 지나가며 위아래로 움직이고, 그 위로 화려한 색의 커다란 덮개에는 반짝이는 전구들이 층층이 달려 있었다. 그리고 그 중앙에는 증기의 힘으로 구동되는 거대한 월리처 오르간이 퉁퉁 두드리고, 현을 퉁기고, 플라이휠을 돌리고, 슬라이드 밸브가 펑펑 소리를 냈다. 그리고 축과 벨트가 엄청나게 복잡한 골드버그 장치로 연결되어 크랭크를 돌리고, 지렛대를 당기고, 캠이 물결치듯 움직이고, 톱니바퀴를 회전시키고, 쇠막대가 까딱거렸다. 복잡하고 정교하게 서로 맞물리며 움직임이 순환하는 그 모든 활동은 헌트에게조차 놀라웠다.

경외심과 숭배, 공포가 뒤섞인 웅성거림이 군중 사이에 퍼져나갔다. 사제들은 그 자리에 얼어붙은 채 서 있었다. 몇몇 군인이 무릎을 꿇고 바닥에 머리를 조아렸다. 군중들도 여기저기에서 그들을 따라 했다. 간신히 곤경에서 벗어났던 아가멤논은 천천히 몸을 똑바로 세우고 눈을 동그랗게 뜬 채 그 모습을 응시했다. 죄수들 사이에서 이상하게 울부짖는 듯한 고음의 찬양이 흘러나왔다.

음악이 계속 이어졌지만 회전목마는 서서히 느려졌다. 회전대가 멈추기 전 마지막 바퀴를 돌 때 동물들에 올라탄 두 사람의 모습이 눈에 들어왔다. 그런 장소에 그들을 내려놓을 생각은 비자르밖에 못 할 것이다. 헌트의 얼굴에 참을 수 없는 미소가 퍼졌다. 화려한 공작새에서 로마 원로원 의원처럼 차려입고 월계관을 쓴 단체커가 내려왔다. 그는 어울리지 않게 여전히 금테 안경을 쓰고 있었다. 단체커 뒤의 코뿔소에서 내린 이는 매린이었다. 그녀는 샌들과 단순하고 얇고 수수한 슈미즈를 입고 있었으며, 왜 포도주 항아리를 들고 있는지는 신만이… 아니, 이번 경우에는 비자르만이 알 것이다.

주저하거나 수줍어할 시간이 없었다. 자신이 가진 냉정함을 최대한 끌어모으고, 위엄있는 모습으로 꼿꼿하게 선 단체커가 회전대의 끝으로 걸어가 올림포스에서 내려온 신처럼 그 광경을 둘러봤다. 매린이 걸어와 그의 한 걸음 뒤에 섰다. 그사이 배경음악 소리가 서서히 약해졌다. "흠." 잠시 침묵이 흐른 뒤 단체커가 입을 열었다. "짜증스럽고 바보 같은 표정으로 그렇게 멀뚱히 서 있는 것보다 더 잘할 수는 없나?"

영원처럼 느껴지는 몇 초가 질척이며 흘러갔다.

그때 심문관이 한쪽 무릎을 꿇고 주저앉으며 양손을 위로 쳐들고 소리쳤다. "신들의 아버지, 만세! 오늘 히페리아의 마법을 와로스에 내리셨도다. 우리가 비방했던 대인이 참으로 진실을 말했도다!"

"만세! 만세!" 단체커의 바로 앞에 있던 사람들이 함께 소리치며 그들을 향해 무릎을 꿇었다.

다른 이들은 울부짖었다.

"신들의 아버지, 만세!"

"천상의 빛을 주관하는 이여!"

"회전하는 사물의 주관자여!"

단체커는 땅으로 내려와 한 걸음 앞으로 나아간 다음 매린이 따라붙을 때까지 기다렸다. 그는 양복을 입을 때 옷깃이 있는 위치의 가운을 움켜쥐었다. 그리고 당당한 걸음으로 광장을 가로지르자 군중이 갈라졌다. 아첨꾼들이 소리쳐 찬양하고, 그가 지나갈 때 엎드리며 조아렸다. 단체커가 헌트와 닉시, 이샨이 서 있는 곳에 도착해서 뒤를 돌아볼 때쯤에는 광장 전체가 무릎을 꿇고 땅바닥에 머리를 박은 상태였다.

광장 건너편의 회전목마가 다시 움직이기 시작하며 음악이 이어졌다. 단체커가 그 모습을 지켜보더니 만족한 표정으로 고개를 끄덕였다. "아니야, 헌트 박사. 내 생각에는 말이지, 유기체 심리학 분야에 대한 판단력은 내가 더 뛰어난 거 같아." 그가 말했다.

56

"3호와 5호 발전 복합단지가 최대 전력까지 상승해서 시스템을 켤 수 있게 되었습니다." 우탄의 다른 지역에 있는 부관이 보고했다. "7호는 예비 전력으로 대기 중입니다. 모든 게 계획대로 진행되고 있습니다."

진짜 제벡스의 주 제어실 관리관의 의자 뒤에 서 있던 유벨레우스는 간략하게 고개를 끄덕하는 것으로 대답을 대신했다. "이쪽은 어떤 것 같아?" 유벨레우스가 이두아네에게 물었다. 이두아네는 가까운 거리에서 보고서와 상태 지표를 살펴보고 있었다.

"긍정적입니다. 저희는 언제라도 복구 작업을 시작할 수 있습니다."

유벨레우스가 상체를 들어 주변에 있는 다른 단말기와 관리자들을 살펴봤다. 모든 게 잘 관리되며 정돈된 상태였다. 우탄에 파병된 투리엔인 바보들은 자신들이 우탄의 시스템을 관리하고 있다고 믿었다. 제벡스가 폐쇄되었으며 멀리 제블렌에 격리되어 있다고 믿었기 때문이다. 그들은 자신들이 바로 제벡스를 딛고 서 있다는 사실을 짐작조차 하지 못했다. 그들도 이제 곧 알게 될 것이다.

"그러면 내부 상황은 어때?"

"마지막으로 우리의 선지자와 접촉했을 때, 그들은 잘 진행하고 있었습니다." 이두아네가 대답했다. "그들은 거대한 종교 재판과 사형을 집행하기 위해 이단들을 찾아서 모으고 있습니다. 그들을 모두 화형에 처할 겁니다. 우리로서는 이단을 모두 불태워버리는 게 저들이 나오기 시작할 때 제블렌을 위해 더 낫습니다."

유벨레우스가 다시 무뚝뚝한 얼굴로 고개를 까딱했다. 물론, 이건 모두 진짜가 아니었다. 이건 제벡스가 외부 우주로 자신을 확장하기 위해 고안한 소프트웨어 인격을 훈련하고 적응시키기 위해 만들어낸 정교한 소프트웨어 모조품일 뿐이었다. 그런데 그 인격을 시스템에 연결된, 육체를 가진 이용자의 자아에 겹쳐 쓰자 진짜가 되었다. 그것이 제벡스가 존재의 차원에 형체를 부여하는 방법이었다. 유벨레우스가 주저하지 않고 천재적 위업이라며 격찬했던 해법이었다. 아무튼 유벨레우스는 그 해법의 현시가 아니던가.

"그 선지자가 대각성을 공표할 때가 되면, 내가 직접 지휘하고 싶네." 유벨레우스가 말했다. "그 계획이 최고점에 도달했을 때 참여하면 기분 좋을 거야…."

"그렇게 하시죠." 이두아네가 동의했다.

유벨레우스는 냉담한 눈으로 단말기를 바라보며 오랜만에 사색에 잠겼다. "우리 자신이 저런 식으로 기원했다는 사실을 믿기가 쉽지 않아. 난 저들과 연결할 때마다 향수(鄕愁)의 기미가 있는지 살펴보지만 전혀 없었어. 내가 출현하기 이전에 저기에 있었던 기억이 전혀 나지 않아. 틀림없이…." 그의 말은 단말기에서 긴급 상황을 알리는 신호가 들어오자 중단되었다. 그가 모니터를 쳐다보며 고개를 까딱했다. "왜?"

모니터가 켜지며 복합단지의 어딘가에 있는 다른 부관의 얼굴이 떴다. "실례합니다. 제블렌 쉬반에 있는 행정본부에서 1급 통신이 들어왔습니다."

"그렇군." 화면이 바뀌며 랑게리프의 얼굴이 보였다. 그는 걱정스러운 표정이었다. "무슨 일이야?" 유벨레우스가 물었다.

"그레베츠가 암살당했다는 소식이 방금 들어왔습니다." 랑게리프가 말했다.

유벨레우스가 의자로 다가가 앉으며 모니터를 뚫어져라 쳐다봤다. "그게 언제 일어난 일이야? 누가 그랬는지는 알아냈나?"

"암살은 약 1시간 전에 세르베란에 있는 그의 저택에서 일어났습니다. 북부 지역을 관할하는 부하한테 당했는데, 씨리오라는 녀석입니다."

"어떻게?"

"놈들이 비행차를 타고 가서 착륙장에 있던 그레베츠와 부하들을 쓸어버렸습니다. 저택을 거의 통째로 날렸습니다. 그 전에는 도발이나 경고 같은 것도 전혀 없었습니다."

"나는 늘 씨리오를 믿을 만한 녀석으로 생각했는데, 이게 무슨 일이야. 또 조직 내 다툼인가?"

"아직은 확실치 않습니다. 또 다른 소식이 있습니다. 시내에 사는 여자가 행정본부에 있었는데… 그 여자가 씨리오 패거리와 함께 있었습니다. 저택의 감시 시스템에서 동영상 기록을 확보했습니다."

"지구인들을 도와주던 여자입니다." 이두아네가 작게 말했다. 그는 자기 자리에서 건너와 유벨레우스의 의자 옆에 서서 모니터를 바라보고 있었다.

모니터에서 랑게리프가 고개를 끄덕였다. "뭔가 관계가 있는 게 틀림없습니다. 하지만 지금 당장은 어떤 관계인지 모릅니다."

유벨레우스가 눈살을 찌푸리며 의아한 눈빛으로 쳐다봤다. "씨리오가 담당하는 활동이 어떤 거지?" 그가 물었다.

"대가를 받고 보호와 보복을 해주는 일입니다. 가니메데인이 장악한 이후, 녀석은 사치품 암시장에서 거물이 되었습니다. 특히 지불 능력이 좋은 두뇌세계 중독자들을 상대해왔습니다. 그리고 시내에 위장용 클럽을 여러 개 운영하고 있습니다."

"두뇌세계 중독자?" 유벨레우스가 모니터에서 눈을 떼지 않고 뚫어지게 쳐다봤다. 그의 얼굴이 서서히 불안한 표정으로 바뀌었다. "그 말은 녀석이 우탄의 제벡스로 통하는 초공간 채널을 이용할 수 있다는 뜻이잖아."

랑게리프가 화면 밖의 누군가와 이야기를 나누더니 다시 고개가 돌아왔다. "네, 확실히 몇 회선을 이용할 수 있습니다."

유벨레우스가 그간 일어났던 일들을 머릿속으로 되짚어봤다. 제블렌 연방의 허를 찌를 때 UN 우주군에서 온 지구인 과학자 헌트와 단체커는 모두 핵심적인 역할을 했었다. 그리고 그들은 표면상으로 과학적인 임무를 띠고 제블렌에 왔다. 그것은 제블렌인을 괴롭히는 문제를 조사하는 임무를 숨기려고 만들어낸 위장 임무로 밝혀졌다. 유벨레우스의 부하들이 파악하지 못한 비밀 작업이 행정본부에서 무수히 진행된 후, 그 과학자들은 그 많은 사람 중 하필이면 이케나 갱단과 어울렸다. 무엇이 그들의 흥미를 끈 걸까? 그런데 씨리오는 제벡스에 연결할 수 있다. 그리고 혹시 우연일지는 모르겠지만, 그들이 씨리오와 이야기를 나눈 지 얼마 되지 않아, 녀석이 하필 '깨어난 자' 그레베츠를 제거했다. 그레베츠는 우연하게도 점령을 마치고 나면 즉시 이케나의 외부 관리자들을 모두 제거할 예정이었다.

유벨레우스가 고개를 획 돌려 이두아네를 쳐다봤다. "제벡스의 복구를 시작해."

"지금 말입니까?"

"즉시. 필요한 수준에 도달하자마자 모든 핵심 기능을 완벽하게 점검해. 그리고 제블렌에서 활성화된 초공간 링크를 모두 훑어보고, 전부 비활성화시켜." 유벨레우스가 다시 고개를 돌려 모니터에 떠 있는 랑게리프를 쳐다봤다. "작동 가능한 연결기가 있는 씨리오의 모든 시설에 대한 목록을 작성해서 그 시설마다 부하들을 투입하고 전부 폐쇄해. 전부 다. 무슨 말인지 알겠어? 너희는 그 여자와 사라진 지구인들을 그 시설들에서 찾게 될 거야. 그들을 찾거든 행정본부로 데려가. 어떤 경우에도 그들이 제벡스에 접속하지 못하도록 해. 이번에는 절대로 실수하지 마."

57

회전목마는 마을 광장에서 밝은 불빛 아래 즐겁게 회전하며, 황홀해 하는 사제와 고위 성직자, 군인들을 태우고 돌았다. 아가멤논은 빨간 굴레가 달린 백마에 걸터앉아 내려올 줄을 몰랐다. 다른 곳에서는 3미터 지름의 톱니 모양 플라이휠이 달린 초기의 증기기관과 펌프, 그리고 철심이 여러 개 있는 해저 케이블이 회전할 때 빙빙 도는 구조물 안에 빙빙 도는 구조물 안에 빙빙 도는 구조물의 배열, 또 그 옆의 기계에서 버드와이저 병에 연이어 맥주를 담는 모습을 마을 사람들이 입을 쩍 벌린 채 경외심에 잠긴 눈으로 바라봤다. 온 세상의 새로운 부지배자 싱겐후는 비자르의 배려로 깨끗한 모습으로 치장하고 새로운 옷을 입었다. 그리고 이산 옆에 서서 팔짱을 끼고, 새로운 힘이 만들어낸 기적에 열중하며 선택받은 종복이 된 느낌에 적응하려 애썼다. 드락스와 다른 옛 이단들은 한쪽에 함께 모여 진정한 신의 사자들이 그들에게 전하는 말씀을 경건하게 들었다.

"우리가 저 세계에서 할 일을 정리할 때까지, 누구도 여기에서 흐름에 올라타고 승천하지 않았으면 좋겠어." 헌트가 심문관에게 말했다. 비자르가 내부 우주를 상징적으로 나타내기 위해 만든 크리스털 공처럼 생긴 구에 그들이 있는 장소가 표시됐다. 내부 세계와 바깥 세계의 축소 모형이었는데, 수많은 조그만 빨간 형상들의 머리에 가는 선이 연결되어 있었다. "밖에는 당신 같은 다른 존재들이 있는데, 여기에서 누군가가 승천하면, 바깥에 있는 존재가 죽어." 크리스털 공 안에서 작은 엔트가 표면으로 올라가더니 가느다란 선으로 사라졌다. 그리고 잠시 후 바깥쪽에 나타났다. 그 선에 연결된 빨간 형상이 쓰러지더니 까맣게 변했다.

"히페리아로 승천하는 사람들을 위한 공간을 만들기 위해 천사가 희생되어야 하는 것입니까?" 심문관이 괴로운 표정을 지으며 물었다.

"여러분이 그런 방식을 고집한다면, 그렇지." 헌트가 말했다.

"추가로, 와로스인의 정신적 구성과 인간의 신경계 사이에 호환성 문제가 나타나서, 그 문제 때문에 종종 정신적 붕괴가 일어나거나 전이가 위험해져." 단체커가 심문관에게 알려줬다. 심문관은 공손하게 고개를 주억거렸지만, 아직 이 새로운 고급 종교언어의 복잡한 내용까지는 파악하지 못했다.

"히페리아에 새롭게 출현한 천사들이 종종 곤란한 상태에 빠진다." 닉시가 덧붙였다. 심문관 뒤로 한 발 떨어져 있던 마을 촌장이 황송한 표정으로 그 말을 받들었다.

"그러면 예언되었던 대각성은 무엇입니까?" 심문관이 물었다. "말씀이 진실이라면, 많은 천사가 떨어질 테니, 승천에 참여하려던 우리 대중들에게는 괴로움이 커질 것입니다."

"그 대각성이란 게 뭔데?" 매린이 물었다.

심문관이 깜짝 놀랐다. "여신께서 모르십니까?"

"여신께서는 그 대각성이 너희에게는 어떻게 알려졌는지 묻는 거야." 헌트가 설명했다.

"저주받은 신의 앞잡이였던 에텐도르가 대각성을 예언했습니다. 그날이 되면 별이 다시 빛날 것이며, 그 어느 때보다 많은 흐름이 돌아올 것이고, 사람들은 큰 무리를 이루어 히페리아로 승천할 거라 하였습니다." 심문관이 상세히 설명했다.

"침략이군." 헌트가 다른 이들을 쳐다보며 말했다. "우리 짐작이 맞았네요. 유벨레우스는 저들을 무더기로 데리고 나오려 했던 거예요."

"그게 언제 일어날 예정이었지?" 단체커가 묻더니, 곧 허겁지겁 덧붙였다. "너희에게는 언제로 알려졌냐는 말이야."

"태양이 다시 한 번 강하게 빛나고, 와로스의 대지에 햇살이 돌아올 때입니다." 심문관이 대답했다. "그렇게 들었습니다."

헌트가 심각한 표정으로 닉시를 쳐다봤다. "에텐도르라는 자가 누구죠?"

"이쪽 지역의 대도시 오레나쉬의 대사제예요. 그가 이 사람들이 데리고 가던 싱겐후와 나머지 사람들에 대한 체포 명령을 내린 게 틀림없어요."

"여긴 어디죠?"

"오레나쉬가 여기서 얼마나 멀지?" 닉시가 마을 촌장에게 물었다.

"드로드즈 썰매를 타고 한나절 거리입니다." 촌장은 신이라면 당연히 알아야 하는 게 아닐까 하는 생각이 들었지만 그걸 따져볼 생각은 전혀 하지 않았다.

"그렇다면 거기가 이 모든 일이 일어날 장소로군요. 여기에 회전목마를 놔두고, 우리의 길을 가면 됩니다. 아마 시간이 많지 않을 거예요." 헌트가 말했다.

588

심문관이 이야기를 들으며 점점 의아한 표정을 지었다. "그대들께서 오레나쉬로 가셔야 합니까? 그렇다면 에텐도르가 섬기는 어둠의 주인들이 아직 완전히 멸망하지 않았다는 뜻입니까?"

헌트가 고개를 저었다. "유감스럽지만, 아직은 아니야. 우리는 아직 해야 할 일이 좀 있어. 그러나 적어도 어떻게 해야 할지에 대한 좋은 아이디어를 여기서 얻었어." 헌트가 단체커와 매린을 바라보며 말했다. "내 생각에 최선의 방법은…."

그 순간, 마을 촌장이 갑자기 하늘을 가리켰다. "별이다! 보세요. 별이 돌아오고 있습니다!"

모두 고개를 들었다. "비자르, 조명 꺼." 곧바로 헌트가 말했다. 마을 주변에 나타났던 기둥 위의 가로등들이 꺼졌다. 몇 개의 별이 어슴푸레한 하늘에서 빛났다. "저 별들이 우리가 도착했을 때도 있었나요?" 헌트가 닉시에게 물었다.

"잘 모르겠어요. 당시는 알아채지 못했어요." 닉시가 솔직하게 말했다.

"이샨, 혹시…." 배경으로 흘러나오던 오르간의 음악 소리가 갑자기 멈추자 헌트도 말을 멈췄다. 그가 고개를 돌려 광장을 쳐다봤다. 회전목마가 멈추는 바람에 회전하는 동물 위에 타고 있던 주민들이 깜짝 놀라며 동물의 목에 부딪히고, 몇 사람은 바닥까지 떨어졌다. 증기기관과 회전하던 해저 케이블, 맥주병 기계가 모두 조용히 그 상태로 얼어붙었다. 사람들은 벌써 불만스러운 표정으로 툴툴거리며 의아한 눈으로 서로를 쳐다봤다. "무슨 일이죠?" 당황한 헌트가 이리저리 재빨리 둘러보며 물었다.

"급정지했네요." 이샨이 말했다. 하지만 아직 잘 이해가 되지 않는 듯 곤혹스러운 말투였다. "내부에는 동력원이 없습니다. 비자르가 외부에서 작동시킨 거였죠."

"비자르, 무슨 의도로 이렇게 한 거야?" 단체커가 따졌다.

헌트가 대답을 기다리다 불안한 얼굴로 단체커를 바라봤다. "비자르?" 헌트가 반복했다. 대답이 없었다.

문득 그 의미를 깨달은 매린이 갑작스레 놀라며 고개를 저었다. "우리가 연결이 끊겼나요?" 매린이 고개를 돌려 이샨을 향해 물었다. "비자르가 더는 우리를 지원해주지 않는다는 뜻인가요?"

"그보다 더 안 좋은 상황입니다." 이샨이 그들에게 침울하게 말했다. "우리가 돌아갈 방법이 사라졌습니다."

✳

이케나에 고용된 제블렌인 기술자 케쉔이 어리둥절한 표정으로 모니터를 바라보더니 인상을 찌푸렸다. 그리고 곤돌라 클럽 뒤에 있는 통신실에서 반복적으로 키보드를 두드렸다. "무슨 일이죠? 연결이 끊겼습니다."

통신실 밖의 탁자에 앉아 머레이와 다른 이케나 갱단과 함께 잠시 술을 마시던 씨리오에게 소란스러운 소리가 들렸다. 그가 눈살을 찌푸리며 일어나 걸어갔다. "무슨 일이야?" 그가 문을 통해 물었다.

"투리엔에서 오던 통신이 끊어졌어요. 제벡스 쪽도 끊겼습니다." 케쉔이 의자에 털썩 기대앉으며 양손을 치켜들었다. "끝났어요. 제로예요."

"네가 조치를 취할 수는 없어?"

"제가 뭘 할 수 있겠어요? 누군가가 연결을 끊었습니다. 선이 죽었어요."

그 방의 뒤쪽에 있던 다른 사람들이 자리에서 일어났다. 씨리오는 입술을 깨물며 맹렬히 머리를 굴렸다. 이렇게 빨리 반격이 들어오리라고는 예상하지 못했다. 그레베츠에게는 씨리오조차 모르던 사람들과 연줄이 있었던 모양이었다. 이런 일이 일어나기 위해서는 고위급의 연줄이 필요했다. 씨리오는 이길 것 같은 쪽의 편을 들었다. 그런데 이제 상황이 엉망으로 꼬였다. 이 지구인들이 말했던, 제벡스 안에 있는 그 괴물들이 벌써 도시 전체를 장악해버린 걸까?

밖의 안내실에 있던 클럽 지배인 펜드로가 앞의 복도를 지나 문을 통해 클럽의 중앙 라운지의 반대편으로 뛰어 들어왔다.

"두목! 두목! 어디 계십니까?"

씨리오가 라운지로 돌아갔다. "뭐야?"

펜드로가 흥분해서 정문 쪽을 가리켰다. "경찰이에요! 걸어 다니는 대포처럼 무장한 경찰들이 밖에 있어요. 진짜예요! 놈들이 쳐들어 왔다고요!" 클럽 앞쪽에서 둔탁한 충격음이 연이어 들려오며 그 주장을 확인시켜 주었다.

다른 직원이 뒤쪽에서 들어왔다. "경찰들이 뒷마당을 포위했습니다. 뒤쪽으로는 나갈 길이 없어요."

"제기랄." 씨리오가 중얼거렸다. 이번에는 또 무슨 문제를 불러들인 걸까? "알았어. 이것 봐. 애들 둘 데리고 앞쪽으로 돌아가서 경찰들을 늦춰봐. 스피드볼과 빈은 여기에서 기다리다가 저 친구들이 후퇴할 때 펜드로를 엄호해줘. 우리는 옥상으로 올라가 영구차로 갈 거야. 저 상자에서 삑 소리가 세 번 울리면 즉시 후퇴해. 그리고 필요하면 여기를 폭파해서 경찰들을 막아."

머레이가 칸막이방들이 있는 복도 쪽에서 손을 흔들었다. "여기에서 꿈꾸고 있는 저 친구들은 어떡할 거요?"

"당신이 그 사람들을 여기로 데려왔잖아. 그건 당신 문제야. 여기서 빠져나가고 싶으면 그 사람들 데리고 옥상으로 와. 우리는 여기서 빠져나갈 거야."

✳

투리엔의 수도 투리오스의 정부청사에서는, 마을에서 벌어지고 있는 상황을 지켜보던 칼라자르 의장이 당황한 얼굴로 사람들을 쳐다봤다. 현실에서 그들은 각기 다른 장소에서 비자르에 연결된 상태였다. 콜드웰은 워싱턴에, 토레스는 기르바인의 샤피에론호에 있었다. 하지만 마치 같은 방에 함께 있는 것처럼 인식되었다.

"비자르, 무슨 일이야?" 칼라자르 의장이 물었다.

"제블렌에서 연결된 초공간 링크가 끊겼습니다. 제블렌도 연결이 안 되고, 제벡스도 안 됩니다."

"그들을 놓쳤다는 말이야? 그 사람들은 아직 거기에 있는 건가?" 콜드웰은 투리엔인들과 비자르 사이에 진행된 자율적인 자아 전송과 일시적인 상태 보류 같은 기술적인 대화를 완벽하게 이해하지 못한 상태였다.

"그들은 모두 아직 거기에 있고, 내부 우주에서 활동하고 있습니다. 하지만 저는 더 이상 통신을 통해 그들과 대화를 나눌 수 없고 상황을 조작하지도 못합니다." 비자르가 대답했다.

콜드웰이 혼란스러운 표정으로 말했다. "하지만 그들은 그냥… '복사본' 뭐, 그런 거 아니야? 원래 사람들은 여전히 연결기에 있는 거잖아, 그렇지?"

"네, 맞습니다." 비자르가 대답했다. "그런데 채널 하나로는 제가 원래의 페르소나, 즉 연결기에 있는 신체 안의 사람들에게 끊임없이 실시간으로 정보를 전송할 수 있을 만한 용량이 되지 않기 때문에, 그들은 중지 상태입니다. 제가 내부 우주로 전송해서 엔트 대행자에 집어넣은 버전만이 일관적이고 의식적인 존재로 기능하는 상태입니다. 사실상 그들은 거기에 있는 겁니다. 우탄의 매트릭스 내부에."

콜드웰은 여전히 잘 이해되지 않았다. "그렇지만 연결기에 있는 신체들은 여전히 원래의 자아를 담고 있잖아. 그들은 독립적으로 되살아날 수 없는 건가?"

"물론 그들은 되살아날 수 있습니다. 그러나 내부 우주에 있는 대행자에게 일어난 일에 대해서는 모를 겁니다." 비자르가 말했다.

"그러면, 괜찮아…." 콜드웰이 투레인인들의 얼굴에 뜬 표정을 보았다. "아닌가? 왜 아니지?"

"콜드웰 국장님, 제 생각에는 요점을 확실히 이해하지 못하신 것 같습니다." 칼라자르 의장이 말했다. "우리가 봤을 때, 비자르가 거기에 만든 존재들은 다른 엔트들과 마찬가지로, 그 자체로 실제 진짜 그 사람입니다. 그들이 여기 외부 우주에 존재하는 다른 존재의 정신적인 클론으로 발생했는지의 여부는 중요하지 않습니다. 그들은 거기 갇혔고, 우리는 그들을 꺼낼 수 없습니다."

✳

헌트는 무의식적으로 불안해졌다. 그리고 그가 갑자기 빠져나온 기계로부터 주입되었던 감각이 머릿속에 넘쳐흐르며 몽롱하고 멍한 느낌이 들었다. 헌트가 눈을 뜨고 어리둥절한 표정을 지었다. "비자르?" 간믹이방은 조용했다. 그는 몸을 일으켜 연설기 안락의자에 앉았다. 말뚝에 사슬로 묶여 겁을 집어먹은 세 사람과 칼을 들고 달려드는 사형집행인, 그리고 아래에서 소리치는 누더기 선지자의 모습이 아직도 선명했다. 뭐가 잘못된 걸까?

문이 열리더니 머레이가 들어와 미친 듯이 손짓을 했다. 멀리서 쿵소리가 건물에 울려 퍼졌다. 폭발 같았다. 달려가는 발자국 소리와 다른 목소리도 들려왔다.

"빨리! 다들 나가는 중이오. 경찰들이 총을 쏘면서 들어오고 있소."

"대체 이게 무슨 일이죠?" 헌트가 깜짝 놀라 벌떡 일어났다.

"누가 알겠소?"

"비자르?" 헌트는 확인해보기 위해 마지막으로 한 번 더 불러봤다. 아무런 반응이 없었다.

"잊어버리쇼." 머레이가 다시 밖으로 나가며 어깨너머로 소리쳤다. "끊어졌소."

헌트도 복도로 나갔다. 닉시가 벌써 나와 있었고, 매린이 다른 칸막이방에서 나왔다. 머레이가 가까운 문에서 단체커를 끌고 나왔다. 드레드노트와 다른 이케나들이 무기를 든 채 달려갔다. 기술자 케쉔이 클럽에서 허둥지둥 뛰어오고, 씨리오가 그 뒤를 따르며 소리쳐 명령을 내렸다.

"무슨 일이에요?" 매린이 물었다. "그 세 사람은? 뭔가….."

"지금은 시간이 없소." 머레이가 말을 가로챘다. "여기서 전쟁이 벌어졌소. 모두 옥상으로 올라가고 있소. 영구차를 탈 거요."

닉시와 매린이 급하게 케쉔을 따라가자, 단체커가 손목시계를 힐끗 쳐다봤다. 그의 얼굴에 이상한 표정이 떠올랐다. 헌트가 다른 사람들을 막 따라가려는데, 단체커가 그의 소매를 붙잡았다. "지금 그 불운한 세 사람을 걱정하는 게 무슨 의미가 있을지 나로서는 잘 모르겠어. 그 일은 이미 오래전에 발생한 사건 같아." 단체커가 말했다.

"무슨 소리야?" 헌트가 물었다.

단체커가 자신의 손목시계를 손가락으로 두드렸다. "우리는 오후

2시 20분쯤에 비자르에 연결했어, 그렇지?"

"그렇소." 그들을 다른 이들과 함께 데려가려 애쓰던 머레이가 그 말을 듣고 확인시켜줬다. "그게 문제요?"

"우리가 그 칸막이방 안에 얼마나 있었죠?" 헌트가 물었다.

"1시간, 1시간 30분쯤? 왜? 뭐가 그렇게 이상한 거요? 우리가 저들을 따라잡을 수 있을 때 빨리 여기서 빠져나갑시다."

58

하늘을 응시하던 심문관이 이 징후의 의미를 서서히 깨닫기 시작했다. 자신이 어떻게 속았는지 깨닫자 속에서 분노가 치밀어 올랐다. 하늘에 별들이 돌아오리라 예언했던 이는 에텐도르였다. 그리고 별들이 돌아오기 시작하자마자, 자기들이 더 높은 신들의 사자라고 주장하던 낯선 자들의 힘이 그들을 버리고 떠나버렸다.

그렇다면 저 묘기와 장난감은 높은 신들의 작품일 리가 없었다. 이것은 저급한 신들이 와로스 사람들을 속여서 그들에게 합당한 숙명인 대각성을 단념하게 만들려는 시도였다. 독실한 신자들이 히페리아를 퇴색시키는 거짓 신의 추종자들을 파괴할 것이기 때문에 거짓 신들이 두려워했던 것이다. 심문관에게는 이제 모든 게 분명해졌다. 여기 라카쉽 마을에서 벌어진 사건은 대각성이 오기 전에 마지막으로 심문관의 믿음을 시험하기 위해 벌어진 일이었다. 그는 시험에 굴복하지 않을 것이다.

거짓 신들이 자신을 잘못된 길로 인도하려고 투입한 꼭두각시들을 향해 심문관이 눈길을 돌렸다. 무능함이 드러난 그들은 이제 볼품없고 바보 같았다. 대각성과 에텐도르에 대해 들어보지 못하고, 오레나쉬가 어디에 있는지도 모르는 '신'이라니. 그들을 황홀하게 만들었던 주술에서 풀려난 사제와 군인들이 광장 건너편에서 돌아오고 있었다. 마을 주민들도 험악하고 분개한 얼굴로 그들의 뒤를 따랐다.

"우리가 사용했던 힘은 채널을 통해 여기로 흘러들어 오는데…." 처음에 도착했던 자가 탄원하는 듯한 말을 하기 시작했다.

"닥쳐!" 심문관이 경멸적인 손짓으로 그의 말을 잘랐다. "너희의 무력함과 배신행위는 이미 드러났다."

그와 함께 나타났던 여자가 애원하는 몸짓을 했다. "저기요, 이 사람들이 말하는 걸 믿어야 합니다. 난 와로스에서 태어나서 당신들과 같은 사람이에요. 나는 출현했다가 이들이 제어하는 힘으로 돌아온 거예요…."

심문관이 고개를 돌려버렸다. "이놈들이 사기꾼이라는 사실은 이미 드러났다." 그가 군중을 향해 소리쳤다. "에텐도르 대사제가 실제로 진실을 말했노라."

군중이 응답했다.

"사기꾼!"

"악마의 종!"

"라카쉽이 부패를 정화하자!"

"저놈들을 죽여라! 죽여라!"

심문관이 군인들 앞으로 가서 명령을 기다리던 아가멤논에게 말했다. "저놈들을 체포해서 묶어. 장작을 다시 쌓아. 사로잡힌 거짓 선지자 하나당 하나씩. 저 둘만 빼고." 그가 싱겐후와 드락스를 가리켰다. "라카쉽에는 이미 태울 게 충분하다." 그리고 자신이 제외한 두 사람과 저급한 신들이 보낸 다섯 사기꾼을 가리켰다. "저놈들은 에텐도르 대사제가 준비한 특별한 축제를 위해 우리와 함께 오레나쉬로 갈 것이다. 아주 재미있을 거야."

군인들이 둘로 나뉘어 움직였다. 그들이 움직이기 시작할 때 헌트가 부서진 마차의 미끄럼대를 밟았다. 그리고 마치 공을 디딘 것처럼 옆으로 미끄러지며 중심을 잃고 넘어지는 바람에 바닥에 한쪽 무릎을 아프게 찧었다.

"높은 신들의 사자라고 자칭했던 저자를 보아라!" 심문관이 헌트를 가리키며 군중을 향해 외쳤다. "심지어 어린아이도 구두가죽이 가동석에 미끄러진다는 사실을 모르지 않는다." 군중이 조롱하며 웃음을 터트렸다.

싱겐후가 몸을 굽혀 헌트를 부축해서 일으켜 세웠다. 싱겐후는 그렇게 하면서 부서진 가동석 미끄럼대의 작은 조각을 두어 개 몰래 집어 예복의 접힌 부분에 감췄다.

✳

투리엔에서 칼라자르 의장은 비자르를 통해 우탄에 있는 파르골 사령관에게 연락할 수 있었다. 그러나 파르골 사령관은 투리엔인 관리부대가 우탄 행성의 다른 부분들로부터 고립되었다는 사실을 깨달았다. 그리고 그들이 점령한 시설, 즉 그들이 통제한다고 믿었던 행성의 산업단지와 제블렌의 센터에 있는 제벡스로 들어가는 채널이 갑자기 작동되지 않았다. 다른 곳에 있는 유벨레우스가 시스템의 통제권을 가져간 것이다.

비자르에 연결된 연결기에 누워 있던 포르딕 이샨이 깨어나 칼라자르 의장과 다른 사람들의 논의에 '참여'해서 내부 우주의 상황에 대해 그들이 알고 있는 사항들을 확인시켜줬다. "네, 그런 식으로 진행되고 있습니다. 내부 우주에서 저의 다른 버전은 지금 이 순간에도 여전히 기능하고 있습니다. 물론 다른 이들도 마찬가지입니다. 그런 사실을 알고 있으니 느낌이 묘합니다."

"그러면 당신이… 아니 다른 당신이 내부 우주로 전송된 이후에 무슨 일이 일어났는지는 전혀 모르나요?" 콜드웰이 되물었다.

"네, 모릅니다. 대행자를 삭제하고 원본이 재활성화되는 시점에 정보를 업데이트할 예정이었습니다. 그런데 단절이 너무도 갑작스럽게 일어나버렸죠."

각자 골똘히 생각에 잠긴 상태로 침묵이 한참 흘렀다.

"비자르가 없어졌기 때문에 그들은 지금 곤란한 상황일 겁니다." 마침내 칼라자르 의장이 조용히 말했다.

"저도 알고 있습니다." 이샨이 대답했다. 그의 목소리는 투리엔인답지 않게 날이 서 있었다. "어쩌다 보니 제가 그 문제에 개인적인 이해관계가 있어서…."

"미안합니다." 칼라자르 의장이 사과했다.

콜드웰은 꽉 다문 입꼬리가 아래로 처진 채 아무 말 없이 앉아 있었다. 원본 헌트와 단체커, 매린, 닉시가 해를 입지 않은 상태로 제블렌의 어딘가를 돌아다니고 있을 거라는 사실만으로는 위안이 되지 않았다. 칼라자르 의장의 말대로, 내부 우주의 대행자들은 이제 모든 면에서 진짜라고 할 수 있었다. 콜드웰은 의식의 한구석에서 계속 자신을 괴롭히는 생각과, 자신이 그 생각을 정면으로 바라보기를 거부하고 있다는 사실을 자신이 알고 있다는 게 마음이 들지 않았다. 그들의 존재가 어떻든 '소모품'이라는 함의 말이다. 콜드웰은 그 생각이 몹시 싫었다.

샤피에론호의 선장 대리 토레스가 한 명씩 얼굴을 쳐다봤다. "우리가 뭔가 해야 합니다." 그가 짧게 말했다.

"제벡스로 통하는 다른 링크를 찾지 못하면, 우리가 할 수 있는 게 그다지 많지 않을 겁니다." 칼라자르 의장이 대답했다.

토레스는 안절부절못했다. 확실히 납득이 되지 않는 모양이었다. "헌트 박사는 어떻게 우리가 이용했던 그 링크를 구한 건가요?" 그가 물었다.

"제블렌인 범죄조직을 통해 구했습니다." 이샨이 대답했다.

"우리가 그들과 다시 접촉하면, 그들이 다시 연결할 수 있나요?"

"그건 우리로서 알 수 없고, 그들만 알 수 있습니다. 게다가 그들이 쉬반의 어디에 있는지 정확히 알 수 없습니다."

토레스가 잠시 생각하더니 말했다. "비자르, 네가 연결했을 때 헌트 박사가 쉬반의 어디에 있었는지 알아?"

"박사가 바우머를 찾았던 클럽이 거의 확실합니다. 조락이 그 클럽의 통신 경로 코드를 도시 계획도에 표시해두었습니다." 비자르가 말했다.

토레스가 바닥을 뚫어져라 내려다보더니, 결심을 굳힌 듯 갑자기 고개를 들었다. "우리가 할 수 있는 일이 있습니다." 그가 말했다. "실례합니다, 여러분. 비자르, 연결 끊어." 그러자 즉시 토레스는 샤피에론호에 설치해둔 신경 연결기로 돌아왔다. 그는 일어나서 칸막이방을 나가 우주선의 사령실로 걸어갔다. 대기 중이던 승무원들이 바삐 자리로 돌아갔다.

"조락, 우주선의 상태 보고해." 그가 소리쳤다.

"지시하신 대로, 비행 대기 중입니다."

"즉시 이륙 준비!"

"네, 알겠습니다!"

✳

　쉬반의 행정본부에서 가루스 총독은 자신의 집무실 옆에 있는 통신실로 끌려온 상태였다. 중앙 부분에 줄줄이 세워진 주 모니터 중 하나에 우탄의 지표면 아래 깊숙한 곳에 있는 유벨레우스의 제어실 모습이 비쳤다. 유벨레우스가 제벡스에 대한 통제권을 확보했다. 제벡스는 현재 작동되고 있으며, 행정본부로 통하는 초공간 연결 채널을 운영하고 있었다. 그 전까지 모조 시스템에 속았던 투리엔의 우탄 점령군은 지금 고립된 상태였다.

　"난 당신들이 제블렌에서 바보처럼 진행한 임무가 얼마나 무가치한지와 우리의 최종 승리의 첫 단계를 당신이 여기에서 봐주었으면 좋겠습니다." 측근들에 둘러싸인 랑게리프가 고소해하는 눈빛으로 가루스 총독을 바라보며 말했다. "우리 보고서에 따르면, 빛의 축 신자들에게 구축해놓은 열정이 아주 제대로 도움이 됩니다. 지금 저 밖에는 수천 명의 신자가 연결기에 앉아 제벡스가 약속대로 복구되기만 간절히 기다리고 있죠. 그리고 그 약속이 실현되었다는 사실이 알려지자마자 수만, 수십만 명이 그 뒤를 따를 겁니다. 오늘 밤에 우리는 쉬반을 갖게 될 것이고, 내일이면 제블렌을 갖게 될 겁니다."

　가루스 총독은 매서운 눈빛으로 침묵을 유지했지만, 모니터에 유벨레우스가 모습을 보이자 그쪽으로 시선을 돌렸다. "당신이 제블렌인과 벌였던 마지막 충돌과는 아주 다른 양상이 벌어지고 있습니다." 유벨레우스가 말했다. "이번에 당신들이 대하는 사람들은 제블렌 연방을 세우려던 바보들이 아니거든요. 당신들을 대체할 운명을 가진 지성의 현시(顯示)에 정말로 맞서 싸울 수 있을 거라고 믿었습니까?" 유벨레우스가 말을 멈췄다. 아마도 더 큰 반응을 기대했던 모양이다.

"제벡스가 외부 우주로 나오기 위해 고안해낸 방법을 여러분도 알 거라고 믿습니다. 나와 같은 사람들이 그 계획의 원형이 되는 영광을 받았지요."

가루스 총독은 아무 말도 하지 않았다.

✳

우탄에서는 부관이 유벨레우스에게 다가와 가까운 거리에서 그의 주의를 끌려고 신호를 보냈다. 유벨레우스가 고개를 돌리더니 질문하듯 턱짓을 했다. 부관이 앞으로 한 발 나섰다. "이두아네가 지금 그 선지자와 통신을 하고 있습니다. 도시에서 모든 준비를 마쳤습니다."

유벨레우스가 고개를 끄덕이더니, 다시 고개를 돌려 가루스 총독의 모습을 비추는 모니터를 바라봤다. "신경 쓰지 마세요. 얼마 지나지 않아 당신 눈으로 직접 보게 될 겁니다." 유벨레우스가 말했다. 그는 부관과 다른 부하들을 모니터 옆에 남겨두고, 연결기가 줄지어 있는 방으로 가기 위해 제어실을 가로질렀다. 그는 가는 길에 이쪽으로 오고 있는 이두아네와 마주쳤다.

"준비를 마쳤습니다. 선지자가 기다리고 있습니다." 이두아네가 말했다.

"제어실을 맡아." 유벨레우스는 그렇게 말하고, 칸막이방을 향해 계속 걸어갔다.

이두아네가 제어실로 들어갔다. 그가 제어실을 둘러싼 회랑 아래를 지날 때, 제블렌에 아직 연결된 모니터 주변에 모여 있던 사람들이 놀라는 모습을 봤다. 그래서 발길을 서둘렀다.

"무슨 일이야?" 이두아네가 그곳에 모여 있는 사람들에게 다가가며 물었다. 행정본부의 랑게리프와 가루스 총독을 비추던 모니터 옆에

켜져 있는 다른 모니터가 그의 눈에 들어왔다. 그 모니터에 비친 영상은 기르바인에 있는 투리엔 우주항의 외부 모습이었다. 그는 매끈한 외형에 독특한 꼬리날개를 가진 8백 미터 높이의 샤피에론호를 즉시 알아보았다. 샤피에론호는 가니메데인이 제블렌에 주둔군으로 온 이래로 내내 그 착륙장을 차지하고 있었다. 하지만 지금은 우주선이 움직였다. 처음에 서서히 미끄러지듯 위로 올라갔지만, 그가 지켜보는 동안에는 우주선이 속도를 더 이상 올리지 않았다.

"무슨 일이냐니까." 이두아네가 사람들에게 서둘러 달려가며 다시 물었다.

부관 한 명이 불필요한 몸짓을 곁들이며 말했다. "샤피에론호가, 제블렌에 있는 샤피에론호가, 이륙했습니다!"

행정본부를 비추는 모니터에서는 랑게리프가 난처한 표정으로 고개를 절레절레 흔들었다. "그 소식이 조금 전 기르바인에서 들어왔습니다. 사전 통고도 전혀 없었습니다. 그냥 이륙해버렸습니다."

"그게 무슨 말이야?"

"저희도 모릅니다."

이두아네가 고개를 돌려 부관에게 소리쳤다. "빨리 칸막이방으로 가서 교주를 여기로 모셔와. 아직 시스템에 연결하지 마시라고 해." 부관이 고개를 끄떡하고 뛰어갔다.

기르바인을 비추는 모니터의 영상이 바뀌었다. 우주선의 거대한 모습이 다시 서서히 내려오더니 검은 그림자처럼 공중에 떠 있었다. 마치 쉬반의 지평선 위에 떠 있는 멋진 새의 모습 같았다. 우주선 아래의 배경으로 보이는 도시는 원근법 때문에 줄어든 것처럼 보였다. 우주선은 앞부분을 위로 한 상태로 서서히 옆으로 움직이며 도시를 향해 날아갔다.

✻

녹색 초승달 문장과 성물(聖物)을 품은 대중들이 반드로스 성전의 앞마당을 꽉 매웠지만, 여전히 도시에서 출입구들을 통해 계속 쏟아져 들어왔다. 하늘에는 별들이 다시 나타나기 시작했다. 니에루가 환해졌다. 대각성의 날이 머지않아 시작될 것이다. 성전의 계단 아래 석단에는 말뚝과 교수대, 단두대와 제단 앞에 덜덜 떨고 있는 첫 번째 희생자 무리가 세워졌다. 사형집행인들은 햇빛이 다시 돌아오기를, 명령이 내려오기를 기다리며 대기했다.

저 위쪽 계단 꼭대기에 있는 테라스에는 에텐도르가 사제들과 선각자들로 이루어진 수행원들을 거느리고 서서 기대에 찬 얼굴로 양팔을 뻗었다…. 그리고 차츰 당혹스러운 표정으로 바뀌었다. 조금 전에 그 목소리가 에텐도르의 마음에 다시 말했었다. 때가 임박했으며, 위대한 성령이 에텐도르에게 말씀하실 것이며, 그를 선택된 선지자로 지명하리라는 약속이었다. 하지만 위대한 성령이 나타나지 않았을 뿐만 아니라, 이제 에텐도르는 그 목소리로부터 어떤 반응도 얻을 수 없었다.

"신들께 무슨 문제라도 있는 겁니까?" 수석 선각자가 에텐도르 뒤로 가까이 다가와 속삭였다. "대사제님이 끌어온 흐름은 아직 흐르고 있습니다만, 깜박거릴 정도로 약해졌습니다."

"나는 알지 못한다." 에텐도르가 대답했다. "심문관과 그의 행렬은 아직 도시로 들어오지 않았느냐?"

다른 사제가 하급 사제에게 말하자, 하급 사제는 아치길 뒤에서 서성이던 사환에게 말했다. "그들은 성문 밖에서 기다리고 있습니다. 신성한 분이시여." 사제가 대답을 전달했다.

에텐도르는 의심할 바 없이 그게 문제였다는 생각이 들었다. 신들은 속죄를 위해 고위 성직자와 이단이 모두 참석할 때까지 기다리는 것이다.

"우리는 그들을 기다려야 한다." 에텐도르가 말했다. "사람들을 더욱 기도와 깊은 헌신으로 인도하라. 나는 목소리가 다시 내게 말씀하실 때 돌아오겠다." 그는 그 말을 남기고 성전으로 돌아갔다.

✳

유벨레우스가 그를 데리러 간 부관과 함께 제어실의 옆문으로 들어왔다. 그는 서둘러 다가와 기르바인의 영상을 통해 쉬반으로 천천히 떠가는 샤피에론호의 모습을 봤다. "저놈들이 저 우주선을 타고 뭘 하려는 거지?" 그가 물으며 다른 모니터에서 랑게리프 옆에 조용히 서 있는 가루스 총독을 향해 눈길을 돌렸다.

행정본부의 통신실에서 조금 전까지도 절망감에 젖어있던 가루스 총독은 우주선이 움직이는 모습을 보고 활기가 되살아나는 게 느껴졌다. 다른 이들이 아직 뭔가를 하고 있다는 의미였다. 하지만 과연 무엇을 하려는 것인지는 그에게도 수수께끼였다. 가루스 총독이 우탄에서 유벨레우스가 노려보고 있는 모니터를 향해 고개를 돌리고 대답했다. "얼마 지나지 않아 당신 눈으로 직접 보게 될 겁니다."

가니메데인들은 한 손에 엄지손가락이 두 개씩 있다. 가루스 총독은 등 뒤에서 엄지손가락 네 개로 깍지를 끼었다.

59

클럽의 중앙 라운지로 통하는 문에서 연기와 먼지가 복도로 쏟아져 들어오고, 건물이 무너져 내리는 듯한 폭발음이 들렸다. 헌트와 단체커는 잃어버린 1시간 동안 무슨 일이 일어났었는지에 대한 생각은 잊어버리고, 머레이를 따라 다른 사람들이 나간 뒤쪽의 출구로 달려갔다. 그들이 엘리베이터를 타고 내려올 때 들어왔던 문이었다. 그들이 바깥 계단 위의 회랑을 가로지르기 시작했을 때 클럽 지배인 펜드로가 그들을 따라잡았다.

네 사람이 엘리베이터가 있는 홀에 다가가자 매린과 닉시, 기술자 케쉔이 모퉁이 주변에서 머뭇거리는 모습이 눈에 들어왔다. 앞쪽에서 고함과 총소리가 들렸다. 헌트는 일행을 세우고 홀을 들여다봤다. 엘리베이터 한 대가 열려있었는데, 그 안에서 이케나 몇 명이 반대편 복도를 장악한 경찰들과 총격전을 벌이고 있었다. 이케나 한 명이 쓰러져서 엘리베이터의 문이 닫히지 않는 상황이었다. 무방비 상태로 홀을 가로지르면 어찌 될지는 물어보나 마나였다.

펜드로가 머레이에게 뭔가 소리치고 회랑을 따라 뒤로 돌아가며 손짓했다. "저쪽에 다른 엘리베이터가 있다는 거요." 머레이가 다른 이들에게 말했다. "직원용 엘리베이터 같은 게 있는 모양이오. 갑시다." 그가 닉시와 매린에게 손짓을 한 후 단체커와 케쉔을 데리고 펜드로를 따라갔다. 헌트는 잠시 더 기다리며 홀의 상황을 확인했다. 엘리베이터 안에 있던 이케나 한 명이 바닥에 쓰러진 사람을 끌어가려고 너무 오래 신체를 노출했다가 총을 맞았다. 다른 한 명이 그를 안으로 끌고 들어가자 엘리베이터의 문이 닫혔다. 헌트는 몸을 돌려 케쉔의 뒤를 따라 뛰었다.

다른 일행들은 좁은 통로 안에 있는 엘리베이터 밖에서 헌트를 기다렸다. 그가 막 도착했을 때 엘리베이터가 내려와 모두 올라탔다. 펜드로가 제블렌어로 명령하자 엘리베이터가 올라가기 시작했다. 단체커가 상기된 얼굴로 헐떡거렸다. 헌트도 엘리베이터 벽에 기대어 숨을 고르며 그 모습을 바라봤다. 매린은 아드레날린이 가득 차서 뭐라도 할 수 있을 것 같은 표정이었다. 머레이는 체념한 듯 '내 인생은 왜 맨날 이런 일만 일어나는 걸까?'라는 얼굴이었다. 닉시는 침착하고 차분하게 상황을 받아들이는 듯했다.

"씨리오가 계산을 잘못한 것 같소. 짐작했던 것보다 그의 친구들이 좀 더 화가 난 모양이오." 머레이가 말했다.

"씨리오는 이길 것 같은 편에 붙었던 거예요. 아마 당황했을 겁니다." 헌트가 대답했다.

"당분간은 비자르로 통하는 우리의 통신이 다시 끊어진 상태겠군요." 단체커가 숨을 헐떡이며 간신히 말했다. "너무 유감이네요."

"상황이 가라앉으면 우리가 저기로 다시 돌아갈 가능성이 있을까요?" 헌트가 머레이에게 물었다. 머레이가 케쉔에게 통역했다. 케쉔이 대답하자, 펜드로가 뭔가 덧붙이며 손을 흔들고 고개를 저었다.

"별로 그럴 가능성은 없을 것 같소. 거기에 있는 컴퓨터 하드웨어들이 꽃을 담아서 키우는 거 말고는 다른 용도로 사용할 수 없는 상태가 된 모양이오." 머레이가 말했다.

매런이 당혹스러운 눈빛으로 헌트와 단체커를 쳐다봤다. "무슨 일이 일어난 건지 잘 이해가 안 돼요. 우리의 다른 버전이 아직 내부 우주에 있잖아요. 아직 작동 중인가요? 아니면 연결이 끊어질 때 그들도 사라진 건가요? 아니, 우리가 거기에 가긴 갔나요? 뭐가 뭔지 모르겠어요."

"나도 잘 이해하고 있는 건지 자신이 없네요." 헌트가 그녀에게 말했다.

클럽 지배인 펜드로가 체념한 투로 뭔가 말하더니 위쪽을 힐끗 올려다봤다.

"뭐라는 거예요?" 헌트가 물었다.

"저 사람 말로는, 지금 필요한 것은 영구차가 아직 출발하지 않았기를 바라는 것밖에 없다는 거요." 머레이가 대답했다. "그러면 오늘도 즐거운 마무리가 되지 않겠소? 그런데 말이오, 그 사이에 제블렌 정비공이 영구차를 수리했다면 그 차가 제대로 날아갈지 모르겠소. 만일 그랬다면 그리 즐겁지는 않을 거요."

엘리베이터가 갑자기 덜컹하며 멈췄다. 모든 사람이 균형을 잃고 쓰러졌다. 펜드로가 뭐라고 꽥꽥 소리를 지르자, 제어 컴퓨터가 대답했다. 뭔가가 잘못됐다.

"전원이 끊어졌소." 머레이가 말했다. "누군가가 전원 스위치를 내렸거나 아래층에서 뭔가 망가진 모양이오." 엘리베이터가 다시 내려가기 시작하는 느낌이 들었지만, 바로 아래층에 높이를 맞추며 멈췄다. 비상 제동장치가 적당한 위치에서 잠기더니 문이 열렸다. 펜드로가 그들을 이끌고 계단으로 달려가며 어깨너머로 종잡을 수 없는 말을 뱉었다. 헌트는 그가 공황상태에 빠지기 직전이 아닐까 하는 짐작이 들었다. "세 개 층을 더 올라가야 해." 머레이가 설명했다. "씨리오는 기다려주지 않을 거요." 단체커가 첫 번째 층계의 아랫부분에서 문틀에 기대어 잠깐 눈을 감고 숨을 깊게 들이쉬더니, 긴 다리로 성큼성큼 올라가기 시작했다. 헌트는 그의 뒤를 따르며 필요할 경우 도와줄 준비를 했다.

세 번째 층계 꼭대기에서 문을 열자 이리저리 긁힌 단조로운 회색 벽의 큰 방이 나타났다. 그들 앞에 착륙장으로 나가는 바깥문이 열려 있었다. 열린 문틈으로 이륙 준비를 하는 현란한 색조의 영구차가 눈에 들어왔다. 이케나 한 명이 차 문으로 들어가고, 다른 두 명이 그 뒤를 따랐다. 일행이 계단에서 막 나갔을 때, 케쉔이 앞으로 달려나가서 손을 흔들며 뒤에 있는 다른 사람들을 가리켰다. 씨리오에게 조금만 더 기다려달라고 사정하는 게 틀림없었다.

하지만 케쉔이 영구차의 문에 도착했을 때, 씨리오가 안에서 뭐라 소리치자 영구차가 움직이기 시작했다. 케쉔이 뛰어오르려 했지만, 드레드노트가 차 문에 나타나 그를 발로 차버렸다. 케쉔이 몸을 일으켜 세우는 동안 문이 닫히고, 영구차는 속도를 높이며 착륙장의 가장자리를 벗어났다. 헌트와 다른 일행들은 당황해서 제자리에 멈춘 채 영구차가 비스듬히 선회하며 상승하는 모습을 지켜봤다. 헌트는 아무 생각도 할 수 없었다. 그가 무기력히 쳐다보며 서 있는 동안, 펜드로가 앞으로 뛰어가며 소리치고 팔을 흔들었다.

그때 닉시가 소리치며 한쪽을 가리켰다. 어두운 색조의 유선형 형상들이 급강하하더니, 각기 다른 방향으로 산개하며 아직 상승 중인 영구차를 포위했다.

"쉬반 경찰 비행차요." 머레이가 소리쳤다. "우리 친구가 궁지에 몰린 모양이네."

영구차도 그들을 봤다. 그리고 옆으로 기울어지며 이들을 피했다. 영구차의 옆면이 열리더니 작은 반구형 포탑이 모습을 드러냈다. 각 포탑에는 뭉뚝한 총구가 달려 있었다. 헌트는 그레베츠의 저택을 공격했던 개인용 비행차에 숨겨져 있던 포탑과 비슷한 것 같다고 생각했다. 경찰 비행차 두 대가 공격을 시작했다. 하지만 눈에 띄는 효과는 없었다. 영구차의 포탑에서 노란 빛줄기가 번쩍하는 것 같았다. 하지만 경찰 비행차의 전면에 순간적으로 나타난 희미한 보라색 조각이 굴절시켰다. 영구차가 급하게 선회해 되돌아오면서 옥상의 윗부분에 닿을 정도로 급강하했다. 다른 경찰 비행차가 발포해서 건물을 맞히자, 헌트와 일행들이 넋을 놓고 바라보고 있던 착륙장으로 파편이 비 오듯 쏟아졌다.

"안전한 곳으로 피해요!" 헌트가 소리치고 그곳에서 벗어나며 다른 이들에게 손짓했다. 그들은 다시 입구를 향해 뛰어갔다. 펜드로가 앞장섰다. 넓은 방의 반대쪽에 있는 계단통의 문에서 조심스럽게 올라오는 노란 제복이 처음으로 눈에 띄었다.

케쉔이 펜드로를 따라붙었을 때, 그가 몸을 돌리며 말했다. "상황이 안 좋아. 놈들이 여기까지 올라왔어." 그가 암울한 얼굴로 말했다.

위에서는 영구차가 다시 방향을 틀다가 동시에 두 방을 맞았다. 주황색 불꽃과 검은 연기를 내며 영구차가 폭발했다. 잔해가 도시 위로 폭포처럼 쏟아졌다.

✳

샤피에론호의 사령실에서는 토레스 선장 대리가 승무원들과 함께 서서 비행선 후미의 카메라에서 잡은 영상을 봤다. 우주선 아래로 도시의 뾰족한 탑과 지붕들이 미끄러지듯 지나갔다. 사령실에 투영된 홀로그램은 조락이 저장해뒀던 도시 계획도에서 꺼낸 각 층과 건물의 구조도면 위로 우주선이 떠가는 모습을 비쳤다. 건물들이 서로 연결되어 위로 갈수록 좁아지면서 고층건물로 합쳐지는 복합단지 아랫부분의 미로 같은 골목길의 중앙 구역에서 표지가 깜빡거렸다. 우주선이 바로 그 위에 있었다. 그 건물은 높은 외부 덮개에 덮인 도시의 구역에서 몇 개의 넓은 교통로가 만나는 부분까지 솟았다.

"그 클럽은 저기 아래에 있습니다." 조락이 말했다. "3호 탐사기에 저 지역에서 경찰의 무선 활동이 높게 나타났습니다." 샤피에론호의 탐사기 두 대가 약간 떨어진 거리의 상공을 돌면서 제블렌인이 기르바인 근처에 쳐놓은 전파방해막을 무효화시키고, 도시 위로 오가는 통신 정보를 낚아챘다.

"그런데 저 덮개가 이 구역을 덮은 경량의 구조물인 게 확실한가요?" 샤피에론호의 승무원이 물었다. "저 위에는 아무도 없는 거죠?"

"설계도에는 그렇게 나옵니다." 토레스가 확인시켜줬다. 그가 주변의 승무원들을 빠르게 훑었다. "한번 해봅시다."

"경찰 비행차와 본부 사이에 무전이 오가는데, 그들이 뭔가를 공격할 모양입니다." 조락이 보고했다.

"우리가 외부 압력장을 얼마나 멀리까지 설정할 수 있지?" 토레스가 물었다.

"아래로 떨어지는 큰 덩어리를 붙잡아서 도시 외곽으로 보내는 정도는 충분합니다." 조락이 대답했다. "인근 지역에 낙하물이 조금 떨어질 수도 있습니다." 샤피에론호의 동력장치는 우주선 주변에 왜곡된 시공간 영역을 형성했다. 조락의 말은 우주선의 외부 압력장을 역장(力場)으로 바꿔 주변의 물체를 던져서 제거할 수 있다는 뜻이었다.

토레스가 다른 승무원들을 바라보며 말했다. "이 결정은 전적으로 제가 책임지겠습니다. 조락, 명령대로 계획을 실행해. 우리는 들어간다."

"제로니모!" 조락이 대답했다.

"뭐라고?"

"이것은 지구인들이 전쟁을 하던 당시 미군 낙하산부대가 뛰어내릴 때 사용하던 표현입니다. 이 상황에 잘 어울리는 것 같아서요." 조락이 설명했다.

"그냥 우주선이나 잘 날려줘, 부탁이야."

"네, 알겠습니다!"

✳

도시 위를 떠다니던 우주선의 그 거대한 형상이 하강하기 시작했을 때, 랑게리프는 행정본부에서 당황스러운 표정으로 외부에서 전달되는 영상을 바라봤다. 기르바인 담당국장의 긴장한 목소리가 들렸다. "저게 뭘 하려는 건지는 저도 모르겠습니다. 다시 내려가려는 모양입니다. 말도 안 돼! 건물 위로 착륙하고 있습니다." 영상에서 샤피에론호의 바로 아래에 있는 도시의 덮개가 들리더니 산산조각으로 쪼개져서 위쪽으로 날아가 영상 밖으로 사라졌다. 정신이 나간 듯한 담당국장의 목소리가 들려왔다. "아니, 샤피에론호가 속도를 늦추지 않고 있습니다! 뭘 하려는 걸까요? 이 상황이 믿기지 않습니다. 아래로

612

곧장 내려갑니다!"

"거기 무슨 일이야?"유벨레우스가 우탄의 영상을 비추는 모니터에서 빽 소리쳤다.

"우리를 대체한다던 그 지성체가 우리를 조금 과소평가했던 모양입니다."가루스 총독이 그 모습을 지켜보며 말했다. 그는 몹시 묘한 느낌을 주는 말투로 말했다. 사실은 가루스 총독 자신도 뭐가 어떻게 되어가는 건지 전혀 알지 못했다.

✳

그들은 패배감에 젖어 멈춰 섰다. 더 이상 갈 곳도 없고, 시도해볼 것도 없었다.

그때 헌트는 매린이 그의 뒤쪽을 올려다보며, 믿기지 않는 표정으로 손짓으로 가리키고 있다는 사실을 알아챘다. 헌트가 고개를 돌리자, 그들의 바로 머리 위의 가짜 하늘이 어두워지며 아래쪽으로 돌출되는 모습이 눈에 들어왔다. 잠시 후 그게 뚫고 들어오면서 가짜 하늘과 지지대를 산산조각냈는데, 이상하게 아래로 떨어지지 않고 옆으로 찢기더니 마치 거대한 진공청소기가 빨아들이듯 위쪽으로 사라졌다. 그리고 동시에 거대한 목소리가 천둥처럼 울리며 도시 전체에 퍼졌다. 제블렌어였다. 헌트는 머레이 쪽으로 휙 고개를 돌렸다.

머레이가 어리둥절한 표정으로 말했다. "사람들에게 안전한 곳으로 피하라는 말을 하고 있소. 나도 잘… 맙소사!"

헌트가 뒤돌아보았다. 원근법 때문에 그 끝이 줄어들며 하늘 속으로 사라진 듯 보일 정도로 커다란 유선형 타워에 붙박인 뒤틀린 십자형 모양의 거대한 형상이 연두색 하늘을 배경으로 어두운 그림자처럼 덮개의 구멍을 통해 내려왔다. 격하게 밀려드는 공기의 아우성이 그들의 귀에 가득 찼다. 덮개가 계속 무너지고 부서지면서, 작은 조각들이 흩뿌려져 건물의 표면에 부딪히며 되튀었다.

"저 빌어먹을 우주선이!" 머레이가 쉰 소리로 소리를 질렀다. "우주선이 저 염병할 지붕을 뚫고 내려오고 있어!"

"샤피에론호예요!" 매린이 멍한 표정으로 소리쳤다. "헌트, 가니메데인들이에요!"

우주선은 도시의 지붕 위를 가득 채우고 선회하던 경찰 비행차들을, 전함이 피라미 떼를 쫓아버리듯 뚫고 내려왔다.

"세상에!" 네 개의 굽어진 꼬리날개 사이의 거대한 대성당 같은 공간이 그들의 머리 바로 위에서 점점 더 커지자 단체커가 소리쳤다. 본체의 가장 후미에 접혀있던 에어록의 입구 부분이 벌써 아래를 향해 내려오고 있었다.

다시 확성기에서 목소리가 울려 퍼졌다. 앞서와 마찬가지로 큰 소리였지만, 이번에는 영어였다. "거기 계시네요. 우리가 기대했던 것보다 운이 좋은 모양입니다. 좋았어요, 헌트 박사님. 여기서 보여요. 모두 올라오세요. 지금 문을 열겠습니다." 헌트는 그 컴퓨터의 목소리가 그 어느 때보다 반가웠다.

머레이가 펜드로에게 뭔가 소리치자, 그가 두려움에서 벗어나 문옆의 덮개를 열고 버튼을 눌렀다. 문이 닫히며 안의 넓은 방에서 다가오기 시작한 경찰을 차단했다. 헌트는 벌써 다른 사람들을 재촉해서 착륙장을 가로지르기 시작했다.

샤피에론호는 착륙장 위로 후미 부분을 내릴 수 있을 정도로 건물에 가깝게 다가올 수 없었다. 하지만 후미를 위쪽에 띄운 상태로, 열린 에어록 입구를 착륙장 가장자리의 바로 바깥 약간 떨어진 아래까지 내렸다. 매린이 난간으로 다가가서, 착륙장 바로 밑에 튀어나온 건물의 아랫부분과 공중에 떠 있는 우주선의 에어록 사이의 끝없이 깊은 틈을 내려다보았다. 열린 에어록 안에서 가니메데인들이 미친 듯이 손짓을 했다.

"괜찮아요." 조락의 목소리가 격려했다. "여러분은 중력장 안에 있습니다. 제가 여러분을 안으로 이끌 거예요."

헌트가 매린을 난간 위로 올라가도록 재촉했다. 매린은 의식적으로는 그러고 싶었지만, 마음속 깊은 곳에 있는 원시적인 생존 본능이 그녀의 뒷덜미를 붙잡았다. 매린이 힘없이 고개를 절레절레 흔들었다. "내가 해낼 수 있을지 자신이 없어요."

매린과 멀리 떨어져 있는 난간 위로 닉시가 경쾌하게 올라갔다. 그녀는 아주 잠깐 주춤하더니, 앞쪽으로 뛰었다. 매린이 평생 쌓은 경험과 본능으로 볼 때 닉시는 성공하지 못할 것 같았다. 하지만 보이지 않는 힘이 닉시를 받쳐줘서, 그녀는 가볍게 샤피에론호 안에 내려앉았다.

매린이 마른침을 삼키고 헌트를 돌아봤다.

헌트가 고개를 끄덕이며 말했다. "가요!"

매린은 마음속에 다른 생각들을 떨쳐내고 난간을 벗어났다…. 의식하기 힘든 힘이 그녀의 등을 밀어서 움직였다.

단체커가 덜덜 떨며 난간에 올라갔다. "내가 이 철없는 짓거리에서 살아남아 돌아간다면, 기꺼이 멀링 부인에게 꽃을 가져다 바칠 거야." 단체커가 헌트에게 중얼거리더니 뛰었다.

케쉔이 그 뒤를 따르려는 찰나, 펜드로가 뒤를 돌아보더니 놀라서 소리쳤다. "우리는 못 해낼 거야!"

헌트가 고개를 돌렸다. 건물의 문이 다시 열려서 경찰이 착륙장으로 달려오고 있었다. "가!" 헌트가 소리치며 케쉔을 밀었다. 하지만 펜드로가 옳았다. 아직 건너가야 할 사람은 세 명이나 남은 상태였는데, 경찰 중 일부는 벌써 그들을 향해 총을 겨누기 시작했다.

그때 샤피에론호의 탐사기 한 대가 으르렁거리듯 쉬잉 소리를 내며 급강하해서 머리 높이까지 내려온 뒤 수평으로 착륙장을 내달리더니, 저공으로 기총소사를 하는 전투기처럼 문을 향해 돌진했다. 경찰들이 공포에 질린 소리를 지르며 흩어졌다. 일부는 옆으로 몸을 던지고, 다른 이들은 문 안으로 후퇴했다. 마지막 순간에 탐사기가 멈추더니 위로 급상승하며 건물에서 채 1미터도 되지 않는 거리에서 스치듯 올라갔다. 그리고 선회해서 다시 돌진했다.

머레이와 펜드로가 동시에 난간 위에 올랐다. 헌트가 뒤돌아봤을 때는 둘 다 사라진 후였다. 헌트는 마지막으로 다시 돌아보고 그들을 따라 몸을 던졌다. 그는 잠깐 깊은 심연 위에 떠 있는 듯하더니, 무슨 일이 일어난 건지 알아챌 사이도 없이 안정된 손이 그를 받쳐서 샤피에론호로 이끌었다.

"모두 승선하셨습니다." 조락의 목소리가 어딘가에서 들려왔다. "혹시 다시 돌아가고 싶으신 분이 계신가요? 없으세요? 자, 그럼 출발하겠습니다. 다음 정거장은 궤도입니다. 칼라자르 의장과 콜드웰 국장이 비자르를 통해서 여러분과 대화를 나누기 위해 사령실에서 기다리고 계십니다."

헌트는 가니메데인으로부터 통신 장치들을 받아 걸어가면서 목과 귀, 이마에 각각 부착했다. "누가 우주선을 운항하고 있지?" 헌트는 일행들과 함께 내부 수송 튜브를 향해 가면서 물었다.

"토레스 선장 대리가 여러분을 모시고 있습니다." 목소리가 그의 귀에 말했다.

"정말 멋진 묘기였어." 헌트가 칭찬했다. "지붕에 뚫린 구멍은 유감이지만 말이야."

"그들의 보험으로 메꿀 수 있을 겁니다."

"다른 쪽 상황은 어때?"

"글쎄요. 박사님이 우리 문제를 두 배로 키우신 거 같아요. 문자 그대로 말이죠. 우리가 막 난장판에서 탈출시킨 여러분의 버전은 전체 이야기의 반쪽에 불과합니다. 이제 우리는 다른 반쪽에 대한 고민을 시작해야 합니다."

60

싱겐후는 다시 자포자기 상태로 돌아갈 생각이 전혀 없었다. 높은 신들이 그에게 선택된 매개자가 될 것이라 말했다. 그리고 그는 신들의 권능을 봤다. 그러므로 공개적인 시연이 갑작스러운 중단된 것은 자신에 대한 신호였다. 그것은 중요한 의미가 있었다. 신들의 사자들을 자신에게 책임지도록 한 것이다. 그는 행렬이 라카쉼 주변의 언덕길을 돌아갈 때 결심했다. 사자들이 보호 능력을 빼앗긴 상태였다. 그동안 내내 사자들은 묵묵히 순하게 있었다. 싱겐후가 스스로 그 의미를 이해하도록 내버려둔 게 틀림없었다. 이는 신들이 사자들을 구해내는 임무를 그에게 위임한 것이라는 의미일 수밖에 없었다. 이것은 그의 믿음과 가치에 대한 시험이었다.

그렇게 이해한 싱겐후는 수레의 앞에 타고 있는 경비원 두 명의 아래쪽 구석으로 옮겨가서 그들의 시선을 피했다. 그를 둘러싼 다른 사람들의 몸으로 가린 그는 예복에서 가동석 조각을 꺼냈다. 그들이 마을 광장에 있을 때 부서진 고위 성직자들의 마차에서 조각을 주워 감춰두었던 것이다. 그는 그 조각을 한 손가락 위에 올린 뒤, 힘을 집중해서 그 손가락을 수갑에 연결된 사슬에 대고 천천히 통과시켰다. 그의 손가락이 물질을 밀어내면, 손가락을 따라가는 가동석 조각이 그 뒤에서 다시 물질이 합쳐지는 것을 막았다. 사슬이 끊어졌다. 싱겐후가 드락스를 쿡쿡 찔러서 자신이 한 일을 가리켰다. 그리고 다른 가동석 조각을 건넸다. 드락스도 자신의 사슬을 풀고, 수레의 반대편으로 옮겨갔다. 수레가 1킬로미터 정도를 더 나아갔을 때쯤에는 신들이 그들에게 맡긴 다섯 사자까지 풀어주었다.

행렬은 오솔길이 내리막으로 접어드는 지점에서 급격히 방향을 틀었다. 싱겐후는 신들이 자신을 위해 준비해둔 기회를 알아보았다. 한쪽으로는, 오솔길 위로 가파르게 솟은 암벽의 협곡이라서 길 위에 멋대로 굴러다니는 불안정한 돌들이 많이 흩뿌려져 있었다. 협곡에서 쏟아져 내린 돌 때문에 오솔길이 꺾이는 지점을 막 지나면, 그 반대편에는 바닥에 시내가 흐르는 깊은 골짜기가 있었다. 그 시내를 건너면 잘게 부서지는 적갈색 사암 절벽이 있었는데, 그 표면은 고르지 못하고 다양한 색의 크리스털 줄무늬가 있었다.

싱겐후는 죄수를 태운 수레가 협곡을 지날 때까지 기다렸다. 오솔길이 꺾이는 지점에서 보급 마차와 뒤에서 따르는 호위 군대가 순간적으로 가려졌다. 싱겐후가 갑자기 벌떡 일어나 양손의 손가락을 뻗어서 협곡의 한 지점을 가리켰다. 그리고 협곡의 중간 부분을 둑처럼 막아서 위에서 떨어져 내린 작은 돌들이 쌓여있는 커다란 바위를 당겼다. 그 바위가 움직였다. 싱겐후가 집중한 힘의 번갯불을 쏘았다. 그의 옆에 서서 정신을 집중하는 드락스의 힘이 더해지는 게 느껴졌다. 잠시 후 소형 산사태가 일어나 골짜기로 우르르 무너져 내리며 뒤쪽의 오솔길을 막았다.

앞쪽에 고위 성직자들이 탄 수레(마차를 대신해 마을 사람들에게서 징발했다)가 두 바위 사이를 통과하며 좁아지는 부분에서 멈춰 섰다. 고위 성직자들이 놀라서 쏟아져 내리는 바람에, 그 앞에서 뒤쪽으로 돌아오려던 군인들의 길이 막혔다. 싱겐후는 신들이 그 순간을 얼마나 완벽하게 준비했는지 감탄했다.

싱겐후는 그의 힘을 앞쪽으로 쏴서 짙은 검은색 연기로 막을 만들어 그들의 혼란을 가중시켰다. 이제 행렬은 앞뒤 양쪽으로 막혔고, 옆으로 계곡을 가로지르는 탈출로가 열렸다.

싱겐후는 다시 한 번 드락스와 힘을 합쳐서 신들이 준비해준 돌출된 바위 위로 걸어갔다. 거기서 그는 밀려드는 흐름이 느껴질 때까지 멈춰 섰다가, 수면 바로 위 절벽 아랫부분에 있는 좁은 바위까지 건너갈 수 있을 거라는 느낌이 들자 진력을 모아 자신 있게 앞으로 걸어나갔다. 드락스가 사자들을 안내해 돌출된 바위까지 안내했다. 사자들은 드락스를 전혀 돕지 않고 무기력한 초심자처럼 행동하며, 그에게 자신의 가치만으로 시험을 통과하라고 요구하는 모습이 싱겐후의 눈에 들어왔다. 그가 예상했던 대로였다.

"앞에 있는 다리 위로 걸어가세요." 그가 소리치며 사자들에게 따라오라고 손짓했다.

"빌어먹을 다리가 어디에 있다는 거예요?" 헌트라는 사자가 되물었다.

"여러분을 위해 믿음으로 세운 다리입니다. 제 말을 믿으시면, 저의 힘이 여러분을 안전하게 옮겨줄 것입니다."

헌트가 어깨를 으쓱하더니, 바위에서 한 걸음 앞의 허공으로 나아갔다. 싱겐후는 그 사자를 받치며 건네줄 때 활기가 느껴졌다. 다음은 붉은 머릿결의 여성이었고, 그 뒤를 회전하는 야수들의 성전에 나타났던 신들의 아버지, 고리 눈알이 따랐다. 그때쯤 되자 좁은 바위가 붐볐다. 드락스는 반대편에 짧은 치마 여성과 긴 머리 거인과 함께 있었다.

"이제, 올라가야 합니다." 싱겐후가 재촉했다. 그의 힘은 그 다섯 사자를 꼭대기까지 절대로 들어 올리지 못한다. 싱겐후는 그곳까지 사자들을 데려가는 게 시험이라고 확신했다. 그 후에 일어날 일은 그때 밝혀질 것이다. 그는 그렇게 읊조리며 부드럽게 움직여 절벽으로 가서, 편하게 붙잡을 곳이 없는 곳에서는 마찰석 광맥을 손잡이로 이용하고, 튀어나온 녹색 은둔석과 검은색 붙잡석은 피했다. 이런 것은 어린아이라도 어떻게 하는지 안다.

그러나 싱겐후가 거의 반쯤 올라갔을 때, 아래쪽에서 외치는 소리가 그를 붙잡았다. "대체 왜 이런 빌어먹을 짓을 하라는 거야? 난 못 가."

싱겐후가 절벽에 기대며 아래를 내려다봤다. 신들의 아버지가 은둔석에 달라붙어서 미친 듯이 손짓을 했다. 헌트가 그를 향해 다가가려 했지만, 틈새에서 자라나 들러붙는 잡초에 엉켰다. 그사이 그 아래에 있던 붉은 머리 여성이 윤활석을 붙잡고 헛되이 허우적거렸다. 윤활석에는 가동석 가루가 포함되어 있어서 붙잡고 오를 수가 없다. 사자들이 어린아이처럼 행동하며 그를 시험하고 있다는 사실을 싱겐후가 깨달았다. 시험은 아직 끝나지 않았다.

그러는 사이 골짜기 건너편의 혼란스러운 상황에서 사제들과 군인들이 모습을 드러냈다.

"드락스, 지금 건너와서 도와주거라." 싱겐후가 아래쪽으로 소리쳤다. 그리고 그 자리에서 드락스가 골짜기를 건너는 것을 도와주고, 몸을 돌려 다시 절벽을 올라가기 시작했다.

하지만 그가 정상에 도달했을 때, 드락스의 목소리가 아래에서 들려왔다. "여긴 전혀 가망이 없습니다, 스승님. 이들은 진흙탕에서 허우적대는 물고기 같아요."

싱겐후가 골짜기 건너편을 돌아봤다. 군인들이 돌출된 바위에 도착해서 뒤에 남아있던 여성과 긴 머리 거인을 끌어내고 있었다. "그러면 네 몸부터 챙기거라, 드락스." 그가 아래로 소리쳤다. "네가 희생된다면 아무 소용도 없어."

잠시 후 드락스가 절벽 꼭대기에 있는 싱겐후와 합류했다. 그사이 긴 머리 거인과 짧은 치마 여성은 끌려갔고, 군인들은 개울까지 내려와 힘겹게 건너고 있었다. 군인들 위의 오솔길에서는 사제들이 심문관 주변에 모여서, 아래에서 옴짝달싹 못 하고 있는 세 사자들을 향해 몸을 마비시키는 사념파를 쏘았다. 싱겐후는 실의에 빠져 그 모습을 바라봤다. 그는 실패했다.

높은 곳에서 움직이는 뭔가가 그의 시선을 붙잡았다. 오솔길 위에서 독수리 떼가 빙글빙글 선회하고 있었는데, 사제들이 모인 곳의 바로 위였다. 싱겐후는 팔을 들어 독수리를 겨눴다. 그의 눈이 심술궂게 반짝였다. 갑작스럽게 충동을 느낀 새들이 사제들의 머리 위로 먹은 것들을 게워냈다. 싱겐후와 드락스는 슬픈 얼굴로 발길을 돌렸다.

✳

제블렌 상공에서 궤도를 돌고 있는 샤피에론호에서는 투리엔에서 연결한 이샨이 비자르를 다시 제벡스에 연결하는 문제에 관해 설명했다.

"클럽에서 나온 선은 표준적인 제블렌 행성 통신망에 연결되었습니다." 이샨은 사령실에서 올려다보이는 커다란 스크린을 통해 말했다. "입력된 활성화 코드는 어딘가에 있는, 작동 매개변수로 프로그램된 초공간 단말 노드를 작동시켜 제벡스에 접속합니다. 연결을 복구하려면 우리에게 필요한 것은 두 가지입니다. 첫째는 정상적인 보안 검사를 우회해서 행성 통신망으로 들어가는 입구를 찾는 겁니다. 그리고 둘째는 케쉔이 클럽에서 입력했던 것과 동일한 활성화 코드를 입력하는 겁니다."

"그렇게 하면 동일한 초공간 단말 노도를 작동시켜서 우탄으로 연결되겠군요." 헌트가 말했다. 헌트 옆에는 단체커와 케쉔, 토레스, 로드가르와 다른 가니메데인들이 있었다. "우리는 그 노드가 어디에 있는지, 그 노드가 어떤 건지, 정확히 어떻게 작동되는 건지 몰라도 상관이 없는 거죠?"

"그렇습니다." 케쉔이 확인시켜줬다.

"그렇지만 현재는 모든 링크가 차단된 상태일 겁니다. 애초에 그래서 여러분이 끊긴 거잖아요?" 로드가르가 말했다.

"맞아요." 이샨이 동의했다. "하지만 행정본부 안에 있는 자기네 사람들에게는 예외적으로 열려 있을 겁니다. 어쨌든 우리로서는 접근하기가 힘들죠. 그래도 우탄에서 제블렌으로 침략하려면, 유벨레우스는 다시 제블렌에 있는 중계 노드들에 제벡스를 연결할 수밖에 없습니다. 그가 통신을 열었을 때 그 노드들 중 하나를 통해 비자르를 연결하자는 겁니다."

로드가르가 질문하듯 케쉔을 바라봤다.

케쉔이 고개를 끄덕였다. "우리가 다시 통신망에 연결할 수 있다면 가능합니다." 그가 확답했다.

매린은 닉시, 펜드로, 머레이와 함께 한쪽에 모여 있었다. 그녀가 도와줄 수 있는 건 전혀 없었다. 나중에 답변을 얻어도 될 질문을 지금 던지는 일은 상황을 늦출 뿐이었다. 닉시와 펜드로, 머레이는 아직도 우주선의 내부 모습에 넋이 빠져 있어서 다른 생각을 할 겨를이 없었다.

"방법이 있을 것 같습니다." 케쉔이 말하며 빠르게 사람들을 둘러봤다. "아직 작동하고 있는 중계 위성을 통하면 됩니다. 중계 위성이 약 서른 개 정도 있습니다. 그 위성들은 정상적인 통신망 일부이고, 무인이며, 제블렌에서 멀리 떨어져 있습니다." 다른 사람들이 그의 주장에 귀를 기울였다. 케쉔은 양손을 펼치며 계속 말했다. "우리가 위성으로 가서 그 안으로 들어갈 방법을 찾는다면, 제가 주 회로에 몰래 잠입할 수 있을 겁니다. 그러면 보호벽을 우회할 수 있어요. 접속 코드가 가리키는 곳이 어디든 네트워크 그 자체가 알아서 처리할 겁니다. 우리는 그 지점이 어디인지 알 필요가 없어요."

"당신은 그 코드를 아나요?" 이샨이 물었다. 그 생각이 가망이 없다고 생각하는 듯, 그의 목소리는 조금 모호했다.

케쉔이 놀란 눈으로 쳐다봤다. "저는 비자르가 코드를 갖고 있을 거라고 짐작했는데요? 우리가 클럽에서 제벡스에 들어갔을 때 비자르가 연결했잖아요. 그렇지 않나요?"

"그 코드는 지역 메모리에 저장되었습니다. 통신이 끊어질 때 그 메모리를 잃었어요." 비자르가 말했다.

✳

유벨레우스가 우탄의 지표면으로부터 깊숙한 주 제어실에서 초조한 얼굴로 이리저리 서성댔다. 제블렌에서 샤피에론호가 행성에서 벗어나 궤도에 올라갔다고 마지막으로 보고받았다. 가짜 전쟁 당시 제블렌의 방어망 아래로 몰래 접근해서 통신망을 가로채 비자르를 제벡스 안에 넣어준 당사자가 샤피에론호였다. 유벨레우스의 모든 본능은 지구인들이 똑같은 짓을 다시 시도할 것이라고 그에게 말하고 있었다. 유벨레우스는 그들의 계획을 간파한 지금 완벽하게 자신감을 느껴야 했지만, 강박적인 초조함을 떨쳐내지 못하고 있었다. 헌트와 단체커가 연루되었다는 사실을 알게 되었기 때문이다. 그렇다면 무슨 일이든지 일어날 수 있었다. 특히 아무도 예상하지 못했던 일이 일어날 수도 있었다.

"마지막 통합 단계가 완료되려면 얼마나 남았지?" 유벨레우스가 관리용 단말기 주변에 있는 작업자들에게 물었다.

"이제 사실상 종료되었습니다." 이두아네가 대답했다.

"좋아. 모든 통신망의 입력 채널을 다시 확인해봐. 어디에서도 부정한 접속 시도가 없도록 완벽하게 확인하고 싶어. 그 사항을 최우선 순위로 배치해."

"알겠습니다."

"샤피에론호는 뭘 하고 있나?" 유벨레우스가 다른 작업자에게 물었다. 그 작업자는 제블렌 감시 시스템에서 행정본부를 통해 중계된 추적 자료를 감시하고 있었다.

"아직 그대로 있습니다. 아무런 움직임이 없습니다."

유벨레우스가 멈춰 서더니, 랑게리프와 부하들이 있는 행정본부 통신실의 모습을 비추는 모니터를 응시했다. 그리고 몸을 돌려 다시 서성대기 시작했다. "이 상황이 마음에 안 들어." 그가 중얼거렸다. "저 우주선을 믿을 수가 없어."

"지금 아무것도 하지 않고 있습니다." 이두아네가 지적했다. "그리고 저게 뭘 할 수 있겠습니까? 저 우주선이 어디로 가든 우리의 감시 시스템이 센티미터 단위로 추적할 것입니다."

"저 우주선이 제블렌 인근에 있는 한 안전하지 않아. 저걸 없애버리기 전에는 더 진행할 수가 없어."

"없애버리다뇨?" 이두아네가 당혹스러운 표정으로 말했다. "어떻게 말입니까? 제블렌에는 이제 전략 방어무기가 없습니다."

"틀림없이 뭔가 방법이 있을 거야…." 유벨레우스가 멈추더니 랑게리프를 비추는 모니터를 다시 바라봤다. "잠깐만. 저들의 걸출한 사령관을 아직 우리가 잡고 있잖아. 그렇지 않나?" 유벨레우스가 다시 돌아왔다. "그 오랜 시간 동안 가니메데인들을 이끌어온 사람이 저 사령관이야. 그들은 자기들 사령관에게 무슨 일이 일어나는 상황을 원하지 않을 거야. 그렇지?" 그가 만족스러운 표정으로 고개를 끄덕였다. "그리고 자네는 인질로 이용할 수 있을 만한 사람을 더 데리고 있을 거야, 그렇지 않아? 거기에 어떤 사람들이 있나?"

"과학자 두 사람이 있는데, 헌트와 단체커와 함께 일했던 사람들입니다. 그리고 여기 보안을 맡은 지구인도 있습니다."

유벨레우스가 기뻐했다. "완벽해! 샤피에론호의 지휘를 맡은 사람한테 레이저 링크를 연결하고, 자네는 그 세 사람을 지금 그 자리로 데려와. 이제 1시간 내에 우리에게 전혀 위해를 가할 수 없는 곳으로 저 우주선을 내보낼 거야." 그가 이두아네를 돌아보며 말했다. "그때까지 대각성과 관련된 모든 활동을 중지해."

이두아네는 고개를 주억거렸지만, 그다지 행복한 표정은 아니었다. "그 선지자에게는 뭐라고 할까요? 그는 사람들을 다 모아놓고 교주님이 장악하시길 기다리고 있습니다."

유벨레우스가 짜증스럽게 손을 내저었다. "아…, 가서 찬송가 같은 거나 더 부르고 있으라고 하든가."

✳

던컨과 샌디는 보안국 사람들과 가니메데인, 그리고 행정본부에서 잡힌 다른 포로들과 함께 앉아 있었다.

"그야말로 실망스러운 상황이네요. 새로운 도시에, 완전히 다른 문화에까지 와서 결국 이런 신세라니." 던컨이 말했다.

"우리는 시내 구경도 못 해봤잖아요." 샌디가 울적한 표정으로 맞장구쳤다.

던컨이 주변에 앉아 있는 사람들을 무심히 둘러봤다. 별로 특별한 게 없었다. 그저 기다릴 뿐이었다. "여기서 나가면 뭘 하고 싶어요?" 그가 샌디에게 물었다.

"나가다니요? 그게 뭐죠? 난 단체커 교수 밑에서 일하잖아요, 잊었어요? 우리 연구실에서는 종이봉투로 싸지 않은 점심을 먹으면 그게 휴가예요."

"단체커 교수 같은 사람들은 결혼을 해야 돼요." 던컨이 말했다.

"아마 몇 년 전에 했을걸요. 그리고 새까맣게 잊어버린 거 같아요. 난 교수가 이상한 신발을 신고 연구실에 온 모습도 봤어요."

"샌프란시스코는 어때요? 그쪽으로 가본 적 있어요? 피셔맨즈 워프나 엔리코 커피점은요? 있잖아요, 이 도시를 샌프란시스코에서 차이나타운을 운영하는 사람들에게 넘겨주면, 그들은 제벡스가 없이도 한 달 안에 싹 청소하고 잘 운영할 것 같다는 생각을 한 적이 있어요."

샌디가 기지개를 켜며 그 말을 생각해봤다. "난 남쪽으로 갈래요. 뉴올리언스, 텍사스를 따라 있는 곳들 말이에요. 난 게으른 삶이 체질인 것 같아요."

"있잖아요, 나중에 되돌아가면 우리 함께 여행을 떠나서 모두 보러

다녀요. 생각해보면, 나도 연구실에 갇혀서 시간을 너무 많이 보낸 거 같아요. 헌트 박사는 항상 그렇게 말했죠, '왜 직업을 바꿨어? 그래 봐야 똑같은데 말이야. 네 삶을 바꿔.' 어떻게 생각하세요? 좋은 말 같지 않아요?" 던컨이 말했다.

샌디가 그를 곁눈질로 쳐다봤다. "전적으로 착한 의도로 여행을 제안하는 건가요?"

"전혀 아니죠."

"그럼, 좋아요."

경찰 몇 명이 방으로 들어와 경비를 서고 있던 다른 경찰관들과 이야기했다. 새로 온 경찰들은 흥분한 듯 손짓과 몸짓이 많았다. 포로들이 그 모습을 지켜보면서 엇갈린 반응을 보였다. 그런 상황이 진행되고 있을 때, 컬렌 보안국장이 샌디와 던컨이 앉아 있는 곳으로 옮겨왔다. "전쟁이 아직 안 끝난 모양입니다." 그가 속삭였다.

"네? 어떻게 되고 있대요?" 던컨이 물었다.

"다 듣지는 못했지만, 뭔가가 도시의 지붕을 뚫고 내려온 모양입니다. 그게 샤피에론호라고 하는 거 같아요."

샌디가 깜짝 놀란 표정으로 말했다. "샤피에론호가 추락했다는 뜻인가요?"

"아, 아니요. 다시 이륙했답니다. 하지만 바깥에서 아직 뭔가 진행되고 있는 거예요. 다른 사람들이 뭔가 일을 꾸미고 있어요."

방금 방으로 들어왔던 경찰이 다가오더니 세 사람을 지목했다. 경비원들이 그들에게 일어나 따라오라는 몸짓을 했다. 뒤에 있던 코버그와 러밴스키가 항의하기 시작했지만, 다른 경비원들이 위협적으로 무기를 겨누자 물러났다. 컬렌 보안국장이 어깨를 으쓱했다. "다른 방법이 없을 것 같네요." 포로들은 데리러 온 경찰들의 감시를 받으며 방에서 떠났다.

그들은 통신실로 끌려갔다. 가루스 총독이 랑게리프를 비롯한 다른 제블렌인들과 함께 유벨레우스의 모습이 비치는 모니터 앞에 서 있었다. 다른 모니터에는 헌트와 단체커의 모습이 비쳤는데, 그 두 사람과 일행들이 주변에 모니터와 제어 장치가 밝게 비치는 곳에 서 있었다. 던컨은 샤피에론호의 내부일 거라고 짐작했다.

"그들이에요!" 던컨이 소리쳤다. "빠져나갔군요! 저들이….."

"조용해!" 랑게리프가 말을 잘랐다.

다른 모니터에서 유벨레우스가 말했다. "당신들도 볼 수 있듯이, 우리는 실제로 저들을 모두 데리고 있습니다. 길게 이야기할 생각 없습니다. 굳이 말로 설명할 필요까지는 없을 테니까요. 내 지시사항은….."

"저 말을 듣지 마세요." 가루스 총독이 끼어들었다. "절대로….."

"끌어내." 랑게리프가 명령했다. 무장한 두 경비원이 가루스 총독을 모니터 밖으로 데려갔다.

유벨레우스가 이어서 말했다. "그 우주신을 타고 시금 즉시 최대 속력으로 제블렌에서 떠나서 행성계 밖으로 완전히 나가세요. 투리엔인은 블랙홀을 투사해서 이 지역에서 우주선을 완전히 데려가주기 바랍니다." 토레스가 얼굴에 항의하는 표정을 짓기 시작하자 그가 한 손을 들었다. "협상은 없습니다. 즉시 시작하세요."

샌디는 다른 사람들이 안전하다는 사실을 알게 되자 흥분했다. 잠시 후에 일어날 일에 대해서는 안중에 없었다. 토레스의 뒤에 있는 일행 중에서 앞쪽에 서 있던 매린이 특히 풀이 죽은 모습이었다. "걱정하지 말아요, 매린!" 샌디는 그녀에게 직접 말하듯 소리쳤다. "잘될 거예요. 어쩌면 이게 전부 우리 머릿속에서 일어나는 일인지도 모르잖아요!" 개인적인 농담이었다. 매린도 그 의미를 알아채고 미소를 지었다.

"박사님, 잘 탈출하셨다니 다행이에요!" 샌디 옆에 있던 던컨이 소리쳤다. 헌트가 고갯짓으로 인사를 받고 살짝 미소를 지었다.

유벨레우스가 어이없는 표정으로 화를 터트렸다. "전부 데려가!" 그가 소리쳤다. "그들은 이미 용도가 끝났어. 가니메데인이 우리가 그들을 데리고 있다는 사실을 알게 됐으니까." 그는 토레스가 나오는 화면을 다시 돌아봤다. "그들의 경솔함에 당신도 휩쓸리지 않기를 바랍니다, 선장. 즉시 우주선을 밖으로 가져가세요. 그렇지 않을 경우, 저기에 있는 당신의 소중한 친구들에게 무슨 일이 일어날지는 굳이 말하지 않겠습니다."

토레스는 멍하게 고개를 끄덕일 수밖에 없었다. 하지만 그의 뒤에 있던 단체커의 얼굴에는 이제야 막 빛을 본 사람처럼 황홀한 표정이 피어났다. 마치 이미 오래전부터 너무도 명확했던 사실을 이제야 깨달은 듯한 표정이었다.

61

샤피에론호 사령실의 스크린에 떠 있던 유벨레우스의 얼굴이 사라졌다. 다른 스크린의 칼라자르 의장과 이샨은 투리엔의 수도에서 침울한 얼굴로 바라보고 있었다. 워싱턴에 있는 콜드웰의 모습도 그 옆의 스크린에 여전히 떠 있었다. 하지만 단체커는 벌써 사령실 한가운데에서 폴짝폴짝 뛰며 흥분해서 주변의 지구인과 가니메데인에게 이리저리 손짓했다.

"그녀가 말했어! 샌디가 방금 말했어! 저기 모니터에서! 머릿속에 있다고!" 단체커가 휙 몸을 돌려 케쉔을 가리켰다. 케쉔은 놀라서 뒤로 물러났다. "저 사람이 아직 가지고 있다고!"

헌트가 손을 들어 단체커를 제지했다. "단체커, 진정해. 그렇게 춤을 추지 말고, 대체 무슨 이야기를 하려는 건지 차근차근 말해."

단체커는 냉정함을 거의 되찾은 듯했지만, 손가락으로 케쉔 쪽을 반복해서 가리키는 것은 어쩔 수 없는 모양이었다. "활성화 코드! 모르겠어? 저 사람이 클럽에서 터치패드로 입력했잖아! 저 사람은 아직 그 코드를 갖고 있어, 잠재의식 속에, 머릿속에 말이야! 비자르가 다시 그걸 꺼낼 수 있어!"

헌트가 5초 동안 꼼짝 않고 빤히 쳐다봤다. "저 말이 맞는 거야?" 기계적으로 나온 질문이었다. 그는 이미 어떤 대답이 나올지 굳이 듣지 않아도 충분히 잘 알고 있었다.

"네…. 케쉔 씨가 허락만 해준다면요, 당연히." 비자르가 대답했다.

"그렇지요." 칼라자르 의장이 멍한 표정으로 중얼거렸다. 어떤 투리엔인도 생각하지 못했던 전례 없는 제안이었다. 투리엔인이 만든 컴퓨터도.

헌트가 케쉔을 바라봤다. "당신은 괜찮나요?"

케쉔이 어깨를 으쓱했다. 갑자기 화제의 중심이 되어 아직 어리둥절한 상태였다. "뭐, 그럴 거 같아요…. 물론입니다."

헌트가 고개를 돌려 토레스를 바라봤다. 하지만 그 가니메데인은 고개를 저었다. "그렇지만 그게 가능할까요? 제블렌인들은 우리를 시시각각 감시하고 있습니다. 우리가 우주선을 중계 위성에 조금이라도 가까이 가져간다면…." 토레스는 난처한 몸짓을 하며 말꼬리를 흐렸다.

침묵이 흘렀다. 우주선 어딘가에 묻혀있는 기계들에서 웅웅거리며 진동하는 소리만 간간이 들려올 뿐이었다.

그때 콜드웰이 입을 열었다. "가능할 것도 같습니다. 제블렌인들이 모든 신경을 샤피에론호에만 집중한다면, 다른 것으로 위성에 접근할 때 샤피에론호가 이상적인 미끼가 될 수 있을 겁니다. 탐사선 같은 거 말이죠. 초공간 장비를 갖추고 있어서 비자르와 통신할 수 있는 탐사선도 있잖아요. 케쉔이 위성에서 행성 통신망에 들어갈 수 있다면, 여러분은 연결을 중계하기만 하면 됩니다. 그걸 하려면 몇 명이 필요할까요?"

모두 토레스와 가니메데인 승무원들을 쳐다봤다. 그들만이 답할 수 있는 내용이었다.

한참 후에 로드가르가 말했다. "주동력 가속으로 인해 압력장이 붕괴될 때는 우주선을 둘러싼 외부의 전자기파가 차단됩니다. 탐사선이 바로 그 순간에 발사된다면, 탐지되지 않고 벗어날 수 있습니다. 그 외에는 달리 시도해볼 방법이 없습니다."

"누가 가야 하죠?" 헌트가 끼어들었다. "우선 케쉔 씨가 갈 테고." 그가 제블렌 기술자를 돌아보며 물었다. "하실 거죠?"

케쉔이 난감한 표정을 지었지만, 고개를 끄덕였다.

"제가 함께 가겠습니다." 로드가르가 즉시 지원했다. "그 정도면 됩니다. 사실 초공간 장비가 장착된 탐사선 한 대에 저희 둘 이상 들어가기는 힘들 겁니다."

더 좋은 방법을 찾을 시간이 없었다. 아마 유벨레우스는 이미 왜 우주선이 가속하지 않는지 궁금해하고 있을 것이다. 헌트가 토레스를 쳐다보며 고갯짓으로 케쉔을 가리켰다. "해봅시다. 케쉔 씨를 연결기가 있는 곳으로 데려가세요, 빨리."

토레스가 다른 가니메데인에게 간단한 손짓으로 지시했다. "조락, 탐사선을 발사 준비해." 그는 승무원 두 명에게 손을 흔들며 말했다. "에어록에 우주복 두 벌을 준비하세요. 하나는 지구인 형, 하나는 가니메데인 형."

케쉔은 벌써 연결기를 찾으러 문을 향해 달리고 있었다. 다른 가니메데인들도 경례를 붙이고 바삐 움직였다.

✳

다시 사슬이 채워지고, 창을 든 경비원들이 그들을 끊임없이 감시

633

했다. 오레나쉬의 외곽에 가까워질 무렵 죄수들은 침울한 얼굴로 덜컹대고 미끄러지는 수레에 앉아 있었다. 헌트 생각에는 참으로 놀라웠다. 그는 이제야 이곳의 미친 역학(力學)에 적응하기 시작했다. 수레가 거의 직각에 가깝게 방향을 틀 때마다 남북과 동서의 길이 변화가 눈에 들어왔다. 그 어떤 것도 무의미해 보이는 곤란한 상황 속에서도, 그의 마음속에 있는 과학자는 수레의 가로세로 비율이 감지할 수 있을 정도로 변화한다는 사실을 알아냈다. 여기에 있는 사람들이 원시적인 도구들 외에 어떤 물건도 만들지 못한 게 놀랄 일도 아니었다. 행렬은 어스름 속에서 왼쪽으로 보이던 산들과 내내 거의 비슷한 거리를 이룬 길을 따라 이동했지만, 산들은 행렬이 평야로 막 나왔을 당시보다 눈에 띄게 가까워 보였다.

헌트와 가깝게 달라붙어 앉은 매린은 자신의 감정을 제어하려 애쓰고 있었다. 그는 매린을 안심시키기 위해 팔을 잡으려고 그녀의 무릎 너머로 손을 뻗었는데, 경비원이 위협적인 목소리로 으르렁댔다. 헌트가 다시 손을 거뒀다.

"하, 여기에 있었네요." 매린이 말했다. "지구의 신화 세계 말이에요. 우리가 전에 이야기했던 것처럼요. 하지만 여기서는 이게 현실이죠. 그런데 우리가 여기서 죽어갈 거라고 상상이라도 해봤어요?" 매린이 떨리는 긴 한숨을 뱉었다. 그리고 그녀가 힘겹게 지키려던 용감한 얼굴이 무너졌다. "저기요, 난 이런 일에 별로 자신이 없어요. 난 저들이 이 여행의 끝에 뭘 준비했는지는 모르겠지만….'

"그 이야기는 아껴둬요." 헌트가 말했다. "당신이 말했듯이, 여기는 신화가 현실이 되는 곳이잖아요. 기적이 일어날 거예요."

"어떤 기적이오?"

"누가 알겠어요?"

"우리에게 일어날 행운이라곤 통신이 연결되는 것밖에 없어요. 쉬반의 어디에, 어떤 기회가 남아있을까요? 통신이 끊어졌다면, 그건 틀림없이 클럽을 빼앗겼거나 유벨레우스가 모든 연결을 차단했다는 의미예요. 그들 중에 누구라도…." 그녀가 고개를 절레절레 흔들었다. 그녀는 두렵고 혼란스러워서 이성적이고 논리 정연한 상태를 유지할 수 없었다. "그들이 우리죠. 저기 밖에 있는 그 사람들이 누구든, 그들이 뭘 할 수 있을까요? 당신은 아세요?"

"정확히는 모르죠." 헌트가 솔직하게 말했다.

"거봐요!" 매린은 정신적인 방어기제 탓인지 거의 전투적인 태도가 되었다. "당신도 모르잖아요. 그런데 저기 밖에 있는 당신도 여기의 당신과 한 치도 틀림없이 똑같은 사람이잖아요, 그렇지 않아요? 그리고 우리가 분리되는 시점까지, 그가 아는 사실은 당신도 똑같이 알아요. 그런데 어떻게 그가 더 나은 생각을 해낼 수 있겠어요? 그리고 그건 나머지 우리도 마찬가지예요."

헌트는 대답하지 않았다. 그저 다른 데로 고개를 돌릴 수밖에 없었다.

행렬이 오레나쉬 안으로 들어갔다. 건축물들은 몹시 웅장하고 불길한 느낌을 주었다. 높은 성벽 위로 솟은 사각형 탑 사이로 난 커다란 성문을 통해 군인들이 앞장서 들어가자 앞쪽에서 나팔 소리가 들려왔다. 사람들이 수레 주변으로 몰려들더니 소리쳐서 사제들을 찬양하고, 죄수들을 조롱했다.

헌트는 자신이 자기 자신에 대해 어떻게 느끼고 있을지 생각해보려다 이상한 느낌이 들었다. 그들이 유래한 원본들에게, 그들은 그저 컴퓨터 코드 덩어리에 불과했다. 헌트는 밖에 있는 그 원본들이 진짜로 얼마나 자신들에게 관심을 가질지 궁금했다. 지금 당장 그는 자신이 컴퓨터 코드 조각이라는 느낌이 전혀 들지 않았다. 그리고 외부 우주에 있는 자신에 대해 몹시 신경 쓰였다. 그러나 아무리 외형적으로 유사하고, 이론적으로 동일한 사람이라고 하더라도, 다른 우주에 있는 다른 존재에게 얼마나 관심을 줄까? 그들은 이 모든 일의 결과로 빚어질 상황에 대해 같은 이해관계를 갖고 있지 않았다.

헌트는 자신이 따라가고 있는 이 생각의 방향이 그다지 썩 위로가 되지 않았다.

✳

"제블렌에서 새로운 데이터가 왔습니다." 갑자기 작업자가 큰 소리로 외쳤다. 주 제어실 가운데에 있던 유벨레우스가 고개를 획 돌렸다. 그의 조급함 때문에 밖으로 내비치지 않으려 했던 자신의 긴장감을 드러내고 말았다. "샤피에론호가 지금 자유낙하 궤도에서 벗어나 속도를 올리기 시작했습니다. 판독값에 따르면 항성 간 비행속도까지 최대 가속을 하는 것으로 보입니다."

유벨레우스가 그 사실을 완전히 받아들이는 데에는 약간의 시간이 필요했다. 그의 도박이 성공했다는 깨달음이 조금씩 그의 마음속에 퍼져나갔다. 유벨레우스는 긴장이 서서히 풀리고 대신 그 자리를 차지하며 흘러들어온 안도감을 흡족하게 즐겼다.

유벨레우스가 엄중한 최후통첩을 날리긴 했지만, 좀 더 시간이 걸릴 것으로 예상했었다. 우주선에 타고 있는 가니메데인들과 그들이 접촉하고 있는 다른 이들 사이에 논의가 진행될 거라 짐작했기 때문이다. 우주선의 출발이라는 형태로 나타난, 그들이 마지막으로 제출한 의사 표현은 어쩔 수 없이 선택한 최후의 수단이었을 것이다. 그가 우려했던 것은, 그들이 허세를 부리며 그의 손을 뿌리치는 바람에 어쩔 수 없이 새로운 체제의 시작에 유감스러운 흉한 자국을 남기게 되는 것이었다. 그러나 이제 그럴 위험이 사라졌다.

"축하합니다!" 다른 작업자가 말했다. "이것이야말로 이 계획에서 필요한, 흔들리지 않는 의지를 정확히 보여준 것입니다."

유벨레우스가 퉁명스럽게 그 말을 중지시켰다. 너무도 분명한 사실이라 굳이 말로 할 필요가 없다는 듯한 표정이었다. "여러분도 봤으니까, 그들의 필사적인 마지막 시도에 관한 이야기는 그 정도로 하지. 그저 잠시간의 오락 거리에 불과했으니까 말이야. 자, 우리의 주 임무로 돌아갈 때다. 이제 제벡스는 작동하는 건가?"

"완벽하게 가동됩니다, 각하." 제벡스의 익숙한 목소리가 대답했다. 제어실에서 일하는 사람들이 안도하는 눈빛을 주고받았다.

"제블렌으로 다시 연결을 열기 전에, 초공간 링크를 통해서든, 전통적인 제블렌 행성 시스템을 통해서든 비정상적인 접속이 나타나지 않도록 마지막으로 점검해주기 바란다. 나는 시스템이 모든 점에서 완벽하게 보호되길 원한다." 유벨레우스가 말했다.

"제블렌에 연결하기 전에 핵심부의 복원작업을 시작했습니다." 제벡스가 보고했다.

"샤피에론호의 압력장이 붕괴되기 시작했습니다." 첫 번째 작업자가 소리쳤다. "우주선이 일반 우주에서 분리되고 있습니다. 델타 지수가 감소합니다…. 마지막 판독값에서도 가속도가 줄지 않은 것으로 나옵니다."

마침내 유벨레우스는 안전한 느낌이 들었다. 그는 잠시 입꼬리를 살짝 올려 승리의 미소를 지었다. "이제 나아갈 때가 됐다." 유벨레우스가 선언했다. 그가 고개를 돌려 한 부관을 쳐다봤다. "나는 예정대로 선지자를 직접 지도할 거야. 이두아네가 돌아올 때까지 네가 여기를 지키도록 해." 그는 일동을 천천히 돌아봤다. "우리가 다시 보게 될 때는 쉬반이 우리의 손안에 있을 것이다." 그의 말에 박수가 쏟아져 나왔다. 유벨레우스가 몸을 돌려 제어실을 떠났다.

그사이, 제블렌 지표면에서 3만2천 킬로미터 떨어진 우주의 암흑 속에서는, 우주선의 출발로 인한 교란 때문에 추적 감지기가 놓친 자그마한 점 하나가 전자기장의 급격한 변화 틈새로 살짝 등장해서 무수한 별빛 속으로 사라졌다.

＊

"탐사선이 출발해서 예정된 경로에 들어섰습니다. 점검 양호." 조락이 보고했다.

"그래, 그거야." 샤피에론호의 사령실 중앙에 서 있던 헌트가 말했다. 우주선의 스캐너가 잡은 외부 영상을 비춰주던 모니터들은 꺼진 상태였다. 우주선은 이제 우주와 전자기적으로 접촉할 수 없는 상태여서, 오직 초공간을 이용해서 비자르를 통한 통신만 가능했다.

"우리 손을 떠났어." 단체커가 말했다. "이제 우리는 미끼로서의 우리 역할 외에는 할 수 있는 게 없어." 그가 잠시 생각하더니 한숨을 내쉬었다. "그다지 유쾌한 역할은 아니네. 이 작전에 달린 걸 생각하면 말이야. 전에 자네가 우리를 끌고 들어갔던 상황에서는, 우리가 대체로 더 긍정적인 뭔가를 기여할 수 있었잖아."

헌트는 뭔가 말하려다, 멈추더니 단체커를 이상한 눈으로 쳐다봤다. "글쎄, 그게 딱 맞는 말은 아니야, 그렇지, 단체커?"

"무슨 뜻이야?"

"아직 우리 손을 떠나지 않았어. 정확히 말하자면 말이야. 내부 우주에 내려가 있는 우리의 대행자들이 어떻게 해내느냐에 많은 게 달렸어. 그리고 칼라자르 의장과 다른 사람들이 말한 게 맞는다면, 그들은 모든 면에서 '우리'라고 할 수 있지. 자네와 나처럼 말이야. 그렇지 않아?" 헌트는 인상을 찌푸리고 턱을 문지르며 생각에 잠겼다. 단체커의 얼굴을 보니 그도 똑같은 생각을 하는 중이었다. "이건 독특한 상황이야. 마침내 자네도 그 문제에 대해 생각할 시간을 갖게 된 거야. 그렇지?"

✳

전령이 빽빽한 사람들을 뚫고 반드로스 성전으로 가서 안에 있는 사제실로 올라갔다. 그가 한 사제에게 말하자, 사제는 중앙 계단으로 나가는 문으로 갔다. 중앙 계단에서 에텐도르가 의식을 이끌고 있었다. 사제가 에텐도르에게 손짓했다.

"중앙 성문에서 전갈이 왔습니다." 사제가 그에게 알려줬다. "심문관과 행렬이 지금 도시로 들어왔답니다. 이단자들을 더 많이 데려왔습니다. 모르는 얼굴들도 있는데, 신들이 보냈다고 주장한답니다."

"아, 그렇다면 축하행사가 완벽해지겠구나." 에텐도르가 고개를 끄덕이며 말했다. 그는 이제 전부 이해했다.

"이래서 사람들에게 참을성 있게 기다리라고 하신 것입니까?" 사제가 질문했다.

"계획은 완벽하게 전개될 것이다." 에텐도르가 그 사제에게 장담했다.

그때 에텐도르의 마음속으로 목소리가 다시 들려왔다. "이제 곧 때가 올 것이다, 신들에게 선택된 선지자여. 위대한 성령을 맞이할 준비가 되었는가?"

"우리의 마지막 적들이 속죄를 받기 위해 우리에게 끌려오고 있습니다. 와로스는 오점을 정화할 것입니다." 에텐도르가 대답했다. "모든 게 준비되었습니다."

"잘했구나. 약속했던 모든 것들이 히페리아에서 네 것이 될 것이다."

"제가 엄청난 대중을 통치하게 되는 겁니까? 제 말이 군인을 움직이고, 제 소망이 법이 되는 겁니까? 왕들이 저의 불쾌함 앞에서 떨게되는 겁니까?" 에텐도르의 마음속 목소리가 떨렸다. 그리고 그의 눈이 환시로 이글거렸다. "제가 눈앞의 원수들을 무자비하게 쫓아버리고, 신들처럼 전지전능한 존재가 되는 겁니까?"

"우리의 계약이 그러하였다."

"황송하게 받들겠습니다."

＊

위성은 계단식 팔각기둥 형태로 여기저기에 돌출물과 안테나가 있었다. 로드가르는 매뉴얼에 따라 뒤쪽의 입구로부터 몇 미터 떨어진 곳까지 탐사선을 서서히 움직였는데, 행성으로 향하는 신호 전파를 방해하지 않기 위해 바깥쪽에서 접근했다. "도착, 도킹했음." 그가 보고했다. 탐사선에 실린 초공간 장비로 투리엔에 있는 비자르와 연결할 수 있었다. 그가 케쉔을 힐끗 건너다보았다. 케쉔은 우주복을 차려 입고 비좁은 공간에 괴상한 자세로 웅크리고 있었다. "괜찮아요?"

케쉔이 끄덕이는 게 안면판을 통해 보였다.

"해치 개방." 로드가르가 탐사선 컴퓨터에 지시했다.

로드가르가 숙달된 자세로 밀고 당기면서 해치를 통해 나갔다. 그리고 체크리스트를 켜고 해치와 함께 열린 짐칸에서 장비함을 꺼냈다. 케쉔은 움직임이 더 힘들어진 모양인지 힘겹게 빠져나왔다.

"무중력 경험이 많지 않나 보네요?" 로드가르가 몸을 숙여 해치 덮개의 돌출된 경첩에 걸린 케쉔의 가방 버클을 풀면서 말했다.

"행성 밖에 나온 건 이번이 처음이에요." 케쉔이 그에게 말했다.

잠시 가니메데인은 할 말을 잃고 얼어붙었다. "당신은, 어… 그 이야기를 이제야…." 그가 간신히 말했다.

"아무도 안 물어봐서요. 겁을 먹고 꽁무니를 빼는 모습은 보이고 싶지 않았거든요."

로드가르가 잠시 생각하더니 말했다. "헌트 박사였죠, 그 지구인 과학자가 당신을 이 일에 끌어들였죠?" 그가 물었다.

"맞아요. 어떻게 아셨어요?"

"아…, 그냥 감이 왔어요." 로드가르가 탐사선에 줄을 연결하면서 말했다.

로드가르가 플라스마 토치로 위성의 해치를 달궈서 여는 동안, 케쉔은 비자르에 연결할 케이블을 탐사기 내부의 연결 장비에서 풀었다. 그들이 위성에 들어갔다. 케쉔은 관리구역을 찾아서 단말기를 시험했다. 그리고 행성 통신망으로 연결하는 출력 회로를 위한 버퍼 터미널이 포함된 상자를 익숙하게 찾아냈다. 로드가르가 터미널을 탐사기의 컴퓨터에 연결했다. 조락이 그 컴퓨터에 제블렌 연결 프로토콜과 참조 자료뿐만 아니라, 비자르가 케쉔의 기억에서 찾아낸 활성화 코드도 담아두었다.

"일을 잘하시네요." 자신이 내심 느낀 안도감이 비자르의 통역을 통해 전달되지 않기를 바라며 로드가르가 말했다.

"아셨죠? 제블렌인들이 다 바보는 아니에요."

"그 전에는 무슨 일을 했어요?"

케쉔은 샤피에론호의 창고에서 로드가르가 가져온 연결기가 제블렌의 표준 유형에 맞는지 점검했다. "운영 감독이었어요. 제벡스의 원거리 입력 시스템 분야였죠. 제벡스가 차단되었을 때, 사람들이 제게 와서 아직 운영되고 있는 핵심 시스템에 연결을 해달라고 하더라고요. 그들이 그걸로 뭘 하려는지는 묻지도 않았습니다."

로드가르는 인간들이 하는 이상한 짓들 너머에 있는 그들의 동기들에 대해 자신이 알고 있는 지식을 훑어봤다. "복수 때문이었나요?" 그가 짐작한 동기를 물었다. "행정본부에 앙갚음하려고? 아니면 자신과 동일시하던 이념적 원칙이 훼손되었다고 생각했나요?"

"아니요. 돈 때문이었어요."

그들은 일치하는 연결기 조합을 찾아냈다. 로드가르가 연결기를 끼우는 동안, 케쉔은 단말기를 이용해서 위성이 지상으로 송신하는 주요 송신전파 하나를 분리했다. 케쉔은 작업하면서, 제벡스가 회선에 끼어들려는 누군가를 찾으려고 모든 사항을 점검하더라도 아무것도 못 찾게 되리라는 사실이 이 작업의 근사한 부분이라는 생각이 들었다.

유벨레우스 차단하라고 명령했던 지상 노드는, 제벡스가 침략을 위해 제블렌으로 통하는 채널을 열면 활성화될 것이다. 비자르는 그 노드가 어디에 있든 활성화되는 순간 위성을 통해 연결할 수 있다. 이것은 강도들이 경비원처럼 차려입고 은행에서 그들을 호출할 때까지 기다리는 상황과 조금 비슷했다.

✳

목소리의 충만함이 조금 약해지는 듯했다. 그리고 에텐도르는 마음속에 다른 존재가 형태를 갖는 게 느껴졌는데, 좀 더 차갑고, 초연하고, 냉정하고, 위압적이었다. "선지자는 듣고 있는가?"

에텐도르가 존경심을 담아 위를 쳐다봤다. "이 하찮은 종에게 위대한 성령이 마침내 오신 겁니까?"

"그렇다. 나는 너를 통해 보고 듣고, 너의 혼이 될 것이다. 이제 나아가서 사람들에게 약속했던 순간이 왔다고 선언하라. 이제 태양이 빛나고 낮이 돌아올 때, 흐름이 너희에게 다시 내려가리라."

히페리아의 환영이 에텐도르에게 내려왔다. 그는 반쯤 무아지경 상태에서 양팔을 높이 쳐들고 서서히 움직이며 계단 꼭대기 단의 가장자리로 나아갔다. 지금까지 기도를 올리던 사제들이 갈라지며 그가 지나갈 수 있도록 길을 열었다. 아래에 있는 군중들 사이로 기대감이 퍼져나갔다. 에텐도르의 양쪽과 뒤에 있는 사제들은 기도하는 자세로 기다렸다.

"우리에게 때가 왔도다!" 에텐도르의 목소리가 조용한 군중들 사이로 천둥처럼 울려 퍼졌다. "우리의 그 모든 인내, 우리의 고통, 불신자들에 맞섰던 우리의 수고, 그리고 우리의 흔들림 없는 믿음이 보상을 받을 것이다. 저 너머의 위대한 성령이 내게로 오셨다. 이제 나는 여러분에게 대각성이 시작될 것이라 선언한다." 그가 양팔을 높이 뻗으며 머리를 뒤로 젖혔다. "다시 와로스에 태양을 빛나게 하고, 낮이 돌아오게 하소서! 그리고 다수 대중을 히페리아로 싣고 갈 흐름을 내려주소서!"

어둠 속에서 수천 명의 얼굴이 동시에 위를 향해 고개를 들자 군중 전체가 밝아졌다.

그리고 위의 하늘에서 태양이 밝아지기 시작했다.

62

어스름이 낮으로 바뀌고, 다시 도시 전체의 모습과 색깔이 드러나자, 거대한 환호성과 고함과 노래와 기도가 군중 사이에서 퍼져나갔다. 헌트의 눈에는 얼핏 동양의 풍미가 느껴지는 고전적인 주랑과 뾰족탑과 첨탑, 아스텍처럼 보이는 거대한 계단식 피라미드, 그리고 대리석처럼 광택이 나는 하얀색부터 갈색과 칙칙한 누런색의 조잡한 주택들까지 기묘하게 뒤섞인 모습처럼 보였다. 좁은 골목들에는 아치가 덮였고, 수로처럼 보이는 높은 교량도 있었다. 사람들의 옷차림은 고대와 중세가 뒤섞여서, 어떤 이들은 긴 예복과 치마 같은 튜닉, 다른 이들은 모자가 달린 조끼와 거친 외투를 입었다. 행렬의 양쪽으로 짐승을 탄 군인들이 늘어났다. 그리고 행렬은 사람들이 빽빽한 거리를 구불구불 지나 내벽으로 둘러싸인 바위 언덕 위의 높은 구조물로 향했다.

"이게 무슨 뜻이에요?" 닉시가 헌트에게 물었다. "햇빛이 돌아왔어요. 바깥에 무슨 일이 생긴 거죠?"

"제벡스가 다시 작동됐어요." 헌트가 침착한 목소리로 그녀에게 대답했다.

닉시가 불안한 표정으로 헌트를 바라보며 물었다. "이제 바깥에 있는 그들이 할 수 있는 게 없을까요? 지금이라도 비자르가 다시 연결되는 게 가능할까요?"

매린이 긴장한 눈빛으로 바라봤다. 헌트는 아무 말도 하지 않았다.

"제벡스가 접속 시도를 차단할 겁니다." 이산이 무표정하게 말했다.

닉시가 고개를 들어 위를 보더니, 이상하게 꿈꾸는 듯한 표정으로 바뀌었다. 잠시 후 다시 심각한 표정이 되었다.

헌트가 닉시를 바라봤다. "무슨 일이에요? 닉시, 제 소리 들려요?"

"하늘에 흐름이 가득해요. 틀림없이 시스템에 연결된 수천 명이 쉬반에서 기다리고 있을 거예요."

헌트가 고개를 들어 하늘을 봤다. 그냥 평범한 하늘이었다. "저는 아무것도 안 보여요."

"당신은 볼 수 없을 거예요."

행렬은 성문을 통과해서 안의 넓은 공간으로 들어갔는데, 바깥의 길만큼이나 사람들이 빼곡했다. 행렬 앞에는 언덕이 있었는데, 공들여서 치장된 건물들과 조각상들 때문에 아랫부분이 보이지 않았다. 위쪽은 피라미드 형태로 깎아서 성문 쪽을 향한 부분은 대체로 높고 넓은 계단이 차지했다. 그리고 더 높은 곳에는 높은 수직 담장이 보였는데, 작은 뾰족탑으로 둘러싸인 돔으로 위를 덮었다. 계단 꼭대기에는 테라스가 있었고, 가운데 금색 예복을 입고 양손을 뻗은 사람 주위로 높은 머리 장식물과 하얗고 빨간 예복을 입은 사람들이 줄지어섰다. 계단의 기단부에 가까운 넓은 석단에는 말뚝들과 그들의 무시무시한 사형 도구들이 있었고, 그 아래에는 멍들고 누더기를 걸친 수십 명의 사람이 무표정한 군인들의 대열 뒤에 절망적인 얼굴로 무리지어 웅성거렸다.

수레가 군인들 앞에 정리된 구역으로 다가갔다. 심문관과 수행원들이 거드름을 피우며 내리는 동안, 군인들이 마지막 희생자들을 끌어내렸다. 헌트는 스스로에게 이 상황은 보이는 것과 달리 진짜가 아니라고 말하려 애썼다. 그는 다른 세계, 그가 보고 있다고 생각하는 이 미친 세계 바깥에 있다. 그는 계속 거기에 있을 것이다. 무슨 일이 일어나더라도…. 하지만 그 노력은 그다지 도움이 되지 않았다. 그가 이 상황을 목격하고 있는 이곳에서는 지적인 분석이 설득력이 없었다.

유벨레우스는 에텐도르의 눈을 통해 그 광경을 응시하며, 그의 승리가 완성되는 모습을 보았다. 그는 좀 더 오랫동안 군중들 위에 자세를 잡고 서 있었다. 그의 금빛 예복이 햇빛을 반사했다. 그리고 그는 계단 꼭대기에 있는 테라스의 가장자리로 천천히 나아가서 양팔을 넓게 펼치고 장엄한 얼굴로 성전의 앞마당을 이쪽부터 저쪽까지 천천히 돌아봤다.

"오레나쉬의 시민들이여, 와로스의 시민들이여…."

군중들 사이에 정적이 내려앉았다. 그리고 요동치는 물을 기름이 진정시키듯이 얼굴들의 바다를 가로지르며 정적이 퍼져갔다.

헌트와 다른 사람들은 그 아래에 선 채로 체념한 눈빛을 마지막으로 주고받았다.

그런데 그때, 낮게 진동하며 고동치는 소리가 정적 사이로 간간이 들려왔다. 도시 위를 지나는 산들바람에 실려 온 듯 살랑거리는 소리가 귓가를 스치며 오르락내리락했다. 낮고 불분명한 소리가 점점 커지고 차츰 뚜렷해지자 헌트가 머리를 이리저리로 재빨리 돌렸다. 저 높은 곳에 있는 에텐도르가 고개를 들어 위를 쳐다보며 인상을 찌푸렸다. 대사제의 마음속에 있던 유벨레우스는 당황해서 순간적으로 방향 감각을 잃었다. 이건 말도 안 되는 일이다.

소리가 격렬해지며 가까이 다가왔다. 이제 지속적으로 들리는 웅웅 소리는, 단단한 물체가 공기를 때리는 탁탁 소리 때문에 주기적으로 끊어졌다. 헌트의 얼굴에 믿기지 않는다는 표정이 퍼졌다. 그가 아는 한 이런 소리를 내는 것은 한 가지밖에 없었다. 헌트는 감히 희망을 부풀어 오르게 하지 않으려 애쓰며 소리가 다가오는 방향을 응시했다…. 그리고 그때 도시 밖 성벽 너머에 있던 군중들로부터 공포의 비명이 들려왔다.

와로스의 주민들은 회전날개 두 개에 터빈으로 구동되는 보잉사의 1960년대식 버톨 CH-47, 이른바 치누크 쌍발 수송용 헬리콥터를 한 번도 본 적이 없었다. 헬리콥터가 성전 담장을 낮게 넘어오자 사방에서 비명과 통곡 소리가 터져 나왔다. 어떤 사람들은 땅바닥에 몸을 던졌다. 다른 사람들은 공황상태에 빠져 알아들을 수 없는 소리를 계속 지껄이며 이리저리 뛰었다. 라카쉼에서 함께 왔던 고위 성직자들과 군인들은, 그들이 그전에 보았던 힘이 왜 갑자기 다시 나타났는지 이해가 되지 않아 그 자리에 얼어붙었다.

그동안 내내 놀랍도록 침착성을 잃지 않고 지켜왔던 단체커가 만족스럽게 고개를 끄덕였다. "아, 그래, 진작 그랬어야지. 우리의 다른 자아가 마침내 정신을 차린 모양이네. 헌트, 우리의 솜씨가 아직 여전한 걸 보게 되어 난 기뻐."

헌트 옆에 있던 매린은 안도의 눈물을 흘렸다. "난 컴퓨터와 사랑에 빠질 거라곤 생각도 못 해봤어요." 매린이 목멘 소리로 말했다.

헌트는 갑자기 진이 빠져서 억지로 힘을 내봤지만 웃음조차 지어지지 않았다. 머릿속에 떠오른 무례한 욕설도 입 밖으로 나오지 않았다. 그는 입으로 한 손을 올리다 자신이 떨고 있었다는 사실을 깨달왔다. "비자르, 휴가는 재미있었어?" 마침내 그가 간신히 중얼거린 소리는 이게 다였다.

"밖에서 기술적인 문제가 약간 있었습니다." 익숙한 목소리가 그의 머릿속에 대답했다. "이제 모든 게 잘 관리됩니다. 자세한 이야기는 나중에 해도 되겠죠?"

그들의 위쪽에서 에텐도르가 거의 달리다시피 성전 계단을 내려왔다. 그의 얼굴은 분노와 이해할 수 없다는 사실 때문에 일그러졌다. 사제들 중 일부가 그를 따라 내려왔고, 다른 사제들은 공포와 놀라움에 사로잡혀 위의 테라스 위에 그대로 남아 있었다.

치누크 헬리콥터가 굽실거리는 군중 위로 성전까지 선회했다. 헬리콥터의 큰 문이 열리자, 신들이 데려온 싱겐후와 드락스가 열린 문에 서 있는 모습이 보였다. 그들은 군주처럼 당당한 모습으로 아래를 내려다봤다.

심문관은 지금까지가 시험이었다고 판단했다. 그는 실패하지 않을 것이다. "선택된 이여, 가장 높은 신들의 진정한 진짜 전령 만세!" 그가 이번엔 양쪽 무릎을 꿇고 찬양했다. 그의 주변에 있던, 라카섬에서부터 함께 온 다른 고위 성직자들과 군인들도 연이어 소리치며 그 뒤를 따랐다.

에텐도르가 예복을 뒤로 펄럭이며 계단 아래에 있는 단으로 뛰어나가며 팔을 들어 싱겐후를 겨냥했다. 반사적으로 움직이며 공격을 막아낸 싱겐후는, 에텐도르가 다시 의지를 집중하기 전에 자신이 모을 수 있는 모든 힘을 순간적으로 강렬하게 끌어모아 에텐도르를 겨냥해서 아래로 불덩이를 쏘았다. 대사제의 모습이 뻣뻣하게 굳더니 눈부시게 타올랐다. 그 아래에서 헌트와 동료들은 무서우면서도 매료되어 그 모습을 지켜봤다.

648

그런데 그때 아주 이상한 일이 일어났다.

에텐도르의 정신을 소멸시킨 심령 에너지의 충격이 그곳에 흩뿌려진 흐름을 타고 유벨레우스의 두뇌에 부착된 신경 연결기까지 전해졌다. 그리고 현재 연결기를 제어하는 시스템은 제벡스가 아니라 비자르의 지휘를 받고 있었으므로, 비자르에게는 유벨레우스라는 인간을 형성하고 있던 정신적인 구조의 배열이 교란되며 부서지는 모습이 보였다.

비자르는 기본 프로그램 때문에 생명을 보호하고 보존하려는 특성을 가졌다. 에텐도르였던 존재는 이미 사라졌으므로, 그를 구하기 위해 할 수 있는 일은 아무것도 없었다. 그리고 유벨레우스에 대해 뭘 할 수 있을지 생각해내야 했던 1천분의 1초는 초래될 수 있는 모든 결과를 염두에 두고 혁신적인 발상을 해내거나, 깊은 사색을 진행하기에는 너무 짧았다. 현재 가지고 있는 도구를 사용할 수밖에 없었다. 인간의 자아를 보존하기 위해 비자르가 알고 있는 유일한 방법은 아직 전체적으로 일관적인 존재로 기능하고 있는 동안 인공적으로 만들어낸 엔트에게 주입하는 것이었다. 비자르는 즉시 내부 우주에 인공 엔트를 만들어냈다. 내부 우주에서 헌트와 다른 사람들의 대행자가 그들의 인간 형태로 보였던 것과 같은 이유로 유벨레우스의 대행자도 유벨레우스처럼 보였다.

유벨레우스는 로마 시대의 토가를 입고 성전 계단 아랫부분에 갑자기 나타났다. 옆에는 조금 전까지 에텐도르였던 잿더미가 있었다. 그는 회전날개 두 개의 헬리콥터가 겁먹은 군중 위를 날아다니는 모습을 쳐다봤다.

유벨레우스는 어리둥절하고 당황한 채 자기 모습을 내려다보고 옆을 돌아봤다. 에텐도르를 따라 계단을 내려왔던 사제들은 겁에 질려 뒤로 물러났다. 그리고 그때야 바로 아래쪽에 서 있는 사람들을 처음으로 알아본 유벨레우스가 입을 쩍 벌렸다.

"아니야." 유벨레우스가 머리를 흔들며 항의하듯 말했다. "이건 말이 안 돼! 어떻게 당신이 여기에 있을 수 있지?"

"안녕하세요, 유벨레우스!" 헌트가 쾌활하게 인사했다. "우리는 이상한 데에서 만나는 경향이 있네요, 그렇죠?" 헌트는 태연한 척하려 했지만, 내심 속으로는 유벨레우스가 어떻게 그 자신처럼 보이는 상태로 여기로 온 건지 궁금했다.

"제벡스, 이게 왜 이런 거야?" 유벨레우스가 매섭게 따졌다.

"미안해요. 하지만 이 시스템은 더 이상 제벡스가 운영하지 않아요." 대답이 들려왔다. "저는 친숙하고 새로운 통합 컴퓨터 서비스 비자르입니다. 투리엔에서 모두 무료로 모시고 있습니다. 즐거운 하루 되세요."

"말도 안 돼!"

"그럼 제가 뭐라고 하면 좋겠어요?"

유벨레우스가 단의 가장자리로 가서 아래의 군인들에게 소리쳤다. "저놈들을 죽여! 내가 명령한다. 전부 다 죽여라!" 군인들의 무기가 파티용 꽥꽥이와 지팡이 모양의 사탕으로 바뀌었다. 유벨레우스가 서 있는 주변의 장작더미와 교수대, 고문 도구들은 정원의 그네와 시소, 미끄럼틀, 잔디 장식물, 크리스마스 트리, 해변의 파라솔이 되었다.

"유벨레우스, 오늘은 별로 운이 안 좋은 날인 모양이네요. 그렇죠?" 헌트가 물었다.

"넌 잊었어…. 여기서는 내가 힘을 부려!" 유벨레우스가 이빨을 드러내며 손가락으로 헌트를 겨눴다. 희미한 노란 빛줄기가 그의 손가락 끝에서 발사됐다. 하지만 1미터 정도를 날아가다 멈추더니 작은 덩이가 된 후 조롱하듯 빙글빙글 돌면서 얇고 동그란 판이 되었다. 그리고 커스터드 파이가 되어 유벨레우스의 자신의 얼굴을 향해 날아갔다. 비자르는 죄수들을 풀어주고 깨끗하게 만들어줬다. 그리고 군인들의 헬멧을 온갖 종류의 모자로 바꾸고, 그들의 갑옷을 잠옷으로 만들었다. 그리고 사제들에게는 빨간 코를 그리고 광대 분장을 해줬다.

"비자르, 대체 어떻게 된 거야? 어떻게 저 사람이 여기에 있는 거야?" 헌트가 물었다.

"유벨레우스는 홀라당 타버린 그 사제와 연결된 상태였어요. 우탄에 있는 연결기에 식물인간으로 남을 수밖에 없었습니다. 그러니 제가 달리 어떻게 하겠어요?"

성전의 앞마당에 치누크 헬리콥터가 착륙하자, 싱겐후가 그의 조수를 거느리고 땅으로 내려왔다. 군중들과 군인, 고위 성직자들이 모두 바닥에 엎드렸다.

헌트가 다른 사람들을 바라보며 말했다. "여기는 이제 믿을 만한 최고 행정관을 갖게 된 것 같네요. 이제 우리는 나가죠. 상황이 더 복잡해지기 전에 저 사람이 처음부터 자기 방식대로 운영을 시작할 수 있도록 해주면 어떨까요?"

"박사님의 원본도 그렇게 생각합니다. 바깥에 있는 사람들도 여기에서 어떤 일이 일어났는지 알고 싶어서 안달이에요." 비자르가 말했다.

"제 느낌도 그렇습니다." 이산이 동의했다. "사실 제 원본은 투리엔에서 벌써 연결기에 들어가 있는 상태라, 제가 가장 먼저 가게 될 것 같습니다." 그가 사람들을 둘러봤다. "이건 이상한 경험이었습니다. 여러분 모두 좀 더 익숙한 환경에서 다시 뵙겠습니다. 그때까지…." 그는 채 말을 끝내기 전에 떠났다. 몸의 세밀한 부분들이 흐릿해지더니, 뚜렷한 윤곽선에 둘러싸인 단조로운 하얀색으로 변했다. 그리고 그 상태를 잠시 유지하다 사라졌다.

✳

샤피에론호에서는 헌트와 나머지 동료들이 벌써 사령실 옆에 있는 연결기로 가고 있었다. 그들이 거의 도착했을 때, 매린이 헌트를 붙잡더니 곤혹스러운 얼굴로 그를 쳐다봤다.

"헌트, 이게 어떻게 작동하는 거죠? 우리는 각자 지난 몇 시간 전에 나뉘어서 독립적으로 존재했던 원본과 사본이 있어요. 그 둘 하나가… '선택'되고 다른 쪽은 지워지는 건가요? 얼마 전에 제가 유벨레우스에게 당했던 상황처럼? 만일 그렇다면, 누가 그걸 선택하죠? 난 이 상황이 별로 마음에 안 들어요."

헌트도 몰랐다. 그는 한 번도 그렇게 생각해보지 않았다. 막상 생각해보니, 그도 별로 마음에 들지 않았다. 자신이 운이 좋은 쪽이란 걸 어떻게 알겠는가? 그런데 다시 생각해보니, 내부 우주에 있는 다른 '나'도 그와 마찬가지로 같은 식으로 느낄 타당한 이유가 있지 않은가? 그래서 그들은 비자르에게 질문을 던졌다.

"왜 한쪽을 선택해야 하나요?" 비자르의 대답이었다.

헌트는 이해가 되지 않았다. 그는 여전히 의미 있는 질문이었다고 생각했다. "이샨은 벌써 투리엔으로 돌아갔다고 했지?" 그가 물었다.

"맞습니다."

"그러면 그 사람은 어떻게 했어?"

"제가 내부 우주에 있는 그의 대행자를 지울 때, 그동안 축적된 기억을 육체를 가진 원본에 간단히 전송했습니다. 그의 두뇌 말이에요. 그래서 지금은 그 기억을 갖고 있습니다. 문제가 있나요?"

헌트가 매린을 힐끗 쳐다보고 고개를 절레절레 흔들며 인상을 찌푸렸다. "네 말은 그 기억들을 그의 머릿속에 그냥 한 줄로 이어 붙였다는 말이야? 이샨은 양쪽에서 경험한 기억들을 똑같이 선명하게 기억하고?" 그가 비자르에게 말했다.

"네."

"하지만 그건 동시에 양쪽에서 일어난 일이잖아." 매린이 말했다.

"그러면 안 되나요?"

헌트와 매린이 서로를 쳐다봤다. 비자르의 말이 옳았다. 투리엔인들은 아무런 문제 없이 살아갈 수 있는 것을 지구인이 괜히 고민하는 또 다른 문제인 게 틀림없었다. 사실 큰 문제는 아니었다. 그렇지 않나? 그들은 이미 아주 이상한 일들에 익숙했다.

"그러면 안 되나?" 헌트가 다시 말했다.

매린이 고개를 끄덕하더니, 모든 것을 완벽하게 받아들일 수는 없다는 사실을 인정하며 미소를 지었다. "그러게. 그러면 안 되나?"

그들은 연결기가 있는 복도로 다시 걸어갔다.

✳

반드로스 성전의 앞마당에서, 헌트와 남은 동료들이 거창하게 떠날 준비를 했다. 신들이 내려보낸 사자들이 보여줄 법한 이별이었다. 치누크 헬리콥터의 문 앞에서 그는 잠시 싱겐후와 작별인사를 나눴다.

"우리가 바깥에서 이 문제를 다룰 방법을 알아낼 때까지 승천하면 안 됩니다." 헌트가 말했다. "우리는 계속 연락할 겁니다. 약속하죠. 그때까지 저 사람들에게 우리가 저들을 버린 게 아니라고 믿게 만드세요. 그리고 믿음을 지키세요."

"그게 새로운 신의 명령이 될 것입니다." 싱겐후가 그를 안심시켰다.

"그리고 우리는 희생을 원하지 않습니다. 살인이나 속죄, 정화 뭐 그런 것들 말입니다. 사람들에게 친절하게 대해주세요. 그들이 원하는 일을 할 수 있도록 도와주세요. 놀라운 결과를 보게 될 겁니다."

"그 계율을 따르겠습니다."

헌트는 제블렌에서 일어난 일이 떠올라서 다른 사람들이 이미 올라타고 공회전을 하는 헬리콥터를 향해 손짓하며 말했다. "이런 기적은 이제 중단할 겁니다. 이런 물건은 여기의 물건이 아닙니다. 사람들은 자신들의 문제를 해결하고, 필요한 것들을 찾을 수 있는 자신들만의 방법을 발전시키는 법을 배워야 할 것입니다. 여기의 자연스러운 방식으로 말입니다. 그러는 사이 그들 자신도 발전하게 될 것입니다."

"우리는 말씀을 기다리겠습니다."

"이 정도로 하죠." 헌트가 손을 내밀었다. 싱겐후는 손을 쳐다보더니, 주저하며 그 몸짓을 따라 했다. 두 사람이 굳은 악수를 했다. 그리고 헌트는 헬리콥터에 올라타고, 문에서 마지막 모습을 돌아봤다. 터빈 소리가 높아질 때, 위엄에 눌린 군중들 앞에 서 있는 사제들과 귀족들 사이로 유벨레우스가 뛰어나왔다.

"이게 뭐야!" 그가 소리를 질렀다. "날 여기에 남겨두지는 않겠지? 그러면 안 돼!"

"다른 방법이 없어요." 헌트가 외쳤다. "유벨레우스, 당신은 아직도 상황 파악이 안 되는 모양이네요. 우리는 되돌아갈 온전한 정신이 있지만, 당신한테는 없어요!"

당연한 말이지만, 유벨레우스에게는 돌아갈 곳이 없었다. 그는 아직도 이곳을 제벡스가 만들어낸 소프트웨어 환상이라고 생각했다. 그래서 자신이 어떻게 여기에 들어오게 되었는지 전혀 이해하지 못했다.

"지금은 그 문제에 대해 너무 걱정하지 말아요." 치누크 헬리콥터

가 이륙하기 시작할 때 헌트가 소리쳤다. "당신한테 그걸 알아볼 시
간은 아주 많으니까."

군중이 경외감에 젖어 조용히 지켜보는 동안 헬리콥터가 서서히 이
륙해서 도시 위에 떠 있었다. 와로스를 방문했던 새로운, 믿기지 않는
힘을 증명이라도 하듯이 헬리콥터의 회전날개가 햇살 안에서 빛났다.
그 형태가 하얀 윤곽선으로 변하며 얼어붙더니, 잠시 그 자리에 머물
렀다…. 그리고 곧 사라졌다.

에필로그

샤피에론호가 기르바인의 착륙장으로 돌아왔다. 샤피에론호가 도시의 지붕에 뚫었던 구멍의 가장자리는 헐렁해진 파편이 떨어지는 위험을 제거하기 위해 다듬어졌다. 하지만 손상된 부분을 수리하는 진짜 작업은 아직 시작되지 않았다. 제블렌인은 틀림없이 한참 시간이 지난 후에야 그 일을 할 것이다.

군중도 없고, 공식적인 행사도 없었다. 행정본부에서 가루스 총독과 적은 수의 사람들이 지구로 돌아가는 사람들과 작별을 나누기 위해 차를 타고 시내를 빠져나왔다(수송 튜브는 그날도 작동되지 않았다). 대부분은 공식 업무라기보다 개인적인 송별 차원이었다. 지금 떠나는 과학자들이 최근에 일어난 사건들과 관련되어 있다는 사실을 아는 제블렌인들은 어차피 많지 않았다. 그들이 아는 것이라곤 2주 전에 제벡스가 돌아올 거라던 야단법석이 흐지부지되었다는 사실뿐이었다. 그리고 유벨레우스가 우탄으로 이주한 것에 대한 과대광고가 난무했지만, 거기서도 그다지 별일은 일어나지 않은 듯했다. (사실 많은 투리엔 우주선이 우탄으로 들어갔지만, 일반적으로는 알려지지 않았다.) 게다가 쉬반 경찰의 일부와 공모해서 행정본부를 빼앗았던 성급한 사람들은 갑자기 태도를 바꿔서 항복했다. 가니메데인들이 다시 자리로 돌아갔다. 하지만 이번에는 그들이 행정부를 직접 운영해보려고 시도하기보다는 제블렌 태생의 제블렌인들이 운영하는 행정부를 세우는 일에 더욱 전념하기로 했다. 그리고 이제는 아무리 돈을 많이 내더라도, 누구도 두뇌세계를 이용할 수 없었다.

토레스를 비롯한 샤피에론호의 승무원 대표단도 작별인사를 하기 위해 우주항에서 기다렸다. 중앙 출항 라운지에서 같은 우주선을 타고 업무로 떠나는 사람들과 돌아가는 사람들이 그들의 만남을 흥미롭게 지켜봤다. 이번에 그들이 탈 우주선도 역시 비슈누호였다. 투리엔인은 여전히 평소대로 가고자 하는 사람이라면 누구든 태워줬다. 그리고 특히 최근에 복잡한 문제를 겪은 뒤에는 인간의 정치에 관여하길 꺼렸다. 지구인이나 제블렌인의 분파, 종파, 당국, 정부, 정당, 조합, 교회, 혹은 다른 사람들의 삶에 개입하기 위해 계속 함께 모이는 인간의 조직 형태가 무엇이든 그들이 정치에 반대한다면, 가니메데인으로서는 이해할 수 없는 자신들만의 방식으로 자신들끼리 문제를 해결할 수 있도록 할 것이다.

"이번에는 훨씬 잘 될 겁니다." 헌트가 가루스 총독에게 말했다. "물론 목성에 나타나기 전까지 20년 동안이나 우주선을 이끌고 왔던 당신에게 제가 인내심을 가지라고 말씀드릴 필요는 없겠죠."

"이제 우리는 어디에서 문제가 시작되었는지 압니다. 많은 게 바뀔 겁니다. 새로운 체제는 전 주민을 단결시킬 수 있도록 공동의 목표와 상징을 부여하게 될 것입니다." 가루스 총독의 얼굴이 웃음에 해당하는 가니메데인 특유의 표정으로 일그러졌다. 그리고 단체커에게 눈길을 돌렸다. "그래도 피라미드나 성전, 초승달이나 소용돌이 같은 건 안 되겠죠, 교수님?"

"인류는 그런 것들에 대해 이미 진력이 날 정도로 맛을 본 것 같아요." 단체커가 동의했다.

가루스 총독은 제블렌에 기초부터 새로 세워질 새로운 행성 컴퓨터 시스템에 대해 말했다. 그 시스템은 제벡스가 본래 있어야 했던 장소에 제블렌인의 손으로 만들어질 것이다. 그러는 사이, 제블렌인은 솔선해서 자신들의 욕구를 충족할 방법을 배워야만 한다. 이미 제블렌인 중에서 진취적인 사람들은 놀라운 근성을 보여주었다. 그들이 성장해가면서 시스템도 그들과 함께 성장할 것이다. 이번에는 이미 만들어진 선물처럼 그들에게 주어지지 않을 것이다. 투리엔인들도 그방식을 고집했다.

"두 분은 이제 당분간 많이 바빠질 겁니다." 헌트가 쉴로힌과 케쉔을 돌아보며 말했다. 두 사람은 그 계획에 참여할 예정이었다. "그렇지만 너무 앞서서 모든 것들을 계획하려고 하지 마세요. 그러면 유연성이 너무 없어지거든요. 아무도 생각하지 못하던 일들이 반드시 일어나기 마련이니까요."

"내부 우주나 이런 일을 계획한 사람은 아무도 없었죠." 쉴로힌이 말했다.

"우리는 일이 진행됨에 따라 자체적으로 계획하도록 놔둘 생각입니다." 케쉔이 동의했다. 그가 씩 웃었다. "그리고 저도 이번에는 따로 부업을 하지 않을 겁니다."

"다음에 우주선을 띄울 때는 조심해서 날아다니세요." 헌트가 토레스와 로드가르에게 말했다. "여러분의 컴퓨터에게 어떤 도시도 들이받지 말라고 하세요. 자꾸 그러면 주민들을 열 받게 만들고, 경찰들도 별로 좋지 않게 볼 거예요."

"저는 대체 왜 제블렌인이 박사님에게 '올해의 시민상'을 주지 않았는지 모르겠어요." 조락이 통역 모드에서 순간적으로 전환해서 자신의 목소리로 끼어들었다.

컬렌 보안국장은 헌트와 따스하게 악수를 하고, 진심을 담아 그의 어깨를 두드렸다. 가루스 총독의 제블렌 행정부가, 지구의 정부들이 하려 했던 기본권을 보호하기 위한 기관을 설립하는 일을 돕기 위해, 지구 경찰과 보안 자문 파견단이 비슈누호를 타고 왔다. 컬렌 보안국장은 초기에 그들과 함께 일하며 지역 사회의 요구에 대해 생각하는 방식에 적응하도록 도울 것이다.

"저는 석 달 더 머무를 겁니다." 컬렌 보안국장이 말했다. "그러니 그때까지 미국에 저 대신 안부를 전해주세요. 그리고 우리가 돌아가면, '2차 세계대전'을 마치고 귀향하는 거니까, 아주 진하게 휴가를 보낼 겁니다. 그렇지, 여러분?"

"맞습니다." 그의 뒤에 서 있던 코버그와 러밴스키가 왕성한 목소리로 동의했다.

샌디와 던컨이 행정본부 직원들과 함께 서 있었다. 그들 역시 적어도 3개월 이상 머물며 행정본부의 UN 우주군 연구실을 영구적인 기관으로 조직하고, 제블렌에 올 때 겉으로 표명했던 공식적인 임무를 시작할 것이다. 헌트는 이들도 역시 자신들만의 휴가 계획을 잔뜩 세웠을 거라고 짐작했다. 아마 쉬반의 밤놀이도 포함되어 있을 것이다. 어윈 로이텐니게르 박사가 자랑스러워하겠지.

"고다드 센터에 있는 콜드웰 국장님과 사람들에게 안부 전해주세요." 던컨이 헌트에게 말했다. "그리고 국장님께 고다드 센터에 너무 오래 죽치고 앉아 있는 거 아니냐고 말해주세요. 이제 현장 업무에서

국장을 볼 때도 됐다고요."

"어쩌면 비슈누호가 돌아올 때 내가 콜드웰 국장을 태워서 보낼지도 몰라. 그럴 수 있다면, 우리가 돌아간 후에 있을 온갖 떠들썩한 일과 밤샘 회의를 상당히 많이 줄일 수 있겠지."

샌디와 이야기를 나누던 단체커가 그 대화를 듣고 흥미로운 얼굴로 돌아섰다. "그래, 가능하면… 그러니까, 어, 혹시 가능하다면, 멀링 부인도 국장과 함께 떠나도록 설득해봐. 자네 생각은 어때?"

샌디가 헌트에게 다가왔다. "음, 헌트 박사님, 콜드웰 국장님이 저한테 박사님을 탐사에 보낼 때마다 다른 사람들이 생각도 못 한 것들을 가져왔다고 했었어요. 박사님에게도 이번에 가져올 건 우주밖에 안 남았다고 이야기했다면서요? 그런데 해내셨어요!"

"이제는 국장도 알 만한 때가 됐어요." 헌트가 말했다.

"저도 나중에 내부 우주에 내려갈 기회가 있을까요?"

"가능할 거예요. 투리엔인이 그 문제를 다룰 방법을 어떻게 결정하느냐에 달렸죠. 난 가능성이 클 거라고 생각해요."

"저는 콜드웰 국장님이 과장해서 말하는 사람은 아니라고 생각하긴 했지만, 이런 건 꿈도 못 꿨어요."

"꿈꿀 때는 조심하세요." 헌트 옆에 있던 매린이 말했다. "요즘은 어느 게 꿈이고 현실인지 구분하기가 힘들어져서요."

"돌아가는 길에 비자르를 조심하세요." 샌디가 그녀에게 말했다. "지난번에 무슨 일이 있었는지 잊지 말고요."

"내 기억에는, 나뿐만이 아닐걸요?" 매린이 대답했다.

"둘 다 조심하세요." 헌트가 두 사람에게 말했다. "난 그 호기심을 전적으로 지지해요. 잊지 마세요. 객관성은 여러분의 생각에 달렸어요."

투리엔 지상 착륙선에 승선하던 다른 사람들은 이제 경사로로 거의 다 올라가고, 머레이와 닉시만 남았다. 머레이는 이번에 고향으로 돌아가 문제를 바로잡기로 결심했다. 그리고 닉시는 지구를 구경할 기회를 놓칠 생각이 없었다. 그들은 서로 계속 연락할 게 틀림없지만, 이전의 관계는 끝났다. 닉시는 독특한 심리 상태와 능력 덕분에 단체커와 다른 고다드 센터 연구원들과 시간을 보낸 후, 투리엔으로 가서 이샨과 그의 과학자들과 함께 내부 우주에 관한 연구를 도울 예정이었다.

머레이와 닉시가 경사로로 올라갔다. 헌트와 단체커, 매린은 마지막으로 손을 흔들며 작별인사를 하고 몸을 돌려 그들을 따라갔다. 얼마 지나지 않아, 매끈한 금색 달걀이 제블렌 지상에서 떠올라 궤도를 돌고 있는 30킬로미터 전장의 투리엔 우주선으로 들어갔다. 그리고 1시간이 채 지나기 전에, 비슈누호는 항성계 밖으로 가속을 시작했다.

✳

그리고 내부 우주는?

투리엔인은 내부 우주를 계속 유지시켜야 한다는 입장을 고수했다. 투리엔인이 자신들의 관점을 설명한 이후 아무도 그 의견에 반대하지 않았다. 바깥에 있는 모든 사람은 많은 엔트들이 거기에 머무르길 원한다는 사실을 알고 있었다. 그래서 누구도 그들이 거기에 머무를 권리를 부정하지 않았다.

그러나 내부 우주를 떠나길 소망하는 많은 엔트들은 어떻게 할 것인가? 그들의 권리도 투리엔인이 엄밀하게 방어하려고 할까? 앞으로 어떤 이유에서든 시스템에 연결하게 될 제블렌인이나 다른 사람들을 그들이 장악하도록 허용할 수 없다는 점은 명확했다. 그리고 단체커가 지적했듯이, 엔트의 정신과 인간의 신경계 사이에 호환성 문제가 존재한다는 사실도 명확했기 때문에, 헌트는 기록된 역사를 거치는 동안 '빙의'된 개인들에게 나타났던 대부분의 엉뚱한 행동의 원인이 그 호환성 문제가 아니었을까 하는 의심을 하기 시작했다.

하지만 미래에도 엔트가 부적당한 인간 숙주에 한정해서 출현할 필요는 없을 것이다. 가니메데인은 언제나 뛰어난 유전공학자들이었다. 이샨은 외부 우주로 이전하려는 엔트들을 위해 이상적인 이동수단이 될 수 있는, 목적의식적으로 고안해낸 유기체를 만들 수도 있다고 제안했다. 실제로 비자르가 엔트 대행자를 즉석에서 만들어내기도 했지만, 그건 다른 방식으로 작동했다. 어쩌면 더욱 괴상하게도, 언젠가는 두 세계가 서로 방문하거나 이주하는 정규적인 교통이 발전하고, 오스트레일리아나 달의 휴양소에서 휴가를 보내듯 당연하게 생각할 날이 올지도 모를 일이었다.

투리엔은 이미 그 문제를 연구하기 위한 집중 프로그램을 시작했다. 최종적인 해답의 형태가 정확히 어떻게 되든, 엔트가 그들의 독특한 능력과 본성을 활용할 기회가 분명히 있을 것이다. 그리고 다중 우주 안에서 지구인과 제블렌인, 가니메데인과 더불어 자신들의 존재를 인정받게 될 것이다.

〈5권 계속〉

옮긴이 **최세진**

SF 전문번역가. 옮긴 책으로 《리틀 브라더》, 《별의 계승자 2: 가니메데의 친절한 거인》, 《별의 계승자 3: 거인의 별》, 《홈랜드》, 《크로스토크》, 《우주복 있음, 출장 가능》, 《화재감시원》(공역), 《여왕마저도》(공역), 《계단의 집》, 《마일즈 보르코시건: 바라야 내전》, 《마일즈 보르코시건: 남자의 나라 아토스》, 《SF 명예의 전당 2: 화성의 오디세이》(공역), 《SF 명예의 전당 3: 유니버스》(공역), 《제대로 된 시체답게 행동해!》(공역) 등이 있다.

별의 계승자

4 내부우주

초판 1쇄 발행   2018년 12월 20일
초판 2쇄 발행   2024년 1월 10일

지은이   제임스 P. 호건
옮긴이   최세진
펴낸이   박은주
디자인   김선예, 이수정
마케팅   박동준

발행처   아작
등록   2015년 9월 9일(제2023-000057호)
주소   07236 서울특별시 영등포구 의사당대로 38 102동 1309호
전화   02.324.3945-6   **팩스** 02.324.3947
이메일   arzaklivres@gmail.com
홈페이지   www.arzak.co.kr

ISBN   979-11-89015-40-4 04840
             979-11-87206-66-8 04840 (세트)

책 값은 표지 뒤쪽에 있습니다.
잘못 만들어진 책은 구입하신 서점에서 교환해 드립니다.